KB115846

지은이

김말봉(金末峰, Kim Mal Bong) 1901~1961. 본명은 말봉(末峰), 필명은 보옥(步玉), 말봉(末鳳), 아호는 끝뫼, 노초 (路草, 露草). 1901년 경남 밀양에서 출생하여 1919년 서울 정신여학교를 졸업하였고 이후 일본으로 건너가 1924년 동 지사대학 영문과에 입학하였다. 1925년『동아일보』신춘문예 가정소설 부문에 단편「시집살이」가 3등으로 입상하 였다. 1927년 동지사대학을 졸업하였고『중외일보』기자 생활을 하였다. 1932년『중앙일보』신춘문예에 단편「망명 녀」가 김보옥이라는 필명으로 당선되어 문단에 데뷔하게 된다. 이어서「고행」,「편지」등의 단편을 발표하였고 1935 년『동아일보』에『밀림』을,『조선일보』에『찔레꽃』을 연재함으로써 일약 대중소설가로서의 자리를 굳히게 되었다. 하지만 일어로 글쓰기를 거부하여 더 이상 작품 활동을 하지 않다가 1947년『부인신보』에『카인의 시장』을 연재하면 서 다시 소설 쓰기를 시작한다. 1954년『조선일보』에『푸른 날개』를, 1956년『조선일보』에『생명』을 연재하여 높은 인기를 얻었고 1957년 기독교 장로교회에서 최초의 여성 장로로 피선되었다. 1961년 지병인 폐암으로 사망하였다.

엮은이

진선영(陳善榮, Jin Sun Young) 문학박사. 1974년 강릉에서 출생하여 이화여자대학교 대학원 국어국문학과를 졸업 했다.「한국 대중연애서사의 이데올로기와 미학」으로 박사 학위를 받았으며 현재 이화여자대학교에서 강의하고 있 다. 대중문학에 대한 관심에서 출발하여 잊고 왜곡된 작가와 작품의 발굴에 매진하고 있으며 젠더, 번역 등으로 연 구의 영역을 확대하고 있다. 주요 논문으로는「유진오 소설의 여성 이미지 연구」,「마조히즘 연구」,「전통적 세계지 향과 도덕적 인간학」,「부부 역할론과 신가정 윤리의 탄생」,「추문의 데마고기화, 수사학에서 정치학으로」등이 있 고, 저서로는『최인욱 소설 선집』(현대문학),『한국 대중연애서사의 이데올로기와 미학』(소명출판),『송계월 전집』 1・2(역락) 등이 있다.

김말봉 전집 2 - 밀림(하)

초판 인쇄 2014년 11월 15일 초판 발행 2014년 11월 25일
지은이 김말봉 엮은이 진선영 펴낸이 박성모 펴낸곳 소명출판 출판등록 제13-522호
주소 서울시 서초구 서초중앙로6길 15(란빌딩 1층)
전화 02-585-7840 팩스 02-585-7848 전자우편 somyong@korea.com 홈페이지 www.somyong.co.kr

ISBN 979-11-85877-32-7 04810
     979-11-85877-30-3 (세트)

값 40,000원 ⓒ 진선영, 2014

잘못된 책은 바꾸어드립니다.
이 책은 저작권법의 보호를 받는 저작물이므로 무단전재와 복제를 금하며,
이 책의 전부 또는 일부를 이용하려면 반드시 사전에 소명출판의 동의를 받아야 합니다.

The Complete Works of Kim Mal Bong

Vol.2 : Millim(Jungle)

김말봉 전집

전집 2

밀림 (하)

진선영 엮음

소명출판

일러두기

1. 김말봉 전집은 김말봉 발표 작품을 발표 연대별로 수록하였다.

2. 모든 작품은 발표 당시의 것(신문, 잡지 연재본)을 저본으로 삼았고 출처는 본문의 마지막에 명기하였다.

3. 본문의 표기는 독자의 편의를 위해 현행 한글맞춤법과 외래어표기법에 따랐다. 단 작품의 분위기에 영향을 준다고 판단되는 방언이나 구어체 표현, 일본어, 의성어, 의태어 등은 그대로 두었다.

4. 원문의 한자는 가급적 한글로 바꾸었고 작품 이해에 도움이 될 만한 한자는 그대로 두고 괄호 안에 넣었다. 어려운 단어나 방언, 일본어는 각주를 달아 설명하였다.

5. 원문의 대화 표기인 『 』은 " "로, 독백과 강조는 ' '로 표시하였고 말줄임표는 …… 로 통일하였다. 과도하게 사용된 생략 부호나 이음 부호(一)는 읽기에 편하도록 소절하였다.

6. 원문에서 판독할 수 없는 부분은 □로 표시하였고, 기타 사용 부호는 원문 그대로의 것을 사용하였다.

7. 원문에서 작중 인물의 이름이 바뀌는 경우 하나로 일치시키고 각주에 보충설명하였다. 예) 요시에(○) / 요시애(✕), 민병수(○) / 이병수(✕) 등

머리말

김말봉은 『찔레꽃』의 작가이자 식민지를 대표할 만한 대중소설 작가이다. 임화는 김말봉의 돌발적 출현을 작가의 '유니크성'과 당대 소설창작 환경의 모순에 두고 작금의 조선 소설계가 대망한 한 작가로 '김말봉'을 지목한 바 있다.

유니크(unique)란 무엇인가? 유니크는 이중적 의미를 갖는데 '유일한, 독특한, 진기한'의 긍정적 의미와 '기이한, 돌출적인'의 부정적 함의를 동시에 갖는다. 김말봉의 유니크'성(性)'은 전 조선에 유례가 없는 독특한, 독창성이 풍부한, 진기한 유니크이며 반대로 이상하거나 기이한 존재로서의 유니크이기도 하다. 기실 이 양가성 사이에 김말봉의 문학이 자리 잡고 있다.

식민지 시대 김말봉의 유니크함은 무엇인가. 김말봉이 『밀림』과 『찔레꽃』을 연재할 당시 문단의 이단적 존재로 받아들여졌던 이유는 스스로 '순수 귀신'을 비판하며 전면적으로 대중소설을 표방하며 문단에 출현했기 때문이다. 김말봉의 '대중작가 선언'은 독자들의 인기와 칭찬을 통해 '대중성'을 입증 받으면서 힘을 얻게 된다. 당시 김말봉 소설의 인기는 식민지 후반기 신문소설계의 새로운 흐름을 주도하여 대중소설이란 새로운 소설 장르를 분화시켰고 이로 인해 장편소설론, 신문소설분화론, 통속문학론, 신문화재소설론 등의 다양한 비평적 활동을 촉발시켰다. 그러므로 김말봉의 역사적 등장은 엄밀한 의미에서 대중소설사의 시작이라 해도 과언이 아니기에 대중문학 연구가 축적된 현재 김말봉 전집의 기획은 대중문학사적 기반을 위한 의미 있는 출발이 될 수 있을 것이다.

해방 정국, 한국전쟁기 김말봉의 유니크함은 '장편소설' 창작에서 발견할 수 있다. 김말봉은 한국 작가 중 이례적으로 단편소설보다 신문연재 장편소설을 많이 쓴 작가이다. 현재 연구자가 확인한 김말봉의 단편소설은 동화 및 청소년 소설을 제외한 약 25편 남짓이고 장편소설은 신문연재 장편으로 31편이다. 하지만 여기서 한 가지 짚고 넘어가야 할 것은 연구의 대부분을 차지하는 식민지 시대 장편은 『밀림』, 『찔레꽃』 단 두 편뿐이라는 사실이다. 작가의 전체 작품 중 10%도 넘지 못하는 작품 편수가 작가의 역사적 이력과 작품의 전체 경향을 가두고 있는 형상이다. 이러한 현상은 작품의 90%에 해당하는 해방 이후, 한국전쟁기에 연재했던 소설이 실린 신문과 잡지를 구하는 일이 어렵기 때문인데 그러므로 김말봉 문학에 대한 기초적 자료를 확보하는 노력은 무엇보다도 시급하다.

김말봉 전집은 앞선 취지를 통해 기획되었다. 본 연구자는 대중문학으로 박사학위를 받았고 그것과 연계하여 대중문학 작가를 발굴하고 의미화에 연구적 역량을 집중하였다. 김말봉 전집의 출판은 그 시발점이 될 수 있을 것이다. 특히 김말봉의 경우 연재 당시의 인기에 힘입어 많은 단행본이 출간되어 있으나 연재 당시와 단행본 출간 시 작가에 의해 많은 개작이 이루어진 바 대중소설의 현장성과 인기를 복원하기 위해서는 당대의 신문 연재본을 발굴하여 정전화하는 작업이 필요하다.

또한 한국전쟁 이후 신문 연재 장편의 발굴은 김말봉 문학 연구의 외연을 확대하여 김말봉 전체 작품에 대한 의미화와 개별 작품 연구의 초석이 될 수 있을 것이다.

넋두리 없이 머리말을 닫기에 이 작업은 실로 고단하였다. 안과 수술 이후 무리한 작업으로 0.6의 시력을 잃었으며 손목 터널 증후군을 훈장으로 얻었다. 발굴의 상처가 다양한 후속 연구의 밑거름이 되길 기원한다. 더불어 인문학의 현장에서 함께 고민하는 동학들과 사랑하는 가족들 박창성, 박성준, 박경민에게 감사의 마음을 전한다.

수리산 끝자락에서

2014.10

진선영

차례

밀림 전편 2

힘과 힘 (2)

인천 실비치료원에서는 환자들의 진찰과 치료는 해가 질 무렵에야 끝이 나는 것이 정한 규칙처럼 되어 있는지라 동섭이 손을 씻고 가운을 벗고 저녁상을 받은 때는 오후 여덟 시가 가까웠다.

이석이가 만든 찌개는 이 저녁에도 제법 짰지마는 이석이 어머니가 만들어다 둔 오이김치는 맛이 한창 들어서 동섭은 김치 두보시기로 밥 한 그릇을 다 먹고 나니 이마에는 땀방울이 구슬처럼 맺혔다.

그는 와이셔츠 소매를 걷어붙인 채 지금 배달된 석간을 펴들고 진찰실로 왔다.

한 손으로 머리를 쓸어 넘기면서 첫 페이지 정치면을 읽은 후 그담 페이지를 들친 동섭의 눈은 놀란 듯이 문득 한 곳에 머물고 말았다.

삼단을 뽑아 낸 큰 글자로

'한성물산 주식회사의 신임 사장.'

이라는 제목 아래에

'한성물산 주식회사에서는 금번 ××회 주주총회의 투표로 신임된 사장은 동 회사 지배인으로 있던 오상만 씨니 씨는 아직 삼십 미만의 소장(少壯) 실업가 인만큼 동 회사는 물론 반도 실업계에 획기적 사업이 촉망되고 있다 …… 운운.'

동섭은 눈도 깜짝이지 않고 다음 말을 계속하여 읽었다.

'실업계의 혜성적 출현인 오 사장은 왕방한 기자에게 다음과 같은 소회를 들려주었다.

'지금까지 회사의 주(株)는 서 사장 한 분이 거의 다 가지고 계셨습니다. 물론 중역 가운데 얼마간 가진 분이 전혀 없는 것은 아니지만……그래서 저는 그 많은 주를 사장 한 분이 독점하시는 것보다 사원에게도 주주될 기회를 주는 것이 어떨까 생각해 보았습니다. 적립금의 액수에 따라 주를 나누어 주면 사원들은 남의 회사에 고용인이란 생각을 떠나서 자기의 회사의 일을 하고 있다는 인식을 가지게 될 것이고 따라서 일의 능률은 훨씬 달라질 것이 아닙니까? 서 사장께서는 저의 의견을 옳게 보신 모양으로 곧 그대로 실시하게 되었습니다…… 네! 이번 투표할 제 말씀입니까? 물론 신주주들이 권리를 행사한 것입니다…… 운운.'

이윽고 신문에서 눈을 굴린 동섭은 팔짱을 낀 채 우두커니 바람벽을 쏘아보고 있다.

'신주주들이 권리를 행사하였다?'

입속으로 중얼거리는 동섭의 입술에는 쓰디쓴 조롱의 웃음이 흘러갔다.

문득 동섭은 웃음을 그치고 자리에서 벌떡 일어섰다. 어떤 비장한 결심이 그의 맘속에서 꿈틀거리고 있는지 그의 약간 위로 치켜진 두 눈은 일순 강렬한 광선에 부딪힌 금속처럼 광채가 났다.

지금이 여덟 시 삼십칠 분! 동섭은 십 분 후에 서울로 떠나는 기차가 있는 것을 생각하고 바쁘게 양복 윗저고리를 걸치며 모자를 들고 밖으로 나왔다.

언제 시작되었는지 밖에는 제법 굵은 빗방울이 후드득 어깨를 후려

친다. 동섭은 뚜벅뚜벅 바쁜 걸음으로 인천역을 향하였다.

기차 속으로 들어가 빈자리에 앉은 동섭은 맘속으로 고개를 끄덕이며 팔짱을 끼었다.

'만일 …… 그렇다면? …… 자식이 너무 초조하게 서둘렀거든 …….'

동섭은 상만이가 한성물산 주식회사의 신임 사장이 되었다는 사실이 암만해도 자연스럽게 보여 지지가 않는 것이다.

사원들을 신주주로 만들고 그리고 사원들의 투표로 사장이 되었다는 이면에는 암만해도 거기 무슨 복잡한 혼합물이 섞여 있을 것만 같다.

서정연 씨로 말하면 그의 나이로는 거의 육십이 가까운 노인이라 할 수 있지만 아직도 사업에 대하여 야심과 투지가 젊은 사람보다 오히려 더 왕성한 이상 그가 만만히 사위되는 오상만에게 사장의 자리를 그대로 내어 주었을까? …….

동섭은 어둠을 뚫고 맥진하는 기차 속에서 지그시 눈을 감았다.

'…… 만약 이 육감이 맞았다면 승리는 파업단의 것이다.'

이런 생각을 하면서 경성 역 플랫폼에 내린 동섭은 광장으로 나오자 곧 택시를 잡아 타고 ××일보사로 향하였다. 편집국에는 내일 아침 조간을 편집하는 야근이 아직도 계속되고 있다.

황진은 오늘 밤에도 그 뚱뚱한 체구를 의자에 실은 채 무엇인지 부지런히 쓰고 있다.

그는 의자에 찾아온 동섭과 반갑게 인사를 하고

"자네 미안하지만 십 분 동안만 기다려 주게나."

하고 황진은 일어서서 동섭을 응접실로 안내를 한 뒤 다시 편집실로 들어간다.

급사가 가져온 차를 마시며 동섭은 눈앞에 닥쳐오는 일대 전투를 생각하고 맘속에 감추고 온 플랜을 되풀이하고 있노라니 사회부장 황진이 문을 벌컥 열고 들어온다.

동섭과 황진의 이야기가 한 삼십 분 동안이나 계속되었을까 두 사람은 다 같이 자리에서 일어났다. 말없이 서로를 물끄러미 건너다보고 미소하는 두 사나이의 시선 속에는 어떤 커다란 약속이 감추어 있는 것이다.

황진은 동섭과 작별을 하고 편집실로 돌아오자 그는 곧 수완 있는 몇몇 부하를 불러 그들의 귀에 무엇인지 소곤거렸다.

젊은 기자들은 새로운 그러나 무척 흥미 있는 사실을 탐방한다는 호기심에 그들의 발은 준마와 같이 빨리 거리로 내달았다. 과연 그들이 돌아올 때 어떤 소식을 가지고 올 것인고. 황진은 고스란히 밤 열한 시가 되도록 편집실에서 부하들을 기다렸다. 열두 시가 다 되어가는 것을 보자 황진은 돌아갈 채비를 하고 편집실을 나오려는 데 마침 층층대로 바쁘게 뛰어 올라오는 부하 한 사람과 마주쳤다.

"여간 굉장한 가십이 아닙니다."

하고 손바닥만 한 종이쪽을 내미는 젊은 기자는 득의만면(得意滿面)으로 부장을 쳐다보는 것이다.

젊은 기자의 손에서 미끄러져 나오는 한 장의 종이 그것은 삼백 원이라 기입된 소절수의 액면이었고 그 후면에는 오상만의 서명과 날인이 있는 것이다.

황진은 일순 날카로운 시선으로 부하의 얼굴을 쏘아보았다. 그것은 설명을 요구하는 말 이상의 독촉이다.

"이 소절수는 한성물산 주식회사 사원 강용식이가 가진 것인데 마침 카페 ○○에서 술을 먹고선 현금 대신으로 이걸 내놓겠지요. 강이 좋아하는 스미레라고 하는 여급 앞에서 호기를 떤다고 그랬겠죠, 하하."

"음, 그러니 그 카페에서는 오상만의 발행한 소절수니까 성큼 현금이 나왔겠군."

하고 황진이 빙그레 웃었다.

"노 노, 안 되던 걸요. 그 집 마담이 막무가내에요. 할 수 없이 스미레의 팔뚝시계를 꾸어 가지고 삐루 값 칠 원에다 밀어 두고 내일 밤 찾으러 오겠다고 그리고는 스미레에게는 백 원짜리 보석 반지를 사준다고 약속을 하게 되더군요 …… 그래서 이 소절수는 내가 바꿔 줄테라 하고 집어 들고 왔죠. 강은 아직도 ○○ 카페에서 술을 먹고 있으니까요."

황진은 고개를 끄덕이고 소절수를 착착 접어 포켓 속에 집어넣었다.

이튿날도 계속하여 비가 내렸다. ××일보사 사회부 기자들은 우중을 무릅쓰고 아침부터 맹렬한 활동을 개시하였다.

이윽고 밖에 나갔던 최형기라는 어젯밤에 소절수를 가져 온 기자가 황진에게로 오더니

"강용식이가 그 소절수를 찾으러 왔는데 어떡할까요?"

하고 딱한 듯이 황진을 바라보고 웃는다.

"음! 잠깐만 ……."

황은 곧 영업국으로 가서 자세한 내용을 이야기하고 현금 삼백 원을 가져왔다.

강용식은 최형기가 선선히 현금을 내어주는 데 호의를 느꼈을 뿐 그는 자기가 가졌던 그 소절수가 장차 어떠한 역할을 하리라고는 상상도 못한 채 최 기자와 악수를 교환하고 돌아갔다.

저녁때가 되어 편집도 끝난 뒤 황진은 젊은 기자 한 사람을 데리고 큰길로 나섰다.

자경이 오상만과 결혼하는 날 동섭의 이름으로

'축 만수무강 백자천손.'

이라는 축전을 보낸 만큼 황진은 동섭의 일에는 언제나 발을 벗고 나설 만한 의협과 우정을 느끼고 있는지라 그는 오늘 하루에 자기 활동이 어떻게 동섭에게 있어서 절체절명적인 것을 생각할 때 그의 가슴은 불을 뿜으려는 화산처럼 명명할 수 없는 흥분으로 터질 듯이 고동하고 있는 것이다.

서정연 씨 사위되는 오상만에게 사장의 의자를 빼앗긴 뒤로부터 그는 벌써 사흘째 병이라 청탁을 하고 회사에는 얼굴도 보이지 않는다.

오상만은 사원들의 특히 과장급에 있는 이들의 주장대로 신임 사장의 면목을 나타내지 않으면 아니 되게 되어 오늘부터 그는 사장실이라는 금 글자가 박힌 방속에 들어앉게 되었다. 안락의자에 깊숙이 몸을 파묻고 지금 막 붙여 문 여송연의 푸른 연기를 천장을 향하여 휙 뿜었다.

실오리같이 서리는 연기의 한 가닥 한 가닥을 마치 상만의 오늘까지 쌓은 인생의 탑을 그 절정까지 올라왔다는 암호와 같이 즐겁게 또 자랑스럽게 흩어진다. 오후 네 시가 되어 퇴사할 시간이 되었건만 그는 비 내리는 창밖으로 눈을 돌린 채 우두커니 자리에 앉아 있는 것이다.

그는 내일부터라도 아니 지금 당장이라도 삼십만 원의 현금을 만들어야 하는 섯이다. 오꾸마의 말대로 한다면 벌써 만주국에서도 상당히 무진 금광에 경쟁자가 나타났다 하지 않으니 삼십만 원 때문에 사장의 의자가 필요하였고 사장의 자리를 얻기까지 과연 어떠한 수고와 노력이 허비되었던고. 상만은 눈앞에 펼쳐 놓은 장부를 또 한 번 훑어보면서 길게 한숨을 뿜었다.

"마지막 난관이 남았으니 ……."

중얼거리는 상만은 팔을 뻗어 기지개를 켜고 자리에서 일어났다.

'은행에 예금되어 있는 통장은 전부 장인 영감이 가지고 가셨으니 …… 맹랑하단 말야 …….'

상만은 두 손으로 테이블을 짚고서

'그래도 한성물산 주식회사의 사장은 오상만이거든 …… 흠.'

상만은 또다시 담배에 성냥을 득 그어 붙이면서

'그렇지만 장인 영감! 난 결코 유동섭이 같이 만만한 젊은이는 아니니까요. 두고 보세요.'

하고 한편 어깨를 치켜 올리며 픽 웃었다.

상만의 웃음이 아직도 입술에서 사라지기 전에 사장실 문이 살며시 열리며 과장 이경태 씨가 들어온다.

"저, 그런데 사장 영감."

영감이라는 말이 어째 퍽 어색하게 들린다.

과장은 상만이 지시하는 교의로 가서 앉으며

"저, 다른 것이 아니고요 오늘 저녁에 사원들이 신임 사장을 환영하는 뜻으로 ××관에 모이는 것 아시겠죠."

하고 은근하게 그러나 지극히 겸손하게 허리를 굽히는 것이다.

"네 알았어요. 참 여러 가지로 미안합니다."

젊은 사장은 보기 좋게 골라선 이빨을 드러내 놓고 웃어 보였다.

그리고 세 시간 뒤 상만의 탄 자동차는 ××관 현관 앞에 속력을 늦추고 정거하였다. 현관에는 한성물산 회사원들이 보이의 덜미를 잡고 다투어 새 사장 앞으로 내달아 환영하는 인사를 흩뜨린다.

상만은 구석구석이 두 손을 모두고 서 있는 보이들을 둘러보거나 더구나 문마다 자양화(紫陽花)[1] 같이 서늘한 화장 위에 미소를 보내고 내다보는 기생들을 돌아보거나 그의 아름답게 벌어진 두 어깨가 으쓱하고 위로 치켜지도록 그는 만족하였다.

지정된 방에는 오상만이가 들어서자 곧 진미를 배설한 교자상이 들어오고 두 사람 사이에 기생이 하나씩 석고와 같이 미끄러운 손으로 은주전자에 술을 치기 시작하였다.

사원들이 사장을 환영한다 하여도 실상인즉 사장 자신이 자기를 투표하여준 신주주(사원)들에게 감사하는 회라고 할 수 있느니 만큼 모든 것이 풍성하고 또 호화스럽다. 이윽고 술이 한 순배 돌자 사장이하 모든 사람들은 차츰 긴장이 풀려 먹고 마시고 그리고 간간이 웃음소리도 흩어져 나왔다.

사람들은 아무 거리낌 없는 듯이 양복저고리를 벗어 붙이고 기생의 손에서 술잔을 받고 젓가락으로 음식을 집으면서도 그들은 어찌하면 이 젊고 재주 있는 사장의 눈에 들까 하여 그들의 머릿속은 결단코 태연하지 못한 것이다. 음식이 절반이나 갔을까 기생은 예비하여 둔 가야금과 장구를 끌어다 앉는다.

"백구야 훨훨 날지 마라."

솜 꺽센 듯한 그러나 무척 멋들어진 곡조가 한 기생의 입에서 굴러 나

---

1 수국.

오자 꿍꿍 하고 장구가 울렸다. 능란한 솜씨로 가야금도 병주(竝奏)가 되어 장내는 삽시간에 만화방창(萬化方暢)한 봄 동산처럼 화기가 넘쳐흐른다. 노래는 청류(淸流)와 같이 흐르고 술잔은 봉접(蜂蝶)과 같이 사람들의 입술을 스쳐갔다.

이윽고 노래 소리가 뚝 그치자

"에헴!"

하고 신임 사장 오상만이가 자리에서 일어섰다.

박수와 환호 속에서 그의 유창한 인사말이 막 시작하려 할 때 보이가 명함을 들고 방으로 들어왔다. 말을 마치고 자리에 앉은 오상만에게 보이는 공손스럽게 명함을 드리고 국궁[2]한 채 대답을 기다리고 섰다.

"황진? ××일보사? 만나 봐도 좋지."

상만은 보이를 따라 복도로 나섰다.

"아 얼마 만이십니까."

하고 상만은 반가운 듯이 황진의 앞으로 손을 내밀면서도 그의 맘속에는 ××일보라는 대신문에 부장이 친히 자기를 면회하러 왔다는 사실에 커다란 자부를 느끼는 것이다.

"네 안녕하십니까. 잠깐 여쭈어 볼 일이 있어서 왔는데 이건 너무 실례가 되나 봅니다. 하하하."

커다란 웃음소리가 황진의 떡 벌어진 어깨를 두어 번 흔들었다.

"온 천만에 제게는 의외에 영광이올시다."

그들은 곧 조용한 방으로 들어갔다. 상만이 보이에게 맥주를 가져오

---

2   윗사람이나 위패 앞에서 존경하는 뜻으로 몸을 굽힘.

라 하는 것을

"아닙니다. 그럴 것은 없습니다. 지금 곧 돌아가야 할 테니까요."
하고

"…… 저어 이것 좀 읽어 주셨으면 싶어서 ……."

황진은 포켓에서 몇 장의 종이를 꺼내 상만의 앞으로 내밀었다. 한참 동안 종이를 들여다보는 상만의 얼굴은 청동으로 만든 조각처럼 차츰 빛을 잃기 시작하였다.

"무슨 뜻인지 잘 모르겠는 걸요."

종이에서 눈을 굴린 상만은 억지로 웃어 보였으나 그의 깊숙한 속눈썹 아래서 빛나는 두 눈에는 벌겋게 핏줄이 내솟았다.

"그걸 모르실 이치가 있습니까. 그럼 이걸 참고로 읽어 보실까요?"

황진은 이번에는 한 손에 쥐고 있던 삼백 원 소절수를 상만의 앞에 펼쳐 놓았다.

"네! 그렇습니까, 그럼 이것을 가지고 내가 사장의 의자를 얻으려고 뇌물을 썼다는 것입니다그려."

상만의 입술에는 웃으려는 노력도 사라지고 그의 약간 오긋한 아래턱이 바르르 두어 번 떨렸다.

"네 그렇습니다. 저 종이를 보시면 아시겠지만 이경태 씨에게 오백 원을 주어서 사원 다섯 사람에게 백 원씩 갈라 주신 일은 부인이야 아니 하시겠죠?"

"……."

상만의 종이와 같이 하얀 얼굴이 갑자기 딸깃빛으로 붉어졌다.

"이건 어떤 사람들이 나의 사회적 지위를 무너뜨리려고 볼 수밖에 없군요. 난 도무지 기억에 없는 일이니까."

상만은 부들부들 떨리는 손으로 상위에 놓인 종이를 움켜쥐었다. 순간 커다란 황진의 손이 상만의 손을 움켜잡았다.

"이건 이러면 됩니까. 비겁하지 않습니까, 하하하."

"비겁하다니."

상만의 음성은 약간 쉬인 듯이 탁하여졌다.

"돌아가 주시우. 가령 내가 이런 일이 있다 가정합시다. 그렇다면 나는 법정에서 심판을 받을 뿐입니다."

상만은 분연히 자리를 차고 일어섰다.

"네, 그렇습니까? 법정에 심판을 받는 것은 당신의 일이구요 또 우리는 신문인이니까 보도하는 의무를 가지고 있습니다."

문으로 돌아나가려는 상만은 흠칫 그 자리에 화석처럼 서 버렸다.

실내는 분노와 조롱과 그리고 공포에 싸인 침묵이 흘러간다.

황진은 따라온 젊은 기자를 돌아보며

"그럼 이야기는 끝이 났으니 우린 돌아 가세나. 자기의 손으로 서명하고 날인한 것까지 부인하는 사람과 다시 더 할 말은 없으니까."

하고 자리에서 엉거주춤 몸을 일으켰다. 잠자코 두 사람이 일어나는 모양을 물끄러미 바라다보고 섰던 상만의 입가에 두어 번 경련이 지나갔다.

"잠깐만 기다려 주시요. 지금 이경태라는 사원과 또 강용식이라는 이가 저쪽 방에 있으니 지금 곧 좀 불러보면 될 일이 아닙니까."

"강용식 군은 아마 지금 자리에 없을 겁니다."

하고 황진은 자신 있게

"조금 전에 누가 와서 불러 갔을 테니까요."

하고 오상만의 먹으로 지은 듯한 눈썹을 바라본다. 상만은 그 말은 들은 척도 하지 않고 보이를 불러서 곧 두 사람을 불러 달라고 하였다. 그러나 보이에게 안동되어 온 사람은 이경태 한 사람뿐이었다.

"그 보시요. 강 군은 자리에 없다고 하지 않았습니까."

황진은 젊은 기자를 돌아보며 의미 있게 웃고 방바닥에 도루 앉는다.

"아 황 선생께서 오셨군요."

인사하는 이경태 씨는 사십이 넘은 중년 신사로 자신 있는 듯 부드러운 목소리로 좌중에 인사를 마치고 적당한 자리로 가 앉는다.

"강 군은 거기 없나요?"

하고 묻는 상만의 음성에는 확실히 짜증이 섞여 있다.

"네 조금 전에 보이가 명함을 가지고 오더니 나가선 그대로 아니 돌아왔습니다."

하는 이경태는 심상치 않은 상만의 얼굴빛을 유심히 살피는 것이다.

상만은 일순 등골이 선득하여지는 무서운 예감을 물리치려는 듯이

"인제 곧 오겠죠."

천천히 한 마디 하고

"저 그런데 이걸 좀 읽어 보시죠. 당신은 지금까지 과장이란 명목으로 회사에 요직에 계셨으니 이런 것쯤이야 모를 이치가 없겠죠."

하고 상만은 바람벽을 향하여 후르르 한숨을 뿜었다.

"……."

상민이가 손으로 가리키는 송이를 들고 숨도 쉬지 않고 한꺼번에 내려 읽는 이경태 씨의 이마에는 차츰 불쾌한 잔주름살이 잡혀간다.

"이건 또 무슨 말씀입니까. 도대체 어디서 어떻게 생긴 말입니까?"

종이에서 눈을 뗀 이경태 씨는 알 수 없다는 듯이 고개를 갸웃거리고는 그리고 도무지 억울하여 입맛을 다신다.

"모르십니까? 모르신다면 그뿐이죠 뭐."

하는 황진은 생각난 듯이 담배를 꺼내 불을 붙이며

"우리는 형사는 아니니까요. 모르신다는 것을 구태여 추궁하지는 않겠습니다. 좌우간 우리는 오상만 씨가 한성물산 주식회사의 사장의 자리를 얻기까지의 경로를 세상에 보도만 하면 그만이니까요."

황진은 뿌옇게 연기를 뿜으며 이경태와 오상만의 얼굴을 번갈아 노려본다.

"그러십시오. 난 또 나대로 명예 훼손죄로 ××일보사를 고발하면 그만이니까요."

상만은 태연스럽게 황진의 말을 받으면서도 그는 거칠어지려는 호흡을 늦추기 위하여 말을 마치고 지그시 혀끝을 씹었다.

"네 네. 명예 훼손죄로 고소원은 얼마든지 하십시요. 그러면 우리는 당신이 증뢰죄(贈賂罪)[3]로 법정에서 재판관 앞에서 취조를 당할 때 어느 신문보다 먼저 당신의 죄악을 발표해 드릴 테니 하하하하."

방약무인한 황진의 웃음소리가 상만의 고막을 탄환처럼 뚫었다.

"뭣이 어째? 죄악이라니."

상만은 부르르 떨면서 주먹을 쥐었다.

"그럼 다음 날 봅시다."

황진은 아무렇지도 않은 듯이 빙그레 웃으며 자리에서 일어섰다.

---

3 뇌물을 약속 또는 공여의 의사를 표시하거나 혹은 이러한 행위에 공할 목적으로 제3자에게 금품을 교부하거나 그 정을 알면서 교부를 받을 때에 성립하는 범죄.

"황 선생, 이 이러시면 됩니까?"

하고 이경태 씨가 두 팔로 황진의 어깨를 안았다.

"설사 그릇된 뉴스가 들어왔다 한들 오 사장의 체면을 생각하여 주신다면 좋도록 충고해 주시는 게 친절한 태도가 아니겠습니까, 네? 황 선생 이리 앉으세요."

이경태 씨는 젖 먹던 힘을 다하여 황진의 한 팔을 붙들었다.

"나도 한성물산 주식회사 사원의 한 사람인 이상 우리 사의 불명예한 점을 그것이 사실이 있든지 없든지 간에 세상에 들어내고 싶지는 않으니까요 …… 자 앉으십시오."

"앉으면 어쩌잔 말입니까. 아 주먹 들고 덤비는 당시네 사장이 무서워서 우린 가겠소."

하고 황진은 이번에도 웃지도 않고 자리에서 일어섰다.

복도로 나온 황진은 뒤에서 쫓아오며 부르는 이경태 씨는 돌아보지도 않고 부하를 독촉하여 현관으로 나와 버렸다.

거리로 나오면서 황진은 동섭과 약속한 것을 생각해 볼 때 아무 소득도 없이 돌아가는 자신이 우울하여졌다.

지나치게 누르기만 하고 요긴한 파업문제까지 이야기를 진전시켜 보지도 못 하고 불쑥 나온 자신이 어떻게 동섭을 대할까 싶어서 그는 어슴푸레 빛이 엷은 골목으로 들어서면서도 자신의 급한 성미를 나무라듯이 두어 번 혀를 찼다. 바로 그때이다.

"황 선생!"

하고 부르는 소리가 등 뒤에서 났다. 모자도 쓰지 않은 오상만이가 헬쑥한 얼굴에 억지로 웃음을 담고 가까이 오는 것이다.

황진은 오상만의 얼굴을 보는 순간 그는 속으로 후 하고 큰 숨이 나오리 만큼 커다란 안심을 느끼면서도 짐짓 상만이가 가까이 와서 등 뒤로 바싹 들어서기까지 잠잠하고 있다.

"황 선생 우리 이야기 좀 더 하는 게 어떻습니까."

상만의 한 팔이 황진의 어깨를 넌지시 눌렀다.

"대단히 좋은 말씀입니다."

하고 황진은 고개를 끄덕여 보이고 상만과 나란히 걸음을 옮기었다. 어느덧 비도 개여 하늘에도 드문드문 갈라진 구름 사이로 별들이 깜빡거리고 훨씬 살찐 가로수 잎사귀들이 미풍에 떨면서 밤거리를 지키고 섰다.

세 사람의 앞에는 지나가는 택시가 정거되었다. 이윽고 그들은 ××원이라는 청요리 집으로 들어갔다.

향기로운 찻물이 나오고 더운 타월이 올 동안 세 사람은 약속이나 한 듯이 담배를 피워 물었다.

"황 선생 조금 전에는 흥분만 해서 여러 가지로 실례가 많았습니다. 자 드십시다."

보이가 가져온 황주를 손수 황의 앞에다 따르며 그는

"좌우간 그 신기한 일입니다. 어디서 그런 가십이 날라 들어왔을까요?"

황진은 오상만이가 따라 논 술잔을 들면서

"그러니까 신문사지요 하하하 자 드시죠."

하고 황도 상만의 술잔에다 술을 따랐다.

"하지만 저로서는 치명적인데요, 하하하 안 그렇습니까?"

상만은 소리를 내어 웃고는

"최 군은 어떻게 생각하십니까? 아까 내게 주시던 것을 고대로 신문에다 박아 놓는다면 오상만이라는 사나이는 그 어디 살아 있을 면목이 있겠습니까, 안 그래요?"

"……."

최형기는 잠자코 빙그레 웃으며 안주로 오리 알을 집는다.

"안 그래요? 황 선생! 그러니 말입니다. 좌우간 그러한 가십을 내시겠다니 말입니다. 나와 무슨 원수진 일이 있습니까? 네? 황 선생!"

술도 인제 겨우 두 번밖에 먹지 아니한 오상만이가 갑자기 취할 성싶지도 않았건만 ××관에서 기생들이 따라 주는 술을 닷 잔이나 받아먹은 술이 인제 도는지 상만은 용기를 내어 말을 하기에 꼭 알맞게 흥분이 된 것이다.

"그러니까 우리는 신문에 내기 전에 오상만 씨를 먼저 찾아뵌 것이 아닙니까?"

하고 황진은 테이블 위에다 빈병을 내려놓고

"이 문제는 오 형의 태도 여하에 따라 어떻게라도 진전할 수가 있으니까요. 신문에 내고 안 내는 것도 결국 오 형의 결심 여하에 달린 것입니다."

황진은 비로소 이야기의 핵심에 도달한 것이 상쾌하였다.

"제 결심에 달렸다?"

상만은 황진의 말을 되받으면서도 그는 손뼉을 치고 싶으리 만큼 황진의 말이 감사하였다.

사실 자기가 예까지 온 것도 황진의 입에서 이 말 한 마디를 기다리고 온 것이 아니냐.

"말씀은 대단히 고마운 말씀인데 …… 도대체 제가 어떻게 결심을 했으면 이 야릇한 문제가 깨끗하게 자취를 감추어 버릴 수가 있겠습니까? 네?"

상만은 손바닥으로 산호와 같이 붉어진 뺨을 만지면서 황진을 물끄러미 바라다보는 것이다.

"글쎄요 ……."

황도 손수건을 꺼내 시원스럽게 벗어진 이맛전을 씻으며 부하를 돌아보았다.

"뭐 그렇게 길게 이야기하실 게 있습니까. 단도직입으로 제가 한 말씀 하겠습니다."

최형기가 안주를 집다 말고 말을 가로챘다.

"사장께서 말씀입니다. 이 가십을 사십시오. 그렇게 하면 우리는 선선히 이 문제에서 손을 뗄 것이니까요."

"사라고요 좋습니다."

상만은 고개를 끄덕여 보이고

"황 선생께서 친히 오셨고 또 문제가 문제인 만큼 …… 그렇습니다. 천 원 드리죠."

하고 천천히 황진의 낯빛을 지켰다.

"천 원? 고맙습니다. 그러나 천 원에는 팔 수가 없습니다. 미안하지만."

하고 황진이는 고개를 흔들었다.

"그럼 이천 원!"

상만은 여전히 돌부처같이 잠자코 앉아 있는 황진의 태도가 맘에 불쾌하여졌다.

"이천 원에도 팔지 않겠습니까?"

부르짖는 상만의 음성 속에는 분명코 어떤 반항이 섞여 있다.

"그렇습니다. 이천 원 아니라 오천 원, 만 원, 십만 원을 준다 하더라도 돈을 받고는 팔지 않을 테니까요 ……."

황진은 이쑤시개를 잘근잘근 씹으며 빙그레 웃었다.

"그럼 돈을 받고 팔지 않고 무엇을 받고 파시렵니까."

"당신의 마음 하나를 보아야만."

황진은 여전히 수수께끼와 같은 소리를 하고 뜨거운 차를 훌훌 마시는 것이다.

"내 맘이라니요?"

"오상만 씨!"

황은 입에 물었던 이쑤시개를 탁 뱉고 비로소 정색을 하고 상만을 똑바로 건너다보았다.

"인천 매축 공사장에서 총동맹파업이 계속되고 있지 않습니까? …… 그것을 말입니다. 오 형께서 무조건으로 양보를 해주신다면 우리는 영영히 이런 가십은 묵살해 버릴 게니까 맹세코!"

"……."

잠자코 앉아 있는 상만의 눈앞에는 갑자기 거만하고 밉살스러운 동섭의 모양이 나타났다. 이겼다. 빙글빙글 웃을 동섭의 얼굴을 생각할 때 상만은 부지중 주먹이 쥐어졌다. 현재 자기의 아내 자경과 무슨 연락을 취하고 있는 듯싶은 그 무섭고 능글능글한 동섭이 아니냐.

"안 됩니다. 그것만은 할 수 없습니다."

하는 말이 상만의 혀끝에서 뱅뱅 돌았으나 상만은 모처럼 붙잡은 이 사람들을 또다시 놓칠 것이 무서웠다.

"우리는 오 형께서 총동맹 파업단에게 보이시는 그 맘 하나를 목격하고서야 이 가십을 어떻게라도 처리할 수가 있으니까요 …… 오 형 우리는 이천 원이라는 현금보다도 당신의 인간적 의리를 더 소중히 여기고 싶습니다."

황진의 음성은 나직하게 울렸다. 그러나 그 나직한 음성이 우뢰 소리 보담도 더 상만의 간담이 서늘하여지는 것은 무슨 까닭일까.

'의리?……'

상만은 가만히 입속으로 뇌어볼 때 그의 눈앞에는 하얀 가운을 입은 인애가 나타나고 그리고 처녀를 바친 요시에, 자경 그보다도 쓸쓸한 넓은 집에서 자기를 기다리고 있는 어린 아들 학세의 얼굴이 지나가자 상만은 후 하고 한숨을 뿜었다. 그러나 참으로 그러나 그 미운 동섭에게 어떻게 만만히 무릎을 꿇을 수가 있을까.

"어떤 심리가 시간도 늦어지고 하는데 좌우간 확실한 대답을 들려 주십시요."

이번에는 최형기가 상만의 앞으로 고개를 내밀었다.

"……"

잠자코 앉았던 상만의 얼굴에는 보기 싫게 가는 경련이 지나갔다.

"좌우간 내일 오정까지만 기다려 주시지요."

하는 상만은 쓴 벌레나 깨문 때처럼 얼굴을 찌푸렸다.

"내일 오정!"

황진은 고개를 끄덕여 보이고 세 사람은 밖으로 나왔다.

상만은 그 길로 바로 오로라로 갔다. 손님들의 서비스를 하는 오꾸마는 상만의 왔다는 기별을 듣자 침실로 달려왔다.

"왜 무슨 걱정 되시는 일이 계세요?"

하고 오꾸마는 상만의 가슴에 얼굴을 대보고 그리고

"저기 아주 굉장한 손님이 오셨는데 누군지 아세요?"

하고 댄스홀을 턱으로 가리키고는 한편 눈을 찡긋해 보인다.

"누군데?"

"글쎄 누굴까요? 알아내시면 용하시지 ……."

오꾸마가 손가락질 하는 대로 커튼 사이로 눈을 내 놓은 상만은 갑자기 전신에 피가 일시에 거꾸로 흐르는 듯이 놀랐다.

"호호호 무얼 그렇게 보세요."

하는 오꾸마의 꽃떨기 같이 향기로운 손바닥이 상만의 손을 가려버렸다. 상만은 귀찮은 듯이 오꾸마의 손을 떨쳐버리고 뚜벅뚜벅 홀을 향하여 발걸음을 옮기었다.

오꾸마는 쓰디쓰게 웃고

"아직도 어린애야."

중얼거리고는 거울을 향하여 머리를 매만지더니 옷걸이를 열고 새나래 같은 옷들을 집어낸다.

상만은 홀로 들어서자 휴식하는 의자로 가서 털썩 기대앉았다.

유랑한 음악이 미풍처럼 실내를 흘러가고 성장한 남녀들이 화변처럼 가볍게 또 화려하게 리듬에 따라 빙그르르 맴을 돌 때 상만의 두 눈은 불을 뿜는 헤드라이트처럼 한 쌍의 젊은 남녀를 지키고 있다.

드문드문한 무늬가 박힌 엷은 이브닝드레스를 걸친 자경의 어깨는 거의 전부가 들어나 있고 아아 그 날씬한 가는 허리를 안고 돌아가는 억센 팔뚝 사나이는 방금 무어라고 자경에게 빙긋빙긋 웃으며 속삭이는데 자경도 방싯 웃고 사나이의 귀밑으로 고개를 들이밀지 않으니 상만은 목구멍에서 뜨거운 김이 화끈하고 치미는 것을 느끼면서도 그는 이러한 자경의 부정한 비밀을 발견하였다는 쾌감이 매운 후추를 씹는 때 같이 상만의 중추신경이 얼큰하여졌다.

'좌우간 어디서 본 듯한 얼굴인데 ……'

상만은 방금 자경을 한 팔에 안은 채 능란한 포즈로 왈츠를 추고 돌아가는 사나이의 얼굴을 생각하며 고개를 기울였으나 얼른 생각이 나지 않는다. 이윽고 음악이 뚝 그치자 사람들은 낙엽처럼 우수수 자리로 몰려온다.

춤추던 남자와 그대로 나란히 교의로 오던 자경은 거기 성난 곰과 같이 씨근거리고 앉아 있는 상만과 딱 눈이 마주치자 자경은 태연히 고개를 돌려

"어때요 오로라도 이만하면 오락장으로는 괜찮죠?"

하고 곁에 선 남자를 쳐다보면서

"이건 조선서는 아마 첨되는 시설인데 제 남편 되는 이가 간접으로 후원을 하고 있답니다, 호호호."

"네 네, 그렇습니까?"

사나이의 굵직한 베이스가 상만의 귓바닥에 당나귀 소리보다 더 밉살스럽게 울렸다.

자경은 상만의 옆에 빈자리로 가서 사나이와 나란히 앉았다. 여급인 듯한 에이프런을 두른 어여쁜 여자들이 나르는 소다수 잔을 집어 들고

"자 목마르실 텐데."

하고 자경은 손수 소다 잔을 청년의 턱밑으로 들이민다.

"허즈께서 이런 도락을 하시도록 하이칼라가 되셨나요? 굉장한 발전인데요 …… 난 또 늘 인천서 빈민사업을 계속 하시고 계시는 줄만 알았

더니?"

하고 청년은 빙그레 웃는다.

"아이 배 선생 그럼 제가 누구와 결혼한 건 아직 모르시는군요."

"……."

잠자코 빙긋빙긋 웃는 청년을 향하여

"호호 이 어른야요. 오상만 씨라고 한성물산 주식회사 ……."

하고 자경은 턱으로 상만을 가리켰다. 바로 눈앞에 앉았던 사람이 그 인
줄 비로소 깨달은 청년은 약간 당황해서

"오, 그렇습니까 …… 첨 뵙습니다. 전 배창환이라고 합니다."

하고 청년은 억세게 생긴 큰 손을 상만의 앞으로 내밀었다.

"왜 저 야구선수 배창환 씨 기억하시죠? 재작년 가을에 직업 선수로
세계 일주를 떠나셨던 …… 왜 저 배연숙 씨 오빠 되시는 ……."

한참 동안 듣고 있었던 상만은 그제야 생각이 난 듯이

"네 알지요. 이럴 테면 구면이올시다. 언젠가 이 양반 서재에서."

자경을 가리키며

"우리 티파티 할 때 뵌 듯한데요."

상만은 옆 사람의 체면으로라도 낯빛을 고치어 인사를 건네지 않을
수 없었다.

"네 그게 바로 배창환 씨께서 떠나시기 전날 밤 이었나 봐요. 참 세월도."

하고 자경은 가만히 한숨을 삼켰다.

"어떻습니까? 이런 사업은 영리보다도 오히려 오락적으로 기분 전환
에는 제일 첩경이겠습니다그려."

배창환의 이러한 인사를 듣는 상만은

"아닙니다. 난 도무지 여기에 관계없습니다. 원체 바쁘니까요."

하고 고개를 좌우로 흔드는 상만에게

"이번에는 당신도 추십시다. 저게 보세요. 당신이 기다리고 있는 마담이 나오지 않아요?"

하고 자경이 가리키는 곳에는 눈이 부시도록 찬란하게 차린 오꾸마가 여왕처럼 홀로 들어서는 것이 보인다.

상만은 호랑이를 잡으러 왔다가 호랑이에게 잡히는 격으로 차츰 형세가 불리하여지는 것을 느끼자 그는 속으로 혀를 찼다. 은실로 물결처럼 수놓은 이브닝드레스에 같은 은빛 구두를 신은 오꾸마는 진주 목걸이에 진주 귀걸이를 걸고 휘황한 전등 아래 나타날 때 그보다도 지나치게 정돈된 그 얼굴에 부끄러운 듯한 미소. 그것은 사람이라기보다도 달나라에서 내려온 여신과 같이 아름다웠다. 나이 삼십이 되도록 거친 세파에 부딪혀온 것과 딴판으로 오꾸마의 미소는 언제나 처녀같이 수치를 머금고 있다. 아니 그의 크고 빛나는 두 분은 십칠팔 세의 소녀의 눈보다 오히려 맑고 깨끗하다. 자경은 속으로

'정말 아름답다.'

하고 속으로 외쳤으나 이 여자가 인천 차돌이 집 건너 방에서 동섭에게 술을 먹이고 그리고 동섭을 그 무릎 위에 뉘이던 그 여자였다는 것을 알 수가 있을까. 사람들은 그중에도 남자들은 오꾸마를 보자 다투어 앞으로 나가서 아는 체를 하고

"이번에는 저와 같이 추어주시겠습니까?"

하고 허리를 굽히는 것이다.

오꾸마는 일일이 답례를 하면서 그의 발길은 점점 자경의 일행이 앉

아 있는 곳으로 가까이 옮겨질 때다.

"마담!"

하고 교의의 앉은 채로 오꾸마를 부르는 사람이 있다.

확실히 사십이나 되었을 듯한 중년 신사가 구레나룻을 면도한 자국이 바로 비친 별으로 푸르고 사부가리로 깎은 정수리에 곱슬머리가 두어 개 참따랗게 엎드려 있고 약간 나온 듯한 눈이 맘 놓고 눈초리가 아래로 처졌다. 채플린 식으로 바싹 자른 수염 아래로 일자로 다문 입술 여인의 어깨와 같이 선이 순하게 퍼진 어깨 위에 얹은 목덜미가 맨드라미처럼 붉다.

"마— 다가노[高野]사마."

오꾸마는 신사의 팔이나 잡을 듯이 바싹 다가서서

"그래 오늘은 틈이 계셨군요. 노 기다려도 아니 오시더니."

하고 보일 듯 말 듯한 눈으로 윙크를 남긴 채 마담 오꾸마는 사람들 속으로 사라졌다.

고야(高野)라는 신사! 그는 도경찰 형사부장으로 벌써 이 오로라에 다닌 지도 반년이나 넘어 마담 오꾸마에게는 호의를 지나 우정을 느끼고 그리고 오꾸마의 아름다운 자태 때문에 깊은 잠을 잃어버린 지가 벌써 두어 달이나 된다.

자경은 오꾸마가 이곳으로 오려다가 다른 데로 가버린 것에 약간 실망을 느낀 듯

"좀 부르세요, 네?"

하고 상만을 쳐다볼 때 또다시 관악이 울려왔다.

어찌된 셈인지 이번에도 왈츠다. 자경은 배창환과 나란히 일어서면서

"모처럼 구경하러 왔으니 마담과 함께 추어 보서요 네?"

자경은 상만에게 또 한 번 외치고는 그는 청년의 팔에 몸을 맡긴 채 익숙하게 스텝을 밟기 시작한다.

상만은 자경의 방약무인한 태도가 괘씸하다니 보담도 이렇게까지 참으면서 신사의 체면을 유지하여 가려는 자신이 이상스러웠다.

'어디보자 네 멋대로 실컷 해보아라.'

상만은 교의에 기대인 체 물끄러미 잔물결처럼 밀려왔다 밀려갔다 하는 사람들의 발들을 지키고 있다.

바로 그때 빙그르르 맴을 돌며 자기 앞을 지나가는 은빛 구두! 상만은 오꾸마를 쳐다보고 괴롭게 웃었다.

지금 고야 형사부장의 가슴에 안기어 춤을 추는 오꾸마가 흘깃 상만을 향하여 윙크를 보낸 까닭이다.

상만은 차츰 피로함을 느끼었다. 그보다도 얼근히 목이 말라왔다. 그는 슬며시 일어나 홀을 빠져 나와 오꾸마의 침실로 들어갔다.

손수 수도에서 냉수를 뽑아 두 고뿌나 마시고 침대로 가서 벌떡 누워 버렸다.

그는 천장을 향해서 빙그레 웃었다. 자경의 교만한 콧잔등을 짓밟아줄 수 있는 커다란 구실을 얻은 것이 무척 만족한 모양이다.

"건 그렇고 …… 도대체 황진이란 작자가 삼백 원 소절수를 어떻게 손에 넣었느냐 말야?"

그는 이렇게 중얼거려보자 갑자기 등골에서 콩이 튀는 듯 자리에서 벌떡 일어나 앉았다.

"설마 이경태가 아니 강용식이가 나를 배반하지는 않았을 테지. 강은 이십 원씩 이경태 씨는 삼십 원씩 월급을 올려 주었는 데도?"

상만은 자신이 얼마나 그들에게 관대한 대우를 하여준 것을 생각해 보면 볼수록 자기가 써준 그 삼백 원의 소절수가 황진의 손으로 들어간 것이 알 수 없는 수수께끼가 아닐 수 없는 것이다.

오상만은 자기 회사에 사원 중에 최준호라는 사람이 옛날 조창수의 부하로 동섭과 친분이 있고 그리고 그는 지금도 간간히 동섭과 서신 왕복이 있다는 사실은 물론 알 길이 없는 것이다. 이경태에게서 다섯 사람이 백 원씩 받았다는 사원 가운데 최준호가 한 사람 끼어 있었던 것이니 그가 조용히 찾아온 동섭에게 사내의 일절을 이야기한 것도 물론 상만으로서는 알 수 없는 일이다.

'현금으로 줄 것을 춧 …… 하지만 현금이 수중에 없었거든 …….'

상만은 일어서서 두 손으로 뒤통수를 안은 채 방안을 왔다 갔다 하면서

'날이 새면 그리고 오정 고동이 불 때는 나는 동섭 앞에 무릎을 끓어야만 되나?'

문이 열리고 상만의 뒤로 사람이 가까이 온다.

방에 들어온 사람은 오꾸마였다. 벌써 왈츠의 한 차례가 끝이 난 모양이다.

오꾸마는 상반의 뒤로 가서 두 팔로 넌지시 상만의 어깨를 안고 그리고 상만의 등에다 얼굴을 실으며

"왜 무슨 걱정이 있으셔요? 그래 제게는 비밀에요?"

하고 오꾸마는 손가락으로 상만의 옆구리를 간질였다. 귀찮은 듯이 잠자코 소파로 가서 털석 앉아버리는 상만을 한참 노려보던 오꾸마는

"부인께서 이런 곳엘 좀 나오셨기로니 그렇게 우울해 하실 게 뭐에

요? 밤낮 여기서 사는 나 같은 사람은 어디 인간으로 보십니까 그럼."

오꾸마는 가시처럼 따끔하게 한 마디 쏘고 창문으로 가서 커튼을 걷어 치고 안개 속에 졸고 있는 밤경치를 내려다보았다.

상만은 한참 만에 오꾸마의 곁으로 오더니

"이리와요 정말 큰일이 하나 생겼어. 이봐, 강용식에게 준 삼백 원 소절수가 ××신문사로 들어가고 그리고 신문사에서 ……."

상만은 조금 전에 황진과 만나고 온 일절을 이야기 하였다.

태연하게 듣고 있던 오꾸마는

"글쎄 지금까지 서로 대립을 하고 있던 관계상 갑자기 파업단에게 굴복한다는 것이 어째 생각하면 분하다고 할 수 있죠 …… 하지만 …… 큰일 앞에 적은 일로 외려 이런 기회에 당신의 넓은 도량을 저쪽에 뵈주는 게 좋지 않을까요? 무진 금광만 완전히 우리 것이 된다면야 그까짓 문제들요 바람 앞에 겨와 같이 날아가 버리고 말 테니까요 안 그래요?"

오꾸마는 명랑하게 웃고 두 팔로 상만의 머리를 안았다.

"그래도 그 녀석 동섭이 녀석 앞에 머리를 숙이게 되는 거니까 말야."

상만은 조금도 맘이 편치 않은 모양이다.

"그럼 유동섭이 한 사람 때문에 당신의 명예를 희생시켜도 좋습니까? 글쎄 ××일보사가 중재를 시킬 때 못 이기는 채 하고 들어주는 것이 제일 상책이에요. 괜히 신문사와 싸움을 해보았자 그야말로 저쪽은 강자니까요. 붓대 하나로 사람의 몸을 자르기도 하고 잇기도 하지 않아요?"

오꾸마는 만들어다 붙인 듯이 아름다운 상만의 귓바퀴를 말끄러미 들여다보면서

"동섭이에게 머리 숙이는 것은 분하고 대 회사의 사장이 뇌물죄를 범

했다고 신문에 나는 것은 부끄럽지 않아요? 물론 신문에 날 때에는 벌써 경찰서에도 알게 될 게고."

"……."

상만은 잠자코 앉아 있다가

"그 무진 금광에서 사람이 온다더니 어떻게 됐어?"

하고 오꾸마를 돌아본다.

"저 내가 연기를 시켰습니다. 이쪽에서 돈 준비도 되기 전에 사람부터 불쑥 먼저 오면 어떻게 해요 그래서 ……."

"거 잘됐군. 좌우간 넉넉잡고 한 달만 기다려 달라고 그래요 한 달만."

"네, 좀 늦지만 할 수 있나요."

오꾸마와 상만이 이런 이야기를 주고받고 하는 일방 댄스홀에 있던 자경은 배창환과 나란히 오로라를 나왔다.

등대하고 있는 자동차에 올라타자 자동차는 함초롬 젖은 아스팔트 위로 미끄럽게 구르기 시작하였다. 휙휙 지나가는 불들을 헤이고 있던 자경은

"배 선생!"

하고 나지막하게 불러놓고

"우리가 이렇게 만나기가 얼마 만에요?"

하고 빙그레 웃는 자경의 눈에서는 핑그르르 눈물이 돌았다. 이 청년이 자기에게 바치는 그 순정 그 티 없는 정열을 생각할 때 자경은 지나간 그때가 몹시도 그리워지는 것이나.

"배 선생 당신에게서 받은 컵은 우리 집 피아노 위에 잘 모셔 두었습니다. 내일이라도 놀러오서요, 네?"

자경은 이상스럽게도 처녀와 같이 뛰는 자기 가슴을 감각하면서

"전 배창환 씨를 잊어본 때는 없었어요."

하고 볕에 그을린 듯한 창환의 검붉은 얼굴을 들여다보았다.

"감사합니다."

창환은 고개를 숙여 보이고 지그시 눈을 감는다.

만약에 이 청년이 전과 같이 자기를 사모하고 있다면 하고 생각해 볼 때 자경은 까닭 없이 가슴이 두근거리는 것이다. 상만이란 남자가 깨어진 질그릇과 같이 값없는 존재가 되어버린 오늘 동섭이 마저 인애와 결혼을 한다는 풍설이 돌고…….

빈 들을 소요하는 듯 황량한 자경의 눈앞에 옛날 자기를 사모하던 배창환의 출현은 커다란 자극이 아닐 수 없는 것이다.

"우리 서늘한 차나 좀 마시러 갈까요?"

하고 자경은 얇은 숄을 걸친 상체를 창환의 어깨에 살며시 기대었다.

"글쎄요 곤하시지 않으세요?"

하고 창환은 빙그레 웃었다.

자동차는 이윽고 조용한 거리에서 정거하였다.

'만약에 이 사람만 예전 그대로 자기를 사랑하여 준다면?…… 나는 모든 것을 청산해 버려?…… 그리고는 배창환이와 같이 세계 일주를 떠나?'

이런 생각이 장난꾼 아이 모양으로 핑그르르 자경의 머릿속을 지나가자 자경의 얼굴은 봉변이나 당한 것처럼 화끈 달아졌다.

두 사람 앞에 아이스크림이 나왔다. 태연스럽게 퍽퍽 떠먹는 배창환 앞에서 자경의 손이 소녀와 같이 떨리는 것은 무슨 까닭일까.

밤도 깊어 상만은 오꾸마의 붙드는 대로 전과 같이 오꾸마의 침실에

서 웃옷을 벗기 시작하였으나 그의 가슴은 마치 심해에 문어발에 졸리고 있는 듯한 괴롬을 어찌할 수가 없는 것이다. 오로라로 자경 자신이 진출하기까지 과연 자경은 누구의 코치를 받고 있었을까.

상만은 조금 전에 자경의 약점을 발견하였다는 쾌감도 안개와 같이 사라지고 그는 어떤 커다란 불안에 사로잡히기 시작하는 자신이 민망하였다.

상만이 오꾸마와 함께 북만 일대를 특히 무진 금광을 시찰하고 돌아온 뒤만 하더라도 자경은 오로라니 마담이니 하고 덤볐겠다.

도대체 오로라의 이야기는 어디서 들은 말인고. 황진에게서? …… 아니 누구보다도 그런 것을 뼈아프게 자경에게 보고할 사람은 동섭 이외에 누굴까.

동섭, 서 사장, 자경, 배창환, 황진, ××일보사 …… 이들은 커다란 그물이 되어 상만이란 물고기 하나를 에워싸기 시작한 것이 아닐까.

상만은 침의로 바꾸어 입은 뒤에도 침대로는 가지 않고 소파에 비스듬히 기대어 앉은 채 생각을 계속하고 있는 것이다.

'내 뒤에는 누가 있나?'

상만은 방금 거울 앞에서 콜드크림으로 화장을 지고 있는 오꾸마를 돌아다보았다.

과연 오꾸마만치 총명하고 지략 있는 여인이 누구냐. 아니 단연코 남자보다 승한 오꾸마가 아니냐 그러나…….

상만은 고개를 흔들었다. 오꾸마는 한 사람이다. 내 뒤에는 다만 오꾸마 한 사람뿐이구나.

상만은 담배도 피울 것을 잊었는지 그는 우두커니 머리를 떨어트리고 생각에 잠겨있다.

"왜 이러세요? 여태껏 그 일 한 가지를 그렇게 골똘하게 생각하시는 거야요?"

하고 오꾸마는 자기 머리에다 뿌리던 헤어토닉을 짓궂게도 상만의 목덜미에다 서너 방울 떨어트렸다.

상만은 잠자코 자리에서 일어서더니 훌훌 잠옷을 벗고 다시 양복으로 바꾸어 입는다. 오꾸마는 눈이 동그래져서

"지금이 몇 시라고 어딜 나가실 테에요."

하고 소리를 쳤다. 상만은 성큼성큼 층계를 내려와 벌써 잠겨 있는 아래층 문을 열고 밖으로 나왔다.

초저녁에 개었던 하늘은 또다시 흐리기 시작하는지 하늘에는 뭉텅뭉텅 구름이 괴물의 행렬처럼 방□□□□를 음습하려는 듯이 보인다.

상만은 뚜벅뚜벅 페이브먼트[4]를 울리며 걸음을 옮겼으나 □□□독가스처럼 심장 한복판에 스머드는 것을 어찌할 수 없는 것이다.

그는 가까운 까레지로 가서 택시를 잡아타고 ××정 요시에 집으로 향하였다.

이 밤에도 참따랗게 자기를 기다리고 있을 요시에와 그리고 포근히 잠이 들어있을 어린 아들 학세를 생각해 보자 상만은 그 사이 근 반삭 동안이나 요시에를 잊어버리고 있었던 자신이 얼마쯤 후회스러웠다.

요시에의 집골목 앞에서 자동차에서 내려 나지막한 쇠문을 밀어 보았으나 문은 꼼짝도 하지 않는데 안으로서 갑자기 무서운 맹견이 물어

---

4   pavement. 건축물 바닥 노면 따위의 포장, 인도, 보도.

찢을 듯이 짖고 덤빈다.

이 층에 불빛이 환한 방에는 사람의 그림자기 비치는 것을 보아 요시에는 아직 자리에 눕지 아니한 모양이다.

"오이 오레다요."

상만이 한 마디 외치자 이윽고 할멈이 나오고 그리고 뒤따라 요시에도 현관 밖으로 하얀 얼굴을 빼꼼 내밀며

"내일은 해님이 서편에서 뜰 차랜가 보지요? 나리께서 이리로 오시는 걸 보면."

하고 요시에는 빙긋이 웃고 상만이 벗어 놓는 구두를 손수 신장으로 집어넣으면서도 그는 이 불의에 내방한 손님이 맘속으로 약간 딱하기도 하였다.

요시에는 상만을 이 층으로 올려 보내 놓고 할멈에게 무어라 소곤거리고는 자기도 곧 상만의 뒤를 따라 층계로 올라섰다.

"개는 웬 개야 응?"

하고 상만이 빙그레 웃어 보이자 요시에는 새침하게

"하도 무서우니까 사다두었죠 …… 본정통에 산보하러 가는 길에 누가 사라고 권하기에 큰맘을 먹고 사버렸죠 …… 일백 칠십 원에."

하고 요시에는 쪼르르 차를 따르면서도 개를 사온 것은 실상인즉 불시에 찾아오는 상만을 경계하려는 목적인 것을 생각하고 속으로 생긋 웃었다.

상만은 차를 흰 모금 마시고

"그래 그 사이 많이 심심하지? 학세는 어디 갔어?"

하고 방안을 휘휘 살폈다.

"참 할멈! 아래층에 손님 올라오시래요. 나리님 오셨다고 여쭈어."

요시에는 아래층을 향하여 소리를 지르고 상만을 향하여 고쳐 앉으며

"바로 어제였군. 저, 내지에서 손님이 왔어요."

하고 빙그레 웃는다.

"음 손님이 와? 그 좋지, 누구야?"

"내 어머님 막내 동생이에요 …… 그래 오늘 밤에는 학세를 데리고 극장에를 갔더니 바로 조금 전에 돌아왔어요."

하고 핀을 쑥 뽑아가지고 머리를 긁고는

"야주 좀 가져 올까요?"

하고 또 한 번 빙긋이 웃는다.

상만은 고개를 흔들고

"술은 관 두어. 그 대신 냉수나 가져와."

하고 더운 김이 훌훌 끼치는 목구멍으로 마른 침을 삼키었다. 요시에는 다람쥐와 같이 아래층으로 내려와서 손수 고뿌에 물을 떠오고 그리고 뒤미처 학세도 올라오고 맨 뒤에 키가 땅딸막하고 얼굴이 하얗게 생긴 데다 검은 머리털이 유난히 굵고 좀 들어간 듯한 두 눈은 하삼백(下三白)으로 사람을 쳐다볼 때마다 흰 창이 아래로 보이는 말하자면 좀 불쾌한 첫인상을 주는 삼십 대의 청년이 들어왔다. 이 청년이 요시에와 알게 된 지가 벌써 석 달이 넘었고 간간히 요시에를 찾아와서 밤늦도록 이야기하다가 가끔 요시에의 옆의 방에서 한 밤을 새우고 가는 흑택(黑澤)이라는 사나이다. 그는 요시에의 외삼촌도 아무 것도 아니다. 경성 사설탐정국의 한 사람으로 요시에의 복심이 되어 오상만, 오꾸마, 자경의 신변에서 일어나는 모든 사건의 일체를 무선 전신과 같이 시시각각으로 요

시에에게 일러주는 요시에에게는 둘도 없이 고마운 존재이니 …… 오상만에게는 이 역시 커다란 그들의 한 귀퉁이인 것만은 부정할 수 없는 사실이다.

상만은 곁에 와서 앉는 학세를 한 팔로 안으며 요시에의 외삼촌이라는 흑택 씨와 인사를 교환하였다.

"아 이렇게 젊은 아저씨가 계셨댔구먼."

하고 상만은 요시에를 향하여 빙그레 웃었으나 요시에는 웃지도 않고

"다 그런 거야요. 다른데 원체 재미있는 일이 많으시니까 내 신변에 일이야 아실 틈이 계서야죠, 뭐."

하고 호르르 한숨을 내쉬더니 머리핀을 뽑아 또다시 머리를 긁는다.

"얼마 동안이나 계실지요? 여관으로 가실 것 없이 불편하신 대로 여기 계시죠?"

하고 상만은 주인다운 관대한 낯빛으로 손님에게 인사말을 건네었다.

"네, 네 감사합니다. 뭐 한 이삼 일 있으면 곧 떠나야 될 터이니까요. 저도 실상인즉 어떤 돈 가진 사람의 심부름으로 금광을 하나 물색하러 나왔습니다, 하하. 조선은 금이 무진장으로 포함되어 있다니까요."

하고 흑택은 뚱뚱한 배를 추스르며 웃었으나 그가 웃을 때마다 안으로 옥은 듯한 이빨이 절반 밖에 들어나지 않는 것을 보아 결코 맘 놓고 이야기할 수 있는 그런 심성 좋은 사나이는 아닌 듯싶어 상만은

"네 그렇습니까."

힌 마디 간단히 하고 곁에 놓인 냉수 고뿌를 들이켰다.

이윽고 흑택은 상만의 만류도 듣지 않고 이미 정해 놓았다는 사관으로 가버렸다.

손님이 돌아간 뒤 요시에는 새침한 채 돌아 앉아 손가락 마디만 딱딱 분지르고 있을 뿐 차디찬 눈사람처럼 잠자코 말이 없다.

　"왜 사람이 오래간만에 왔는데 이 모양이야?"

하고 상만이 넌지시 한 마디 건네자

　"오래간만에 흥. 오래간만에 누가 오시래요? 날 같은 인간은 깨끗이 잊어버리세요. 정말이지 인젠 지긋지긋해졌어요."

하고 요시에는 담배에다 불을 붙여 호 하고 연기를 뿜는다.

　"깨끗이 잊어버려라? 거 정말이야?"

　상만은 짐짓 성난 얼굴로 호령을 했다.

　"정말이지 누가 거짓말을 할라고요? 당신처럼 ……."

　요시에는 저쪽으로 휙 돌아앉으며

　"여보 당신도 좀 생각을 해보시구려. 그래 내가 무엇 때문에 당신의 첩 노릇을 하고 있는지 아세요? 이것 때문이야요. 이것."

하고 상만의 무릎 위에 앉아 있는 학세를 흘겨본다.

　"아니 어린애 앞에서 그 무슨 말버릇이람. 첩이니 머니 이거 정말 왜 이렇게 히스테리가 됐어?"

　상만의 목소리는 나직하였으나 정말 성이 난 모양으로 그의 기다란 속눈썹이 꼿꼿이 일어섰다.

　"피, 그 눈 감고 야옹하는 수작 인젠 좀 작작하시구려. 당신이나 내가 언제까지 숨바꼭질이나 하고 지날 나이는 아니니까."

　요시에는 피우던 담배를 휙 재떨이에 내던지고

　"정말야요 이왕이면 말야요 남의 첩 노릇을 할 바엔 좀 사나이 구경이라도 하구 아일 용돈도 좀 헤프게 써 볼 수도 있어야만 그래도 신이 날 텐데. 이건 쇠통[5] 그림에 떡이니 호호호."

요시에는 히스테리컬하게 소리를 내어 웃는다.

"아 아니 저때 번에 오천 원 준 것 어떻게 됐어. 벌써 다 쓰지는 않았 겠지?"

상만은 오꾸마와 함께 경마장에서 번 돈 오천 원을 갖다 준 것이 생각 이 난 까닭이다.

"그래도 이년이 고지식하거든. 아 그 돈만 하더라도 보통 저금을 했 더라면 아쉬울 때마다 쓸 것인데 …… 참따랗게 학세의 이름으로 거치 저금을 해뒀거든 …… 하기야 기한이야 일 년으로 했지만."

상만은 요시에의 푸념을 듣고 있는 동안 자기가 어떻게 요시에에게 잘못하였다는 것이 또 한 번 뼈아프게 느껴졌다.

"여보 요시에 모든 것은 내 잘못이요. 그래 것도 말야 요사이는 좀 그 런 일이 생겼어 …… 참 내가 우리 회사에 사장된 것 아직 모르지?"

하고 상만이 빙그레 웃었다.

"왜요? 신문에서 보았죠. 『경성일보』에서 …… 것도 다 기쁜 사람들 이나 기쁘지 나에게야 …….

요시에는 말끝을 흐리고 소매로 얼굴을 싸더니 흐덕흐덕 느끼기 시 작을 한다.

"울긴 왜 울어? 인제 눈 질끈 감고 한 달만 지나보란 말야. 내가 어떻 게 큰 성공을 하는지 홍 그땐 말야 나는 왕이고 우리 학세는 왕자가 될 테니 …….

---

5 '전혁'의 방언.

"몽녀 왕녀에게 장가나 드신다면?······ 이러고저러고 난 다 귀찮아요."

하고 요시에는 발딱 일어서서 턱턱 이부자리를 깔더니 오비도 끄르지 않고 그대로 벽을 향하여 착 돌아눕는다.

상만은 잠자코 학세를 안고 한 쪽에 깔아 논 이불 속으로 들어갔으나 이토록 푸대접을 받지 않으면 안 되는 자신이 쓸쓸하여졌다.

오전 두 시에 잠이 든 상만은 짧은 초 여름밤을 괴로운 꿈속에서 보내고 눈을 떠보니 오전 여섯 시다.

그는 오늘이란 오늘이 동섭과 단거리 접전을 하는 무서운 날인 것을 생각하자 그는 후다닥 자리에서 일어서면서

"오이."

하고 요시에를 불렀다. 젖은 수건으로 대강 얼굴을 문지른 다음 옷에 단추를 꿰면서 층대로 내려오던 상만은

"자, 용돈."

하고 지갑에서 십 원짜리 석 장을 꺼내 요시에 앞으로 내밀었다.

"일 없어요. 이까짓 코 묻은 돈 누가 달랬나요?"

하고 요시에는 보기 싫게 입을 삐죽한다. 어젯밤 ××관에서 황진에게 당한 졸경,[6] 오로라에서 자경의 놀던 꼴, 또 오늘 동섭에게 항복한다는 이러한 모든 사실이 마치 예리한 칼끝처럼 그의 신경을 침질하고 있는 이 아침.

어젯밤부터 도전적으로 나오는 이 여인의 태도에 상만의 분노는 통으로 터지고 말았다. 상만의 손바닥이 철썩하고 요시에의 흰 뺨을 두어

---

6 지독하게 받는 고문 또는 벌.

번 후려갈기자 곁에서 빤히 쳐다보고 섰던 학세가 불로 지지듯이 자지러지게 울어댄다.

"네 맘대로는 만만히 되지 않을 테니 ……."

상만은 두 손으로 뺨을 싸고 있는 요시에게 한 마디 내던지고 현관으로 나왔다.

큰길로 나온 상만은 혼자 쓰디쓰게 웃었다.

"내 뒤에 또 한 사람이 있다는 실감을 가지려고 학세를 보러간 것이 잘못일까?"

중얼거리는 상만의 눈에는 눈물이 고였다.

"아 외롭다 쓸쓸하다."

하고 또 한 번 중얼거리는 상만의 젖은 눈동자에 커다랗게 비친 한 개의 물체!

모자도 쓰지 아니한 채 훌쩍 큰 키에 쪽 곧은 두 다리로 성큼성큼 앞을 서서 걸어가는 청년! 상만은 자기도 모르는 사이에 그의 두 발은 어느덧 청년의 등 뒤로 바싹 다가서고 그리고

"유 군 아니요?"

하고 나지막이 소리를 쳤다. 흘긋 돌아다보는 그는 틀림없는 유동섭이었다. 상만의 함초롬 젖은 속눈썹을 물끄러미 바라다보는 동섭은

"조반도 먹을 겸 우리 저리로 가세나."

동섭과 상만은 근처 레스토랑으로 들어갔다.

시간이 시간인지라 레스토랑에는 먼지가 묻은 테이블들이 적적히 놓였을 뿐 얼마 동안은 사람이 기척도 들리지 않는다.

"아무도 없소?"

동섭이가 큼직하게 외치자 안으로서 비와 걸레를 가진 하녀가 허옇게 분이 남아 있는 목덜미 위에 헝클어진 머리카락을 쓸어 올리며 두 사람을 향하여 허리를 굽혀 보이고 물을 뿌리며 소제를 시작한다.

상만은 자기 앞에 앉아 있는 사람이 유동섭이라는 것을 또 한 번 생각하여 보자 그는 한 시간 전까지의 아니 반시간 전까지의 자기의 가슴을 누르고 있던 커다란 중석(重石)을 갑자기 치워버린 듯한 그러한 맘의 가벼움을 느끼는 것이다.

그 지긋지긋하게 밉던 동섭을 …… 같이 한 하늘을 무릅쓰고 살지 못할 그 유동섭을 바라보는 상만의 심장 한복판에 적설을 녹이는 봄바람인 듯 따뜻한 평화가 스며드는 까닭은 무엇일까.

그것은 상만 자신도 알지 못할 진실로 불가사의의 맘의 변화였다.

앞에도 자기를 미워하는 사람, 뒤에도 자기를 원망하는 사람을 가진 상만은 진실로 일엽편주로서 무변대해를 향하여 가는 불행한 사공이다.

이미 목적지에 가까웠다 하는 감격이 사라지기 전에 타고 있는 적은 배가 불의의 암초에 부딪혀 바야흐로 파선의 위험을 깨달은 상만은 훌쩍 몸을 던져 배를 부서뜨린 그 바위 위에 내려선 그러한 든든한 삶의 실감이라 할까 그는 유동섭을 또 한 번 찬찬히 바라보았다.

사나운 물결이 맹수처럼 들이덤빌 때 움직이지 않고 꽉 버티고 서 있는 바위! 상만은 꽉 다문 채로 있는 동섭의 입술을 보거나 약간 검은 듯한 이마 아래로 힘 있게 쏘아 나오는 그 시원스러운 안광과 마주칠 때

'아아 바위!'

하고 그는 맘속으로 외쳤다.

"과연 너는 사나이다. 너는 약자의 동무요 정의를 대변하는 사나이다

운 사나이다."

이렇게 중얼거리는 상만의 눈앞에는 거기 유동섭이라는 일찍이 자기 자신에 증오와 복수의 대명사로 불리어지던 한 개의 남자는 없어졌다. 상만의 앞에 앉은 사나이, 그는 한 커다란 독립된 인격의 결정이다.

돈도 지위도 그리고 가정도 가지지 못한 허름한 기성품인 양복을 입은 이 남자를 진심으로 옹호하고 따르고 그리고 사랑하는 사람이 얼마나 많은가.

상만은 자기의 모든 소유를 다 바치고라도 이렇게 사람들에게 존경을 받고 아낌을 받는 존재가 되어 보았으면 하는 원념이 일순 질풍처럼 그의 머릿속을 휩쓸었다.

"유 형!"

하고 상만은 동섭을 바라보았다. 동섭은 대답 대신 상만의 초췌한 얼굴이 웃으려고 애쓰는 모양을 물끄러미 건너다보자

"나는 정말 유 형이 부럽소이다. 정말입니다."

"……?"

동섭은 상만의 말뜻을 못 알아듣겠다는 듯이 잠자코 한 손으로 머리를 쓸어 넘긴다.

"유 형! 용서하세요. 난 정말입니다 여러 가지로 유 형에게 짊어진 도덕적 부채가 너무 많아서 ……."

"……."

하녀가 따뜻한 '반짜'[7]를 내어왔다. 그리고 음식 주문을 묻는 것을

---

7 ばんちゃ. 질이 낮은 엽차.

"런치 이 인분!"

하고 동섭이가 대답을 해 보내고 상만을 향하여 바로 앉는다. 상만은 잠깐 말을 그쳤다가

"그러나 나는 …… 유 형을 만나 뵙고 일절을 용서받아야 되겠다는 회오(悔悟)의 생각이 날 때마다 나는 그 회오의 몇 배나 되는 미움과 경멸을 가지고 내 양심의 소리를 짓밟아 버렸습니다."

"……."

"자경의 일만 하더라도 ……."

"오 군!"

동섭은 비로소 입을 떼었다.

"그 이야기는 담 기회로 미루는 게 어떨지요. 여기는 길가니까."

하고 동섭이 만류하는 것을

"괜찮아요. 자경이만 하더라도 내 힘으로는 의거해 나가기가 무척 거북한 여자구요 …… 좌우간 모든 것은 결국 스타트가 나빴으니까 결과도 그렇게 될 밖에 없지요."

상만은 모든 자존심도 허세도 다 버리고 적나라한 참맘으로 이야기가 하고 싶은 충동을 나직나직한 말소리와 함께 동섭 앞에 쏟아 놓는다.

"내가 말입니다 사장이 되기까지 말입니다. 사실 운동비를 쓰지 아니한 것은 아니죠. 썼어요 한 천여 원 썼죠, 하하하. 이미 한 회사를 배경으로 일을 하려면 사장이라는 교의에까지 올라가지 않고 본격적 연극이 되지 않으니까요 하하하."

상만은 웃음을 딱 그치고

"일인즉 비겁하게 됐지요. ××일보사에서 신문에 내겠다는 위협을

받자 내가 이렇게 유 형 앞에 고개를 숙이게 되었으니까…… 하지만 유
형! 나도 양심은 있거든요. 좋은 것을 좋은 줄 모르고 나쁜 것을 나쁜 줄
로 생각도 못하도록 오상만이 그렇게까지는 미치지는 않았으니까요
……."

"……."

"××일보와 한바탕 싸워 볼까도 했습니다만…… 사실 난 원수가 너무
많아서 하하하. 그래서 인젠 그 위에 더 원수를 만들고 싶지가 않아요."

"……."

"사람은 미운 사람을 가진 것처럼 더 불행한 건 없으니까요 정말입니다."

김이 무럭무럭 나는 런치가 두 사람 앞에 나왔다.

"유 형! 난 단연코 오늘부터 유 형을 지지하는 사람들 가운데 한 사람
입니다…… 아시겠어요? 동맹파업단의 요구는 무조건으로 승인할 텝
니다. 울며 겨자 먹는 것 같습니다만."

동섭은 잠자코 상만의 앞으로 손을 내밀었다. 상만과 동섭의 손은 힘
있게 쥐어졌다. 순간 동섭의 저력 있는 음성이 똑똑히 울려 나왔다.

"오 군! 오 군은 오늘부터 단연코 우리의 동지외다."

상만의 눈에서 굵다란 눈물이 두어 방울 동섭의 손등에 굴러 떨어졌다.

모래로 쌓은 성

어젯밤 ××관에서 강용식을 불러낸 것은 동료 사원인 최준호였고 또한 최준호 뒤에는 물론 유동섭이 움직이고 있었는 것은 누구보다도 황진이 잘 아는 사실이다.

그러나 강용식이가 연회석상에서 중간에 돌아갔다는 간단한 사실이 황진에게 추궁을 당하고 있는 오상만에게 커다란 위협이 된 것만은 틀림없는 사실이었다. 행여나 자기를 둘러 사직의 손이 뻗친 것이 아닐까 하고.

'그래서 그랬을까? …… 아니야.'

레스토랑을 나온 동섭은 고개를 흔들었다. 어젯밤 차를 놓쳐 버리고 아침 첫차로 인천으로 내려가려고 정거장으로 향하던 동섭이가 뜻밖에 상만을 만나고 그리고 그의 입에서 예상하지 못하였던 양심의 소리를 들은 동섭의 흉중에는 커다란 감개가 바람처럼 설레고 있는 것이다.

요 한 이틀 동안 황진, 최준호, 최형기를 동원시켜 오상만이라는 과녁을 향하여 맹렬한 사격을 퍼붓기는 하였지마는 이렇게도 쉽사리 상만이란 성곽이 허물어지다니!

'그의 힘이 모자라 항복을 한 것일까? 그보다도 그의 감춤 없이 쏟아 놓는 이야기로 미루어 생각한다면 그의 인간적 본심이 눈을 뜨기 시작

한 것이 아닐까? ······.'

동섭은 발길을 돌이켰다. 그리고 자기가 지난밤을 쉬고 나온 황진의 집을 향하였다. 인천 매축 공사장의 총동맹 파업단의 승리를 보고할 의무를 느낀 때문이다. 사실 동섭의 추상은 어느 정도까지 정확하였다. 상만은 몸과 맘이 피로의 극단에서 동섭을 만났고 그리고 동섭 앞에서 선선히 파업단의 요구를 승인한다는 선언을 하는 순간 그는 한 번도 경험해 보지 못한 맘의 광명이 무지개처럼 대뇌의 중추를 스쳐 가는 것을 느끼었다.

상만은 벌써 아침 햇살이 파도와 같이 물결치고 있는 대지를 힘 있게 내딛고 그 사이 이틀 동안이나 들어가지 못한 낙산 본집을 향하였다.

종로 오정목에서 전차에서 내린 상만은 근처 실과 상점에서 앵두를 두어 상자 배달해 달라 하고 축축한 골목을 지나 낙산 앞 큰길로 나섰다.

비탈에 얌전스럽게 자리를 잡고 있는 자기 집 지붕에는 흰 구름이 유유히 양떼처럼 누워 있고 근처 산등성이에는 햇살을 안은 녹음이 호화스러운 휘장 같이 펼쳐 있다.

'어제 저녁 일은?'

상만은 집이 가까워질수록 어젯밤에 오로라로 나와서 배창환이와 같이 춤추던 장면이 눈앞에 나타나고 그리고 자경을 대하여 무슨 말로 꾸짖고 책망할 것을 맘으로 찾아보는 것이다.

상만은 가만히 한 손으로 가슴을 눌렀다.

'내가 사경을 책망할 자격이 있느냐?'

오래간만에 참말로 오래간만에 상만의 학대 받던 양심이 마침내 올가미를 벗은 듯이 큰소리로 외치고 내닫는 것을 깨달았다.

'요시에의 일을 자경이 안다면? 더욱이 그 몸에서 아들까지 난 줄을 안다면? 그리고 오꾸마와 사실상 부부 관계를 맺고 있다는 것을 확실히 안다면?'

양심은 무서운 재판관처럼 상만의 이성의 목덜미를 잡아 낚아채는 것이다.

'자경! 나는 당신을 책망할 권리는 없소이다.'

'그러나!'

차츰 비탈길을 올라서는 상만은 가쁜 숨을 후 하고 뿜으며

'이미 맺어진 남편과 아내의 인연이니까 ……'

상만은 자경을 순순히 달래어 보기로 결심을 하였다.

자경이 조금만 더 참아 주면 물론 무진 금광이 손에 들어온 뒤에 오꾸마에게는 적당한 보수를 주어 돌아서게 하고 요시에에게도 상당한 생활비를 주어 내지로 들여보낼 것을 맘속으로 생각하여 보자 상만은 천길 낭떠러지에 떨어졌던 몸이 가뿐 반석 위로 올라서는 듯한 상쾌한 기분에 휩싸이는 것이다.

상만은 은행나무 잎사귀가 파란 꽃떨기처럼 담 너머로 한 가지를 걸치고 있는 대문으로 들어가며

'정말 오늘부터 어떤 일이 있더라도 저녁밥은 꼭 집에 와서 먹어야지 그리고 물론 외박도 차츰 줄이고 ……'

상만은 훨씬 명랑한 목소리로

"여보!"

하고 현관문을 드르릉 열어젖혔다. 순간 일렬로 죽 늘어선 구두들이 마치 숨어있던 복병 떼처럼 상만을 노려보고 있는 것을 보자 상만은 주춤

하고 잠깐 동안 서버렸다.

칠피, 폭스, 악어, 우단 등속으로 교묘하게 만들어진 여자의 신들 옆에 퍼런 소가죽으로 만든 남자의 신이 구럭[8]같이 한 옆에 우뚝 놓여 있는 것을 보자 상만은 반사적으로 눈을 돌이켜 버렸다. 그 신은 분명코 어젯밤 자경과 함께 오로라에 왔던 배창환의 신과 틀림이 없는 고로.

상만은 잠자코 자기도 한 옆에 신을 벗어두고 안으로 들어섰다. 반쯤 열린 응접실 문으로 따르르 하는 여자들의 웃음소리가 들리자 어허허 허 하고 커다랗게 울려 나오는 사나이의 웃음소리에 쫓기듯 상만은 안 방으로 들어갔다.

자경이 벗어 놓은 옷들을 개고 있던 어멈이 질겁해서 일어서더니 응접실로 뛰어간다. 상만이 왔다는 보고를 할 셈이다. 그러나 어멈도 돌아오고 그럭저럭 삼십 분이 지났건만 자경은 그림자도 보이지 않고 이따금씩 응접실에서 와그르 웃음소리가 들릴 뿐이다.

상만은 혀끝을 내밀어 바싹 말라오는 입술을 두어 번 빨고 한편 벽에 비스듬히 기대앉아 담배를 피어물고 막 성냥을 그어 대려니까 우 하고 응접실에서 사람들의 나가는 기척이 들린다.

콩콩 하고 마루를 굴리는 소리가 가까워 오더니 뽀얗게 가루분을 칠한 자경의 얼굴이 문안으로 쑥 들어왔다. 자경은 몹시 바쁜 듯 고개만 들이밀고

"동무들과 한강까지 좀 나갔다 올 테니까요."

히고 뺑 돌아서는 자경의 등 뒤를 향하여

---

8 새끼를 드물게 떠서 물건을 담을 수 있도록 만든 그릇.

"여보 잠깐 이리 좀 와요. 나 할 말이 있는데."

하고 외쳤으나

"손님들을 내버려두고 들어올 수는 없으니까요. 얘기는 담에 듣기로 하죠."

하는 자경의 목소리가 멀찌감치 들려온다. 순간 콱 치밀어 올라오는 분노가 미친개처럼 상만의 목덜미를 물어 찢는 듯하였다.

"여보."

상만은 복도로 두어 걸음 뛰어나갔으나 벌써 자경의 일행은 대문 밖으로 사라진 뒤였다.

상만은 지금 막 문밖으로 나간 사나이와 여인들의 웃고 이야기하는 음향이 담장 너머로 조약돌이 날라 와 자기 머리를 때려주는 듯 그는 견딜 수 없는 굴욕과 모멸을 느끼었다. 상만은 현관을 향하여 침을 탁 뱉고 펄썩 응접실 문을 열어젖혔다. 테이블 위에 아무렇게나 놓여 있는 쟁반과 접시에는 과일 껍질, 과자 부스러기 그리고 아직도 오전인데 청량음료를 마신 듯 여기저기 유리 고뿌가 놓여 있는 것이다.

더욱이 테이블 재떨이 속에는 가느다란 연기를 독사의 입김처럼 뽀얗게 뱉고 있는 담배 꽁초! 상만은 반사적으로 픽 하고 웃고 응접실 문을 부서져라 소리를 내어 닫아 버리고 안방으로 뛰어왔다. 그는 앞뒤 문을 열어젖히고 방바닥으로 가서 벌떡 누워버렸다.

그는 생각하면 할수록 분하고 억울하다. 모처럼 마음속에 참다운 생활을 계획하고 돌아온 자경에게 자경은 이렇게까지 냉정하고 또 교만하여야만 옳은가. 상만은 관자놀이에 불규칙하게 뛰는 맥박을 헤면서 지그시 눈을 감았다.

오늘까지 참따랗게 자기 아내로만 믿고 있는 자경이가 어느덧 굴레를 벗은 망아지처럼 함부로 뛰기 시작하였는고!

법률이 오상만의 아내로 옹호하여 주고 세상의 모든 제도가 오상만은 버젓한 자경의 남편으로 승인하건만! 자경의 맘은 벌써 키를 잃은 적은 배와 같이 상만을 등지고 아무렇게나 흘러가기 시작한 것이 아닐까. 그는 후 하고 천장을 향하여 더운 김을 뿜고 돌아누웠다.

공명과 출세에만 너무 초조하고 가정이란 존재를 과도히 경시하였다는 후회가 바야흐로 상만의 맘에 어떤 공포를 귓속질하기 시작하였다. 자경을 엿보는 대적이 유동섭인 줄로만 생각하고 있을 때에는 그래도 어디인지 버티어 볼 힘이 있었겠다. 그러나 한껏 해야 불량청년 비슷이 보이는 배창환과 함께 자경이 돌아 당긴다는 사실은 위선 상만의 자존심이 허락지 않는 것이다.

"비록 억만장자가 된다 할지라도 …… 만약에 …… 만약에 …… 아내에게서 버림을 받는다면 견딜 수 없는 치욕이다." 이렇게 중얼거리는 상만은 이미 채롱을 뛰어 나온 파랑새를 다시 조롱 속으로 몰아넣기 위해서는 어떠한 희생이라도 사양치 않으리라 결심을 한 채 그는 자리에서 벌떡 몸을 일으켰다. 벽 위에 시계가 벌써 오전 열 시 십 분이다.

상만은 수없는 생각이 네온처럼 바쁘게 돌아가는 머리를 이고 큰길로 나왔다.

상만은 유동섭과 만났을 때 느끼던 감격은 자취도 없이 사라지고 그는 아무짓도 타지도 않고 등어리에 따가운 햇살을 감각하면서 태평동 자기 회사까지 왔다.

자경 일행 중에서 여자 세 사람은 중도에서 갈리고 배창환 남매만이

자경과 함께 보트를 탈 계획이었으나 자동차에 올라 타려던 자경이가

"한강 뱃놀이는 너무 속되지 않아?"

하고 연숙에게 넌지시 반대하는 눈치를 보였다.

"그럼 어떻게 하나. 갑자기 다른 코스도 생각 안 나는데."

하고 연숙은 자기 오빠 창환을 돌아보고 빙그레 웃는다.

"왜 있기야 얼마든지 있지…… 뱃놀이 대신 하이킹도 좋고 정 무엇하면 그냥 드라이브도 좋지 않아?"

하고 창환은 유쾌한 듯이 휘파람을 날린다.

자경은 배창환의 이 여유 있고 쾌활한 성격이 몹시 맘에 들었다. 굽힐 데 매일 데 없이 시원스럽게 세상을 살고 있는 듯이 보이는 창환의 세상이 부럽기도 하였다.

일동이 자동차에 올라탄 지 벌써 오 분이 넘었으나 어느 방향으로 차를 몰아야 될지 우두커니 앉아 있는 운전수를 흘긋 바라보던 자경은

"그럼 오늘은 우리 운전수에게 일임하기로 합시다. 어디든지 우리를 실어다 주면 거기서 내려서 좀 놀다가 이 자동차로 돌아오도록…… 어떨까요?"

연한 갈색 보이루에 흰 줄이 간간히 지나간 방문복을 입은 자경은 하얀 장갑을 낀 손으로 악어가죽으로 만든 핸드백을 만지작거리며 배창환을 쳐다본다.

"좋습니다. 아주 기발하고 퍽 재미있는 프로그램인데요?"

하고 창환은 빙그레 웃었다.

"호호호 자 그럼 운전수 우릴 데리고 어디로든지 가요. 단지 전신주에 부딪히거나 다리 아래로 떨어뜨리지만 말고 호호호."

자경의 명랑한 웃음소리와 거의 동시에 자동차의 굵다란 바퀴로 속력을 내어 구르기 시작하였다.

운전수의 핸들이 몇 번인지 도는 사이 그들을 실은 자동차는 어느덧 경성 역을 지났다.

"한강으로 가는구면 ……."

하고 연숙이가 눈을 꿈쩍하는 것을 가만있으라는 듯이 자경이 고개를 흔들어 보이고

"배 선생 여행하신 중에 제일로 인상에 남은 것이 있으면 하나 들려주서요 네?"

하고 창환의 어깨 곁으로 동그스름한 턱을 내밀었다.

"글쎄요. 별로 인상이라고 할 만한 것도 없는데요."

하고 창환은 약간 두꺼운 입술 속으로 유난스럽게 하얀 이빨을 들어 내놓고 웃는다.

"오빠 그러지 말구 어서 재미있는 얘기 좀 들려주어요. 우리 같이 여행 못하는 사람에겐 오빠가 얘길 허실 의무가 있지 않아요?"

하고 연숙이도 물어댄다.

"의무라? 하하하."

창환은 소리를 내어 웃더니

"그보다도 연숙이나 …… 또 그리고 이건 실례가 될지 모르겠습니다만서도 자경 여사께서 그동안 지나신 일들을 들려주시는 게 순서가 아닐까 싶은데요. 전 보았대야 세 그저 그런 거야요. 활동사진에 나오는 현대극과 …… 대동소이 하는 단지 활동사진에는 일부러 어여쁜 여인들과 아름다운 사내들을 동원을 시켜서 이야기를 읽어 놓는 뿐이죠 뭐.

별 것 없어요 …… 한 말로 말하자면 내 눈에 비친 그들의 생활은 조잡하고 심하게 말하면 추악한 편이죠. 우리 동양인의 생활이 훨씬 더 양심적이고 또 위생적인 것 같아요."

창환은 고개를 돌이켜 바깥을 내다보면서

"벌써 한강이구먼요."

하고 손으로 가리키는 곳에는 커다란 철교가 거인처럼 그들의 앞에서 달음질 치고 있는 것이 눈에 띄었다.

"서양이라고 다 그래요? 특별이 어느 나라만이 그러한 단점을 많이 가지고 있을 게 아냐요?"

하고 자경이 불복스러운 듯이 반문을 하자

"글쎄요. 그저 대동소이로만 생각하시죠, 하하하."

자경은 오늘 하루를 이 청년과 보내는 것이 과거 일 년 반 동안의 결혼 생활의 모든 우울을 넉넉히 배상받을 수 있을 것처럼 그토록 그의 맘은 유쾌하여졌다.

여자 앞에 나오면 처녀처럼 수줍어 인사도 잘 못하던 배창환이가 불과 이태 동안에 아주 성숙한 남자로 말과 행동에 조금도 어색한 곳이 없어졌다는 사실이 자경에게 어떠한 암시를 전하는 커다란 기호와 같이 생각이 되었다.

'사람은 여행을 하여야만 …….'

차창 밖으로 팽이처럼 돌아가는 경치를 내다보고 앉아 있는 자경의 눈앞에 끝없는 목장의 구름떼같이 몰려가는 양떼들이 나타나고 그리고 자기의 탄 자동차는 럭키 산맥을 횡단하는 아메리카 여객열차 같은 착각이 머릿속을 배회하기 시작하였다.

말로만 듣는 나이아가라의 폭포 …… 그보다도 스위스의 알프스는! 해가 떨어지려는 아라비아 사막을 낙타 등에 실려 가는 정취는 어떨고! 아아 전설에 나오는 요화(妖火)[9] 같이 찬란한 오로라!

"오로라, 오로라."

하고 입속으로 외이던 자경의 입술에는 일순 얼음보다 찬웃음이 흘러갔다.

"배 선생!"

자경은 억양스럽게 창환을 불렀다.

"나도 좀 여행을 할까 하는데요 …… 지구를 한 바퀴 돈다면 대게 몇 날이나 걸리겠어요?"

하고 묻는 자경은 자기 자신에게 선언이나 하는 듯이 음성 속에 약간 살기가 떠도는 것을 감각하면서

"가정에만 들어박혀 있으려니까 정말 질식이 돼서 죽을 것만 같아요."

자경은 지긋지긋한 듯이 눈살을 찌푸렸다. 순간 그의 귓가에는 조금 전에

"여보!"

하고 현관으로 뛰어나오며 자기를 부르던 상만의 목소리가 들리는 듯하여 그는 흥하고 코웃음을 쳤다.

"애, 넌 좋구나. 세계를 일주하고."

연숙이가 부러운 듯이 한 마디 건네자

"애 괜히 그러시 마라. 남의 속을 번연히 알면서도 ……."

---

9   요사스럽고 괴이한 불.

자경은 연숙을 향하여 눈을 흘기는 시늉을 해보였다.

"지구를 한 바퀴 돈다? …… 가만있자 시베리아 철도를 탄다 …… 그보다도 인도양을 건너기로 한다면 …….."

창환은 손가락을 폈다 오므렸다 하더니 한참 만에

"최대급행으로 한다면 한 칠팔십 일 밖에는 안 걸릴 테죠. 하지만 그렇다면 그것은 여행이라기보다도 바로 도망꾼이라는 것이 옳겠죠."

하고 빙그레 웃는다.

"여기저기 재미있는 곳에는 맘 놓고 며칠씩 머물러 있기로 한다면 칠십 일의 오륙 배만 하면 되겠구먼요."

하고 자경은 웃지도 않고 창환의 어깨를 너머다 본다.

"그렇죠. 한 일 년, 일 년 반이면 여행답게 하고 돌아오지 않겠어요?"

"아주 오빠처럼 호호."

하고 연숙이가 웃으니까

"내야 어디 여행인가. 말하자면 밥벌이 하러 떠난 길이지. 그보다도 참 나야 도망꾼처럼 조선을 나갔거든."

창환은 자기가 생명을 내걸고 사모하던 그 아름다운 자경이가 유동섭과 약혼을 발표하던 밤에 자기에게 러시아 댄스의 차례가 돌아오고 자기는 춤 출 준비를 하러 다음 방에 가는 척하고 그날 체육협회에서 기념으로 받은 은컵을 하녀를 시켜 자경에게 선물로 들여보낸 다음 도망하듯이 자경의 집 현관을 나올 때 눈물이 안개처럼 앞을 가리던 기억이 새삼스럽게 머리에 떠올라와 그는 후 하고 가늘게 한숨을 뿜었다.

"정말 여행은 고마운 것입니다. 한 번 떠나보시죠. 기분 전환에는 그보다 나은 약은 없으니까요."

창환은 웃지도 않고 자경을 돌아본다.

"난 초행이 돼서 누구와 동행할 사람이 있다면 좋겠는데 ……."

하고 자경은 빙그레 웃으며

"다시 세계 일주를 떠나실 생각은 없으세요? 만약 저의 가이드가 돼 주신다면 여비 일절은 제가 부담해도 좋습니다."

"아이 오빠 수났군요."

하고 연숙이가 자경을 바라보면서

"그러지 않아도 오빠 올 가을에 또다시 가게 된다누. 저, 뭐? 캘리포니아까지 가신 댔죠? 오빠."

하고 창환을 건너다보고 웃는다. 창환은 그 대답은 하지 않고

"운전수 이 길이 바로 인천 가는 길이 아니오?"

하고 운전대를 향하여 넌지시 말을 건넨다.

"네 바로 상인천 부근 입니다."

하는 소리에

"어쩌면!"

하고 자경은 비로소 창밖을 내다보았다.

"왜 몰랐댔나? 난 진작부터 알았지만 어디로 싣고 가던지 운전수에게 일임한다고 자경이 선언하기에 난 또 그런 양하고 있었지."

하면서도 연숙은 일순 자경의 얼굴에 떠도는 복잡한 감정을 놓치지 않고 읽을 수가 있었다.

"운전수 차를 돌릴 수는 없나요? 오던 길로."

하고 자경은 약간 당황해서 부르짖었으나

"첨에 약속하신 대로 저는 손님들을 안전하게 뫼시고 갑니다."

하고 짓궂은 운전수는 차를 돌릴 생각은 꿈에도 하지 않는 모양이다.

'인천! 실비치료원! 동섭! 인애!'

이 모든 글자들이 적진에서 날아오는 화살처럼 자경의 눈앞에 커다란 슬픔과 그리고 가장 불쾌한 무늬를 그리기 시작하였다.

갑자기 떠오르는 불쾌한 생각은 마치 검은 구름같이 자경의 맘을 어둡게 하였다.

잠자코 쿠션에 기대인 채 손수건으로 콧등을 누르고 앉아 있는 자경은 오늘 드라이브를 좀 더 효과적으로 만들기 위하여 일부러 운전수에게 목적지를 일임하여 버린 자기의 경솔을 후회하기 시작하였다.

'어머니의 말씀대로 한다면 동섭은 벌써 인애와 약혼을 하고 있다는 것이 아니냐?'

참으로 그렇게만 되어 있지 않다면 자경은 그 어린 딸 혜순이가 죽던 길로 인천으로 왔으리라. 그리고 실비 요양원으로 동섭을 찾았으리라. 동섭이가 들어 주든지 말든지 자기는 자기의 범한 일절의 잘못을 동섭 앞에 고백하였을 것이다.

자경이 이런 생각을 하고 있는 사이

"어쩌실 텝니까? 다리는 도보로 건너가시는 게 더 나을 것 같습니다만."
하고 운전수는 스르르 속력을 늦추더니 객석을 돌아본다. 어느덧 자동차는 월미도로 건너가는 다리까지 온 것이다.

"다 건너가신 뒤엔 차를 몰고 쫓아갈 테니까요."

운전수는 아주 훌륭한 서비스나 하는 듯이 자신 있는 얼굴로 손님들의 대답을 기다린다.

"그럼 내릴까? 우리."

하고 연숙이가 먼저 몸을 움직이고 창환도 기지개를 켤 듯이 상체를 비스듬히 뒤로 젖힌다.

"그럼 내리기로 하지."

하고 자경은 차창을 열어젖혔다. 세 사람은 나란히 서서 햇살이 번득거리는 물 위로 길게 누워 있는 다리로 올라섰다.

"참 배 선생은 캘리포니아까지 가신 댔죠?"

하고 한참 걸어가던 자경은 세 사람 사이를 후벼 파고 기어드는 침묵을 내쫓으려고 위선 한 마디 창환에게 말을 건네었다.

"네! 가야만 될 약속이 있어서요 ……."

하고 창환은 한 손에 들고 섰던 파나마 모자를 머리로 올려 쓴다.

"거긴 어느 단체에 초빙으로 가시는 게지요?"

"아뇨, 이번에 가는 길은 스포츠와는 관계없는 순전한 내 개인의 문제입니다."

"그럼 캘리포니아에는 몇 날이나 계시게 될까요? 웬만하면 저도 같이 머물러서 기다려도 좋으니까요 ……."

"……."

무엇을 생각하는지 잠자코 걸음을 옮기고 있던 창환이가

"그렇게 해주신다면 고맙겠습니다만 …… 너무 미안해서 ……."

하고 빙긋 웃는다. 그 웃는 웃음이 어쩐지 몹시 어색스럽다.

"천만에…… 좌우간 같이 가실 것만은 약속해 주시겠죠, 네? 배 선생!"

하고 자경이 또 한 번 다질 때

"얘 오빠와 동행하는 건 문제없지만 너의 허즈께서 어떻게 생각하실지 아니?"

하고 연숙은 자경의 이맛전을 들여다보며 뱅글뱅글 웃는다.

"참 그렇겠군요. 바깥양반께서 혹 어떻게 생각하실지. 뭐 저야 선량한 백성이니까요. 서자경 여사를 뫼시고 세계를 일주한 댓자 조금도 불안한 점은 없을 겁니다 하하하. 참 캘리포니아까지 가면 아마 동행할 사람이 또 하나 더 생기게 될 겁니다."

창환은 생각난 듯이 휘파람을 분다. 맑고 높은 한 개의 멜로디가 기름처럼 미끄러운 바다 위로 가볍게 흘러간다.

그들이 다리를 거의 다 건너가게 되었을 때다. 월미도 쪽으로 키가 큰 남자가 그 곁으로 하얀 조선옷을 입은 여자가 나란히 서서 오는 것이 보인다.

자경은 일찰나로 찬 서리가 지나가듯 가슴이 선뜩하여졌다. 마침내 기우는 적중되고 말았다.

방금 남자에게 무어라고 소곤거리는 여자! 그것은 틀림없는 인애다.

아아 그보다도 놀란 듯이 날이 선 눈으로 이쪽을 바라보는 청년. 그는 분명코 동섭이가 아니냐. 자경은 창환의 말에 무엇이라고 대답할 의무를 느끼면서도 그는 부르르 떨리는 사지가 차츰 힘을 잃어버린 것을 감각할 뿐 입은 풀로 붙인 듯이 떨어지지가 않는 것이다.

"캘리포니아에서 같이 여행을 떠날 이는 여자니까요 심심치는 않을 겁니다."

하고 창환은 간직하고 있는 사진을 꺼내려는 듯이 안 포켓 속으로 손을 집어넣을 때다.

"아 인애 인애 씨!"

하고 놀란 듯이 부르짖은 사람은 연숙이었다. 이쪽에서 걸어가고 저쪽에서 걸어오고 …… 마침내 이편의 사람들은 서로 정면으로 마주치게 되었다.

인애는 빙긋이 웃으며 고개를 숙여 보이더니 그담 순간 그는 놀란 듯이 휙 고개를 돌려버렸다. 자경과 시선이 마주친 까닭이다. 어디서 급한 환자를 왕진하고 오는 듯 동섭은 한편 팔에 시커먼 가방을 낀 채 자기 눈앞에 어떤 사람이 있는지 그것은 도무지 관심하지 않는 모양으로 뚜벅뚜벅 발소리를 내며 지나가버렸다.

자경은 비슬비슬 난간으로 가서 쓰러지려는 상반신을 간신히 버티었으나 그의 얼굴은 완연히 헬쑥하여 빛을 잃었다.

"연숙이!"

하고 곁에 있는 연숙의 한 손을 붙드는 자경의 손은 얼음보다 차다.

동섭과 인애가 지나가 버린 후 창환은 차마 자경을 바로 쳐다볼 용기가 없었다.

자기 역시 자경이라는 여자 때문에 실연의 쓴 잔을 맛본 사나이였지만 지금쯤 유동섭의 참따란 아내가 되어 있어야만 할 자경과 또 자경의 충실한 남편이 되지 않으면 안 될 그 유동섭이가 노방의 타인처럼 서로 한 마디의 인사도 없이 지나쳐 버리는 사실을 목격할 때 창환은 가슴 속이 얼얼하여 지는 것이다.

연숙의 보고대로 믿는다면 삼 년 동안이나 학비까지 받쳐가며 상만의 졸업하기만 기다리던 인애가 그 사랑하고 아끼던 상만을 자경에게 빼앗기고 말았다는 일은 대체 무슨 까닭일까.

이것은 창환이 귀국하기 전부터 풀지 못할 수수께끼로 맘 한 구석에 남아 있는 문제였지만 자경의 남편 되는 오상만이가 오로라인가 하는 오락장의 페트론[10]이라는 데 또 자경은 세계를 일주한다고 떠드는 것을 보면 자경의 결혼 생활은 결단코 행복스럽지 못한 것이 아닐까.

태연한 채 길을 걸으면서도 창환의 머릿속은 결단코 침착치 못한 것이다.

창환은 힐긋 자경의 얼굴을 살폈다. 자경의 꼭 다문 입술이 바다 밑처럼 푸르다.

한때는 하늘 위에 선녀처럼 존경하던 여자, 그러나 간간히 원망과 질투의 괴로운 불길을 던져주던 지옥의 사자, 오늘은 아아 오늘은 창환의 눈에 비친 자경이라는 여자는 인간으로서 패부한 가련한 존재밖에 무엇이냐. 사람에게서 자존심을 빼어버리면 그것은 한갓 길들인 로봇밖에 아무것도 아니다.

그보다도 사랑을 잃어버린 여인의 가슴은 걸인이 느끼는 주림과 공허가 있을 뿐이다.

창환은 휘파람 불 것도 잊어버리고 기계적으로 걸음을 계속할 뿐이다.

"뿡."

하고 갑자기 뒤에서 가벼운 경적이 울린다. 벌써 자기들은 다리를 다 건너오고 그리고 약속대로 운전수가 자동차를 몰고 온 것이다.

세 사람은 또다시 차에 올라탔으나 아무도 입을 열어 말하는 사람은 없었다. 차가 차츰 경사진 비탈로 기어오르게 되자

"어쩌실 텝니까. 산중에서 좀 걸어 보시렵니까?"

하고 운전수가 또다시 서비스를 한다.

---

10 patron. 후원자.

"바로 조탕(潮湯)[11]까지 몰아 주시요."

하고 자경이 대답을 하고

"연숙이!"

하고 가만히 연숙의 손을 끌어다가 자기의 무릎 위에 올려놓았다.

"난 암만해도 조선에는 더 있기 싫어. 어디든지 가버리고 싶어 ……."

"……."

연숙이 빙긋이 웃는 자경의 눈에 이슬이 맺히는 것을 보자 그는 가슴이 뭉클하여져서 아무런 대답도 나오지 않는다.

한참 만에 조탕 어구에서 자동차에서 내린 세 사람은 거기서 걸어서 해수욕장까지 가기로 의논이 되어 꼬불꼬불한 송림 사이로 길을 더듬어 내려가기 시작하였다.

하이힐을 신은 두 여자는 가끔 창환의 팔에 매달리기도 하고

"좀 붙들어 주어요."

하고 소리도 지르게 되어 조금 전에 세 사람을 누르고 있던 괴로운 기분은 어느덧 사라졌다. 이윽고 평지로 내려선 그들은 서벅서벅 모래를 밟고 바닷가로 나갔다. 오늘도 바닷물은 흐리어 흙탕물 속에 욕객들이 오리 떼같이 몰려다니는 것을 물끄러미 바라다보는 창환은 흥하고 웃었다.

'이 바다 이 물결 하고 수라장 같은 인천 바다가 그렇게도 그리웠던가?'

그는 지난 이태 동안 세계의 도회마다 다니며 바다도 보고 호수도 보았다. 그러나 한 번도 인천 바다같이 아름다운 곳은 없다고 생각하였다.

나폴리의 푸른 물이나 베니스의 달밤이 아름답지 않은 것은 아니었

---

11 바닷물을 끓여 데운 목욕물, 혹은 목욕탕.

다. 그러나 인천 바다같이 그 아름다운 자경과 함께 보트를 저어가던 그 미묘한 인천 바다처럼 창환의 맘을 붙잡지는 못하였던 것이다.

창환은 오늘 인생 무대 위에 한 비극 배우처럼 전향된 자경을 보는 것이 슬펐다. 그러나 언제나 자기 꿈속에서 아름다운 그림처럼 수 놓여 있던 인천 바다가 추잡하고 소란한 개천 물처럼 더러워 있는 것이 더욱 슬펐다.

창환은 우두커니 뒤로 팔짱을 낀 채 멀리 수평선을 향하여 휘파람을 날려 보았으나 그 맘은 조금도 시원하지가 않았다.

세 사람 가운데는 아무도 보트를 타자고 동의하는 사람도 없어 그들은 묵묵히 가는 모래를 밟으며 휘어진 해변을 거닐기 시작하였다.

"참 캘리포니아까지 간다면 동행할 분이 있다 하셨죠?"

하고 자경이 생각난 듯이 그 사이 중단 되었던 말끝을 계속하였다.

"네, 있습니다. 참 …… 바깥어른께서도 그러한 동행이 있다면 외려 더 안심하실 것입니다."

하고 창환은 또다시 빙그레 웃는다.

"아니 바깥어른 어른 하시니 누구 말씀입니까? 오상만 씨 말씀이죠? …… 제가 여행을 떠나는 날에는 아마 그이가 제게 어떻고 말썽을 부릴 수는 없을 것입니다. 그땐 아주 깨끗이 가정 문제는 청산이 될 테니까요."

하고 자경은 흥분하여 양 뺨이 붉어진다.

"아니 청산이라니 설마? ……."

하고 연숙이가 말끝을 마치지 못하는 것을

"그래 아주 이혼하고 떠날 테야."

자경은 가위로 베듯이 자신 있게 싹 잘라 말을 한다.

"배 선생 정말입니다. 조금도 사랑을 느끼지 않는 부부가 한 집에서 산다는 것은 죄악이 아니고 무엇이어요."

하고 자경은 빤히 창환을 쳐다본다.

"그럼 허즈께서 이혼을 주창하십니까?"

"그렇지는 않습니다만 인젠 제가 더 참을 수가 없으니까요 …… 새로운 생활 그렇습니다. 내 앞에는 오직 인생으로서 새로운 스타트가 있을 뿐이죠."

창환은 이 순간 등골에서 선득하고 찬바람이 지나갔다.

'배창환, 유동섭 그리고 인제는 오상만이가 버림을 받을 차례구나.'

누가 외치는 듯 창환은 똑바로 서서 자경을 쏘아 보았다. 바로 이혼을 하는 것은 자기의 맘 하나로 아무렇게나 될 수 있는 듯이 말을 뱉는 자경의 태도가 도무지 맘에 들지 않았다.

'이제 바로 말씀을 드려야겠군 …….'

하고 창환은 결심한 듯이

"세계 일주를 하시려거든 다른 가이드를 구해 보시지요. 전 아마 캘리포니아에서 그냥 머물러 살게 될 것입니다. 거기 포도원을 하나 사둔 것도 있고 실상인즉 올 가을에 결혼을 하기로 약속한 처녀가 있으니까요."

주춤하고 걸음을 멈추고 서버리는 자경에게 창환은 포켓에서 조그마한 사진을 한 장 꺼내 보이면서

"이게 바로 저와 약혼한 여자입니다. 어떻습니까? 하하하."

하고 웃는 창환의 눈에는 차츰 빛을 잃어가는 자경의 얼굴이 백납으로 만든 인형처럼 비치었다.

"올해 스물한 살 된 처녀야요. 자기 아버지 목장에서 젖도 짜고 자기

어머니와 같이 매일 농장에서 부지런히 일을 하고 있지만 스포츠에는 대단한 이해를 가지고 있어요 …… 어떻습니까?"

창환은 자경의 어깨 너머로 사진을 들여다보며 빙글빙글 웃는다.

"어떠냐고 제게 물으시지만 전 이 여자에 대한 지식은 꼬물¹²만치도 가지지 못 하였으니까요. 사진대로 본다면 미인과는 거리가 너무 먼 것이 좀 섭섭하군요."

하고 자경은 천천히 사진을 창환의 손바닥에 놓아주면서

"튀기[混血兒]를 나서 기르는 취미를 가지신 줄은 전연 몰랐습니다, 호호호."

자경은 어깨를 추스르며 웃고

"안 그래요? 연숙이 세상엔 이런 연극쯤은 허다하니까 호호."

자경과 같이 웃지도 못하고 힐끔힐끔 창환의 얼굴을 살피는 연숙은

"얘 시장하구나, 우리 어디서 점심을 먹어야지."

이러한 말로 화제를 돌릴 수밖에 없었다. 그러나 창환에게는 자경의 고만한 독설쯤은 마치 가려운 곳을 긁어주는 날카로운 손톱이 지나간 만큼 시원하고 상쾌하게만 들리는 모양으로 그는 연방 벙싯벙싯 웃으며

"자 그럼 우리 저쪽 휴게소로 갑시다. 점심은 무엇으로 할까요?"

창환은 자경을 향하여 말을 건네었으나 주책없이 벙글거리고만 있는 창환의 얼굴이 갑자기 바보같이 보여 자경은 잠자코 모래를 차며 걸어갔다. 자경은 급사 아이가 내다주는 밀크셰이크를 마시면서

'눈 질근 감고 해 질 때까지 …… 적어도 저이들이 돌아가자 할 때까

---

12 아주 조금.

지 있으리라.'

하고 자칫하면 이대로 뺑 돌아서서 달아나버리고 싶은 자기의 감정의 올가미를 애써 붙잡는 것이다.

창환이가 자기와 약혼하였다는 여자의 사진을 보여주었다 …… 단순히 한 계집아이의 사진을 구경하였다는 사실이 이렇게도 자경의 맘속에 모욕과 수치를 느끼게 하는 까닭은 무엇일까.

창환과 연숙은 마세스시를 집는데도 자경은 소다수를 청하였다.

'저 물소같이 야만스럽게 생긴 사내에게 내 감정이 동요를 받았다? 홍.'

자경은 바로 눈앞에 어적어적 발간 생강 쪽을 씹고 앉아 있는 창환을 바라볼 때 그는 견딜 수 없는 분노와 그리고 후회보다 쓰라린 자멸에 사로잡히고 말았다.

'저까짓 것을 데리고 세계를 일주하느니 차라리 불도그를 끌고 다니는 게 훨씬 낫겠지.'

속으로 부르짖는 자경은 땅 하고 소리가 나도록 소다 잔을 상 위에 내려놓았다.

셋째 번으로 서늘한 커피를 주문한 자경은

'아니다 아무것도 아니다.'

그는 고개를 흔들고 그리고 이까짓 일로 자기를 짓밟아서는 안 될 것을 자기에게 경고를 하였다. 그러지 않아도 약할 대로 약하여진 자기의 신경이 아니냐.

자경은 애써 맘의 평화를 다시 붙들려고 두어 번 신호흡을 하고 교의에 앉은 채 자세를 고쳐 보기도 하였다.

그러나 침착하려면 할수록 자기가 배창환이란 사나이를 따라 집을 잃은 미아처럼 요 이삼 일 동안 궤도 없는 감정의 행각을 하였다는 사실이 묵즙처럼 그의 맘을 어둡게 하는 것이다.

'내가 어느 사이 이렇게까지 타락하여 버렸을까?'

자경은 가슴 속에 치밀어 올라오는 슬픔을 커피와 함께 삼켜버리려 하였으나 맞은편 바람벽에 걸린 무슨 선전용 포스터에 그려진 커다란 얼굴이 금시로 유동섭의 성난 얼굴로 변하여 자경을 노려보고 있는 듯하여 그는

'동섭 씨 아아 동섭 씨!'

하고 맘속으로 부르짖었다. 노란 커피차가 밀가루 반죽이나 된 것처럼 자경의 목구멍에 머물러 넘어가지를 않는다.

그날 석양에 풀이 후줄근히 죽어서 자경은 낙산 자기 집으로 돌아왔다.

현관에서 아무렇게나 구두를 벗어버리고 바로 침실로 들어가자 옷을 홀홀 벗어버리고 침의로 바꾸어 입은 후 초석 보료를 펴 논 서늘한 침대로 들어갔다.

"아씨 어디 편치 않으세요?"

하고 조심조심 어멈이 들어오더니

"편지가 왔어요."

하고 하얀 네모난 봉투를 두 손으로 내민다.

자경은 발신인의 이름이 쓰이지 않은 편지를 한 번 뒤적거리다가 이내 겉봉을 떼었다.

첫 줄 둘째 줄 차츰 읽어가는 자경의 손은 와들와들 떨리기 시작하였다.

그 다음 장에 붙은 사진을 자경은 탐하듯이 자세히 들여다보았다. 남편 오상만의 무릎 위에 네댓 살 된 사내아이가 앉아 있고 그 옆에 어여

쓰게 오비를 맨 내지 여자가 살짝 돌아 앉아 있는 모양이 어디로 보아도 화락한 한 가정의 묘사다.

'그러면 이 아이가 오상만의 아들이고 이 여자가 이 아이의 어머니란 말이지?'

자경은 두 손으로 얼굴을 가린 채 침대 위에 쓰러졌다.

'그러면 그러면 나는 오상만의 첩이란 말이냐.'

자경은 함부로 머리카락을 쥐어뜯고 울기 시작하였다.

자경은 머리를 쥐어뜯고 울면서도 지금부터 한 달 전에 이와 비슷한 익명의 편지를 받은 것이 생각났다. 그 편지에는 오로라의 마담 오꾸마와 상만의 관계를 기록한 것이었고 자경은 마침내 오꾸마에게 남편을 빼앗기고 말리라는 것을 알려주는 일종의 경고였다.

그런데 오늘 편지는 바로 선고문이 아닌가. 자경은 또 한 번 편지를 움켜쥐어 내려 읽었다.

'서자경 씨! 당신이 오상만 씨의 부인으로 자처하시고 또 세상 사람들도 그렇게 알고 있는 이들이 많이 있는 듯싶소만 실상인즉 오상만의 참아내는 지금 그의 아들 물론 오상만의 아들과 시내 ××정에서 단란한 가정을 꾸미고 있습니다. 당신의 남편이라는 이가 종종 외박을 하는 밤에는 의례히 오상만은 그의 아들과 또한 당신보다 훨씬 먼저 결합된 사랑하는 아내에게로 가는 것인 줄만 아시면 과히 틀리지는 않으리다.

오상만은 그 아들의 이름으로 거액의 저금을 하고 또 그 비밀의 아내와 장치 조선을 떠날 준비를 하고 있는 것을 아십니까. 정조와 청춘과 아름다움의 모든 것을 헛되이 오상만에게 바치고 있는 서자경 씨를 비웃으며 붓대를 놓습니다. 칠월 일 △△△드림.

동봉한 사진은 참고로 보내는 것이오니 오상만과 그 아들 또 그의 비밀의 아내를 똑똑히 보십시오.'

먼저 번에 온 편지는 아주 달필인 '히라가나' 였지만 이번 글은 꼭꼭 박아 쓴 조선문이고 또 먼저 글은 먹으로 썼는데 오늘 편지는 철필로 쓰여 있다.

어느덧 해도 기울어 컴컴하여진 방속에 앉은 자경은 갑자기 무시무시하여졌다.

'이런 일도 있을까! 세상이 이렇게 허무하고 기막힌 사실도 있을까?

자경은 손바닥으로 가슴을 누르면서 침대에 벌떡 누워버렸다.

'좌우간 누가 이런 글을 보냈을까? 누굴까?

자경의 기다란 속눈썹은 지극한 의심과 공포 때문에 불안스럽게 떨고 있다.

'오꾸마의 사실을 보고 하여준 사람과 이 사람과 같은 사람이 아닐까? …… 전연 다른 사람인지도 몰라 …….'

자경은 입속으로 중얼거리고 스르르 눈을 감았다.

한집에 기거하는 자기 남편 오상만이가 천하에 돈판[色狂][13]이라는 사실이 폭로된 이상 자기는 어떻게 하면 좋으냐.

조금 전에 인천 해변에서 자기는 배창환 남매에게 이혼을 하리라 장담을 하였겠다.

그러나 그때만 하더라도 그 맘은 상만이가 진심으로 자기를 사랑해주지 않는 일종의 발악이었는지도 모른다.

---

13 ドンファン. 돈 후안, 엽색꾼, 난봉꾼, 탕아.

그러나 지금은 정말로 오상만이라는 사기사(詐欺師)에서 벗어나지 않으면 안 될 것을 깨달았다. 적어도 그것은 아들 없는 아버지를 위하여서라도 하루 바삐 오상만과 갈라야만 할 것이다.

자경은 여기까지 생각을 정하고 나니 얼마쯤 심장의 고동은 가라앉았으나 사지는 해면(海綿)처럼 힘이 빠져 그는 죽은 듯이 눈을 감았다.

'동섭 씨! 나는 이제야 내 받을 잔을 받습니다. 오오 동섭 씨!'

갑자기 뜨거운 눈물이 주르르 자경의 귀밑으로 흘러 내렸다.

'당신은 인애와 결혼해서 행복스럽게 사세요. 부디 …… 나는 마침내 이렇게 되는 것이 옳습니다.'

자경의 동그란 어깨가 몇 번이고 침대를 흔들고 그리고 마침내 자경의 울음은 목구멍을 뚫고 커다랗게 흘러나왔다.

그러나 아무도 자경의 우는 것을 아는 사람은 없다. 부엌에서 찬을 만드는 식모는 고기를 익히느라고 칼 소리를 내고 있는 때문에.

그러나 조금 후에 전등도 켜지고 그리고 자경의 울음소리도 그쳤다.

현관문이 저르렁 열리며

"어멈."

하고 부르는 상만의 음성이 들리자 자경은 반사적으로 홑이불을 갖다 이마까지 덮어버리고 손가락으로 두 귀를 막았다. 상만은 안으로 들어오면서

"어멈 아씨 여태껏 들어오지 않았어?"

하고 부르짖는 소리는 분명코 심심치 않게 성이 난 모양이다.

조금 전에 자경이 벗어 놓은 신을 어멈이 참따랗게 신장에다 집어넣은 까닭에 상만은 여태껏 자경이 돌아오지 않은 줄만 아는 모양이다.

어멈이 나와서 무어라고 중얼거리는 소리가 복도에서 들리고 상만은 응접실로 들어가는지 쿵쿵 하는 발소리와 꽝 하는 문소리가 난다.

상만은 응접실 소파로 가서 아무렇게나 펄썩 기대앉았다.

선풍기가 천천히 상만의 이맛전을 향하여 서늘한 바람을 뿜으며 돌아간다. 상만은 담배 필 생각도 없는지 그는 두 손으로 뒤통수를 안은 채 천장을 쏘아보다가 픽 하고 웃었다.

'빌어먹을 놈들 뭐? 사장 오상만이 드디어 파업단에게 무릎을 꿇다? 흐흥.'

××일보 석간에 실린 인천 파업단의 기사를 또 한 번 맘으로 되풀이해 보는 것이다.

'신임 사장은 새로 취임한 만큼 사회에 대하여 그만한 애교를 부리는 것이 예의라고? 그리고 그것은 기뻐서 날뛰는 파업단이 기자에게 한 말이라고? 미친 자식들 …….'

상만은 아침에 동섭을 만나 탁 털어놓고 이야기를 해 버린 자기 자신의 뺨이라도 갈겨주고 싶은 충동을 느꼈다.

'무엇 때문에 그 자식 앞에다 머리를 숙였느냐 말이다.'

상만은 새삼스럽게 뼛속을 후벼 파내는 적개심에 몸을 떨면서 소파에서 벌떡 일어났다.

'좌우간 한 승부는 졌다. 그렇지만.'

그는 이미 생활을 견실한 토대 위에서 한 발씩 한 발씩 힘 있게 나가기로 결심한지라

"여보!"

하고 침실 문을 열면서 자경을 부르는 소리는 비교적 부드러웠다.

"왜 어디가 편치 않으시우?"

"……"

"여보 자경!"

하고 상만은 자경의 머리맡으로 가서 앉았다.

상만은 곤하게 잠이 들어있는 듯한 자경을 깨우는 것도 미안스러워 그는 한동안 머쓱하여 교의에 앉은 채 방안을 휘휘 돌아보다가 가만히 일어나 창 곁으로 갔다.

어슴푸레 물들기 시작하는 황혼 속에 하얀 글라디올러스가 그 밀 이삭같이 봉우리 진 고개를 빼꼼히 내밀고 있는 것이 눈에 뜨인 까닭이다.

상만은 손을 내밀어 그중에서 활짝 핀 꽃 서너 송이를 손으로 꺾었다. 그리고 그는 화병을 찾느라고 침대 곁에 놓인 탁자를 바라보았다.

탁자 위에는 아직도 시들지 아니한 프리지어가 꽂혀 있다.

상만은 지금 꺾어온 꽃을 프리지어 곁에 꽂고 좀 더 모양 있는 자세로 화병을 놓을 생각으로 이리저리 돌려보았다.

바로 그때 보스락 소리를 내면서 발 아래로 굴러 떨어지는 종이쪽이 있다. 상만은 그런 것은 별로 관심치 않고 그는 화병을 탁자 한복판에다 올려놓고 만족한 듯이 교의로 가서 앉았다.

그러나 자경은 여전히 깰 성싶지는 않다.

"여보 자경 시장하지 않우? 저녁이라도 좀 같이 먹읍시다."

하고 상만은 벌떡 일어나서 자경의 이마를 만지려고 손을 내밀었다.

바로 그 순간 발아래서 보스락 하고 밟히는 종이 소리가 들린다. 그는 무심코 한 손으로 종이 끝을 집어 들었다.

"이게 무슨 사진야?"

하고 중얼거리며 편지에 붙어 있는 사진을 들여다보는 상만의 눈은 일순 놀라움과 무서움으로 뒤집혀 지는 듯하다.

그는 손에 잡힌 종이에 쓰여 있는 글자들이 금시로 무서운 독사가 되어서 빨간 아가리를 벌리고 상만을 잡아먹을 듯이 덤비는 듯하여 그는 모서리를 치고 잠깐 동안 그 자리에 서버렸다.

'어디서 이런 글이 왔을까.'

물레처럼 어지럽게 갈피를 잡지 못하고 있는 상만의 머릿속을 번개같이 스치고 지나가는 얼굴들. 황진, 유동섭, 배창환! …… 벌떡 고개를 쳐들은 상만은

'이놈들 죽일 놈들 같으니라고 어디.'

이렇게 맘으로 중얼거려 보자 그는 놀라움에 몇 백배나 더 되는 복수심에 전신이 떨리기 시작하였다.

상만은 편지를 집어 첨부터 다시 죽 읽어보고 그리고 겉봉을 찾아 글씨까지 똑똑히 훑어보았다.

편지를 다 본 상만의 입술은 모시빛으로 하얗게 빛을 잃었다. 그러나 그 창백한 입술에는 가느다란 미소가 흐르기 시작하였으니 그는 자는 듯이 눈을 감고 누워 있는 자경에게 무어라고 대답할 말이 벌써 목구멍까지 와서 기다리고 있는 때문이다.

상만은 편지를 탁자 위에 올려놓고 일부러 발소리를 내며 돌아 나올 듯이 침실 문고리를 잡아보는 순간

"편지는 다 보셨나요?"

하고 비교적 침착한 자경의 목소리가 덜미를 잡는다.

상만은

"그 탁자 위에 있는 편지 말요?"

하고 빙긋 웃었다.

"네 이리 좀 오서요."

하고 발딱 일어나 앉는 자경의 눈은 빨갛게 핏줄이 내돋아 있다.

"아니 편지를 보고 그냥 달아나는 것은 비겁하지 않아요? 악한(惡漢) 답지도 못하게 ……."

씹어 뱉듯이 말을 쏘는 자경의 입술은 파르르 두어 번 떨렸다.

"악한이라? 거참 좋은 이름이군요, 하하하. 좌우간 누가 이런 장난을 했는지 조금도 통양(痛痒)[14]을 느끼지 않으니까. 자경이 깨어 일어나면 천천히 얘기할까 하고 좀 시장해서 저녁 먹으러 식당으로 가는 길이요. 왜 잘못됐수?"

"……."

뚫어지도록 상만의 얼굴을 쳐다보는 자경은 가쁜 호흡을 늦추려고 두어 번 어깨를 추스르고는

"그래 누가 무슨 철천지원수가 졌다고 이따위 글을 보낼 사람이 어디 있겠어요. 제삼자라고 해도 당신의 하는 소행이 괘씸하니까 내게 다 일러준 게죠 …… 아무튼 난 죽으면 죽었지 남의 첩 노릇은 못하겠으니까 난 이혼할 테요."

상만은 딱한 듯이 두어 번 말을 삼키고

"아니 여보 만약에 이 일이 정말 아무 것도 아닌 사실무근한 빈말뿐이라면 어떡하실 테요?"

---

14 가려움과 아픔.

하고 자경의 곁에 털썩 걸터앉으며

"바로 이게 누군지 아시우? 이게 당신도 잘 아는 사람이여요. 저 우리 결혼하던 날 당신 어떤 내지부인에게 꽃다발 받은 일 기억하시겠소? 조그마한 어린 아들을 데리고 자기 남편 찾아 간다는…… 왜 그 동창생 마누라라고 그러지 않습니까?"

"아니 그때 남편 찾아온다고 기차에서 만나고 평양에서도 만난 그 여인 말이죠? 그래 그 여인은 결국 당신을 찾아 왔던 게죠."

모든 것을 다 알았다는 듯이 자경의 입가에는 실뱀 같은 미소가 지나갔다.

"그러니까 그 여자가 자꾸만 당신더러 이 아이 아버지가 어디 있느냐 둥 찾아가면 반가워 하지 않을 테라는 둥…… 지금 생각해 보니 그게 다 까닭이 있어서 한 말이었죠?"
하고 자경은 상만의 얼굴을 훑어보았다.

상만은 아무렇지도 않은 듯이 웃어 보이려 하였으나 얼굴의 근육은 상만의 노력과는 딴판으로 점점 강직될 뿐이다.

독버섯처럼 빨갛게 충혈된 자경의 입술에서 튀어나오는 한 마디 한 마디가 예리한 칼끝처럼 그의 가슴 한복판을 사정없이 꿰뚫은 까닭이다.

"여보."

상만은 점점 적어지려는 목소리를 가다듬어 짤막하게 자경을 불렀으나 그의 눈은 감히 바로 자경을 바라다보지는 못하였다.

"그것은 당신 독단이니까…… 내 말을 들어보아요. 벌써 두 달 전이었구먼. 마침 길을 지나가노라니까 아 그 내 동창생을 만났구려. 그 요시노란 사람을 만났단 말요. 그래 찻집으로 데리고 가서 이런 이야기 저런 이야길 하고 그날은 그대로 헤어졌지. 그 뒤 사흘만인가봐 아 이 사람이 바로 우리 회사까지 데리러 왔소그려. 저녁을 해 놓았으니 같이 먹자는 거야. 그래 한 반에서 공부하던 동창생이구 더구나 동경 있을 때에는 나도 그 사람에게 폐를 많이 끼치고 말하자면 막역지우지 그래 안 갈 수가 있나? 그래서 그이 집엘 갔었지. 가서 저녁 먹고 놀다 왔는데 그때 마침 그 집 남자가 사진을 박겠다고 내 친구가 말요. 그래 이 포즈로 앉아 박았던 게요. 대체 웬 까닭으로 이 사진이 우리 내외간을 이간하는 도구로 쓰였는지 난 암만해도 알 수가 없단 말요."

상만은 자기의 말이 조리 있게 들어 맞아가는 데 차츰 힘을 얻어 그는 고개를 번쩍 들고

"남자란 사업을 시작한다는 것은 곧 적진 상륙과 같이 커다란 모험을 의미하는 것이여. 어디서 어느 대적에게서 시기와 중상과 모함의 탄환이 날아 올지 …… 그건 아마 어떤 자가 내 사회적 출세를 시기해서 보낸 장난인 듯싶소."

"자경! 그래도 아직 의심이 남았소?"

하고 상만은 한편 팔을 자경의 어깨에다 얹으려 하였다.

자경은 침착하게

"내 몸에 손을 대서는 안 돼요."

명령하듯이 한 마디 하고

"그럼 이 길로 그 요시에라는 여자의 집으로 가 봅시다. 가서 그 남자가 가지고 있는 사신원판을 구경합시다."

하고 자경은 침의를 벗고 통상복으로 바꾸어 입기 시작한다.

"가도 괜찮소만 글쎄 남의 집에 청하지도 않는데 불쑥 가도 좋을까 더

구나 밤에."

하고 상만은 얼굴을 찌푸렸다.

"당신의 막역지우라고 그러셨죠? 그러면 말입니다. 당신이 전부를 터놓고 애길하시구려. 그러면 그 사람도 당신의 가정 평화를 생각한다면 그만한 거야 이해 못할 리 없지 않아요?"

자경은 옷을 다 입고 돌아 앉아 퍼프로 얼굴을 탁탁 치고 있다. 침이 일천 개나 돋친 듯한 자경의 뒷모양을 힐긋 돌아보는 상만은

'정말 가자는 모양인데 …… 어떡하나? …….'

상만은 이 절박한 난관을 어떻게 벗어날 수가 있을까 하고 맘속으로 그럴 듯한 방법을 찾아내 보았으나 갑자기 굴속에나 들어온 듯이 그저 눈앞이 캄캄할 뿐이다.

'이놈들 어디 두고 보자.'

상만은 또 한 번 황진, 유동섭, 배창환을 맘속으로 욕을 할 때다.

"아니 못 가겠단 말입니까? 그럼 난 이 길로 아주 이집에서 나가버릴 테야."

하고 자경은 핸드백을 집어 들고 문을 연다.

"혀 그 참 별것을 가지고 다 오해를 하시는구려. 그만치 일러두었는데도 ……."

하고 상만은 불평스럽게 중얼거려 보았으나 그는 자경의 뒤를 쫓아 현관으로 나오지 않을 수 없는 것이다. 대문으로 나오면서도

'어떡하나?'

하고 머리를 기울였다.

상만은 자기 앞에 수습치 못할 커다란 파멸이 가까워 오는 듯한 불길

한 예감을 잊어버리려고 그는 눈을 들어 별이 희끗희끗 깜박이고 있는 밤하늘을 쳐다보았다.

그러나 편한 언덕을 향하여 쏜살같이 걸어가는 자경의 모양이 마치 자기의 행복을 저주하는 백사와 같이 처염(悽艶)하게[15] 보여 그는 으쓱하고 몸서리를 쳤다.

'만약에 인애 같았더라면 좀 더 달래볼 수도 있고 또 전부를 다 고백할 수도 있는 건데 …….'

상만은 새삼스럽게 온유하고 부드러운 인애를 버리고 부잣집 외딸을 아내로 삼은 일이 뼈아프게 후회가 되었다. 그러나 이미 당한 일은 할 수 없다. 최후 일각까지 버티어 보는 것이 상만의 처세술인 이상 그는 잠자코 자경과 나란히 큰길까지 나왔다.

상만은 한참 동안 뚜벅뚜벅 종로통까지 걸어 나오자

"나 시장해서 요기 좀 하고 가야겠소."

하고 한 집 앞에 우뚝 선다.

"그럼 그러세요."

하고 자경은 상만을 따라 어떤 청요릿집으로 들어섰다.

이 층으로 올라가서

"증만두"

를 주문시킨 상만은

"변소가 어디야?"

하고 거다랗게 젊은 청인에게 묻고 아래층으로 내려갔다.

---

15 처절하게 아름다운.

그가 변소를 다녀온 것은 불과 삼 분밖에 되지 않았을 것이다.

그러나 그 삼 분은 상만에게 있어서 진실로 천금보다 귀중한 삼 분이었다. 상만에게서 십 원짜리 한 장을 받아 쥔 키가 홀쩍 큰 청인은 반달음질로 큰길로 나갔다. 청인은 지나가는 자동차에 몸을 실자

"××정 ××번지."

하고 운전수에게 외쳤다. 그의 기름때가 묻은 손바닥에는 상만이 아무렇게나 끄적거려 쓴 요시에게 전할 편지쪽이 쥐여 있는 것이다.

요시에는 남편의 맘이 차츰 자기에게서 멀어져 가는 것을 알게 되자 그는 남편인 오상만을 미워하자 하면서도 그대로 지그시 끌리는 미련이 맘 한 구석에 남아 있는 것을 어찌할 수는 없었다.

그 때문에 그는 흑택이라는 사립탐정을 손에 넣어 상만이 오꾸마에게로 어떻게 심신이 사로 잡혀 있다는 것을 다 알면서도 그는 차마 복수의 칼날을 들지는 못하고 있었던 것이다.

요시에가 맨 처음 자경에게 익명의 편지를 보낸 것은 단지 자경의 질투와 감시를 이용하여 상만으로 하여금 조금이라도 오꾸마에게서 발길을 멀어지게 하려는 안타까운 수단밖에 아무것도 아니었다.

그러나 그것은 결국 요시에의 부질없는 희망이었으니 흑택의 보고대로 한다면 상만은 요사이 본집에도 거의 발을 들여놓는 때가 적고 일주일이면 닷새 동안은 오꾸마의 집에서 밤을 밝힌다는 것이다.

이러한 기별은 요시에로 하여금 불로 지지듯이 초조하게 만들었다. 그러면서도 요시에의 찌그러지기 시작한 맘에는 흑택의 보고는 커다란 흥분제가 되었다.

그는 하루라도 그 분하고 괘씸하고 밉고 죽이고 싶은 상만의 일거수

일투족을 알지 않고는 견딜 수 없어서 그는 곧장 낮에는 물론이요 저녁이나 밤이나 혹택의 시간이 나는 대로 그는 자기 집으로 전지(戰地)에 내어 보냈던 군견같이 민첩한 혹택을 맞아들이는 것이다. 그러나 단지 한 가지 걱정은 혹시나 뜻밖에 상만이가 불쑥 올는지도 알 수 없고 그래서 알지 못하는 남자가 요시에의 집에 있는 것을 보게 된다면 상만은 어떤 의심을 가지게 되는지도 알 수 없는 노릇이다.

그래서 요시에는 일백팔십 원이나 들여서 셰퍼드를 사다 두기까지 한 것이다.

탐정을 집으로 끌어 들이는 것, 맹견을 기르는 것 이 모든 것은 결국 요시에가 어떻게 간절히 상만을 사모하고 그리고 그의 사랑을 회복시키기에 열중하고 있는 증거이다.

아침 햇살이 번들번들 다다미방을 미끄럽게 비치는 일곱 시!

"모든 것은…… 결국 헛된 노력이다."

중얼거린 요시에는 눈물이 흥건히 젖은 얼굴에서 소매 자락을 떼자 그는 옆에서 울고 있는 학세를 덥석 안고

"아가야!"

하고 그의 뺨에 얼굴을 대고 흐느껴 울기 시작하였다.

밤새도록 한 마디의 이야기도 없이 고스란히 새벽을 맞이한 남편은 자기가 무어라고 앙탈을 하였기로니 다짜고짜 두 번이나 뺨을 때리다니? 철썩 철썩 소리가 나도록……

"미친 놈 인제 두고 보아라."

부르짖는 요시에는 곧 경대를 향하여 돌아앉아 가루분으로 얼굴을 고치고 그리고 전화를 집어 들었다.

××아파트에는 지금 막 자리에서 일어난 듯한 흑택이가 반갑게 전화를 받아 준다.

　　"곧 좀 오세요. 지금 곧 네네? 아침진지는 여기서 잡수시죠 뭐."

　　오늘 유달리 요시에의 목소리에는 녹일 듯한 애교가 섞여 있는 것을 감각한 흑택은

　　"지금 곧 가죠."

하고 수화기를 놓았으나 그는 어떤 자기 계획이 맞아 갈듯도 싶어 빙그레 웃으며 곧 양복으로 바꾸어 입고 거리로 나왔다. 요시에는 전과 달리 흑택을 보자 아주 침착하게

　　"나 그 센진 녀석을 바라고 언제까지든지 이렇게만 있다가는 정말 미쳐 나든지 말라 죽든지 할 것만 같아요. 흑택 씨! 나 그래서 아주 그 녀석 버릇을 좀 가르쳐 주고 나도 어디든지 내 맘 내키는 대로 가버리든지 죽어버리든지 할까 봐요."

하고 방금 노파가 들고 오는 아침 밥상을 흑택 앞에 당겨 놓으며

　　"자 좀 많이 잡수시오. 참 내 일 때문에 무척 애만 쓰시고 …… 결국은 이렇게 밖에 되지 않는 것을 …….."

　　요시에는 차단스 속에 들어있는 술병을 꺼내더니 남실남실 한 잔 따라 마시고는

　　"자 아침이지만 한 잔 드세요."

하고 흑택에게 술잔을 내민다. 이미 요시에의 이력과 오늘의 생활을 다 알고 있는 흑택은 술잔을 내미는 요시에의 손 …… 틀에 꽉 박힌 여급이라는 직업적 솜씨를 또 한 번 맘으로 감상을 하면서 그는 자기 가슴 속에 꿈틀거리고 있는 어떤 욕망이 머리를 치켜드는 것을 느끼는 것이다.

"이건 너무 미안합니다."

하면서도 그는 싱글벙글 웃는 것이다.

흑택은 요시에와 함께 먹고 마시고 그리고 무엇인지 긴밀하게 이야기를 주고받고 거의 열 시나 되어 그 집을 나왔다.

그는 곧 자기 부원 중에 조선 사람을 시켜 곧 자경에게 제 둘째의 익명의 편지를 띄웠다.

해가 져서 다시 찾아온 흑택에게 자경에게 보낸 편지의 번역을 들을 때 마치 독한 약즙을 상만의 혈관 속에 흘려 넣은 것처럼 요시에의 가슴은 두근거리고 그리고 슬펐다.

"왜 잘 되지 않았소이까? 무어 만족하지 못한 것이 있단 말입니까?"

하고 잠자코 앉아 있는 요시에를 따질 때도 요시에는 역시 침묵한 채로 술병을 기울여 잔에다 가득 부었다.

요시에가 막 술잔을 입으로 가져가려는 순간이다.

"여기가 요시에 씨 집이요?"

하고 아주 어색스러운 말소리가 밖에서 들리고 그리고 셰퍼드가 요란스럽게 짖기 시작한다.

요시에와 흑택은 다 같이 뜰 앞을 내다보았다.

찾아온 손님은 요시에는 물론 알지 못하는 청인이었다.

"당신 요시에 씨요? 이것 꼭 요시에라는 양반에게 드릴 텐데 ……."

청인은 현관까지 나온 할멈에게 몇 번이나 당부를 하고 손에 쥐고 있던 종이쪽을 내밀고는 그리고 그 싯누런 이빨을 내놓고 한 번 빙긋 웃고 돌아서서 나가 버렸다.

청인은 요 두어 달 전까지도 남대문 밖에 있는 어느 청요릿집 보이로 있는 관계로 그는 가끔 요시에 집 근처로 주문한 음식을 가져 다녔기 때문에 상만이가 이러저러한 골목에 이러이러한 집이라는 것을 설명하자 그는 대뜸 그 들어가는 문 곁에 자그마한 반송이 있고 그 반송 아래 참따란 연못이 있어 어떤 때는 붕어 새끼가 제법 꼬리를 치고 노는 것까지 기억에 떠올랐다. 그리고 그는 그 쉬운 심부름에 십 원이라는 엄청난 보수가 퍽 만족하였던 것이다.

심부름을 마친 그는 갈 때와 달리 돌아올 때는 천천히 종로까지 걸어온 때문에 상만이가 어떻게 그 뜨거운 만두 열다섯 개를 다 먹어가며 그를 기다린 줄은 물론 알 턱이 없었다.

종이쪽을 받아서 다 읽고 난 요시에의 입가에는 쓸쓸한 미소가 떠올랐다.

자기가 찌른 주사의 바늘은 이제 확실히 반응을 일으키기 시작한 것을 깨달은 때문이다.

"뭐야요? 무어라고 쓰여 있어요?"

하고 손을 내미는 흑택에게 요시에는 태연스럽게

"뭐 그자가 자기 여편네에게 덜미를 잡혀 가지고 오나 보군요. 도중에서 보낸 글인데 외출하고 없는 채 해달라고 부탁이군요."

하고 종이쪽을 술병 곁에 내려놓고 조금 전에 부어 놓았던 술잔을 천천히 기울인다.

"내 이 녀석을 참 좀 골려주려면 이따 그 여편네와 둘이서 올 때 내가 썩 나가서 응접을 하고 아주 다 털어내서 활활 얘기를 해버릴까 봐요 호호호."

웃으며 요시에는 술잔을 내려놓더니

"흑택 씨 나 정말에요. 지금 내 몸은 홀몸이 아니거든요. 학세가 또 아우를 보려나 봐요 …… 그래서 아주 그 녀석을 막아 볼 수도 없고 …… 참 정말 이번 주사는 좀 지나친 듯싶은데 어떡할까요?"

하고 요시에는 제법 우울해 져서 흑택을 바라본다.

잠자코 종이쪽을 흘겨보던 흑택은

"글쎄요 애기가 둘이 아니라 셋, 넷, 다섯, 열이 난다 하더라도 결국은 그 아이들은 미안하지만 사생자니까요. 그리고 당신은 평생토록 조선인의 첩이란 명예스러운 레테르를 가지고 살아 갈 테니 말요."

흑택은 그 하삼백[16]진 눈을 부릅뜨며

"글쎄 말요 내가 무어라고 그럽디까. 학세를 참으로 사랑하거든 학세의 전정을 생각하라는 게 아닙니까? 왜 멀쩡한 아이를 글쎄 아이참 입이 써서 ……."

흑택은 요시에가 따라 논 술잔을 입술에 대어보고

"사람이란 자기의 운명을 새로이 만들어가는 데는 그만한 용기가 없으면 안 되는 법이니까요 ……."

흑택은 선풍기를 향하여 가슴을 열면서

"당신도 십칠팔 세의 어린 사람도 아니고 또 심창규중에서 자라 나온 처녀도 아니구 ……."

요시에가 막 입을 열어 무어라고 대답을 하려는 때다. 또다시 세퍼드가 꽝장스럽게 짖기 시작하였다.

"쉬."

---

16 검은자 아래에 흰자위가 있는 눈.

요시에는 다람쥐와 같이 아래층으로 내려가서 할멈의 귀에다 무어라고 소곤거려 놓고 다시 이 층으로 올라왔다.

할멈이 현관문을 여는 소리가 나고 그리고 귀에 익은 상만의 목소리가 들려온다.

"주인 양반은 계시지 않습니까?"

"네, 다들 극장으로 가셨세요."

할멈의 대답 소리가 똑똑히 들리자 요시에는 픽 하고 웃었다.

할멈과 두어 마디 주고받고 하던 상만이가 돌아가는 기척이 나자 요시에는 이 층에서 고개를 내밀어 뜰을 내다보았다.

말쑥한 여름 양복을 입은 상만의 곁에 하얀 양장 아래로 하이힐을 신은 자경의 뒷모습이 눈에 띄자 가슴을 물어 찢는 듯한 질투가 요시에의 전신을 바르르 떨게 하였다.

"흑택 씨! 나 결심했어요. 학세를 위해서라도 오상만의 첩 노릇은 그만 두어야 겠어요."

부르짖은 요시에는 날만 새면 학세 이름으로 해둔 거치 저금을 통상 저금으로 변경할 것을 생각하는 것이다.

창머리에는 참새 소리가 난 지도 오래다. 상만은 어젯밤부터 몇 번이나 되풀이한 생각을 또 한 번 맘으로 생각해보고 그는 지그시 눈을 감았다.

'모든 것을 자경 앞에 고백을 해? …… 그래도 …….'

상만은 생고사 겹이불 속에서 머리를 흔들었다.

'고백하기에는 너무 늦었어.'

하고 그는 길게 한숨을 뿜었다. 참으로 그 무서운 자경이 지금까지 자기를 속이고 있었다는 사실을 안다면 어떤 거조[17]에 나올지 상만은 고백이라는 문자는 영영 자기 가슴 속에 깊이 가두어 두지 않으면 안 될 것을 자기 자신에게 몇 번이나 경고를 하고 그는 자리에서 일어나서 세면소로 갔다.

얼굴을 씻고 식당으로 가 보았으나 자경은 아직 일어나지 않았다는 것이다. 상만은 웃옷을 입고 넥타이를 매면서 자경의 침실로 갔다.

어젯밤 자기를 몰아내면서 찰각 열쇠로 문을 잠가버리던 자경의 날이 선 두 눈을 생각할 때 상만은 문을 두들길 용기는 없었다. 그러나 그는 오늘 아침 자경의 얼굴빛을 살펴볼 필요가 있는 이상 애써 부드러운 목소리로

"여보."

하고 부르지 않을 수 없는 것이다.

그러나 이미 문은 상만이가 밀기 전에 벌써 두어 치나 벌룸이 열려 있다.

방으로 들어선 상만의 눈에 아무렇게나 젖혀 논 이불 위에 벗어던진 자경의 침의가 먼저 보이고 그리고 뽀얀 가루분이 흐트러져 있는 적은 탁자 위에 금방 빗질을 한 성싶은 하얀 불빛에 머리카락이 서넛 끼어 있다. 침상 머리에 걸려 있어야 할 자경의 외출옷도 없고 모자도 보이지 않는다.

"어멈."

하고 상만은 커다랗게 하인을 불렀다.

"아씨 어디 가셨나?"

상만은 잠자코 식당으로 가서 간단하게 아침을 마치었으나 아내의

---

17 말이나 행동 따위를 하는 태도.

지나친 행동을 단속하지 못하는 자기의 무능함을 하인까지도 비웃는 듯싶어 상만은 도망하듯이 현관으로 뛰어 나왔다.

자경은 어젯밤 요시에라는 여인이 살고 있다는 그 집까지 가보았으나 주인이 외출하고 없다는 바람에 그냥 돌아오기는 하였으되 그의 맘의 긴장은 조금도 풀린 것은 아니다.

가지가지의 사려와 공상에 깊은 잠을 빼앗긴 채 그는 또한 새벽을 맞이하였다.

어둠이 물러가고 밝은 빛이 창으로 들어올 때 자경의 머릿속에도 어떤 계획이 비로소 뚜렷이 형상을 갖추어 나타났다.

"그래 확실히 그 집은 막다른 골목이었어. 그리고 들어가는데 무슨 상점이 하나 있었어."

중얼거려보던 자경은 채찍에 맞은 듯이 벌떡 자리에서 일어났다. 시계는 정각 여섯 시다.

자경은 되도록 속히 화장을 마치고 옷을 갈아입고 밖으로 나왔다. 큰길로 나와서 자동차에 올라타자

"원정으로."

하고 운전대로 향하여 소리를 쳤다. 호수처럼 잔잔하고 깨끗한 아침이 자동차의 창마다 자경을 안은 듯이 신선한 촉감으로 들어오건만 자경은 그러한 자연의 고마운 존재를 깨닫기에는 그의 신경이 너무도 피로하고 또한 광란되어 있는 것이다. 자경은 핸드백 속에 누워 있는 익명편지와 사진을 생각하고 그리고 요시에라는 애인과 어떻게 이야기를 시작해야 할 것인지 그런 것을 생각하는 동안에 자동차는 어젯밤 와서 닿았던 그 지점에서 멈췄다.

"아아 있다."

자경은 서편으로 향하여 조그마한 잡화상점을 발견하자 그는 자기의 기억이 결단코 그릇되지 않았던 것이 무척 고마웠다.

운전수에게 찻돈을 지불한 다음 자경은 그 별로 크지도 않으나 그러나 깨끗하고 속이 하나 가득 차 보이는 그 상점으로 서슴지 않고 들어갔다.

화장품을 몇 가지 골라도 보고 손수건도 두어 개 사고 그리고 마지막으로 돈지갑을 하나 사고 인제 더 살 것이 없다.

물건을 다 샀으면 값을 지불하고 돌아 나와야만 될 것이다. 그러나 다행한 일은 테이블 한 옆에 수북이 쌓아 놓은 것은 팔월 달 잡지들이다.

자경은 그중에서 두어 권을 골라서 책장을 들추다가 그는 무엇을 생각하였던지 상점 한 구석으로 가서 되도록 자기 몸은 보이지 않고 그리고 바깥에 지나가는 사람들을 잘 볼 수 있는 위치에 몸을 두고 천천히 책을 읽기 시작하였다.

과연 그로부터 한 삼십 분이나 지났을까 한 대의 자동차가 자경이 앉아 있는 그 상점 앞에 와서 머물고 그리고 안으로써 상만이가 내렸다.

자경은 가슴의 맹렬한 고동을 느끼며 곧 상만의 뒤를 추격하려고 책을 덮고 일어서려는 때이다.

"과자 한 상자. 어린애들이 좋아할 것으로."

하고 들어오는 손님은 상만이었다. 자경은 슬쩍 책으로 얼굴을 가리어 버리고 돌아앉았다.

상만은 진연 자경을 보지 못한 모양으로 그는 바쁘게 과자를 사가지고 돌아나간다. 자경도 일어서서 멀찍이 그의 뒤를 따랐다.

요시에의 집 문으로 들어간 상만은 안내도 없이 저르렁 문을 열더니

"오-이 쯔루요(학세)."

하고 소리를 친다. 이윽고

"오토-상(아버지)."

하고 조그마한 아이가 나와서 방금 구두를 벗는 상만의 어깨에 매달리는 것이 길가에 서 있는 자경의 눈에 똑똑히 보였다.

자경이 이른 아침부터 여기까지 온 것은 행여나 상만이가 그 요시에라는 여인의 집을 들르는지 알 수 없다고 생각한 때문이다.

만약에 자경의 상상대로 상만이가 요시에의 집에 들르기만 한다면 그는 반드시 요시에와 비밀의 관계를 가지고 있다는 단언을 내리고 싶었던 것이다.

그러나 자경의 기대하지 못하였던 커다란 그리고 확실한 증거가 그의 눈앞에서 전개되고 있지 않느냐.

"엄마 …… 아빠 왔어."

하고 소리를 치며 층층대로 뛰어 올라가는 어린아이의 뒤를 따라 올라가는 상만의 뒷모양이 활짝 열어 놓은 현관 정면으로 똑바로 보였다.

자경은 무슨 재미있는 활극을 보고 있는 듯이 그는 깔깔거리고 웃었다. 그러나 그 목안에서 움칫 사라지는 짤막한 웃음소리 속에서 자경은 전신의 피가 한꺼번에 싸늘하게 식어져 버리는 순간을 경험하였다.

그것은 자기 청춘의 약동이 마지막으로 숨을 거두어 버리는 한 찰나라 할까. 산산이 부서져버린 자신의 자존심의 한 조각 한 조각이 마치 폭파되어 버린 성터와 같이 다만 참담할 뿐이다.

자경은 머릿속이 윙 하고 소리를 내며 돌아가는 듯한 현기증을 느끼고 월미도 다리에서 인애와 행복스럽게 나란히 걸어가던 동섭을 보았을 때에는 과연 가슴이 쓰리었다.

예리한 창끝으로 쑤시는 듯이 심장 한복판이 아프다. 그러나 그 아프고 쓰린 맘속에는 보다 더 아름다웠던 과거를 생각하고 그리고 보다 더 행복스러운 미래를 동경하는 일종의 투지가 섞이어 있었다.

그리고 배창환의 약혼한 처녀의 사진을 구경할 때에도 자경은 오히려 자기 자신에 대한 어떤 변명과 그리고 자부심을 가지고 엄연히 배창환을 노려보았던 것이다.

그러나 지금 이 순간부터 자경은 자신에 대한 일절의 신념은 송두리째 날아가고 말았다. 길가에 밟혀 죽은 한 마리 지렁이보다도 오히려 못한 자기 자신을 어떻게 처분하면 옳은가.

자경은 처음 월미도 별장에서 상만에게 정조를 빼앗긴 이튿날도 이와 비슷한 자기 증오의 생각을 느껴보기는 하였다.

그러나 그때만 하더라도 자경은 상만의 정실 아내가 될 수 있는 기회가 가로 놓여 있었다. 다만 동섭이에게 대하여 미안한 생각이 그의 심장을 칼질하였지마는 이미 동섭과 돌이키지 못할 절박한 경우에 이르자 자경은 일체를 단념하고 상만의 아름다운 신부될 날을 헤이기도 하였던 것이다.

'그러나 아아 그러나.'

자경은 휘영휘영 내둘리는 두 다리에 억지로 힘을 주어 페이브먼트를 밟았으나 그는 곧 그 자리에 펄썩 주저앉아 버릴 듯이 전신에 힘이 풀려 버렸다.

그는 비실비실 쓸리는 다리로 바로 조금 전에 들렸던 그 조그마한 상점 앞까지 왔다. 벌써 햇살은 퍼져 파라솔도 가지지 아니한 자경의 목덜미는 빨갛게 상기가 된 채 생각은 참벌처럼 자경의 대뇌중추를 쏘고 있는 것이다.

'내가 서자경이가 오상만의 첩이 되어 있단 말이지!'

자경은 일절의 분노와 굴욕을 지난 어떤 밑 없는 공허와 허무가 동굴처럼 자기를 노려보고 있는 것을 느끼었다.

비로소 죽음이 그의 어여쁜 귓가에서 빨간 혓바닥을 날름거리기 시작하였다.

'죽자 죽어버리자.'

자경이 죽음을 생각한 것은 이번이 처음이 아니었다. 상만이에게 유린당한 이튿날 그리고 동섭이 감옥에서 돌아오던 날 또 한 번 정말 유서까지 써놓고 목욕하고 새 옷까지 갈아입었던 때는 자신이 임신하였다는 의사의 진단이 있던 날이었다.

그때는 죽을 방법과 또 죽은 뒤에 시체가 어떻게 될 것까지 생각지 아니하였던가.

그러던 자기가 지금까지 죽지 않고 어물어물 살아 있는 것이 참으로 이상스럽게 생각이 되었다.

강도와 같이 자기의 정조를 짓밟은 사나이의 아내가 되어 그 사나이의 환심을 사려고 어떠한 고통과 인내를 허비하여 왔던고.

자경은 자멸과 자조와 그리고 일체의 자기 가치를 부정하여 버렸다. 순간

'죽어라 죽어라.'

하는 소리가 벌떼처럼 그의 귓속에서 잉잉거리기 시작하였다. 상만은 자경이 요시에 집 앞에까지 와있는 줄은 꿈에도 생각지 못한 지라 그는

학세를 안고 웃으며 요시에게 익명 편지가 왔다는 사연을 이야기하고 그리고 만약에 자경이 단독으로 찾아오더라도 부디 눈치 채지 않도록 조심하라는 부탁을 하고 그리고 회사로 나갔다.

회사에 막 들어서자마자 전화가 왔다.

"어제 하루는 통 뵐 수가 없으니 웬일입니까?"

약간 짜증이 섞여 있는 그러나 기름보다 더 미끄러운 오꾸마의 음성이다.

"저 거기서 사람이 왔는데요. 금광에서 말이야요. 계약금이라도 받아 두어야 안심을 하겠다고 그럽니다. 다른 경쟁자들이 귀찮다고 어서 계약이나 하자고 그러는 거야요."

"계약금요? 글쎄요…… 십 분지 일만 내지요. 머 위선 삼만 원만……."

상만은 선선이 대답하고 수화기를 걸었으나 그의 파란 눈썹 사이에는 두어 줄 주름살이 잡혔다.

만주국과 ×국 국경에 있는 무진 금광! 전문 기사의 조사한 대로 하면 순금의 포함량이 이십억 원가량이고 그 외에 백금과 은과 아연의 포함량이 역시 십수억 원은 된다는 그 무진장의 보고가 이제 삼십만 원으로 매수하게 되는 것이다.

사실 이것은 냉정히 생각하면 그렇게 될 수 있다는 것이 허황한 거짓말로밖에 들리지 않을 수 없는 것이다. 만주국내 사람들만 하더라도 삼십만 원 아니라 삼백만 원을 더 주고라도 사고 싶은 사람은 얼마든지 있을 것이다. 더구나 ×국과 ××국과 그 외에 금광에 대하여 훨씬 더 눈이 밝은 외국인들이 수없이 많음에라.

그 때문에 상만은 처음 얼마 동안은 이 엄청난 거짓말을 웃음으로 돌려버리고 말았다. 그러나 오꾸마 손가락을 끊어 참사랑을 맹세한 하루에 경마장에서 일만 원의 큰 이익을 보도록 그가 지명한 말들은 하나에서 열까지 일등으로만 나가던 그렇게 총명한 오꾸마의 설명은 상만의 모든 의심과 주저를 태양 앞에 안개같이 쓸어버리고 말지 않았느냐.

본래 그 금광은 청조 때에 벼슬하던 사람의 소유였던 것인데 아들은 어리고 아버지는 늙고 불량한 친척이 이것을 어떤 미국 사람에게다 오 개 년 한정으로 오만 원에다 양도하였던 것이다.

그 뒤에 거기서 굉장히 금이 쏟아지는 것을 보자 중국 정부에서는 정부의 소유라고 간섭을 하게 되고 더욱이 ✕구에서 자기 국경에 인접하여 있다는 이유로 바로 자기 영토라고 주장하게 되어 비로소 △✕양국 간에는 이 무진 금광을 싸고 커다란 암운이 떠돌기까지 하였던 것이다.

그때부터 이 금광은 애매하게도 장✕✕의 사유가 되고 정말 주인 진모(陳某)는 절치부심 하였으나 어디다 호소할 곳이 없었다. 그로부터 삼 년 뒤 만주는 만주국이 되면서부터 장✕✕은 유량의 몸이 되고 금광은 다시 진 모에게로 돌아왔다.

그러나 진 모의 아들은 장✕✕를 따라 외국으로 망명을 하여버리고 진 모는 늙고 병이 들어 부득이 그 금광을 팔려고 내놓았으나 만주국에서는 이 시끄러운 금광의 임자가 과연 누군지 별로 사고자 하는 사람이 없는 데다가 정부에서는 이 금광만은 절대로 제 삼국인에게 팔아서는 안 된다는 엄중한 경고가 내렸다.

제삼국이라 해도 일본인(물론 조선인도 포함됨)에게는 팔 수 있다는 내약이 있는 것을 아는 진 모는 구매인을 좀 더 넓은 범위에서 물색하기 시작하였다.

그러나 아들이 반만군(反滿軍)에 참가한 만큼 이 영감쟁이의 고집도 불통이라 그는 대륙 이외에 사람에게는 비록 천만 원을 주어도 팔지 않는다는 것이다. 그 대신 조선 사람이 산다면 백만에서 삼십만 원까지 그 사이의 가격으로 팔겠다는 것을 오꾸마는 그 집 집사에게서 똑똑히 들었다는 것이다.

"그 금광만 손에 들어오면 당신은 킹[王] 나는 퀸[女王]."

상만의 얼굴에 키스의 소나기를 퍼붓던 오꾸마의 말이 거짓일 까닭은 물론 없는 것이다.

더욱이 상만은 오꾸마와 함께 친히 그 무진 금광을 가보지 않았더냐. 더구나 진 모의 집사라는 사람을 만나 보았고 최후로 해골처럼 빼빼 말라빠진 진 모가 누워 있는 침실까지 들어갔던 것이다.

그때 그 영감은 그 쇠갈고리 같은 두 손을 내밀며

"동지!"

하고 부르짖지 아니하였는가. 그 늙은 눈에는 차디찬 눈물이 번득이고 있었겠다.

'사람이 왔다면?'

상만은 고개를 끄덕이고

"그 원(袁)가라는 집사렸다."

중얼거리고 스르르 눈을 감았다.

그때에는 다만 금광을 사겠다고 굳게 약속만 하고 그리고 그 원가 사람은 먹으로 내서득서로 계약서를 써서 양편이 한 장씩 나누어 가지기만 하였겠다.

법대로 하면 계약금은 그때 주었어야 하였을 것이다.

그러나 상만은 동맹파업을 피하여 잠깐 떠났던 여행이었음으로 물론 몇만 원이고 준비하여 가지고 간 돈이 없었던 것이다. 그러던 것이 기어이 그 계약금을 내지 않으면 안 되는 오늘에도 상만에게는 물론 그만한 사재가 없는 것이다.

단돈 만 원도 없다.

'회사에 돈을 임시로 꾸어?……'

상만은 장부를 앞으로 끌어 당겼다. ××은행에 예금된 돈이 십×만 원 그리고 △△은행에 칠만 육천 원 상만은 잠깐 동안 한 손을 이마에 대인 채 아랫입술을 두어 번 씹었다.

'설마 …… 어떨라고.'

상만은 드디어 결심하였는지 그는 소절수 책을 펼치고

'금참만원야(金參萬圓也)'

라고 똑똑하게 기입하고 발행인의 이름을 오상만으로 하고 이면에는 한성물산 주식회사 사장 오상만이라 쓴 뒤 커다란 사각 도장을 눌렀다.

그는 오후 한 시가 되어 사를 나와 오로라로 갔다.

그러나 벌써 거기는 커다란 파멸이 상만을 기다리고 있는 줄을 꿈에도 알지 못하는 것이다.

오꾸마의 침실 옆에 방에는 아침부터 낯선 남자 손님이 와서 있으니 그가 곧 무진 금광에서 왔다는 사람이다.

약간 눈초리가 올라간 듯한 눈을 창밖으로 돌려 더위에 졸고 있는 장안의 거리를 바라보던 손님은 지루한 듯이 까맣게 타진 입술 사이로 흘러나오는 하품을 끄느라고 손가락 끝에 담뱃진이 묻은 손을 입으로 가져간다.

한 삼십사오 세나 될까 비교적 수척하여 보이는 얼굴과 딴판으로 머리숱은 검고 흠씬 기름을 발라 곱게 빗어 넘겼다.

새로 사맨 듯한 넥타이와 칼라 구김살이 없는 양복은 값비싼 회색 세루다.

전체로 보아 신경질이고 또 꼭 다문 입술은 거의 보이지 않는 입과 쏘아보는 듯 날카로운 시선은 어디인지 이 사나이가 심상치 않은 비밀을 간직하고 있는 듯싶다.

이윽고 오정을 보하는 고동이 길게 울려오자 그는 회중시계를 꺼내 태엽을 감으며 눈살을 찌푸리는 것이 빈방에 혼자 오랫동안 앉아 있는 것이 싫증이 난 모양이다. 완전히 녹아서 뿌연 국물이 되어 버린 아이스크림 그릇을 한편으로 밀어 놓으며 담배 케이스에서 긴구찌[金口]¹⁸를 한 개 빼어 불을 붙여 연기를 쭉 들어 마신다.

그가 막 초인종을 누르려고 손을 내밀려고 하는 참에 문이 벙싯 열리며 오꾸마가 들어온다.

"시장하시지 않으세요? 점심은 이따 그이 오거든 같이 먹기로 하고 무어 과일이라도 좀 가져 올까요?"

하고 오꾸마는 햇살이 들어오는 유치창문을 레이스 커튼으로 가리며 선풍기를 손님 앞에 당겨 놓고 한편 교의로 가서 앉는다. 손님은 그 말 대답은 하지 않고

"삼만 원은 오늘 손에 들어올까."

하고 빙그레 웃는다. 피란 잇속이 여인의 이빨처럼 잘게 그러나 톱으로

---

18 きんぐち. 입에 닿는 부분을 금종이로 만 궐련.

잘라낸 듯이 끝이 고르다.

"그럼요 염려 말아요. 그보다도 남은 돈은 언제까지로 기한을 하면 좋을까 열흘? 보름?"

"기한이야 멀어도 할 수 없지. 그 대신 짧으면 짧을수록 더 좋고……."

손님은 또다시 나오려는 하품을 한 손으로 가리며 피우던 담배를 슬쩍 재떨이에 던져버린다. 말끄러미 손님의 얼굴을 쳐다보던 오꾸마는 갑자기 나지막한 목소리로

"그런데 그 앤 좀 어떤가요? 송이(松伊) 말야요 그저 병원에 있나요?"

"헉 여태껏 한 이야기는 어디로 들으셨수. 글쎄 의사 말이 지금 열이 물러가는 때가 더 어렵다고 아직 한 두어 주일 입원시켜 두라는 거예요."

잠자코 앉았던 오꾸마의 눈에는 하얀 이슬이 맺히기 시작하였다.

"그 어린 것이 어미를 찾지 않을까? 아유 이년이 죄도 많지."

오꾸마는 부리나케 한 쪽 팔에 걸고 있던 팔뚝 고리를 빼더니 한 가운데 동전 넓이만한 가녑으로 돌아가며 잘디잔 진주를 박고 썩 교묘하게 조각이 되어 있는 뚜껑을 연다.

"애 송이야 어미가 보고 싶지? 벌써 근 일 년째 너를 못 보는구나 ……."

오꾸마는 쏟아지는 눈물도 씻을 생각도 없이 언제까지나 탐하듯이 그 적은 사진만 들여다보고 있다.

송이, 그는 오꾸마의 딸이니 금년에 열 살 된 소학교 삼 학년에 다니는 눈이 서늘하고 어여쁜 입을 가진 소녀다.

지금부터 십 년 전 오꾸마는 동경서 어떤 단나(但那)[19]와 함께 상해로 도망을 와서 처음이요 또 마지막으로 낳은 딸이다. 어린애가 나자마자

아버지는 무슨 병인지 갑자기 별세하면서

"아이의 이름은 송자(松子)라 하라."

고 유언을 하고 눈을 감아 버렸다. 갓 나서부터 유모를 맡겨 기르다가 젖이 떨어지자 맘성 착한 중국인 할멈을 얻어 송자의 양육을 의뢰하였던 것이다.

두 사람의 의복 음식은 물론 오꾸마는 틈틈이 송자를 찾아가서 같이 놀고먹고 어떤 때에는 자기한테로 데리고 와서 며칠씩 묵어 보내기도 하였던 것이다.

송자가 송이로 변한 것은 바로 삼 년 전 자기의 바로 놀러온 어떤 조선 청년이 오꾸마에게 조선에 유명한 여자 가운데 송이라는 기품 높은 이가 있었다는 이야기를 하면서 송자를 송이로 하라고 권한 뒤부터였다.

오꾸마는 하루에도 수십 수백의 손님과 접촉을 하는 바쁜 생활을 하면서도 한시라도 송이를 잊어본 때는 없었다.

오꾸마는 어젯밤 차로 서울로 들어온 이 손님에게 송이가 장질부사로 입원하고 있다는 말을 듣자 이 아침에 곧 수중에 있는 돈 삼백 원을 상해 알렉산더 병원으로 전보환으로 부쳤으나 그 맘은 조금도 편안치가 않다.

"참 잊었군!"

손님은 울고 있는 오꾸마를 위로할 수단이나 찾아낸 듯이

"이게 바로 병나기 전날 박은 사진이라나요. 할멈과 같이 ××공원에 놀러가서 무슨 과자인가 만두인가를 먹은 것이 그만 체해가지고 그렇

---

19 だんな. 주인, 남편.

게 되었다는데 …… 의사 말이 퇴원한 뒤에는 아이를 전지(轉地)[20]를 시키는 것이 좋겠다고 그러더군요. 원체 선병질(腺病質)[21]인 데다가 이번에 폐렴까지 치르고 낫다고 …….”

손님은 이야기를 다한 뒤에야 포켓에서 사진을 한 장 내 오꾸마의 앞에다 내민다.

훨씬 선명하고 방싯방싯 웃으려는 어린 딸을 오꾸마는 가만히 뺨에 대어보기도 하고 입도 맞추다가 호르르 한숨을 쉬면서

“이번에 삼십만 원만 손에 들어오고 그리고 그것을 ××본부에만 갖다 바치고 난 뒤면 난 정말야요 송이를 데리고 조용하게 살아 보겠어요 …… 아무것도 귀찮아요. 송이 하나가 내게 제일 귀한 보물로밖에 생각되지 않아요.”

손님은 그 말대답은 하지 않고

“한 시 십 분 전?”

하고 고개를 기울인다. 오상만이가 찾아오겠다는 시간이 절박하여 가는 때문이다. 오꾸마는 곧 일어서서 자기 방으로 가서 얼굴을 고치고 상만이가 좋아하는 바이올렛 향수를 귓바퀴에 바르고 있노라니 과연 상만이가 왔다. 얼굴빛이 훨씬 초췌하여 보이는 상만을 오꾸마는 전과 같이 두 팔로 그 몸을 안고 그리고 이틀이나 면도를 하지 못한 까슬까슬한 그의 턱에 함부로 입을 맞추었다.

“손님은 저 방에 있는데 이리로 부를까요?”

오꾸마는 다람쥐와 같이 다음 방으로 갔다.

---

20 어떤 일로 얼마 동안 다른 곳으로 옮겨 감.
21 피부샘병의 경향이 있는 약한 체질.

일 분도 되기 전에 손님은 오꾸마에게 안내되어 상만의 앞에 나타났다.

"오, 원 선생!"

하고 상만이 손을 내밀었다. 그러나 그는 원 가도 아니요 더욱이 무진 금광 진 모의 집사도 아무것도 아니다.

××본부의 부원으로 활동하고 있는 박영수라는 조선 사람이다. 독자 제씨는 조창수라는 청년이 박영수 때문에 다시 조선으로 돌아오고 그리고 ×형무소에서 최후를 마친 것을 기억하고 계시리라. 손님은 상만의 앞에서 두 손을 마주 잡고 흔들며 무어라고 중국말을 한다.

"바쁘신데 이렇게 오셔서 미안합니다."

하고 오꾸마가 얼른 조선말로 상만에게 통역을 하였다.

상만은 손수건으로 이맛전을 씻으며

"온 천만에 말씀을. 이 더위에 먼 길을 오시느라 참 수고가 많았겠습니다."

하고 고개를 숙여 보였다. 오꾸마는 조금도 서슴지 않고 활발한 음성으로 진 모의 집사를 향하여 중국말로 통역을 하였다.

저편 사람은 또 무어라고 싱글벙글 웃어가며 연방 두 손을 맞잡고 흔들기만 한다.

"자 앉으시지요."

하고 상만이 자리를 가리키는 것을 오꾸마는 역시 중국말로 손님을 앉히고 그리고 곧 벨을 눌렀다.

서늘한 차가 나오고 그리고 값비싼 담배 향기가 선풍기에 쫓기듯 방안에 흩어진다.

이말 저말 두 사나이를 위하여 부지런히 통역을 하던 오꾸마는 마침

내 상만을 향하여

"어쩌실 텝니까 계약금 말야요?"

하고 빵긋이 웃는다.

"가져 왔어."

하고 곧 포켓에서 △△은행을 지정한 삼만 원 액면의 소절수를 꺼냈다.

오꾸마의 통역이 나오기 전에 벌써 진 모의 집사란 사나이는 무척 만족한 듯이 빙글빙글 웃으며 고개를 끄덕인다.

"저 그리고 잔금 이십칠만 원은 한 이주일 더 기다려 주셔야 되겠습니다."

하고 상만은 통역하라는 듯이 오꾸마에게 눈짓을 하였다.

물론 진 모의 집사는 이의가 있을 까닭이 없다. 그들의 얼굴에서는 만족한 웃음이 떠오르고 그리고 세 사람은 잠깐 동안 다 각기 자기들만이 아는 행복에 도취하여 버렸다.

억만장자 상만은 자기 앞에는 이제 천하가 자기 앞에서 항복하여 버린 듯한 황홀한 심경에 사로잡힌 채 그는 하인이 새로 가져온 냉차를 한 모금 마시고

"자 그러면 식당으로 가서 점심이나 같이 하실까요?"

하고 억양스럽게 원 모를 돌아보았다.

"네."

하고 하마터면 조선말로 대답을 할 뻔한 박영수도 역시 박영수 다운 공상에 잠겨 있었다.

그는 지금 상해 불란서 조계 가난한 셋방에서 자기를 기다리고 있는 어여쁜 홍옥순의 환영을 눈앞에 그리고 있는 것이다. 박영수는 맘으로 이십칠만 원이 손에 들어오기만 하면 …… 물론 오꾸마는 ××당본부

에서 온 자기에게 그 돈을 송두리째 맡길 것이다. 그러면 그 돈을 쥐는 대로 그는 곧 홍옥순과 함께 동경이나 어디든지 안전한 곳으로 가서 달콤한 사랑의 보금자리를 만들어 보리라 결심을 또 한 번 되풀이하고 있는 것이다. ××당본부에서는 국경의 철교라는 별명을 듣도록 그토록 ××당의 신임이 두터운 박영수건만 그의 맘속에는 벌써부터 커다란 변화가 일어나고 있었다.

그 무섭고 춥고 그리고 경찰과 마적과 싸워가며 하루하루의 주림도 넉넉히 면해 가지 못하는 그 생활이 인제 완전히 싫증이 나고 만 것이다. 그러한 그의 눈앞에 나타난 것이 같은 동지로 활동하던 홍옥수의 누이 옥순이었다. 지금부터 이태 전 홍옥수가 어떤 자의 총 끝에서 넘어지고만 그 이튿날부터 상해 ××여학교 삼 학년에 재학하는 얼굴이 둥글고 키가 호리호리한 스물세 살 난 홍옥순은 적은 일이나 큰일이나 박영수에게 묻고 부탁하고 그리고 의뢰하여 왔다. 이미 자기 인생관에 대하여 수습할 수 없는 의혹과 그리고 책임에 대하여 도피를 꾀하게 된 박영수에게 홍옥순은 커다란 마취제가 아닐 수 없었다. 이미 공허하여 버린 그의 머릿속에는 이성의 마력 앞에는 동지도 없고 주의도 날아가 버렸다.

오직 긴급한 것은 홍옥순의 마음을 기쁘게 하기에 필요한 돈 돈이었다. 그가 국경을 탈출하려는 조창수를 밀고한 것도 그에게는 방금 임신 삼 개월로 학교에도 못 가고 입덧으로 고생하는 홍옥순에게 좀 더 맛있는 음식과 부드러운 침대를 만들어 줄 돈이 필요하였기 때문이었다. 지금은 학교도 그만두고 때 묻은 청국복색을 하고 우중충한 방속에서 어린애 젖을 물리고 있는 사랑하는 옥순을 위해서는 그는 진실로 이번 한 기회를 노칠 수는 없는 것이다.

‘어떤 일이 있더라도 ……’

그는 맘속으로 부르짖었다. 동지들의 눈에는 어디까지나 송죽의 절개를 가진 박영수가 또한 관헌에게는 관대한 대우를 받을 수 있는 자신의 총명함을 또 한 번 생각하고 그는 만족한 듯이 빙그레 웃으며 상만의 뒤를 따라 문밖으로 나왔다.

이 층 식당으로 가려는 때문이다. 그러나 문밖에는 언제부터 와서 있었는지 쓰메에리를 입은 중년 남자가

"잠깐 물어볼 말이 있어서."

하고 박영수 앞에 명함을 내민다.

‘도경찰부 고야 형사부장.’

이라는 글자가 슬쩍 곁눈으로 훑어보는 상만의 눈을 가시와 같이 할퀴었다.

"아이 난 또 누구시라고. 왜 요샌 도무지 뵐 수가 없어요?"

하고 오꾸마는 고야 형사부장의 오른편 가슴에 착 다가섰다. 그리고

"저 만주서 온 사람이요. 광산 하는 사람인데 …… 만주국 사람야 …… 나쁜 사람은 아닌데."

하고 오꾸마는 지극한 비밀이나 귓속질하듯 고야 형사부장의 귀에 소곤거려 놓고 그리고 한 손으로 고야의 손등을 꼬집었다.

"그래도 조살 할 게 있어서 ……"

고야는 박영수에게로

"잠깐 저리로."

하고 지금 나온 방을 턱으로 가리켰다. 웬일인지 상만의 가슴이 쫓겨 온 때처럼 두근거리기 시작하였다.

"그럼 당신 혼자 먼저 식당으로 가실 까요? 나 이 양반 통역 좀 해주어야 되지 않겠어요."

하고 오꾸마는 상만을 향하여 고개를 까딱 숙여 보이고 고야 부장의 뒤를 따라 지금 바로 나온 자기 침실로 되돌아 들어갔다.

천병만마에 시달려 온 영수도 형사부장의 명함을 보는 순간 그는 본능적으로 뜨끔하여진 모양으로 그의 노란 얼굴이 조금 더 노래졌으나 그는 곧 빙그레 웃으며 맘의 여유를 보인다.

세 사람은 자리에 앉아 고야는 곧 수첩을 꺼내더니

"어디서 왔소?"

하고 일본말로 물었으나 영수는 빙그레 웃고 오꾸마만 쳐다보는 것이 고야부장의 말을 못 알아듣는 모양이다.

오꾸마는 곧 중국말로 영수에게 통역을 시작하였다.

"본적은?"

"성명은? 연령은? 현주소는 어디?"

"언제 왔나?"

"광산은 어디 있어?"

"누구와 매매 계약이 됐어?"

이런 질문들이 고야 주임의 입에서 쉴 새 없이 흘러나오고 그리고 영수는 중국말로 오꾸마는 일본말로 조금도 막히지 않는 대답이 응구첩대(應口輒對)[22]로 나왔다.

"매매 셰약 증서가 있는가?"

---

22 묻는 대로 지체 없이 대답함을 이르는 말.

하고 고야 주임이 두 사람을 바라보자 영수는 곧 포켓에서 조금 전에 상만에게서 계약금을 받은 삼만 원의 소절수를 꺼내 보였다.

"호."

고야 주임은 오상만의 서명 날인을 보자 고개를 끄덕끄덕 하더니

"서울엔 며칠이나 있겠소?"

하고 묻는다.

"글쎄요. 모처럼 온 김에 유명한 금강산 구경도 좀 하고 돌아 와서는 조선 명물로 기념품도 좀 사야겠고, 하하하."

영수는 유쾌하게 웃어 보였다.

고야 부장이 돌아간 뒤 두 사람은 곧 식당으로 내려왔으나 거기 기다리고 있을 줄 알았던 상만은 보이지 않는다.

여급 아이가 오꾸마의 손에 쥐어주는 종이쪽에는

'난 급한 볼일이 생겨서 회사로 가오.'

오꾸마는 아무렇지도 않은 듯이 빙그레 웃었으나 박영수는 약간 당황해서

"무슨 불안을 느낀 게 아닐까?"

하고 고개를 기울인다.

"설마!"

하고 오꾸마는 태연하게 대답을 하였으나 그의 맘속에도 일말의 불안이 떠오르기도 하였다.

'모처럼 그물에 들어온 고기를 놓쳐서는 안 돼 ⋯⋯.'

하고 생각한 오꾸마는

"인내서요. 아까 그 소절수 내가 금 ○○은행에 가서 현금으로 찾아올

게."

하고 영수에게 손을 내밀었다.

　식탁에는 벌써 둘째 번 접시가 나왔다. 영수는 나이프로 프라이를 썰며

　"관두어요. 내가 찾을 테니."

하고 아주 심상하게 대답을 한다.

　"그래도 벌써 조사가 나오고 하니 말이요. 내가 찾는 게 더 안전하지 않을까요?"

　오꾸마는 고개를 앞으로 내밀고 나지막하게 소곤거렸으나

　"뭐 어떨라고요?"

　영수는 정식으로 눈을 떨어뜨린 채 부지런히 고기만 씹고 있다. 잠깐 동안 삼지창과 나이프의 달그락거리는 소리 외에는 주위는 지극히 조용하였다.

　창 곁에는 모던보이 풍의 골프바지를 입은 젊은 남자 두엇이 식사를 할 뿐 아직 손님도 별로 없다.

　"그래도 일이 다 될 때까지는⋯⋯."

　"염려 마세요. 내 한 몸에 관한 일은 내가 처리할 테니까요."

　영수의 음성 속에는 분명코 짜증이 섞여 있다.

　"⋯⋯."

　방금 포크에다 음식을 찍어 가던 오꾸마의 손은 멈췄다. 그는 놀라서 영수의 얼굴을 바라보는 것이다.

　'왜? 무슨 까닭으로 이 사나이가 나의 충고를 물리치려 하는가?⋯⋯.'

　오꾸마는 무럭무럭 치밀어 오르는 분노를 감각하면서 맘속으로 부르짖었다.

'자기 어떻게 진실로 피를 흘러가며 오상만의 환심을 사지 않았다면 무진 금광이란 있지도 않은 금광을 가지고 삼만 원의 계약금이 어떻게 나왔을까?'

오꾸마는 애써 목소리를 부드럽게 하여

"내가 찾는 게 아무래도 안전할 것 같은데."

하고 달래 보았다.

"헉 그게 그렇게 큰일인가요? 그럼 잔금이 다 들어올 때까지 찾지 않고 그냥 두죠. 소절수만 보관하고 있으리다."

"……."

오꾸마는 또 한 번 놀라지 않을 수 없었다.

단돈 삼십 원이라도 붙잡은 이상 시각을 다투지 않고 곧 현금으로 만들어 버려야 할 이 판세에 박영수의 하는 말은 무엇을 의미하는 것일까…… 더욱이 상만이가 급급히 돌아가버린 지금에!

오꾸마의 크고 서늘하고 그리고 광채 있는 두 눈이 한참 동안 영수의 노르스름한 얼굴을 유린하듯이 쏘아본다.

지금 영수를 바라보는 오꾸마의 두 눈은 오꾸마의 온 정신을 집중시킨 탐조등과 같이 영수의 얼굴의 근육 하나하나를 지키고 있는 것이다.

이윽고 무슨 생각이 지나갔는지 오꾸마는 빙그레 웃으며

"그럼 뭐 미스터 박이 찾으시나 내가 찾으나 마찬가지니까요. 좌우간 하루라도 속히 현금으로 만드는 것이 득책일 겁니다. 만약에 중간에 말에요 오상만이가 혹시 손을 뗀다 하더라도 ……."

"암 여부가 있나요."

영수의 음성은 갑자기 활발하여졌다.

"더욱이 수취인의 이름이 원장붕(袁長鵬)이란 내 이름으로 되어 있으니 말요. 하하하."

"아니 그거야 내가 가면 물론 위임장을 받아 가지고 가려고 했죠······ 아무려면 어떨라고요······."

두 사람은 식탁에서 일어섰다.

그리고 박영수는 밤에라도 다시 오겠단 말을 남기고 곧 거리로 나왔다.

그가 본정 어구에서 지나가는 택시에 몸을 싣고 △△은행을 들어서자 예금계에는 새로 저금하는 듯한 손님이 무어라고 이야기를 하고 있다.

박영수는 약간 두근거리는 가슴으로 소절수 액면을 동그란 창구멍으로 들이밀었다.

한성물산 주식회사 사장의 도장이 찍혀 있는 이 소절수는 십 분도 못 되어 곧 현금 삼만 원의 지전 뭉텅이가 되어 박영수의 앞으로 밀려 나왔다.

영수는 지전을 헤어 볼 생각도 없이 곧 포켓에 쓸어 넣고 그리고 밖에 세워 놓았던 자동차로 들어갔다.

그러나 그가 탄 자동차가 한 삼마장이나 갔을까 뒤에는 또 한 대의 자동차가 따르고 있으니 박영수는 알지 못하였지마는 △△은행 예금계에서 새로 저금하던 사나이다.

물론 오꾸마가 보낸 그의 심복의 한 사람이었다.

오꾸마는 현금 삼만 원을 가진 박영수의 행동을 감시하지 않으면 안 되겠다는 것을 느낀 때문이다.

박영수가 탄 자동차는 광화문 우편국 앞에서 정거하고 그리고 영수는 우편국 안으로 사라졌다. 이윽고 바람같이 다른 한 대의 자동차도 우편국에서 조금 떨어진 어느 상점 앞에서 머물자 그 속에 한 사나이, 오꾸마의 명령을 받은 청년 H가 쫓기듯 우편국으로 들어갔다.

방금 전보지에다 글을 쓰고 있는 영수의 어깨 너머로 고개를 내민 H의 눈에는

"○데기다 스고이 보구."

하는 전문이 비쳤다.

수취인의 이름은? 하고 살폈으나 영수가 얼른 전문을 창문으로 들이밀어 넣었기 때문에 볼 수는 없었다.

오로라에서 돌아온 상만은 한성물산 주식회사로 돌아왔으나 그의 맘은 마치 돌을 던진 호면(湖面)처럼 조용하지가 못하였다.

'형사가 왜 왔을까?'

입속으로 중얼거리는 상만은 방금 고맙게도 서늘한 바람을 보내고 있는 선풍기를 미운 듯이 노려보았다.

'벌써 내 뒤를 밟는 것이 아닐까?……'

상만은 기계적으로 장부를 앞으로 잡아당기었으나 물론 글자들은 하나도 머릿속에 들어올 까닭은 없다.

아무렇지도 않은 듯이 덥석 손을 대어 버린 공금이 당장에 커다란 맹수가 되어 자기 모가지를 향하여 달려드는 듯 그는 일순 등어리를 스쳐 가는 찬기운을 느끼었다.

그렇게 찬란하고 황홀하던 억만장자에의 큰 꿈이 불과 한 시간 동안 상만의 영혼에 가실 수 없는 음영을 지우고 말다니!

상만은 여송연의 강렬한 연기를 폐부까지 깊이 들어 마시고 넥타이를 늦추고 칼라의 단추를 빼고 선풍기를 바로 가슴 앞에 들이대 보기도 하였다.

그러나 그의 눈앞에는 눈살을 찌푸린 고야 형사부장의 얼굴이 나타나기도 하고

"공금 횡령죄로 법정에 설 때는 어느 신문보다 먼저 보고해 드리죠."
하는 황진의 웃음소리가 들리는 듯도 하였다.

유동섭, 배창환의 조롱하는 얼굴이 허공에서 사라지자 그는 손에 들었던 담배를 동댕이치고 곧 수화기를 집어 들었다.

"△△은행 입니까 네? 여기는 한성물산 주식회사인데요. 나 오상만입니다. 네! 저 그런데 오늘 삼만 원 소절수 뗀 것이 있는데요 …… 건 지불됐습니까? 네? 바로 오 분 전에?"

상만은 후르르 떨리는 손으로 수화기를 걸어버렸다. 이미 찾아갔다는 삼만 원은 도로 받아올 도리는 없는 것이다.

그 좀만 일찍 전화를 했더라도.

상만은 손수건으로 이마에 돋은 찬 땀을 씻으며 교의에 펄썩 기대앉았다.

바로 그때 따르르 수화기가 떨린다.

"네 누구요 응?"

저편에 음성은 오꾸마다.

"왜 오다니. 중한 볼 일 때문에 왔다니까 ……."
하고 상만이 짜증을 내었으나 전화를 통하여 오꾸마는 갖은 찬사와 애교를 퍼붓는 것이다. 천재라니 영웅이라니 제왕이라니 그리고 천하에 둘도 없는 행복의 소유자라니 …….

이러한 말을 듣는 동안 상만의 얼굴에는 차츰 푸른빛이 가시고 빙그레 미소까지 떠올랐다.

"그래 형사는 왜 원 씨를 조사 했어?"

하고 상만은 기어이 가슴 속에 서리고 있는 한 마디를 쏟아놓고야 말았다.

"그야 뭐 외국인이니까. 신분을 조사해 본 게죠. 아무것도 이상스러울 게 없으니까 형사도 안심하고 가더구면요 …… 저녁에 아니 오시겠어요?"

"글쎄 보아서 ……."

하고 수화기를 놓는 상만의 얼굴빛은 훨씬 명랑하여졌다.

자경은 아침에 외출을 하고 돌아온 뒤 그는 완전히 병인처럼 자리에 눕고 말았다.

그는 옷도 벗지 않고 아무렇게나 침대에 거꾸러진 채 가물가물 잠이 들기도 하고 그러다가는 깜짝 놀란 듯이 눈을 크게 뜨고 사방을 휘둘러 보기도 하는 것이다. 그는 중추신경에서 명하는 커다란 명령에 복종할 위무를 느끼면서도 그의 말초신경들은 반역하는 병졸처럼 좀처럼 중앙의 의사대로 활동해 주지를 않는 것이다.

그는 곧 일어나서 약을 먹든지 목을 매든지 하여 생명을 끊어버려야 할 것을 초조하게 느끼면서도 그의 사지는 완전히 혈액의 순환이 그친 때처럼 맘대로 움직여 지지 않는 것이 안타깝다.

누가 어디서 커다란 손이 나타나서 자기 몸뚱이를 이대로 홀랑 바다 속에나 맥진하여 오는 기관차 앞에다 동댕이쳐 주었으면 하고 원념이 혼란하여지는 신경줄을 다람쥐같이 넘나들 뿐이다.

그러나 오후 세 시가 지나가 깊은 골에서 안개가 걷히는 것처럼 차츰 자경은 혼수상태에서 깨기 시작하였다.

그는 먼저 목이 마른 것을 느끼자 어멈을 불러 냉수를 청하여 마시고 그리고 침대에서 후다닥 일어났다.

아침부터 아무것도 먹지 않았지만 그에게는 조금도 주림이 느껴지지가 않았다.

자경은 바쁜 사무를 보러가는 사람 모양으로 핸드백을 쥐자 현관으로 뛰어 나왔다.

'그래그래 한강에서 죽자. 빠지기만 하면 저절로 죽어질 테니까……'

반달음질로 비탈을 내려오는 자경은 이런 말을 맘속으로 외쳤다.

어머니, 동섭, 인애, 상만! 일절의 사람들이 벌써 자기와는 인연을 끊은 딴 세계 사람들로밖에 생각이 되지 않는 것이다.

자경은 상아로 만든 파라솔 자루가 바르르 떨리는 것을 느끼었다.

선뜻 선뜻 내딛는 대지가 무슨 모래 바닥처럼 허전허전 발 뿌리가 미끄러지는 듯하여 그는 걸음을 멈추고 비탈길에서 잠깐 서 보기도 하였다.

온몸을 휩싸고 도는 뜨거운 기운은 파라솔 한 개로는 어림도 없다. 그러나 자경은 차츰 노래지는 땅바닥을 굽어보면서 무슨 약속이나 지키러 가는 사람처럼 허둥허둥 걸음을 계속하였다.

'내가? 내가? 상만이 때문에 죽나?'

하는 반문이 소리개[23] 그림자처럼 자경의 머리를 지나가자

"아니야, 아니야."

자경은 커다랗게 외이고 그리고 고개를 흔들었다.

'난 내가 미워졌기 때문에 내라는 위인을 꼬물만큼도 믿을 수가 없기 때문에 …… 그래서 죽어 버리는 게야.'

---

23 솔개.

누구에게 들려주는 것처럼 자경은 맘속으로 중얼거리면서 큰길로 나왔다.

전차 안전지대가 눈에 보이고 그리고 한강행이라고 쓴 전차가 스르르 속력을 늦추고 멈춘다. 바쁘게 내리고 오르고 하는 사람들을 멀뚱멀뚱 바라보다가 자경은 맨 마지막으로 올라 빈자리로 가서 앉았다.

이상한 일은 죽음이란 큰일을 눈앞에 놓고도 자경은 조금도 흥분하여지지 않는 것이다.

한참 동안 질주하던 전차가 정거되고 그리고 사람들은 내리고 또 오르고 물론 자경에게는 아무런 관계없는 사실이다. 차가 얼마를 갔던지 갑자기

"고라 ……."

하는 호령 소리가 자경의 바로 앞에서 들렸다. 하얀 쓰메에리를 입은 중년 신사가 자경 앞으로 다가서며

"이 핸드백은 당신 것이죠?"

하고 옆에 있는 한 소년을 가리키며

"지금 막 훔치다가 내게 들켰습니다."

하고 쓰메에리는 포켓 속에서 명함 한 장을 꺼내준다.

'도경찰부 형사부장 고야 …….'

명함을 읽은 자경은 천천히 고개를 들었다. 그의 앞에는 벌써 작은 손에 수갑을 찬 채 파들파들 떨고 서 있는 한 소년이 있다.

낡은 고꾸라[24] 양복바지가 무릎도 가리지 못하였다.

---

24 こくら. 두꺼운 무명 직물.

영양 불량의 표본인 듯 아이의 얼굴은 시들어진 무와 같이 푸르고 여위었다. 언젠가 동섭이와 같이 인천으로 갔을 때 그가 가르치던 야학교에 몰려온 아이들의 얼굴이 생각이 난다.

그 아이들 중에 하나가 아닐까? 유동섭이가 가르치고 있는 인천 빈민굴의 아이가 아닌가? 자경은 형사부장이라는 신사를 향하여 방그레 웃으며 고개를 흔들었다.

"이건 그 애가 가질 거야요."

하고

"옜다 가져가 자."

하고 자경은 소년 앞에 핸드백을 내밀었다. 그러나 소년의 두 손은 수갑 속에서 꼼짝도 못하는 채 부들부들 떨기만 한다.

자경은 쓰메에리 입은 그 형사부장을 향하여 턱을 까딱 치켜들고

"수갑을 끌러 주세요."

하고 명령하듯이 부장을 노려보고 있다.

"건 안 됩니다. 절도의 현장을 붙잡은 이상 건 못합니다."

지금 오로라에서 돌아오는 고야 형사부장은 그 집 마담 오꾸마와 또 자기 앞에 앉아 있는 이 젊은 여자의 얼굴을 맘속으로 비교하여 보면서

'미인이다 미인이다. 그러나 단연 오꾸마와 같이 요염하지는 못 해.'

맘속으로 점수를 매겨 놓고

"법률에도 자비란 게 있으니까요. 서(署)로 데리고 가서 잘 가르쳐 보내겠습니다."

하고 빙긋 웃는다.

형사부장을 빤히 쳐다보던 자경은 비로소 혈관의 모든 맥박이 일제

히 활동을 개시하는지 그는 자리에서 벌떡 일어섰다.

"부장님 이 아인 절도가 아닙니다. 이건 벌써부터 이 애에게 주어 버렸어요. 내게 소용없는 물건인 때문에 ……."

"……."

어리둥절하여 자경을 바라보는 고야 부장을 쳐다보고

"법 법하시지만 이런 소소한 사유재산의 처분에까지 간섭을 아니 하셔도 좋을 것 같습니다만 ……."

하고 자경은 방그레 웃었다.

고야 부장은 승객들의 시선이 괴로운 모양으로 전차가 정거하자

"자 내려서 이야기 합시다."

하고 소년을 앞세우고 내린다. 자경도 따라 내렸다. 고시정(古市町)이다.

"그럼 부인의 낯을 보아 이번만 용서하기로 합니다."

하고 부장은 소년의 손에서 수갑을 벗기더니

"오상만 씨 부인이시죠? …… 오늘 일에는 감심했습니다. 그럼 안녕히 가십시오."

고야는 모자에 손을 대어보이고 저쪽에서 오는 전차에 가볍게 뛰어오른다.

형사의 모양이 사라지자 비실비실 저쪽으로 가려는 소년을 향하여 자경은

"옛다 애 이것 가지고 가."

하고 들고 섰던 핸드백을 내밀었다.

"가만있어. 내 오 전만 꺼내고."

자경은 핸드백을 열었다. 지갑 안에는 십 원짜리 두 장과 오십 전 한

입이 들어있을 뿐이다.

"자 이것은 네가 가져."

하고 핸드백과 돈 이십 원을 소년에게 쥐어주었다.

참으로 자경에게 인제 영구히 소용없는 물건인지라 훔쳐서라도 가지고 싶은 사람에게 주어버리는 것은 상쾌하지 않을 수 없는 일이다.

그러나 마땅히 기뻐해야할 소년은 여전히 우울한 채로

"저거 이렇게 큰돈을 가져가도 괜찮을까요? 저 훔쳤다고 누가 뭐라고 하지 않을까요?"

하고 근심스럽게 자경을 쳐다본다.

"괜찮다 애 …… 염려말구 무언지 사 가져라."

하고 자경이 타일렀으나

"그래도 ……."

소년은 자못 염려가 놓이지 않는 모양이다.

"너 무엇을 사려고 그러니?"

"저 우리 언니가 자꾸만 무어가 먹고 싶다고 그래요. 두 달이나 앓고 났는데요. 밤낮 과일하구 과자하구 떡하고 고기하고 별 것이 다 먹고 싶다고 …… 그래서 훔치는 것은 나쁜 일인 줄 알면서도 손님 가방을 …… 너무도 먹고 싶어서 차라리 죽었으면 좋겠다고 그래요."

하고 소년은 눈을 떨어뜨린다.

"먹고 싶어서 죽겠다고?"

자경은 기세적으로 소년의 말을 되뇌어 보았다.

'먹고 싶어서 죽겠다고? 먹고 싶어서도 죽을 수가 있을까? 먹는 일 같이 쉬운 일이 어디 있다고?'

자경은 고개를 기울였다.

자경으로서는 상상할 수도 없는 세상의 소식인 때문이다.

"이리온."

자경은 소년을 데리고 근처 과잣집으로 들어갔다.

초콜릿, 비스킷 외에 여러 가지 과자와 빵을 사니 십 원짜리 한 장과 바꾼 과자는 자경과 소년이 각각 한 아름씩 안고도 남았다.

"너희 집이 어디냐?"

"저 현저정이야요."

소년의 눈은 샛별같이 반짝거린다.

"가만 있자 어떻게 가져가나."

마침 한 대의 빈 자동차가 지나가는 것을 자경은 곧 차를 정거시키고 그리고 과자 꾸러미를 차속으로 몰아넣고 소년을 데리고 차에 오르며

"현저정으로."

하고 운전수에게 명령을 하였다. 얼마쯤 오다가 과일 가게 앞에서 차를 세우고 과일도 몇 원 어치 샀다.

'아주 내가 형사에게 붙들려 가는 절도를 구해내고 …… 언제 내가 '미리엘' 승정(僧正)[25]이던가?'

자경은 혼자 쓰디쓰게 웃고 옆에 앉은 소년을 돌아보았다. 빙글빙글 웃고 앉아 있는 소년의 누런 이빨, 귀밑까지 자란 머리는 일순 자경의 입에서 자조의 웃음을 쫓아버렸다.

'그렇다 난 이 애가 누군지 모른다. 다만 동섭 씨! 동섭 씨! 난 당신을

---

25 미리엘 주교는 '빅토르 위고'의 소설 『레 미제라블』의 등장인물로 디뉴의 성당에 나타난 장 발장이 은식기를 훔친 뒤 잡혀오자, 미리엘 주교는 오히려 장 발장에게 은촛대 2개를 준다.

생각하고.'

자경은 형사의 손에서 이 소년을 빼앗아 동섭의 팔에 안겨 주는 듯한 착각이 일순 머릿속을 스쳐가자 오래간만에 빙그레 웃는 동섭의 얼굴이 눈앞에 보이는 듯하였다.

"너 이름은 뭐냐?"

"놈아야요."

"나이는."

"열네 살야요."

"너 보통학교 졸업했니?"

"학교에는 당최 다녀보지 못했어요."

"뭐? 야학교에도 못 갔었니? 너 인천서 살지 않았니?"

하고 자경은 소년의 옆으로 다가앉았다.

"아냐요, 우린 문밖에서 살다가 들어 왔어요."

운전수가 핸들을 쥔 채

"현저정 입니다."

하고 뒤를 돌아본다.

"얘 나 여기서 기다리고 있을 테니 너 너희 집으로 가서 누구더러 이 것 받아가지고 가라고 가서 이르고 와."

하고 자경은 소년을 내보냈다. 한참 만에 소년이 헐레벌떡 오더니

"집에는 어머니는 빨래가구 언니 혼자 밖에 없어요. 언니는 일어서지도 못하니까요."

하고 놈아는 싱글벙글 웃으며 과자 봉지를 치켜든다.

"운전수 미안하지만 이것 좀 저 애와 같이 운반해 주시우."

자경은 소년과 운전수가 비탈길로 허우적거리고 올라가는 뒷모양을 바라볼 때 어디서인지 조용한 광명이 맘 한 구석을 비치는 것을 그는 확실히 감각하였다. 운전수와 놈아가 갔다 와서 또 한 아름 안고도 수밀도 광주리가 하나 남았다.

'그럼 이건 내가 가지고 갈까?'

하고 자경은 수밀도를 들고 그들의 뒤를 따랐다.

좁고 꼬부라지고 높은 길은 십 리나 계속 되는가 싶다.

자경은 땀은 내솟고 빈속인지라 힘은 다 빠졌다.

그러나 살아서 오직 한 번 동섭 씨가 기뻐할 만한 일을 해보고 죽는다 생각할 때 수밀도 광주리를 안은 그의 몸에는 새로운 힘이 솟았다.

"언니, 손님 오십니다."

하고 소리를 치며 들어가는 대문, 대문이라기보다도 판자 쪽을 가려 놓은 울타리로 자경은 들어섰다.

환히 열려 있는 방에는 사람이 사람이라기보다도 해골이 쪼그리고 앉아 있는 것이 자경의 첫눈에 띄었다.

빠지다가 잊어버린 듯이 여기저기 몇 개 남은 머리카락이 아무렇게나 얼크러져 있는 이마 아래로 까만 눈을 반짝거리면서 부지런히 씹고 있는 것은 지금 가져온 과자인 모양이다.

새까맣게 때가 낀 손으로 과자를 한 주먹씩 집어 와싹와싹 깨물어 먹는 것은 문자 그대로의 아귀라 할까.

잠방인지 고인지 좌우간 해골이 걸치고 있는 옷도 도저히 그 몸 전체는 가리지 못한다.

꺼멓고 빼빼 말라빠진 볼기짝이 손바닥만치 들어난 것을 보자 자경은 반사적으로 눈을 돌려버렸다.

"언니, 이걸 죄다 저 손님이 사 주셨어 ……."

하고 소리를 치자 해골은 비로소 과자 먹던 손을 멈추고

"참 너무도 감사합니다."

하고 고개를 숙여 보이면서 환히 들어나 있는 환도뼈[26]를 걸레쪽 같은 홑이불 자락으로 가린다. 자경은 무슨 말이든지 한 마디 하고 싶었으나 그는 도무지 입이 떨어지지가 않았다.

그는 도망꾼이 모양으로 잠자코 그 집을 나와 버렸다.

'왜 죽지 않을까? 왜 목이라도 매어 죽지 않고 살아 있을까? 저러고도 살 까닭이 무엇이야?'

자경은 입속으로 중얼거리고 혀를 찼다. 저 빼빼 마른 해골이 장차 자기의 운명과 어떻게 커다란 관련을 가지게 될 것도 모르고.

자경은 높고 위태로운 길바닥을 다 내려와서 큰길로 나선 다음에도 그의 눈에는 지금 막 보고 나온 그 무서운 해골과 그리고 해골이 앉아 있던 방. 사면 바람벽 빈대 피 반죽이 되다시피 된 벽이 보이는 듯하여 그는 으쓱하고 몸서리를 쳤다.

자경은 자동차에 올라탄 뒤에도 혀를 찼다.

'생명이 그렇게도 아까운 것일까?'

그 더러운 걸레를 입고 그렇게 주려 가면서도 살아간다는 사실은 자경에게는 진실로 커다란 놀람이 아닐 수 없는 것이다. 천치가 아닐까?

부끄럼이나 고통을 느낄 수 있는 신경줄이 죄다 말라버린 백치가 아

26　넙다리뼈(골반과 무릎 사이에 뻗어 있는 넙다리의 뼈).

닐까.

자동차는 오던 길을 되짚어 한강을 향하고 속력을 내면서 달리고 있다. 몇 시나 되었는지 해는 제법 서편 하늘로 빗겨서는 듯하다. 자경은 눈을 돌려 팔뚝시계를 들여다보았다.

'네 시 사십 분.'

시계의 긴 바늘과 짧은 바늘을 들여다보는 자경의 눈은 시계가 감겨 있는 자기의 팔뚝! 갓 잡아 올린 생선처럼 싱싱하고 광택이 있는 피부를 지그시 들여다보았다. 젊고 아름다운 여인만이 가질 수 있는 탄력 있는 연분홍빛 살결이다.

그리고 왼손 무명지에서 반짝이고 있는 큰 콩알만 한 금강석 반지도 보이고 자기가 입고 있는 값비싼 여름 양복도 보였다.

그러나 이것은 다 소용없는 물건이다.

이까짓 것들이 나를 행복스럽게 만들지는 못한다.

'나는 죽으러 간다.'

나는 좀 더 인생을 고답적으로 볼 수 있다.

자경은 자기 자신이 해골과 비교하여 훨씬 용감하고 그리고 신경이 발달된 고등인간이라는 자부심이 머릿속을 스쳐가기도 한다.

해골이 먹을 것을 붙잡고 있는 그 흉악한 방과 비교하면 자기 집 침실과 식당과 그리고 정원은 얼마나 위생적이냐.

아니 아니 나는 백만장자의 외딸이 아니냐.

'그러나 나는 죽는다.'

자경의 핼쑥하게 볕을 잃은 입술에는 교만스런 미소가 흘러갔다. 그러나 그담 순간 자경은 무엇에 놀란 듯이 그는 흠칫 입을 다물고 그리고 눈을 크게 떴다.

'죽는 것이 과연 자랑스러운 일이냐?

자기가 자기 생명을 길가에 쓰레기처럼 아무렇게나 내어버리는 행동이 참으로 인생을 고답적으로 보는 것이냐?

자기 귓가에서 부르짖는 한 개의 음성! 그것은 틀림없는 동섭의 목소리였다.

'나는 네가 회나무 아래에서 오상만이와 같이 만나고 있을 때에도 죽지 않았다.'

죽는 일은 쉬운 일일 수 있다.

그러나 사는 일은 좀 더 어려운 일이다.

자경의 얼굴을 흘겨보는 동섭의 얼굴은 곧 그 더러운 해골을 향하여 빙그레 웃고 그리고 그 해골의 어깨에 두 팔을 두르면서

"형제여!"

하고 그의 머리를 가슴에 안는다.

"오! 동섭 씨!"

자경이 부르짖을 동안 동섭의 환영은 사라졌다.

조금 전까지 분명코 한 시간 전까지도 동섭이나 어머니까지 자기와는 딴 세계 사람으로 생각이 되던 그 자경의 머릿속에 실상인즉 동섭이란 사나이가 영구히 자리를 잡고 앉아 있다는 것을 발견하자 자경의 눈에서 굵다란 눈물이 쉴 새 없이 쏟아졌다.

동섭은 오늘도 그 해골과 비슷한 사람들의 병을 보아주고 그리고 그들을 위하여 약을 짓고 그들을 가르치기 위하여 밤잠을 못자고 있지 않느냐.

자경은 해골을 멸시하고 업신여긴 것이 마치 동섭을 업신여긴 것처럼 미안하여졌다.

그리고 죽으러 가는 자기 행동이 동섭의 뜻 있게 사는 생활과 대조하여 어떻게 값없다는 것을 느끼자 그는 죽음으로서 자기의 과거를 결단코 청산할 수 없다는 것을 비로소 환히 깨닫게 되는 것이다.

'살자 살아서 부끄러운 나의 반생을 보상할 수 있는 일을 찾아보자.'

"운전수 차를 계동 서정연 씨 댁으로 돌려 주시우."

자경은 살기 위하여 첫째 할 일은 오상만이라는 색마와 법적으로 이혼할 것을 결심하였다.

오로라 삼 층 밀실에서 부하의 보고를 듣는 오꾸마는

"그럼 누구를 기다리는 게군."

하고 고개를 끄덕이고는 남북에서 들어오는 기차 시간마다 번갈아 부하들을 내보내기로 하였다. 박영수를 찾아오는 사람이 누군가 알고 싶은 때문이다. 나흘 만에 과연 놀라운 소식이 들어왔으니 부산서 들어오는 새벽 첫차로 이십사오 세나 되어 보이는 여인이 아이를 안고 차에서 내리고 영수는 가방을 들고 자동차에 올라 ○○여관에 들었다는 것이다.

'숨은 아내가 있었던가?'

하고 오꾸마는 고개를 기울였으나 좌우간 박영수가 자기에게 한 마디의 의논도 없는 것이 무엇보다도 큰 의심과 불안을 자아내는 것이다.

오꾸마는 그날부터 부하 한 사람을 영수가 묵고 있는 여관에 손님으로 들여보내 그들의 행동을 지키도록 하였다.

밀실에서 부하들과 이야기를 마치고 돌아 나오는 오꾸마의 귀에 고야 형사부장이 와서 기다리고 있다는 전언이 들어온다.

오꾸마는 되도록 얼굴에서 긴장한 빛을 흐려버리고 자기 침실 옆에 있는 응접실 문을 짐짓 커다랗게 노크를 하고 안으로 들어섰다.

"많이 기다리셨어요?"

오꾸마는 처녀처럼 얼굴을 붉히며 고야 부장의 옆에 착 들어앉았다.

"응, 조금."

하고 방금 입부리에서 담배를 빼는 고야는 눈이 부신 듯이 오꾸마를 바라보고 빙그레 웃으며 눈을 가늘게 뜬다.

"참 웬 청국 말을 그렇게 잘하시오?"

고야는 조금 전에 오꾸마의 통역 하던 일을 칭찬하는 것이다.

"아이 왜 그런 말씀을 하세요, 부끄러워요."

하고 오꾸마는 발그레해 가는 손가락으로 고야의 턱밑을 간질였다. 간지러운 것을 지그시 참고 있는 고야는 두 손으로 오꾸마의 어깨를 안자마자 그 우윳빛으로 뽀얀 오꾸마의 목덜미에 입술을 대었다.

다른 날과 달리 오꾸마는 무엇을 생각하였던지 고야 부장의 하는 대로 가만히 앉아 있는 것이다.

그나마 그의 검고 빛나는 두 눈이 소녀처럼 행복스럽게 떨리는 채 ……·.

잠깐 동안 두 사람은 잠잠하였다. 쏴 하고 돌아가는 선풍기를 고야 부장 앞으로 당겨 놓은 오꾸마가 후르르 한숨을 내뿜더니

"나 정말 이 영업이 싫어졌어요 ……· 언젠가 제게 약속하신 그 말씀은 전 아직도 농담으로 놀리고 싶지는 않아요."

하고 오꾸마는 향기롭게 웨이브를 한 머리를 고야 부장의 가슴에 살며시 기대었다.

"정말 언제나 이렇게 당신과 단둘이서 지낼 수 있다면 얼마나 행복이 겠어요?"

하고 스르르 눈을 감는 오꾸마의 눈에는 하얀 눈물이 맺혔다.

"마담!"

고야 부장은 가슴 속에 벅차오르는 흥분 때문인지 이미 사십이 넘은 그의 두 뺨이 청년처럼 붉게 상기가 되었다.

"일어나요 저기 오상만이가 올 텐데?"

하고 빈정거리는 고야의 눈에는 확실히 어떤 살기가 떠도는 것이다.

"피 오상만이 따위가 백이 오면 무슨 소용이야요. 사실 전 그 사람에게 금광을 소개해 준 것밖에는 아무것도 아냐요 …… 내가 이런 영업을 하고 있으니까 오상만이 같은 젖 냄새나는 어린애가 말야요 아주 좀 이상한 눈치를 보이지 않는 것은 아냐요. 거의 밤마다 홀에 오고 그리고 뭐 내 빚이 얼마냐? 물어보기까지 하거든요."

오꾸마는 고야의 손가락에 끼워 있는 담배를 홀딱 빼앗아 한 모금 쭉 빨아 연기를 뿜고

"오상만이를 가지고 의심하는 건 당신뿐이 아니겠죠. 하지만 그런 의심은 아무래도 좋아요. 눈이 멀뚱멀뚱한 아 미인 마누라가 있는 사내의 장난감이 되어 버리도록 그렇게까지 오꾸마는 철이 없지는 않으니까요."

"……"

잠자코 오꾸마의 얇은 입술을 바라보고 앉았던 고야의 얼굴에는 확실히 만족한 미소가 떠올랐다.

"참 그런데 빚이 모두 얼마라고 그랬나요? 이만 원? 이만 원이랬지?"

하고 고야는 새로 담배에다 불을 붙인다.

"네, 이만 원에요. 하지만 난 당신이 어떻게 해 주십사고는 꿈에라도 생각지 않아요. 오로라도 앞으로 한 일 년만 지나면 그럭저럭 수지도 맞아 나갈 상도 싶으니까요."

"그럼 그렇게 계속해서 해볼 일이지 왜 싫다고 그러는 게요. 이 영업을."

고야는 짐짓 외면을 한 채 오꾸마의 대답을 기다렸다.

"글쎄요 왜 싫어졌을까요?"

오꾸마는 또다시 고야의 어깨에다 얼굴을 싣고 그리고 나지막이 소곤거렸다.

"고야 씨! 당신을 뵙기 전에는 난 어떻든지 돈만 모으겠다는 생각 밖에 아무것도 없었어요. 그러던 것이 당신을 만나 뵙고부터는 인제 좀 가정에서 남편이라는 우상을 섬겨보고 싶게 됐단 말야요."

고야는 감개무량한 듯이 길게 한숨을 쉬고 그리고 천천히 두 팔로 오꾸마를 안았다.

"나도 말요 내게도 말요 …… 마루방에 쪽지고 있는 당신의 환영이 하루에도 몇 번씩 나를 괴롭게 하는지 …… 아시겠소?"

"고야 씨!"

오꾸마는 고야의 가슴에 얼굴을 파묻고 그리고 흐느껴 울기 시작하였다. 얇은 아사 와이셔츠 속으로 뜨거운 눈물이 스며드는 것을 감각하는 고야는

"일주일 동안에 우리는 이 오로라를 청산하여 버립시다. 내 그동안 고향에 가서 돈을 만들어 올 테니 …… 우선 곧 결혼을 하도록 ……."

오꾸마는 잠자코 더욱 느끼어 울기만 하는 것이다.

고야는 포켓에서 손수건을 꺼내 오꾸마의 눈물을 씻어주고 그리고

"울지 말아요 자."

하고 가볍게 오꾸마의 등을 쓸어주고 그의 뺨, 이마, 목에 몇 번인지 키
스를 남기고 밖으로 나왔다.

이국의 색향에서 반생을 보내고 온 오꾸마인 줄을 번연히 알면서도
고야 부장은 평생에 처음 경험하는 순정을 바치는 자신이 비할 데 없이
행복스럽게 생각이 되었다.

고야가 돌아간 뒤 오꾸마는 거울을 향하여 빨간 혓바닥을 쑥 내밀어
보고 호호 하고 소리를 내어 웃었다.

상만은 시골서 온 손님들과 이일 저일 이야기를 마치고 여섯 시나 되
어서 낙산 본집으로 돌아왔으나 자경은 집에 있지 아니하였다.

새벽에 나간 채 여태껏 돌아오지 않았다는 어멈의 보고를 듣는 상만
은 지극히 우울하였다.

혼자서 저녁을 몇 술 뜨고 침대로 가서 누워버렸다.

신문과 잡지를 들쳐보는 동안 연일 긴장 속에서 지내온 피로가 한꺼
번에 살아지는 듯 그는 포근히 깊은 잠에 빠졌다.

얼마를 잤는지 상만이 번쩍 눈을 떠보니 머리맡에 시계는 한 시 오십
분이다.

그는 벌떡 일어나 안방과 또 자경의 침상이 놓여 있는 응접실 다음 방
으로 가보았으나 오직 깊은 호수와 같은 침묵이 있을 뿐 자경의 그림자
는 영영 보이지 않는다.

"웬일일까? 자경이 밤에도 집을 비운 일이 가끔 있었던가."

이렇게 중얼거려보자 상만은 지금쯤 어디서 그 불량청년 같은 배창
환이란 사나이와 즐겁게 돌아 당기고 있는 자경의 얼굴이 방금 눈앞에

보이는 듯하여

"음."

하고 부르르 치를 떨었다.

상만은 자리에 누울 생각도 잊었는지 그는 우두커니 등의자에 걸터앉아 뜰을 내다보았다. 한잠 실컷 자고 깨어난 상만의 머리는 썩 가볍고 밤공기도 서늘하였다.

그러나 고민은 조용한 밤기운을 타고 엿보는 생쥐의 이빨같이 상만의 영혼을 날카롭게 톱질하는 것이다.

상만은 아침에 일어나자마자 어멈을 불렀다.

"전에도 아씨가 밖에 나가 자는 일이 있었나?"

"아닙니다요, 정말 단 한 번도 밖에 나가신 채 밤을 새우신 일은 없으세요."

간단한 어멈의 대답을 듣자 상만은 별다른 기우가 번개같이 지나갔다.

그러나 상만은 고개를 흔들었다.

'요시에 일을 알 까닭이 있나?'

그는 아침도 먹지 않은 채 밖으로 나왔다. 상만은 어제 아침과 비슷한 시간에 요시에 집을 찾았다.

옷이며 상자며 잡지책 신문지 나부랭이를 너절하게 방바닥에 늘어놓고 있던 요시에는

"웬일이서요?"

하고 침착하게 상만의 기색을 살폈다.

"누구 여기 오지 않았어? 어제라도 말야."

상만은 핼쑥해진 얼굴로 요시에의 대답을 기다리는 것이다.

"아니요 아무도 온 사람은 없세요. 왜 그리세요?"

"아니 여편네가 말야 그 익명 편지를 보고는 태도가 이상해졌어 ……
혹시 여기라도 와 보고 눈치를 채고 갔는가 싶어서 ……."

하고 앉지도 않고 눈살을 찌푸린 채 서 있는 상만은 무어라고 재잘거리
면서 달려드는 학세까지 귀찮은 모양으로

"저리가 내려가서 놀아."

하고 아이를 가볍게 떠다밀었다. 전신에 힘이 쏙 빠진 채 휘영휘영 돌아
나가는 상만의 뒷모양을 바라보고 요시에는 입을 삐쭉하고

"요시에를 그렇게 만만히 보았던 벌이야 흥."

중얼거리고 어깨를 추석거려 웃고

"벌써 가서요?"

하고 층층대를 내려다보고 소리를 쳤다.

"전 오늘 의복을 거풍도 시키고 집안 소제도 하고 좀 바쁩니다 ……
참 용돈 좀 주고 가세요."

하고 요시에는 손을 내밀었다. 상만은 지갑에서 십 원짜리 몇 장을 꺼내
요시에 앞에 던져주고 그리고 현관으로 나왔다.

"아빠 가지마!"

하고 학세가 문밖까지 따라 나오는 것을

"들어가 들어가서 엄마와 같이 놀아."

하고 손으로 아이 머리를 한 번 쓸어주고는 큰길로 나와 버렸다.

그러나 상만은 이것이 가장 사랑하는 아들과 마지막 대면인 것도 모
르고 그는 바쁘게 회사로 왔다.

미리 와서 기다리고 있는 각처 손님과 면회도 하고 여러 군데 전화도

걸고 상만에게는 또 바쁜 하루가 시작되었으나 인해 자경의 일이 묵은 체증처럼 그의 가슴을 누르고 있는 것을 어찌할 수 없는 것이다.

서정연 씨 댁에 전화를 하여 자경이 가서 있는가 알고 싶었으나 밤사이 나가 잔 아내의 일을 무어라고 말 할 수도 없어 그는 전화할 용기도 잃어 버렸다.

낮이 기울고 석양이 가까워 오자 상만은 견딜 수 없이 외로워졌다. 자기는 어디를 가든지 어디서 누구와 술을 마시고 어떤 여인과 방탕하게 지낼 때라도 아내 자경이가 자기 집을 지키고 있다고 생각할 때는 마치 항구를 향하는 배와 같이 그는 언제나 자경에게 돌아갈 수 있다는 확신이 그를 안심하게 하였고 또한 용감하게도 하였던 것이다.

그러나 자경이 노골적으로 반항의 화살을 던지는 것을 보자 상만의 가슴은 아팠다.

그리고 지금까지 느껴보지 못하던 허전하고 아득하여지는 맘을 어찌할 수 없는 것이다. 손들도 돌아가고 사장실 교의에 혼자 앉아 있는 상만은 견딜 수 없이 자경이 그리워진다.

버림을 받은 자의 약점이라 할까 상만은 비로소 지나간 날의 자경의 고맙고 착한 아내로서의 기억이 견딜 수 없는 미련과 집착이 되어 그의 전신 뼈마디 마디마다 스며드는 것을 느끼었다.

회오, 심장이 녹아질 듯한 후회에 사로잡힌 상만은 비로소 무서울 것이 없어졌다.

'자경 앞에 일절을 고백하리라. 그리고 그가 만족할 때까지 나는 그의 앞에서 머리를 숙이리라.'

상만은 자경 앞에 요시에와의 비밀이나 오꾸마와 무엇을 계획하고 있다는 사실을 단연 자백하기로 맘속에 굳게 맹세하였다. 그는 퇴사 시간을 기다려 바로 서정연 씨 집을 향하여 택시를 달렸다. 현관으로 들어서자

"아이고 나리님 오십시오?"

하고 젊은 하인이 공손하게 인사를 하고

"아씨, 나리님 오셨어요."

하고 방금 신을 신은 자경의 등 뒤를 향하여 외쳤다.

그러나 자경은 또박또박 하이힐을 울리며 현관을 나가더니 등대하고 있는 자가용 자동차에 올라버린다.

"여보."

하고 상만이 가까이 가며 소리를 질렀으나 자동차는 푸르르 엔진의 폭음을 내며 어느덧 대문 밖으로 사라졌다.

자동차를 향하여 두어 걸음 쫓아가던 상만은 멍하여 그 자리에 서버렸다.

현관에서 내다보고 서 있는 하인과 눈이 마주치자 그는 약간 당황하여져서

"무슨 급한 볼일이 생긴 모양이군!"

혼잣말 같이 하고 억양스럽게 웃어 보이려 하였으나 그의 얼굴의 근육은 웃는 작용은 전연 잊어버린 듯이 오직 해쑥하게 강직될 뿐이다.

상만은 되돌아가기도 거북하고 또 현관으로 들어가기도 불쾌하여 넥타이만 두어 번 만져보고 섰다가 무엇을 생각하였는지 안으로 들어섰다.

신을 벗고 현관 마루로 올라서는 상만은 전에는 결단코 경험 하지 못한 어떤 압박을 느끼면서 조용히 응접실로 들어섰다.

억울하게도 사장의 교의를 빼앗긴 채 일언반사의 힐책도 없는 장인 서정연 씨의 집이 아니냐.

서정연 씨는 사장의 자리를 내어놓는 날부터 회사에는 얼굴도 내놓지 않더니 요사이는 피서하러 간다고 동래 해운대로 가서 머물고 있는 것이다.

그러나 이 집 문마다 창마다 서정연 씨의 점잖고 풍만한 체구가 곧 나타날 것도 같아서 그는 고개가 수그려지려는 자신이 딱하기도 하였다.

"들어가서 장모님 좀 뵙고 가겠다고 여쭈어 주게."

하고 하인에게 명령을 하고 상만은 소파로 가서 기대앉았다. 이윽고 쟁반에다 냉차를 받쳐 들고 나온 하인은 눈을 떨어뜨린 채

"저, 마님께서는 관절염으로 누워 계시는 뎁시유 저, 지금은 몹시 아프셔서 아무도 만나실 수가 없다고 그리시는 뎁시유."

미안한 듯이 차마 상만은 바로 쳐다보지 못하고 나가버린다. 화끈 얼굴이 붉어진 상만은

"흥."

하고 괴롭게 웃고 응접실을 나왔다. 상만은 한참 동안 아무 생각도 없이 그저 길만 걸었다.

'전 같으면 하인의 어깨에 매달려 가면서라도 법석을 해서 쫓아 나올 장모 늙은이가 ······.'

상만은 쓰디쓰게 웃고 고개를 끄덕였다.

"나를 보기 싫다고 ······ 어지간히 미워진 게로군."

이렇게 중얼거려보자 그는 조금 전에 느끼던 부끄러움보다 훨씬 더 참을 수 없는 적막을 감각하였다.

상만은 아무 데도 가지 않고 그 길로 바로 집으로 돌아왔다. 행여나 자경이 와서 있는가 하고 이방 저방 들여다보았으나 간간히 자경의 손때 묻은 세간들만 눈에 뜨일 뿐이다.

이 저녁에 상만은 진실로 착한 남편과 같이 그는 손수 자경의 침대에 베개를 바로 놓기도 하고 홑이불의 구김살도 펴보았다. 자경이 만약 지금 자기 앞에 나타나기만 한다면 그는 단연코 오꾸마의 관계도 끊고 학세의 문제도 좀 더 달리 좋은 방침을 얻어 요시에와도 갈릴 것을 생각하는 것이다.

시계가 열 시를 치고 열한 시 열두 시까지 상만은 고스란히 자경을 기다렸으나 자경의 돌아올 기적은 묘연하다.

그는 터질 듯한 가슴을 안고 전화실로 들어갔다.

"서정연 씨 댁이요? 나 오상만이요. 저 아씨 거기 계시지? 전화 좀 바꿔주……."

하고 상만은 낮에 보던 젊은 하인인 듯한 여인에게 부탁을 하고 한참 기다렸다. 근 십 분이나 지난 뒤에야

"저 아씨께서는 지금 대단히 곤하셔서 못 일어나시겠다고 그러십니다."

상만이가 무슨 말을 하려는데 찰칵 하고 저쪽에서 전화를 끊는 소리가 들린다.

이튿날 아침 상만이 눈이 뜨인 때는 오전 열 시가 조금 넘었을 때다.

그는 모래를 씹는 듯이 조반을 몇 술 뜨고 그리고 밖으로 나오려는 때다.

따르르 하고 현관에서 초인종 소리가 들려온다. 찾아온 이는 뜻밖에도 변호사 최영백 씨다.

상만은 최 변호사를 곧 응접실로 안내를 하고 그리고 이말 저말 인사

를 교환한 뒤

"에 다른 것이 아니고요 제가 오 사장을 찾아온 것은 …… 대단히 거북한 일인데요 …… 직업이 직업인지라 이 점을 미리 양해하시고 들어주셔야만 하겠습니다."

최 변호사는 아이젠 식으로 꼬아 올린 수염을 몇 번인가 부비고

"이미 오 사장께서도 짐작하시고 계시겠지만 저, 부인께서 절 찾아왔습니다."

"……."

잠자코 듣고 앉아 있는 상만의 가슴은 어떤 불길한 예감으로 울렁거리기 시작하였다.

최 변호사는 상만의 얼굴을 똑바로 쳐다보며

"부인께서는 가장 되시는 오상만 씨를 향하여 이혼소송을 제기하고 있습니다."

"네? 이혼소송?"

하고 부르짖는 상만은 앉은 자리에서 벌떡 일어섰다. 상만의 놀라는 기색을 살핀 최 변호사는

"전에 두 분 사이에는 이혼하실 만한 감정적 소격이 없었던가요?"

"네! 별로 ……."

최 변호사는 빙그레 웃으며

"원정 ××번지에 참따란 가정을 가지시고 아드님까지 두시면서 왜 또 서자경 씨와는 결혼을 하셨던가요. 좌우간 원고는 확실한 증거를 잡았다고 일보도 움직이지 않을 모양이니 …… 좌우간."

상만은 위선 담배를 한 대 피어 물고서

"참 인제 말이 났으니 말입니다. 누가 야릇한 글발을 보냈더군요. 우리 내외를 이간 붙이는!"

"아니 잠깐만. 원고 되시는 부인께서는 바로 자기 눈으로 아드님이 오 사장에게 매달리는 것을 보았다고 그래요. 엄마 아빠 왔어 하구 소리를 치는 것까지 다 들었다고."

"……"

상만은 갑자기 혓바닥이 입천장에 붙어 버린 듯이 말문이 꽉 막혀졌다.

최 변호사는 어제 오후에 자기 사물을 찾아온 자경이 어떻게 상만의 비행의 가지가지를 들추어 말하고 돌아갔다는 것과 그리고 사회적 체면을 생각해서라도 법정에서 싸우지 말고 협의로 이혼을 하는 것이 옳겠다는 것을 주창하는 것이다.

상만은 최 변호사 앞에서 오로라 마담과의 관계도 변명하여 보았다. 나가서 밤을 새우는 일까지 변명할 여지가 있었다.

그러나 학세가 아버지 하고 달려 나오는 것을 자경이 보았다고 하는 데는 도무지 부인할 길이 없는 것이다. 담배 한 개가 거의 타게 되자

"네 알겠습니다. 좌우간 저쪽에서 구태여 헤어지자고 한다면 이쪽에서는 체면으로라도 더 어떻게 할 수는 없으니까요 …… 그럼 이야기는 그뿐이죠?"

하고 상만이 먼저 자리에서 일어섰다.

"네 되도록이면 협의 이혼을 하시는 게 피차의 명예를 생각해서라도 낫지 않을까 싶습니다만."

하고 최 변호사는 현관으로 나오며 상만을 돌아보고 빙그레 웃는다.

변호사가 돌아간 뒤 상만은 응접실 소파로 가서 벌떡 누워버렸다.

‘마침내 올 것은 오고야 말았다.’

상만의 입가에는 쓰디쓴 웃음이 흘러갔다.

그러나 자경이 이혼소송을 제기하기까지에 그의 배후에서 줄을 잡고 있는 듯한 사나이들은 누굴까? 유동섭! 배창환! 황진! 어디까지나 야비하고 천박한 인간들인고. 상만의 얼굴에는 지극히 부자연하고 그리고 잔인스러운 웃음이 한 찰나로 지나가자

“어디 보자.”

하고 자리에서 벌떡 일어섰다.

“이렇게 된 이상 나도 수단을 가리지 않으리라.”

부르짖는 그의 어금니에서는 빠드득 하고 소리가 났다. 상만은 어제부터 아니요 최근 며칠 동안 그는 참으로 자경에게 좋은 남편이 되려고 몇 번이나 스스로 결심하였던고.

그러나 자경은 이미 상만의 아내는 아니다. 그는 법률을 이용하여 최후의 도전을 하고 있지 않느냐.

상만은 자경에게 대하여 무서운 맘의 변화를 느끼기 시작하였다.

교만하고 대담한 여자! 자경이란 황금의 껍질을 뒤집어 쓴 소악마 때문에 인애를 잃어버리고 학세도 사생자의 호적에 그대로 머물고 있지 않느냐.

상만은 이미 맘속으로 청산하여 버린 묵은 상처가 새로이 입을 벌리는 것을 느끼자

“□지는 너를 향하여 오상만이란 사나이가 어떠한 수단으로 복수를 하는가 두고 보아라.”

상만은 이렇게 중얼거리면서 그는 큰길로 나와서 택시에 올라타자

바로 오로라로 갔다. 아직도 침대에서 일어나지 않은 오꾸마는 상만이가 들어오는 것을 보자 눈을 샐쭉하고 뺑 돌아 누워버린다.

요 며칠 동안 몹시 상만을 기다렸다는 뜻이다.

"이봐요 무진 금광에 돈을 치르고 나면 개광은 곧 시작해도 좋겠지?"
하고 침대에 걸터앉는 상만의 음성은 지극히 엄숙하다.

오꾸마는 돌아누운 채로

"돈만 다 지불한다면야 개광하는 걸 누가 뭐래요? 자기 것 자기가 처리하는데 ……."

상만은 고개를 끄덕끄덕하고

"개광에 착수하려면 수십만 원 들게라 ……."
하고 무엇을 생각하는지 손가락을 딱딱 자르고 앉았다.

"그야 자본이 많이 들면 금이 많이 나오고 적게 들면 적게 나올 테니까요 …… 그야 짧은 시간에 금을 많이 캐려면 의례히 돈이 많이 들지 않아요?"

"광부들은 얼마든지 있겠지?"

"호호호 아이참? 죽겠네, 나중엔 별 걱정을 다 하신다니까. 아 글쎄 무진 금광만 열리기를 지금까지 기다리고 있는 광부들이 얼마 인줄 아세요? 아 전문적 기술을 가진 감독자는 얼마 인데? 왜 그때 보셨지요? 미국식 제련기."

오꾸마는 고개를 돌려 상만을 한 번 흘겨보고 전과 같이 돌아눕는다.

"채광하는 동안 우리 아주 광산으로 가서 살아 볼까?"
하고 상만은 오꾸마를 내려다보고 빙긋이 웃었다.

"정말에요?"

누웠던 오꾸마는 산토끼처럼 발딱 일어나더니 그 미끄러운 두 팔로 상만의 목을 껴안는다.

"이봐 나 마담을 믿어도 좋지? 응?"

하고 상만은 오꾸마의 어깨를 으스러지라고 붙잡았다.

"듣기 싫어요."

갑자기 오꾸마는 상만을 두 팔로 떠밀어내면서

"여태껏 그럼 나를 무엇으로 생각하셨나요? 당신은 아직까지도 날 믿지 않았군요."

오꾸마는 애처롭게도 침상에 거꾸러져서 흐느껴 운다.

"아니야 그런 게 아니라니까."

"이봐! 내가 말야 큰돈을 내놓으려니까 사실 힘이 들거든 그래 마담이 나를 위하여 좀 더 충실해도 좋다는 뜻야."

하고 상만은 눈물이 홍건하게 젖은 오꾸마의 뺨에 가만히 입술을 대었다.

"자 그럼 오늘부터 돈을 만들 테니까…… 아주 개광할 자본까지……."

상만은 어린애를 달래듯 오꾸마의 귀에 소곤거리고 밖으로 나왔다.

회사로 들어간 상만은 각 은행에 예금되어 있는 돈을 사장의 명의로 더러는 현금으로 찾고 더러는 수형으로 떼기 시작하였다.

사흘째 되는 날에 벌써 이십만 원의 현금이 상만의 수중으로 굴러 들어왔다.

그러나 아직도 상만은 삼십만 원이 더 필요하였으니 무진 금광의 대가를 지불하고 그리고 개광에 착수할 자본까지 만들지 않으면 안 되는 것이다.

‘오십만 원! 오십만 원의 공금을 횡령한다?

상만은 아니다 하는 듯이 고개를 흔들었다. 잠깐만 꾸는 것이다. 개광한 지 한 달 오래면 석 달 안으로 이만한 금은 나올 수 있는 것이다.

설마 두석 달 동안에 탄로될 까닭은 없겠지 …… 금이 쏟아지는 날에는 이십억 원의 황금이 쏟아지는 날엔?

‘자경이란 계집애는 내 하인의 여종으로 사오리라.’

상만의 입술은 보기 싫게 삐뚤어졌다. 그러나 상만의 모래성은 운명의 큰 손 아래에서 각일각으로 허물어지고 있는 것을 아아 상만은 사람인지라 알 길이 없는 것이다.

경적

자경이 최 변호사에게 이혼 소송을 맡기고 벌써 열흘이 지나갔다. 더위도 어느덧 한 고비가 넘어 아침저녁에는 제법 서늘한 기운이 대지에 배회하는 팔월 그믐이다.

최 변호사의 말을 듣는다면 자경은 협의 이혼을 하는 것이 유리할 것 같다.

첫째로 법정에서 다툰다면 알 사람 모를 사람 세상이 다 알아버린다는 일은 결코 유쾌한 일은 아니요 또 그 모든 것을 개의치 않고 법대로 싸워 본댔자 조선에는 아직까지도 축첩의 제도를 어느 정도까지 시인하고 있는 이상 원고에게 쉽게 승리가 돌아오지 못 하겠다는 것이다. 그것을 가지고 최 변호사는 여러 가지 판례로 실증을 하는 데는 자경은 다소 불안이 생기는 것이다.

"남편이 아내에게 중대한 모욕을 가한 때 이것이 이혼 조건의 가장 큰 이유가 아닙니까?"

하고 자경은 그 익명 편지가 어떻게 자기의 자존심을 짓밟은 것과 그리고 그것은 벌써 제삼자의 손에서 온 것이니 이 이상 더 큰 모욕이 어디 있겠느냐고 주장하여 보았으나 최 변호사는 어떻든지 협의 이혼을 하도록 일을 진행시키다가 만약에 저쪽에서 응하지 않을 때에는 법적으로 정식

소송을 일으키자고 달래는 데는 자경도 그럴 듯하게 생각하였다.

　이날도 자경은 서대문 통에 있는 최 변호사 집으로 가서 한 시간 이상 이야기를 하고 그 집 마누라가 좀 더 이야기하고 놀자고 붙드는 데도 그는 밖으로 나와 버렸다.

　자동차도 타기 싫고 전차에도 타기가 싫어서 그는 오래간만에 타박타박 길바닥을 걸어 보았다.

　'연숙이나 찾아 갈까?'

하고 생각하였으나 그는 자기보다 훨씬 더 행복스럽게 사는 그 연숙의 가정을 보기가 싫었다.

　그는 문득 한 생각이 머리를 스쳐가자

　"가 보아?"

하고 고개를 기울였다.

　자경은 십여 일 전에 본 그 해골이 오늘은 어떻게 하고 있는가 하고 문득 궁금하여진 때문이다.

　그는 이번에는 아무것도 사지 아니하고 빈 몸으로 현저정 높은 언덕을 올라가기로 하였다.

　전에 와 보았던 골목을 이리 꺾고 저리 돌아 마침내 판장으로 가리어 놓은 문으로 들어섰다.

　마당에서 무엇인지 일을 하고 있던 머리가 하얗게 센 늙은이가 자경을 보더니

　"어디서 오신 손님이요?"

하고 눈이 동그래진다.

　"아이그 웬일이십니까."

하고 방에서 소리가 들리고 뒤미처 놈아가

"어머니 이 어른이 그때 그 손님야요."

하고 뛰어나오자 늙은 여인도

"아이고 그럼 이 어른이 바로 아이그 그런 고마우실 데가 어디 있습니까? 온 언제 보셨다고."

해골의 입은 옷은 전보다 훨씬 깨끗한 것이 아마 그사이 세탁을 한 모양이다.

얼굴도 제법 말짱히 씻고 손톱도 깎고 그리고 더벅한 머리칼도 빗질을 해서 뒤로 제치고

"어떠십니까, 기운이 좀 나세요?"

하고 자경은 해골이 앉아 있는 방문턱에 걸터앉았다.

"방석도 없구 의복이 더러워지겠습니다."

하고 빙그레 웃는 해골은 해골이라기보다도 사람의 얼굴에 훨씬 가깝다.

"어디가 그렇게 편찮으셨세요?"

자경은 빈대 피가 발린 바람벽에서 힐긋 눈을 돌려 손수건으로 콧등을 눌렀다.

"장질부사였지요. 저는 제본 공장에 다니면서 일급 한 육칠십 전씩을 받아서 세 식구가 살아 왔는데 저인 제 할머니에요. 두 달 앓고 나는 바람에 아주 집안은 엉망이 되어버렸지요. 놈아 녀석만 하더라도 환장이 돼서 선생님 핸드백을 훔치고 …… 참 부끄럽습니다."

하고 자경을 쳐다보는 청년의 눈에는 확실히 감격한 빛이 흘러갔다.

"온 별말씀을 하십니다 …… 아직도 일을 하시도록 몸이 회복되지는 않았습니다그려."

하고 자경이 청년의 누렇게 여윈 손목을 내려다보았다.

"말씀 낮추어 하십시오. 전 스무 살이 되려면 아직도 다섯 달이나 있어야 되니까요."

자경은 좌우간 이 청년의 어법이 심상치 않게 총명한 것을 생각하고 속으로 고개를 끄덕이고

"좌우간 속히 건강이 회복되어야 할 텐데."

자경은 돌아 나오며 할머니에게 십 원짜리 두 장을 쥐어 주고

"부대 저 바람벽 좀 바르세요. 그리고 손주님 무엇 먹고 싶은 것 사주세요."

하고 무어라고 인사하는 소리가 듣기 싫어 도망하듯 뛰어나왔다. 대문으로 나올 때다. 방금 집을 향하여 들어오는 한 삼십여 세나 되어 보이는 억세게 목덜미가 굵고 눈에 광채가 있는 사나이와 마주쳤다. 사나이는 유심히 자경을 돌아보고 안으로 들어간다.

자경은 계동으로 돌아왔으나 조금도 재미가 없다.

'무엇 때문에 살아?'

그는 옷을 벗어 옷걸이에다 걸면서도 맘속으로 고개를 흔들었다.

얼마 전에 한강으로 죽으러 가는 길에 동섭이와 같이 사는 보람 있게 살아 보려고 죽지 않고 살아 있지만 어디서 불쑥 그 보람 있는 생활이 뛰어나올 성싶지도 아니하여 그는 힘없이 의자로 가서 펄썩 주저앉았다.

오로라 마담 오꾸마의 침실에는 눈이 부시는 금실 은실로 수놓은 후리소데[27]가 그의 침대 위에 보기 좋게 걸려 있고 그 옆에는 고야 형사부

---

27 일본의 전통의상. 기모노 가운데 가장 화려한 것으로 성인식, 사은회, 결혼식 등에 입는 미혼 여성의 예복.

장이 세상에도 가장 행복스러운 남자처럼 빙글빙글 웃으며 교의에 기대앉아 담배 연기를 뿜고 있다.

돌아앉아서 무엇인지 바쁘게 기입을 하던 오꾸마는

"그럼 어떡할까요? 이만 원을 받았다는 영수증을 써 드릴까요?"

하고 고야를 돌아보며 방끗이 웃는다.

"쓸데없는 소리 말고 어서 남의 빚 갚을 명목이나 써보라니까…… 그래 내가 순자에게 영수증을 받으면 어쩌잔 말이야."

오꾸마는 자기 어렸을 때 이름이 순자라고 불러라 한 것이다.

"그럼 이건 오늘 저녁부터라도 채권자들에게 나누어 줄 텝니다. 네?"

하고 오꾸마는 또 한 번 방긋 웃고 무엇인지 부지런히 쓰는 것이다.

그의 경대 서랍 속에는 지금 고야가 가지고 온 이만 원 현금이 들어 있다.

후리소데는 그 현금과 같이 고야가 오꾸마에게 보낸 결혼식에 입을 선물이다.

앞으로 몇 날만 있으면 사랑하는 여인 오꾸마와 결혼식을 하고 그리고 참따란 가정을 만들겠다는 꿈을 안은 고야 부장은 진실로 행복의 절정에 있는 것이다.

선조 대대로 내려오는 전답을 저당하여 이만 원을 만들었다는 사실은 결단코 고야 부장의 양심에 후회되는 일은 아니었다. 그는 오꾸마를 위하여 단지 이만 원밖에 만들 수 없는 자신의 무력한 것이 원망스러울 뿐이다. 이제 채권지들에게 돈만 지불하고 나면 지 넓은 댄스홀에서 아니 그보다도 조선 신궁에서 엄숙하게 두 사람의 혼인 예식이 거행되리라. 뭇 사나이들의 흥망의 목표가 될 자신을 생각할 때 고야는 이것이 꿈에서 보는 행복과 같이 다만 황홀할 뿐이다.

하녀가 오상만이가 왔다는 전갈을 하자 고야는 오꾸마를 향하여 의미 있게 웃어 보이고

"젊은 애를 가지고 너무 샘나게는 하지 말고?"

하고 오꾸마의 등을 툭 치고 나간다.

고야가 돌아간 뒤 오꾸마의 침실로 들어온 상만은

"이게 뭐야 무엇이 이렇게 굉장한 옷이야 누가 결혼하나?"

하고 눈을 크게 뜬다.

"네, 혼인해요 내가 해요 오꾸마가 호호호. 우리 광산으로 아주 살러 가자고 그러시면서."

하고 간드리지게 웃고 쓰던 것을 서랍 속에 주섬주섬 밀어 넣는다.

"그럼 뭐 하필 후리소데를 입고 삼삼구도²⁸를 해야 안 되나?"

하고 상만은 긴치 않다는 표정이다. 오꾸마는 상만의 얼굴빛을 살피자 그는 사나이 곁으로 살짝 와서 앉으며

"아냐요 하나꼬花子가 일부러 주문한 거야요. 왜 그 얼굴 동그랗게 생긴 댄서를 모르세요? 그 애가 이제 며칠 후면 결혼을 한답니다."

오꾸마는 아무렇게나 거짓말을 꾸며 대놓고 그는 옷을 척척 개어 한 옆으로 치워놓는다.

"참 그런데 어떡하실 테야요 앞으로 사흘 밖에 남지 않았는데."

하고 슬쩍 금광 대가를 독촉하여 보았다. 상만은 두 팔을 펴서 기지개를 켜고는

---

28 三三九度. 결혼식의 헌배(獻杯)의 예. 신랑·신부가 하나의 잔으로 술을 세 번씩 마시는 것.

"아직도 한 이주일 더 기다려야 할 걸."

테이블 위에 놓인 과자 그릇에서 위스키가 들어있는 초콜릿을 한 개 집는다.

돈을 만들려면 요 이삼일 안으로 오육십만 원의 현금을 손에 넣지 못할 건 아니로되 이미 삼십만 원이나 현금으로 받아들인 상만은 그 이상 손을 벌리기가 약간 불안하여진 때에 한 이주일 더 지나서 나머지 돈을 전부 만들어 보자는 복안이다.

꺼멓게 수염이 자라고 눈시울이 퍼렇게 들어난 상만은 몹시도 피곤하리라 생각하는 오꾸마는

"그런데 참 요사인 집 지키시느라고 퍽 고단하시요? 부인께서도 친정에 가 계시고."

하고 빤히 상만을 쳐다본다.

"그건 또 누가 그래?"

상만은 괴롭게 픽 웃고 한 손을 까슬까슬한 턱을 만진다.

"내가 다 아는데 왜 그러서요? 제발 그 마누라 비위만 맞추기에 정신을 잃지 마시구요."

오꾸마는 발딱 일어나더니 경대에서 비눗물과 면도칼을 꺼내 상만이 턱을 곱게 면도하기 시작한다.

"아무리 잘났기로니 그인 아내고 당신은 가장이 아니세요? 어서 하루 바삐 개광을 하셔서 나 좀 보라는 듯이 좀 뽐내 보세요."

상만은 지기의 간을 꿰뚫고 들여다보는 듯한 오꾸마의 말을 듣자 그는 어쩐지 오꾸마를 바로 쳐다보기가 거북하여

"고야는 요새 부쩍 자주 다니니 대체 웬일야?"

하고 눈살을 찌푸려 보았다.

"뭐 전에도 노상 오던 이야요. 요샌 어쩌다가 당신과 마주쳐서 그렇지."
하고 태연스럽게 대답을 하고 벌써 맨숭맨숭 면도가 다 된 상만의 턱과
뺨에 값비싼 화장수를 바르는 것이다.

갑자기 홀렁 하고 커튼이 나부끼더니 후루루 빗방울이 들이친다.

번쩍하고 전등이 켜지면서 뒤따라 쏴 비가 쏟아진다. 오꾸마는 유리
문을 내리 달았으나 채찍 같은 빗줄기가 철썩철썩 유리문을 때리고 윙
하고 바람 소리가 들리는 것이 폭풍우가 시작되는 모양이다.

상만은 빗소리를 들으며 오꾸마와 저녁을 마치고 막 담배를 한 개 피
어 물 때다.

노크 소리도 없이 벙싯 문이 열리며

"어, 무슨 비가 이렇게 굉장히 오는지."
하고 이마와 콧등에 맺힌 물방울을 손수건으로 씻으며 들어오는 이는
고야 부장이다.

상만과 고야는 신사답게 인사를 교환하고 난 뒤

"거참 괴상하단 말요 지금 막 전차로 서대문 통을 지나오는데 아 글쎄
웬 자동차가 안전지대에 서 있는 사람을 떠다 받았는데 …… 치인 사람은
분명코 여자였어요. 내가 전차에서 뛰어 내린 때는 벌써 자동차는 치인
사람을 집어 싣고는 그대로 달아나 버리지 않겠어요? 액 괘씸해서 츳."

"왜 자동차 번호를 못 보셨나요?"
하고 오꾸마가 옆에서 말을 받는 것을

"운전수 녀석이 아주 많이 해 먹었어. 뒤에 달린 불을 꺼버린 걸 어떻
게 해?"

하고 하녀가 방금 갖다 놓은 뜨거운 차를 마신다.

"다친 사람을 싣고 간 것만이 그래도 기특하지 않아요?"

하고 오꾸마가 빙그레 웃자

"글쎄 그렇군……."

하는 상만도 마주 웃었다.

그러나 자동차에 치인 여자가 누구인 것을 알았던들 그들의 표정은 좀 더 달라졌을 것이다.

자경은 결혼하기 전에 자기가 쓰던 방을 사용하고 세면소, 욕실, 정원 그 밖에 모든 것이 종달새처럼 근심 없이 자라나던 그 시절의 물건이거늘 그러나 그 하나도 자경의 맘을 즐겁게 하여 주는 것은 없다.

오히려 자경은 잊으려고 애쓰는 동섭의 그림자를 시시각각으로 발견할 뿐이다.

생각하면 꿈같은 삼 년이다.

진실로 재앙과 환난의 삼 년이었다.

자경은 그 무서운 오상만이라는 사나이의 아내라는 기반에서 한시 바삐 해방되지 않으면 안 될 것이다. 아니 자기 자신이 그 오상만이란 악인을 영구히 자기 주위에서 쫓아버리려면 그는 일각이라도 속히 이혼을 하여야만 될 것을 초조하게 느끼는 것이다.

그는 오늘 최 변호사를 만나면 단연코 최후 요정을 내도록 담판을 하리라 하고 그는 오후 세 시를 기다려 서대문 통 최 변호사의 사무실을 찾았다.

최 씨는 그 사이 두 번이나 상만을 찾았다는 말 그리고 오상만은 협의 이혼에 응할 뜻이 있다는 말을 하더라고 전하는 것이다.

"이혼이 되면 오상만은 한성물산 주식회사와도 아주 관계가 끊어지겠습니까?"

하고 자경이 묻는 말에

"글쎄요 그것은 춘부장께서 개인으로 오 씨를 고용하였다면 그래도 쉽게 해결이 되겠지만 한성물산 주식회사라는 한 법인이 그를 사용하고 그의 이름을 등록을 시켰다면 일은 좀 더 복잡하게 됩니다."

하고 주주 총회에서 당선된 사장이면 또다시 다음 주주 총회가 올 동안은 상만은 그대로 사장으로 유임할 수 있다는 것을 설명한다.

자경은 우울하여졌다. 이미 자기가 이혼을 주창하느니 만큼 상만은 어떠한 수단을 취하여 아버지 재산을 횡령하여 버릴지 그것이 무서웠다.

그러나 그는 모처럼 휴양하러 가신 늙은 아버지를 불러올리기도 싫다.

단지 어머니에게만 대강 통정을 하였으나 어머니 역시 슬퍼할 줄밖에 아무런 능력이 없는 노인이다.

자경은 터질 듯이 답답해지는 가슴을 안고 밖으로 나오니 햇빛은 구름 가운데 숨고 선선한 바람이 가로수를 흔들고 지나가는 것이 완연히 가을 기분이다. 이제 곧 황혼도 되려나!

자경은 또다시 현저정으로 발길을 옮기는 자신이 딱하기도 하였다.

그는 그 언덕 비탈길 위에 위태롭게 놓여 있는 집을 바라보고 쓸쓸하게 웃었다.

그 놈아라는 아이의 집 식구들을 볼 때면 오직 자신의 피상적 행복이나마 맛볼 수 있는 자신인 까닭이다.

자경은 오늘은 근처 과일 집에서 실과 광주리를 하나 사서 들고 꼬부랑길을 올라섰다.

그러나 비탈길을 더듬어 올라간 자경은 놈아의 집 뜰 앞에서 뜻하지 아니한 광경을 목도하였으니 그것은 그 뜰 앞에 신발이 무려 십여 켤레가 놓여 있는 것이다.

구두, 고무신, 운동화, 지까다비[29]까지 각색의 신발이 시위하는 병사처럼 자경의 앞을 막는다. 자경은 할머니를 찾으려고 두런두런 살폈다. 할머니는 보이지 않는다.

그는 살그머니 과일 바구니를 마룻바닥에 내려놓고 그대로 돌아섰다. 순간 방문이 펄쩍 열리면서

"오셨습니까?"

하고 해골이 지금은 제법 말짱한 청년이 나온다.

"벌써 걸어 다니시나요?"

하고 자경의 눈이 동그래지자

"네 조금씩 걸어 봅니다."

하고 청년은 빙긋이 웃으며 머리를 만진다.

방속에 앉은 사람들이 눈이 일제히 이쪽으로 향하는 것을 느낀 자경은

"그럼 담에 또 오지요."

하고 과일 바구니 위에 지전을 몇 장 꺼내 놓으면서

"이건 할머니께 드려 주시오."

하고 돌아 나왔다. 바람벽이 훤해진 것이 새로 바른 듯하여 자경은 만족하였다.

전차 안전지내까지 오사 빗방울이 후드득 떨어지며 바람이 설렁설렁

---

29 고무로 바닥의 창을 하고 질긴 천으로 만든 양말 같은 신발.

분다. 자경은 여러 사람과 같이 전차를 기다리고 섰으나 비는 제법 거세게 쏟아지고 씽 하고 바람도 세차게 불어온다.

길바닥에는 사람들이 비를 피하느라고 야단법석이다. 자경도 근처 가게로 가서 피신을 하면서 택시를 부를까 하고 안전지대를 뛰어내리려는 순간이다.

아현정 쪽에서 달려오는 한 대의 자동차가 길바닥으로 내려서려는 자경을 무참하게도 떠다 밀어 버렸다. 나가 넘어진 자경의 상반신은 완전히 차바퀴 아래로 깔려 버리고 사람들은 우 하고 몰려 왔다.

마침 전차도 와서 대이고 여기저기서 사람들이 에워싸게 된 때 자동차 운전수는 날쌔게 자경을 자동차에 안아 싣자 살대와 같이 비바람 속으로 사라지고 말았다.

자경이 정신이 돌아와 눈을 뜬 때는 그 이튿날 아침 아홉 시나 되었을까.

"어떻습니까, 많이 아프서요?"

하고 근심스럽게 들여다보는 한 개의 얼굴!

자경은 꿈에도 생시에도 보지 못하였던 낯선 사나이다.

자경은 꿈을 보는 듯하여 눈을 깜박거리고 고개를 돌이키려 하였으나 오른편 어깨와 팔이 천근이나 되는 듯이 꼼짝할 수가 없다.

까맣게 오래된 옛일을 생각하는 듯이 자경은 그제야 어제 저녁 자동차와 충동하였던 사실이 기억에 떠오른다.

그러나 도대체 이 남자가 누구냐?

자경은 아픈 것을 억지고 참고 방안을 살펴보았다. 생전 첨보는 방이다.

그러나 하얀 가운을 입은 간호부가 검온기를 가지고 들어오고 뒤미처 키가 후리하게 큰 의사가 도수 깊은 안경을 쓴 채 채플린식 수염 밑으로 사람 좋은 웃음을 띠고 들어서는 것을 보아 여기가 어느 병원의 입원실이라는 것을 확실히 깨달았다.

간호부가 알코올 면으로 검온기를 닦아 입속에 물려 놓고 맥박을 헬 동안 자경은 집에서 어머니가 얼마나 기다리실 것을 생각하니 여간 초조해 지지가 않는다.

자동차와 충돌이 되어 병원에 입원하고 있다는 전화라도 한다면 더욱 놀라실 테고…….

의사가 청진기를 가슴에 대려고 앞가슴을 풀어 헤치려는 눈치다.

"미안하지만 잠깐 나가 주십시오."

하고 자경은 곁에서 자못 근심스럽게 들여다보고 앉아 있는 사나이를 돌아보았다.

"네!"

남자는 곧 일어서서 문밖으로 나갔다.

의사가 자경의 오른편 팔에서 붕대를 풀고 그리고 앞가슴과 어깨 뒤에 붙여둔 약을 떼어 내더니 손가락으로 가만가만 여기저기 누르면서

"아프세요, 아프세요?"

하고 물을 때마다 자경은

"네!"

하고 고개를 끄덕였다. 의사가 약을 새로 갈아 붙이고 간호부는 무슨 노르스름한 물약을 자경의 입속에 흘려 넣고

"시장하시지 않으세요?"

하고 자경을 들여다본다.

"아뇨."

의사와 간호부가 돌아나가자마자 아까 그 낯모를 남자가 또다시 방으로 들어온다.

"불행 중 다행으로 경상이여서 안심은 됩니다만."

하고 아까보다 멀찌감치 떨어져 자리를 잡고 앉은 이 사람의 음성은 그 목덜미와 같이 굵다란 베이스다.

"아마 절 잘 모르실 겁니다. 하지만 전 잘 압니다. 현저정 유만길이 집에 몇 번 오신 일이 계시죠?"

"현저정이라면 놈아 집 말씀입니다?"

"네, 그렇습니다."

사나이는 잠깐 말을 멈추고 자경의 얼굴을 한참 쏘아 보더니

"놈아에게 하신 일은 당신네 급에서는 드물게 나타나는 기적이라고 할 수 있습니다 …… 그리고 만길이 동무를 돌보아 주신 호의라든지 …… 우리들은 단지 감격할 뿐입니다."

"천만에 말씀을."

자경은 놈아 형제가 자기에게 더욱 큰 은혜를 끼치고 있는 것을 이 사나이에게 설명할 필요도 없고 좌우간 자경은 이런 인사가 맘에 조금도 기쁘지가 않는 것이다.

"그렇습니다. 당신네 계급이 우리 계급에 던진 한 조각의 자비심을 가지고 이러니저러니 인사를 드리는 것은 아닙니다. 그만큼 당신네 계급 가운데서 …… 말하자면 어떤 의식이 눈을 뜨기 시작하였다고 보는 때문에 우리들은 감격하는 것입니다."

"……"

떡 벌어진 어깨 위에 그대로 머리통을 올려다 놓은 듯이 목이 다가붙

은 이 사나이를 자경은 맘속으로

'주의자(主義者)로구나.'

하고 고개를 끄덕였다.

기름도 바르지 아니한 굽슬굽슬한 머리카락은 그 옛날 동섭의 머리와도 방불하나 두 눈썹 사이에 굵다란 주름살이 두어 개 칼로 찍은 듯이 깊게 박혀 있고 음성은 비록 굵고 나지막하나 사람을 쏘아보는 두 눈은 마치 심산에서 나온 맹수의 눈처럼 어떤 삼벌에 찬 광채가 번득인다.

방안은 또다시 조용하여졌다. 자경은 모르는 남자와 잠자코 한방에 있는 것이 불쾌하여졌다.

"참 어저께도 그럼 현저정 놈아네 집에 계셨겠군요."

하고 자경은 이야기를 시작하였다.

"아닙니다. 어저께는 난 가지 못했습니다. 왜 한 사흘 전에 놈아네 집 대문에서 나오실 때 저와 마주치신 일 기억하십니까? 하하하."

남자는 소리를 내어 웃고 철보다 약간 이른 곤색[30] 양복 주머니에서 손수건을 꺼내 이맛전을 씻는다.

"네 네 알겠습니다."

자경은 그제야 생각이 난 모양이다.

"어저께는 마포서 일을 보고 급히 돌아올 일이 생겨서 …… 급히 돌아올 일이라기보다도 미행이 붙기에 그만 택시를 잡아탔죠."

그는 잠깐 말을 그치고 눈을 떨어뜨리더니

"서대문 전차 안전지대를 통과할 쯤 그만 운전수의 실수로 사고를 일

---

30 감색.

으켰죠. 할 수 있나요 내가 운전수더러 좌우간 다친 사람을 자동차에 싣고 가자고 하여 …… 차 속으로 실어 놓고 보니 아 글쎄 어디서 뵌 이 같은데 …… 병원에 올 동안 당신이라는 것이 비로소 생각이 나더군요. 응급 수당을 하면서도 의사의 말이 극히 경상이라는데 적이 안심은 했습니다만 그래도 밤새 여기 앉아 있었죠, 하하."

그는 방금 나오는 하품은 한 손으로 끄면서

"그럼 전 지금 가서 한잠 자야겠습니다. 좌우간 의외에 재변을 당하셔서 …… 혹시 댁에라도 알리시렵니까?"

하고 자리에서 일어선다.

"참 성함이 누구시랬어요?"

자경은 돌아나가는 사나이의 커다란 등어리를 바라보고 소리를 쳤다.

"저 이름요? 그저 정 가라고만 기억해 두십시오. 그럼 나중에 또 뵙죠."

그 정 가라는 남자는 끄떡 손을 치켜 보이고 문밖으로 사라졌다. 뚜벅 뚜벅 무거운 발소리가 차츰 멀어지자 자경은 입을 삐쭉하고

'흥 동지니 계급이니 바로 사상 운동하는 것은 이마에 써 붙이고 다니는군 …… 아이 쑥스러 …….'

그러나 자경은 새로운 레뷰를 구경하는 것처럼 자기 주위에 뜻하지 아니한 인물이 등장하였다는 사실이 무척 흥미 있게 생각이 되었다.

'그렇다면 그 놈아 녀석의 형인가 하는 아이도 무슨 쫄맹이[31] 주의잔 모양이지?'

자경은 고개를 끄덕이고 왼편 성한 손으로 벨을 눌러 간호부를 불렀다.

---

31 '꼬마'의 방언.

자경은 간호부를 불러 생우유를 한 통 가져오라 하고 그리고 계동 서정연 씨 댁으로 전화를 걸어 그 집 상노 아이를 이리로 불러 달란 부탁을 하였다.

이윽고 우유를 마시고 있노라니 계동서 상노 아이가 왔다.

"애, 나 어제 응? 길바닥에서 넘어져서 팔을 삐었는데 응? 가서 노마님께 염려 마십사고 여쭙고 그리고 내 침의 빨아둔 것을 어멈 시켜서 보내 응."

상노 아이도 돌아가고 방안이 텅 비었다. 자경은 갑자기 아무 데도 아픈 데 없던 어제 날이 그리워졌다.

창밖에 파란 하늘에는 비행기가 두 채 솔개처럼 높이 떠가는 것이 보인다. 팔만 나으면 그는 곧 어디고 여행을 가리라 맘으로 생각을 하고 지그시 눈을 감아 보았으나 잠도 올 성싶지 않고 못 견디게 심심하여질 뿐이다.

자경은 무슨 책이라도 가져오라고 간호부를 부를까 하는 참에 아까 그 정 가라고 하는 청년이 들어온다.

"벌써 다 주무셨어요?"

하고 자경은 아침보다 훨씬 가볍게 인사를 하였다.

"네."

하고 빙그레 웃는 청년의 손에 달리아가 몇 송이 들려있는 것을 보자 자경은 픽 하고 웃음이 터지려는 것은 겨우 참고

"앉으시지요."

하고 눈으로 교의를 가리켰다.

외모는 불도그와도 비슷하고 기분은 셰퍼드도 좀 닮은 듯한 이 사나이를 어떻게 놀리면 좀 더 재미있게 시간을 보낼 수 있을까.

자경은 커다란 장난감을 얻은 어린애 모양으로 방글방글 웃으며

"바쁘시지 않거든 얘기 좀 들려주세요. 정 선생의 종지(宗旨)[32]라도 위선 듣고 싶습니다."

하고 까무잡잡하게 튀어 나온 정 청년의 이맛전을 말끄러미 쳐다보았다.

과연 불도그라는 개는 노하여 한 번 사람을 물기 시작하면 최후로 생명이 끊어질 때까지 물고 놓아주지 않는 천성인 줄 자경은 아는지 모르는지.

"종지랄 게 있습니까? 진리는 하나뿐이니까요."

청년은 웃지도 않고 손에 들고 있는 달리아를 내려다본다.

"그 꽃 참 좋습니다. 어디서 저렇게 굵은 송이를 구하셨어요."

자경은 달리아를 달라는 듯이 한 손을 내밀어 보았다.

청년은 꽃을 얼른 자경의 손에 놓아주고 그리고 만족한 듯이

"장미도 있는데요 …… 위선 달리아만 가져 왔지요."

하고 빙그레 웃는다.

"선생 같은 어른도 꽃을 좋아하십니까? 모든 것을 깨쳐버리기로만 일삼는 이들이 …….."

하고 자경은 빙그레 웃고 청년을 쳐다보았다.

"예보다 좋은 건설을 위해서 파괴를 생각하고 사람은 보다 더 강렬한 미의 사도라고 할 수 있습니다. 생각해 보십시오, 세상에 제일 아름다운 꽃 예술, 어린 애기 그리고 자연의 모든 경치가 지금 참된 가치와 대우를 받고 있는가 아닌가."

---

[32] 주장이 되는 요지나 근본이 되는 중요한 뜻.

청년은 흥분하여졌는지 그의 두 눈에는 무서운 광채가 쏟아져 나온다.

저녁때가 되어 자경의 어머니가 어멈을 데리고 병원으로 왔다.

"과히 다치지 않았지?"

하고 딸의 손을 잡는 어머니의 눈에는 눈물이 글썽하여진다.

"어머니 괜찮아요. 이보세요, 이렇게 싱싱하지 않아요? 팔만 약간 다쳤어요!"

자경은 다만 어리광만 부릴 뿐 자동차와 충돌하였단 말은 입 밖에도 내지 않았다.

그리고 자경은 일주일이나 더 병원에 입원하고 있었다.

그동안 놈아도 두 번이나 찾아오고 놈아 형 만길이에게서도 위문편지가 왔다. 정 모라는 청년은 매일 와서 자경과 토론을 하고 …… 자경은 처음에 멸시와 조롱에 가까운 시선으로 놀려 보려고 들었던 정 씨를 차츰 어떤 새로운 각도에서 그를 쳐다보게 되었다.

비록 짧은 시일이나마 타는 듯한 정 씨의 열변에는 자경 자신도 알지 못하는 사이에 고개를 끄덕이고

"옳습니다."

하고 긍정하는 때가 종종 있게 되었다. 퇴원을 해도 좋다는 의사의 말을 듣는 때 자경은 이 진검하고 열렬한 인류애의 사도와 떠나는 것이 맘에 섭섭하였다.

"제 집에 놀러 오시겠어요? ……."

하고 지경은 자기 집에서 보낸 자가용 자동차에 올라타면서 쓸쓸히 웃었다.

"현관에서 쫓아 버리시지만 않는다면 언제라도 가겠습니다. 당신을

전취할 의무가 있으니까요 하하."

"정말에요. 정 선생 같이 그렇게 한 가지 일에 몸과 생명을 바칠 수 있도록 긴장한 생활을 하는 이가 여간 부럽지가 않아요 …… 제 집도 알아두실 겸 같이 가십시다."

하고 자경은 사양하는 정 씨를 기어이 자동차에 올려 태우고 자기 집으로 왔다. 그는 청년을 응접실로 안내를 하였으나 이 청년의 눈앞에 자기 집 응접실의 비품이 너무 화려한 것이 미안스러웠다.

자경은 어느덧 이 정 씨를 동섭이와 같이 놓고 깨끗한 인격의 소유자로 우러러 보기 시작하는 자신을 발견하는 것이다.

자경은 자기의 맘에 생긴 변화를 생각할 때 스스로 이상스러웠다. 단지 일주일이라는 짧은 시간을 사이에 두고 자기는 실로 굼벵이가 매미로 달라진 것처럼 그렇게 그는 자기의 심경이 변한 것이 무척 신기롭기도 하였다.

그렇게 무서워하면서도 멸시하던 그런 사람과 직접 만나보고 그리고 그의 입으로 나오는 조리 있는 논법을 들을 때 자경은 마치 밤송이 속에서 알밤을 발견한 것처럼 그만큼 기쁘기도 하였다.

자경은 몇 날 전에는 자기 생명을 상한 고기 덩이처럼 한강 속에다 던져버리려 하지 않았던가.

그러나 이제 자경은 우연히 만난 정평산이라는 청년을 통하여 그의 지도하는 대로 가끔 책점으로 가서 몇 가지 책을 사가지고 와선 그것을 되도록 짧은 시일에 다 읽어버리곤 하는 것이었다.

자경은 가끔 현저정 놈아의 집을 찾았다.

찾아서 돈도 주고 그리고 때로는 필요한 물건도 선사하였다.

가령 놈아의 신발도 사주고 만길에게 허름한 양복도 한 벌 사주고. 자경이 병원에서 퇴원한 지도 벌써 반달이 되었다. 제법 가로수의 잎사귀들이 누렇게 빛깔이 변하기 시작하는 구월 중순이다.

그는 이날도 본정통 ××서점에서 책을 몇 권 골라 가지고 나오려니까 뜻밖에도 오꾸마가 무슨 물건 뭉텅이 같은 것을 들고 어떤 남자와 나란히 나오는 것과 눈이 마주쳤다.

오꾸마는 가장 은근하게 자경에게 머리를 숙이는 것을 볼 때 자경도 눈을 돌려 버릴 수는 없었다. 자경은 마주 고개를 숙여 보이고 돌아섰으나 그 눈으로 뱅긋 웃고 돌아보며 가는 오꾸마의 측면! 자경은 어떤 생각이 번개와 같이 진실로 번개의 한순간처럼 번쩍하고 지나갔다.

'그렇다 저 여자다 …… 동섭 씨에게 술을 먹이고 안주를 먹이고 그리고 동섭의 입에 입을 맞추던 여자!'

자경의 하반신은 잠깐 동안 부르르 떨렸다.

'오로라 마담은 상만을 유혹한 여자인 줄만 알았었는데 …….'

자경은 고개를 흔들었다.

'나를 영원히 동섭 씨에게서 쫓아 버린 그 요부가 저 여인이었구나 …….'

자경은 정신 나간 사람처럼 우두커니 오꾸마의 걸어 간 쪽을 바라보고 서서 있었다.

오꾸마는 지금 고야 형사부장과 결혼식 준비에 필요한 물건들을 홍정하여 가지고 오는 것이다.

첫째 그들이 신혼살림을 시작하려고 얻어 놓은 그 크지도 적지도 아니한 문화주택에 소용될 각 창문에 커튼이며 주방에 쓰일 일습과 식당에 소용되는 모든 기구들을 사지 않으면 안 되었다.

　방마다 벽에 걸어둘 사진틀과 전등 세트, 레코드, 라디오 이런 것들을 배달을 시키고 그리고 몇 가지 가벼운 것, 비단 양말과 손수건 같은 것을 종이에 싸서 들고 오는 것이다.

　오로라로 돌아온 오꾸마는 어린애와 같이 명랑하게 콧노래를 부르며 고야의 팔을 끼고 자기 침실로 들어왔다.

　"이제 꼭 이틀이 남았습니다. 그렇죠?"

하고 오꾸마는 자기들의 결혼 날을 또 한 번 고야에게 소곤거리고 그리고 하인에게 차를 명하였다.

　"이봐 오늘이라도 오상만에게 우리 아주 정식으로 결혼 한다고 선언을 해요 …… 괜히 그런 사람이 자주 다니는 것은 재미가 없으니 ……."

하고 고야는 약간 눈썹을 찌푸려 보이는 것이다.

　"네 네, 그러지 않아도 벌써 알고 있어요. 아마 오늘 저녁에 한 번 더 올 겁니다. 뭐? 마지막으로 실컷 왈츠나 추고 간다나요. 당신도 오늘 홀에 나오서요, 네? 우리도 마지막으로."

하고 오꾸마는 방글방글 웃었다.

　"아니 난 오늘 야근이 있어서 안 돼."

　고야가 말을 마치기 전에 테이블에 있는 전화가 따르르 울렸다.

　"다 됐는데 어떡할까. 지금 가지고 갈까?"

하는 상만의 음성이다.

　"네 기다립니다."

하고 오꾸마는 전화를 끊고

　"지금 금광에서 온 만주 사람이요. 오상만이와 같이 온다나 봐요."

"그럼 난 가야지."

하고 고야는 일어섰다.

오꾸마는 어떤 일이 있더라도 상만에게 받는 이십칠만 원을 박영수에게 주지 않으리라고 이미 결심하고 있는 것이다.

자기에게는 한 마디의 의논도 없이 아내인지 정부인지 정체모를 여자와 밤낮으로 여관에서 호사스러운 생활을 하고 있다는 그 박영수를 맘턱 놓고 믿어 버리기에는 오꾸마의 총명이 이를 허락하지 않는 것이다.

그는 상만에게서 돈만 받아 쥐면 오늘 밤으로라도 조선을 떠나리라. 그리고 ××××에다 고스란히 돈을 전하고는 자기는 어린 딸 송이를 데리고 어디든지 조용한 곳으로 가서 살리라 하고 굳게 굳게 결심을 하고 있는 것이다.

그러나 오꾸마의 기우는 적중되었으니 바로 해가 넘어갈 무렵에 ×××××에서 온 글발이 그의 손에 들어왔다.

'박영수를 경계하라.'

간단한 한 마디였으나 오꾸마는 자신의 현명함을 또 한 번 스스로 감탄하지 않을 수 없었다.

그는 곧 성냥을 그어 종이 끝을 살라버리고 그리고 창문을 열었다.

아무리 ××당의 명령이라 한들 또 자기가

"네 그리하겠소이다."

하는 대답을 하였을지언정 오꾸마는 생각하면 진실로 조선에 와서 지난 일 년 동안은 아슬이슬한 벼랑을 걸어온 듯 그는 눈앞이 아물아물 하여지는 것이다.

"여걸도 귀찮고 여장부도 싫어졌다 ……."

중얼거리는 오꾸마는 머리를 흔들었다.

과연 미모와 담력과 그리고 거짓말로 사나이들을 허수아비처럼 놀리고 있는 오꾸마의 가슴에서도 어머니로서의 본능은 어찌할 수 없는 모양이다.

그는 침대 아래 미리 준비하여 두었던 트렁크를 발로 툭 차보았다. 그리고 벨을 눌렀다.

"내가 부탁한 것은 준비 되었나요?"

하고 오꾸마는 긴장한 얼굴로 부하 S의 얼굴을 쏘아보았다.

"인천에서 기다리고 있는 목선 한 척 외에 한강 하류에 두 척이 노를 내리고 있습니다. 어느 쪽이든지 맘에 드시는 대로 ……."

"고맙소이다 ……."

오꾸마는 잠깐 동안 무엇을 생각하더니

"오늘 밤에 무사히 떠나게 되면 내가 정문으로 하얀 장갑을 끼고 갈 테니 S씨도 자동차를 타고 기다리고 있다가 곧 함께 올라 타시오. 바로 정거장으로 가든지 …… 혹시 위험하면 그대로 인천으로 가든지 …… 그런데 오늘 밤 영수 씨가 돈을 받아가지고 내려가거든 말요 ……."

오꾸마는 S의 귀에 대어 놓고 무엇인지 한참 중얼거리자

"알겠습니다."

S는 곧 물러갔다.

오꾸마는 텅 빈 방에서 안락의자에 다리를 뻗고 걸터앉았으나 그의 맘은 공중을 달리는 기구와 같이 바빠지는 것이다.

창 곁에서 쌔 째르르 하고 벌매 우는 소리가 들린다.

하나꼬가 어저께 사다 걸어 놓은 베짱이가 우는 것이다.

벌써 황혼도 짙어 어느덧 창밖에는 불빛이 산전병(散戰兵)처럼 어지럽게 흩어진다.

오꾸마는 눈을 굴려 실내를 돌아보았다.

일 년은 긴 세월이었다. 그러나 또한 짧은 시간이었다. 그는 내일이 지나고 모레가 오면 믿고 있는 고야를 생각하고 호르르 한숨을 쉬었다.

박영수가 무사히 오상만에게 금광을 매도할 때까지 귀찮은 간섭을 하려 드는 고야를 거짓 사랑으로 사로잡아 그 눈을 가리기에는 성공을 하였으나 그러나 약의 효과는 지나친 모양이다. 고야는 오꾸마의 빚 이만 원을 갚기 위하여 전 재산을 바치도록 그는 그처럼 오꾸마의 거짓 사랑에 속고 말았던 것이다.

"어떡하나."

오꾸마는 적은 가방 속에 얌전스럽게 누워 있는 이만 원을 생각할 때 그의 가슴은 따가웠다.

'고야 씨! 용서하서요.'

하고 오꾸마가 막 종이에다 첫줄을 쓰려 하는데 상만이가 쑥 들어섰다.

오꾸마는 쓰던 것을 접어 버리고 일어서서 언제나 마찬가지로 두 팔로 덥석 상만을 안아보고 그리고 교의로 가서 앉히었다.

상만은 누런 손가방을 테이블 위에 놓고

"기어이 다 현금으로 만들었는데 아주 개광하도록 이십만 원을 더 만들어 왔지 ……."

"정말야요?"

하고 오꾸마가 또 한 번 상만의 어깨에 매달리려는 순간 똑똑 하고 노크 소리가 났다.

오꾸마가 문을 열고 내다보니 박영수가 빙글빙글 웃으며

"오상만 씨의 전화를 받고 왔는데요."

하고 중국말로 중얼거린다.

"잠깐 저 방으로 가십시다."

오꾸마는 영수를 다음 방에다 앉히어 놓고 혼자서 상만에게로 왔다.

"지금 원 씨가 왔는데요 …… 이십칠만 원 받으러 …… 그런데 개광할 돈은 따로 뭉쳐 두서요 네? 만주 사람이라 돈만 보면 무슨 욕심을 낼지 모르니까."

"물론 원 가에게는 금광 값만 줄 것이지 …… 어서 그 원 가를 불러와요." 하는 상만은 예사롭게 말을 하고 교의에 앉더니 담배를 피워 문다. 오꾸마를 따라 들어서는 박영수는 상만에게 두 손을 맞잡고 허리를 굽혀 보이고 한옆으로 가서 앉으면서 지금 ××여관에서 짐을 챙기고 있는 아내 옥순과 어린 딸을 생각하는 것이다.

영수는 이 밤으로 그들을 데리고 경부선 열차에 올라 내일 아침 하관에서 내리고 일로 동경까지 갈 노정을 미리 생각하고 있는 이 만큼 그의 맘은 어떤 초조와 그리고 불안이 깃들어 있는 것이다.

박영수의 주머니에서 매도 증서가 나오고 그리고 상만은 손가방을 열었다.

이백 원짜리 지전으로만 묶은 뭉텅이가 하나, 둘, 셋 …… 열 …… 지전 뭉텅이를 바라보는 오꾸마의 눈과 영수의 눈은 마주쳤다. 일순 처참한 살기가 반딧불같이 두 사람의 사이를 지나갔다.

"자 그럼 잔액 이십칠만 원은 확실하죠? 인제 금광은 완전히 내 것입니다 하하하."

웃고 상만은 매도 증서를 또 한 번 훑어본다.

"돈은 확실히 받았습니다."

하고 영수는 미리 준비하여 가지고 온 듯한 적은 보를 꺼내더니 돈 뭉텅이를 주섬주섬 싸기 시작한다.

"법대로 하신다면 오 선생과 또 마담을 뫼시고 함께 축배를 들 것이지만 실상인즉 몸에 신열이 있어서요 …… 그럼 내일 저녁에는 꼭 두 분 저와 함께 저녁진지를 잡수시도록 ……."

영수는 여전히 중국말을 하고 중국식 인사를 하고 자리에서 일어선다. 오꾸마의 통역을 듣는 상만은 자기가 한턱을 낼 생각을 하고 있었는데 원 가가 아프다니 할 수 없이 단념하였다. 오꾸마는 영수를 위하여 문을 열었다.

오로라 정문 밖을 나오는 영수는 후 하고 큰 숨을 내쉬었다. 몇 해 동안에 맘속으로 꿈꾸던 그 안락한 가정이 오늘 밤부터 시작된 듯이 그는 품에 안긴 지전 뭉텅이를 쓸어보고 자동차 까레지를 향하여 걸음을 옮기었다. 사람과 불빛은 이 밤에도 거리에 넘쳐 있다. 영수의 앞에 한 대의 자동차가 미끄러져 왔다. 빈 차다.

"타시렵니까?"

조수인 듯한 사나이가 친절하게도 객석의 창문을 열어 보인다. 영수는 호기스럽게 올라탔다.

"××여관까지."

자동차의 문은 텅 닫히고 그리고 차는 바퀴를 굴리기 시작하였다.

××여관을 향하여 가던 차는 문득 방향을 바꾸어 경성 역으로 향하고 살대와 같이 달리기 시작한다.

"여보, 운전수 잘못 가는 게 아니오?"

하고 영수가 객석에서 소리를 지르자

"네?"

하고 운전수가 뒤를 돌아본다.

"××여관이라고 했는데 왜 이리로 가는 거요."

"네, 그렇습니까 전 또 ○○여관으로 잘못 들었습니다."

하고 곧 차를 정거하고 뒤로 돌리기 시작한다. 푸르르 엔진 소리를 내면서 차가 되돌아서려고 할 때 자동차 문이 펄썩 열리며 남자 두 사람이 객석으로 오른다.

"여보 이건 대절 차이요."

하고 영수가 부르짖었으나 그담 순간 그는 말문이 콱 막히고 말았다.

지금 막 차로 들어온 사나이의 손에 쥐인 것은 불빛에 번쩍하고 괴상한 광택을 발산하는 육혈포가 아니냐.

자동차로 들어온 두 남자는 운전대를 향하여 무어라고 말을 건네자 차는 곧 질풍과 같이 달리기 시작하였다.

두 사람은 영수의 좌우에 다가앉으면서 썩 친밀한 사이처럼 영수의 양편 팔을 하나씩 아주 힘 있게 끼어 안더니

"육혈포 가진 것 내 놓아."

하고 목소리와 함께 선뜩하고 총 뿌리가 영수의 턱밑을 간질인다.

"육혈포? 나 그런 것 없소."

영수는 되도록 침착하게 대답을 하였으나 그담 순간 또 다른 한 개의 총이 영수의 옆구리를 꾹 찌르며

"순순히 말을 듣지 아니하면 죽여 버릴 테야 …….."

"……."

공포와 절망에 휩싸인 영수의 머릿속은 잠깐 동안 혼란하여졌다.

'이 사람들이 내가 권총을 가진 줄을 어떻게 알까?'

좌우간 심상치 않은 강도라는 것을 짐작하자 영수는 어디인지 이네들과 기맥이 통할 상도 싶어

"당신들의 요구는 내가 가진 육혈포란 말요?"

하고 나지막이 물었다.

"이십칠만 원까지 ……."

소곤거리는 듯한 목소리가 영수의 왼편 귓가에서 들려오자

"십만 원만 날 주시우. 나도 이게 내 돈이 아니외다. 날 심부름 보낸 이에게 아주 맨손으로야 갈 수 있나요?"

하고 두 손을 모아 보았다.

"하하하 기특하군요. 심부름 보낸 이에게는 염려마시우 …… 자 시간이 급하니 속히 내 놓으시오."

"……."

영수는 두 사람을 상대로 한바탕 싸워도 보고 싶었다. 그러나 상대편은 운전수, 조수까지 네 사람이다. 이쪽은 단 하나 더욱이 좁디좁은 자동차 속에서!

절망이 진흙 웅덩이처럼 영수의 전신을 빨아들이는 듯한 그는 모든 것을 단념하였다.

영수는 지전을 싼 보퉁이를 옆에 앉은 한 사나이에게 내밀었다.

"권총은?"

"……."

영수는 천천히 웃옷 포켓 속에 한 손을 집어넣었다. 그리고 권총의 자루를 단단히 쥐었다. 그러나 영수의 오른편 팔은 이미 무쇠 같은 팔뚝이 누르고 있지 않느냐.

피스톨을 마저 받아 쥔 한 사나이가 운전대를 향하여

"스톱."

하고 외치자 차는 우뚝 선다.

"잘 가시우."

한 사나이가 차창을 열어젖히고 다른 한 사나이가 영수의 덜미를 잡았다.

영수의 몸뚱이가 긴치 않은 짐짝처럼 길바닥 위에 굴러 떨어지자 차는 유령과 같이 어둠 속으로 사라졌다.

영수는 정신을 차리고 길바닥에 일어서서 사면을 돌아보았다. 불빛도 희미하고 건물들도 훨씬 성글어진 것이 한강통 인듯 싶다.

"채 빌어먹을 ……."

영수는 혀를 차고 몸에 묻은 흙은 떨었으나 그의 얇은 입술에는 처참한 미소가 흘러갔다.

'이 경성 안에서 내가 권총을 가진 줄을 아는 사람은 오꾸마밖에 누구냐. 그리고 이 저녁에 내가 거액의 현금을 지니고 돌아가는 것을 아는 사람도 오꾸마다. 물론 오상만은 금광을 샀다고 그렇게 만족해 했겠다 …… 돈은 빼앗은 사람은 오꾸마다 …… 죽일 년.'

영수는 오꾸마라는 암범을 잡기 위하여 어떻게 덫을 놓을까 생각해 볼 때 그의 머릿속은 독주를 마신 때처럼 얼얼하여졌다.

'그렇다 나는 영원히 가롯 유다다.'

흐릿한 불빛에 비처 보이는 회중시계는 이제 열 시 오 분 아직도 초저녁이다. 그는 동대문행 전차에 몸을 싣자 조선은행 앞에서 내리고 그리고 오로라로 들어가 마담을 찾았다.

지금 막 부하가 영수에게서 빼앗아 온 돈을 가방 속에 넣어두고 손님들과 어울려 춤을 추고 있던 오꾸마는 죽은 사람과 같이 빛을 잃은 영수를 보자 그는 반사적으로 두어 걸음 뒤로 물러서며

"웬일이십니까? 기분이 불편하시다더니 ……."

하고 방그레 웃어 보였다.

"네, 가다가 무엇 좀 생각난 게 있어서 …… 참 저기 있군."

하고 영수는 뚜벅뚜벅 고야 부장 앞으로 간다.

"미스터 박 내 방에 가서 차나 좀 잡수실까요?"

하고 오꾸마가 영수의 뒤를 쫓았으나 영수는 오꾸마의 말은 들은 척도 아니 하고 고야 부장에게 무어라고 말을 건넨다.

그 약간 아래로 처진 듯한 고야의 눈에서 번쩍하고 이상한 광채가 지나갔다.

중국말 밖에 모르는 줄로만 알았던 영수가 유창한 내지말로 인사를 건넨 때문이다.

"나 오늘 밤에 부장을 뫼시고 술 좀 마시고 싶은데요. 금광도 순조로 잘 팔리고 해서 …… 시간 계시겠서요? 또 좀 긴한 보고도 있고 ……."

고야가 무어라고 대답을 하려는 순간

"아이 어쩌면 원 선생은 국어를 그처럼 잘하시면서 공연히 남을 통역을 시키고 아이참 웃어 죽겠네 …… 호호호."

하고 오꾸마는 정말 우스운 듯이 깔깔거리고 웃었으나 고야 부장의 날

카로운 시선이 서릿발처럼 오꾸마의 얼굴을 스쳐가는 것을 감각한 오꾸마는 등골에서 선뜩하고 찬 기운이 지나갔다.

"부장 사람이 없는 곳에서 조용히 이야기하고 싶은데요 하하하."

하고 영수도 소리를 내어 웃었으나 그 웃음은 유령의 웃음같이 공허하고 또 슬픈 음향이었다.

영수는 고야 부장과 나란히 층대로 내려가면서 힐끗 뒤를 본다. 빤히 바라보고 있는 오꾸마의 시선과 마주치자 영수는 무섭게 눈을 흘겨 보이고 그리고 복수를 암시하는 듯 그는 이빨로 아랫입술을 꽉꽉 밀어보고 내려간다.

"호호호 자식 망나니 같으니라고 ······."

오꾸마는 돌아서며 중얼거렸으나 부하 H의 말대로 돈을 빼앗은 뒤에 아주 죽여 버리도록 명령을 내리지 못한 것이 새삼스럽게 후회가 났다.

좌우간 사태는 일각을 지체할 수 없이 절박하여진 것을 느낀 오꾸마는 비조[33]와 같이 자기 침실로 들어갔다.

그는 곧 돈 뭉텅이를 조그마한 손가방에 집어넣었다. 그 속에는 이 저녁에 영수에게 빼앗은 이십칠만 원 외에 오상만이가 무진 금광을 개광하는데 쓰려고 갖다 맡긴 이십만 원과 그리고 고야 부장이 결혼 준비로 오로라의 부채를 청산하라고 가져온 이만 원이 들어있다.

오꾸마는 곧 이브닝드레스를 벗고 통상복으로 바꾸어 입었다. 편지 조각 같은 것이나 중요 서류를 또 한 번 검사를 하고 그는 일일이 성냥으로 태어버린 후 그는 부하 S와 약속한 대로 하얀 장갑을 끼었다.

---

[33] 날아다니는 새.

손가방을 들고 뒷문을 살짝 밀고 내다본 오꾸마는 문득 화석처럼 그 자리에 서버렸다.

문밖에는 정복한 경관 두 사람이 태산과 같이 오꾸마의 앞을 막고 서서 있는 까닭이다.

오꾸마는 자신이 어느새 포위되어 있는 것을 깨닫자 그는 가방을 쥔 채 비실비실 침대로 와서 펄썩 주저앉아 버렸다.

'어떻게 벗어날 수는 없을까?'

하고 얼음같이 찬 손을 이마에 대어 보았으나 갑자기 기발한 묘안이 얼른 생각나지도 않는다. 그러나 이미 생명의 위협을 받고 있는 북국의 곰은 결단코 온순히 대적의 손에 포로가 될 이치는 없는 것이다.

오꾸마는 드디어 자기에게 인생으로써 최후의 무대가 온 것을 인식하자 그는 단연코 맹수의 본색을 나타내기 시작하였다.

그는 가만히 가방을 내려 가지고 소리 나지 않게 가방을 열었다. 가방 한쪽 구석에 엎드려 있는 피스톨을 꺼내어 오른손에 쥐자 발소리를 죽여 뒷문으로 가까이 갔다. 열쇠 틈으로 내다보니 문밖에서 있는 정복 순사는 별로 긴장한 빛도 없이 우두커니 서서 있는 것이 제법 한가롭게 보이기도 한다.

오꾸마는 눈으로 두 사람이 치명적 견양을 겨누어 보고 그리고 한 손으로 뒷문의 핸들을 힘 있게 쥐었다.

그는 경관을 쏘아 넘어뜨리고 달아날 작정이다. 문을 박차고 막 나서기 일 초 전일까

"실례합니다."

하는 소리와 함께 복도로 난 앞문이 벙싯하고 열린다. 오꾸마는 반사적

으로 피스톨 쥔 손을 뒤로 감추어 휙 돌아섰다.

"당신이 주인이요?"

하고 성난 듯이 말하는 남자는 푸르둥둥한 두꺼운 입술 속에 금니를 번득이며

"우린 경찰서에서 왔는데요. 여기 수상한 사람이 잠입한 흔적이 있어서 좀 폐를 끼쳐야 되겠습니다."

하고 성냥을 덕 그어 담배에 불을 붙이는데 뒤따라 또한 사복이 모자를 쓴 채 방으로 쑥 들어서며 바쁘게 눈방울을 굴린다.

"네 그래서요?"

오꾸마는 고개를 까딱 숙여 보이고 뒷걸음질로 침대 곁으로 갔다. 사복은 힘써 긴장한 낯으로 방안을 둘러보면서도 그들은 사나이라는 본능에서 오꾸마의 요염한 미모에 황홀하지 않을 수 없는 지 두 사람은 서로를 돌아보고 벙싯벙싯 웃는다.

침대 위에 비스듬히 기대앉았던 오꾸마가 다시 방바닥에 일어섰을 때에는 그의 손에 들리어 있던 피스톨은 어느새 베개 밑으로 가서 납작 엎드렸으나 방안에서 있는 사복 두 사람의 눈에 띨 여유는 물론 없었다.

그토록 오꾸마의 손은 요술쟁이처럼 신속하게 또 교묘하게 놀려진 것이다.

이윽고 오꾸마도 담배에다 불을 붙이며

"여긴 내 침실인데요?"

하고 비로소 방그레 웃어 보였다.

"네 네 그런 줄은 압니다만 …… 혹시 이 방에 잠복하고 있지나 않나 하고 그래 온 게니까요 …… 좀 폐를 끼칠 수밖에 ……."

"네 그럼 찾아보시죠, 자 어디든지."

하고 오꾸마는 일어서서 단스 문도 열어 보이고 침대 아래로 늘어진 홑이불 끝도 들쳐보였다.

사복 두 사람은 차단스 뒤도 넘어다 보고 테이블 크로스도 벗겨 보고 그리고 또 담배를 피워 물고는

"미안합니다."

하고 복도를 향하여 나가 버렸다. 오꾸마는 속으로 고개를 끄덕였다.

'그럼 저기 서 있는 정복도 결국 나를 잡으려는 사람은 아닌 모양이지? ……'

영수가 고야를 데리고 나간 것이 불과 이십 분이 못 되었는데 어느새 수배를 한다는 것은 아무리 초스피드 세상이라 한들 상식으로는 약간 판단할 수 없는 노릇이다.

그러나 일각이라도 빨리 이곳을 탈출하지 않으면 안 되는 것을 느끼는 오꾸마의 가슴 속은 심지에 불을 단 폭탄처럼 절박하여 온다.

'누굴까? 수상한 사람이라고 경관의 추격을 받고 있는 사람은?'

하고 생각해 볼 때 그는 또 다른 의미로 커다란 불안을 느끼게 되었다.

'부하 중에 누가 아닐까?

그는 곧 홀에서 입는 통상복으로 바꾸어 입고 복도로 뛰어나왔다.

"경관 왔댔지요?"

하고 차를 가지고 가던 하나꼬가 의미 있게 빙긋이 웃는다.

"응 그런데 별디른 보고 없어?"

"네, 아무 것도!"

하나꼬의 간단한 대답은 오꾸마의 맘을 얼마쯤 안심하게 만들어준다.

"그래 경관들은 다 돌아갔나?"

"네, 다 갔어요."

하나꼬는 고개를 끄덕이고는 그대로 홀로 들어가 버렸다.

오상만의 아내 서자경이가 최근에 발견한 친구 정평산이란 청년이 경관의 눈을 피하여 이 집 오로라 아래층에 와서 비루[34]를 마시고 간 사실은 물론 오꾸마는 알 까닭도 없이 그는 이 길로 곧 이 전철망과 같이 위험한 조선 땅을 탈출하여 나가려고 다시 침실로 돌아왔다.

뒷문에 섰던 정복 순사는 어느 틈에 그림자도 볼 수 없다.

오꾸마는 외출복을 입으려고 막 한 팔을 소매에 뀔 때다. 노크도 없이 쑥 들어선 남자.

오꾸마의 입술은 본능적으로 방그레 웃었으나 그의 얼굴빛은 살짝 빛을 잃었다.

"순자."

고야는 비통한 음성으로 오꾸마를 불러놓고 그리고 가까이 와서 가만히 그의 한 팔을 잡으며

"자 모든 것이 들어났으니 …… 순자, 나의 사십 평생에 이렇게 송두리째 나를 속인 사람은 아마 순자 한 사람뿐일 게야 …… 생각하면 통쾌하기도 하거든 하하하."

"……"

"지금 내가 어디서 오는지 알어? 도경찰부에서 오는 길야. 박영수가 상관 앞에서 순자의 얘기를 다하거든 하하하."

---

34 ビール. 맥주.

"……."

커다란 폭탄과 같은 한 마디 한 마디가 고야 부장의 입에서 튀어 나오건만 이미 모든 것을 각오한 오꾸마의 얼굴에는 그렇게 당황한 빛도 없고 오히려 약간 자랑스러운 듯한 웃음이 그의 서늘한 두 눈을 좀 더 처염하게 만들 뿐이다.

"하실 말씀은 그것뿐이야요?"

오꾸마는 태연스럽게 한 마디 하고

"자 그럼 나를 묶어 가세요. 여기서 이런 말 저런 말 해보았자 흥분하고 계신 당신이 알아들을 이친 없고 …… 좌우간 그 원 가 녀석과 좀 대면을 시켜 주세요. 당신 면전에서 훌륭한 장면을 뵈어 드릴 테니 ……."

오꾸마는 실로 지금 이 순간에 박영수라는 사나이가 눈앞에 나타나기만 한다면 이미 자기들을 배반하여 팔아버린 그 놈을 당장에 쏘아죽일 생각인 것이다. 파란 살기가 어여쁜 오꾸마의 눈썹과 입술에 독사처럼 기어갔다.

"……."

이번에는 고야 형사부장이 잠잠하여 버렸다.

"자 어여 묶으세요. 오꾸마가 희대의 여도적이라는 것이 신문에라도 난다면 내일부터 장안 인기는 오로라로만 집중될 테니 두고 보세요 호호호."

"오로라도 지금부터 문을 닫는 거야 …… 홀에 가 보라고 손님 있는가 …… 양민의 재산을 노리는 마굴인 것이 들어난 이상 ……."

고야는 지긋지긋한 듯이 눈을 부릅뜨고 오꾸마를 내려다본다.

"호호호 호호호."

잔뜩 찌푸리고 서 있는 고야의 어깨를 붙잡고 오꾸마는 자지러지게 웃다가

"자 좀 앉기나 하세요. 아이 다리 아퍼 ……."

고야를 밀어다 교의에다 앉히고 그리고 고야의 가슴에 얼굴을 폭 파묻고

"좌우간 나중에 아실 일이지만."

오꾸마는 가늘게 귓속말로

"얼마나 오꾸마가 미우세요 네? 네? 고야 씨!"

하고 고야 부장의 얼굴을 들여다보는 오꾸마의 눈에는 하얀 이슬이 맺히기 시작하였다.

"세상이 다 나를 멸시하고 의심한다 하여도 이때까지 난 눈도 깜짝하지 않았어요. 그래도 고야 씨 당신만은 나를 알아 주셔야 합니다."

하고 오꾸마는 두 팔로 고야의 목을 껴안았다.

"……."

"나도 세상이 귀찮아졌어요, 고야 씨! 나를 잡아가는 대신 나를 죽여 주세요 …… 당신의 손에 있는 저 가느다란 줄을 가지고 내 목을 잘라매 주세요 …… 오꾸마는 남자를 농락하고 남의 재물을 빼앗고 …… ××단의 미인계라는 엄청난 레테르를 가질 만한 그렇게 훌륭한 여자는 아닙니다. 보 보시다시피 ……."

오꾸마의 목소리는 거의 울음으로 변하여졌다.

"보시다시피 나는 술과 웃음을 파는 보잘 것 없는 윤락의 계집이여요 …… 하지만 고야 씨! 오꾸마에게도 한 가지 자랑이 있었어요. 고운 꿈이 있었어요 …… 내일이면 당신의 아내가 된다는 꿈 …… 그러나 지금

은 무지개같이 사라지고 말았습니다.”

“……”

“그 원 가 녀석이 날 유혹하려다가 듣지 않으니까 별별 음흉한 짓을 다했구려 …… 고야 씨! 나를 죽여 주서요.”

오꾸마는 벌떡 일어서서 적은 가방을 고야 앞으로 내밀면서

“이 속에 무엇이 들어 있는지 아세요? 이게 바로 그 원 가 녀석이 가지고 온 금광 판 돈이야요. 오상만이에게 개광하라고 꾀어서 또 이십만 원이나 뺏어와 가지고는 글쎄 나와 같이 달아나자는구랴. 그래 나는 내일이면 고야 부장과 결혼 예식을 거행한다 하였더니 아 미친개처럼 그냥 뛰어 나가겠어요. 그래 당신을 찾아가지고 그 따위 수작을 했던 게죠 …… 좌우간 그 녀석이 글쎄 내게는 노상 만주국말 쓰기에 나는 꼭 만주국 인간인 줄만 알았죠 …… 그것부터 그 놈이 배짱이 흉한 놈이 아니에요?”

“……”

잠자코 앉았던 고야의 입이 무겁게 열렸다.

“순자! 지금 저 밖에는 십여 명의 형사대가 이 집을 에워싸고 있는 것은 아마 모를 테지 …… 순잔 지금 잡혀가면 죄야 있든 없든 단단한 취조를 받을 것도 모를 테지? 난 정말 내 손으로 순자를 묶고 내가 친히 순자를 취조해서 범죄한 것을 자백하게 하도록 나는 못 해 …… 못 해 …… 아아 못 해 차라리 순자를 죽일 수는 있어도.”

고야는 술 취한 사람처럼 두서없이 부르짖고 두 팔로 오꾸마의 어깨를 으스러져라 하고 붙잡았다.

“순자가 사실로 ××단의 미인계라 할지라도 난 지금은 어떻게 할 수 없어 …… 내 손으로 순자를 죽여서 법에 대한 책임과 내 자신의 책임을

면하는 것이 결국 우리 두 사람이 구원 얻는 길이야 …… 알았어? …….”

오꾸마는 눈물 어린 눈으로 어린아이처럼 고개를 끄덕여 보였다.

“자 나도 곧 뒤를 따를 터이니 염려 말고 …….”

고야는 한 손에 쥐고 있던 노란 끈으로 동그랗게 올가미를 만들어 오꾸마의 목에 걸치려 한다.

“고야 씨! 고야 씨! 감사합니다.”

오꾸마는 달려들어 고야 부장의 입을 맞추고

“그런데 한 가지 내 마지막 소원을 들어주실 테야요?”

오꾸마는 고야 부장의 눈에서 흘러내리는 눈물을 손가락으로 튀기며 빙그레 웃고는

“저 내일 입으라고 사다주신 후리소데를 가지고 나올 테니요 그걸 입고 죽게 해 주서요 네? 당신의 신부가 되어 당신의 팔에서 죽겠어요.”

오꾸마의 눈에서 또다시 눈물이 흘러내린다. 고야는 말없이 고개를 끄덕였다.

“절명하기 전에 아무라도 들어오면 안 될 테니 저 문은 잠가 버립시다.”
하고 오꾸마는 일어서서 복도로 통하는 문을 찰칵하고 잠가버리고

“또 한 가지 …… 죄 없는 오상만의 돈은 돌려주어야 옳지 않습니까? 지금 상만이에게 편지를 써서 저 방에 두어 두면 나중에 당신이 전하시든지 또 당신 부하가 전하든지 …….”

고야는 또 한 번 고개를 끄덕이더니

“나도 유서 한 장 써 놓고 …….”
하고 포켓에서 만년필을 꺼낸다.

“여기 있어요 편지지.”

고야가 무어라고 한 줄 쓰기 시작하는 것을 보고

"그럼 내 이 방에 가서 후리소데 가지고 올게요."

하고 오꾸마는 적은 가방을 들고 옆에 방으로 통한 문을 열고 들어간다.

고야는 고향에 한 장, 서장에게 한 장 유서가 다 끝이 났건만 웬일인지 오꾸마는 나오지 않는다.

"무슨 옷을 여태 갈아입고 있담!"

고야는 조금 전에 오꾸마가 들어갔던 방으로 고개를 쑥 들이밀어 보았으나 방안은 캄캄한 채 서편으로 훤하게 열린 창문으로 불빛이 희미하게 새어 들어온다.

"운다."

하고 고야는 소리쳐 불렀으나 어두운 방은 죽은 사람의 눈과 같이 아무런 반응이 없다.

"순자!"

고야 부장은 또 한 번 소리를 치면서 회중전등을 더듬어 번쩍 불을 켰다.

그러나 오꾸마는 그림자도 볼 수 없고 열어 논 창턱에는 시커먼 쇠갈고리가 괴물의 손가락같이 걸쳐 있는 것이 눈에 띄었다.

고야는 창밖으로 고개를 내밀어 보니 굵다란 숙마줄이 아직도 대롱대롱 흔들리고 있는 것이 오꾸마는 지금 막 이 줄을 잡고 달아난 모양이다.

물론 적은 가방도 아무 것도 없다. 고야는 이 순간에 놀랐다는 것보다도 성이 난다는 것보다도 그는 어떤 초인간적 위력에 압도되는 듯한 불가사의한 충동에 사로잡히고 말았다.

삼 층 꼭대기에서 줄 한 개를 잡고 바람과 같이 사라진 여인 오꾸마를 사람이라 하기보다도 어떤 요물이나 귀신이 사람이 형상을 빌어 나타나지 않았나 하는 의심이 지나간 때문이다.

형사 생활 이십 년에 갖은 범죄자를 목격하였으되 이렇게 대담하고 이렇게 기발한 범인은 진실로 그가 첨 당하는 경험이다.

그러나 고야의 중추신경을 엄습한 감격은 일 분 동안에 사라지고 말았다.

'오꾸마 인제 나는 너를 용서하지 않을 테다.'

드디어 그는 형사부장으로써 최대의 본능이 치켜들었다. 그보다도 재산은 물론 생명까지 내던진 그 사람에게 배반을 당하였다는 분노가 그의 온몸과 맘을 지글지글 태우기 시작하였다.

"호르르 휘익."

고야가 부는 경적은 맹수의 포호와 같이 밤공기를 뚫고 오로라 삼 층을 울리자 복도에서 우두두 거친 발소리가 들려온다.

그러나 복도로 통한 오꾸마의 침실문은 이미 오꾸마가 참따랗게 잠가 놓았으니

사복과 정복은 어깨로 발길로 함부로 밀고 차고 마침내 문은 부서지고 말았다.

"범인은 저 창문으로 달아났으니 속히 추격하도록."

고야는 미친 사람같이 허둥거리며 달려 나온다.

"그리고 몇 사람은 여기 남아 있어야지."

하고 고야는 그중 두어 사람을 방에 남겨 놓고

"방안을 잘 수색해서 증거품이 될 만한 것은 잘 보관하구 ……."

경관들은 오꾸마가 빠져 나간 창문으로 한 번씩 고개를 내밀어보고 곧 부장의 뒤를 따라 아래층으로 내려갔다.

경관들 중에는 땅에까지 깔려 있는 숙마줄의 한 다락을 잡고 질건질
건 잡아당겨 보다가

"여기서 줄을 잡고 내려오다니 귀신이야."

하고 고개를 흔드는 사람도 있었다. 그리고 벼랑같이 높은 곳에 창문이
두어 개 있는 이편 쪽을 허술히 알고 감시하지 않았던 것을 지금 새삼스
럽게 후회를 하여 보았으나 소용없는 일이다.

"좌우간 오꾸마는 어디로 갔을까?"

그들은 동으로 서로 남으로 북으로 둘씩 셋씩 흩어졌다. 수색의 그물
을 넓히는 것이다.

이 저녁에 경관의 추격을 피하여 달아나는 또 한 사람!

그는 자경이 최근에 우연히 발견한 존경하는 친구 정평산이었다.

평산은 동지들과 어떤 지하 음모를 계획하고 있다는 것이 경찰의 귀
에 탐문하게 되자 경찰은 그 지도자인 정평산을 잡으려고 맹렬한 활동
을 개시한 것이다.

이날 오후 네 시쯤 정평산은 어떤 곳에서 동지와 장시간 이야기를 교
환한 후 해가 질 무렵에 자기가 유숙하고 있는 하숙으로 들어오려는 때
사복한 사람에게 뒤를 밟히기 시작하였다.

그는 자동차를 타려 하였으나 마침 주머니에 돈은 떨어지고 할 수 없
이 전차에 올라탔다. 중간에 몇 번이나 갈아타고 마지막엔 질주하는 차
에서 뛰어 내리려고 하였으나 미행은 조금도 여유를 주지 않는다.

평산은 드디어 한 가지를 결심하고 미행을 슬금슬금 돌아보며 남산
공원으로 올라갔다.

벌써 황혼도 짙어 먼 데 사람은 보이지 않을 만큼 어두운 길을 더듬어

뚜벅뚜벅 올라올 때 물론 미행도 넌지시 거리를 두고 같은 길을 따라 올라온다.

평산은 짐짓 으슥한 곳에 몸을 숨기고 있노라니 미행은 바쁜 걸음으로 올라온다. 자기와 거리가 한 자 남짓하게 되었을 때 평산은 휙 몸을 날려 머리통으로 미행의 아래턱을 부서져라 받아 넘기고는 아래를 향하여 달음질을 쳤다.

그는 어디든지 골목이 뚫린 곳 불빛이 환한 곳으로만 나섰다.

이윽고 평산의 눈에 명치제과의 환한 불빛이 들어오자 자기가 본정통을 들어선 것을 알았다.

그와 동시에 자기 앞을 걸어가고 있는 한 사람이 뒷모양을 훑어보는 순간

"부인!"

하고 그는 서슴지 않고 그 앞으로 가서 다가섰다.

"아, 정 선생!"

반가운 듯이 중얼거리는 이는 자경이다.

"미안하지만 돈 이원 만 주십시요. 급하게 쓸 일이 생겼습니다."

평산의 눈에서 쏟아 나오는 살기를 보자 자경은 심상치 않은 일이 있는 것을 짐작하고 잠자코 핸드백에서 오 원짜리 한 장을 꺼내 평산의 손바닥에 놓아 주었다.

평산은 그 길로 자동차 까레지로 가려다가 무엇을 생각하였던지 바로 눈앞에 있는 오로라 아래층으로 들어갔다.

비루 두 병을 잔에 따를 사이도 없이 들이키고 자경에게서 얻은 오 원짜리 지전을 여급에게 내밀고 거스름을 받으려는 때다.

정복 사복 오류 인의 경관이 긴장한 얼굴로 들어오는데 그중에는 조금 전에 남산 중턱에서 턱을 받아 넘어뜨리고 온 미행까지 섞여 있는 것을 발견한 평산은 자리에서 벌떡 일어섰다.

방금 무슨 음식인지 쟁반에다 받쳐 들고 나오는 여급을 떠다 밀치고 평산은 주방으로 뛰어 들어갔다.

경관들도 우 주방으로 몰려 들어갔으나 벌써 평산은 거기 있지 아니하였다. 물론 쿡으로 있는 젊은 사나이가 눈치 빠르게 피할 길을 만들어 준 까닭이다.

이리하여 사복과 정복은 오로라의 아래 위층을 에워싸고 마침내 오꾸마의 침실까지 수색하였지만 그들은 헛물만 켜고 더욱이 정작 오꾸마라는 큰 범인까지 놓쳐 버린 이 저녁은 경관들에게는 아주 재수가 불길한 날이 아닐 수 없다.

정평산이란 돌연히 나타난 인물이 과연 자경의 운명에 어떻게 역할을 하게 될 지 우리는 진실로 인생이란 뜻하지 않은 곳에서 뜻하지 않은 사변을 경험한다는 사실을 또 한 번 똑똑히 보게 될 것이다.

겹저고리 깃 속으로 또 소매 속으로 기어드는 밤바람은 맑은 물처럼 자경의 고달픈 신경을 서늘하게 만들어준다.

정평산에게 돈을 꺼내 주고 그는 근처 화초집으로 들어가서 화분도 하나 사고 그담에는 어머니께 드릴 과자 좀 사보았으나 그의 맘은 여전히 거북하고 이 속에 무엇이 끼인 듯한 찌뿌듯한 기분을 어찌할 수 없다.

조금 전에 자기 앞에 갑자기 나타났던 정평산의 일이 암만해도 맘 한 구석을 어둡게 하는 것이다.

"언제 잡히게 될 지 언제 죽게 될 지 …… 우리는 늘 죽음과 직면하고 사는 사람이여요"

하던 정평산의 거무스름한 얼굴을 맘으로 그려보자 그는 오늘 저녁 반드시 평산은 그 죽음이라는 것과 비슷한 어떤 위험에 다다르고 있는 것 같은 기우가 꾸준히도 맘을 들여다보는 것이다.

동섭을 잃고 어린 딸 떠나버리고 희와 즐거움의 대부분을 빼앗긴 자경은 이미 정신적으로 가련한 고아가 아닐 수 없다.

그는 어디든지 의지하지 않고는 살 수가 없다. 무슨 사물에나 자기의 정신을 온통으로 쏟을 수 있도록 흥미를 붙이지 않고 견딜 수 없는 것이 자경의 괴롬을 더 크게 하는 성격적 결함이다.

그는 자기도 모르는 사이 어느덧 정평산과 그리고 그 그룹들이 모이는 곳에 흥미를 갖게 되고 또한 적극적으로 그들을 원조하고 지지하고 싶은 충동을 가끔 느끼게 되었다.

동대문행 전차에 올라탔던 자경은 무엇 때문인지 종로에서 내려서 서대문행으로 바꾸어 탔다. 본정에서 이것저것 샀던 물건들은 이미 배달을 부탁한 지라 그는 빈 몸으로 불빛이 희미한 현저정 골목을 올라섰다.

현저정 밤길은 몇 번이나 자경의 하이힐을 비뚤거리게 만들었건만 그는 바쁜 걸음으로 위로 올라갔다.

그러나 자경은 자기 뒤에 수상한 사람들이 따르고 있는 것을 알지 못하였다.

놈아네 집 문까지 당도했을 때에는 이마에 후줄근히 내돋는 가는 땀을 손수건으로 씻고 그리고 어두컴컴한 마당으로 들어섰다. 방안에는 사람들의 말소리가 들려온다.

그는 곧 놈아나 만길이를 부르려하다가 문득 방안에서 굴러 나오는 커다란 웃음소리에 그는 우뚝하니 뜰아래 서버렸다.

그 굵다랗게 울려 나오는 낮은 음성! 그러나 힘 있는 목소리 그는 분명코 정평산인 때문이다.

지금 자기는 평산의 신변이 염려스러워 어두운 골목을 더듬어 올라온 것이 아니냐. 자경은 위선 안심하는 큰 숨을 내쉬었다. 그는 자기가 찾아온 기척을 내려고 마루로 갔다.

"글쎄 오상만의 여편네요 서정연의 외딸인 부르주아 계집이 왜 우리와 접근을 하려는지 난 도무지 수상해서 못 견디겠단 말요."

누구의 음성인지 몹시 초조한 모양으로 한숨에 내리 삼키고는

"스파이야 스파이!"

하고 커다랗게 한숨을 내뿜는다. 자경은 어둠 속에서 흠칫 한 걸음 물러섰다.

자경은 천만 뜻밖에도 자기가 이네들의 이야기의 중심이 되어 있고 그나마 자기를 가지고 모멸적 언사로 이러니저러니 논란하고 있는 말소리를 듣자 자경의 전신은 와들와들 떨리기 시작하였다.

자경의 뒤에 이상한 그림자가 점점 가까이 바로 자경의 뒤에 착 붙어섰으나 방안에 말소리에만 정신을 빼앗기고 있는 자경은 그런 것은 조금도 알 수가 없었다.

"상관없어. 부르주아 계집애 하나쯤이야 내가 어떻게 주물러 넘기던지 ……."

이깃은 분명코 정평산의 음성이다.

"난 버젓한 플랜이 있거든 …… 낚시에 걸린 고기를 그냥 놓칠 수는 없거든. 적어도 일만 원은 쉽게 빼앗을 자신이 있어 ……."

"어떨지 도로 그 낚시에 걸려들지나 말았으면 좋겠소. 생각들 해 보아요. 왜 무슨 까닭에 놈아네 형제를 매수하고 또 애써 우리와 접근하려는지 …… 배후에 무에 있어요 분명코 ……."

아까 맨 첨 들려오던 그 높고 빠른 음성이다.

"아냐요 그것을 가지고 그렇게 의심하는 건 너무도 인간미가 없는 게 아냐요?"

만길의 음성은 거의 울 듯하다.

"다들 가만있어. 서자경이란 사람도 결국은 계집이니까 …… 하하하 잠깐 사이에 훌륭히 정복할 수 있으니까. 내게 다 맡겨 두어요, 하하하하."

자경은 문이 부서져라 하고 힘껏 열어젖혔다.

방안에 사람들은 뜻밖에 나타난 여인을 보자 몹시도 당황하여졌다.

자경은 구두도 벗지 않고 방안으로 성큼 들어섰다. 그리고 평산의 얼굴을 향하여 침을 탁 뱉고 손바닥으로 보기 좋게 평산의 귓쌈[35]을 내리쳤다.

"또 한 번 지껄여 보아 지금 한 말을! 그래도 선구자냐? 그래도 주의를 말하고 진리를 표방하고? 옜다 일만 원 받아, 자!"

자경은 어깨를 추석거려 웃고

"만 원? 너를 주느니 너 같은 개들을 때려잡는 비용으로 보태 주겠다."

자경은 마루로 나오며

"나 지금 이 길로 가서 고발할 테다. 흉악한 악인이 여기 있더라고 ……."

---

35 귀싸대기. 귀와 뺨의 어름을 낮잡아 이르는 말.

자경은 마당으로 내려서 비조와 같이 대문을 향하여 뛰어나갔다. 그러나 자경이 마당 한복판에 이르자 갑자기

"게 있어!"

하고 호령 소리와 함께 차디찬 큰 손목이 자경의 두 손을 움켜쥔다. 물론 그는 경관이었다.

정평산에게 아래턱을 받쳐 넘겨졌던 C형사는 요행으로 급소를 면하였던지 그는 터벅터벅 뛰어 달아나는 평산의 발소리를 안내 삼아 그도 아래로 향하여 달음질을 쳤다.

멀찌감치 앞서 가는 평산의 뒷모양을 놓치지 않으려고 그는 허둥허둥 골목을 이리 꺾고 저리 돌았다.

이윽고 본정통으로 들어설 때 그의 눈에는 어떤 여자에게서 무엇인지 받아가지고 돌아서는 평산이 비치었다. 여자는 멀리서 보아도 한성 물산 주식회사 사장 오상만의 부인이라는 것을 그의 직업적 상식에서 넉넉히 알 수가 있었다.

평산이 오로라로 들어가는 것을 보자 C형사는 곧 근처 상점으로 들어가서 전화를 걸었다.

평산을 발견하였다는 것과 그리고 응원을 보내라는 말을 간단히 마치고 밖으로 뛰어 나왔을 때 자경은 근처 과잣집으로 들어가는 것이 보였다.

그로부터 거의 한 시간 뒤 C형사 일행이 오로라에서 평산을 놓쳐 버리고 돌아 나올 때다. 다행이라 할까 불행이라 할까 무슨 꾸러미인지 한 옆에 끼고 나오는 자경이 또다시 C형사의 눈에 띄었던 것이다.

이리하여 그들은 위선 자경의 뒤를 밟아보기로 하고 마침내 현저정

놈아네 집까지 추격을 하여 왔던 것이다.

자기 뒤에 사람들이 따르고 있는 것을 눈치 챌 만큼 자경은 아직 한 사람의 주의자까지는 되지 못하였음에도 불구하고 그는 참따랗게 평산의 일당으로 경관대에게 잡히고 만 것이다.

"누구야? 놓아요."

하고 자경은 어둠 속에서 자기의 손목을 비틀어 쥐는 사나이를 향하여 소리를 치고 힘을 다하여 잡힌 손목을 빼려고 하였다. 그러나

"잠잠해."

하는 억센 목소리와 함께 커다란 손바닥이 철썩하고 자경의 뺨을 후려 갈긴다.

"반항하거든 묶어 버려 ……."

하는 소리가 들리면서 회중전등이 두엇 자경의 얼굴을 쏜다.

그러는 사이 방속에는 차고 밀치고 때리고 넘어지고 하는 광경이 마당에 서 있는 자경의 눈에 서부 활극의 한 장면처럼 똑똑하게 보인다.

경관들이 방으로 들어가서 포박이 시작된 것이다.

갑자기

"탕."

하는 총소리가 들리자 수갑을 차고 있던 자경이 비명을 지르며 꺼꾸러졌다.

"이게 우리 냄새를 맡았다. 일러바친 암캐에게 주는 삯이야 하하하 둘째로는 누가 받을 테야?"

처참하게 웃는 정평산의 손에는 언제 어디서 생겼는지 실탄을 재인 듯한 육혈포가 들리어 있다.

범인이 뜻밖에도 굉장한 물건을 가지고 저항하는 것을 보는 경관들은 일순 당황하지 않을 수 없었다.

그러나 그들도 마침내 자기들의 무기를 꺼내들었다.

잠깐 동안 경관대와 젊은이들의 사이에는 죽음을 앞둔 침묵이 지나갔다.

마침내 C형사가 나는 듯이 평산의 오른손을 움켜쥐었다.

그러나 평산의 엄지손가락이 일 초 먼저 육혈포의 방아쇠를 잡아 내렸다.

"쾅."

하는 소리와 함께 C형사도 벌컥 넘어지고 말았다.

이것을 보는 경관대는 함성을 지르며 평산에게로 달려들었다.

팔과 다리에 상처를 입은 평산은 덫에 걸린 맹수처럼 마침내 포박이 되고 말았다.

그 나머지 다섯 남자도 수갑을 찬 채 경관에게 끌려 마당으로 나왔다.

아직도 병색이 완연한 만길이가 자경의 넘어져 있는 곳에서 우뚝 섰다.

"아무 죄가 없습니다. 이 양반은…… 우리와는 아무런 관계가 없는 이야요! 제발 절명되기 전에 병원으로 좀 데려 가서요 네?"

만길은 수갑 찬 주먹으로 눈물을 씻고

"놈아야, 너 어서 가서 서정연 씨 댁에나 오상만 씨 댁에 전화 좀 해라……."

자경은 만길에게 있어 가장 거룩하고 그리고 별 떨기처럼 멀고 깨끗한 사랑의 보좌를 보여준 첨과 마지막의 여인이었다.

들것이 두 개 올라 왔다.

C형사와 자경은 서대문통 어느 병원으로 떠메어 갔다.

전화를 받은 서정연 씨 집에서는 관절염으로 누웠던 자경 어머니와 며칠 전에 동래 해운대에서 올라온 서정연 씨가 뛰어 왔다.

그러나 이미 자경의 사지는 서늘하여지고 그의 광채 있는 두 눈도 돌아가 버리었다.

바다에서 끌려 나온 생선이 아가미를 벌름거리듯이 단지 자경의 뽀얀 목덜미가 괴롭게 벌름거리고 있을 뿐이다.

"의사 양반! 내 딸 좀 살려 주시우……."

하고 자경 어머니가 젊은 의사의 팔을 잡고 늘어졌으나 의사의 얼굴은 흐리었다.

"괜찮습니다. 안심하십시오."

하는 인사말을 기계적으로 되놓는 의사는 또다시 커다란 식염 주사 바늘로 자경의 두 다리에 꽂았다.

한 주발이나 되는 주사액이 거의 다 들어가고 그리고 얼마를 지났다.

자경의 종이와 같이 하얀 입술이 두어 번 달싹거렸다.

"응? 무엇이랬니? 자경아 애야 무어야 응?"

하고 어머니가 딸의 입에다 귀를 대었다.

"동섭 씨!…… 요 용서하세요……."

모기 소리 같은 말소리가 새어 나왔다.

"동섭이? 오냐 동섭이 불러 주마……."

어머니는 피를 토할 듯이 부르짖고

"정신만 차려라 인제 곧 동섭이 온다……."

하고 딸의 목을 껴안는다.

아침은 오건만

달력을 떼던 인애의 손은 문득 멈췄다.

'오늘이 음력으로 구월 보름 그럼 내일이!'

오전에는 유치원, 유치원에서 돌아오면 해가 질 때까지 병원 일, 저녁 후에는 야학! 바쁘고 고달픈 하루하루를 보내는 인애에게는 세월의 가는 것이 문자 그대로 흐르는 듯하였다.

'무엇을 드릴까 무엇으로 내일을 맞을까?'

하루 종일 이일 저일을 하면서도 인애의 맘은 바빴다. 마침내 노방주[36] 석자를 사오는 수밖에 달리 방법이 생각나지 않았다.

수건 양끝을 올을 뽑고 그 뽑아진 올을 어여쁘게 감치고 …… 그것은 인애가 썩 어릴 적 열두 살 때 예수교에서 경영하는 소학교에 다닐 때 수예시간에 배운 바느질이다.

동섭의 생일도 지나고 나면 으쓱 추워지는 첫겨울이 오고 그러노라면 동섭은 왕진 갈 때나 다른 외출할 때 외투 깃 속에 바쳐 쓸 수 있으리라는 것을 생각하고 노방주 수건을 생각한 것이지만.

야학을 마치고 돌아와 전등 아래에서 수건을 펼쳐 놓자 인애는 이 선물

---

36 중국산 명주(明紬)의 하나.

이 자기가 그렇게 존경하는 그이에게 드리기에는 너무나 초라하고 또 몹시도 구식인 것 같아서 그의 맘은 약간 우울하지 않을 수 없었다.

밤은 몇 시나 되었는지 바늘을 쥔 인애의 눈에는 청진기를 귀에 걸친 채 바쁘게 처방지를 쓰고 있는 동섭의 뒷모양이 나타났다 사라지고 사라졌다 나타나고 …… 그러는 사이 수건은 벌써 절반 넘어 바느질이 되었다.

"문을 열어 주세요."

하는 나지막한 소리는 분명코 사립문 밖에서 들리는 것이다.

인애는 바느질감을 든 채 귀를 기울였다.

"다들 주무시우, 문 좀 열어주 ……."

하고 판장문을 찌걱찌걱 미는 소리가 난다.

"누구서요?"

인애는 방문을 열고 마루로 나왔다.

"나야요. 어여 문 좀 열어 주어요."

목소리의 주인이 여자라는 것을 알게 되자 인애는 위선 안심을 하고 신을 끌고 마당으로 내려와 사립문 고리를 벗겼다.

"주무시는데 미안합니다."

하고 들어오는 사람은 뜻밖에도 오꾸마였다.

"아직 안 자고 있습니다. 어여 들어가세요."

인애는 반갑게 오꾸마를 맞아 방으로 들어갔다. 한 손에 들고 있던 가방도 윗목에 내려놓고 오꾸마는 인애를 보고 방그레 웃으며

"나 인애 씰 일부러 찾아 왔다누 …… 오늘 밤 조선을 떠나가는 길인데 인애 씨에게 부탁할 말이 있어서 ……."

"조선을 떠나시다니요?"

돌연한 선언에 인애는 적이 놀랐다.

"그럼 뭐 내가 아주 조선에 살러 온 겐가 ……."

오꾸마는 놀라는 인애를 바라보고 깔깔거리고 웃으며 다갈색 방문복 아래 입은 같은 빛의 양말을 신은 다리를 한 옆으로 모으고 방바닥에 털썩 주저앉는다. 그가 어떻게 고야 부장을 자기 침실에 남겨 놓은 채 옆방으로 나와서 숙마줄을 붙잡고 담벼락을 붙어 내려왔다는 사실을 이야기 한다면 이 죄 없는 처녀가 얼마나 놀랄 것인가 생각해 보니 저절로 웃음이 나온 것이다. 이윽고 웃음을 거둔 오꾸마는 무엇 때문인지 왼편 팔뚝에 끼인 순금 팔목걸이를 빼어 인애 앞에 내밀며

"이 속에 사진이 들어 있는데 …… 좀 자세히 보아요. 그게 내 딸이이야요. 내 딸 송이야요. 올해 열 살 난 ……."

"따님이야요?"

인애는 오꾸마의 말을 되받으면서 뚜껑이 열려 있는 동그란 테 속에 들어있는 조그마한 사진을 들여다보았다.

"난 지금 비상한 위험을 무릅쓰고 조선을 탈출하려고 나선 길입니다 …… 하지만 중간에서 어떻게 될 지 알 수 있나요? 내 뒤엔 방금 경관이 추격하고 있으니까 ……."

"…… ?"

인애는 점점 눈만 크게 떴을 뿐 그는 무어라고 오꾸마에게 건넬 일이 생각이 나지 않는다.

"그래서 말요 내가 만약에 중간에서 잡힌다든지 혹은 죽어 버리든지 하거든 송이를 좀 맡아달란 말입니다 …… 처녀인 인애 씨가 혼자서 그

런 짐을 지라는 건 아니고 …… 불원간 동섭 씨와 결혼식을 거행하게 될 줄 아니까요. 그땐 송이를 두 분의 양녀로 길러 주시지 …… 편리한 방침을 생각해 보시고 ……."

오꾸마는 호르르 한숨을 내쉬고 옆에 적은 가방을 가리키며

"이 속에는 내 딸 송이와 내 아우 일남이와 같은 고아들을 양육해 갈 만한 자금이 들어 있으니까 …… 동섭 씨를 직접 찾아보고 부탁을 해 볼까도 했지만 거기는 병원이고 도리어 이목이 번잡할 것 같아서 …… 인애 씨를 찾은 것입니다."

"두 분이 부디 결혼하셔서 행복 되게 사셔요. 그리고 이 돈을 가지고 무어든지 이 사회에 유익하도록만 잘 써 주셔요. 오꾸마는 죽어도 한이 없을 것입니다."

말을 마치고 벌떡 일어서는 오꾸마는 벽에 걸린 인애의 검정치마와 흰 저고리를 보자

"이건 내가 빌릴 텐데 용서하셔요 ……."

오꾸마는 돌아서서 양복을 벗고 인애의 치마저고리를 바꾸어 입는다.

"이 속에 아이의 주소도 있고 누가 데리고 있는 것도 다 있으니까요 …… 그럼 부디 ……."

오꾸마는 인애 앞에 한 손을 내민다. 인애는 최면술에 걸린 듯이 잠자코 손을 내밀었다.

"참 이건 오꾸마란 여인이 지나갔다는 기념으로 받아 두셔요."
하고 오꾸마는 큰 콩알만 한 금장식이 박힌 반지를 빼어 인애의 손가락에 끼워 주고

"동섭 씨에게 결혼반지를 받더라도 이것을 버리지 말아 주셔요."

인애가 무어라고 말을 하려는 때 오꾸마는 레인코트를 한 팔에 걸치고 모자를 집어 들고는 황황히 나가 버렸다.

오로라 삼 층에서 교묘하게 빠져 나온 오꾸마는 대담하게도 부하 S가 기다리고 있는 자동차까지 걸어갔다.

그는 곧 S의 모자와 레인코트를 벗겨 가지고 불이 꺼진 자동차 속에서 날쌔게 덧입어 버렸다.

오꾸마는 단독으로 자동차를 몰아 인천으로 달려갔다. S의 말대로 하면 인천 월미도에서 목선이 기다리고 있어야 할 것이다.

그러나 손님을 모시러가는 젊은 운전수처럼 오꾸마는 차를 몰아 월미도 다리를 한 바퀴 돌았건만 목선은 나무 조각도 눈에 뜨이지 않는다.

달은 유난히 밝아 산산한 밤바람이 불어오는 바닷물은 그림과 같이 고요할 뿐이다.

목선을 가지고 기다리던 사람은 오꾸마가 도착하기 십 분 전에 행순하던 순사에게 미주알고주알 힐문을 당한 뒤에 월미도 서편 산기슭으로 배를 갖다 놓고 어슬렁어슬렁 요지로 올라와 오꾸마 같은 사람만 찾고 있었지만 오꾸마는 그런 것은 알 까닭이 없었다. 본래 부하 A와 S가 선유하는 배처럼 월미도 다리 아래서 기다리게 하는 편이 낫다고 우기는 바람에 그대로 승낙하였던 것을 후회하여 보았으나 오꾸마는 지금 어찌 할 도리가 없는 것이다.

패검한 순사가 여기저기 서 있는 것을 달빛 아래서 보는 오꾸마는 드디어 최후의 결심을 하지 않으면 안 되게 되었다.

오꾸마가 오로라를 벗어 나간 지 십 분이 못 되어 수사망은 경성을 중심으로 근방에 뻗치고 그리고 한 시간 내에 조선 전도 일본 내지까지 뻗쳐졌다. 전화로 더욱이 국경 방면에는 무선 전신으로 물샐 틈 없는 경계가 나는 새라도 어쩔 수 없이 엄중하게 되어 버린 것이다.

'질 그릇같이 부딪쳐 …… 그리고 깨어진다.'

죽음이라는 마지막 코스가 자기 앞에 놓여 있는 것을 생각한 오꾸마의 입술에는 차디찬 미소가 흘러갔다.

'송이를 어찌 할까. 그리고 일남이도 가없고 …….'

그의 눈에는 또한 앞에 놓인 적은 가방도 비치었다.

'가련한 고아들을 맡아 줄 사람! 그리고 이 돈을 가장 유효하게 써 줄 사람! 그는 유동섭이다!'

하고 부르짖은 오꾸마는 곧 자동차를 몰아 실비치료원을 향하려 하였으나 만일의 경우에 그는 화를 동섭이에까지 미치게 하고 싶지는 않다.

'인애를 찾자! 인애에게 이 돈을 부탁하면 곧 동섭이에게로 갈 것이다.'

생각을 하고 그는 그 길로 인애가 머물고 있는 차돌이 형제가 살던 집으로 갔던 것이다.

인애에게 무사히 돈을 맡기고 나온 오꾸마는 심신이 가뿐하였다.

'인젠 잡혀 봤자 과히 애석할 것도 없고 …….'

오꾸마는 훨씬 여유 있는 기분으로 자동차에 올라 상인천 정거장으로 나와 일로 경성을 향하였다.

'한강까지만 가게 되면 좋으련만 …….'

오꾸마는 한강 하류에 목선이 두 척 기다리고 있을 것을 생각하고 그는 자동차에 전속력을 놓았다.

레인코트에 남자 모자를 쓴 오꾸마의 코밑에는 언제 자랐던지 채플린 수염이 참따랗게 달려 있어 누가 보아도 삼십대의 미남자로 볼 것이다.

오류장 부근까지 올 때다. 정거장 쪽에서 두 대의 자동차가 오꾸마의 차를 가로 막더니

"정거해."

하고 호령 소리가 이 차 저 차에서 들려온다. 수사망에 걸린 것이다. 채플린 수염의 미남자는 운전대에서 빙그레 웃고 차를 정거시킬 듯이 속력을 늦추었다.

오륙 인의 경관이 앞뒤로 에우며

"내려 이리 나와!"

하고 운전대 창문에 손을 대려는 찰나다. 갑자기 채플린 수염이 탄 차는 미친 듯이 속력을 놓아 달아나버렸다.

"기다려!"

하며 경관들도 차에 올라탔으나 여섯 사람이 타고 속력을 낼 동안 앞에 가는 차는 벌써 이백 미돌이나 거리가 생기고 말았다.

"사내였지?"

"응 사내였어. 미남자던걸."

"왜 달아날까?"

"좌우간 심상한 놈은 아냐."

경관들은 이런 말을 주고받으며 수상한 자동차의 뒤를 추격하는 것이다.

영등포에서 북으로 꺾인 때 앞선 자동차는 까맣게 멀어졌다. 경관들은 초조하여졌다. 선속력을 낼 대로 내어 날려가는 경관들의 눈에 채플린 수염의 차가 한강 철교를 향하여 달려가는 것이 보였다.

웬일인지 채플린 수염이 탄 차가 한강 인도교 한가운데쯤 가더니 우

뚝 서버린다.

달은 그 사이 구름 속에 가리었는지 인도교는 능란한 목화처럼 어둡고 장엄할 뿐이다. 자동차 속에서 나온 사나이는 눈이 부시게 쏟아져 나오는 헤드라이트를 배경으로 이쪽을 향하여 반가운 듯이 두어 번 손을 흔들어 보이고 모자를 벗고 레인코트를 벗고 마지막엔 코앞에 달린 수염까지 떼어 버렸다. 마치 익숙한 마네킹처럼 뱅긋 웃고 고개를 숙여 보이는 것은 검정치마 흰 저고리 분명코 젊은 여자가 아니냐.

여자는 비조와 같이 몸을 날려 인도교 난간으로 뛰어 오르자 가벼운 공이 네트를 넘어 가듯이 살짝 철교 아래로 떨어졌다. 자동차에서 나와 강물에 떨어지기까지 불과 삼십 초의 짧은 시간이었다.

"게 있어!"

경관들은 소리소리 지르며 쫓아갔으나 만사는 휴의다.

그들은 회중전등으로 강물을 비쳐 보았으나 밤빛에 시커먼 물은 영원의 침묵인 듯 방금 사람이 빠진 흔적도 없이 아래로 아래로 흘러만 가는 것이다.

경관들은 주인 없는 자동차 속을 들여다보았다. 운전대에는 조그마한 종이쪽이 떨어져 있다.

'수고를 끼쳐 드려 미안합니다. 저 자신 이렇게 청산하여 버리오니 조량[37]하시오. 오꾸마.'

뜻밖에도 오꾸마의 심방을 받은 인애에게는 모든 것이 꿈이었다.

가슴이 터질 듯한 흥분을 느끼면서도 오꾸마에겐 단 한 마디 말을 건

---

37 사정(事情)을 살펴서 밝혀 앎.

네 보지 못한 채 오꾸마를 놓쳐 버린 사실이 여전히 가위에 눌린 것 같이 답답하고 기가 막힐 뿐이다.

그보다도 손가락에 끼인 반지! 전등 아래 번득이고 누워 있는 순금 팔뚝 고리! 그리고 분명히 돈이 들어 있다고 일러주고 간 적은 가방.

'도대체 이게 다 무어야.'

인애는 가죽고리가 달려 있는 조그마한 열쇠로 가방 뚜껑을 열어 보았다. 순간 인애의 등어리에는 선뜩하고 찬 기운이 지나갔다.

얼마인지는 알 수 없으되 엄청나게 많은 돈이다. 경관을 피하여 달아나는 오꾸마와 그리고 굉장히 많은 이 돈을 어떻게 해석해야 옳으냐.

'도적질한 돈을 경관이 쫓아오니까 처분에 곤란하여 여기다 두고 갔다?'

인애의 제 육감은 영락없이 들어맞는 것이로되 그는 예전 공사장에 총동맹 파업이 일어났을 때 삼백 원의 후원금을 보내주던 그 여장부 오꾸마를 가볍게 도적으로 돌려 버리기도 싫었다.

좌우간 돈과 경관과! 인애에게는 커다란 의문이 아닐 수 없다.

시계는 이제 열한 시 십 분! 동섭은 지금 곤한 몸을 자리에 누이고 잠이 들었을는지도 모른다.

그러나 인애는 내일 아침까지 이 무서운 사실을 혼자서만 알고 지내 갈 능력은 조금도 없는 것이다. 그는 돈 가방과 패물을 위선 이불 속으로 밀어 넣어 두고 그리고 마루로 나왔다. 건너 방에는 이석 어머니의 코고는 소리가 낭자하다.

달빛을 밟고 비탈길을 내려설 때 어느 모퉁이에서 경관이 기다리고 섰을 것 같아서 인애는 흠칫하고 서버리곤 하였다.

병원에는 아직도 현관문은 걸리지 않았다. 지금 막 의학 강습이 끝이 난 모양이다.

일주일에 세 번씩 여는 강습회에는 십여 명의 젊은이들이 출석을 하는데 그중에는 오꾸마의 동생 차돌이도 섞여 있는 것이다. 그들은 열 시 반까지 강의를 받는 것이 규칙이었다. 대게는 열한 시가 넘도록 질문도 하고 이야기도 하여 좀처럼 돌아가지 않는 풍속이 지난여름부터 생겨난 것이 아직도 그냥 그대로 끌려오는 모양이다. 사람들을 다 보내고 잘 차비를 하려던 동섭은 전에 없이 밤늦게 찾아온 인애를 눈이 동그래서 맞아 들였다.

"저 좀 드릴 얘기가 있어서 왔어요."

하고 웃으려는 인애의 얼굴에는 심상치 않은 흥분과 긴장이 서리어 있다.

"자 앉으서요."

동섭은 위선 인애를 자리에 앉히려는 것을 인애는 이석이를 피하여 동섭을 데리고 진찰실로 왔다. 인애는 오꾸마가 찾아 왔더란 말과 돈과 패물 이야기를 다 했다.

오꾸마의 딸 송이를 맡아 달라더란 말을 듣자 동섭은

"그 양반이 딸이 있었던가?"

혼잣말 같이 하고 눈을 지그시 감는다.

"오꾸마란 이의 일은 나도 전부터 대강 알고 있으니까요. 내가 그토록 처리할 테니 내게 맡겨 두시오."

하고 동섭은 꺼칠한 머리를 한 손으로 쓸어 넘기며 가만히 한숨을 삼킨다.

"그런데 아이참 우스워서 ……."

인애는 갑자기 얼굴이 붉어졌다. 그리고는 아무런 할 말도 없는 듯이 바람벽을 바라본다. 오꾸마가 자기네 두 사람을 결혼하라고 권하더란 말을 어떻게 차마 부끄러워 할 수가 있을까.

"인애 씨."

동섭은 웃지도 않고 인애를 나지막이 불렀다.

"네?"

"오꾸마가 어디서 어떻게 돈을 구했는지 건 나도 모르겠습니다 ……
그러나 그가 최후로 그 돈과 또 사랑하는 딸을 인애 씨와 내게 다 맡기고
간 것을 생각할 때 나는 한 번 더 내 자신을 돌아보지 않으면 안 되겠다
는 생각이 듭니다. 그가 악인이든지 선인이든지 간에 그 최후의 말을 내
가 들어주리라는 신임을 내가 받을 수 있는가 말입니다 …… 인애 씨!"

"……."

동섭과 인애는 잠잠하였다. 구월 보름달이 방금 던진 공처럼 창으로
날아 들어올 듯이 또렷하다.

"인애 씨!"

동섭은 후르르 한숨을 뿜으며

"벌써 일 년이 넘었습니다. 우리가 이 조그마한 병원을 시작한 지가
그러나 나는 그동안 무엇을 하였습니까. 찾아오는 환자에게 약 첩이나
지어주고 …… 피나 고름을 씻어 주고 …… 인애 씨! 나는 무엇을 한다
고 일 년 동안 당신을 이 괴롭고 쓸쓸한 곳에다 붙들어 놓고 …… 생각
하면 나라는 사람도 일종의 ……."

"아이 왜 그런 말씀을 하세요?"

인애는 손바닥으로 동섭의 입을 막을 듯이 자리에서 벌떡 일어서며

"그럼 제가 이제는 필요가 없단 말씀입니까? 네? 선생님 전 아무 하는
것도 없이 성만 가시러 드리고 ……."

인애의 음성은 거의 울 듯하게 떨리기 시작한다.

"선생님 전 여기올 때부터 그렇게 결심하고 왔습니다만 평생토록 선생님의 곁을 떠나지 않겠어요 …… 떠나서는 살 수가 없을 것 같아요."

인애는 흥분해서 부르짖고 손수건을 눈에 대이고 흐덕 흐덕 느끼기 시작하였다.

"인애 씨! 인애 씨!"

동섭은 벌떡 일어나서 두 팔로 인애의 어깨 등을 안았다.

"제가 한 말이 기분을 상해드렸으면 용서 하세요 네?"

"인애 씨! 언제까지나 우리는 함께 있어서 적은 힘이나마 모아 봅시다 네? 인애!"

동섭의 입술이 인애의 상기된 뺨에 스치려는 순간이다. 따르르 하고 전화가 운다.

"장거리 전화에요. 경성 서대문 병원에서 한다고요. 유 선생님 속히 나오세요."

하고 외치는 것은 이석이다.

동섭은 진찰실에서 나와서 수화기를 받아 들었다.

"네, 유동섭이 올시다. 네? 서자경 씨가 위독? ……."

동섭의 음성은 갑자기 높아진다.

"아주 절망이란 말입니까?"

동섭은 잠깐 말을 끊고 섰다가

"그대로 무슨 방침이 있을까요? 출혈 때문이라면 수혈을 하는 게 어떻겠습니까? …… 설비 완전한 병원으로 옮겨서라도 …… 네 아무쪼록 그렇게 해 주십시오. 지금 곧 가겠습니다."

진찰실에서 전화 소리를 듣고 앉아 있는 인애는 그 전화의 골자가 무엇인지 즉석에서 깨닫자 그의 가슴은 쫓겨 온 것처럼 우르르 떨리기 시작하였다.

　"자경이 위독하다 아주 절망이란 말입니까?"

하고 외치는 동섭의 음성은 곧 한 개의 어여쁜 원수가 영원히 지상에서 사라진다는 보고가 아니냐.

　인애의 입가에는 일순 쓰디쓴 조롱의 미소가 흘러갔다.

　'죽으면 죽는 것이지 동섭 씨는 왜 찾는 게야 ……'

　이렇게 중얼거려 보자 도대체 자경이란 계집애는 어디까지 얼굴이 두꺼운 인간인가 싶어 인애는 맘속으로 멸시하고 업신여겼다.

　그러나 그담 순간 인애는 고개를 떨어뜨리고 말았다.

　'자경은 동섭 씨를 참으로 사랑했구나.'

하고 외치는 소리가 인애의 가슴 한복판에서 울려온 까닭이다.

　이미 다른 남자와 결혼을 하고 그리고 아이까지 낳은 자경이 아직도 동섭을 생각하고 있다?

　죽음이란 모든 현실을 청산하는 순간에 이르러 그 진실을 폭로하는 자경의 사랑은 얼마나 간절하고 참된 것이냐. 인애의 가슴 속에는 공포에 가까운 질투가 바늘을 삼킨 때처럼 괴롭게 할퀴기 시작하였다.

　"중상을 당했다는데 …… 출혈이 심해서 못 건질 것 같다는군요 …… 난 곧 가보아야 하겠습니다."

　동섭은 시계를 꺼내 보더니

　"그럼 인애 씬 올라가서 주무시죠 ……."

하고 당황스럽게 현관으로 뛰어 나간다.

"지금 차가 있으려고요?"

하고 인애가 뒤에서 한 마디 던졌으나

"차 없으면 자동차 타죠."

반달음질로 뛰어 나가는 동섭의 뒷모양을 쏘아 보던 인애는

'그래도 죽는다니까 저렇게 허둥거린다니까 ……'

하고 입속으로 중얼거려보자 평소에는 대게 점잖고 꿋꿋하게 보이던 동섭이가 이 순간만은 하잘 것 없게 불량 청년처럼 천박하게까지 보이는 것을 어찌할 수 없다.

동섭의 발소리가 차츰 멀어지자 인애는 갑자기 자기 혼자 떨어진 듯한 적막이 온몸을 엄습하는 듯하여 그는 소리가 나게 현관문을 열어젖히고 밖으로 뛰어나왔다.

이석이 어머니가 잠이 들어있는 초라한 자기 숙소에는 달빛만 가득이 뜰아래 찾을 뿐 죽음과 같은 적막이 그를 기다리고 있을 뿐이다.

방으로 들어온 인애는 이불 속으로 한 손을 넣어보자 조금 전에 오꾸마가 갖다 두고 간 적은 가방이 만져지고 팔목걸이와 반지도 여전히 그대로 숨어 있다.

인애는 자리를 펴고 누웠으나 이날 저녁에 받은 커다란 정신적 충동이 쉽사리 그에게 잠을 허락하지 않는다.

'오꾸마, 자경.'

인애에게는 이 두 여인이 다 같이 무섭고 그리고 정체를 알 수 없는 여인들이다.

모두 인애 자신보다 어여쁘고 그리고 다 같이 동섭과 무슨 정신적 연락이 있는 것 같고 …… 그러한 여인들의 신변에 꼭 같이 이 밤에 붉은

신호가 내렸으니 하나는 탈주 하나는 죽음.

좌우간 기이하고 맹랑한 일이다.

인애는 두 시가 넘어서야 혼곤히 잠이 들었다. 그러나 아침 여섯 시가 될락 말락 해서 엷은 졸음에서 놀라 깨었다.

아직 해는 돋지 아니하였으나 벌써 밤은 활짝 새었다.

밖으로 나와 세수를 마치고 머리를 빗은 인애의 맘속에도 밤은 새인 모양이다. 그는 어떤 회오의 채찍에 몰리듯 바쁘게 인천역으로 나갔다.

총총히 발길을 옮겨놓는 인애는 어젯밤과는 아주 다른 맘의 고통에 사로잡히고 만 것이다.

'자경, 죽지 말고 살아나요.'

차에 오른 인애는 이렇게 속으로 중얼거리면서도 자기의 이 말이 어떤 의식으로 인사로 하는 말처럼 자기 귀에 공허하게 들리는 것이 한없이 안타까웠다.

'한 사람이 한 사람의 생명을 저주할 권리가 있을까? 있을까?'

인애는 지방한 결심을 가지고 차에서 내려 서대문 병원을 향하였다.

'비록 숨이 끊어진 시체가 되어 있을지라도 자경과 풀리라…….'

생각하면서도 인애는 자경에게 맺힌 원한을 이 죽음이란 마지막 골에서 비로소 풀려고 드는 자신이 너무도 인색하고 경박한 것 같아서 그는 병원이 가까워 올수록 그의 맘은 차츰 혼란하여 지는 것이다.

서대문 병원에는 자경은 있지 아니하였다. 어젯밤 대학병원으로 옮겼다는 것이다.

인애는 다시 전차에 올라 대학병원으로 행하면서도

'과연 나는 자경과 화친하러 가는 거냐. 그보다도 자경이 참따랗게 숨

이 끊어진 것을 목도하러 가는 것이 아닐까?'

인애의 양심은 날카로운 비수보다 오히려 더 잔인하게 인애의 맘과 행동을 해부하려 드는 것이다.

인애는 바작바작 진땀이 솟는 이마를 손수건으로 씻으며 자경의 병실로 들어섰을 때 침대 곁에 다 죽은 얼굴을 하고 앉아 있는 자경 어머니의 주름살 잡힌 얼굴이 맨 먼저 눈에 비쳤다.

서 사장, 간호부 그리고 침대에 누운 자경의 시체같이 희고 푸른 얼굴이 보였다.

동섭은 어디 갔을까? 도어가 빼꼼히 열린 다음 방에서 가운을 입은 의사와 함께 무슨 액체가 들어있는 시험관을 들고 눈살을 찌푸리는 동섭의 얼굴도 몹시 창백하다.

인애는 자기를 알은 채 하고 입이 비죽비죽 하여지는 자경 어머니의 곁으로 갔으나 가슴만 뻐근할 뿐 도무지 무어라고 적당한 말이 생각이 나지 않는다.

굉장히 뚱뚱하게 살이 찐 간호부가 새로 넣은 얼음주머니를 바꾸어 댈 때다.

죽은 듯이 눈을 감고 누웠던 자경이 갑자기

"웩 웩."

하고 구토질을 시작한다. 속에서 아무 것도 나오는 건 없으나 창자를 비트는 듯한 괴로운 구역이 한참 동안 계속 되었다.

"아가 자경아 아이고 어떡하니?"

자경 어머니는 딸의 어깨를 붙잡으려 한다.

"가만 두세요."

하고 간호부가 자경의 어머니의 팔을 잡았다. 옆에 방에서 동섭이가 나오며 뒤따라 나오는 T박사를 돌아보고

"아직도 부작용이 멎지를 않는 모양이죠?"

하고 눈썹을 찌푸렸다.

"글쎄요 지금쯤은 멎을 때도 됐는데 ……."

하고 T박사는 자경의 손목을 잡고 맥박을 해본다.

동섭이가 간밤에 인천서 올라올 때는 밤 열두 시 반이 조금 넘었을 때다.

동섭이 올라와서 비로소 자경은 대학병원으로 옮겨지고 그럭저럭 새로 한 시가 되어서야 T박사의 진찰을 받게 되었다.

탄환은 오른편 어깨를 뚫고 나간 흔적이 완연함으로 새로 수술할 필요는 없었으나 출혈이 심했던 관계로 T박사의 고개는 외로만 흔들어졌다.

"지금 한 가지 방법은 수혈인데 …… 수혈을 한다고 반드시 살아나리라고는 단언할 수 없어요."

T박사는 주위의 사람이 듣지 않도록 독일 말로 동섭에게 간단히 선고를 내렸다.

동섭은 핑 돌아가는 머릿속을 붙잡을 듯이 한 손을 이마에 대인 채

"좌우간 수혈이나 해 보십시다 네? 선생님 죽고 사는 것은 나중 문제고 …… 위선 최선의 방법을 취해 보십시다."

하고 동섭이 우기다시피 애원을 했으나

"글쎄 환자의 피와 맞는 피를 구하려고 지금 검사를 할 여유는 없으니까요. 그럼 아무 피라도 할 수밖에 없는데! 그게 부작용이 겁이 난단 말요."

하고 T박사는 머리를 긁는다.

"어차피 죽을 바엔 부작용이 일어난다면 상관있습니까?"

T박사는 고개를 끄덕이고

"그럼 연만[38]하셨지만 부모의 피가 제일 가까울 테니 두 분 중의 어느 분이든지!"

하고 서 사장 내외를 돌아본다.

"안 될 겁니다. 노인들은 너무 노쇠해서!"

동섭은 서 사장이 중년에 매독의 전염을 받고 가끔 의사의 치료를 받은 일이 생각이 났다.

자경 아버지의 피가 불결하면 물론 자경 어머니의 피도 더러워졌을 것이다.

동섭은 무어라고 T박사에게 한 마디 소곤거리고는

"내 피를 뽑지요 선생님 전 건강합니다. 한 이삼백 그램 뽑아 보시지요."

하고 동섭은 정맥이 불끈 솟은 왼편 팔뚝을 걷어붙였다.

T박사 외에 두 사람의 의사와 또 두 사람의 간호부가 수혈할 준비를 마친 뒤 동섭의 팔뚝에서 뽑혀 나오는 선혈은 자경의 혈관을 거쳐 그의 심장으로 빨려 들어갔다.

이백 그램의 피가 들어간 지 불과 이삼 분이 지나지 못해서 자경의 입술에는 약간 혈색이 도는 듯하였다.

그러나 수혈된 지 십 분도 못 되어 자경은 전신을 떨며 열이 삼십구 도까지 올라가더니 구토질을 시작하는 것이다. 물론 수혈 직후에 오는 부작용이었지만 자경은 웬일인지 일정한 시간이 지났는데도 좀처럼 그치지 않는 것을 보면 동섭의 피가 자경의 피와 맞지 않는다는 슬픈 증거

---

[38] 나이가 아주 많음.

가 아닐 수 없다. 날이 샐 무렵에 T박사는 동섭의 피를 본격적으로 시험하기 시작하였다.

1, 5% 되는 구연산소다, 생리적 식염수 용액 2그램을 담은 시험관에다 동섭의 귀뿌리에서 뽑은 피 두어 방울을 떨어뜨렸다. 학술적 모든 순서를 밟고 그리고 십오 분을 지나서 응집판에 나타난 것은 음성이요 또한 AB형이다. 그러나 같은 방법으로 시험한 자경의 피는 A다. 아무리 동섭의 체질이 건강하다 할지라도 그의 피는 자경의 피와 맞을 수는 없는 것이다.

조금 전에 인애가 들어온 때 J박사의 손에 들리어 있던 시험관 속에는 뚱뚱보 간호부의 피가 들어있었던 것이다. 그러나 간호부의 피는 B형이었다. 자경의 피가 A형인 이상 A나 O가 적당하건만 갑자기 어디서 그 A와 O가 나타날 것이냐.

대학병원에 수혈하는 피를 파는 대학생은 두 사람이 다 O형이다. 그러나 공교롭게도 하나는 수일 전에 급한 일로 시골 본집으로 갔고 또 한 사람은 방금 감기로 누워 앓는다는 것이다.

아침 햇살은 창틈으로 기어들어 가늘게 경련이 일고 있는 자경의 하얀 얼굴을 선명하게 비치어 준다.

마치 죽음의 손이 자경의 덜미를 붙잡았다는 것을 알리는 듯이 사람들은 잠잠하였다.

"선생님 저 피라도 한 번 더 넣어 보시죠, 네?"
하고 동섭은 두 손을 모은 채 J박사에게 간청을 하였으나
"지금엔 A 이외엔 할 수 없습니다. 부작용이 더 위험하니까요."
하고 박사는 다음 방으로 들어가 버린다.

갑자기 자경 어머니가

"나부터 먼저 죽을 테야!"

버럭 소리를 지르고 교의에서 굴러 떨어졌다.

"이러시면 안 됩니다."

하고 동섭이 자경 어머니를 안아 일으킬 동안 인애는 사뿐 일어나서 T
박사가 들어간 방으로 갔다.

"선생님! 저 저의 피, 피를 한 번 넣어 보십시오. 전 전 A형입니다."

인애는 쫓겨 온 사람처럼 가쁜 호흡과 함께 겨우 말을 마치고 비실비
실 벽으로 가서 기대선다.

"당신이 A형이오? 언제 실험해 보셨소?"

하고 T박사가 반가워 부르짖는데 인애는 잠자코 고개만 끄덕였다. 그
의 이마에서는 굵다란 땀방울이 내솟았다.

동섭을 부르는 T박사의 음성은 마치 먼 곳에서 들려오는 것처럼 인애
의 귀는 멍멍할 뿐이다.

"이분의 피가 A형이라는데 속히 수혈을 해 봅시다."

하고 T박사는 손수 알코올 면으로 인애의 팔을 닦기 시작한다.

인애는 싸늘한 촉감을 왼편 팔뚝에 느끼면서도 그는 맘속에 일어난
무서운 투쟁을 지그시 들여다보고 있는 것이다.

'내가 차라리 인천서 올라오지 않았던들 ……'

사실 인애는 이 병원을 들어올 때까지 자경의 병실에 한 발을 들여놓
는 순간까지도 그는 한 개의 청교도였던 것이다.

'너희가 땅에서 풀면 하늘에서 풀 것이요 땅에서 매면 하늘에서도 매
리라.'

한 그리스도의 성훈은 인애로 하여금 자경이 이렇게 급히 죽을 줄 알았다면 왜 좀 더 일찍이 풀지 못 하였던고 하는 후회를 자아내었다.

그러나 병실로 들어온 지 얼마 안 되어 동섭의 피가 자경에게 수혈되었다는 사실을 알게 되는 순간 인애 맘에는 선풍이 불기 시작한 것이다.

자경이 위독하다는 기별을 듣자 선불 맞은 호랑이처럼 단번에 뛰어올라온 동섭이가 자기의 피를 뽑아 자경에게 주었다?

그토록 사랑하였던가? 그토록 살리고 싶었던가?

인애는 당장에 자리를 차고 나가버리고 싶었다. 질투는 인애의 모든 교양과 신앙에서 오는 절제심에 커다란 공격의 진을 펴기 시작한 것이다.

'그만하면 알겠다.'

그 음분하고 방종하고 그리고 신의 없는 여인을 위하여 피를 뽑은 동섭은 신경도 없고 자존심도 가지지 못한 한 개의 로봇이 아니냐.

"내 피라도 한 번 더 넣어 보시죠 네? 선생님!"

하고 애원하는 동섭의 꼴이 마치 길바닥에서

"한 푼만 적선합쇼."

하고 구걸하는 아편쟁이같이 비천하게 보이는 것이다.

"안 됩니다. 부작용이 무서우니까요."

하고 대답하는 T박사의 음성은 질투에 타고 있는 인애의 가슴에 청량음료와 같이 시원하고 상쾌하였다.

그러나 그 다음 찰나

"A형이라야 합니다."

하고 옆에 방으로 가버린 T박사의 말소리는 인애의 두 귀를 잉 하고 소리가 나도록 아프게 때리는 것이었다.

'A형! A형!'

하고 입속으로 뇌보는 인애는

'그러면 내 피를 달란 말인가? 흥 어림없다.'

그가 작년 여름 자경의 별장에서 자경과 같이 묵고 있을 때 갑자기 어머니의 위독하단 기별을 받고 서울로 올라온 밤이다. 그 무서운 폭풍우 밤에 상만은 슬쩍 나간 채 소식이 없고 …… 자기는 의사에게 졸라 자기 피를 어머니에게 넣자고 졸랐던 것이다.

그러나 의사는 그럴 필요는 없다 하고 돌아간 이튿날 인애가 어머니의 약을 가지러 ×××병원으로 갔던 때이다.

"아마 당신의 피는 A형일 것 같은데 …… 어디 내 짐작이 맞는지 봅시다."

하고 의사는 인애의 귀뿌리에서 몇 방울의 피를 뽑아 갔다. 그리고 그 다음날 의사는 빙그레 웃으며

"인애 씨 같이 체격이 호리호리하게 생긴 이는 대게 A형이 많은 모양이야 …… 당신도 A야요."

하던 말을 기억하고 있는 때문이다.

'누구 좋아하라고 내 피를 뽑아 주어?'

하고 인애는 침대에 누운 자경과 그리고 평소에 침착은 어디로 갔는지 어쩔 줄 모르는 동섭을 흘겨보았다.

그러나 허둥거리는 것은 인애 자신이었다.

'너는 사람이 죽는 것을 보고도 그냥 못 본 채 하려느냐? 그래도 너는 불행한 사람들을 위하여 실비치료원에서 일생을 마친다 하느냐?'

인애의 날카로운 양심은 드디어 인애의 거칠어지는 감정을 재판하기 시작하는 것이다.

인애는 맘속으로 소리를 질렀다.

'이 사람은 오히려 이렇게 그 사랑하는 사람의 손에서 죽는 것이 오히려 나을 것이다.'

하고 말똥말똥 쳐다보는 양심의 머리빡을 짓눌러 보았다. 정말 인애는 자신이 만약에 자경의 경우에 있다면 자기를 살리려고 덤비는 사람들이 결단코 고맙지 않을 것이라고 단정하였다.

'동섭의 피까지 넣어 보았겠다, 더 바랄 것이 무어 있어?'

이 경우에 자경은 오히려 행복스러운 여인이라고까지 인애는 생각해 보았다. 그러나 인애의 싸늘한 눈에는 자경의 침대 곁에 앉아 있는 자경 어머니가 비치었다.

그 시원스럽게 넓은 이마, 큼직한 입, 뚱뚱한 몸맵시는 어느덧 머리가 하얗게 세고 두 볼이 훌쭉 들어간 착하디착한 인애 어머니로 보이는 것이다.

그리고 침대에 누워 있는 자경은 바로 인애 자신으로 비치어졌다. 환각은 일 초 동안에 사라졌다. 그러나 그 일 초는 진실로 인애에게 있어 또한 자경에게 있어 초기적적이었다.

'만약에 내 어머니가 저런 일을 당하셨다면?'

하고 생각하여 볼 때 인애의 가슴은 찢기는 듯 아파왔다. 자경 어머니가 교의에서 굴러 떨어지는 것을 보는 인애는 더 참을 수가 없었다.

그는 자석에 끌리는 쇳조각과 같이 T박사에게로 갔던 것이다.

마침내 수혈은 시작되었다. 인애의 피가 T박사의 손을 거쳐 자경의 혈관으로 들어갈 때다.

'자경에게 피를 준 사람은 동섭 씨뿐이 아니다.'

하고 속으로 외쳤다.

얼마 전에 동섭이가 쌓아 놓은 사랑의 탑 위에 자기의 깃발을 꽂아 놓는 듯한 승리감이 인애의 맘에 가득하여졌다.

자기가 자경에게 피를 줌으로써 동섭 씨가 자경에게 베푼 특별한 행동이 평범하게 되었다고 느낄 때 인애는 질투보다 더 강렬한 쾌감에 취할 수 있었다.

수혈이 끝나고 오 분! 십 분, 삼십 분! 자경은 혼곤히 깊은 잠을 계속할 뿐 아무런 부작용이 보이지 않는다.

헛바닥이 입술 모양으로 발그레 혈색이 내돋는 자경의 입술에는 차츰 평온한 호흡이 흘러나온다.

그리고 두 시간이 지났다.

"인제 난관은 벗어난 모양입니다."

하고 T박사의 얼굴에는 확실히 안심하는 미소가 떠돌았다. 동섭은 가만히 자경의 손을 잡고 맥박을 헤일 때다.

가느다란 신음 소리와 함께 자경은 가늘게 눈을 뜬다.

눈은 떴으나 자경은 아직도 의식이 회복된 것은 아니다.

그의 눈은 허공을 향한 채 무엇인지 말을 하려고 애를 쓰는 모양이다.

동섭은 맥을 짚던 손을 멈추고 자경의 얼굴을 들여다보았다.

"도, 동섭 씨!"

하는 소리가 아직 힘 드는 발음처럼 자경의 혀는 잘 돌아가지 않는 것이다.

"도, 동섭 씨! 요, 용서하세요."

동섭은 가슴이 뻐근하여졌다.

그는 잠잠한 채 가만히 자경의 손을 놓았다.

"용서?"

동섭은 이 한 소리에 비로소 자경과 자기의 사이는 건너지 못 할 커다란 도랑이 가로 놓여 있는 것을 깨달았다.

사실 동섭은 자경의 위독을 듣는 순간 아무것도 헤아려 볼 여유가 없었던 것이다.

'내가 가면 살아나리라.'

하는 한 가지 생각에 혈관 속에 더운 피를 짜낼 때까지 그는 진실로 아무것도 비판하고 고려할 맘의 여지는 조금도 가지지 못하였던 것이다.

인애의 피를 받을 때까지 그리고 지금

"용서하시오."

하고 자경이 중얼거리기까지 그동안은 동섭의 일생 중에서 가장 긴장되고 그리고 온전히 자기를 잊어버린 몰아의 세계였었다.

그토록 그는 자기 맘 깊은 속에 자기도 알지 못하는 사랑을 자경을 향하여 간직하고 있었던 것이다.

거기는 체면이! 분노가! 일절의 죄과가! 문제되지 않는 오직 거룩한 사랑만이 움직이고 있는 인간으로써 가장 높은 정서의 세계였다. 그러나 동섭은 지금 그 고귀한 에덴에서 쫓겨나고 말았다. '용서'하라고 부르짖는 자경은 결국 동섭의 앞에는 한 개의 죄인이 아닐 수 없는 것이다. 자경은 누구의 탄환에 맞아 선혈을 쏟고 넘어졌는지 모르되 일찍이 자경은 보이지 않는 무기로써 자기의 심장을 쑤시지 않았던가.

그보다도 자경은 이미 참따란 남의 아내다.

동섭은 남의 아내에게서 용서하란 말을 들을 까닭도 없거니와 또한 용서해 줄 권리도 갖지 못한 것을 생각하며 그의 입술에는 싸늘한 웃음이 흘러갔다. 그는 방안에 사람들을 다 나가게 하고 당직 간호부만 한 사람만 남아 있게 하였다.

창마다 커튼을 내리어 실내를 어둡게 하여 자경의 잠을 방해되지 않도록 하여 놓고 자기도 그 방을 나왔다.

그 사이 철제(鐵劑)를 먹고 강심제를 주사 맞은 인애는 피를 뽑은 뒤에 오는 불쾌한 현기증은 물러갔다. 그러나 인애의 맘속에 남아 있는 한 가지 의문은 좀처럼 해결될 조짐이 보이지 않는 것이니 그것은 자경의 남편 되는 오상만이가 나타나지 않는 사실이다.

'웬일일까 어디 시골에 갔나?'

하고 고개를 기울여 보았으나 자경의 부모가 상만을 기다리는 빛이 보이지 않는 것이 더욱더 이상한 일이다.

물론 이 생각은 인애뿐만 아니라 후원으로 가서 새 공기를 마시고 있는 동섭의 머릿속에도 어떤 의문을 지나친 엷은 불안까지 떠올랐으나 입 밖에 내어 자경 어머니에게라도 물어보기는 싫었다.

동섭과 인애가 한 가지로 의혹을 던지고 있는 그 상만은 지금 낙산 자기 집 안방에서 막 아침잠에서 깨었다.

자리에 누운 채 『××신문』 조간을 펴서 드는 상만은 커다랗게 하품을 하고는 한 손으로 담배를 집어 입으로 가져갔다.

어제 저녁 때 찾아온 최 변호사에게 선선히 자경과 협의 이혼에다 승낙을 하고 그리고 도장까지 찍어 주었다. 이미 무진 금광이 손에 들어온 이상 그는 아무것도 무서울 것이 없으므로.

그러나 법적으로나마 자경과 아주 노방의 타인이 되어버렸다 생각하면 상만은 쓸쓸하였다. 그는 요시에의 집으로 가서 오래간만에 학세와 놀고 싶었으나 거의 열흘 동안이나 가보지 못한 지라 요시에의 히스테리가 무서웠다.

그는 어느 요릿집으로 가서 기생을 서넛 불렀다. 술을 마시고 노래를 하고 춤을 추고…… 한성물산 주식회사 사장의 비서로 그리고 지배인으로 또한 사장으로써의 이 년간 수업은 기생을 데리고 노는 때는 어떻게 점잖게 그리고 때로는 참따란 불량자가 되어 버려야 참맛이 나는 것까지 훌륭하게 체득하여 버렸다.

그는 새로 두 시가 되어 자동차에 실려 집으로 돌아왔으나 습관은 무서운 것으로 마침 여덟 시가 되자 잠은 깨었다.

그러나 머릿속이 띵 하고 사지에는 불쾌한 권태가 기름 배듯 젖어 있는 것을 어찌할 수 없는 것이다.

상만은 담배에다 불을 붙인 다음 머리맡에 놓인 신문을 한복판을 척 펼쳤다. 순간 무서운 운명은 상만의 눈앞에 커다란 글자가 다리를 벌리고 덤벼들기 시작하였다.

'희대의 여적!'

'오로마 마담 오석마!'

'경관의 앞에서 바람같이 사라져 수사망은 전선에'

삼단을 내리 뽑은 굵은 활자가 불에 지핀 쇠젓가락같이 상만의 두 눈을 찔러버렸다. 상만은 눈앞이 캄캄하여지자 누워 있는 방 속이 질서 없이 빙글빙글 돌아가는 것이었다.

그는 자리에서 몸을 일으켜 앉은 뒤 다시 신문지를 집어 들고 기사를 첨부터 내려 읽기 시작하였다.

아직 절반이 채 못 갔을 때 현관에서 초인종 소리가 요란스럽게 울려

왔다.

이윽고 어멈의 겁을 집어 먹은 목소리가 문밖에서 들린다.

"저 경찰서에서 왔다고 지금 곧 좀 뵙자고 그리는 뎁시오."

신문을 볼 때와는 좀 다른 심장이 얼어붙는 듯하고 공포가 전신을 결박하고 말았다.

"인제 곧 나갈 테니?"

이 한 마디를 겨우 목구멍에서 짜내었으나 상만의 등골에서는 맹렬한 오한이 엄습하기 시작하였다.

상만은 옷을 입고 나갔다. 경찰서에서 왔다는 사람은 사복 세 사람이다.

두어 마디 간단한 인사가 끝나자 상만은 이미 예측한 바와 같이 화가 자기 몸에 미친 것을 발견하였다.

"미안하지만 상관의 명령이니까요 …… 가택 수색을 하도록 해 주십시오."

날카로운 광채가 번득이는 두 눈에 되도록 부드러운 미소를 담아 보려고 노력하는 젊은 사복은 상만의 대답이 끝이 나기도 전에 같이 온 동료를 돌아다보며

"자 시간이 급하니 속히 시작하세나."

하고 자기 먼저 응접실 한편 벽에 놓인 자경의 피아노 곁으로 간다.

상만은 발이 땅에 붙어 버린 듯이 잠깐 동안 형사의 하는 양만 보고 섰을 뿐이다.

"수색하는 현장에 입회할 사람은 없습니까? …… 오상은 사법주임이 만나 보겠다는데요 좀 같이 가셔야 하겠습니다."

상만은 고개를 끄덕여 보이고 그리고 태연하게 형사와 함께 자기 집

현관을 나오지 않을 수 없었다.

그러나 이 길로 가서는 다시 이집으로는 돌아오지 못할 것만 같은 괴로운 예감에서 놓일 수는 없었다.

그로부터 두 시간 뒤다. 도경찰부 사법실에서 돌아 나오는 상만은 핼쑥하여 빛을 잃은 얼굴에 야릇한 미소가 흐르고 있었다.

그것은 모든 것을 단념한 절망이라는 것을 체험하는 사람만이 웃을 수 있는 그러한 공허하고 참담한 웃음이다.

휘영휘영 길을 걸으면서도 그의 귓가에는 D사법주임의 음성이 채찍과 같이 따갑게 지나가는 것을 어찌할 수 없는 것이다.

"오꾸마에게 삼십만 원은 왜 주었소?"

"무진 금광을 사려고 ……."

"돈은 어디서 난 돈이요? 물론 오상의 돈이겠지만 ……."

하고 자기를 쏘아보던 사법주임의 눈이 땅바닥에서 자기를 빤히 쳐다보고 있는 듯하여 그는 걷던 걸음을 흠칫 멈춰버리자 어느덧 자기는 왕래가 빈번한 큰길로 나와 있는 것을 알았다. 그는 얼마 멀지 아니한 태평통까지 걸어갔다.

'어떻게 무슨 방책이 없을까.'

하고 머릿속을 짜보았으나 상만은 단지 심장의 모든 피가 머릿속으로 쏠려드는 것만 감각할 뿐 그 외에는 아무런 것도 느낄 수가 없다.

회사로 들어서자마자 그의 앞으로 다가 선 사람은 서무 과장이다.

서무 과장은 상만이가 사장실로 들어가는 것을 기다려 조용히 문을 닫고는

"저 웬일인지 형사들이 와서 장부들을 모조리 가지고 갔습니다요."

하고 젊은 사장을 쳐다보는 그 반백이 넘은 주름 잡힌 얼굴은 확실히 우울하여졌다.

상만은 놀라지 않았다. 단지 허거푸게 웃는 웃음이 싱끗 그의 핏기 없는 얼굴을 지나갔다.

"회사 돈은 아니겠죠?"

하고 다지던 주임의 말에

"네, 제가 가진 주㈜를 제공하고 잠깐 동안 빌린 돈입니다."

하고 어색스럽게 대답하던 자기 몰골을 생각하고 웃는 웃음이다.

"나가십시오 …… 오상의 지위를 생각하여서 아직 검속까지 할 생각은 없으니까요."

하던 D사법주임의 웃는 얼굴은 어떻게 해석하면 옳으냐.

자기 지위를 생각하여 참으로 관대한 처분을 내린 것이라고 믿기에는 상만의 총명이 이를 허락지 않는 것이다.

방금 자기는 ××당의 밀사라는 그 무서운 오꾸마의 공모자로 몰리던지 그렇지 않으면 공금 횡령이라는 죄명을 쓰던지 …… 컴컴한 감옥 생활이 자기를 기다리고 있는 것만은 단지 시간 문제이다.

'이태? 삼 년?'

속으로 감옥살이할 햇수를 헤어보는 상만은 일절의 현실이 짙은 안개 속과 같이 아득할 뿐이다.

그러나 그 아물거리는 안개 속에서 자기를 향하여 손을 치고 빙그레 웃는 학세의 모양이 나타났다.

'거치 저금 오천 원이 있으니 그것을 가지고 요시에와 함께 동경으로 가서 있으라 할까 …… 좌우간 한 번 만나보아야지 …….'

서무과장이 무어라고 곁에서 중얼거리는 소리를 듣고도 상만은 아무런 대답도 없이 그대로 밖으로 뛰어 나왔다.

택시 속에서 굴리듯 뛰어 나온 상만은

"일 요시에가 기어이 달아나자고 한다면 학세를 위하여 달아나는 것이 나을지도 몰라. 중국 요릿집에라도 위선 잠복을 하여 가지고 ……."

이렇게 중얼거리며 요시에의 집골목을 들어섰다. 이미 자기의 전후좌우를 둘러싼 경계망을 잊은 듯이 지극한 심적 고통이 마침내 상만의 머리를 혼란하게 만들어 버린 것이다.

그러나 요시에 집 문 앞에 당도한 상만은 우뚝 길바닥에서 서 버렸다.

첩첩이 닫혀 진 덧문에 붙어 있는 대가(貸家)라고 써 붙인 종이의 한 끝이 바람에 펄렁거리고 있는 것이 눈에 뜨인 때문이다.

어리둥절하여 영문을 몰라 서 있는 상만의 등을 가볍게 두들기는 사람이 있다.

"사법주임 말씀이 아직 이야기가 끝이 덜났다고 …… 동행하십시다."

두 사람의 사복은 상만의 좌우 팔을 잡는 듯이 옹위하고 골목을 나왔다. 큰길에는 기다리고 있던 자동차가 세 사람을 위하여 문을 연다.

세 사람이 자동차 속으로 들어가 앉은 후에 형사 한 사람이 상만 앞에 종이쪽을 내밀었다.

그것은 구인장이었다. 상만은 구인장을 보고도 별로 충동을 느끼지 않았다.

그보다도 방금 사기 눈으로 보고 온 대가(貸家)라는 종이만이 그의 동공에 사진처럼 남아 있을 뿐이다.

'그러면 요시에가 그 집을 떠났다? 학세를 데리고 어디로 갔을까?

······.'

상만은 이때만은 뜨거운 불길이 목구멍으로 넘어오는 듯 하였다.

자경과도 이혼하고 오꾸마도 달아나고 요시에마저 행방불명이 되었으니!

상만은 온전히 적막하여졌다.

천애지각(天涯地角)[39]에 유리하는 고아로 다시 환원하여 버린 자기 심신이 견딜 수 없이 슬퍼졌다.

자동차는 벌써 남대문을 지났다. 이제 곧 자기 회사 앞을 지나 광화문통을 통과하리라.

'인애! 인애 씨!'

상만은 비로소 오랫동안 잊어 버렸던 이름을 맘속으로 불러보았다.

그러나 언젠가 인천 실비치료원에서 마지막으로 본 그 설백의 가운을 입고 있던 인애의 얼굴은 마치 천상에 배회하는 여신과 같이 그에게는 너무도 먼 존재이다. 저녁때가 되자 T박사는 인애에게 다시 일백오십 그램의 피를 요구하였다.

인애는 두 번째의 수혈에도 선선히 응했다.

마침내 해가 질 무렵이 되어 자경의 의식은 제법 똑똑하여져 그는 곁에 있는 사람들을 알아보게 되었다.

인애는 다른 방에 새로 침대를 준비하여 둔 곳에 와서 누웠다. 구역이 나고 두통이 나고 ······ 갑자기 피를 빼앗긴 때문에 오는 빈혈증의 현상이다.

---

39 하늘 끝과 땅의 귀퉁이의 뜻으로, 아득하게 멀리 떨어져 있음을 이름.

철제를 쟁반에 바쳐 들고 들어오는 간호부의 뒤에 동섭이가 강심제 주사를 가지고 따라온다. 인애는 간호부가 약을 먹으라고 권하는 소리를 듣고도 잠잠하였다.

"두어 두고 나가시죠."

동섭은 간호부를 내보내고

"그럼 주사부터 먼저 하실까요?"

하고 인애를 들여다보았다.

"선생님 자경은 인제 훨씬 나아졌다지요?"

하고 인애는 방그레 웃는다. 그의 바르르 떨리는 속눈썹에는 확실히 눈물이 맺혀 있다.

"네! 훨씬 좋아지는 모양입니다. 인애 씨! 감사합니다."

"……."

동섭은 인애의 한 팔에다 강심제 주사를 찌르고 반창고를 붙이며

"우리는 한 사람을 살려냈습니다 …… 그것은 자경이든지 또는 상만이든지 …… 우리는 사람을 살렸다는 사실에서 감격이 없을 수 없습니다."

막 인애가 무어라고 대답하려는 때 간호부 한 사람이 들어왔다.

"유 선생님! 환자가 선생님을 찾습니다."

"가 보세요 자경이한테 가 보세요 네? 선생님 ……."

인애는 애써 빙그레 웃어 보였으나 동섭이 나간 뒤에 그는 두 손으로 얼굴을 가리고 흐느껴 울었다.

동섭이 자경의 병실로 들어가자

"자꾸만 동섭이만 찾네그려."

하고 자경의 어머니가 침대 곁에서 한 걸음 뒤로 물러선다. 동섭은 잠자

코 자경 어머니가 앉았던 교의로 가서 앉았다.

동섭을 물끄러미 쳐다보는 자경은 무슨 말을 할 듯 입을 움직였다. 그러나 그의 입보다도 그의 눈이 먼저 주인의 가슴을 열어 놓았다.

눈물이 쏟아진다. 이슬과 같이 진주와 같이 영롱한 눈물이 쉴 새 없이 쏟아져 나온다.

마침내 자경의 울음소리가 커다랗게 흘러 나왔다.

"이러면 안 돼요 자경!"

동섭은 가슴이 뻐근해졌다. 그는 손수건으로 자경의 눈물을 씻겨주고 그리고 자칫 하면 눈물이 굴러 떨어지려는 자기의 두 눈을 씻었다.

"도 동섭 씨!"

자경은 동섭의 한 팔을 가져다 그의 창백한 얼굴에 대이고는 또다시 느껴 울기 시작하였다.

"자경! 울지 말아요. 울면 상처에 해롭다니까."

불구의 자식을 가슴에 안는 듯한 연한(憐恨)의 정서가 동섭의 가슴을 찢는 듯하다.

"자경! 속히 나아요."

동섭은 자경의 손을 꼭 쥐었다. 그리고 자경의 얼굴 가까이 상반신을 굽히고

"인애 씨가 자경을 살렸어요. 두 번이나 수혈을 해서 살아난 거니까 인애 씨에게 고맙다는 인사를 해야지."

동섭은 그가 남의 아내라는 것을 잊은 듯이 그 옛날 자기 누이 동생이던 시절처럼 자기 애인이던 시절처럼 동섭의 말씨에는 조금도 변화가 없다.

"바로 이 방이로군⋯⋯."

간호부의 안내로 들어서는 사람은 최 변호사였다.

"아 어째 갑자기 입원을 하셨던가요? 난 또 댁으로 갔더니 바로 이 병원에 입원을 하셨단 말을 들었죠."

최 변호사는 자경의 신변에 일어난 일은 조금도 모르는 만큼 그는 자경이 예사로운 병으로 입원을 한 줄로만 생각하고 있는 모양이다.

"여기까지 오시느라고 수고하셨습니다."

자경 어머니가 대신 대답을 하고 교의에 앉으라 권하였다.

동섭은 병실 '도어'에 '면회 사절'이라고 써서 붙이지 않은 것을 생각하고

"저리로 가서 이야기 하십시다."

하고 최 변호사를 데리고 복도로 나왔다.

"아니 별일은 없어요⋯⋯ 이걸 서자경 씨께 전하면 그만이니까요 ⋯⋯ 하도 독촉을 하는 통에 ⋯⋯ 하하하."

최 변호사가 포켓에서 내어놓는 봉투 그 속에는 오상만과 서자경의 협의 이혼 신청서가 들어있고 그리고 그 신청서에는 두 사람의 서명 날인이 똑똑히 기입되어 있는 것이다.

동섭은 그 봉투 속에 무엇이 들어있는지 알지는 못하였으나 좌우간 변호사의 손을 거쳐 온 만큼 중요한 서류임에 틀림없는 것이라 생각하였다.

그러나 동섭은 지금 자경이 얼마나 쇠약하고 또한 흥분하고 있는 것을 알면서 불쑥 이런 심상치 않은 글을 보이기도 어려웠다.

그는 위선 자경 어머니를 불러 가지고

"좀 더 회복된 담에 보이시지요."

하고 동섭은 자경 어머니 손에 봉투를 놓아 주고 자기는 다시 자경의 병실로 들어갔다.

자경 어머니는 딸 자경이가 그 사이 최 변호사에게 의뢰하여 오상만과 이혼을 계획하고 있는 일은 전연 모르는 때문에 그는 이 봉투 속에 대체 무엇이 들어있는가 몹시 궁금하였다.

그는 봉투를 쥔 채 간호부에게 물어서 인애가 누워 있다는 방을 들어갔다.

"인애 기분 좀 어떻소."

하고 자경 어머니는 인애의 침대 곁으로 가서 앉았다.

인애는 몸을 일으켜 앉으려는 것을

"그냥 누워 있어 어여!"

자경 어머니는 한 손으로 인애의 머리를 만져보고

"참 인애 은혜는 태산이라도 유위부족(猶爲不足)[40]이요 어디다 비유할 곳이 없소그려."

자경 어머니는 벌써 두 눈에 눈물이 글썽하여졌다.

"자경만 살려준 것이 아니라 우리 늙은 양주까지 살려 주었으니 인애가 말야……."

인애는 이러한 인사를 듣는 것이 참으로 맘에 거북하였다.

"온 별 말씀을 다 하십니다 …… 얼마나 놀라셨습니까?"

"그래도 인제는 아주 살아났으니까 …… 인애가 살려 놓았으니까

---

[40] 오히려 모자람.

……."

　인애는 자경 어머니의 인사말을 막고자 그는 화제를 돌려

　"참 어쩌다가 그렇게 몸을 다쳤던가요?"

하고 어젯밤부터 알고 싶은 말을 쏟아놓았다.

　"그게 말야 …… 나도 당최 모르겠어 …… 어디서 어떻게 해서 저 봉변을 당했는지 …… 나도 간밤에 전화를 받고 서대문 병원으로 갔으니까 …… 참 이게 뭘까 인애, 이거 좀 읽어주."

　자경 어머니는 손에 들었던 봉투를 인애 앞에 내밀었다. 인애는 봉투를 열고 속을 꺼냈다.

　한참 동안 지면을 훑어보던 인애는

　"이혼 신청서야요."

하고 종이를 내려놓는다.

　"이혼 신청서 …… ?"

　자경 어머니는 놀라서 소리를 버럭 질렀다. 그리고 두어 번 침을 삼키고

　"그 그 벼락을 안고 죽을 녀석이 기어이 이혼을 하자고 서두는군……."

　"아냐요 자경도 같이 이혼에 도장을 찍었는데요?"

하고 협의 이혼이라는 것을 설명하려는 때 간호부가 들어왔다.

　"밖에서 손님이 기다리십니다."

하고 자경 어머니를 바라본다.

　"누구 나를?"

　"네."

　간호부는 인애가 조금 전에 마시고 난 약 그릇을 들고 나간다.

자경 어머니를 찾는 사람은 경관이었다.

자경의 일로 물어볼 말이 있다는 것이다. 그 사이 서정연 씨는 오상만의 일로 도경찰부로 호출되어 가고 자경 어머니는 까닭 없이 후들후들 떨리어

"가만 게슈."

하고 동섭을 찾았다.

인애는 무릎 위에 놓여 있는 서류를 또 한 번 내려다보고 쓸쓸히 웃었다.

'모든 것은 될 대로 되는가 부다.'

후 한숨을 내뿜는 인애는 코스모스가 얽혀진 창밖을 내다보았다.

어슴푸레 어두워 오는 방안에 전등이 켜지자 인애는 무엇을 생각하였던지 침대에서 일어났다.

그는 되도록 얼굴에 웃음을 띠고 팔 호실 병실로 들어섰다.

'풀자 아주 풀어버리자.'

이렇게 맘으로 중얼거리며 방으로 들어선 인애는 주춤하고 한 자리에 서 버렸다.

한 손을 자경의 이마 위에 얹고 다른 손으로 손수건을 꺼내어 자경의 눈물을 씻어주고 있는 동섭의 측면이 영화의 확대 장면같이 인애의 눈을 부시게 하는 것이다.

인애는 소리 나지 않도록 문을 닫고 복도로 나와 버렸다.

그는 쫓기듯 큰길로 나왔다.

그리고 경성 역으로 나와 인천행 기차에 올라탔다.

그리고 두 주일이 지나갔다.

동섭은 오늘 하루 종일 병원에 나오지 않는 인애가 이상스럽게 생각

이 되었다.

이석이를 불러 인애가 유숙하고 있는 집으로 보내려는 참에 그 이석이가 들어오며

"편지 왔습니다."

하고 동섭 앞에 내미는 것은 인애의 필적이다.

'유 선생님! 저 같이 부족한 사람이 선생님 곁에서 오랫동안 폐만 끼쳐 드린 것을 생각하오니 모든 것이 꿈속과 같습니다. 자경은 이미 오상만에게서 완전히 해방된 이상 그는 마땅히 유 선생님에게로 돌아와야 될 것을 생각하옵니다 …… 저는 저의 소견이 있사와 인천을 떠나갑니다. 부디 행복 되시옵소서. 인애 올림.'

인애가 이 편지를 쓰기까지 이주일 동안 그는 실로 물과 불이 끓는 듯한 괴로운 심경에서 방황하였던 것이다.

동섭 앞에 갑자기 나타난 자경은 인애의 맘에서 평화와 희망과 그리고 일절의 즐거움을 빼앗고만 때문이다.

두주일 동안 하루도 빼지 않고 동섭이 서울 대학병원으로 자경의 위문을 가는 것은 고사하고라도 …… 이 자경과 접근한 뒤에 나타난 동섭의 얼굴의 변화를 어찌하랴.

시들어 말라진 잔디밭에 봄기운이 내뿜기는 듯 동섭은 결단코 전에 볼 수 없던 즐거운 표정이 넘쳐흐르고 있는 것이다.

그 행동이 민첩하고 그 말소리가 명랑하여지고 그리고 그의 입가에는 부단의 미소가 떠오르고 인애는 동섭의 이러한 모든 것을 볼 때 쓸쓸하였다.

동섭의 참사랑을 받는 여자는 자경밖에 아무도 아니라는 것을 생각

할 때 자기 자신이 얼마나 쑥스럽고 염체 없는 여인인지 그는 혼자서 얼굴이 화끈 달아지기도 하는 것이다.

'일찍이 단 한 번이라도 동섭 씨가 내게 구애의 표정을 보여준 일이 있었더냐?'

오꾸마가 탈주하던 밤에 동섭은 언제까지나 같이 일을 하자고 인애의 어깨를 안으려던 순간도 있었다.

그러나 그것은 동섭이 인애를 사랑한다고 믿어버리기에 동섭이 자경에 대한 태도가 너무 간절하고 또 열렬한 것이다.

자기에게 대한 동섭의 태도와 자경에게 바치는 정성은 진실로 운니(雲泥)[41]의 차라고 인애는 생각하는 것이다.

이미 여기까지 생각이 미치고 보니 인애는 자신이 동섭이라는 청년에게는 아무 의미 없는 오히려 자경과의 결합에 어떠한 장애적 존재가 아닌가 하는 의심이 생기기 시작하였다.

'만약에 그렇다면 자기는 하룻밤 사이에 고스란히 숨이 끊어져도 좋다.' 하고 인애는 몸을 푸르르 떨어도 보았다.

자기는 비로소 실비치료원보다도 빈민 아동보다도 유동섭을 사랑하고 있었다는 것을 깨닫게 되자 그리고 그가 사랑하고 있는 동섭은 자기의 가장 미워하는 자경을 사랑하고 있다는 사실을 발견하게 될 때 인애는 일절의 현실에서 내쫓긴 듯한 공허를 느끼는 것이다. 그는 갑자기

'시집도 가지 않고 장가도 가지 않는 천사와 같은 생활!'

그리스도의 말씀이 그리워졌다. 일절의 남자들과 멀어지는 생활 아

---

41 구름과 진흙이란 뜻으로, 차이가 썩 심(甚)함을 이르는 말.

니 남인금제(男人禁制)의 세계가 불로 지지듯이 그리워졌다.

상만에게 버림을 받고 동섭 마저 잃어버렸다 생각하는 인애는 드디어 성모의 무릎 아래 일생을 바치기로 결심하고 그는 경성 명치정 성당을 향하여 떠난 것이다.

편지를 다 읽고 난 동섭은 한참 동안 목상처럼 움직이지 않았다. 그러나 맘속은 마치 아픈 곳을 얻어맞은 때처럼 쓰라리었다.

'과연 인애 씨의 말과 같이 자경은 자기에게로 돌아올 것이 아니냐. 그리고 자기에게 자경을 물리칠 용기가 있느냐?'

동섭은 두 손을 이마에 괴이고 커다랗게 한숨을 뿜었다.

시계가 세 시를 친다. 지금 역으로 나가야 경성 가는 차를 탈 수 있다.

오늘도 자경은 안락의자를 베란다 위에 내다놓고 동섭을 기다리고 있겠지.

동섭은 벌떡 일어섰다. 그리고 현관을 나왔다. 배달부가 아무렇게나 던지고 간 우편물이 눈에 뜨인다. 동섭은 주섬주섬 손에 거두어 쥐었다.

엽서가 석 장 봉함이 두 장! 인애 편지는 이석 어머니가 손수 전하고 간 것이지만 우편물은 오후 것으로 이것이 첨이다.

동섭은 길쭉하고 노르스름한 봉투를 먼저 열었다.

'내 사랑하는 동섭 씨! 내 호흡이 지상에서 계속될 동안 부르고 또 불러야할 오오 영원히 아름다운 이름이여! 나는 오늘 병원을 나갑니다. 그리고 이 경성을 아니 조선을 떠나갑니다. 왜 가느냐고요? 당신을 사랑하는 때에! 피를 넣어서 나를 살렸다는 그 객관적 도덕적 행위에 눌린 것이 아니라 사실 인애는 선량한 여성입니다.

당신의 사업에 또 가정에 가장 유리하고 또 적당한 내조자는 인애밖

에 없으리라 믿습니다. 이미 뜻을 정하신 이상 하루라도 속히 화촉의 성
전을 이루시기를 바라옵고 자경은 휴양할 겸 멀리 여행을 떠나오니 부
디 안녕하시고 행복 되소서. 자경 올림.'

'추고(追告) 오꾸마가 인애에게 갖다 맡긴 돈 오십만 원은 회사 돈이라
는 것이 분명하여진 모양이올시다. 아버지 말씀이 이 돈은 전부 인천 실
비치료원에 기부한다 하옵고 그 때문에 일간 아버지는 인천으로 당신
을 만나시러 내려가신다 합니다.'

동섭은 그 길로 서울로 뛰어 올라갔다. 자경은 과연 대학병원에도 그
리고 계동 자기 집에도 있지 않았다.

자경은 양친을 데리고 남조선 어느 해안으로 갔다는 것이다. 사흘 째
되는 아침 서 사장은 인천으로 동섭을 찾아왔다.

오십만 원이 기입된 예금 통장을 동섭의 손에 쥐어주는 서 사장은

"동섭 군! 이 돈은 자네가 받아도 괜찮으니 자네 아버지가 내게 맡긴
돈 만 원으로 나는 이백만 원이나 벌었으니."

비로소 서 사장은 이십여 년 전에 어떻게 동섭의 부친이 별세할 때 그
유산과 또 아들 동섭을 맡았다는 말을 하나도 빼지 않고 전부 설명하였다.

늦은 가을의 아침 햇살은 유리창 속을 온실처럼 훈훈하게 만들어 주
건만 동섭의 맘은 황혼처럼 애수만 스며들고 있다.

"동섭 군! 자네 인격엔 참말 나는 감복하네 …… 그보다도 나는 자네
를 내 아들로 믿고 있네 ……."

서 사장은 의미 있게 웃으며 동섭의 어깨를 툭툭 친다.

"아버지 감사합니다. 이 돈으로 힘껏 가난한 형제를 위하여 일을 해
보겠습니다 …… 그런데 자경은 어디로 갔습니까?"

동섭의 눈은 열심히 서 사장의 입을 지켰다.

"가는 곳은 내게도 알리지 않았어. 가서 편지 한댔어 …… 부산서 연락선까지만 바래다주었지 …… 더 못 오게 하니까 ……."

어느덧 현관에는 진찰을 요구하는 환자들이 하나둘씩 보이기 시작한다.

(전편 완)

—『동아일보』, 1937.11.4~1938.2.7

밀림 후편

시간의 힘

뚜우 뚜웅.

벌써 두 번째의 고동이다. 항구에 정박 중이던 상선의 발착하는 신호와도 달라서 유량하고 그러나 약간 굴곡이 있는 고동 소리는 인천 매축지에 건축되어 있는 ××공장의 작업이 마쳐진다는 보고에 틀림없는 것이다.

불그레한 저녁노을이 길게 누워 있는 하늘가에 연회색 황혼이 차츰 막을 펴기 시작하게 되면 항구의 거리는 좀 더 바쁘고 초조하고 그리고 시장한 사람과 사람들의 행렬이 소란스럽게 계속된다.

가등은 충실한 보초와도 같이 일제히 누런 불을 이고 교대를 마치자 상인천 역두에는 차에서 내린 손님이 거리로 쏟아져 나왔다. 사람들보다 훨씬 뒤떨어져 나오는…… 한편 어깨를 으쓱 추키는 젊은 사나이는 뒤를 돌아보며

"어여와 시간이 넘었는데 의사가 돌아가고 없을 지도 모르니까……."

키가 호리호리하고 얼굴이 노르스름한 몹시 신경질로 보이는 젊은 남자다.

뒤에 따라오는 여인은 품에 안긴 어린 아이를 들여다보며

"걷느라고 걸어도 그런 걸요 뭐."

하고 열적은 웃음을 빙긋 웃는다.

미인이라고 할 수는 없으나 스물셋 아니면 넷으로밖에 보이지 않는 젊음이 여인의 얼굴과 몸맵시를 무척 명랑하게 만들어 주는 셈이다.

그러나 여인의 입술에는 진한 루주가 발려 있고 머리는 과하게 지져진 데다가 눈썹을 야속하게도 가늘게 뽑아 그보다도 그 눈 가녘으로 돌아가며 아이섀도가 어둡게 그늘을 지우고 있는 것을 보면 암만해도 웃음을 파는 것으로 직업을 삼고 있는 그런 부류에 속한 여자인 듯도 싶다.

하지만 소복이 부풀어 오른 여인의 가슴에 안긴 어린 애기 이제 두 살이나 났을까 반만치 눈을 뜬 채 하얀 포대기에 싸여 소록소록 잠이 들어 있는 것을 보면 여인은 한 사람의 어머니인 상도 싶다.

약간 비탈진 길을 넘어서면서부터 사나이는 혀를 차고 여인에게서 빼앗듯이 아이를 받아 안는다.

"길을 옳게 들었나요? 좌우간."

여인은 구겨진 저고리 앞섶을 여미면서 불안스럽게 남자를 쳐다본다.

"체 실비치료원을 모르는 천치도 있담? 잔말 말고 이리와."

사나이는 앞을 서서 성큼성큼 여남은 걸음이나 갔을 때다. 안겼던 아이는 불편한지 낑낑거리고 울기 시작한다.

"가만있어, 울지마."

사나이는 좀 더 걸음을 빨리하여 앞으로 자꾸 걸어간다. 아이의 울음소리는 좀 더 커지고 나중에는 불로 지지듯이 개골개골 울어 젖힌다.

"인내서요 날 주세요, 네?"

하고 여인이 허둥허둥 따라간다. 그러는 사이 아이는 기진하였는지 울음소리가 어지간히 멀어졌다.

이윽고 커다란 건물 앞에 당도한 젊은 남자는

"자 여기야 아일 받아 안어요."

하고 철보다 훨씬 늦은 보라 양복저고리를 툭툭 떨고 현관문으로 들어섰다.

비를 가지고 뜰을 쓸던 몸집이 굵직한 장년이 지금 들어오는 손님을 보더니

"시간이 지났습니다. 내일 오십쇼."

하고 다시 비질을 계속한다.

"그래도 급한 환자여요."

젊은이는 뒤에 따라 들어오는 여인과 그 어린 아이를 돌아보며

"방금 저 아이가 죽게 됐습니다 …… 원장은 계십니까?"

청년은 몹시 조급하여 비질하는 남자가 무어라고 미처 대답하기도 전에 구두를 벗고 현관 마루로 올라선다.

"안 됩니다. 벌써 여섯 시 삼십 분이니까요. 진찰 시간은 여섯 시에 끝이 났으니까요."

비질하던 이는 자기의 동의도 없이 불쑥 안으로 들어가려는 젊은 사나이가 맘에 못마땅한 모양으로

"간호부도 나갔고요 원장 선생께서는 다른 볼 일이 계시니까요. 지금은 안 됩니다. 안 돼요."

하고 비를 든 채 현관을 물끄러미 바라보고 섰다.

"좌우간 원장은 계십니까?"

"다른 병원으로 가 보시죠."

소제하던 이는 퉁명스럽게 한 마디 하고

"대체 선상님도 좀 숨을 돌릴 시간이 있어야지. 이건 새벽부터 밤중 꺼정 생사람을 들볶고…… 아유."

혼잣말로 중얼거리며 저편 모퉁이로 돌아 나간다.

"웬 손님이십니까?"

어이가 없어 망연히 서 있는 젊은이의 등 뒤에서 또 한 번

"누굴 찾으십니까?"

삼십이 막 넘은 듯한 키가 훌쩍 크고 좀 큰 듯한 두 눈에 시원스러운 광채가 흘러나오는 신사다.

그의 음성은 지극히 부드럽고 그 입가에는 가장 자연스러운 미소가 조용히 담겨 있다.

젊은이는 신사의 기품에 눌린 듯이 두 손을 합한 채

"네, 원장 선생님을 뵈러 왔습니다. 급한 환자가 있어서요."

"네, 그렇습니까! 내가 원장입니다 들어오시죠."

말쑥하게 외출할 채비를 하고 나오던 원장은 앞서서 진찰실로 들어가더니 벽에 걸린 가운을 걸치자 곧 체온기와 청진기를 손에 든다.

"첨에는 감기처럼 몸에 열이 나고 밤에도 자질 않고 보채더구먼요. 그러더니 기침을 시작한 지는 한 이틀 됐어요."

하고 여인은 수척한 어린애의 얼굴을 근심스럽게 들여다본다.

원장은 아이를 진찰대에 누이게 하고 체온기를 꽂고 청진기로 아이의 가슴과 배와 등을 진찰하기 시작하였다.

"폐렴인데요."

하고 원장은 체온기를 뽑아 보더니

"삼십구 도 팔부…… 앓기 시작한 지는 며칠이나 됐습니까?"

"그럭저럭 한 일주일 됐어요······ 죽지 않게 해 주십시오."

하고 여인은 빙그레 웃었으나 그 웃음은 어떤 비통을 감춘 슬픈 이면(假面)처럼 외롭다.

"좌우간 입원을 해야겠습니다."

"네!"

여인은 가볍게 대답을 하고 곁에선 남자를 힐끗 돌아보면서 아이를 일으켜 안는다.

원장은 옆에 방으로 통한 문을 밀고 들어가더니 주사 기구를 가져온다.

"참 원장 선생님께 이런 것을 전해 달란 이가 있었어요."

하고 젊은이는 포켓에서 길쭉한 봉투를 꺼내 두 손으로 원장 앞에 내민다. 원장은 편지를 테이블 위에 놓고 그는 곧 어린 아이 팔을 소독면으로 닦은 뒤에 노란 액체가 들어있는 주사를 찔렀다. 주사 놓은 자리에 반창고를 붙이자 원장은 돌아서서 스위치를 올리고 성냥을 그어댄다. 가스 불 위에 사각형의 금속제의 냄비가 놓여 있다.

이윽고 그 속에서 확확 더운 김이 뿜겨 나오며 뚜껑이 덜썩거리는 것을 보고 원장은 이번에는 찜질 액기 호스통을 들어 넣는다. 이번에는 약장에서 붕대와 탈지면 가제 등속을 꺼내는 원장을 향하여 젊은 남자는 몹시 미안하다는 뜻으로

"너무 늦게 와서 간호부도 없는데 참 죄송스럽습니다."

하고 머리를 긁으며 열없게 웃는다.

"아니요 관계없습니다. 간호부는 이제 곧 올 겁니다. 교대 시간이 됐으니까요."

원장은 생각난 듯이 조금 전에 젊은이에게서 받은 편지를 들고 봉을

찢는다.

한 줄 두 줄 읽어가는 젊은 원장의 입가에는 차츰 미소가 사라졌다.

편지를 읽고 있는 원장의 얼굴빛을 첨부터 지키고 있던 여인은 눈을 돌이켜 남자를 건너다보고 있으나 남자는 방바닥만 굽어보고 있는 양이 그 역시 원장의 혼란하여 가는 얼굴을 바라보기가 두려워진 모양이다. 실내는 불안스런 침묵에 사로잡힌 채 일 초 이 초 시간이 흘러간다.

편지를 다 읽고 난 원장은 천천히 얼굴을 돌이켜 젊은 사나이를 향하여

"이 이가 지금 어디 있습니까? 이 편지 보낸 양반이 말입니다."

하고 억지로 웃어 보인다.

"네, 경성 있습니다."

하고 젊은이는 조심조심 원장의 표정을 살핀다.

"경성? 경성 어디 있습니까?"

"저어 저 저이 집에 있어요."

참새 가슴 같이 발룽거리는 어린애의 목덜미를 내려다보며 여인은 하르르 한숨을 삼킨다.

"이 양반과 오래전부터 친하십니까?"

하고 원장은 그 사이 다 더워졌을 듯한 액기 호스를 꺼내 뚜껑을 열어놓고 주걱으로 길쭉한 네루 조각에 약을 떠놓는다.

"······."

젊은 남녀는 서로들 쳐다볼 뿐 무어라고 대답할 말이 졸연히 나오지 않는 모양이다.

"저어."

하고 여인이 진한 루주가 발려 있는 까슬까슬한 입술을 두어 번 빨았다.

“아닙니다. 사실인즉 …… 오늘 첨 뵈온 어른이여요 …….”

젊은 남자는 마른 침을 한 번 삼키고 다음 말을 계속하는 대신 가볍게 기침을 한 번 한다.

“애기 저고리를 잠깐 …… 위로.”

하고 원장은 뜨뜻한 찜질 약을 아이의 가슴과 등어리에다 감는다. 유지로 싼 다음 가제로 덮고 다시 붕대로 감을 때 가벼운 발소리와 함께 간호부가 들어온다.

크도 적도 아니한 젊은 여자이다. 약간 다붙은 듯한 목덜미가 우윳빛으로 희고 탄력 있게 부풀어 오른 젖가슴에 설백의 가운도 썩 잘 어울린다. 그러나 옥에 티라 할까 그의 동그스름한 얼굴은 애교로 보기에는 좀 과하게 얽어 버린 것이다.

간호부는 원장 앞에서 공손히 명령을 기다리는 모양이더니 찜질 약 그릇과 주사기를 치우고 가스불의 스위치를 틀어 불을 끄고 가제와 유지와 붕대를 약장 속으로 넣고…….

원장은 무엇을 생각하더니

“유아부 병실 칠 호실이 비었을 테니 잘 소독해 주시오.”

“예.”

간호부는 짤막하게 대답하고 문으로 나갔다. 순간 아이를 데리고 온 남녀는 서로들 쳐다보고 빙그레 웃었다. 마치 커다란 짐을 내려놓은 듯한 그러한 안심의 웃음이다.

“오늘 첨 보셨다고요?”

원장은 화제를 다시 그 편지를 보낸 사람에게로 돌린다.

“네, 오늘 첨 만난 이야요…… 원장님!”

젊은 사나이의 음성은 나지막하게 그러나 감격에 약간 떨리는 듯하다.

"오늘 바로 새로 두 시나 되었을 때입니다. 그 양반이 저들이 있는 집으로 오신 때가 ……."

이렇게 시작하여 그들이 마침내 원장에게 보내는 소개장을 얻어가지고 인천까지 찾아온 경로를 설명하였다.

원장은 물론 유동섭이다. 그러나 첨보는 젊은 사나이가 가지고 온 편지는 누가 보낸 글발인가.

이윽고 젊은 남녀가 데리고 온 어린아이는 실비치료원의 부속 병실인 유아부로 옮겨 갔다. 입원하여 치료를 받기로 된 까닭이다.

시간은 어찌 되었는지 흑칠의 어둠에 물든 진찰실 창문에는 버들잎같이 여윈 초승달이 방안을 엿보고 있다.

가운을 입은 채 우두커니 교의에 기대앉았던 유동섭은 테이블 위에 펼쳐 있는 종이쪽을 또 한 번 다시 읽어본다.

'유동섭 씨! 나는 오늘 우연히 여길 왔소. 여기는 홍등(紅燈)의 거리요. 그리고 그중에서도 가장 불우한 여인이 살고 있는 집이요. 여인의 이름은 양유색, 그의 아들은 물론 양유색이라는 작부가 자기 젖으로 기르는 사생자(私生子)요.

위독하게 앓고 있는지 일주일이 되었으나 여인은 아들을 치료할 만한 돈도 자유도 없는 몸이요.

나는 이 여인이 단지 한 사람의 어머니라는 점에서 그리고 그 아들에게 쏟는 사비와 사랑에 대하여 충심으로 농정을 바치고 싶소.

그 때문에 나는 어제 출옥할 때 가지고 나온 돈으로(그것은 사 년 팔 개월 동안 형무소에서 벽돌구이로 있은 삯이요) 그 불쌍한 모자를 구해보고 싶은 충동에 내 가슴이 후르르 떨리기까지 하였소.

그러나 나는 사실 어제 저녁 때 출옥 하였소. 사바(娑婆)에 나온 이상 나는 이 얼마 아니 되는 돈으로 내 생계를 도모하지 않으면 안 될 박절한 형편에 있는 사람이요.

그런 고로 나는 생각했소.

이러한 사업…… 양유색과 같은 산지옥에서 허덕이고 있는 여자를 구원하는 일은 유동섭 씨와 같은 사람이 맡아서 할 일이라고.

왜 그런고 하니 유동섭 씨는 본래부터 인격이 고상하고? 자비심이 풍족한 데다가? 사람의 병을 고칠 수 있는 기술을 전공하였고 그 위에 금상첨화 격이라고 할까 서정연 씨에게서 수십만 원의 후원을 받고 있는지라 그 돈이 비록 실연의 아픈 상처를 싸매는 유향(油香)이라 할지라도…….

좌우간 그대는 바야흐로 양유색이라는 불행한 여인에게는 전지전능의 존재가 아닐 수 없는 것이요.

그대와 같은 능력자가 있는 이상 나는 구태여 벽돌을 구어서 얻은 내 많지 아니한 돈을 하사할 맘은 없소. 유동섭 씨! 그대가 마땅히 그 어린 아들을 고쳐 주고 그 여인의 몸값을 치러 주고 그 여인에게 행복된 새 생활을 열어 주는 일을 …… 만일에 말입니다. 그것이 오상만이라는 사나이가 추천하였단 까닭으로 물리친다면 상만은…… 공금횡령이라는 파렴치의 전과자 오상만은 단연코 패부한 인생으로서의 원한과 분노를 그대 한 사람을 향하여 쏟을 것을 맹세하오. 미친 소리로 돌려 버린다면 고만이겠소마는 미친개의 아가리 속에 들어있는 독즙이 사람을 죽인다는 사실을 그대는 짐작할 줄 아오. 전과자 오상만.'

편지를 다 읽고 난 동섭은

"흥."

하고 웃었다.

'실연의 상처를 싸매는 유향이라?'

동섭은 입속으로 중얼거리며 성냥을 그어서 편지의 한끝에다 대었다. 파란 불꽃이 불쾌한 글자들을 하나도 남기지 않을 때까지 동섭은 그 거무스레한 잉크로 쓰인 편지를 들여다보았다.

'이러한 독설을 놀리지 않더라도 양유색이라는 여성은 도움을 받을 권리가 있지 않는가.'

동섭은 교의에서 일어서서 가운을 걸고 그리고 가방을 끼고 현관으로 나왔다.

솨 하고 찬바람이 정원 나뭇가지를 흔들고 지나간다.

동섭은 약간 시장함을 느끼면서 상인천역으로 나왔다.

경성을 향해 달리는 기차 한 구석에 빈자리를 찾아 앉았으나 동섭의 맘은 기차 바퀴의 소음과 같이 결단코 조용하지가 못하였다.

경석 역에는 전과 같이 서정연 씨 댁 자동차가 와서 기다리고 있다. 동섭은 자동차 속으로 들어앉아 비로소 자경 어머니의 초췌한 얼굴이 눈앞에 떠올랐다.

고개를 끄덕이는 그는 감개무량하여 길게 한숨을 뿜었다.

어려서 네 살부터 그 무릎에서 놀고 그 품에 안기어 잠이 들고 그렇게 자라는 동섭인지라 그는 자경 어머니가 죽음이라는 최후의 길에 당도한 것이 뼈아프게 슬펐다.

생각하면 불쌍한 노인이다. 친아들과 다름없이 길러낸 자기(동섭)는 타인처럼 딴 집에서 살고 더욱이 하늘 아래 하나 되는 외딸 자경의 갖은 고초를 친히 목도하고 그리고 지금은 멀리 이향(異鄕)에서 서로 못 본 지 이미 오 년이다.

'어머니!'

동섭은 눈을 감은 채 입속으로 불러 보았다.

'불쌍한 어머니.'

동섭은 서정연 씨 집 현관 앞에서 자동차에서 내렸으나 그의 눈에는 뜨거운 눈물이 고여 있었다.

하인들의 인사를 받으며 전과 같이 안방으로 들어선 동섭은 일순 동안 주춤하여 그 자리에 서버렸다.

병자의 머리맡에 앉아서 산소 흡입을 시키고 있던 사람은 이쪽을 향하여 참따랗게 고개를 숙여 인사를 한다.

언제 돌아왔는지 그는 분명 자경이 아니냐. 기름기 없는 머리를 간단히 들고 검은 사지로 만든 드레스를 입은 자경은 동섭을 쳐다보고 방그레 웃는다.

그 얼굴에는 분도 연지도 발라 있지 않다. 그런데도 자경의 얼굴은 젊고 아름답다. 세련된 기품이 흘러내리는 아름다움이다.

조만간 자경이 돌아올 것은 알았지만 지금 여기서 이렇게 자경을 대하는 동섭은 반갑다고만 표현하기에는 그의 생각은 좀 더 복잡하여 지는 것이다.

"참 오래간만입니다."

동섭은 이렇게 평범스러운 인사말을 하고 빙그레 웃었으나 바로 한 시간 전에 읽은 오상만의 편지로써 오상만이가 만기 출옥한 것을 알았고 그리고 그 오상만의 아내가 되었던 자경이 또한 오 년 만에 고향에를 돌아왔다는 사실이 어떤 운명의 새로운 전개를 암시하는 것 같아서 그의 가슴 속은 돌을 집어넣은 호면처럼 굵다란 파문이 일고 있는 것이다.

동섭은 되도록 침착한 목소리로 그러나 빙그레 웃으며

"자경 씨가 왔으니 인제 정말 안심이 됩니다. 첫째 아픈 어른이 위안을 받으실 테니까 ……."

하고 잠깐 말을 그친 다음

"객지에서 고생되지 않습니까?"

하고 물끄러미 자경의 얼굴을 들여다보았다.

"아니오. 참 재미있었어요."

하고 웃는 자경의 눈초리에는 보일락 말락 가는 주름살이 있다. 벌써 삼십 고개에 올라섰다는 증거다.

맥을 다 보고는 동섭의 얼굴은 약간 우울하여졌다.

"결체(結滯)⁴²가 현저하지 않아요."

하고 자경은 혼곤히 잠이 들은 어머니의 얼굴을 내려다보며 가늘게 한숨을 쉰다.

'이럴 줄 알았다면 좀 더 일찍이 돌아올 것 …….'

맘속으로 중얼거리며 자경은 뼈가 녹아지는 듯한 회한에 사로잡히고 말았다.

오존의 흡입이 끝난 뒤에도 동섭과 자경은 아무 할 말도 없는 사람들같이 잠자코 앉아 있다.

---

42 어떤 물질이 뭉쳐서 막힌 증상.

동섭은 자경이 동경 여자 의학 전문학교를 작년 봄에 마친 것도 그리고 그 사이 미국 시카고 주립 의학교로 가서 일 년간 실습을 하고 나온 일까지 다 잘 알고 있다. 그러나 그것은 서정연 씨를 통하여 안 일이요 단 한 번이라도 자경에게서 편지를 부쳐서 소식을 안 것은 아니었다.

오 년 동안 동섭은 자경의 글을 기다렸었다. 모든 것을 내어던지는…… 예전 그 어린 시절처럼 동섭의 팔에 매어 달리는 자경이 그리웠다.

비록 처녀를 잃어버리고 그 후에 남의 아내로써 또 어머니로써의 경험을 가진 자경이건만 동섭이 자경에 대한 사랑은 변함이 없었다.

그것은 동섭 자신도 알지 못하는 신비로운 사랑이었다. 자경의 실수와 죄가 동섭의 맘에서 자경의 존재를 말살하여 버리지 못하도록 그렇게까지 동섭은 운명적으로 자경을 사랑하였던 것이다.

그것은 자경이 정평산의 총에 맞아서 생명이 끊어지려는 순간 동섭의 심장 한복판에서 느껴진 사실이었다. 그러한 사랑이 동섭의 맘속에 깃들이고 있었다는 일에 동섭 자신도 놀랐던 것이다.

모든 것을 용서하고 아니 모든 것을 청산하는 오직 새빨간 어린아이와 같은 자경을 안아들이려 할 그 찰나에 자경은 마치 도망하듯이 조선을 떠나고 말지 않았는가. 그리고 다섯 해라는 긴 세월이 흘러갈 동안 자경에게서는 단 한 장의 엽서도 없었다. 자경은 왜 갔을까? 왜 그처럼 사모하던 동섭이 살고 있는 이 땅을 떠났을까. 죽음에서 살아난 자경은 과연 두 팔을 벌리고 동섭의 품으로 뛰어 들려 하였다.

눈을 감고 벼랑에 나선 구도자처럼 그는 일절의 과거를 다만 과거로만 돌려버리고 동섭의 사랑의 바다를 향하여 내리 뛰려 하였다.

그러나 그 순간 자경은 한 놀라운 사실을 발견하였다. 자기의 목숨은 자기의 힘이 아닌 어떤 커다란 타력에 의지하여 살아난 것을 알았다. 방금 기름 마른 □□과 같이 자자지려던 자기 생명에다 선혈을 뽑아 넣어 준 사람이 있는 것이다.

아아 그것은 주인애였다. 여기서 자경의 운명은 또 한 번 그 바퀴가 외로 돌기 시작한 것이다.

자경은 인애의 피를 받은 것이 뜨거운 숯불로 이마를 태우는 것보다 더 괴로웠다. 그보다도 자경은 무서운 채귀(債鬼)와 같이 자경의 양심을 고문하는 것이다.

건강이 점차 회복 할수록 자경의 이성은 좀 더 강경히 자경을 심판하는 것이다.

인애는 사랑을 빼앗겼다.

인애의 행복을 깨쳐준 사람은 나, 자경이다.

나를 향하여 마땅히 저주하여야만 될 인애가 피를 쏟아 나를 살렸다.

그런고로 인애는 마땅히 의로운 사람이요 나는 부끄러움을 모르는 거지와 같이 생명의 기부를 받고 살아 있다.

그담에 들리는 양심의 소리를 듣지 않으려고 자경은 치를 떨면서 귀를 막아 보기도 하였다.

그러나 자경의 이성은 무자비한 재판관이었다.

유동섭은 나에게 배반을 당하였다. 그러나 동섭은 여전히 나를 사랑한다? 마땅히 용서하지 못할 것을 용서하는 인격은 크고 높다.

용서를 하는 이와 용서를 받는 두 인격은 결코 같은 저울대 위에 설 수 없다. 그런고로 유동섭은 나에게 자비를 베푸는 의로운 사람이요 나는 거지와 같이 그 앞에서 사랑을 비는 것이다.

자비는 어디까지든지 자비에 그칠 뿐이요 존경이 포함되어 있는 사랑은 아니다. 영원토록 그에게서 존경을 받을 수 없는 나는 인생의 걸인이다.

이렇게 생각할 때 자경의 자존심은 상처 받은 뱀처럼 자경의 가슴을 물어 찢기 시작하였던 것이다. 인애에게서 의연(義捐) 받은 이 생명을 보다 높은 이자를 붙여서 불릴 때까지 …….

그리고 진실로 동섭이 자경 자신을 우러러 볼 수 있을 때까지 …… 적어도 자기와 같은 수평에서 보아줄 때까지 단연코 그는 생명의 새로운 전향을 결심하였던 것이다.

이리하여 조선을 떠난 자경은 오 년 동안 입술을 깨물면서라도 그는 동섭에게 편지를 하지 아니하였던 것이다.

동섭이 가방에서 로지론 주사액을 침 끝으로 빨아올릴 때다. 갑자기 영창문이 열리며

"큰일 났습니다. 속히 응접실로 나와 보세요 …… 저 저 낙산 나리님이 오셔서 …… 영감 마님께 …….."

이 집에 오래전부터 있는 식모가 황급하게 부르짖는 소리다. 낙산 나리라는 것은 오상만을 가리키는 일이다.

"자식이 왜 이렇게 못나게 덤빈담 …….."

동섭은 복도를 나와 응접실로 갔다.

동섭은 서정연 씨가 봉변을 당한다는 소식을 듣는 순간 전신의 피가 한꺼번에 거꾸로 흘러가는 듯한 분노를 느끼었다.

'아무리 타락한 자식이기로 그 어른에게 덤벼들게 뭐 있담. 그 늙은이에게 무슨 죄가 있다니 자식 없는 외로운 이라고 만만히 보는 모양이지

만 …… 이 주먹이 용서하지 않을 테다.'

동섭은 상만이가 자기에게 보낸 글발을 미루어 생각하면 그는 벌써 훌륭한 직업을 가지고 나온 듯싶다. 공갈, 협박.

상만은 서정연 씨에게 필연코 무슨 조건을 붙여 금전을 청구하였거나 취직을 간청하였다가 들어주지 않으니까 협박을 하고 공갈을 하고 그리고 그 늙은 몸에다 손을 대는 것이라고 밖에 해석을 할 수가 없었다.

뒤에서 허둥허둥 따라오던 식모가 소리를 낮추면서

"자꾸만 영감마님께 뵙겠다구 합니다만 영감마님은 아침부터 감기로 침실에 누워 계시는 뎁시유 …… 안 계시다구 말을 했습지요. 그런데도 거짓말을 한다고 호령을 하지 않겠습니까? 참 정말 혼이 났어요. 제일로 그 눈이 무서웠어요. 사람을 노려보는 그 눈알이."

식모는 목소리를 죽여가지고

"꼭 사람을 구칠 것만 같이 보인단 말씀입니다 …… 선생님께서도 영감마님은 안 계시다고 그렇게 말씀해 줍시오, 네?"

"아니 그럼 영감마님은 응접실에는 나오시지 않았었군……."

하고 동섭은 복도에 우뚝 섰다.

"안 나오셨세요. 낙산 나리님만 하더라도 인제는 이 댁과는 아무런 연분이 없는 사람이 아니겠습니까? 아이 그 몰골하구 …… 그래도 결기는 그냥 남아 있으세요."

식모도 오상만이란 이 집 사위 되었던 사나이의 내력을 대강 만이라도 짐작하는 만큼 상만을 비난하고 멸시하는 모양이다. 좌우간 동섭의 긴장은 일시에 확 풀어졌다.

서정연 씨가 무사한 이상 구태여 응접실로 뛰어 들어갈 까닭은 없는 것이다.

동섭은 어멈을 돌아보고

"나가서 영감마님은 편치 않으셔서 아무도 면회하실 수 없다고. 그리고 지금 댁에서는 우환이 계셔서 두서를 차릴 수 없으니 그냥 돌아갑시사고 ……."

식모는 머리를 긁으며

"글쎄 말씀입니다 …… 또 호령을 하고 눈을 부라릴 텐뎁시유."

하고 무척 난처하여 한다.

"그래도 공손하게 잘 말을 해 봐요. 설마 식모를 어쩌진 않을 테니."

하고 동섭은 돌아섰다.

안방에 남아 있는 채 놀라움과 분노와 그리고 견딜 수 없는 수치를 느끼는 자경은 아랫입술만 지그시 깨물고 하회를 기다리고 있다.

잊어버리자. 꿈속에서라도 잊어버리려는 그 무서운 지옥의 사자 오상만이가 다시 자기 신변 가까이 나타난 것이 마치 짓이겨 죽여 버린 구렁이가 다시 살아나 몸에 감기는 듯한 그러한 징그러움과 공포를 느끼게 하는 것이다.

'아버지께 다 폭행을 해?'

일순 자경의 어금니가 빠드득 하고 소리가 났다.

'저 놈 하나 죽여 버리고 내마저 없어져?'

악이 치받친 자경은 자기 주위에서 칼이나 육혈포를 찾을 듯이 방안을 두리번거릴 때다.

동섭이 들어온다. 얘기한 것보다 훨씬 일찍 돌아오는 동섭의 빙그레 웃는 것을 보니 일은 무사히 해결된 것을 짐작할 수 있으나 자경은 차마 바로 동섭을 쳐다볼 용기는 없는 것이다.

"아버지께선 침실에 계시고 …… 아무런 일도 없었는데 …… 공연히 식모가 ……."

하고 동섭은 오상만이가 지금 응접실에 혼자 있다는 이야기를 하였다.

자경은 죄인처럼 고개도 들지 못한 채 호드드 한숨을 삼킨다. 이윽고 식모의 나지막한 음성이 문밖에서 들린다.

"지금 막 돌아갔는 뎁시유 ……."

"누가 편치 않으시냐고 묻기에 마님께서 위중하시다구 그랬더니 고개를 끄덕이고는 나가 버렸세요."

식모는 아주 살아난 듯이

"어떻게 혼이 났는지 모르겠어요, 호호."

웃고 저쪽으로 가버린다.

자경은 그 자리에 더 오래 앉아 있을 수가 없었다. 식모의 마지막 한 마디가 더욱 그 웃음소리가 무슨 견딜 수 없는 모욕을 자기를 향해서 던진 것 같아서 그는 벌떡 일어섰다. 복도로 우뚝 나오기는 하였으나 캄캄한 밤이다. 어디로 갈고 자경은 아무도 없는 곳에 가고 싶었다.

그는 텅 비어 있는 응접실로 들어갔다.

그 옛날 물총을 가지고 동섭을 쫓아가던 일, 동섭에게 쫓기어 이 방으로 들어오고 그리고 저 피아노 뒤에 숨은 일! 생각하면 꿈같이 즐겁던 옛날이다.

'영원히 돌아올 수 없는 그날이다.'

자경은 우두커니 방 한가운데 섰다. 화병에 꽂힌 국화는 언제 물을 갈았는지 보기 싫게 시들어가고 있다.

자경은 피아노 곁으로 갔다. 그리고 가만히 피아노의 뚜껑을 열었다. 그의 두 손이 건반 위에 올려지는 순간 유량하고 고요한 곡조가 흘러나온다.

자경이 소녀 시절부터 즐겨 울리던 은파다. 곡은 점점 잦고 빠르고 동글어 연잎사귀 위에 구르는 이슬방울처럼 영롱하여진다.

은빛 물결이 천 조각 만 조각으로 흩어지고 깨어지고 합치고 우렁차게 느리게. 아아, 자경의 눈에서는 하얀 진주와 같이 눈물이 굴러 떨어지고.

은은하게 들려오는 음악 소리에 끌린 듯 동섭은 복도를 나와 응접실로 들어갔다. 순례자와 같이 동섭은 경건하게 테이블 곁에 놓인 교의로 가서 앉았다. 감격과 황홀 속에서 동섭은 눈을 감고 팔짱을 끼었다.

그러나 동섭 이외에 또한 사나이가 이 방에 남아 있어 자경의 음악에 도취되고 있는 줄은 자경이나 또한 동섭은 알 까닭이 없었다.

곡조를 듣는 사람은 유동섭이요 곡조를 타는 사람은 서자경이다. 그러나 응접실 한 구석에 또 한 사람이 숨어 있어서 자경의 손끝에서 흘러나오는 곡조에 취하고 있으니 그는 오상만이다.

식모의 말대로 하면 그는 벌써 응접실에서 나갔다 하지 않느냐.

사실 식모의 말은 정확하였다. 서정연 씨가 병으로 누워 있고 그 노부인이 중태에 있단 말을 듣자 그는 초연히 현관을 나갔다. 그러던 그가 어떻게 지금 이 방 한 구석에 숨어 있어 자경의 음악을 듣고 있는가.

상만이 서대문 형무소에서 출옥한 것은 어제 오후였다. 지금부터 오년 전 그는 법의 재판을 받을 때 그의 죄 값은 오십만 원의 공금 횡령이었다. (삼십만 원은 무진 금광의 대금이요 이십만 원은 금광 개발 비용이었다.) 그러나 그보다도 더 한 가지 그 오십만 원 돈을 '오꾸마'에게 주었고 그리고 '오꾸마'는 ××당의 밀사였다는 점에서 상만의 형벌은 좀 더 중해지지 않을 수 없는 것이다. 법정에서 '오꾸마'와 대질을 하여 자기는 온전히 무진 금광을 살 목적으로 삼십만 원을 제공하였다는 사실을 진술하지 못하는 것이 유한이나 이미 '오꾸마'는 경관에게 추격되어 한강에 뛰어들어 자살하여 버린 뒤라 공판정에서 상만의 부인하는 대답은 별 효과를 얻지 못하였다.

운명은 이미 결정되었다.

검사의 구형은 팔 년이었었다. 그러나 형(刑)은 오 년 육 개월로 언도되었다.

마침내 하늘까지 쌓아 올라가던 상만의 바벨탑은 무참히도 무너지고 말았다. 나는 새라도 떨어뜨릴 듯한 세력과 수완을 가진 오상만은 하루 동안에 컴컴한 감방이 그의 세계가 되고 말았다.

값 높은 양복과 장신구 대신에 부끄러운 죄수의 붉은 옷을 입는 상만의 심중은 인생의 무상을 느끼지 않을 수 없었다.

네 겨울과 다섯 여름을 감옥에서 보내고 맞이하는 동안 상만은 갖은 고초를 겪지 않으면 안 되었다. 겨울밤에 추위와 여름 낮의 더위 때로는 간수에게서 오는 참지 못할 모욕과 학대! 더구나 장장 긴 날에 벽돌을 굽고 운반하는 노동의 괴로움!

그러나 상만은 이 모든 외부적 고통은 오히려 참을 수 있었다.

날이 갈수록 그의 머리가 냉정해 질수록 마치 질그릇에 담긴 흙탕물이 가라앉으면 거기 밝은 달이 물에 비치듯이 상만은 모든 과거를 돌아볼 때 그의 뇌수와 신경과 골수가 깎이고 쪼개지는 듯한 정신적 고통을 어찌할 수 없었다. 회한은 불뱀 같이 시시각각으로 상만의 영혼을 물어 찢었다.

자기가 갇힌 몸이 되어 보자 일찍이 이러한 곳에 갇히었던 동섭의 심정을 알 수가 있었다.

자기의 한때 야심으로 자경은 손에 넣었다. 그러나 그러한 자기 행동은 자경과 인애와 동섭의 몸에다 칼을 꽂은 일이 아니었던가. 그러한 죄악을 감행하여 가면서 얻은 그 출세와 성공을 왜 좀 더 오래 지키지 못하였던고. 오꾸마! 오꾸마 때문이다. 요녀 오꾸마 때문에 공금을 횡령한 것이다.

하지만 오꾸마를 알게 된 것은 도무지 요시에 때문이다. 고 요망스러운 요시에가 자기를 유인하여 오로라 댄스홀로 간 때문이다. 요시에는? 요시에는? 학세 때문에 어린 아들 학세 때문에 내 신변 가까이 있게 된 것이다.

학세는?……마침내 상만의 눈앞에는 일찍이 백합화같이 곱고 깨끗한 요시에를 버려 준 죄악이 커다란 아가리를 벌리고 달려드는 것이다.

'모든 것은 내 잘못이다. 한때의 실수라 하기에는 너무나 무서운 죄의 값이다.'

상만은 아침마다 숯가루가 절반 넘어 섞인 소금으로 이를 닦을 때도 콩과 보리와 좁쌀로 만든 냄새나는 밥을 받을 때라도 아니 똥통을 곁에 두고 자는 것까지 그는 지그시 참았다. 쌓이고 쌓인 죄악의 다만 얼마라도 배상할 수 있다면 상만은 그보다 더한 고생이라도 즐겨 참을 수 있으리라고 생각하였다.

그의 말이 이러한 지라. 감옥 생활의 일 년이 지나고 이태가 지나고 그리고 삼 년이 접어들면서부터 그는 모범 죄수의 반열에 참례하게 되었다. 그리하여 마침내 형기를 팔 개월 앞두고 가출옥이 된 것이다. 파렴치의 죄수로서는 드물게 나타나는 현상이다.

"세상으로 나가면 진실하게 또 용감하게 살겠습니다."

이것은 상만이 출옥할 때 형무소장에게 남긴 인사말이요 또 자신에게 대한 맹세였다.

형무소 문밖에는 자기의 편지를 받고 마중 온 사람이 있다. 예전 한성물산 주식회사 시절에 심복으로 부리던 사원이다.

강이 불러온 택시에 두 사람은 나란히 올라탔으나 상만은 갑자기 면 외국으로 여행 온 사람처럼 차창 밖으로 휙휙 지나가는 모든 풍경은 진실로 신기로워 그의 신경을 지나치게 흥분시킨다.

"강 군! 그런데 유동섭이 말야 그 사람은 요사이 어떻게 지내는가?"

"유동섭? 그인 아주 굉장한 발전이여요. 입원실, 탁아소, 소학교, 공장 아주 대단해요."

이렇게 시작한 강의 설명은 유동섭이가 어떻게 인천 빈민굴을 명랑한 근로촌으로 생산촌으로 만들어 버렸다는 설명을 하였다.

"공장이 넷, 학교가 하나, 유치원이 둘, 공동 목욕탕이 네 개, 이발소가 …… 그보다도 수도가 두 집에 한 개씩이라는 건 훌륭하지 않아요?"

"아니 그 많은 돈이 어디서 났을까?"

"아 왜 서정연 씨가 있는데요 ……."

상만은 잠자코 고개를 끄덕였으나 그의 가슴 속에는 갑자기 잠자던 화산이 활동을 개시한 것처럼 무서운 맘의 갈등이 눈을 뜨기 시작하는 것이다.

태양과 같이 찬란한 동섭의 존재에 대하여 자기라는 인간은 한 개의 꽁지벌레보다도 미천하게 되어버렸다는 사실을 어디다 호소할 곳이 없느니 만큼 그의 맘은 암담하여 지는 것이다.

높은 자리에서 낮은 사람을 동정하기는 쉽되 불행한 처지에서 행복된 사람을 원망하지 않기는 어렵다는 어떤 격언이 참말이라면 지금 상만은 동섭에게 대한 부러움과 질투를 어떻게 처분하여야만 옳은고. 상만의 오 년 동안 감옥에서 쌓은 수양은 동섭을 향하여 치밀어 오르는 적개심 앞에서 너무나 무력하게 날아가 버리고 말았다.

이것은 전과라는 낙인이 찍혀 있는 그 비뚤어진 성격의 일면이라 할수 있다. 그러나 이것은 또한 언제든지 상만은 자기보다 나은 자를 발아래 정복하지 않으면 견디지 못하는 그의 본래의 성격의 일면인지도 모른다.

좌우간 상만은 형무소에서 벽돌 한 겹을 나오는 순간 그는 완전히 오년 전의 오상만의 심경으로 돌아가고 말았다.

나래를 꺾인 독수리 같은 오상만이가 어떻게 다시 행복의 공중을 날아볼 수가 있을까.

그러나 나래는 없어도 독수리는 독수리다. 일부러 그는 건곤일척의 일대 모험이 없으리라고 누가 단언을 할까. 그가 작부 양유색을 동섭에게 보낸 것은 동섭을 향하여 도전하는 첫 선언이었다. 한 손으로 동섭, 한손으로 서정연, 상만의 화살은 과연 그 과녁을 바로 쏠 것인가.

강용식이가 상만을 데리고 신정 어느 주점으로 들어갔을 때 상만의 앞에는 술이 나오고 안주가 나왔다. 상머리에는 유두분면(油頭粉面)[43]한 젊은 여자가 앉아 있고.

아 얼마나 주렸던 음식이냐 얼마나 갈망하던 육(肉)의 향기런고! 그러나 상만은 그러한 본능의 쾌락에 취하기에는 그의 맘속에 일어나고 있는 투쟁이 좀 더 맹렬하였다.

강용식은 한성물산 회사에서 도태를 당한 뒤 한동안 룸펜으로 돌아다녔으나 지금은 어느 광업회사의 브로커로 있다는 것이다.

그의 넓적한 얼굴이 벌써 다초 빛으로 술이 돌았건만 그는 연방 먹고 마시었다. 그리고 만장의 기염을 토하는 것이다.

"하 사장! 아무렴 사장이구말구 지금부터야요 지금부터 하하하 술값은 염려 말아요. 여기 잔뜩 들어 있는 게 다 돈이야요."

잔이 거듭할수록 상만의 의식도 차츰 몽롱하여졌다. 그는 자기 앞에 앉아 있는 강용식이가 동섭으로 보이기도 하고 두텁게 화장하고 있는 작부의 얼굴이 자경으로 인애로 보이기도 하였다. 아니면 그는 전후를 모르고 자리에 요시에, 오꾸마 같기도 하다.

술병이 갈아들고 안주 그릇도 비어 갔다. 상만은 본래 술이 세지 못한 데다가 오래간만에 마신 술이라 그는 전후를 모르고 자리에 쓰러졌다.

"여보 사장 하하 오늘밤은 여기서 쉬서요 …… 이봐 유색이 이 어른 잘 모시게."

강용식의 번지르르 기름이 흘러내리는 얼굴에는 음탕한 웃음이 지나갔다.

타는 듯이 목이 말라오는 고통에 상만이 눈을 번쩍 떴을 때에는 벌써 바깥도 훤한 새벽이었다.

---

43 기름 바른 머리와 분을 바른 얼굴.

자리끼를 들어 한숨에 들이키고 빈 그릇을 내려놓는 상만의 눈에는 이상한 일이 비쳤으니 바로 자기 앞에 웬 어린아이가 누워 있는 것이다.

아이는 잠을 자는지 눈을 감았으나 그의 색색거리는 급한 호흡이라든가 바싹 마른 적은 입술에 까만 까풀이 끼인 것을 보면 분명코 어디가 아픈 모양이다.

상만은 머릿속을 더듬어 자기의 누운 곳을 달아나려 하였다.

출옥, 강용식, 신정 주점, 여기 누워 있는 곳은 주점이다. 그런데 이 아이는? 여우에게 홀린 듯이 우두커니 어린아이를 들여다보고 있노라니 문이 바스스 열리며 어제 보던 작부가 들어온다. 손에 조그마한 그릇이 들린 채

"아이 손님 벌써 깨었으세요? 어여 더 주무세요."

하고 빙그레 웃고는 어린애 곁으로 다가앉는다.

"자 약 먹어."

하고 여인은 아이를 두어 번 흔들어 깨운 뒤에 숟갈로 약을 떠서 아이의 입으로 떨어뜨린다.

"웬 애요?"

하고 상만은 퉁명스럽게 물었다. 여인의 얼굴은 되도록 웃으려고 노력하는 모양이다. 그러나 그의 얼굴은 웃는 것은 아니었다. 무안당한 어린아이처럼 금시도 울음이 터져 나오려는 괴로운 표정이다.

"손님께는 미안한 줄 알면서도 혼자서 앓고 있는 게 불쌍해서 이방으로 데리고 왔으세요."

숟가락을 내려놓고 여인은 아이를 무릎에 안고 젖꼭지를 물린다.

상만은 다시 잠을 들려고 하였으나 벌써 여러 해 동안 아침 여섯 시에

일어나던 습관을 어찌할 수가 없어 그는 기지개를 켜고 자리에서 일어났다.

"여보세요 손님! 제발 해나 돋거든 가세요. 주인 마누라가 알면 제가 이 방에 어린 것 데리고 들어온 때문에 손님이 가셨다고 또 야단법석이 날 테니까요 네?"

여인의 눈은 애원하는 듯 그의 얇은 입술이 두어 번 실룩거린다. 기다리는 사람도 없는 상만인지라 그는 쓸쓸히 웃고 다시 자리에 누웠다.

강용식과 함께 거리로 나온 때는 벌써 한낮도 넘어 늦은 가을 하늘에는 가느다란 빗방울이 나리고 있다.

신정 어구에서 강용식과 나뉜 후 타박타박 혼자 포도를 걷는 상만은 으쓱 추워 어깨를 치키었다. 그는 어느 조그마한 양복점으로 들어가 겨울옷을 한 벌 맞추고 그리고 다시 거리로 나왔다.

그러나 이 넓은 천지에 그가 들어갈 집이 어디인고. 그는 차츰 시장함을 느끼면서 황금정 네거리를 지나올 때다. 성장한 한 쌍의 신사숙녀가 자기 곁을 지나간다.

"하와이서 왔을까요? 지금 여름 양복을 입고 있으니 …… 그렇다면 왜 저렇게 맨숭맨숭 머리를 깎았을까?"

하는 것은 여자의 질문이었다. 상만은 전신의 신경이 두 귀로 집중되는 순간

"수신대학 출신인가? ……."

두 사람이 힐끗 돌아보는 것 같아서 상만은 길음을 빨리하여 좁은 골목으로 들어섰다.

부끄러움이 지나간 찰나 명명할 수 없는 분노가 그의 전신을 비틀었다.

"요시."

누구를 향해서 부르짖는 것인지 상만은 두 주먹을 힘껏 쥐었다.

그는 얼마든지 걸어갔다. 기다리는 사람도 없는 서울의 거리를 방향도 정하지 않고 자꾸만 걸었다. 시장함도 잊어버린 그의 걸음은 빠르고 바빴다. 그는 문득 한 골목이 눈앞에 나타났다. 어제 왔던 그 거리였다.

상만은 ××관이라 세워 있는 유리문을 밀고 들어갔다. 어젯밤 보던 작부는 주인 마누라와 무언지 다투고 있는 모양이다.

"그럼 아이가 죽어도 좋아요?"

"그걸 누가 아나. 그러니 내말이 장 상이 유색의 몸값을 치르고 아주 아이 새끼를 데려 가던지 하라는 밖에 ……."

여기까지 말을 하는 마누라는 상만을 보자 반색을 하며

"아유 손님 오셨네, 이봐 유색이 손님 오셨어."

하고 눈을 껌벅인다. 유색이라는 작부는 이쪽을 보고 벙긋 웃어 보이고는

"그럼 어떡해요? 아이도 저 모양인데 ……."

하고 유색이가 저편으로 고개를 돌리는 곳에는 첨보는 젊은 사나이가 고개를 수굿하고 서 있다.

"저걸 …… 저양 두면 죽어요 …… 오늘 밤이나 샐는지 ……."

가늘게 그은 작부의 눈썹 사이에는 주름살이 고추 섰다.

"글쎄 돈이 없는 걸 어떡허나?"

"……."

"흥 자식 맨들 때는 언제고 …… 글쎄 사내대장부가 돼서 앓는 자식을 병원에도 데려갈 조처를 못 한다면 어떡허우. 밤낮 어미가 끼고 저러니 영업인들 제대로 할 수가 있어야지."

뚱보 마누라의 음성에는 조롱과 불평이 절반씩 섞여 있다.

"글쎄요 마나님 나도 큰집에서 나온 지가 불과 사흘야요 사흘."

"왜 남들은 가막소[44]에서도 돈 벌어가지고 나오던데."

"오래 살고 나오는 사람은 몰라도 난 여섯 달 동안 아무것도 못 벌었소."

사나이는 커다랗게 한숨을 뿜고 수굿이 땅바닥을 굽어본다.

남자로서 이러한 굴욕이 또 어디 있을까.

상만은 거기서 잃어버린 자기 지체(肢體)의 한 토막을 발견한 때처럼 뜨거운 물결이 가슴에서 넘실거리는 것을 깨달았다.

상만은 방으로 들어가자 편지를 움켜쥐었다. 한참 동안 눈을 껌벅거리던 그는 드디어 결심한 듯이 유동섭을 향하여 편지를 썼다.

그러나 뚱뚱보 마님은 만만히 양유색의 외출을 허락하지를 않는다.

"자 옜수, 이걸 맡아 두시우. 혹시 색시가 돌아오지 않더라도."

상만은 감옥에서 벌어가지고 나온 돈지갑을 주인 마누라 앞에 내던졌다.

"이게 모두 얼마야요? 이걸로는 안 돼요. 저애 빚이 모두 사백칠십 원이야요, 호호호."

마누라는 돈지갑은 도루 상만 앞으로 밀어 놓는다.

"아니 웬 돈이 그렇게 불었어요?"

하고 주인을 쳐다보는 유색의 눈에는 일순 반짝하고 날이 선다.

"아니 너 책장 뒤져 보려무나. 영남이 밑에 만두 이십여 원이 들었어…… 흐흥."

---

44 감옥의 방언.

뚱보 마나님은 코웃음을 치고

"손님 대접으로라도 널 잠깐 내보내면 좋겠다마는 …… 하도 세상이 무서우니 …… 낸들 맘대로 할 수가 없구나."

하고 유색을 건너다보며 씽끗 웃는다.

"자 옜수 그럼 이게면 흡족하죠?"

상만은 조끼에 찼던 백금시계의 줄을 풀어서 마나님 앞으로 내밀었다. 그것은 상만이 감옥으로 들어갈 때 가졌던 시계다. 오 년 동안 감옥에서 참따랗게 맡아 두었다가 어제께 출옥할 때 상만에게 내어준 것이다.

젊은 사나이는 잠자코 상만 앞에 두어 번 허리를 굽혔다.

"이삼일 안으로 시계는 찾아 드리겠습니다."

그는 상만이가 내어주는 편지를 받아 포켓에 집어넣으며

"어여 아이 데리고 나와."

하고 유색을 독촉 하였으나 유색은 정신 나간 사람 모양으로 우두커니 상만을 쳐다보고 그리고

"세상에 이런 어른도 계시던가요?"

그의 쌍까풀진 눈에는 굵다란 눈물방울이 굴러 떨어진다.

"어서 가 보시우. 시간이 얼마 안 남았으니."

상만은 유색에게 이렇게 말을 하고 뚱보 마누라를 향하여 술상을 가져 오라 하였다. 아랫목에 아무렇게나 기대앉은 상만의 눈에는 어떤 야릇한 살기가 떠돌고 있다.

오 년 동안이나 그늘 속에서 신음하던 상만은 외계 사물에 접촉하는 동안 비록 그것이 단 하루라는 짧은 시일이었건만 그의 가슴에는 커다란 반동이 고개를 쳐들기 시작한 것이다.

동섭의 발전하는 상황을 들을 때 참을 수 없는 질투에 사로 잡혔고 길에서 수신대학 출신이라는 조롱을 들을 때 부끄러워 도망하였고 그리고 양유색의 딱한 정경을 볼 때 그는 선선히 백금시계를 내어 줄 수 있도록 그의 맘은 의협에 떨기도 하였다.

뚱보 마누라가 술상을 가져오고 명월이란 작부가 술을 붓고 …… 상만은 갑자기 주먹으로 술상을 탁 쳤다.

"어떤 놈이 선인이냐 어떤 놈이 악인이냐."

작부가 깜짝 놀라서 살며시 뒤로 물러나 앉는다.

"사람은 환경의 지배에 좌우되는 것이다. 그렇다."

상만은 또 한 번 부르짖고 혼자서 고개를 끄덕였다.

누가 먼저 외친 말인지 과연 이 말은 천고의 진리가 아닐 수 없는 것이다.

"나와 같은 환경에 갖다 두면 나와 같은 길을 걷지 않을 놈이 몇이나 될 것이냐? 내가 서정연 씨를 대할 면목이 없다? 어째서?"

상만의 눈에서는 좌르르 광채가 쏟아졌다. 자리에서 벌떡 일어선 상만은 밖으로 뛰어나왔다.

서정연 씨의 집 현관으로 들어올 때까지도 그의 다리는 흥분에서 부들부들 떨리었다. 그러나 면회 사절을 당할 때 상만은 쓸쓸히 돌아서는 자신을 조롱하고 웃었다.

가을 화초들이 까뭇까뭇 시들어가는 화단을 흘겨보며 돌아 나가던 상만은 문득 자기가 지금 나온 응접실에 모자를 두고 나온 것을 깨달았다.

그는 혀를 차고 다시 안으로 향하여 돌아섰다. 낮에는 양복점에 가서 모자를 두고 나온 때문에 길바닥에서 수신대학 출신이라는 지목을 받았겠다.

상만은 여러 해 동안 모자를 쓰지 아니한 자신의 습관이 슬펐다.

현관에는 상노 아이도 어멈도 보이지 않는다. 그는 또 한 번 혀를 차고 응접실로 들어가 모자를 들고 현관으로 나왔다. 그러나 그는 우연히도 현관 유리창을 통하여 한 사실을 발견하였다.

초연히 고개를 떨어뜨린 자경이 응접실로 들어가는 것이 보인 것이다. 방심한 상태로 한참 동안 그 자리에 서 있던 상만은 쓰디쓰게 웃고 닫혔던 현관문을 다시 밀고 안으로 들어섰다. 응접실에서는 피아노 소리가 조용히 흘러나온다. 상만은 세 번째 응접실로 들어갔다.

방으로 들어선 상만은 가만히 문을 닫고 그리고 소리 나지 않게 문에다 등을 착 붙이고 섰다.

오오! 자경!

돌아앉은 채 제비같이 두 손을 건반 위에 나르고 있는 자경은 그 옛날 자기 아내 그대로의 자경이 아니냐. 그가 지금 울리는 음악소리는 그때 낙산 아래 자기 집 응접실에서 들리던 그 곡조가 아니냐. 요시에 집에서 오꾸마의 침실에서 밤을 밝히고 양심의 가책을 받으며 돌아오는 아침 선명한 햇살을 소복이 안은 그 아담스런 문화주택에서 쏟아지는 명랑한 선율!

얼근히 취하여 돌아오는 밤 그 은행나무 한 가지 정답게 내다보는 옆은 담을 끼고 들어갈 때 은은히 흘러나오는 애달픈 은파! 진실로 그것은 미안스럽고 죄송스러운 순간순간이 아니었던가. 애소하는 듯 원망하는 듯 꾸짖는 자경은 이 곡조를 통하여 자기의 회포를 부치는 것이 아닐까 상만은

'여보!'

하고 두 팔로 덥석 자경의 어깨를 안아보고 싶었다. 힘껏 안고 소리를 내어 울어보고 싶도록 그의 가슴은 뜨거워졌다.

'자경! 나는 돌아왔소이다 …… 그러나 …….'

입속으로 중얼거리는 상만의 고개는 힘없이 수그러졌다. 지금 그의 눈앞에는 협의 이혼장에 나란히 쓰여 있던 오상만 서자경의 이름이 환등같이 나타나고 있다. 그것은 자기와 자경과의 관계는 이제는 다만 과거 영원한 과거로 매장하여 버린 한 개의 슬픈 비문(碑文)인 것이다.

상만은 약간 혈색을 잃은 그의 아랫입술을 질겅질겅 물어뜯었다. 또다시 그 무서운 회한이 그의 심장을 후벼 파기 시작한 때문이다.

'왜 왔던고?'

상만은 이 집을 찾아온 자신이 후회스러웠다.

벌써 어두워 면회할 시간이 아닌 줄을 알면서도 모이를 쫓는 짐승처럼 이집으로 뛰어 왔던 한 시간 전의 용기는 어디로 갔을까. 그보다도 그는 조금 전에 이 집을 나간 이상 다시 안내도 없이 불쑥 들어온 것이 몹시도 후회스러웠다.

이미 노방의 타인이 되어버린 자경의 뒤를 따라 도둑고양이처럼 이 방안을 엿보고 있다니…….

진실로 자기는 어느 사이 이렇게까지 파렴치한이 되어 버렸을까.

'돌아가지 가서 내일 다시 오더라도 …….'

성만은 돌아가기를 결심하자 그는 불로 지지듯이 이 방안을 빠져 달아나고만 싶었다.

아내에게 배척당한 몸으로 더구나 도둑고양이 모양으로 음악을 도적하여 들고 있는 자신을 자경은 얼마나 경멸할 것이냐 천시할 것이냐 상만은 밖으로 나가려고 몸을 돌이키려는 순간이다.

등으로 밀고 서 있는 문을 분명코 밖에서 누가 여는 모양으로 손잡이가 두어 번 덜그럭 거리며 돌아간다. 누가 들어올까, 들어온다면 자기가 여기 있는 것이 드러나고 그리고 자경이 자기를 알아보고 …….

상만은 이 난처하고도 창피한 현장을 어떻게 벗어날 도리가 없을까 그의 맘은 황망하고 조급하여졌다. 그러나 문고리는 또다시 덜거덕 덜거덕 돌아간다.

상만은 한 가지 생각이 번개같이 머릿속을 지나가자 그는 몸을 옮기어 도어를 비켜났다. 그리고 가까이 있는 창 곁으로 다가섰다. 창에는 수박색 커튼이 한 옆으로 밀리어 굵다란 줄에 묶여 있다. 그는 잠깐 동안 몸을 피하였다가 자경의 눈에 들키지 않고 돌아가려는 심산이었다.

방으로 들어오는 사람은 창문 커튼 그늘에 누가 서 있는 것은 전연 모르는 모양으로 천천히 테이블 곁으로 가서 교의에 앉는 것이다.

상만은 지금 들어온 사람이 누구인 것을 직감할 때 그의 전신의 신경은 두 눈으로 옮아졌다.

놀라움과 조롱과 미움을 가득이 담은 상만의 두 눈은 진실로 동섭의 일거수일투족을 지키기에 탐조등과 같이 한 곳만 쏘아보고 있다.

자경은 물론 동섭이 들어오는 것도 모르는 모양으로 한결같이 그의 음악은 무심히 흐르고 있다. 이윽고 피아노 소리가 뚝 그쳤다. 실내는 지극한 침묵에 점령되어 버렸다.

그러나 정적은 쉽게 깨어졌다. 갑자기 두 손으로 얼굴을 싸는 자경이 아무렇게나 피아노 위에 엎어지자 자경의 팔과 얼굴에 스친 건반들이 조화를 잃고 요란스럽게 울렸다.

'자경은 운다.'

하고 상만은 생각하였다. 그러나 그담 순간 상만은 빙긋 웃었다. 테이블 앞에 앉았던 동섭이 피아노 곁으로 가는 것을 본 때문이다. 자경의 가늘게 떨고 있는 어깨를 우두커니 내려다보고 섰던 동섭은

"자경!"

하고 나지막이 부른다.

자경은 흠칫 놀라서 고개를 들었으나 곧 다시 그 함초롬히 젖은 얼굴을 두 손바닥으로 가리어버린다.

"자경! 울지 말고 …… 일어나요. 일어나서 방으로 가 봅시다. 어머님 기다리실 텐데 ……."

자경의 어깨는 전보다 좀 더 떨린다고 상만이 생각할 때다. 동섭은 가만히 한 손을 자경의 어깨 위에 올려놓는다.

'연극은 본격으로 들어간다, 흥!'

하고 커튼 아래서 비웃는 상만의 눈은 이상한 광채로 번득이기 시작하였다. 동섭은 가만히 그의 가슴에다 자경의 머리를 안는다.

"자 안방으로 들어갑시다. 지난 일은 다 잊어버리면 그만 아니요? 울긴 왜 울어 어린애 모양으로."

하고 동섭은 포켓에서 손수건을 꺼내서 자경의 눈물을 씻어주는 것이다.

현애절벽(懸崖絕壁)[45]에서 한 그루 나무를 부여잡고 있는 듯 상만은 절체절명으로 맘속에 일어나는 혼란을 억제하여 보려고 노력하였으나 그

---

[45] 낭떠러지.

것은 결국 상만의 힘으로 견디기에는 너무나 큰 형벌이었다.

상만은 눈을 감았다. 동섭과 자경의 동작을 차마 바로 볼 수가 없는 때문이다.

그러나 귀로 들리는 저 말소리들!

"동섭 씨! 저만치 물러나서요 …… 난 뭐 아무렇지도 않으니까요."

하고 몸을 빼어 일어서는 자경의 음성은 비교적 똑똑하다.

상만은

'무대 장면이 바뀌나?'

하고 커튼 아래서 눈을 크게 떴다.

"나는 잘 알아요. 당신이 인천 빈민굴의 한 사람으로 나를 위로하고 도와주려는 맘을 ……."

그의 약간 날카로운 음성 속에는 다분의 반항이 숨어 있다. 그러나 그 것은 또한 슬픔과 절망과 그리고 자포의 부르짖음이 아닐 수 없는 것이다.

동섭은 잠깐 동안 어리둥절하여 자경을 바라보더니

"빈민굴 사람처럼?"

하고 자경의 말을 되풀이하고

"자경 씨! 내가 인천 빈민촌에 있는 형제들을 …… 그렇습니다. 나는 그들을 형제라고 부릅니다. 그게 기독교인이 부르는 형제라는 뜻과 같을지는 알 수 없지만 나는 그들에게 진실한 형이 되어야 할 것이고 그들을 진정 내 아우와 같이 사랑하여야 될 것입니다. 그러나 자경 씨! 나는 몇 번이나 내 마음 속으로 빌었는지 …… 자경을 사랑하는 것처럼 빈민촌의 형제들을 사랑할 수 있다면 …… 진정입니다. 지금 죽어도 나는 양심에 부끄러울 것은 없습니다."

동섭은 벌써 넘어간 초승달을 찾으려는지 창밖으로 눈을 돌려 캄캄한 밤하늘을 바라본다.

"그러면 만일 입니다. 내게다 제일 많이 자비심을 베풀고 계시니까 그 다른 형제에게도 나와 같이 자비심을 부어 주어야만 되겠단 말이죠? 그러니까 결국 내가 당신의 제일 불쌍한 형제란 말이죠?"

일순 자경의 어여쁜 입술이 비난하듯이 한편으로 비뚤어졌다.

"그럼 자비는 좋지 못하단 말입니까? 자경 씨는 ……."

이쪽으로 휙 돌아서는 동섭의 얼굴빛도 약간 긴장하였다.

"좋지 못한 건 아니죠. 자비는 왜 성경에도 여덟 가지 복 가운데 참여하지 않아요? …… 더욱이 대자대비는 부처님 …… 그렇습니다. 부처님의 슬로건이니까요 …… 인천 빈민굴의 구세주 유동섭 씨로서는 가장 높일만한 미덕이겠지요."

자경은 이번은 조롱하듯이 픽 웃고

"자비니 희생이니 봉사니 …… 하는 그런 구세군의 삐라⁴⁶쪽 같은 말들은 어서 인천 빈민굴에나 가서 힘껏 방송을 하세요. 난 그런 거룩한 문자는 잘 모르니까요 호호."

자경은 소리를 내어 웃고 빤히 자기를 바라보고 서 있는 동섭에게서 시선을 돌리며

"내가 구하는 것은 사랑이어요. 동섭 씨가 내게 바치는 사랑 …… 그렇습니다. 한 인격과 인격이 바꿀 수 있는 온전한 사랑입니다 …… 그 때문에 동십 씨! 내가 오 년 동안에 단 한 번도 당신에게 편지를 하지 아

---

46 *びら*. 한 장으로 된 광고 선전지.

니한 것도 나는 당신에게 자비를 구걸하기가 싫었던 것입니다. 당신의 온몸과 맘을 던져서 내게 바치는 사랑을 보기 전에는 나는 거지처럼 당신 앞에 불쌍히 여김을 받고 싶지는 않으니까요 …… 알아 들으셨어요?"

방그레 웃으며 교의에 앉는 자경의 얼굴은 옛날 자경 그대로의 교만과 분방과 그리고 어디까지든지 자아를 굽히지 않으려는 지나친 자존심이 새겨져 있다. 동섭도 테이블 곁으로 가서 교의에 앉으며

"여러 가지로 재변을 겪은 자경 씨를 동정하고 …… 애처롭다 생각한 것은 사실이어요. 그러나 그것은 자경 씨를 불쌍히 보는 것은 아닙니다. 단연코."

"글쎄 …… 이것 좀 건방진 말 같습니다만 왜 내가 겪은 일을 가지고 지나치게 동정을 하느냐 말야요. 아버지가 오십만 원 잃어버린 사실보다 내가 한때 당한 환난이 더 깊이 당신의 뇌수 속에 새겨져 있을 동안 내게는 언제까지나 과거가 과거로 가버리지 않고 영원한 현재로 남아 있을 것입니다. 그러니까 결국 동섭 씨와 나와는 건너지 못할 구렁을 사이에 두고 있는 것이에요."

자경은 호르르 한숨을 쉬고

"그보다도 난 동섭 씨가 인애와 결혼할 것을 지금도 주창하고 싶어요 ……."

동섭은 고개를 끄덕이면서

"자비는 사랑이 아니라고 지금 자경 씨가 말하지 않았어요?"

자경은 동섭의 말뜻을 알아들으면서도 짐짓

"오상만이란 악마에게 인애가 받은 손해가 더 클까요? 그보다도 내가 좀 더 할까?"

혼잣말처럼 하고 손가락 마디를 똑똑 자르고 앉아 있는 자경은 아름다운 그림은 아니다. 그러나 옥으로 깎은 싸늘한 조각과 같이 아름답다.

"그야 인애 씨가 더 하겠죠. 전심전력을 바쳐서 사랑하던 남자에게 버림을 받은 것이고…… 자경 씬…… 사랑을 느끼지 않는 남자에게 일시 농락을 받아 맘에 없는 결혼 생활을 하다가 이제 그 결혼에서 해방되어 버렸으니까…… 인애 씨의 피해는 영구적이고 자경 씨는 일시적 재난이라고 볼 수 있잖아요?"

"동섭 씨!"

하고 자경은 똑똑하게 동섭을 불러놓고

"정말 그렇게 생각하십니까, 정말 내가 인애보다 피해가 적다고 보십니까?"

동섭은 커다랗게 고개를 끄덕여 보인다.

"인애 씬 영원히 그 사랑하는 사람을 잃어버렸지만 자경 씨는 이렇게도 내가 기다리고 있지 않아요?…… 자경 씨 나는 예전과 꼭 같이 자경을 사랑합니다. 예전과 조금도 다름없이……."

"무엇으로 증거하시겠어요?"

"결혼하죠. 내 귀중한 아내로 그 말이 부족하다면 가장 존귀한 친구로 모셔오죠."

"……."

일점의 사기(邪氣)도 보이지 않는 동섭을 쳐다보는 자경의 눈에는 커다란 감격이 빛났다. 그는 다소곳이 머리를 숙인 채 소녀같이 두 뺨이 붉어졌다.

"어머님께도 이 말씀을 여쭙고 안심하시도록 합시다…… 자 일어나요 자경!"

동섭의 두 팔이 조용히 자경의 가슴을 안았다. 바로 그 순간이다. 갑자기 방안이 캄캄하여졌다. 전등이 꺼진 것이다.

정전인가 하고 생각할 이도 없이

"킥킥킥."

기괴한 웃음소리가 흑칠의 어둠을 뚫고 새어 나온다. 자경은 심장이 얼어붙는 듯한 공포에 몸을 떨며 동섭의 가슴에 매달렸다.

"누구야!"

동섭이 호령을 하고 어둠을 흘겨보는 동안 뚜벅뚜벅 걸어 나가는 발소리와 함께 쾅 하고 닫히는 문소리! 분명코 지금 누가 이 방에서 나간 모양이다.

"누구야?"

또 한 번 소리를 치며 동섭이 복도로 내달았으나 귀신이 지나간 듯 바깥은 아무런 자취도 그림자도 보이지 않는다.

"내 귀중한 아내로 존귀한 친구로 모셔오죠."

자경에게 맹세하는 동섭의 음성을 듣거나 감격에 빛난 눈으로 동섭을 바라보는 자경의 얼굴을 보거나!

아, 그보다도 동섭은 자경을 포옹하지 않느냐. 동섭의 입술이 자경의 아름다운 이마에 대려는 것을 보는 상만은 숨이 막힐 듯한 고통에 이제는 이 이상 더 버티고 서 있을 수는 없는 것이다.

다행이라 할까 상만은 자기 가까이 구원의 손이 뻗치어 있는 것을 발견하였다.

커튼 아래 까만 단추! 그것은 전등 스위치였다. 상만은 부들부들 떨리는 손으로 스위치를 눌러 버렸다.

캄캄한 흑암이 이 방을 둘러싸자 그는 지옥에 와서 안심한 마귀처럼 그의 입에서는 자기도 모를 야릇한 웃음이 터져 나온 것이다.

문을 열고 밖으로 달려 나온 상만은 자기를 쫓아 나오는 동섭을 피하기 위하여 위선 그는 현관 맞은편에 심어있는 커다란 정원석 뒤에 숨기로 하였다.

이윽고 상만은 어둠 속에서 빨간 혓바닥을 내밀어 보이고 이 집을 빠져 나오자 그는 다시 한 번 뒤를 돌아보았다.

큰 새와 같이 깃을 내리고 앉아 있는 웅장한 저택!

"돌 하나도 돌 위에 첩 놓이지 않게 되는 날이 온다면? 흥!"

상만은 이보다 좀 더 심각한 저주의 문구가 없나 하고 머릿속을 뒤지며 어깨를 추스려 웃었다.

동섭은 이날 밤 인천으로 내려가지는 않았다. 무서움과 불안에 떨고 있는 자경을 혼자 두고 차마 이 집을 나갈 수는 없었다. 인천 자기 병원에는 내일 아침에 내려간다고 장거리 전화를 한 후에 오래간만에 이 집에 묵기로 하였다. 표면으로는 극지의 병원처럼 차디차게 닫히어 있던 두 사람의 사이였으나 그들의 맘에는 서로 그리워하고 사모하는 정열은 전류와 같이 강하게 흐르고 있었던 것이다. 이제 한 번 부딪쳐 두 사람의 사이는 아무 일도 없었던 것처럼 진실로 칠 년이란 세월이 만들어 놓은 운하보다 깊은 상처는 일순간에 완전히 나아가지고 만 것이다.

두 사람은 비록 떠나 있었으나 그들의 맘은 한데 매어 있었다. 몸은 나뉘어 있었으나 그들의 영혼은 꼭 같이 울고 웃고 기뻐하고 서러워하였던 것이다. 그리하여 동섭이나 자경이나 자신의 심경을 설명할 긴 말이 필요치 않았다.

그들이 예전 자라던 집으로 와서 예전에 놀던 그 방으로 갔을 때 벌써 그들의 방문은 활짝 열리어 버린 것이다.

동섭이 이 집에 묵는 것은 손님으로서가 아니다. 어느 먼 곳을 여행하고 돌아온 집 주인이 자기 침실로 들어가는 그것이었다.

그 옛날 그 다정한 자기 서재와 나란히 있는 침실은 칠 년 전 그때와 조금도 변함이 없이 동섭을 맞아주는 것이다.

자경이 하녀들을 독촉하여 소제한 방인지라 티끌 하나 없이 맑고 정하다.

책장에 꽉 들어찬 금 글자의 서적들! 북편 벽을 기대고 의젓이 서 있는 양복장, 적은 탁자 위에는 냉수가 가득 찬 유리! 모든 것은 칠 년 전 그대로의 정돈과 질서를 유지하고 있다.

동섭은 홑이불로 가리어 있는 인체 표본 앞으로 갔다.

홑이불을 걷고 묵묵히 표본을 들여다보고 서 있는 동섭은 동굴과 같이 쾡 들어간 해골의 두 눈을 가만히 만져 본다.

죽음을 약속하고 이 집을 나가던 밤 다시 이 방으로 돌아올 날이 있을 것을 꿈엔들 생각하였으랴.

더욱이 칠 년 전, 자기가 감옥에서 돌아오던 밤 회나무 아래에서 자경과 상만이 속삭이던 그 장면!

자경은 벌써 처녀가 아니라는 것을 알게 되던 그 저주받은 무서운 밤! 자기가 회나무를 안고 정신없이 땅 위에 거꾸러지는 그 아픔을 오늘밤 상만이가 응접실 한 구석에서 그와 방불한 인과의 쓴잔을 마시고 돌아갈 줄을 알았으랴.

"아아 시간의 힘이여!"

부르짖는 동섭은 오랜 체증이 내려간 때처럼 그는 허리를 쭉 펴고 길게 숨을 내뿜었다.

그러나 그의 빛나는 두 눈은 무엇을 노려보는지 한 곳을 쏘아보고 있다.

'반드시 상만은 그냥 있지 않으리라.'

동섭은 오늘 받은 상만의 편지와 또 조금 전에 들은 야릇한 웃음소리를 생각하고

'어떤 일이 있더라도 자경과 자경의 가족을 보호할 책임이 내게 있다……'

침대로 가서 눕자 종일 피로한 몸이 가물가물 혼곤히 잠에 들 때까지 그는 이런 말을 입속으로 중얼거렸다.

이튿날 아침 안방으로 가서 자경 어머니의 용태를 진찰한 동섭은 환자의 경과가 어제보다 훨씬 나아진 것이 무척 신기로웠다.

그리던 딸이 오고 …… 그리고 그 딸은 동섭과 나란히 앉아서 자기를 간호한다는 조건이 환자의 심신에 미친 좋은 영향인 듯싶다.

동섭은 아침에 식당에를 갔다. 칠 년 동안이나 들어가지 않았던 식당! 식모는 이 집 귀한 아들과 딸을 맞이하는 흥분에서 그의 최선의 솜씨를 다한 모양이다.

엷은 화장에 조선옷 …… 흰 치마에 장미색 겹저고리를 받쳐 입은 자경은 이십 때의 처녀같이 곱고 아름답다.

두 사람은 오래간만에 단둘이 앉아서 먹고 마시었다. 자경의 어여쁜 미소와 동섭의 유쾌한 웃음소리가 화려한 꽃떨기처럼 이 방을 아니 이 집을 향기롭게 만들었다.

식사가 거의 끝이 나고 두 사람 앞에 뜨거운 차와 과일이 나왔다. 자경은 사과를 찍어 동섭 앞에 놓으며

"세상에 인간을 가장 불행하게 만드는 커다란 두 가지가 있는데 …… 무언지 아시겠어요?"

하고 방그레 웃는다.

"두 가지 불행? …… 글쎄 무얼까 …… 질병과 가난 …….

"그보다도 원수를 가진 것이야요. 원수를 가진 사람처럼 불행한 사람은 없을 것이에요. 그리고 또 한 가지는 결혼!"

"그야 불행한 결혼은 불행하겠지만 …… 결혼이라고 다 불행한 것은 아니겠지. 사실 원수를 가진 것만은 정말 괴로운 일이죠 …….

하고 사과 쪽을 집는 동섭의 머릿속에는 오상만의 얼굴이 지나갔다.

그러나 식당을 나오는 두 사람은 원수를 생각하기에는 또한 그 어머니의 병이 위중하다는 것을 생각하기에는 그들이 느끼는 행복이 좀 더 컸다.

우리는 동섭과 자경이 속히 결혼하기를 바란다. 그리고 행복 된 새 가정의 주인이 되어 지기를 빌어 마지 아니 한다. 그러나 운명은 과연 그들에게 행복을 약속하는가.

상만은 희미하게 불빛이 새어나오는 좁은 골목을 빠져 나오며 혼자서 혀를 찼다.

형무소에서 나올 때부터 지금까지 불과 삼십 시간이 못 되는 동안 시시각각으로 일어난 맘의 변동이 자기가 생각하여도 이상스러운 것이다.

서정연 집 응접실에서는 이 집으로 불쑥 찾아온 자신을 원망하였고 지금 어두운 거리로 나온 그는 놀란 쥐와 같이 그 집 응접실을 빠져나온

자신이 후회스러웠다.

'왜 도망해서 나왔을까. 그 요녀 같은 자경의 눈에 들키는 것이 겁이 나서? 흐흐흐.'

상만은 탁 하고 길바닥에 침을 뱉고 조끼 주머니를 더듬었다. 시간이 어떻게 되었는지 알고 싶었던 것이다.

그러나 포켓 속에는 시계는 없었다.

'아 시계는 신마찌에 두고 왔지.'

상만은 자기 자신이 바람개비 모양으로 바람 부는 대로 이리로도 돌고 저리로도 도는 것이 안타까웠다.

사물을 보는 대로 이렇게도 흥분하고 저렇게도 흥분하는 자기 정신은 외계의 사물에 대하여 너무도 오랫동안 격리하여 지내온 탓이라고 생각을 하였으나 좌우간 그는 하루 동안에 지내온 일이 정신병자의 초기 증세와 방불한 것이 약간 두려워졌다.

상만은 입속으로

'미쳐서는 안 돼. 미쳐버리면 …… 영원한 패배이다.'

하고 부르짖었다. 그러나 지금 끓는 가마 속과 같이 괴롭게 부풀어 오르는 한 가지 생각을 어떻게 누를 수가 있을까.

'자경과 동섭은 나를 악마라 하였겠다 …… 피해 정도가 어떻다? 에이 쓸개 빠진 것들 …… 흐흐흐.'

그는 정신을 차리자 하면서도 그의 신경 계통을 이글이글 태우고 있는 증오와 질투의 불길을 어찌할 수가 없다.

어디를 어떻게 걸었던지 그의 눈앞에는 한강 여관이란 간판의 커다란 글자가 전등 아래서 졸고 있는 것이 보였다.

상만은 조그만큼 대문이 열려 있는 바깥마당으로 들어섰다. 주인인 듯한 오십이나 되었을까 노인의 안내를 받아 서쪽을 향한 방으로 들어설 때 대청 위에 시계가 열한 시를 친다.

상만은 옷을 벗을 생각도 하지 않고 아무렇게나 자리에 누워 버렸다.

거의 사흘 동안 그는 먹지도 마시지도 않았다. 혼혼한 꿈속에서 방황하고 있는 그는 때론 동섭과 맞붙어서 치고 때리고 하는 장면을 연출하다가 번쩍 눈을 뜨기도 하고 자경의 머리채를 휘어잡고 발길질을 하다가 놀라서 잠을 깨기도 하는 것이다.

"여보십시오, 손님 무엇 좀 잡수셔야지 이렇게 누워만 계서서 어떡하시겠습니까?"

걱정스럽게 상만의 머리맡에 앉아 있는 이는 여관 주인이었다.

"아무것도 먹고 싶질 않습니다."

상만은 고개를 내저었으나 그는 입속이 모래를 문 듯 깔깔하여 냉수를 청하였다.

주인은 하인이 떠오는 냉수를 받아 손수 상만의 입까지 가져와서 마시어 주며

"그 사이 의원을 불러다 진맥까지 시켜보았습죠. 그러나 열도 없고 …… 그저 퍽 고단하신 모양이니 실컷 주무시게 해 드리라고 해서 이렇게 간간히 들어와만 봅니다만 …… 인제 어지간히 주무셨죠, 하하."

주인은 안심한 듯이 소리를 내어 웃는다.

사실 주인은 사흘 동안이나 계속해서 누워 자는 수상한 손님의 지갑부터 뒤져 보았고 그리고 주머니 속에 백여 원의 지전이 들어있는 것을 볼 때부터 위선 안심을 하였던 것이다.

세상모르고 자꾸만 자는 이 사람은 혹시 독약이나 먹은 것이 아닌가 하고 의사를 불러 진찰까지 하여 그런 일은 없다는 회답을 받은 뒤는 참으로 안심하였던 것이다.

　상만은 냉수로 양치를 하고 자리에 일어나 앉았다.

　"오늘이 며칠입니까?"

하고 주인을 쳐다보는 상만의 얼굴은 파랗게 혈색을 잃은 채로 그의 깎은 듯이 드높은 콧마루나 잘 골라선 잇속이나 그리고 갸름한 얼굴에 약간 욱은 듯한 턱! 주인은 속으로

　'잘 생겼다!'

하고 고개를 끄덕이며 무엇이 생각난 듯이 밖으로 나갔다. 다시 들어오더니

　"미음을 좀 쑤라고 일러두었습니다."

　주인은 두꺼운 책을 방바닥에 내려놓으며

　"그런데 숙박지 말씀에요. 여기 보십시오. 이렇게 성함과 연령과 본적만 기입을 하셨더구면요 …… 전일 어디서 유하셨던 곳과 현주소까지 적어 주십시오 …… 요샌 경찰에서 부쩍 조사가 심해서 온 아주 귀찮습니다요!"

　주인은 아첨하듯이 웃으며 책을 상만 앞으로 밀어놓고 먹이 흠뻑 문은 모필을 상만의 손에 쥐어준다.

　'오영구, 삼십이 세, 본적 …….'

　상민은 속으로 쓸쓸히 웃었나. 세상에 나가는 날에는 오상만이라는 이름을 다시 쓰지 못할 것을 생각하고 그가 새로 지은 이름 오영구를 그날 밤 그 피로하고 괴로운 머릿속에서 잘도 기억하고 있었던 것이 기특

하게 생각된 때문이다.

좌우간 상만은 이 집에 당분간 머물기로 하였다. 그러나 이 한강 여관이란 제이류 여관집이 장차 자기 앞날에 어떠한 숙명적 인과를 가지게 될지 물론 지금의 상만으로서는 알 길이 없는 것이다.

상만이 출옥한 지도 어느덧 한 달이 넘었다.

풋 솜 같은 눈송이가 흩날리는 어느 오후 상만은 싸늘하게 식어가는 온돌방의 촉감을 느끼며 그는 자주 창밖으로 귀를 기울이고 앉아 있다. 벌써 세 시 칠 분! 강용식은 꼭 두 시에 온다고 했는데 옆에 방 손님들도 아침부터 나가고 뜰에는 소리도 없이 눈만 쌓인다.

상만은 피부로 스며드는 듯한 적막을 느끼며 또 한 번 대청 시계를 내다보려고 장지문을 열었다. 바로 이때이다.

마루 끝에서 신발을 벗고 올라오는 이 집 큰 아들 창식이라는 소년과 눈이 마주쳤다. 창식은 자기 집 손님이면 누구에게나 하는 습관으로 상만에게도 참따랗게 고개를 숙여 보이고 상만의 바로 옆에 방으로 들어간다.

무슨 영어 독본인 듯한 책을 펼쳐 쥔 채 …… 그러나 창식은 곧 실망한 얼굴로 다시 돌아 나오는 것이 이미 그 방에 찾아 들어갔던 동무 학생이 외출을 하고 없는 모양이다.

영어 리딩 일 권인 듯한 책을 들여다보며 고개를 외로 꼬고 우두커니 서 있는 창식을 향하여 상만은 빙그레 웃으며

"학생 잊어버린 데가 있군. 어디 이리로 와요. 내가 가르쳐 줄게!"

창식은 무척 반가운 모양으로 해죽이 웃고 상만의 방으로 들어온다. 이윽고 창식의 질문에 따라 설명은 시작되었다.

현재 삼인칭과 과거 분사에 대한 문법 설명은 마치 창식의 마음 비석에 아로 새기는 듯 명확하고 선명하였다. 어린 중학생 창식에게 이날부터 상만이란 손님은 가장 귀중하고 필요한 존재가 되어 버렸다.

창식이가 안으로 들어가고 그리고 또 삼십 분이 지나서야 강용식이가 왔다.

상만은 풀이 후줄근히 죽어서 들어오는 강을 보는 순간 그의 가슴은 뭉클하고 어디 불길한 예감이 지나갔다.

"왜 이렇게 늦었소?"

하고 긴장하여 묻는 상만의 말에는 대답할 생각도 하지 않고 강은 포켓에서 담배를 꺼내 불을 붙여서 훅 한 모금 빨고서

"내 그런 숙맥들은 생전 첨 보았다니까 …… 아 글쎄 호적등본을 꼭 가져오라는군요. 그래서 할 수 없어서 …… 참 전일 한성물산 회사 사장으로 계시다가 어떤 사정으로 해서 …… 그리됐단 얘기를 알아듣도록 하지 않았겠습니까 …… 그랬더니 ……."

강은 또다시 담배 연기를 쭉 뽑아 마시고는

"아 그자들 말이 우습지 않아요. 서정연 씨가 보증이 될 수 있다면 인제라도 곧 지배인으로 쓰겠다고 …… 아니 중역으로 모셔 올려도 좋다고요 …… 그렇기 전에는 ……."

강은 담배를 재떨이에 쿡쿡 눌러 꺼버리고는

"글쎄 안 된다는구먼요 …… 내 온 춧."

하고 천상을 멀뚱멀뚱 쳐다본다. 잠자코 앉았던 상만은 쓰디쓰게 입맛을 다시고

"그럼 그 광업 회사는 유산이 됐다 치고 …… 강 군의 잘 아는 이의 인

조견 공장이라는 데는 어떱디까?"

상만의 약간 면구스럽게 웃는 얼굴에서 시선을 떨어뜨리는 강은

"거긴 월급이 너무 적어서 ……."

힘없는 대답이다.

"아니 월급은 적어도 상관없어. 그냥 노는 것보단 괜찮거든 …… 좌우간 어디든지 일만 붙잡고 들어서기만 하면 …… 거기서 활약하는 것은 내 수완 여하에 달렸으니까 ……."

하고 말하는 상만의 눈은 빛났다.

"……."

웬일인지 강은 잠자코 …… 대답이 없더니

"다른 사람의 호적을 가지고 취직 운동을 하기 전에는 …… 암만 해도 ……."

상만은 모든 것을 알아들었다.

그의 호적에 찍혀 있는 붉은 줄. 아 그 저주받은 흔적이 남아 있는 동안 상만은 영원토록 이 사회에서 버림을 받는 존재가 아니냐.

그는 잠자코 자리에서 일어섰다. 강용식도 따라 일어서며

"우리 술이나 한 잔 하러 갑시다."

하고 말을 건네 보았으나 캄캄한 절망에 빠져 버린 상만의 귀에는 아무 소리도 들리지 않는다.

이미 각오는 하고 있었지만 이렇게까지 현실은 잔인할 줄을 생각지 못하였다.

'나는 내 죄의 값으로 오 년 동안 징역을 치르고 나왔다 …… 나는 뼈를 깎고 살을 어이는 고통으로 내가 저지른 채무를 다 청산하지 않았느

냐. 그런데도 …… 오오 그런데도.'

상만의 어금니가 으드득하고 처참하게 소리가 들렸다.

자기 몸이 일 초 동안에 가루가 되어 버리는 한이 있더라도 이놈의 세상을 이 무정하고 잔인한 인습과 도덕과 그리고 모든 법규를 때려 부서 버릴 수 있다면. 아아, 그 옛날 삼손과 같이 블레셋 사람 삼천 인과 함께 죽어버린 히브리 사람의 장사 삼손과 같이 이 지구덩이를 걸머지고 영원의 허무로 뛰어들 수 있다면 아아 그러나

"나 잠깐 나갔다옴세 …… 이발도 하고 …… 자넨 여기 있을 텐가?"

하고 상만은 강을 돌아보며 뜰로 나왔다.

"나 그럼 내일 다시 오리다. 한 군데 더 일러 볼 곳도 있고 …….."

"아니 관두게 결국 다 같은 대답밖에 별 신통한 건 없을 테니 …….."

상만은 후 하고 긴 숨을 뿜으며 덥수룩한 머리를 긁었다. 비듬이 우수수 …… 어깨 위에 떨어진다.

"이발이나 하고 …….."

상만은 강을 보내고 우산도 가지지 않은 채 어슴푸레 어두워 오는 골목을 찬 눈을 맞아가며 걸었다. 이발소는 마침 다른 손님도 없어 그는 곧 교의에 몸을 싣고 그리고 이발사에게 머리통을 내어 맡긴 채 두 눈을 지그시 감았다.

따르르 하는 전기 소리와 함께 귀밑으로 기어 올라가는 이발기계의 촉감을 느낄 뿐. 상만의 맘은 이발과는 훨씬 다른 일을 생각하고 있는 것이다.

'조선을 떠나자 …… 영원히 …….'

이러한 생각이 떠돌자 왜 일찍 이런 묘안을 발견치 못하고 강용식에

게 …… 더욱이 광업 회사 놈들에게까지 망신을 했던고. 그러나 상만은 어디로 갈 것인고 생각할 때 그의 가슴은 암담하여졌다. 만주로? 대판으로? 남양으로? 하고 그의 머리가 갈피를 잡지 못할 때

"다 됐습니다."

하는 이발사의 소리에 상만은 눈을 번쩍 떴다. 순간 이발소 거울에 비치는 자기 얼굴을 보았다. 출옥한 후 두 번째 깎는 머리는 벌써 고부가리로 깎기에 알맞게 자랐던 모양이다.

썩 익숙한 솜씨로 면도한 눈썹과 수염자리 상만은 거기서 잊어버렸던 자신의 아름다움을 발견하고 차디차게 웃었다.

'아름다우면 무엇하랴. 나는 영원토록 전과자다 …….'

그는 당장에 그 커다란 거울을 산산이 부셔버리고 싶은 충동에 몸서리를 치며 유리문을 아무렇게나 열어젖히고 밖으로 나왔다.

조선을 떠날 결심을 하자 그는 여비가 필요하였고 그래서 신마찌에 맡겨둔 백금시계가 생각이 났다.

관철정 어구로 나온 그는 으르르 몸이 떨리었다. 몸에 걸친 외투가 값헐한 기성복인 것을 깨닫자 그 옛날 낙산 자기 집 양복장 속에 걸려 있는 값비싼 목도리가 달린 외투가 생각났다. 그러나

'집과 의복과 가재 일절은 서정연 씨 집에서 정리해 버렸지요.'

하는 강용식의 보고가 생각나자 그는 흥하고 웃고 전차에 뛰어 올랐다. 상만은 어깨 위에 얹힌 눈을 떨며 빈자리로 가서 앉았으나 차 속에서 일어나고 있는 이상한 광경에 그는 커다랗게 눈을 떴다.

항구

"내리라면 내려요 자."

상만의 앞을 가리어 서 있는 어깨가 쩍 벌어진 차장은 몹시 흥분한 음성으로

"다른 손님들께 방해가 되니까요 자 일어나요."

하는 확실히 호령에 가까운 그 음성에 반항하는 작은 목소리. 그것은 이십 전후의 여학생풍의 젊은 여자다.

"왜 내리라는 거야요. 아이 참 웃어 죽겠네 ……."

여자는 억지로 웃으려고 노력하는 모양이나 그의 오뚝한 작은 코가 발룸발룸 떨고 있는 것은 그도 무한이 격분된 모양이다.

"안 돼요. 차표도 사지 않고 차에 올라타는 법은 없으니까 자 내려요."

"이건 차표가 아니고 무엇이에요?"

여자는 손에 쥐고 있던 승환표를 차장 앞으로 내민다.

"이것 말요? 글쎄 이것은 안 돼요. 차표를 사지 않고 승환표만 불쑥 내는 법은 없어요 …… 좌우간 내리서요."

"난 안 내릴 테야요."

차장은 지금 새로 들어온 상만의 앞으로 와서 표를 끊으며

"그럼 요담 정류소에서 내리기로 하시죠."

상만은 차장의 매부리코와 그리고 앞으로 쑥 나온 턱을 보고

'고집이 세겠는걸.'

하고 속으로 고개를 끄덕였으나 상대편이 연약한 여자요 더욱이 동행하는 이도 없이 혼자 탔다는 약점을 이용하여 강박하고 있는 듯한 차장의 태도가 위선 상만의 비위를 거슬리게 하는 것이다.

'설령 저 여자가 차표를 사지 않고 그냥 올랐기로니 이 눈 오는 어둔 밤에 중간에서 내리라면 어떡하란 말야 …… 그냥 슬쩍 눈을 감아줄 수도 있을 텐데 엥!'

상만은 이렇게 속으로 중얼거려보자 그 어깨 벌어진 매부리코 차장이 무척 괘씸하게도 생각이 들었다.

차는 벌써 다음 정류소로 와서 당한 듯 스르르 속력이 늦추어지며 딱 멈춘다.

저편 나가는 데서 표를 받던 매부리코 차장은 이쪽으로 뛰어오더니

"자 이번엔 안 됩니다. 일어나요."

그는 그 검정 두루마기에 하얀 마후라[47]를 감은 여학생의 팔을 움켜쥐고 앞으로 낚아 친다.

여학생은 부끄러움과 분함에 몸을 떨며 필사의 힘으로 차장의 손에 잡힌 팔목을 빼려 하였다.

그러나 이 경우에 차장의 힘을 대항하기에는 여학생이 완력이 너무도 약하다.

"이거 이러지 말고 어여 내리라니까 ……."

---

47 マフラー. 머플러, 목도리.

또 한 번 낚아 치는 차장의 팔에 매달려 여학생의 몸은 껑충 자리에서 솟았고 그 바람에 무릎 위에 올려놓았던 빨간 핸드백이 발 아래로 굴러 떨어졌다.

순간 핸드백의 아가리가 열리면서 안으로서 무슨 가루분인지 조그마한 상자가 굴러 나오며 하얀 가루가 함부로 쏟아진다. 그리고 연지 눈썹 먹, 일 전짜리 동전 두 닢, 오십 전짜리 은전 한 푼까지 데굴데굴 이 손님 저 손님의 발 아래로 굴러 들어간다.

중학생인 듯한 소년 두엇이 얼굴을 가리고 웃는 것을 보는 이 여학생은 거의 울 듯한 얼굴로 핸드백을 집어 무릎으로 올려놓았으나 그 속에서 나온 것을 거둘 생각도 없이 바들바들 떨고 있는 아랫입술만 잘근잘근 씹고 있다.

"여보 차장!"

하고 부르는 소리가 여학생과 훨씬 먼 거리에서 들린다.

소리의 주인은 사각모를 쓴 전문 학생이다.

"조금 전에 저 손님이 차표를 꺾는 것을 보았는데 차장이 더 잘 생각해 보시오."

차장은 이 학식 많은 거리의 귀공자가 맘에 맞지 않는 모양으로

"누가 당신더러 참견하라는 거요?"

툭 쏘는 차장의 음성은 훨씬 불손하다.

"본 것을 보았다는 게 어떻단 말요 …… 건방지게 …….''

각모 학생도 흥분하였다.

"이런 전차 속의 일은 차장 한 사람으로도 넉넉하니까 국으로 가만히 계슈."

"뭣이 어째? 어디가 나마이끼[48]란 말이냐. 이 자식 또 한 번 지껄여 보아."

어느덧 자리에서 일어선 전문 학생은 차장의 어깨를 움켜쥐었다.

그러나 차장은 그 전문 학생 노르스름한 얼굴과 가느다란 목이 더욱이 오 척 삼 촌을 넘어가지 않을 적은 키를 깔보듯 그는 픽하고 웃으며 팔목시계를 보는 척하고 왼편 소매를 걷어 붙인다.

굵다랗게 힘줄이 얽긴 갓 찍은 소나무 장작처럼 불그레한 억센 팔뚝을 다시 소매로 덮고 어깨를 휙 뿌리치자 전문 학생은 비쩍 하고 넘어질 뻔하다가 겨우 몸을 가눈다.

"할 말이 있거든 완력으로 해 봐요."

차장은 교만스럽게 학생을 흘겨보고 또 한 번 픽 웃는다.

"좋다. 완력으로 하마."

상만의 강철과 같은 주먹이 이 차장의 볼퉁이에 철썩하고 부딪혔다.

"아이쿠!"

"무엇이 아이쿠냐 이 자식!"

상만의 세찬 발길에 두 정강이를 채인 차장은 펄썩 그 자리에 주저앉으며

"쳐라 쳐 죽여라."

하고 상만의 구둣발을 두 손으로 붙잡으려 한다.

상만의 오 년 동안 감옥에서 단련한 육체 속에는 그 파르스름한 아름다운 얼굴과는 딴판으로 무서운 힘이 잠재하여 있는 것이었다. 상만은 차장의 머리, 가슴, 어깨 할 것 없이 막 차고 때렸다. 상만은 입으로 피를

---

48 なまいき. 건방짐, 주제넘음.

뽐으며 발악하는 차장이 마치 자기의 쌓이고 쌓인 울분의 대상인 듯 사람이 말리면 말릴수록 상마의 팔과 다리는 맹렬히 차장의 몸을 습격하는 것이었다.

그러나 그담 정류장에서 전차가 정류할 때 새로 교대하는 차장이 올라탔다.

때마침 반대편으로 달아나는 전차가 머물자 이쪽의 운전수가 SOS를 부르짖었다. 저쪽의 차장 운전수 이쪽의 운전수와 교대하러 올라온 차장 도합 네 사람은 마침내 상만을 거꾸러뜨리고 말았다. 그가 매부리코 차장을 때린 만큼 아니 그보다 배 이상으로 매를 맞아 넘어졌을 때 경관이 오고 그리고 거의 의식을 잃은 상만은 근처 병원으로 떠 매어 갔다.

그가 정신을 차려 눈을 떴을 때 그의 눈앞에는 한 떨기 장미가 방글방글 웃고 있었다. 그러나 그 장미꽃 가지 사이로 근심스럽게 들여다보는 한 개의 얼굴!

상만은 누구인지 알아내려고 하였으나 세 군데나 타박상을 받은 상만의 머릿속에는 이 사람이 어제 저녁 전차에서 일어난 그 사건의 장본인인 여학생이라는 것은 좀처럼 생각이 나지 않았다.

동그스름한 얼굴에 유난히 눈이 시원스럽고 그리고 약간 위로 들린 듯한 코가 총명하게 보이는 젊은 여자의 얼굴을 상만은 기억에서 더듬어 보고 있을 때다.

"기분이 좀 어떠세요?"

하고 여자는 교의에서 일어나 상만의 머리맡으로 온다.

"아 참 어제 저녁 전차에서 ……."

상만은 비로소 생각난 듯이 입속으로 부르짖고 빙그레 웃어 보이려 하였으나 아래턱을 어울러 감아 올라간 붕대가 상만의 안면 근육의 운동을 방해하여 웃어지지가 않는다.

"어제 저녁에는 공연히 흥분을 해서 …… 걱정만 끼쳐 드렸습니다."

상만은 저 여자 때문에 차장을 때린 것은 아니다. 실상인즉 한 종일 무거운 저기압에 눌리어 있던 그의 감정이 차장이라는 대상을 향하여 폭풍이 되어 쏟아져 나온 것뿐이다.

그 때문에 그는 바로 무슨 큰 협객 노릇이나 한 것처럼 저 여자의 위문을 받는 것이 도리어 맘에 괴로웠다.

"여러 곳을 다치셨는데 …… 지금은 좀 어떠세요?"

여자의 나지막이 소군거리는 음성 그보다도 참으로 근심하는 그 고운 얼굴을 바라보는 상만은 웬일인지 어제 저녁 차장에게 대하여 감사하고 싶은 야릇한 심리를 감각하면서

"아무렇지도 않습니다. 여간 다쳤기로니 …… 곧 나을 테죠."

상만은 정말 아무렇지도 않다는 듯이 손을 흔들어 보였다.

그러나 그가 지금 치켜든 손에는 굵다랗게 붕대가 감기어 있는 것이 분명코 그 손도 삔 모양이다.

"아이 가만 계셔요. 이 손이 제일 많이 다쳤었어요. 그 녀석들이 마구 손을 밟았던 모양예요. 손가락이 두 개나 결단이 났던데 ……."

발갛게 상기된 여자의 얼굴은 거의 울 듯하다.

여자의 설명을 듣자 상만은 비로소 왼손 무명지와 새끼손가락이 얼얼하고 욱신욱신 아리는 것을 깨닫고

"뭐 괜찮습니다. 손가락 두어 개쯤 ……."

상만은 과연 손가락 두어 개쯤 희생하고라도 방금 눈물이 핑그르르

돌 듯한 여자의 눈을 바라보는 것이 훨씬 더 고맙게 생각이 되는 것이다.

"지금 몇 시나 됐습니까?"

어제 저녁도 먹지 않은 상만은 약간 시장함을 느끼며 시간을 물었다.

"지금이 …… 오후 한 시 이십 분이에요."

하고 하얀 손목시계를 들여다 볼 때다.

방문이 방싯 열리며 키가 호리호리한 간호부가 방글방글 웃으며 들어온다.

열을 재고 맥을 헤이고 그리고는 의례히 입원 환자에 대한 인사를 마치고 조용히 방을 나가자 저벅저벅 하는 구두소리와 이번에는 패검한 순사가 들어온다.

순사는 상만 앞으로 오더니

"흠! 죽진 않겠군!"

가로 상에서 사람을 치고 그리고 사람에게 매를 맞아 입원하였다는 이 사나이를 순사는 제법 경멸하는 모양이다.

젊은 여자가 내미는 교의에 앉을 생각도 없이 순사는 먼저 여자를 훑어보더니

"성명은?"

하고 수염이 까슬하게 내돋은 넓적한 턱을 꺼떡 치켜든다.

"정애나예요!"

하고 눈을 떨어뜨린다.

"나이는?"

"스무 살예요."

"학교에 다뉴?"

"네! △△보육학교 이학년에요."

"주소는?"

"관훈정××번지야요."

"아버지는?"

정애나는 잠깐 머뭇거리다가

"엊저녁에 조사할 때 다 대답했는데요."

하고 대답하기를 꺼린다.

순사는 일순 머쓱하여 기입하던 연필을 멈추더니

"그래도 엊저녁은 엊저녁이고 …… 아버지는 게슈?"

하고 명령하듯이 대답을 재촉한다.

"아버지는?"

"안 계셔요."

애나는 귀찮은 듯이 약간 두터운 입술이 뾰로통해진다.

"어머니는?"

"계시구요."

"형제는?"

"저 아래로 남동생이 하나 있습니다."

"집에서 생활하는 수입은?"

"추수해다 먹어요."

"후 몇 석이나 하나요?"

"건 모르겠어요."

"건 그렇고!"

순사는 바쁘게 기입하던 연필을 귓바퀴에 꽂고 이번엔 상만의 곁으로 교의를 당겨 앉는다.

"성명이 뭐요?"

순사의 음성은 애나에게 물을 때보다 훨씬 퉁명스럽다 생각하면서 상만은

"오영구요."

하고 나지막이 대답하였다.

"연령은?"

"이십팔 세여요."

"주소는?"

"관철동××번지 한강 여관입니다."

"여관에? …… 그럼 본적은?"

"본적은 경상북도 대구고요."

상만은 연령이나 본적을 아무렇게나 대답을 하는 것이다.

"직업은?"

"……."

"직업은 뭐요?"

"지금 취직 운동을 하는 중입니다."

"그럼 무직이로군 …… 학교는 어디까지 다녔소?"

"야마구찌 고등 상업을 나왔습니다."

"후."

순사는 책을 덮더니

"인테리로군 …… 교양 있는 사람으로서 그런 행패를 한단 말요? …… 저쪽에서 고소를 제기했는데 어떡하실 테유?"

"……."

"하기야 저쪽은 일어나 다니고 당신은 지금 누워 있으니까 결국 당신이 많이 맞은 셈이죠만."

"……."

"당신이 고소를 하지 않는다면 저쪽 고소는 우리가 되도록 각하를 시켜 볼 테니깐 …… 건 잘 생각해서 오늘 저녁까지 본정서로 통지해 주시오."

비교적 부드러운 음성으로 말을 마치고 순사는 돌아 나갔다. 상만은 순사에게 취조를 받았다는 사실이 신산스러웠다. 그보다도 그는 몹시 시장함을 느끼며 지그시 눈을 감았다.

그러나 애나는 상만과는 좀 더 다른 생각으로 그의 까만 눈이 자주 깜빡이고 있는 것이다.

'이 양반을 취직을 시켜 드려야 할 텐데 …… 그래 관철동 아저씨와 의논해 가지고 …… 됐어 됐어.'

그는 고개를 끄덕이고

"아이 어머니는 왜 여태껏 아니 오시여 ……."

하고 눈썹을 찌푸린다.

간호부의 말을 들으면 환자는 아침도 먹지 않았다는데 …… 더욱이 점심시간도 이렇게 늦어가고 …… 애나는 점점 초조하여 지는 것이다.

'깨죽을 쑤시겠다더니 …… 여태껏 죽이 덜 된 모양인가?'

애나는 어머니 오기까지 기다릴 수가 없어 그는 복도로 나가서 간호부에게 상만의 먹을 것을 부탁하고 다시 방으로 들어왔다.

어제 내리던 눈은 오늘 아침부터는 비로 변하여 유리창 밖에는 주룩주룩 낙숫물 소리가 겨울답지 않게 들린다.

오늘이 마침 일요일이라 애나는 아침부터 황금정에서 본정으로 들어가는 어구에 있는 동방의원으로 간밤에 입원한 상만의 문병을 온 것이나 그는 아무도 없이 남자의 병실에 혼자 있기가 차츰 거북하여 지는 것이다.

　애나의 발갛게 상기된 두 뺨은 스팀의 훈훈한 까닭만도 아닌 듯 그는 복도로 통한 문을 서너 치쯤 열었다.

　가족이 아닌 남녀가 한 방에 있을 때의 여의를 잊지 아니하려는 것이다.

　하얀 장미 떨기 속에 핏빛 같이 붉은 송이가 서너 개 섞여 있는 화병을 말끄러미 들여다보던 애나는 호르르 한숨을 짓고 병자의 얼굴로 눈을 돌린다.

　약간 창백하여 혈색을 잃은 이 얼굴! 분명히 애나 자신을 위하여 재변을 당하여 혈색을 잃었다고 생각할 때 애나의 가슴속에 치밀어 오르는 감격은 훨씬 큰 것이었다.

　붕대로 이리저리 싸매어 있지만 않는다면 애나는 좀 더 똑똑히 상만의 얼굴 윤곽을 감상할 수가 있겠으나 그는 위선 그 기품 있게 솟은 늠름한 코가 무척 아름답다고 생각하였다. 그보다도 …… 남자의 입이라고 보기에는 오히려 부자연스러울 만큼 아름다운 그 입술, 눈썹은 어찌 저렇게 푸르고 윤택할 수 있을까.

　애나는 자기가 본 영화배우 가운데서 이와 비슷한 얼굴이 있는 듯하여 그의 머리는 그 이름을 찾아내기에 일순 바빴다.

　'텔러? 텔러의 눈일까? 마치? 그래 프레드릭 마치의 코?'

　애나는 빙그레 웃고 장미꽃의 화판을 한 잎 똑 땄다.

　갓스불이라는 봉오리가 반만치 열리는 장미와 같은 애나 눈에는 세상의 경험과 인생의 내면을 알기에는 너무도 어린 것이다. 이러한 애나의 눈에 비친 어젯밤 상만은 아니 오늘 지금 여기 누워 있는 상만은 진실로 한 개의 영웅이 아닐 수 없는 것이다.

그 건망증! 확실히 건망증에 걸린 차장에게 봉변당하던 장면을 생각하면 할수록 아 …… 그 핸드백이 떨어지던 순간 …… 가리고 웃던 중학생들! 애나는 또다시 허리통이 바르르 떨리는 것이다.

그 고마운 전문 학생까지도 차장의 완력에는 어찌할 수 없었던 것을 아아 진실로 여기 누운 이 사람의 주먹 한 대는 하늘서 내려 보낸 벼락보다 훨씬 더 효과 있게 그 몽매무지한 차장을 증벌하였던 것이다.

그러나 한 사람은 많은 사람을 당할 수 없어 …… 저 사람이 차간에 쓰러지고 그리고 네 사람의 손과 발이 저 고마운 이의 몸뚱이를 함부로 내리칠 때 애나는 참으로 소리를 내어 울었던 것이다.

어젯밤 상만이 이 병원에 입원을 한 후 애나는 관훈정 자기 집으로 갔으나 그는 흥분하여 깊은 잠을 이루지 못하였던 것이다. 분하고 부끄럽고 또한 자기를 위하여 매 맞아 입원한 그 미지의 남자에 대한 고마운 생각 …… 이런 일이 신문지에나 발표 된다면 어쩌나 하는 염려 …… 등으로 …… 애나가 울면서 그날 저녁 당한 일을 어머니에게 이야기하자 어머니는 대뜸

"애 그인 하느님이 너를 구원하러 보내신 사자로구나."

하고 곧 딸을 재촉해서 무릎을 꿇고 기도를 올렸던 것이다.

"어떤 일이 있다 해도 취직을 시키고 말 테야 …… 내가 받은 은혜의 열의 하나라도 갚아 드려야만 해 …… 그게 사람의 도리야."

애나는 또다시 한 번 뇌이고 호르르 한숨을 내쉴 때다.

간호부가 쟁반에다 환자의 먹을 것을 받쳐 들고 들어온다.

"깨죽에요 …… 어머님이 가지고 오셨세요."

하고 간호부는 쟁반을 탁자 위에 내려놓고

"시장하실 텐데 좀 잡서 보세요. 애나 씨도 뭘 좀 주문하시죠. 점심시간이 넘었는데."

하고 방그레 웃는다.

"아니 난 괜찮아요."

하고 고개를 흔들던 애나가

"어머니!"

하고 문 있는 대로 뛰어가며

"왜 인제 오시는 거야요."

하고 짜증을 낸다.

"급히 서둘러 오는 게 이렇게 늦었구나 …… 마침 예배당 일을 의논할 게 있다고 해서 …….."

오십이 막 넘을 듯한 키가 십이나 알맞게 되어 있는 이 늙은 여인이 애나의 어머니다.

기름 바르지 아니한 노르스름한 머리에 조그마한 순금 비녀를 꽂고 토주 저고리에 수목치마를 받쳐 입은 노인은 방에 들어서자 고개를 숙이고 눈을 내려 감는 것이 기도를 드리는 모양이다.

황해도 재령면에서 살던 애나 어머니는 아들이 지난봄에 중등학교에 입학이 되자 살림을 추슬러 가지고 바로 석 달 전에 상경하여 왔다.

재령 ××교회의 여집사요 부인 전도회에 회계 직무를 맡았던 만큼 교회의 신임을 받는 독실한 신자이다. 기도를 다 마쳤는지 애나 어머니

는 천천히 고개를 들고

"온 이렇게 많이 다치셨다니 온 츳츳츳."

대단히 섭섭한 표정이다.

"아무리 무지막지한 사람이기로니 아 네 사람이 어울려 한 사람을 치다니 …… 그저 마귀에 속한 사람들은 할 수 없어 …… 내 자식을 위해서 이처럼 봉변을 하시다니 온 참 너무도 감사하다고도 할 수 없고 ……."

상만은 좌우간 이 노인의 장황한 인사말보다 속히 저 따끈한 미음이 먹고 싶었다.

"자 일어나서 미음 좀 잡서 봅시다 …… 원 이렇게 다친 몸으로 일어날 수는 없지 없어."

애나 어머니는 혼잣말처럼 중얼거린 뒤에

"그냥 누워서 고개만 치켜 드시라고요."

노인은 까무잡잡한 손으로 미음 그릇을 집어 든다. 연회색 액체가 담겨 있는 놋주발이 상만의 붕대로 싼 턱 아래까지 왔을 때다.

"괜찮습니다. 이리 주십시오."

하고 상만이 몸을 일으키려는 순간

"아 안 돼요. 가만 누워 계서야만 해요."

향기로운 적은 손이 상만의 어깨를 살며시 누른다.

"머리를 다치신 때문에 절대 안정을 하셔야만 된 됐어요."

상만은 그 보드라운 음성의 주인이 누구인 것을 알아내자 한 평생 감각하지 못했던 어떤 거룩한 정서가 둥근달같이 그의 캄캄한 마음 밤을 비치는 듯하였다.

애나와 애나 어머니가 돌아간 뒤였다.

상만은 갑자기 불이 꺼진 듯이 맘속이 어두워지는 것을 느끼면서 아픈 다리를 겨우 펴보았으나 금시로 천근같이 무겁고 머리, 옆구리, 손가락, 다리 할 것 없이 마구 쑤시고 아리는 것이다.

상만은 윙 하고 전선대를 울리고 지나가는 바람 소리를 들으며 이불 속으로 몸을 움츠렸다.

쓸쓸하고 외롭고 그리고 괴로운 상만은 때때로 찾아와 주는 애나와 애나 어머니의 위문만이 그의 맘에 가장 큰 광명이었다.

한강 여관 주인이 한 번 다녀갔고 강용식이가 두어 번 찾아 왔으나 지금의 상만에게는 그런 사람들의 존재는 아무 것도 아니었다.

상만의 경과는 양호하여 그가 입원한 지 여드레 되는 날 의사는 이삼 일 후면 퇴원하여 자택에서 치료를 받아도 좋다는 말을 한다. 퇴원해도 좋다는 말을 듣고 제일 기뻐한 사람은 물론 애나요 또 그 어머니였다. 그러나 상만은 그렇지 않았다. 이 병원을 나간다는 것은 다시 인생의 사막으로 쫓겨 간다는 뜻이다.

상만에게는 오아시스와 같은 애나의 모녀와 멀어지는 슬픔이 매 맞은 상처보다 훨씬 더 괴롭게 생각이 되는 까닭이다.

그러나 상만의 본심과는 어그러지게 그의 몸은 날이 갈수록 회복되어 갔다.

내일이 퇴원이라는 오후였다. 학교에서 돌아오는 애나의 손에는 무슨 키다란 꾸러미가 들려 있다.

"오늘은 오 선생님과 좀 오래 이야길 하고 싶어서 일부러 일감을 장만해 가지고 왔어요."

하고 능금같이 붉은 두 뺨에 가득이 웃음을 담고

"오 선생님 종교 믿으세요?"

하고 붕대를 다 풀어버린 상만의 갸름한 얼굴을 바라본다.

"종교요?"

하고 상만은 빙그레 웃고

"글쎄요 무슨 종교든지 하나 가졌으면 좋을 것도 같아요. 앞으로는 차차 어는 종교이고 하나 믿어 볼까도 싶습니다."

애나는 이 말이 무척 불만스러운 모양으로

"무슨 종교든지가 아니에요. 종교는 오직 하나만이에요. 신은 오직 하나인 것 같이 …… 어느 종교든지 택하신다는 그런 모호한 말씀은 그만 두시고 기독교를 믿으시는 게 좋지 않겠어요? 네? 오 선생님."

애나는 둥글둥글한 실 뭉텅이에서 실 끝을 찾아내면서 대답을 기다린다.

"기독교요? 좋지요. 더욱이 애나 씨가 믿으시는 종교니까 이왕이면 크리스천이 되는 게 좋지 하하."

상만은 절반 전정, 절반 농담 비슷이 대답을 하고 웃었다.

"아니에요 제가 크리스천이라고 선생님도 크리스천이 되시라는 건 아닙니다. 단지 기독교가 참으로 완전한 종교니까 믿으시라는 것이죠 ……."

"네 감사합니다. 알겠습니다."

상만은 이 어여쁜 전도 부인 앞에서 기독교를 반박하고 싶지는 않는 것이다.

"선생님 담배 피세요?"

"아뇨."

"술은?"

"술은 조금씩 합니다."

"네!"

애나는 눈을 깜박깜박 하면서

"술도 아주 끊어 버리시죠."

"글쎄요 애나 씨가 권하신다면 끊을 수도 있습니다만 …… 성경에는 예수께서 술을 일부러 만드셨다는 구절도 있나 보던데요?"

하고 상만이 빙그레 웃었다.

"건 갈릴리 가난한 잔치 집에서 술 만드신 것 말이죠? 예수님의 능력을 나타내려고 일부러 물을 변해서 술이 되게 한 거야요. 전도할 목적으로 하신 거야요."

열심히 설명을 하는 애나의 태도가 우스워 상만은 연방 빙글빙글 웃으며

"네네 알아듣겠습니다."

하고 고개를 끄덕였다.

"웃으시지만 말구요. 오 선생님 예수를 믿으세요, 네?"

애나는 일순 슬픈 듯이 말끄러미 상만을 바라보고

"참 선생님 정말 퇴원하셔도 괜찮으실까요? 선생님 여관이 예서 너무 멀어서 어떻게 ……."

하고 혼잣말 같이 걱정을 한다.

"뭘요. 관철정이 예서 얼마 된다고요."

애나가 무어라고 대답을 하려는 때다. 애나가 들어오면서 빼꼼히 열

어 놓은 문이 소리도 없이 한 반자 가령 열린다. 애나는 의사나 간호부가 들어오나 하고 고개를 돌리는 애나의 눈은 웬 낯선 여자가 과일 바구니를 들고 들어오는 것과 마주쳤다.

"예가 오 선생님 병실에요?"

하고 열적은 듯이 웃으며 들어서는 그 여인은 손에 들었던 과일 바구니를 어디다 놓을지 몰라 일순 망설이는 모양이더니 침대에서 반만치 몸을 일으키는 상만을 향하여

"많이 다치셨어요?"

하고 상만의 얼굴을 들여다보면서 과일 바구니를 침대 아래 내려놓고 그리고 상만의 침대에 털썩 걸터앉는다.

"아이고 이렇게 손가락을 동여매시고 머리에도 고약을 붙이셨군요
……."

여인은 팔을 들어 상만의 머리를 만져 보고 그리고 손가락으로 고약을 살며시 누르며

"좌우간 언제부터 입원을 하셨어요?"

하고 이번에는 상만의 어깨 위에 이불을 치켜 올려주더니 분홍빛 손수건을 꺼내서 상만의 콧등과 눈언저리를 씻어준다.

"그 수건 소독한 것입니까? …… 함부로 그런 걸 병자의 몸에 대면 안돼요."

애나는 이 유난스럽게 짙게 화장한 여인의 방약무인한 태도가 도무지 맘에 들지 않았다.

더덕더덕 분칠을 한 것은 고사하고라도 치사스럽게 보이도록 짙게 칠한 연지와 눈썹먹! 그보다도 웃으면 잇몸이 다 들어나는 그 울퉁불퉁

한 시뻘건 잇몸! 자줏빛 인조견 두루마기 아래로 내다보이는 수박색 치맛자락이 함부로 구겨진 것. 이런 것을 보는 애나는 그 여자를 조금도 존경할 맘은 없었다. 아니 그 필요 이상으로 지진 머리에서부터 반만치 뒤축에 걸린 채 땟국이 흐르는 그 버선까지 애나의 눈에는 경멸 이외에 아무것도 느낄 수가 없었다. 게다가 까만 때가 낀 손톱 더욱이 노랗게 담뱃진이 밴 손가락으로 끄집어내는 분홍빛 손수건은 수세미같이 구겨진 데다가 값 헐한 향수 냄새까지 물신 풍겨 나올 때 애나는 구역이 날 만치 더럽게 생각이 되었다. 그러나 그 걸레쪽같이 더러운 헝겊이 상만의 얼굴에 스치는 것을 볼 때 애나는 결단코 가만히 있을 수가 없었다.

"그 수건에 무슨 미균이라도 붙어 있다면 큰일이니까요."

애나의 눈썹은 여전히 꼿꼿한 채 이 갑자기 나타난 침입자를 노려보는 것이다.

"이 수건을 가지고 그러는군 ……."

여인은 비로소 알아들은 모양으로

"누구요?"

하고 상만을 향하여 한편 눈을 찡긋하여 보인다.

무어라고 대답을 해야 좋을지 일순 망설이는 상만은

"내 누이 동생야 ……."

하고 대답하여 버렸다.

"오 그래요? 누이동생이 계셨군 …… 참 그런데."

여인은 애나를 힐끗 돌아보고

"그 시계 말씀야요. 왜 저 때문에 두고 가신 그 시계 그걸 진즉 돌려드려야 할 텐데 …… 여러 가지 곡절이 생겨서 …… 그래 꼭 좀 만나 뵙고 싶어서 날마다 눈이 빠지게 기다려야 어디 와 주셔야죠 ⋯⋯ 그래 날마다 생성화만 하고 있었더니 아, 오늘 강 상(강용식)이 와서 그러더군요 ⋯⋯ 다치셔서 여기 입원을 하셨다고 ⋯⋯ 남의 싸움을 가로 맡아서 맞으셨다는군요? 알지도 못하는 여학생 편역을 들다가 차장들에게 얻어맞았단 말을 들을 때는 당신 같은 양반은 넉넉히 그러셨을 게라고 그랬고면요 ⋯⋯ 좌우간 여학생들이 너무 까불거든요. 천하가 다 제 세상인 듯이 이건 전차 간에서라도 보면 눈이시군요. 쑹알랑 쑹알랑 귓속말은 왜들 하는 거며 그리고는 왜 깔깔거리고 웃어대는 거냐 말에요. 아주 천하에는 저이들 밖에 사람이 없다는 게조만 ⋯⋯ 난 딸자식 나면 애당초에 여학생으로는 보내지 않겠어요."

여인은 미운 듯이 애나를 힐끔 돌아보고

"아 나 좀 보. 여학생을 곁에다 두고 여학생 욕을 했으니 호호호."

소리를 내어 웃고 허리춤에서 파란 담뱃갑을 꺼내더니 담배를 한 개 뽑아 성냥을 그어댄다.

"유색이 저리 좀 나가 앉아. 나 거북해."

하고 상만은 눈썹을 찌푸렸으나 유색은 침대에서 약간 몸을 비켰을 뿐이요 그는 태연스럽게 파란 담배 연기를 훅 뿜어낸다.

상만은 어떻게 하면 이 긴치 않은 방문객을 일분이라도 속히 퇴거시킬 방침은 없을까 하고 생각할 뿐 차마 애나를 바로 바라다볼 용기는 없다.

입원실에서 담배를 피우는 이 교양 없는 여인을 대하여 어떻게 다시 더 말하기가 싫어 애나는 벌떡 일어나 유리창을 촤르르 소리가 나도록 열어젖혔다.

순간 찬바람이 세차게 방으로 쏟아져 들어온다.

유색은 또 한 번 담배를 쪽 빨아 마시고는 모락모락 타들어가는 담배를 상만의 앞으로 내민다.

"나 담배 못 먹어."

하고 상만은 고개를 흔들어 보였다.

"오 저때 번 강 상과 오셨을 때는 곧잘 피시더니 …… 명월이가 붙여드리는 담배를 두 개나 거푸 피시는 걸 봤는데 ……."

"그야 술자리니까 못 피는 것도 억지로 몇 모금 빨아본 게지 ……."

"아이 관두서요. 못 피시는 양반은 아주 빠는 법부터가 쑥 빨아가지고는 코로 수르르 뿜어내던걸 뭐 ……."

상만은 조금 전에 애나에게 담배를 필 줄 모른다고 떠먹듯이 말을 한지라 그는 얼굴이 홧홧하여 도무지 태연스럽게 백일 수가 없었다.

사실 상만은 오 년 동안 감옥에 있으면서 착실히 금연을 하게 된 것이다. 끊으려고 해서가 아니라 끊어진 것이다.

그 때문에 그는 지금이라도 담배만은 먹지 않고도 아무런 고통을 느끼지 않는다.

술도 역시 먹지 않으려면 언제까지든지 먹지 않을 수 있을 것으로되 단지 애나의 전도가 듣고 싶어서 일부러 담배는 못 먹고 술은 조금씩 먹는다고 대답했던 것이다. 유색은

"이건 추워서 담배를 그만 두어야겠군 ……."

혼잣말 같이 하고 으쓱 어깨를 치켜 올리며

"봉깡⁴⁹을 좀 사왔는데요 이거나 한 개 잡서 보세요. 세상에 봉깡 못

---

49 귤.

먹는 사람은 없을 테니."

유색은 침대 아래로 몸을 구부려가지고 과일 바구니에서 봉깡 두어 개를 꺼낸다.

"이것도 명월이가 꼭 권해야만 잡숫는다면 탈을 탈이지만……."

유색은 힐끔힐끔 애나를 돌아보고 그 담뱃진이 밴 손가락을 봉깡 옆 구리에 쿡 박아 가지고 아무렇게나 껍질을 벗긴다.

"자 한 쪽 받으세요."

유색은 희끗희끗 속껍질이 붙어있는 봉깡 알맹이를 한 쪽 먼저 자기 입에 넣고 그담에 한 쪽을 집어가지고

"자 입만 벌리세요."

하고 상만의 입술에 댄다.

"나 그런 것 먹고 싶지 않아…… 좀 일어나라니까."

하고 퉁명스럽게 한 마디 하고 벽을 향하여 돌아 누웠으나 이 마귀 같은 여인이 언제까지 이렇게 하고 앉았을고 생각할 때 그는 당장에 발길로 유색의 엉덩이를 차버리고 싶었다.

"자 한 쪽 잡서 보세요. 이래 봐도 이게 신마찌[50]선 제일 좋은 게랍니다. 자 한 쪽만 히히히."

상만은 더 참을 수가 없었다. 그는 자리에서 벌떡 일어났다.

"유색이 돌아가게나."

상만의 음성은 분노에 떨렸다.

"유색이 돌아가게나."

---

[50] 을지로.

상만이 버럭 소리를 질렀으나 유색은

"히히히."

웃고 담배를 또 한 개 꺼내 불을 붙인다.

상만의 초조하고 억울한 심리와는 딴판으로 히들히들 웃어가며 자기의 하고 싶은 말 하고 싶은 행동을 조금도 구애 없이 해내기는 유색은 극도로 타락한 여성에게서만 볼 수 있는 수치 신경이 마비되어 버린 것으로 간주할 수밖에 없다. 그러나 이것은 표면 관찰이요 지금 유색의 맘 속에 맹렬히 활동하고 있는 다른 한 개의 감정을 생각지 않으면 안 되는 것이다. 아무리 매소(賣笑)를 직업으로 삼는 여인이라 할지라도 다른 여자가 그 앞에 있으면 남자에게 애교를 부리기를 꺼리는 것이 보통이다.

그런데도 유색은 애나라는 존재는 전연 몰각한 듯이 행동하는 그 해괴에 가까운 태도는 대체 무슨 까닭일까.

인생에게 연애가 있다면 그리고 가장 인상적이요 낭만적 연애가 있다면 그것은 첫사랑 초련(初戀)일 것이다.

열여섯 살부터 지금 스물네 살까지 문자 그대로 인육의 시장에서 시장으로 굴러다니는 유색에게는 사랑도 그리움도 없었다. 다만 그날그날의 살과 뼈를 깎아내는 고달픈 노동에 시달려 살아왔을 뿐이다.

그러나 한 달 전 정확히 따진다면 삼십구 일 전에 오상만을 한 번 보는 순간 그 상만의 백금 시계를 아낌없이 훌쩍 내던지며 어린 영남이의 병을 치료하도록 의사에게 편지까지 써주던 그러한 의인을 발견할 때 유색의 맘의 밭에는 기이한 심리가 움트기 시작하였다.

지금까지 유색의 맘속에 깃들어 있는 한 가지 생각! 그것은 영남이 아버지 …… 그 장인택이라는 사나이가 적당한 직업을 얻어 자기의 몸값을 물어 주고 그리고 조그마한 사글세방이라도 얻어 살림을 시작할 수 있다면 유색에게는 그 위에 더 바랄 것은 없었다. 그것이 가장 유색에게 실현될 가능성이 많은 야심이기도 하였다.

그러나 영남의 아버지라는 사나이는 유색에게 있어서는 천편일률로 인육의 고객 밖에 아무것도 아니었다. 상만이처럼 유색의 영혼과 골수를 흔들어 놓는 그러한 사나이는 물론 아니었다.

상만을 만나보자 유색의 이상은 질그릇처럼 쉽게 깨어지고 말았다.

상만을 위하여서라면 이 지옥과 같은 인육시장을 영원한 낙지(樂地)같이 평생을 여기서 마쳐도 좋을 성싶다.

아니 상만이 진정 기뻐하여 준다면

그는 당장 가슴을 헤치고 선혈이 뚝뚝 흐르는 심장을 쟁반에 받쳐 올릴 상도 싶다.

이러한 불같이 뜨겁고 칼날같이 날카로운 생각은 유색의 일생 중에 진실로 처음 경험하는 불가사의의 신천신지(新天新地)였다.

그가 강용식에게서 상만의 최근 소식을 듣는 순간 그는 질투를 느끼기 전에 어떤 불길한 예감에 사로잡히고 말았다.

여학생이라면 젊고 어여쁘고 …… 그리고 또 한 가지 그는 반드시 양가(良家)의 처녀일 것이다.

'아아 그 처녀가 상만을 사랑한다면 …… 그리고 상만이 그 처녀를 사랑한다면?'

유색은 뜻하지 않은 적수가 나타난 것에 놀랐지마는 그 적수가 자기보다 너무도 지나치게 우월한 것이 슬퍼졌다.

그러나 상만의 있는 곳을 알아낸 이상 유색은 일각을 지체할 수는 없었다.

그는 자기 몸값보다도 훨씬 비싼 상만의 백금 시계가 오늘도 자기의 외출을 훌륭히 보증하여 주지 않느냐. 유색은 동방병원으로 들어설 때까지 그는 어떻게 상만 앞에 자기 태도를 가질 것을 결정하지 못하였다.

그러나 그가 방으로 들어오고 그리고 자기보다 십 배나 어여쁜 애나를 보는 순간 그는 눈앞이 캄캄하여졌다.

그가 아무 체면도 없이 상만의 침대로 가서 걸터앉고 상만의 몸을 어루만진 것은 자기도 모르는 사이에 행동한 애나에게 대한 일종의 도전이었다.

'이 사람은 이렇게 내가 사랑하는 사람야.'

하는 선언이었다.

그러나 그러한 행동은 유색의 이성이 명령하였다는 것보다도 그의 다년 살아온 습관의 반사적 행동이었다.

"그 수건 소독한 겁니까?"

하고 애나가 힐책하듯이 물을 때 유색은 창자 속에서 담뱃진 같이 분노가 끓어오르는 것을 느끼었으나 그는 짐짓 그 괴로운 감정을 지그시 삼켜버렸다.

그러나 그 교만스러운 애나의 존재보다도 확실히 자기를 싫어하는 상만의 태도를 볼 때 맘속으로

'만사휴의(萬事休矣)[51]다.'

하고 부르짖었다. 진실로 피를 토하고 싶은 괴로운 일순이었다. 애나의

---

[51] 만 가지 일이 끝장이라는 뜻으로, 모든 일이 전혀 가망이 없는 절망과 체념의 상태임을 이르는 말.

눈치만 살피고 있는 그 상만의 아름다운 두 눈을 송곳으로 콱 찔러버려도 분이 풀릴 것 같지가 않다.

그러나 절망 끝에는 언제나 단념하는 것으로 인생을 살아온 유색은

'한바탕 꿈이었구나.'

하고 자리를 차고 일어나고도 싶었다. 그러나 유색은 애나와 상만이가 자기를 향하여 너무도 노골적으로 모멸하는 것을 느끼자 유색의 맘속에는 저주받은 구렁이처럼 치근치근 그들의 말초신경에 불을 붙여보고 싶은 야릇한 복수심이 고개를 쳐들은 것이다.

일부러 담배에 불을 붙여 상만의 입에 넣어 보기도 하고 …….

빡 빡 담배를 빨고 앉았던 유색은 빙그레 웃으며

"가라고 하십니다만 아직도 시간이 좀 남았어요. 한 삼십 분이나? …… 지금 가서 새로 화장은 하고 손님을 받는 데도 늦지는 않거든요 …… 손님들이래야 왜 저때 번 강 상과 함께 당신 오셨죠. 그때쯤 돼야만 그래도 그게 성미 급한 손님들이에요 …… 오후 다섯 시에 신마찌로 찾아드는 손님은 단골 외에는 그다지 흔하지 않으니까요 호호."

유색은 상만의 모에 비스듬히 기대고는 천장을 향하여 호 하고 연기를 뿜더니

"참 그런데 그 강 상 말에요 당신과는 십년지기라는 그 강 상 말에요 이번에 명월이와 아주 살기로 약속이 됐나 봐요."

유색은 점점 푸르러지는 상만의 얼굴을 보거나 그리고 조롱과 멸시와 증오에 가득찬 눈으로 자기와 상만을 번갈아 흘겨보고 있는 애나의 눈초리를 보거나 자기의 작전이 어지간히 들어맞는 것이 여간 상쾌하지가 않았다.

"나도 정말에요. 당신만 그렇게 생각하신다면 오늘이라도 살림을 시작해 볼까 싶어요. 참 오늘 찾아온 것도 그 까닭이었어요. 병문안도 문안이지만 …… 사실 백금 시계를 풀어주는 인 당신 밖에 없었어요."

"무슨 소리야?"

하고 갑자기 상만이 꽥 소리를 칠 때다.

산토끼처럼 애나가 복도를 향하여 뛰어나간다.

"애나 씨!"

하고 상만이 소리를 쳤으나 그 소리와 거의 함께 쾅 하고 문이 닫혀졌다.

다 볶인 콩알이 가마솥 밖으로 튀어나가듯 애나가 문밖으로 달아나는 것이라든지 애나의 뒷덜미를 향하여 물에 빠진 사람 모양으로 당황해서 덤비는 상만의 꼴이라든지 모두가 유색에게는 통쾌한 희극이다.

"애나 씨? 누이 동생이라면서 씨는 또 무슨 씨요. 바로 애인을 부르듯이 …… 호호호."

유색은 깔깔 대고 웃다가

"참 나도 인젠 가 보아야겠군."

하고 천천히 일어서며 기지개를 켠다.

상만은 당장에 이 징그럽고 밉살스러운 여인의 상판대기를 지근지근 밟아 주었으면 속이 시원할 것이로되 그보다도 그는 밖으로 나가 버린 애나의 심중을 생각해 보기에 맘속이 좀 더 혼란하여졌다.

"며칠이나 더 계시겠어요? 그리고 참 영남인 아주 나았어요. 인천 실비치료원 원장은 참 용하더군요."

하고 유색은 언간의 일을 보고하는 모양이나 물론 상만은 이런 말에 대다할 까닭은 없었다.

입을 삐쭉하고 유색이가 나간 뒤에도 상만은 영영 애나를 잃어버린 듯한 허전하고 아득하여지는 맘을 어찌할 수가 없었다.

이튿날 퇴원하게 되자 애나는 상만의 예감과 같이 병원으로 오지는 않았다.

"그 앤 간밤에 감기가 들어서요. 그래 아침밥도 먹지 않고 누워 있지요. 원 …… 그래 퇴원하시는 데도 못 와 뵙고 원 ……."

애나 어머니가 미안한 듯이 인사말을 하는 것도 상만의 귀에는 들어가지 않았다.

한강 여관으로 돌아온 상만은 아직 완전히 낫지 아니한 손가락 두 개와 어혈이 다 가시지 않은 옆구리에 약을 갈아 붙이기 위하여 매일 동방 의원으로 다니게 되었다.

상만은 일찍 일어나 행여 애나를 만났으면 하고 병원에 들어갈 때마다 살펴보았으나 그것은 부질없는 소망이었다.

달콤한 꽃향기와도 비슷할까 아니 그보다도 상만의 고달픈 마음에 광명과 위안을 던져주고 사라져 버린 애나의 출현을 여름밤 하늘에 찬란하게 나타났다가 사라져버린 화화(火花)에다 비할까. 너무나 돌연히 나타나 너무나 덧없이 잃어버린 애나였다.

'이것이 사랑일까?'

상만은 여관방에 누워서 혼자서 맘속으로 괴로운 질문도 하여 보았다.

'사랑이라면 너무도 천박하지 않을까 몇 번 보았다고? 그리고 며칠이나 교재를 하였다구? …….'

상만은 자기 맘속에서 움직이고 있는 이상한 정열을 애써 부인 해보고도 싶었다.

그러나 삼십이 넘도록 자기 주위를 둘러쌌던 여인들 가운데 이처럼 간절하게 자기 마음을 흔들어 놓은 여자가 있었던가.

'단연코 없었다 …… 단연코.'

상만은 애나에게 대한 자기의 감정이 결단코 천역(賤役)하거나 한때의 지나가는 욕망이 아닌 것을 스스로 설명하였다.

인애에게서는 선량한 누님과 같이 때로는 어머니같이 물질과 정신으로 은혜를 입었다.

그 고마운 인애를 버리고 자경을 취한 것은 자경을 사랑한 까닭은 아니었다. 자경의 배후에서 광채를 발하고 있는 자경 아버지의 재산과 지위가 욕심이 났던 까닭이다.

요시에는 한때 도색유희(桃色遊戱)였고 오꾸마는 무진 금광이라는 큰 이욕 때문에 오래 접촉한 것뿐이다.

'그러나 ……'

상만은 고개를 흔들었다.

'애나만은 …… 참으로 애나만은.'

언제나 타산적이고 공리적인 자기 맘속에도 마침내 애나라는 처녀를 통하여 일점의 티가 없는 맑은 사랑의 샘이 열리고 만 것을 깨달았다.

그러나 슬픈 일이다. 샘물을 열어 논 그 애나는 다시 상만의 눈앞에 나타날 기맥이 없으니 …… 관훈정 ××번지라는 애나의 집으로 찾아가면 만나 볼 수도 있다.

그러나 분명히 자기를 싫어하는 그 처녀 집을 치근치근 찾아간다는 것은 쑥스럽다는 것보다도 오히려 애나로 하여금 염증을 더하게 할 것이 무섭다.

'편지를 해 보아?'

상만은 문득 얼굴이 붉어졌다. 그 여신같이 높고 깨끗한 처녀를 향하여 무엇이라고 말머리를 시작할 것인가.

편지를 쓴다는 것은 지금의 상만에게 있어서는 일만 명이 모인 청중 앞에 나서서 연설하는 것보다 더욱 큰 용기가 필요할 것 같다.

'사랑하는 인애 씨! 사랑하는 자경 씨! 사랑하는 요시에, 사랑하는 오꾸마!'

그 밖에도 기생 여급들에게 상만의 손끝에서 흘러나간 염서(艶書)는 지게로 진다면 빠듯이 한 짐은 될 것이다.

그러나 그중에 한 장이라도 또 한 장이라도 지금 애나에게 대하여 느끼는 열정을 가지고 쓴 것이 있었을까?

상만은 애나의 어떠한 점에 자기가 이처럼 끌리는 것을 스스로 연구하고 검토하여 보았다.

자경과 같이 명망가의 아버지도 가지지도 못했고 사람을 농락하는 데 오꾸마 같은 능란한 솜씨도 없고 더구나 요시에처럼 침착도 없다. 또한 인애처럼 자기를 위하여 학비를 대어준 일도 없고 …….

상만은 생각하면 할수록 아무런 특색도 없고 무슨 점으로든지 이용할 가능성도 보이지 않는 이름 없는 한 소녀에게 끌리는 자기 마음이 기특하기도 하였다.

벌써 이해도 저물어 벽상에 달력도 이제 겨우 열 장 밖에 남지 아니하였다.

찬바람이 맹수와 같이 짖으며 내닫는 거리 위를 물끄러미 내다보고 앉아 있는 유색은 벌써 밤화장이 다 된 모양이다.

전등이 들어온 지는 오래건만 시계는 인제 겨우 다섯 시 이십 분이다.

드르렁 호기스럽게 유리문을 열고 들어서는 사람은 장인택이다. 열흘 전 보다도 훨씬 값 비싼 양복을 입은 장인택은 뚱보 마누라와 무언지 한참을 수군거리고는 유색의 방으로 들어서더니 싱글벙글 웃으며

"오늘은 굉장한 물건을 가져 왔단 말야."

하고 유색의 앞으로 손을 내민다. 장인택의 기대와는 다르게 유색은 훨씬 무표정한 얼굴로

"시계 아냐요?"

하고 자기의 몸값을 보증하고 있던 그 차디찬 광택을 발하는 시계를 물끄러미 건너다본다.

"그래 시계야……."

인택은 그 노르스름한 여윈 손에 들리어 있는 백금 시계를 방바닥에 내려놓았으나 유색의 얼굴빛이 약간 맘에 켕기어

"왜 어디 아픈가? 오늘은 얼굴이 왜 저 지경야."

하고 이번엔 장인택은 그 신경질로 보이는 상큼한 코를 위로 두어 번 찡그려 붙여 보고 힐책하듯이 유색을 노려본다.

"아냐요. 아무 데도 아픈 곳은 없어요. 저 …… 아침을 늦게 먹고 점심을 ……."

"그럼 됐어 …… 그런데 말야 빚을 다 갚았어 …… 인제부터는 말야 유색은 자유의 몸야 …… 알아들었어?"

"……"

유색은 여전히 별로 웃을 생각도 하지 않고 물끄러미 사나이의 얼굴만 바라본다.

"체 남이 실컷 애를 써서 일을 보아준 보람도 모른담, 쳇."

장인택은 그 노르스름한 얼굴과는 조화가 다른 두꺼운 입술을 한편으로 삐쭉해 보고 그리고 담배를 꺼내 불을 붙인다.

빚을 다 갚았다. 자유의 몸이 되었다 하는 이 말…… 얼마나 원하고 바라던 그 한 마디였던고. 그러나 그것이 두 달 전만 같았더라면 아니 상만을 보기 전 한 시간 전만 같았을지라도 유색은 달려들어 장인택의 가슴에 얼굴을 파묻고 소리를 내어 울었을지도 모른다.

그러나

유색은 상만을 잃어버린 슬픔에 비교하면 자기의 몸이 자유로 되었다는 것쯤은 아무런 기쁨도 아닌 까닭이다.

"건데 말야……."

인택은 담배를 쑥 뽑아 재떨이에 놓더니

"또 있어……."

하고 조끼 주머니에서 불룩한 봉투를 꺼낸다.

"건 또 뭐야요?"

여전히 무표정한 유색의 음성이다.

"이거? 이건 사람을 죽이고 살리는 요술쟁이야 하하하…… 모두 이천 원야…… 천 원은 가지고 자그마한 전셋집을 얻으란 말야. 그리고 천 원을 가지고는 무슨 생활의 방침을 세우란 말야……."

"그럼 당신은?"

"나? 나야 할 수 있나. 저때도 얘기했지만 집안에 들어앉아야만 할 형편이니까 말야……."

"그럼 본마누라하구 살림을 하시겠군요."

"아니 그인 저이 친정으로 아주 보내버렸어. 신앙도 있고 …… 혼자 사는 게 그이겐 훨씬 낫다고 의사도 그러고 해서 ……."

"그럼 새장가를 드세야겠군요."

유색은 빙긋 웃고 장인택이가 피우던 담배를 집어서 후 하고 연기를 뿜었다.

"아니야 새장가가 다 뭐야 …… 글쎄 난 아직 장가고 무어고 도무지 그럴 생각은 없어. 한 일 년 참따랗게 집안 징역을 살아야만 해. 아무튼 …… 지금까지 준금치산자였으니까 하하하."

인택은 새로운 담배를 한 개 꺼내어 손으로 탁탁 티켜 놓고 성냥을 긋더니

"이번에 말야 저때 번에도 말했지만 형님이 갑자기 돌아가셨기에 말이지 …… 어림이 있나 영 쫓아 내버린 자식을 도로 찾을 때에는 자기네도 어지간히 등이 달았거든 …… 재작년에 아버지만 작고하시지 않더라도 어림없지 어림없어 ……."

장인택은 돈짝만한 흰 버짐이 내돋은 왼편 볼을 만지며

"친척들 중에서 달리 양자를 세우자고 말한 모양이었지만 …… 형님의 상속자를 세우잔 말이지 …… 어머니가 들어 주셔야지 하하."

상만이보다 확실히 닷새를 앞서 출옥한 공갈죄와 도박 현행범으로 기소되어 육 개월의 복역을 하고 나온 장인택은 영남부호 장자명의 둘째 아들이다.

그는 ××전문학교 경제과 일학년에서 삼 년이나 내리 낙제를 한 대표적 열등생이다.

그의 머리가 나빴다는 것보다도 극장, 찻집, 카페, 가루타,[52] 마작

……에서 좀 더 흥미와 쾌락을 느끼는 그가 결단코 그 학교의 까다로운 과목이 머릿속에 들어갈 이치가 없었던 까닭이다.

여급에서 기생으로 …… 그리고 마침내 신마찌까지 진출할 동안 그는 훌륭한 불량아로 틀이 박히고 말았다.

학교에서 출학, 집에서는 금치산의 처분을 받고 …… 자기 형에게 일곱 번째 협박장을 보내고 그리고 마작 판에서 붙들린 때는 유색이 몸에서 난 아들이 첫돌이 지나갔을 무렵이다. 좌우간 주머니 속에 동전 한 닢도 없이 주림과 추위에 떨고 다니는 장인택에게 별안간 자기 형 장영택의 부고가 오고 그리고 자기는 팔십만 원의 상속자가 된다는 꿈같은 소식을 들을 때 그는 다만 머릿속이 얼떨떨하여졌을 뿐이다. 인택을 집안에 들어앉히고 그리고 한 순직한 가장이 되도록 만드는 데는 그 어머니가 울면서 비는 것보다 팔십만 원의 큰돈이 훨씬 효과가 있었다.

항산(恒産)은 항심(恒心)을 만든다는 말과 같이 사실 장인택은 요 몇 날 동안 참으로 거듭난 사람 모양으로 그의 행신이 얌전하여진 것이다.

그는 한 반삭 동안 일체의 악습을 버리고 그리고 진실한 호주로 면목을 이루어 가고 있다.

오늘 저녁 신마찌로 온 것은 단지 유색과의 인연을 깨끗이 청산하려고 말하자면 마지막으로 찾은 셈이다.

"그럼 아이는 어떡하실 테요?"

웃지도 않고 빤히 인택을 쳐다보는 유색의 눈에는 핑그르르 눈물이 번득인다.

---

52 일본의 카드 게임.

"글쎄 그게 말야 오늘밤엔 그 문제를 아주 결정하여 버리자는 게야."

장인택은 두어 번 가는 목을 늘려 침을 삼키고는

"그 앤 아주 유색이가 길러달란 말야. 내가 찾을 때까지 …… 자식은 결국 에미에게서 자라는 게 행복이거든 …… 그래 이건 위선 그 애 학비 …… 아직은 양육비로 따로 주는 게니 말야 ……."

하고 포켓에서 또 한 개의 봉투를 꺼내며

"이건 천 원야 …… 그리고 난 또 좀 바빠서."

"벌써 일어나세요?"

"응 좀 가볼 데가 있어. 누가 기다리고 있는데 ……."

장인택은 오늘 손에 들어온 여학생 사진 석 장 가운데 제일 맘에 드는 그 여학생 정애나를 화신 식당에서 위선 먼빛으로 선을 보기로 하고 온 때문에 당황히 자리에서 일어서는 것이다. 장인택은 위자료 일만 오천 원을 주어서 아내를 이혼하는 수속은 바로 한 달 전에 끝이 났다. 그의 어머니와 친척들은 인택의 부인될 신붓감을 사방으로 물색하는 중이다.

장인택이가 출옥한 것이 양력 시월 하순이오 형님 되는 영택이가 세상을 떠나기는 동짓달 초생이다.

영택은 그의 아내 최 씨가 장질부사로 입원한 병실에서 친히 간호하고 있는 동안 그도 전염 되어 발병한 지 불과 이주일 만에 아내보다 이틀 나중 절명되고 만 것이다.

영택의 내외 사이에는 아들도 딸도 없어 평소 영택에게 양자할 것을 권하는 사람도 있었으나 이세 삼십 남짓한 영택은 그런 말을 귀 밖으로 흘려버리곤 지금 와서 사후 양자를 세우는 것을 주창하는 친척들도 있었으나 영택의 어머니는 이 기회에 차라리 둘째 아들 인택을 집으로 불러들이자고 역설을 해서 드디어 그 말이 서게 된 것이다.

인택이가 무교정 본집으로 돌아와 초상 범절이 끝이 나고 그리고 장자명의 정식 상속인이 되자 그가 제일 먼저 착수한 것은 자기보다 네 살이나 나이 많은 아내와 호적상으로 이혼을 확정한 일이다.

그가 오늘까지 타락한 경로를 더듬어보면 지금부터 십 년 전 그가 열여섯 살 때 혼인한 자기 아내와 불합한 데서 원인이 시작된 것이다. 그는 아내가 싫었다. 아내가 가져 오는 밥상이면 먹지 않고 아내가 해주는 옷이면 입지 않고 아내와 말하는 것은 물론 아내의 침실에 들기도 꺼렸다.

그러한 아내를 이혼한 것은 얼른 생각하면 장인택이 편에서 서둘러서 한 것 같지만 실상인즉 인택이 못지않게 벌써부터 싫증을 내고 있는 것은 그의 아내 고 씨였다.

인간으로써는 벌써 절망으로 볼 수밖에 없는 남편을 바라고 더욱이 일점의 혈육도 없이 언제까지든지 남편에게서 오는 학대를 견디어 갈 수는 없는 노릇이었다.

친정에 가서 잊은 지 만 이태가 된 고 씨는 이번 시숙내외의 부고를 받고도 칭병(稱病)을 하러 오지 않았다.

'시숙의 부음을 받고도 와 보지 않았다.'

는 것은 훌륭한 이혼 구실이 되고 말았다.

고 씨 편에서도 기다렸다는 듯이

'상당한 위자료만 주면 …….'

하는 조건 아래에서 고 씨는 쉽사리 장인태과 협의 이혼에 도장을 찍은 것이다.

그리고 또 한 달이 넘어갔다.

"이애 어서 좋은 규수를 골라야겠다."

하고 모친 김 씨가 새 며느리 고를 의사를 보이자

"그래도 어머니 …… 형님 소기(小朞)나 치르고서 어떻게 해야 되지 않겠세요?"

하고 인택은 모친의 의사에 반대를 하여 보았다.

"왜 소기 전에 잔치를 하면 못 쓸 까닭은 있나? 그렇지만 소기 전에는 약혼만이라도 해두는 게 좋거든."

어머니는 모처럼 집에 들어앉게 된 아들의 마음의 고삐를 잡는 데는 어여쁜 새 아내를 맞아주는 것이 가장 첩경인줄 생각하는 까닭이다.

"결혼을 한다면 말씀예요 이번에는 아주 내 눈으로 보고야 할 테니까요 …….."

"암 여부가 있나 …… 이번에는 네가 골라야 되고 말고."

하고 기다란 장죽에 담배를 넣는 어머니의 눈에는 다시 돌아오지 않을 둘째 며느리 고 씨의 비녀 쪽진 모양이 어른거린다.

"못된 것들 …… 우리보다 지체가 좀 높다고 그러나? 이혼 말이 나오니 거저 기겁을 해서 도장을 찍어가니 …….."

겉으로는 어린 양같이 유순하게 보이던 며느리가 그리고 뼈대 있는 양반이라고 자타가 인정하는 그 고상준이라는 바깥사돈이 그렇게 안살로는 벌써 이 집과 인연을 끊기로 작정하고 있었던 것을 생각하니 여간 괘씸하지가 않는 것이다.

"아주 버젓하게 서이 딸보다는 십 배나 나은 규수를 데려올 테야 …… 아주 배가 아파서 못 견딜 날이 있을 테니 …….."

인택의 어머니가 아들 인택의 신혼을 급히 서두르는 또 한 가지 이유는 뼈가 부스러지는 한이 있더라도 자기 집 식구로 한 평생을 늙어주지 아니한 며느리의 소위가 괘씸하다 생각한 까닭이다.

며느리가 도장을 찍어준 뒤 한 달 남짓한 사이 좌우간 어디서 어떻게 구해 들였는지 장인택의 집에는 그럴듯한 여학생의 사진이 석 장이 들어 왔고 그리고 그 석 장 가운데 정애라는 현재 ××보육학교 이학년 재학 중이라는…… 그 사진이 가장 인택의 눈에 들었던 것이다.

지금 화신 백화점을 향하여 택시를 돌아가는 인택은 썩 유쾌하여 혼자서 빙그레 웃고 쿠션에 털썩 기대앉았다.

돈 삼천 원으로 유색의 문제를 깨끗이 해결하였다는 것보다도 그 어린 영남이의 문제가 그처럼 쉽게 낙착이 되고 보니 여간 시원하지가 않는 것이다.

"난 못 기르겠소. 당신 자식 당신 찾아 가시우."
하고 유색이가 엉터리를 잡는다면 어떡하나 하고 속으로 조마조마 하였던 것이다.

유색이가 인택의 아들이라 하니 그런 양하고 대답을 하였지만 사실인즉 아침에 김가 성 저녁에 이가 성 가진 무수한 사나이들을 접촉하는 그 유색의 몸에서 난 아들을 무슨 증거로 장인택의 아들이라는지 알 수가 없는 것이다. 인택은 유색의 팔에서 아들을 받아 안아 보면서도

'정말 이게 내 자식인가?'
하고 속으로 고개를 기울이곤 하였던 것이다.

그렇게 꺼리직한 아들을 유색에게 아주 밀어 맡기다시피 하고 돌아나온 자신은 좌우간 수완이 훌륭한 사나이가 아닐 수 없는 것이다. 그는 맨숭맨숭한 턱을 쓸며 또 한 번 빙그레 웃을 때다.

"화신 백화점 앞이올시다."

하는 운전수의 말과 함께 자동차는 속력을 멈추고 선다.

인택은 잠깐 넥타이를 만져보고 태연스럽게 화신 백화점으로 들어갔으나 그의 노르스름한 얼굴 좌우편에 붙은 뾰족한 두 귀가 마치 술을 마신 때처럼 화끈거리는 것을 느끼며 그는 엘리베이터로 들어가 오층 식당으로 올라갔다.

전과 같이 빡빡하게 초만원이 되어 있는 식당으로 들어선 인택은 아찔하고 약간 현기증을 느끼며 빈자리를 찾을 때다.

"저리 가세나 자리가 있으니."

하고 인택의 옆구리를 꾹 찌르는 사람은 인택의 내종형 되는 박종필이었다.

뚱뚱하고 키가 나지막한 종필은 그 반들반들한 다루마[53] 얼굴에 연방 미소를 띠우며

"저기야 저기 둘째 종려나무 아래 …… 검정 두루마기 입은 …… 처녀야."

하고 나지막이 소곤거릴 때 인택은 차마 바로 고개를 들지 못하고 앞에 놓인 찻잔만 들여다보고 보고 …….

"아 벌써 가시렵니까?"

하고 종필이가 당황해서 일어서자 인택이도 주춤 고개를 쳐들었다.

상큼한 목에 하얀 머플러를 감으며 이쪽으로 나오는 여학생! 인택은

'사진보다 낫다 사진보다 훨씬 잘생겼다.'

맘속으로 부르짖었다.

---

53 오뚝이.

"저녁 대접 잘 받고 갑니다."

트레머리[54]를 한 키가 훌쩍 큰 중년 여자가 인사를 할 때

"아저씨! 감사합니다."

하고 여학생 애나는 종필을 향하여 방긋 웃고 그리고 저쪽으로 돌아나 간다.

"맘에 드는가?"

"백 퍼센트."

커다랗게 고개를 끄덕여 보이는 인택의 목덜미가 제법 빨개졌다.

이튿날 아침 일곱 시 애나가 아직 자리에서 일어나지 않았을 때다.

"애 애나야 여태껏 자느냐?"

하고 부르는 소리가 난다.

새벽 기도회에서 돌아온 어머니의 음성이다.

"아뇨. 인제 곧 일어나겠세요."

벌써부터 깨어있는 애나의 목소리는 자리 속에 있는 것 같지 않게 명 랑하고 부드럽다.

"애 됐다 됐어."

어머니는 건너 방문을 열려다가 찬바람이 들어갈 것을 걱정함인지 그대로 문밖에 서서

"인제 곧 전도부인이 오신 댔어 …… 오시거든 물어보란 말야."

한 마디하고 안방으로 들어간다.

---

54 1920년대 신여성 사이에 유행한 머리 모양으로, 앞에 옆가르마를 타서 갈라 빗은 다음 뒤통수 한가운데에 넓적하게 틀어 붙이는 머리. 넓적하고 클수록 보기 좋다고 하여 속에다 심(다리의 일종)을 넣고 겉에만 머리를 입혀서 크게 틈.

"아니 어머니 무어가 말씀에요."

하고 애나는 이불을 걷어차며 상반신을 일으켰다.

"무엔 무어야 엊저녁에 말하던 그 취직 문제 말이지 ……."

안방으로 들어서는 어머니는 혼자서 빙긋 웃고 장갑을 벗었다.

털실로 짠 목도리를 벗고 두루마기를 벗어 못에 걸고 아랫목으로 손을 넣어보고 그리고 불을 담아 오라고 식모에게 화로를 내어줄 때까지도 그는 벙글벙글 웃고 있었다.

애나의 혼인 문제 하나를 가지고 애나 어머니, 전도 부인, 박 집사, 박 집사 부인 이렇게 네 사람이 서로 서로 벼루기만 하면서 벌써 몇몇 날을 두고도 아무도 감히 애나에게 직접

"너 혼인할 곳이 있는데 …… 신랑은 이렇고 …… 재산은 이렇고 ……."

한 마디도 건네 보지 못하고 있는 것은 애나가 평소부터 시집 안 간다고 어리광 삼아 하던 그 말이 결단코 무서워서 그러는 것은 아니다.

'재산이 팔십만 원이요 신랑은 모 전문학교까지 다니다가 집안 형편에 의지해서 중도에 폐지하였고 …… 신체는 건강하고 연령은 스물여섯 …….'

여기까지는 누구라도 큰 소리로 말을 할 수가 있건만

'첫째 이혼한 사람이요 그리고 불신자이다. 차츰 예배당에 나온다 하지만.'

이 두 마디는 참으로 입이 일백 개가 달렸다 하더라도 그 새침하고 얌전한 애나에게 너욱이 현대 여학생으로는 볼 수 없는 독실한 신앙가인 애나에게 차마 말을 할 수가 없는 까닭이었다.

그러나 그 어머니가 만약에

'삼 년이나 낙제한 학생이요 품행이 불량해서 학교에서 쫓겨나고 …… 징역을 치루고 …….'

이런 것을 알았던들 재산이 팔십만 원이 아니라 팔백만 원이라 해도 어림이 없을 것으로되 그 박 집사 종필 씨는 이런 것은 슬쩍 애나 어머니에게 감추어 버린 것은 그 장인택이라는 이가 자기와 내외종간이 된다는 것보다도

'지옥에 빠질 영혼 한 개를 하나님 앞으로 인도한다. 하나님은 세상을 구원하시기 위하여 독생자를 보내셨다. 장인택의 영혼을 위하여 우리는 애나를 그리로 시집보내야 된다.'

라는 굳은 신념이 있기 때문이다. 좌우간 박 집사 내외는 물론 전도 부인까지 하나님의 일이라는 그 위대한 사업 …… 혼인에 대하여 아직까지 애나에게 한 번도 직접으로 말을 건네 보지 못한 채 벌써 반달이 넘어 몇 차례나 장인택의 진에서 독촉이 왔고 더욱이 화신 식당 이후로 인택 자신에게서 박종필에게 두 번이나 재촉이 왔건만 아직도 그

'신부의 의향.'

은 도무지 알아보지 못하고 있는 것이다.

인택은 박종필을 조르고 박종필 부처는 전도 부인을 조르고 전도 부인은 애나 어머니를 조르고

"딸의 맘을 알아보기는 어머니 밖에 없습네다 ……."

하는 김나오미 전도 부인의 말을 들을 때마다 애나 어머니는 커다랗게 한숨만 쉬고 하였던 것이다.

딸의 입에서 취직 문제 걱정을 듣는 애나 어머니는 닫쳐진 문이 열리는 열쇠를 발견한 듯이 맘속이 환해진 것이다.

그는 오늘 새벽 기도회가 끝이 나자마자 전도 부인을 붙잡고 애나에게서 들은 말을 하였다.

전도 부인은 곧 박 집사에게 전하고 …… 그래서

"염려 마세요 그까짓 일쯤이야 조반 전 일에요 …… 좌우간 따님을 전도 누님과 함께 제집으로 보내 주십시오."

애나 어머니는 어떻게 하더라도 그 팔천 석 꾼이나 되는 사위를 얻는다면 이제 죽어도 눈이 감길 것 같다.

애나가 열한 살 아들 보라가 여덟 살 때 재령장에 좁쌀을 팔러간 남편이 오늘까지 돌아오지 않은 채 벌써 십여 년이 흘러갔다. 혼자 몸으로 애나의 남매를 길러 가면서 그가 배운 처세술은 황금 앞에는 머리 숙이지 않는 놈이 없다는 것이다.

'하나님 다음에 돈 ……'

이것은 애나 어머니의 인생과 종교와 철학이다.

'애나가 그 사람과 결혼하고 그리고 훌륭하게 부자로 사는 내 딸은 아아.'

이렇게 중얼거리고 벙긋 벙긋 웃고 앉아 있는 애나 어머니의 꿈은 실로 황홀하고 현란한 것이다.

아침이 끝이 나고 그리고 애나가 외출할 채비를 하고 있노라니 김나오미 전도 부인이 들어온다.

"아우님 어서 오시우, 자 이리로 내려 앉아요. 추운데 자."

하고 애나 어머니는 전도 부인에게 자리를 권하면서도

"얘 서고린 그것보다도 성탄에 입는다는 연분홍 저고리가 어떠니?"

해보기도 하고

"얘 새 두루마기 꺼내 입으렴."

하고 이것저것 입을 대다가 나오미 전도 부인이 눈을 끔쩍해 보이는 바람에 애나 어머니는 주춤하고 입을 다물어 버렸다.

오전 열 시가 조금 넘어 전도 부인과 애나가 종로 이정목까지 와서 안전지대에 내릴 때는 벌써 약속한 대로 박종필 씨가 우두커니 서 있는 모양이 보인다.

인사를 마친 세 사람은 곧 거기서 걷기 시작하였다.

목적하고 가는 장인택이 집이 여기서 얼마 되지 않는 까닭이다.

"아저씨! 당자를 보지도 않고 취직 승낙을 해 줄까요?"

하고 고개를 갸우뚱하는 애나에게

"전문학교 졸업생이라면서? 고등상업학교 건 틀림없지?"

"네!"

"그럼 됐어."

하고 앞을 서서 걸어가던 박종필이가

"이 집야요 누님."

하고 전도 부인을 돌아본다.

'장영택.'

이라 새겨진 커다란 자개 문패가 애나의 눈에 뜨이자

'굉장히 큰 집이로군 …….'

하고 애나는 속으로 눈을 둥그렇게 떠 보았다.

식당에서 나온 애나는

"아주머니 나 뭐 좀 살게 있는데 저 아래층으로 좀 같이 가세요, 네?"

하고 오늘 저녁 같이 대접을 받으러 온 ××교회 저도 부인을 돌아보고 빙그레 웃으며

"박 집사 아저씨껜 무엇으로 드렸으면 좋을까요? 크리스마스 프레센트로 말야요. 오늘 저녁의 양식은 그 아저씨께는 좀 과한 부담이 아니겠어요? …… 바로 정식이던데 ……."

"글쎄 그럴까? 그래도 하기야 찬양대를 지도하는 애나에게 무슨 대접이라도 해야겠다고 며칠 째 별렀으니 정식쯤 ……."

하고 대답하는 트레머리 중년 여자는 ××교회 전도 부인 김 나오미다. 그는 애나가 오늘 저녁 선을 보이러 온 것도 모르고 대접을 받은 것이 미안하다니 더욱이 박 집사(박종필)에게

"아저씨 고맙습니다."

하고 깍듯이 인사를 하던 장면을 생각하니 픽 하고 웃음이 터져 나오려는 것을 억지로 참고

"박 집사에게 뭐 답례할 건 없어요. 애나 집에서는 며칠이나 교회 직원들을 대접했으니까. 이를테면 박 집사가 애나에게 답례를 한 셈이지 ……."

하고 약간 그 큰 입을 벌리고 빙그레 웃었다.

"글쎄요 그럴까요?"

두 사람은 유난히도 사람이 들어차 있는 엘리베이터로 들어가지 않고 층층대로 내려오며 차감과 모당(각사탕)을 좀 사고 그리고 동생 보라가 부탁하던 스케이트도 한 벌 사고 마지막으로 정육 한 근을 사 가지고 전도 부인과 함께 밖으로 나올 때다.

"필 애나 씬 그렇게 많이 샀수?"

하는 소리가 등 뒤에서 들린다. 힐끗 돌아보니 오늘 저녁 자기와 전도 부인에게 저녁을 대접하여 준 그 박종필 씨다.

"뭐 별로 산 것도 없어요."

애나는 빙그레 웃고 전도 부인 곁으로 다가서며 그 뚱뚱한 박종필 씨의 길을 비켜 주었으나 종필 씨의 바로 뒤에 키가 날씬하고 얼굴이 노르스름한 청년이 힐끗 애나를 곁눈으로 쏘아보고 가는 것을 알지는 못하였다.

관훈정 애나의 집까지 애나를 바래다주고 좁은 골목을 돌아 나오는 김 나오미 전도 부인은 적이 우울하여졌다.

'지금 내가 하는 일이 하나님의 뜻에 합당한 일일까? 일일까?'

나오미는 교역자라는 자신이 이런 중매를 드는 것이 좋은지 어떤지 또 한 번 맘속으로 얼떨떨하여 지는 것이다.

'저편이 이혼을 하고 …… 또 …… 아직 신자도 아니라는데 …….'

나오미는 현재 자기 교회에 장립 집사로 있는 박종필 씨의 간절한 부탁을 거절할 수 없어서 애나를 데리고 화신 식당까지 가서 저녁을 먹고 오기는 왔으나 애나가 오늘 저녁 박 집사와 나란히 앉아 차를 마시던 그 청년과 결혼이 되어 …… 그리고 만약에 불행하게 된다면 …….

"아주머니 추운데 조심해 가십시오."

하고 자기 집 대문 안으로 사라지는 그 어린 양 같은 애나를 생각해 보자

'주여 시험에 들지 말게 하여 주옵소서.'

하고 전도 부인은 어둠 속에서 눈을 감았다.

그가 애나 집에서 그리 멀지 아니한 인사정 자기 집으로 들어서자 안방 영창을 열면서

"형님 인제 오세요? 아이 추우신데 …….'

하고 내다보는 이가 있다.

전도 부인은 전에 없이 박 집사 부인이 와 있는 것을 발견하자 아직 진퇴를 결정할 수 없는 이 사건이 어느덧 거미줄처럼 자기 목에 감기기 시작한 것을 깨달았다.

'주여 주여.'

속으로 외치고

"아 웬일이세요? 집사 댁 형님이."

하고 반갑게 인사를 하며 마루로 올라섰다.

"좌우간 애나의 의향은 어떱디까?"

박종필 부인은 전도 부인이 방으로 들어서자마자 성급하게 한 마디 묻는 것이다.

"아직 못 물어 봤어요. 아이 어떻게 당장 그런 말을 꺼낼 수가 있어야죠 …… 난 정말이지 이런 중매 같은 일은 첨이니까요."

전도 부인의 찌붓한[55] 표정을 알아차린 박 집사 부인은

"참 이번 결혼으로써 귀중한 영혼이 하나 구원을 얻는다면 우리는 이에서 더 큰일이 또 어디 있겠어요? …… 형님이 괴로우시겠지만 …… 이것도 하나님의 일로만 생각하시면 그만 아니겠어요?"

"하나님의 일로 생각했기에 말이지 왜 글쎄 멀쩡하게 세례 받은 처녀를 불신자와 결혼을 시키겠느냐 말에요."

"아이 형님도 …… 불신자긴 왜 불신자요. 인제 보세요. 이 담 주일부터 교회에 나오지 않나! 글쎄 아무리 신랑이 우리 일가벌 된다고 그냥 불신자를 마구 그러겠습니까?"

---

[55] 기분이 맑지 못하고 언짢음.

"그러니까 꼭 요담 주일에는 그 신랑 될 사람을 데리고 오세요. 형님 우리 기도 합시다."

두 사람은 엎드려 정성껏 기도를 올리고 그리고 박 집사 부인은 돌아갔다.

크리스마스도 앞으로 사흘밖에 남지 아니한 어느 수요일 밤이다. 애나 어머니는 예배당에서 돌아오는 아들과 딸을 위하여 벽장에서 과자와 과일을 꺼내면서도 어떻게 하면 애나에게 그 근 만석이나 한다는 혼인 자리가 나섰다는 말을 가장 자연스럽게 꺼내 볼까 하고 생각을 하였으나 벌써 며칠째 벼르기만 하고 차마 입 밖에 말이 나오지 않는 자신을 나무라는 듯이 속으로 혀를 한 번 차고 그리고 과일 쟁반을 애나 앞으로 밀어 놓고 아랫목으로 내려가 앉았다.

황주 사과를 한 입 베어 문 채로 무슨 생각에 잠긴 듯 멍하니 앉아 있는 딸을 향하여

"애 너 무엇 걱정 되는 것 있니?"

하고 어머니는 넌지시 딸에게 물었다.

"아냐요 …… 저 그런데 어머니 그이 말씀에요. 왜 저 오영구 씨 …… 전차에서 나를 도와준 사람 말에요."

"그래, 왜 그 사람이."

"글쎄요 그이가 전문학교꺼정 졸업을 하고도 취직을 못하고 있으니 그게 딱하지 않아요. 어디 그럴 듯한 직업을 하나 얻어 주었으면 나도 그이에게 갚아주는 게 되겠고 …… 그래서 말씀에요."

"그이가 놀고 있다더냐?"

"네."

"그래 나도 생각이 난다. 내일 아침 전도 아주머님과 의논해 보아 …… 꼭 그만한 일은 되도록 해줄 테니 ……."

"그 아주머니가 무슨 수로 돼요? 목사님도 못 하시는 걸."

"글쎄 된다면 되는 줄로 알라니까. 내일 아침에 가서 물어 보아 글쎄."

애나는 말끄러미 어머니를 쳐다보았다.

관철동 아저씨도 학교 교장님도 동무들도 못 하는걸 예배당 목사님까지 고개를 외로만 내졌던 그 취직 문제를 전도 부인 김나오미가 무슨 재주로 해낼까? …… 애나는 도무지 어머니의 말이 믿어지지가 않는 것이다.

콘크리트로 다져진 대문간 …… 바로 조금 전에 뿌린 물이 밀초를 엷게 녹여 붙인 듯 매끈매끈 얼어붙은 위로 먼저 박종필이가 들어가고 그리고 애나와 전도 부인이 차례로 들어섰다.

'테니스 코트'를 두 개나 만들만치 넓은 마당에는 아름드리 큰 소나무가 두 주 바로 호위병처럼 마주 보고 서 있는데 햇살을 담뿍 싣고 있는 가지위엔 까치인 듯도 하고 까마귀인 듯도 한 새가 푸르르 공중으로 날아 두어 번 원을 그리고는 다시 그 이끼가 더덕더덕 붙은 기와지붕 위에 내려앉는다.

애나는 이렇게 큰 지붕 아래 사는 사람들은 돈도 많고 그리고 지위가 상당하여 자기가 맘 먹고 있는 그 상만의 취직 문제 같은 것쯤은 참으로 조반 전 일 같이 척척 해낼 상도 싶어 그는 이러한 집과 무슨 일가벌이 된다는 그 박 집사 아지씨가 좀 더 눈 높게 또 고맙게 생각이 되었다.

고풍으로 되어 있는 이 집 양식과는 동떨어지게 '아치' 식으로 되어 있는 중문을 들어서자

"아유 손님 오세요."

하고 소리를 친 사람은 부엌에서 내다보던 식모이다.

식모의 음성이 마치 무슨 군호나 되는 듯이 안방문과 건넌방 문이 한꺼번에 열렸다.

안방에서 내다보는 머리가 하얗게 센 늙은이가 물론 장인택의 어머니다.

"아주머님 안녕하십시오?"

박 집사가 뚱뚱한 배를 접치고 넙신 개화 절을 하자

"아이거나 이 추운데 조카님이 웬일이야."

하고

"들어오시죠. 추우신데."

애나와 전도 부인을 향하여 빙그레 웃는다.

아까부터 건넌방에서 나와서 손님들을 바라보고 섰던 중늙은이 한 분이 애나 곁으로 오더니

"어여 올라오시죠."

하고 애나의 등을 어루만져 보고

"이런 얼굴에도 이담에 주름살이 잡힐까?"

탐하듯이 애나의 얼굴을 들여다보고 들여다보고 …… 부끄럽고 무안하여 애나는 방그레 웃으며 고개를 숙일 때이다.

"형님 들어오서요."

확실히 '테너'에 가까운 남자 음성이다.

애나가 흠칫 고개를 치켜드는 순간 그의 눈앞에는 한 영양 불량한 얼굴이 비쳤다.

이 집 주인 장인택이가 나온 것이다.

'칼라'를 새로 매고 '와이셔츠'까지 곱다랗게 갈아입은 것을 보고 박 집사는 속으로 빙긋 웃고

"이렇게 아침부터 폐를 끼쳐서 되겠는가 응?"

하고 박 집사는 마루에 걸터앉아 구두끈을 풀기 시작한다.

인택은 애나가 자기 집으로 온다는 말을 바로 두 시간 전에 박종필의 전화로 들을 때 그는 가슴이 덜컥 내려앉았던 것이다.

물론 너무 기뻐서 놀랜 까닭이다.

"그럼 아주 승낙을 하고 오는 겝니까?"

하고 인택이가 전화에서 반문을 하여 보았을 때.

"아니 아직 거기까지는 진행이 못 됐어 …… 그런데 그이가 자기 아는 사람에게 취직 부탁을 받았다는데 …… 이건 자네가 해줘야겠네 …… 그래서 위선 저편의 맘을 기쁘게 해줄 필요가 있거든 …… 알아들었어?"

하는 말을 들을 때 인택은 또 한 번 가슴이 내려앉았다.

'그럼 여태껏 규수 편에서는 생속이라는 말이지.'

하고 속으로 낙심을 하였으나

"어쩔 테야 자네가 그 취직 운동에 O·K 하고 대답한다면 아침 먹고 곧 데리고 갈 테니 ……."

"아니 누구를 말씀야요? 취직하려는 당자를요?"

"아뇨 규수를 데리고 간단 말야."

"네 네네, O·K O·K."

인택은 전화를 끊자마자 맨 먼저 식모를 불러 세숫물을 떠오라 했다.

세수를 하고 옷을 갈아입고 …… 거울을 들여다보기 한 시간 반.

"춧 이놈의 버짐은 언제나 없어져."

인택은 손가락으로 그 동전만한 버짐이 돋아 있는 왼편 뺨을 두어 번 긁어보고 그리고 '우데나바니싱 크림'을 손바닥에 놓아 얼굴을 문질렀다.

식모가 바로 조금 전에 조반상을 들고 왔다.

막 곰국을 두 번 뜨고 그 고밥을 첫 술 떴을 때이다.

"손님 오셨어요. 애우개 서방님과 같이 오셨세요."

하는 언년이의 목소리가 영창 문밖에서 들린다.

"음!"

하고 고개를 끄덕이는 인택은 벌써 목구멍에 아무 것도 넘어가지가 않는 것이다.

"애 이리 온."

그는 돌아나가는 언년을 아주 은근하게 불렀다.

"네?"

"너 이 상 내가거라."

인택은 위선 방문부터 활짝 열어젖혔다. 그리고 조금 전에 언년이가 말짱하게 닦아 놓은 방을 또 한 번 살펴보고 그리고 손으로 넥타이를 한 번 만져보고 복도로 나온 것이다.

그는 가장 태연스럽게

"형님 오셨어요."

한 마디 하였으나 자기의 음성이면서도 어디서 먼 곳에서 다른 사람이 외치는 듯 가장 부자연스러운 한 순간을 경험하는 것이다.

"손님이 오셨는데 ……."

박 집사는 인택을 쳐다보고 빙긋 웃어 보이고 그리고 전도 부인과 애

나를 돌아보고

"이 댁 주인 되는 장인택 씨여요."

"네 그렀습니까?"

하고 나오미 전도 부인이 큰 입을 벌리고 웃으며 허리를 굽힐 동안 애나
는 깍듯하게 고개를 숙였다.

"아 형님도 손님을 밖에다 세워 놓고 인사 소개가 뭐야요. 이 추운 날
……."

이제 겨우 음성이 좀 풀리는 듯 인택은

"자 추우신데 올라 오십시오."

하고 약간 허리를 굽혔다.

애나는 위선 자기 앞에 나타난 이 여위고 혈색이 좋지 못한 남자가 이
렇게 큰 집을 가졌다는 것이 무슨 모순을 바라다보는 듯이 맘속이 어찌
거북하여 지는 것이었다.

애나 일행은 주인 장인택에게 안내 되어 앞마루에서 남쪽으로 꺾인 길
다란 복도를 지나 봄볕 같은 햇살을 소복이 안고 있는 영창문까지 왔다.

일찍이 장인택의 아내가 오래 공규[56]로 지내던 방이요 지금은 아내
없는 장인택이가 혼자서 거처하는 방이다.

장차는 애나가 이 방의 주인이 되어 지기를 장인택이나 같이 온 박 집
사가 다 같이 소원하고 있지만 …… 물론 애나는 그런 것은 알 까닭도
없이 박 집사의 지정하는 대로 방 한편 굉장하게 큰 타원형 거울이 붙어
있는 양복 단스 앞으로 가시 앉았다.

---

56 오랫동안 남편 없이 아내 혼자서 사는 방.

박 집사의 소개로 애나는 또 한 번 주인 장인택에게 머리를 숙여 보이고 그리고 주인의 열심으로 권하는 대로 자줏빛 비단 방석 위에 올라앉았으나 정작 주인 되는 양반이 방석 없이 양복바지를 입은 채 딱딱한 방바닥에 꿇어앉는 것이 미안하여 애나는 전도 부인의 다리를 살짝 건드리고 그리고 자기는 살며시 방석 위에 내려앉았다.

"자넨 왜 방석 깔지 않는가?"

박 집사가 애나의 눈치를 채고 빙그레 웃으며 인택에게 한 마디 건네자

"뭐 괜찮아요. 아니 지금 가져오라죠."

장인택은

"오―이."

하고 손바닥을 딱딱 친다.

그러나 손바닥 소리의 여음이 아직도 사라지기 전에 인택은 흠칫하고 한 손으로 머리를 긁고 열적게 웃는다.

얼굴은 홍당무가 된 채 꿇고 있던 무릎을 다시 세우다가 한편 무릎만 꿇고 다시 한 다리를 세우는 등 한 손으로 칼라를 만지고 다른 한 손으로 코를 만지고……애나는 주인의 당황한 태도가 약간 우스워졌으나 일전 학교에서 심리학 시간에 들은

'히포콘테리.'

라는 신경병 계통에 속한 사람이 이런 게 아닌가 하고 말끄러미 주인의 태도를 바라보았다.

자기 집 아랫목에 앉은 인택이가

"오―이."

하고 손뼉을 친 것은 요릿집에서 보이를 부르던 습관이 이런 긴장된 장

면에서 불쑥 튀어 나온 것이지만 …… 생각하면 할수록 인택은 자기의
일 같지 않게 억울하고 괘씸하였다.

　구멍이 있으면 기어 들어가고 싶은 한 찰나를 경험하는 동안 온전히
몸둘 곳을 알지 못하였던 것이다. 더욱이 자기를 빤히 바라보는 애나의
시선이 무슨 전기 바늘이나 되는 듯이 인택의 안면 근육은 따갑고 간지
럽고 …….

　언년이가 들어왔다.

　뜨거운 커피차를 쟁반에 받쳐 들고 …… 그러나 인택은 방석을 가져
오란 말은 참따랗게 잊어버린 채

　"자 형님 커피 잡수서요. 손님께도 좀 권해 주십쇼."

　인택은 또다시 두 무릎을 꿇고 그리고 손수 차관을 기울여 차를 따르
기 시작한다.

　"무어 시키실 것 없으세요?"

하고 언년이가 물을 때 인택은 차 따르던 손을 멈추고

　"없어 …… 그런데 안방마님께 가 봐 …… 자 손님 한 잔 드십시오."

하고 다시 차관을 기울인다.

　'히포콘테리, 그 위에 건망증을 더쳤으니 …… 신경병으로는 상당한
중증이군!'

　애나는 속으로 고개를 끄덕이고 주인이 자기 곁으로 밀어놓은 찻잔
을 잡았으나 전도 부인이 눈을 내리 감고 있는 동안 박 집사나 애나나
차를 마실 수는 없는 것이다. 더욱이 장인택까지 최면술을 빈는 깃처
럼 전도 부인의 하는 대로 참따랗게 눈을 감고 앉았음에랴 …….

　인택의 노르스름한 짧은 속눈썹이 바들바들 떨고 있는 것을 말끄러

미 바라보던 애나는 속으로

'크리스천이로군.'

하고 또 한 번 고개를 끄덕였다. 그러나 전도 부인이 눈을 뜨고 인택이까지 고개를 쳐들 때다. 확실히 지금까지 눈도 감지 않고 고개도 숙이지 않았던 박 집사가

"감사 감사하신 아버지 하나님이시여 ……."

박 집사의 음성은 가장 정중하고 또한 엄숙하였다. 차를 주셔서 감사하단 기도가 끝이 나고

"예수님의 이름으로 감사를 드리옵나이다."

하고 다 같이 아멘을 할 때 인택의 음성이 가장 뛰어나게 높았다.

그것은 그의 목소리가 테너에 가까운 탓만 아니었다.

인택은 전도 부인이 눈을 감은 것을 보자 자기 앞에 앉아 있는 애나가 독실한 기독교 신자인 것을 깨달았고 그리고 자기도 요담 일요일부터 교회에 출석할 것을 승락한 사실이 생각난 때문이다.

"건데 오늘 찾아온 것은 다름이 아니라."

박 집사는 차를 들어 한 모금 마시고

"여기 앉으신 정애나 씨가 긴급한 소청이 있어서 …… 오신 건데 ……."

하고 인택을 바라보았다.

"네네 알겠습니다. 형님께서 전화로 말씀하신 그 취직 문제 …… 잘 기억하고 있습니다."

"그래 자리는 있겠는가."

"네 글쎄 한 군데 생각해 둔 곳이 있습니다만 ……."

"어덴가? 회사인가? 관청인가?"

"뭐 고등 상업학교 출신이라 하셨죠 …… 그래서 …… 좌우간 그 방면으로 생각을 했습니다만 …… 그럼 이력서를 가지고 오시죠."

하고 인택은 애나를 바라보고 빙그레 웃는다.

"네 감사합니다."

"친척 되십니까?"

"아냐요."

"친구 되십니까?"

"아냐요."

"네."

인택의 이맛전이 약간 흐리어졌다.

"애나 씨의 친척이나 친구보다도 좀 더 그이에게 신세를 진 사람인데 ……."

박 집사가 옆에서 주를 달았다. 인택은 무엇을 생각하였는지

"오늘 저녁이나 내일 아침 ……."

인택은 두어 번 눈썹을 찌푸려보고

"제게로 전화를 걸어 주십시오. 그때 확실한 대답을 …… 좌우간 이력서부터 먼저 좀 보아야겠습니다."

장인택의 집을 나온 애나는 그 길로 상만의 여관을 찾아갈 결심을 하고

"아주머니!"

하고 나오미 전도 부인을 불렀다.

애나는 이력서를 가져 오라는 장인택의 말이 물론 반갑지 않은 것은 아니었으나 그러나 생각하면 …… 그 여위고 마르고 그런데 어디인지

병적으로 보이는 그 청년이 그러한 일을 해낼 성싶지가 않다.

그러나 이미 시작한 일이니

"못 하겠소."

하는 데까지 가 볼 수밖에 없다. 결심을 한 애나는 위선 오영구(오상만)의 이력서부터 가져올 필요를 느끼는 것이다.

인사정 ××번지 장인택의 집을 나온 세 사람은 가까운 전차 안전지대에서 박 집사는 다시 인사정으로 애나와 전도 부인은 관철정으로 나누었다.

오영구가 유숙하고 있다는 한강 여관은 관철정 우미관 부근에서 쉽게 발견할 수가 있었다.

그 분통이 터지는 전차 사건에 돌연히 나타났던 그 사람…… 자기를 위하여 몸을 상하야 이주일이나 입원하였고 그리고 자기는 이틀 건너 사흘 건너 어떤 때는 사흘이나 연달아 위문을 갔던 그 델리와도 비슷하고 마치와도 근사한 젊은 사람이 머물고 있다는 여관이 눈앞에 나타나자 애나의 가슴은 바람에 스치는 풀잎같이 파들파들 떨리기 시작하였다.

'고마운 양반…… 아니 신마찌 여자에게 시계를 준 불량자…….'

애나의 말초 신경은 대뇌의 통제 명령을 무시하는 듯 몇 날 며칠째 잊어버리려고 노력하던 그 무서운 환상이 또다시 나타난 까닭이다.

길쭉한 호박과 같은 얼굴에 분을 뒤집어 쓴 여인의 히죽히죽 웃는 꼴이 눈앞에 떠오르자 애나는 오영구(상만)라는 사나이를 찾아오는 자신이 마치 그 신마찌 여인과 같은 수평선에 놓이는 듯한 모욕과 수치감을 느끼는 것이다.

한 개의 영웅으로까지 우러러 보던 그 미모의 남자가 갑자기 쓰레기통

옆에 쓰러져 코를 고는 값없는 사나이로 변해지던 순간, 그것은 애나 일생에 진실로 처음 당하는 가장 슬프고 가장 분노에 떨리던 시간이었다.

차간에서 차장에게 당하던 봉변쯤 여기에 비하면 그것은 도무지 문제 같지도 않다. 그러나 애나는 혀끝을 지그시 깨물었다.

'그러한 남자에게 신세를 입었으니 …… 갚아 주어야 …….'

애나의 자존심은 바람 앞에서도 꺼지지 않는 전능과 같이 태풍처럼 쏟아져 나오는 애나의 감정 앞에 버젓이 버티어 나갔다.

그가 상만의 취직을 위하여 거의 밤낮을 쉬지 않고 걱정하고 애쓰던 까닭은 거리로 지나가던 한 부랑자에게서 받은 신세가 마치 땀에 젖은 속옷처럼 꺼림칙한 까닭이었다.

'한시라도 속히 벗어 버리자.'

한강 여관 대문을 들어서는 애나는 오래된 괴로운 채무를 갚으러 들어가는 사람처럼 그의 고개는 꼿꼿하였다.

"아주머니가 좀 불러 보세요 네? 그리고 취직 말도 아주머니가 애길 하시고."

하고 애나는 두루마기 입은 전도 부인의 옆구리를 꾹 찔렀다. 문간에서 사람들이 서성거리는 것을 감각하는 여관 하인은

"어서 들어오십쇼."

하고 너푼 허리를 굽힌다.

"댁에 오영구 씨라는 손님 계신가요?"

나오미 전도 부인은 애나의 부탁대로 묻는 것이다.

"오영구 씨요? 네 계십니다."

여기까지 듣는 애나는 웬일인지 처연하자 노력하는 맘과는 딴판으로

얼굴이 화끈 달아졌다.

"잠깐 뵙고 싶은데 …… 어느 방인가요?"

나오미 전도 부인은 여관 하인 앞으로 한 걸을 다가섰다.

"네! 참 지금은 안 계십니다. 아침진지 잡숫고 바로 외출을 하셨습니다."

"네!"

나오미 전도 부인은 애나를 돌아보고 애나는 전도 부인을 쳐다보고 그리고 두 사람은 밖으로 나왔다.

애나는 미운 사람을 들어오지 못하도록 맘의 문을 꽉 밀고 섰다가 정작 문을 열고 보니 아무도 없는 때와 같이 후 하고 숨이 나갔다. 그러나 웬일인지 온몸에서 힘이 쪽 빠지는 듯한 적막한 한 찰나가 지나갔다.

전도 부인과 함께 집으로 돌아가는 애나는 만나보지 못하고 돌아오는 그 오영구(상만)라는 사람의 얼굴이 또다시 눈앞에 떠오르기 시작하였다. 그 똑똑하고 준수하게 생긴 청년이 신마찌 계집과 지내간다는 사실이 몹시도 가엽게도 아깝게도 생각이 되는 것이다. 그때 병원에서

"오 선생님 애기가 몇이나 되세요?"

하고 물을 때 그는

"아내가 없는 사람이 아이가 있을 리가 있습니까."

하고 쓸쓸히 웃었겠다 …….

그러면 왜 정식으로 좋은 아내를 아니 맞이하고 그런 추잡한 여자와 교제를 하고 지낼까? 더욱이 전문학교를 나왔다는 이가 …….

좌우간 애나에게는 상만이란 남자는 한 개의 풀지 못할 수수께끼가 아닐 수 없는 것이다.

나오미 전도 부인과도 갈리고 타박타박 혼자서 자기 집으로 돌아오

는 애나는

'이대로 영영 다시는 만나지 말고 그리고 그 사람에게 취직을 하나 보내줄 수만 있다면 …… 그러나 이력서 때문에!'

애나는 가만히 가슴에 손을 얹어보고 그리고 자기 집 대문으로 들어섰다.

인사정 정인택의 집으로 다시 들어간 박 집사는 조금 전에 애나와 같이 앉았던 그 방에서 인택과 마주 앉았다.

"친척도 아니다. 친구도 아니다. 그러면 뭐란 말예요 애인이란 말예요?"

인택의 약간 날카로운 음성이 지나가고 그리고 방안은 잠깐 잠잠하여졌다.

"아이 남 갑갑한데 …… 좌우간 그 사람이 누구에요? …… 형님은 아실 테죠 ……."

"나도 몰라."

빙그레 웃으며 고개를 흔드는 박 집사의 대답에 인택의 가느스름한 눈이 둥그레졌다.

"이건 괜히 남의 발에 신발이 아냐요? 난 그럼 심부름은 못 하겠어요."

이번에는 제법 웃지도 않고 톡 쏘는 듯이 말끝을 맺는 인택을 연해 빙글빙글 웃으며 바라다보던 박 집사가

"글쎄 이 사람아 자네는 땅 꺼질 까봐 밖에는 못 나다니겠네그려 …… 별 걱정을 다 한다니까 …… 설사 그렇다기로 동생이 말야 응? 아주 척전취를 해 볼 용기를 가져야만 되는 게야 …… 하지만 단연코 애나는 그렇진 않아 …… 내 목을 바칠 테니 ……."

"……."

"이봐 동생 …… 시골 서울 쳐놓고 내가 아는 처녀 가운데서 말야 단연코 넘버원이야. 넘버원 …… 품행이구 학교 성적이구 신앙심이구 …… 그리고 얼굴까지 …….."

인택은 만족한 듯이 고개를 수긋하고 빙그레 웃을 때다.

"전화 왔습니다. 관훈정 정애나 씨라구요."

영창 밖에서 언년의 목소리가 들린다.

인택은 꼬꾸라질 듯이 자리에서 일어섰다.

'흥 내가 누군데 …….'

맘속으로 중얼거리며 복도를 지나 안사랑방을 향하는 인택은 고개를 쭉 뽑아보고 그리고 주먹으로 툭툭 배를 두들겨 보는 것이다.

픽하고 웃는 인택의 얼굴에는 그 옛날 틀에 박힌 불량자 장인택의 살벌한 얼굴이 지나갔다.

복도에는 햇볕도 물러가고 우중충한 지붕 그늘이 우울하게 엎드리고 있는 것을 보면 벌써 오후 세 시가 넘은 모양이다.

인택은 전화가 걸려 있는 안사랑방으로 들어서면서 허연 혓바닥을 쑥 내밀어 보고 입을 삐쭉해 보고 그리고 수화기를 집어 들었다.

"네네! 저 장인택이 올시다. 조금 전에는 실례 많아서 죄송합니다 …… 이력서는 네네 그렇습니까?"

인택은 자기 음성이 아침나절보다 훨씬 침착하고 점잖아진 것을 느끼면서

"네 그럼 미안합니다만 지금 저 종형과 함께 …… ××티룸으로 갈 테니까요. 그리로 오시겠습니까? …… 박 집사 말씀입니다. 박 집사와 같이 기다리겠습니다 네."

저편에서 짤깍하고 수화기를 거는 소리와 거의 함께 이편에서 전화를 끊고 돌아섰으나 그는 새삼스럽게 아침부터 그 애나라는 계집아이 때문에 허둥거리고 놀라고 부끄럽고 …… 물에 빠진 생쥐같이 못나게 덤빈 자신의 일이 생각나자 덜컥 화가 치밀었다.

'체 …… 그까짓 여학생 한 개 …… 무에 겁이 나서 …….'

인택은 이렇게 속으로 중얼거리면서도 방으로 들어서자 마주 보이는 체경 앞으로 가서 넥타이를 만져보고 잇속을 들여다보고 그리고 손수건으로 눈구석을 훔치는 것이다.

"그럼 형님! 취직은 형님만 믿고 맘 놓고 만들어 보겠어요. 츳 …… 결혼이 안 된다 하더라도 여학생은 얼마든지 있으니까요 하하하 ……."

인택은 커다랗게 소리를 내어 웃고 방석 위로 가서 아무렇게나 털썩 기대앉는다.

"아니야 그렇게 말할 것은 아니네. 자넨 이번 결혼으로 아주 새사람이 되어야 하네 …… 정말 장자명 씨의 훌륭한 상속인이 될 것을 믿는 때문에 자네 신부인으로 정애나를 추천했거든 …… 알아들었어? …… 여학생이 얼마든지 있구 말구 …… 하지만 정애나 같은 여학생은 쉽지 못하단 말야."

박 집사는 웃지도 않고 그 약간 나온 듯한 눈두덩을 제법 부릅뜨고

"자네가 말야 자네 맘속에 말야 조금이라도 장난 비슷한 기분이 숨어 있다면 말야 난 단연코 이 일에서 손을 뗄 테니 말야, 알아듣겠나?"

박 집사의 노려보는 듯한 시선을 피하듯이 인택은 담배를 한 깨 쭉 뽑아 손톱으로 탁탁 튀겨 가지고 성냥을 찾는다.

"자네 담배도 차츰 끊어야 하네 …… 교회에 나오면서 담배를 피운다

는 건 모순이니까 ……."

"하긴 몸이 자꾸 말라 가니까요. 담배를 좀 끊을 필요가 있기도 해요."

인택은 담배에 성냥을 그어 붙이고 단스문을 열고 외투를 꺼낸다.

"자네 어디 외출할 텐가? 애나에게서 전화라더니 …… 아직은 단독으로 만나진 않겠지?"

하고 박 집사는 새끼손가락으로 콧구멍을 후빈다.

"아냐요."

하고 태연스럽게 외투를 걸치면서도 인택은 뜨끔해서 얼굴이 붉어졌다.

박 집사와 나란히 나온 인택은 능청스럽게 어느 친구와 긴한 약속이 있다 하고 혼자서 택시에 올라 본정으로 향하였다.

애나는 상만의 이력서도 가지지 않고 맨손으로 장인택을 찾아가는 것이 약속한 바와 틀려 맘이 무척 불안하였다.

그러나 좌우간 저편에서 전화를 하라는 시간에 전화를 걸었고 이력서는 본인을 만나지 못해서 못 얻었다는 말까지 하였으니 …… 애나는 그 전에 동무들과 한 번 가본 기억이 있는 그 ××티룸으로 들어설 때 하얀 에이프런을 두른 여급이 공손스럽게 절을 하고 명함을 내민다.

"저편 부스에서 기다리고 계십니다."

하고 고개를 돌리는 곳에는 노르스름한 인택의 얼굴이 웃고 있다.

거기는 반드시 또 한 개의 맨숭맨숭하고 팬둥팬둥하게 살이 찐 다루마 얼굴에 죄 없는 미소를 띠고 있을 박 집사 아저씨가 기다린다 생각을 하고 애나도 뱅글뱅글 웃으며 그 종려나무가지가 반만치 가리어 있는 테이블 옆으로 갔다.

인택은 절반도 타지 않은 담배를 발아래로 동댕이치자 초콜릿 구두

로 아무렇게나 짓밟아버리고

"인제 오십니까?"

하고 자리에서 반만치 목을 일으켰다.

애나도 고개를 까딱 숙여 보이고

"아저씬 안 오셨세요?"

하고 약간 눈이 동그레졌다.

"네 길에서 누구와 애길 하시더니 …… 인제 곧 들어오시겠죠."

인택은 옆에서 기다리고 서 있는 여급에게

"코코아 둘."

억양스럽게 한 마디 하고

"낮에 여러 가지로 실례가 많았습니다."

하고 고개를 숙인다.

바로 그때이다.

옆에 부스에서 한 손님이 일어섰다. 돌아가는 모양으로 문을 향하고 저벅저벅 걸어 나가는 그 어깨가 쩍 벌어진 남자 손님은 웬일인지 주춤하고 서더니 천천히 고개를 돌려 뒤를 돌아본다.

무심코 눈을 돌리는 애나는

"앗."

하고 소리를 지를 뻔 놀래었다.

보일 듯 말 듯 미소를 실은 근심 있는 얼굴! 그것은 틀림없는 오영구(상만)이다.

애나는 천만 뜻밖에도 거기 오상만이가 서 있는 것을 발견하자 그의 얼굴빛은 딸기처럼 붉어졌다.

우뚝 몸을 일으키는 본능이 전신을 한 바퀴 돌기 전에

'일어서면 안 돼.'

하는 감정의 명령이 좀 더 속하였다.

상만과 마주쳤던 눈을 획 저편으로 돌려버리는 애나는 확실히 노염으로 토라진 소녀처럼 그의 약간 짧은 듯한 윗입술이 한 옆으로 돌아갔다.

'누가 자기를 거들떠 볼 줄이나 알고? …… 불량자 …….'

속으로 부르짖는 애나는 또 한 번 입을 삐쭉하고 이번에는 테이블 위에 놓인 메뉴를 집어가지고 아무거나 눈에 들어오는 대로 입속으로 읽어본다.

쌔근쌔근 숨이 찬 몇 초가 지나가고 애나는 고개를 쳐들었다.

'체면은 지켜야지 …… 인사만은 해야 이쪽의 체면이 서지.'

이것은 애나의 이성의 명령이었다. 애나는 빙그레 웃을 준비를 하면서 상만의 있는 곳으로 고개를 돌렸다. 그러나 벌써 상만은 거기 있지 아니하였다.

지금 막 상만이가 어깨로 밀고 나간 문이 두어 번 굵다랗게 떨고 있는 것을 보는 애나는 웬일인지 눈물이 막 쏟아질 듯이 눈시울이 뜨근하여졌다.

"차 잡수시오."

하고 장인택이가 권하는 소리에 비로소 그는 자기 앞에 김이 모락모락 오르는 코코아 잔이 놓여 있는 것을 발견하였다.

인택은 지금 자기와 불과 두 자 거리에 앉아 있는 애나를 바라보면서

'분명 구십 점은 된다.'

하고 맘속으로 점수를 매기기에 분주한 판이다.

'보자 어디가 제일 예쁘나?'

이것은 그 옛날 아니 반 년 전 그가 바로 감옥으로 들어가기 전날까지 하던 버릇으로 여인의 얼굴을 대하면 눈은 몇 점이고 입은 몇 점이고 …… 어여쁜 인형을 물색하던 그 버릇이다.

코가 약간 위로 치켜졌다. 그러나 저 꼿꼿한 콧대와 조화되어 총명하고 고상하게 보이는 것이 얼마나 고마우냐.

입술은 봉선화같이 붉은 그 빛깔도 곱거니와 그 봉선화 화판처럼 도톰하게 튀어나온 그 입술의 선이 더욱 아름답다.

절대로 면도를 대지 않은 눈썹이 훨씬 더 신비스러운 처녀미를 가졌다는 것은 애나를 타원형? 원형? 얼굴의 윤곽은 저 오목한 턱이 있는 까닭에 단연코 최첨단이다.

'구십 점도 억울하다. 백점이나 백점에서도 과히 더해야.'

인택의 가느스름한 눈이 실뱀같이 애나의 얼굴에서 어깨로 가슴으로 그리고 손으로 옮아지는 때다.

"저 박 집사 아저씬 아직 안 오시니 혹 여긴 줄 잘 모르시는 게 아닐까요?" 하고 애나는 그 검은 구슬같이 빛나는 눈을 들어 인택을 바라본다.

"네 뭐 인제 곧 오실 겝니다. 여길 모르실 리가 있을라구요? 하하하 …… 차 드십시오. 그런데 그 취직 문제 말씀입니다."

인택은 힐끗 애나의 표정을 살피고는 찻잔을 잡는다.

"네 감사합니다. 꼭 되도록 해 주셨으면 좋겠는데요."

애나는 부끄러워 빙그레 웃으면서 그 매끈매끈 하얀 손에 들린 메뉴를 내려놓고 차그릇을 입으로 잡아 당겼다.

"에 또, 춧."

인택은 매운 것을 먹는 때처럼 혀끝으로 바람을 들이 마시고는

"전 그 취직할 당자를 본 일도 없습니다. 성명이 누구인지 모릅니다. 더욱이 그의 과거도 모르고 품행이나 성격이나 전연 그 인물에 대해선 백지라고 할 수밖에 없습니다."

인택은 말을 마쳤는지 꼴딱 차를 한 모금 마신다.

"네."

애나의 가슴은 다음 말을 기다리기에 초조하여 인택의 거무스름한 입술을 지키고 있노라니

"근데 에."

인택은 조금 전에 애나가 들고 보던 메뉴를 손으로 잡더니

"무어 주문하시죠. 맘에 맞으시는 게 없으시면 다른 데로 가실까요?"

"아냐요 저는 코코아가 제일 좋아요!"

애나는 차 같은 것은 아무래도 좋았다. 다만 인택의 입에서 상만의 취직 문제의 결말이 듣고 싶었다.

"조금도 사양하실 건 없습니다. 저 종형께선 노상 그러시더군요. 정애나 씨께선 교회 일에 여러 가지로 분주하시고 …… 참 감사하다고 늘 그러시더군요!"

애나는 속으로 눈썹을 찌푸렸다.

'이 신경병 환자가 또 건망증이 발작이 되어서 첨 시작하던 애기는 참 따랗게 잊어버리고 딴 길로만 나가니 …… 어떡하면 좋아?'

애나는 딱해서 가만히 한숨을 쉬고 다 식어가는 코코아를 입으로 가져갔다.

"어떠십니까. 저녁밥 때도 되어 오고 하니 우리 '우나기'⁵⁷ 먹으로 에

도가와江戶川로 갑시다 네? 어떠십니까 ……."

"전 '우나기'⁵⁷ 먹을 줄 몰라요 감사합니다."

"그럼 요새 새로 됐다는 ××그릴로 가볼까요. 정식이 제법 괜찮습니다 …… 네? 같이 가십시다."

"전 지금 아무것도 먹고 싶지가 않습니다. 점심을 늦게 먹은 탓인가 봐요."

"그럼 …… 저리로 갑시다. 저 거시기 저 스시는 어떻습니까?"

"아무것도 먹고 싶지 않아요."

"고맛따나! 그럼 그냥 산보라도 나가 봅시다."

이 가련한 신경병 환자에게 전지요양을 권하고 싶었으나 애나는 위선 이야기를 첨으로 돌려야 될 것을 생각하고

"그래 그 취직할 사람의 인물을 잘 모르시니까 안 되겠단 말씀입니까?"

"네? 아 그 취직 말씀요? 아뇨 보증인만 든든한 사람으로 세워 주신다면 지금 당장에라도 되지요 뭐. 그야 쉬운 일입니다."

"네?"

"제가 지정하는 사람으로 보증인만 세워 주신다면 말입니다."

"지정하시는 사람으로요?"

애나는 약간 가슴이 답답하여졌다.

"네 그렇습니다. 정애나 씨가 보증인이 되어 주신다면 말입니다. 내일로 아니 이 밤으로 곧 채용해도 좋습니다. 초봉 구십 원으로 ……."

"초봉이 구십 원이라구요?"

---

⁵⁷ 장어.

애나의 윤이 조르르 흐르는 속눈썹 속에서 반짝하고 빛이 지나갔다. 샛별과 같은 아름다운 광채다.

"네! 구십 원입니다."

애나의 만족한 표정을 일 초 동안에 알아낸 인택은 잔속에 남은 코코아를 홀딱 마시고는

"요사인 제대 출신으로도 대개가 칠, 팔십 원에 낙찰이 되는 모양이니까요 하하하."

절컥하고 소리가 나도록 찻잔을 테이블 위에 내려놓고 팔을 뻗어 탁상 벨을 두어 번 누른다.

종소리가 났건만 웬일인지 웨이트리스 같은 사람은 좀처럼 보이지 않는다.

그도 그럴 것이 카운터 가까이 놓인 전기 축음기에서 지금 음악이 시작된 때문이다.

'라모나……'

달고 슬프고 그리고 한없이 고운 곡조가 어슴푸레 어두워 오는 다방을 훨씬 더 감상에 잠기게 한다.

인택은 또 한 번 벨을 …… 이번에는 제법 한참 눌렀다.

'에이프런'을 두른 웨이트리스가 동당걸음으로 달려온다.

"오까와리[58] 둘!"

"네!"

웨이트리스가 저리로 나간 후

---

58 おかわり. 같은 음식을 다시 더 먹음.

"그래 애나 씨 맘엔 어떠십니까. 봉급 같은 것을 또 좀 더 양보해 드려도 좋으니까요. 보증인은 애나 씨가 서 주시겠죠?"

인택은 빙그레 자신 있는 듯이 웃으며 발끝으로 똑딱똑딱 음악의 장단을 맞추고 있다.

'내가 보증인이 될 수 있을까?'

애나는 속으로 고개를 기울였다. 의협심이 있고 완력이 세고 그리고 …… 그담은 아름다운 얼굴을 가진 …… 불량자란 밖에 아무것도 모르는 그야말로 오영구(상만)에게 대한 지식은 장인택과 마찬가지로 백지다.

한 사람에게 직분을 맡길 때 사회는 그 사람의 만일의 경우를 예비하고자 그보다 나은 다른 한 사람의 보증인을 요구하는 풍속쯤은 전문학교 학생인 애나로서 전연 모르는 것은 아니었으되 단지 자기가 오영구라는 남자에게 직업을 한 개 선물처럼 가만히 보내주고 싶었다.

그것은 한 소녀다운 로맨틱한 맘이었다. 그 때문에 그는 상만의 직업을 얻기에만 열렬히 활동했을 뿐이요 거기 따라오는 보증인 문제까지는 생각지 못하고 있었던 것이다.

두 사람 앞에 코코아가 다시 나왔다.

"케이크 둘."

인택은 돌아나가는 웨이트리스에게 명령을 하고 코코아 잔을 앞으로 당겨 놓더니

"왜 잠잠하고만 계십니까? 우리 다른 대로 가볼까요?"

하고 화제를 돌린다.

"박 집사 아저씬 내버리고 가긴 어디로 가요. 좌우간 아저씬 왜 여태 안 오실까요?"

애나는 이 방에 들어설 때부터 불평스럽게 생각되는 한 마디를 기어
이 쏟아놓고야 말았다.

"참 그렇군요. 형님이 왜 여태껏 아니 오신담 춋."

인택은 가볍게 혀를 차고 그리고 눈썹을 약간 찌푸려 보이고는 지금
케이크를 담은 쟁반을 들고 오는 웨이트리스를 돌아보며

"다른 곡조로 바꾸어 걸어 보슈. 재즈 송 같은 것으로."

하고 소파에 기대앉는다. 금방 기지개를 켤 듯이 팔로 가로치키다가 주
춤 아래로 내리고는

"자 어떻게 하실 텝니까. 정애나 씨가 추천한 그 인물에 대하여 가령
말입니다. 정애나 씨가 보증인이 되실 맘이 없다면 누가 즐겨 그러한 사
람을 신임하려고 하겠습니까 안 그렇습니까? 하하하."

애나는 난처하였다.

모처럼 상만에게 진 빚을 참따랗게 청산하여 버릴 기회를 놓쳐서는
아니 된다 생각하자 그는 이 이상 더 주저할 수가 없었다.

"전 아직 학생 신분으로 남의 보증인이 될 자격이 있는지 잘 모르겠습
니다. 그보다도 …… 저를 그 사람의 보증인으로 신임하시겠다면 저가
추천하는 그 사람을 직접 만나 보시고 맘에 드시거든 채용하시는 게 어
떻겠습니까? 저 생각에는 아마 만족하실 상도 싶습니다만."

사실상 애나가 상만을 불량자라고 맘속으로 경멸하는 것은 신마찌
여자와 관계를 맺고 있다는 그 사실뿐이요 그 이외에 그의 학식이라든
가 외양이라든가 더욱이 그 남자다운 성격은 단연코 누구의 눈에라도
들 수 있을 것을 애나는 짐작하는 때문이다.

"네!"

인택은 애나의 의견에 무어라고 반박할 꼬투리를 찾지 못한 채

"그럼 제가 한 번 만나 보지요. 이삼 일 내로 제집으로 보내 주십시오."

인택은 지금 막 시작된 레코드 재즈 송에 맞혀 열심히 고개를 끄덕여 장단을 맞춘다. 그 약간 코 먹은 듯한 노랫가락이 뚝 끊어지면서 따드럭 딱딱 따드럭 딱딱 스텝을 밟는 소리가 나자 인택은 이번에는 휙휙 휘파람을 날리면서 고갯짓을 하고는 그리고 케이크를 씹는 것이다. 애나는 속으로 기이한 만화도 있다 생각하고

"그럼 그이를 내일 말고 모레 오후쯤 댁으로 가서 뵙도록 하겠습니다."

하고 애나도 포크를 들었다.

"근데 말씀입니다 …… 저어 이건 뭐 오해하실 건 아닙니다. 저 거시기 그 취직하신다는 이가 말입니다. 정애나 씨와 전부터 잘 아시던 사이 겠죠? 저 무어라면 좋을까 슷."

"그이와 무슨 특별한 교제를 하고 계신다면 말입니다. 일인즉슨 좀 더 흥미가 있을 것 같에요. 저로 말씀하더라도 정애나 씨 심부름을 하는 보람이 있을 게구."

방금 찍어다 넣은 케이크를 씹으며 힐끗 위로 치켜뜨는 인택의 두 눈을 바라다보는 애나는 등골에서 선뜻한 땀이 솟았다. 빼빼 마른 그 얼굴과는 딴판으로 능글능글 하고 음흉스러운 그 눈이 마치 모이를 노려보는 독수리의 눈과 같이 살기가 뻗혀 있는 까닭이다.

"특별한 교제요? 전 아무런 특별한 교제를 하는 사이도 아니구요 또 오래 친한 이도 아닙니다. 박 집사 아저씨께 더 자세히 물어 보시죠."

애나는 그 자리에 더 오래 앉아 있을 수는 없었다.

"집에서 어머님도 기다리실 테고 …… 그럼 실례하겠습니다."

자리에서 발딱 일어선 애나는 고개를 숙여 인사할 것도 잊어버린 듯 그는 목도리를 한 손에 쥐자 쏜살같이 문밖으로 달려 나왔다.

"아 여보십시오. 정애나 씨! 그럼 기다리겠습니다. 그 취직할 사람을 꼭 제집으로 보내 주십시오."

××티룸 정문 밖으로 고개를 내밀고 인택이가 소리껏 외치는 것을 애나는 뒤도 돌아보지 않고 거의 반달음질로 큰길로 나와 버렸다.

뜻밖에도 ××티룸에서 애나를 발견한 상만은 심장이 터질 듯 흥분한 몇 초를 감각하였다.

반갑다고 표현하기에는 그의 가슴이 지나치게 떨리었다.

그만큼 그는 애나를 만난 것이 무척 기뻤다. 그러나 그것은 밤하늘을 스쳐가는 유성과도 같이 진실로 일순간의 기쁨이었다.

돌과 같이 굳은 표정, 아니 얼음보다도 찬 눈자위 그 눈동자 속에 들어앉은 애나의 영혼은 분명코 자기를 향하여는 미움과 멸시를 쏟아 보내고 있지 않느냐.

상만은 애나의 눈살에 쫓기듯 돌아서서 아무렇게나 문을 떠밀고 나와 버렸다. 그는 매 맞고 쫓겨나오는 어린이처럼 서러워졌다.

삼십이 넘은 장정 오상만은 비로소 사랑을 잃어버리는 슬픔이 이러한가 하고 혼자서 빙그레 웃어 보았다.

'다시 들어가? 들어가서 인사라도 해 보아? …… 남자 손님과 같이 왔던 걸 …….'

상만은 고개를 흔들고

'관훈정 그의 집으로 찾아가 보아? …… 그까짓 한때 전차 속에서 지난 일을 가지고 추근추근 찾아 다닌다고 …… 싫어 한다면?'

상만은 또다시 고개를 흔들고 ××티룸 정문 옆에 한참 동안 우두커니 섰다.

어디로 갈고 동편으로 서편으로 좁고 길게 뻗은 교만한 거리에는 매운 바람이 가죽 채찍처럼 상만의 야윈 뺨을 사정없이 후려 갈긴다.

으스스 추워 외투 깃을 세우며 큰길을 향하는 상만의 머리에는 애나의 동그스름한 얼굴보다는 훨씬 납작하고 밴들밴들한 민병식의 얼굴이 나타났다.

한 시간 전에 바로 지금 그가 나온 ××티룸에서 만나본 민병식의 말소리가 방울처럼 귓가에 절렁거리기 시작한다.

"여보 취직만은 단념하시오. 지금 세상이 어떻다고 …… 그리고 돈을 백 원을 꾸어달라니 어디 백 원이 하인 이름이란 말요?"

눈썹을 찌푸리고 혀를 차고 그리고 한숨을 한 번 쉰 뒤에

"난 또 좀 바쁜 일이 있어서 …… 이건 용돈으로 넣두슈."

하고 오 원 지전 한 장을 내던지고는 도망하듯이 나가 버린 그 민병수의 금니가 번뜩이는 뾰족한 입을 생각하고 상만은 쓰디쓰게 웃었다.

칠 년 전이다.

상만이가 졸업하고 동경서 처음 나왔을 때 취직을 부탁해 두었던 관계로 민병식의 집을 찾아갔을 때 그 거만하고 냉정하고 그리고 배은망덕(상만은 민병식의 졸업 논문을 써준 일이 있었다)하던 병식의 얼굴이 칠 년이 지난 오늘에는 좀 더 차고 좀 더 거만스럽고 그리고 훨씬 더 예전 은혜를 저버리는 망나니가 되어 버린 것이다. 생각하면 우스운 일이다. 상만이가 서자경과 약혼한 것이 신문에 나자 그 이튿날 민병식은 상만을 조선호텔로 초대하였다. 그러나 상만은 그때 인애 때문에 맘이 괴로워

그러한 초대에는 응하지 아니하였었다.

그러나 결혼하기 이틀 전에 병식에게서 은반상기가 한 벌 혼인 축하로 상만에게 왔다. 혼인 날에 민병식은 접빈 위원 축전 낭독 그리고 친우의 대표로 축사를 하고 상만이 한성물산 주식회사 지배인이 되자 병식은 인천 월미도에 있는 자기 집 별장을 담보로 돈 만 원을 청구한 일이 있었다.

상만은 그 집이 모두 만 원의 가치가 못 되는 것은 알면서도 고스란히 만 원을 꾸어 주었다.

그것은 전일 병식에게서 받은 홀대를 이렇게 갚으리라는 상만의 엉뚱한 복수심도 섞이어 있었지만 …… 좌우간 병식은 지불하겠다는 기한이 한 달이 넘고 석 달이 넘고 거의 일 년이 지나 그 집을 팔아서 돈을 갚을 때까지 상만은 곱다랗게 참아 주었던 것이다.

아아 그때의 병식은 상만에게 몇 번이나 머리를 숙여서 예를 하였던고 그러나 상만이가 지위를 잃고 영락 하여진 오늘 병식의 태도는 칠 년 전 그때로 또다시 환원하여 버린 것이다.

"에이 가증한 놈!"

상만은 탁 길바닥에 침을 뱉었다.

상만은 오늘 십만 원이나 가진 민병식에게서 코 묻은 오 원 지전 한장을 받았을 때 그는 그 돈을 솔랑 웨이트리스의 손바닥에 놓아주고 나온 것이 다시 생각하여도 통쾌스러웠다.

윙 하고 전신주를 울려오는 바람이 땅바닥의 먼지를 확 불어 상만의 눈으로 입으로 뿜어 넣는다.

상만은 혀를 차고 외투 자락을 여미며 안전지대로 올라섰다. 조선은행 앞이다.

자기보다 먼저 와서 기다리는 사람이 대여섯 된다. 지금 막 북편으로 미끄러져 가는 전차는 서대문 행이다. 다음 전차를 기다리는 동안 벌써 해는 넘어간다. 겨울의 석양은 좀 더 쓸쓸하고 잔인하고 그리고 배고픈 시각이다.

안전지대 위에는 전차를 기다리는 사람의 수효가 좀 더 많아져 거의 여남은이나 되었을까 바람은 간헐적으로 휙 먼지를 쓸어다 사람들의 외투에 얼굴에 모자에 함부로 뿜어 버리고는 저 갈대로 달아나고.

저쪽 선로 건너편에 데굴데굴 모자가 한 개 굴러간다. 그 검은빛 모자는 임자인 듯 뚱뚱한 늙은이가 쫓아와서 주워가기를 기다리는 듯이 우두커니 길바닥에 엎드렸다가 임자가 가서 집을 만하면 또다시 데굴데굴 …… 그러다가 우뚝 서면 임자가 쫓아가고 모자는 또다시 바람에 쫓겨 데굴데굴 늙은이는 어이가 없어서 우두커니 섰다. 안전지대 위에서 바라보고 섰던 상만은 달려가서 모자를 집었다.

돌아서서 모자 임자에게 고개를 숙이며 모자를 내밀던 상만은 흠칫 놀라 한 걸음 물러섰다.

전일에 자기 장인 서정연 씨는 모자와 상만을 번갈아 노려보더니 휙 고개를 돌려 버린다. 그 두꺼운 푸른 입술이 보기 싫게 두어 번 실룩거릴 동안 상만은 고개를 또 한 번 숙이고 천천히 돌아섰다.

이쪽 안전지대로 올라선 상만은 선로 건너편에 검은빛 모자가 한 개 굴러 떨어진 것을 보았다. 지금 막 서정연 씨가 내버린 것이다.

모자 없이 뻘건 대머리를 이고 저쪽 좁은 골목으로 사라지는 서정연 씨를 향하여

'늙은이 용렬하군!'

상만은 입속으로 중얼거리고 쓸쓸히 웃었다. 그러나 그 옆에 사람들을 쳐다볼 용기는 없었다.

동대문행 전차가 와서 대이고 사람들이 떠미는 대로 상만도 안으로 들어갔으나 자리는 만원이 되어 상만의 앉을 자리는 비어 있지 않다.

한편으로 가서 손잡이를 붙들고 엉거주춤 서 있는 상만의 눈에는 불그스름한 가로등의 행렬만이 언뜻언뜻 지나갈 뿐 창밖에 경물은 하나도 머릿속으로 들어가지는 않는다.

그가 전차에 오르고 그리고 전차에서 내리고 관철동 한강 여관까지 올 동안 그는 완전히 한 개의 로봇이었다.

종일 비어 두었던 휘둥그레 찬 기운이 떠도는 방으로 들어가자 그는 외투도 벗지 않고 그대로 아랫목에 펄썩 주저앉았다. 멀거니 쳐다보는 천장에는 세 개의 얼굴이 삼각의 세 정점과 같이 상만의 눈앞으로 명멸되고 있다. 서정연 씨, 민병식, 애나! 모두 노한 얼굴, 찌푸린 얼굴, 업신여기는 얼굴이다.

상만은 후르르 한숨을 토하고

'어떻게 다시 한 번 그들이 앞에 와서 무릎을 꿇을 수 있는 데까지 올라갈 수는 없을까? 없을까? 아아.'

상만은 간이 녹아지는 듯 간절한 기원을 입속으로 부르짖어 보았으나 그는 너무도 깊이 천길 낭떠러지에 굴러 떨어진 자신인 것을 느끼자 화두둑 두 손으로 머리카락을 쥐어뜯었다. 그러나 그 다음 순간 머리를 쥐어뜯는 그의 하얀 손은 그의 창백한 얼굴을 쌌다. 체면 없이 흘러내리는 눈물을 막아 볼 듯이.

차디찬 눈물이 손가락 사이로 스며 나오는 동안 그에게는 세상을 저주할 기력도 분노도 없다.

단지 슬펐다. 끝없이 슬펐다.

그는 저녁도 먹지 않은 채 이부자리를 펴고 누웠다. 슬픔을 병처럼 앓아 볼 작정인지 이불을 이마까지 끌어다 덮고 그리고 한 팔을 눈 위에 올려놓았다.

눈물은 귀밑으로 흘러내린다. 울다가 지쳐 잠이 든 애기처럼 이불 속에서 울던 상만은 한잠을 실컷 자고 깨어났을 때에는 대청 시계가 새로 한 점을 친다.

똑딱 똑딱 오늘 밤 시계 소리는 유난히 크게 들린다. 그러나 톡탁 톡탁 그것은 시계의 진자가 흔들리는 소리와는 좀 더 다르다.

분명코 들창을 두들기는 소리가 상만의 머리맡에서 들려왔다. 톡탁 톡탁 톡톡탁탁…… 상만은 자리에서 벌떡 일어났다.

"나요 나야요. 어렵습니다. 대문 좀 벗겨 주십시오."

웬일일까? 이 집 주인 영감이 아주 애원이나 하는 듯 다 죽어가는 목소리로 문을 열라 한다.

어슴푸레 어둠을 통하여 빙긋 웃는 영감의 얼굴이 붉게 취하여 있는 것을 보면 어디서 톡톡히 한 잔 한 모양이다.

상만은 문간방 하인을 두고 일부러 자기를 깨우는 영감의 소위가 괘씸도 하였지만 오늘 밤에 한하여 사람을 꺼리는 영감의 표정이 심상치 않게 호기심을 일으키기도 하는 것이다.

상만은 뜰로 내려와 되도록 조용히 대문 빗장을 벗겼다.

모자도 쓰지 않은 주인의 머리가 대문 안으로 쑥 들어오는 순간 술 냄새가 확 콧속으로 스며든다. 불쾌한 냄새다.

"이건 추우신데 참 너무도 미안합니다."

영감은 대청 쪽을 힐끗 쳐다보고

"아들이 돌아왔어요. 그래서 …… 자식이 상전야요 상전 히히히 ……
미안합니다."

영감은 약간 비틀 걸음으로 중문을 밀고 들어간다.

주인 영감의 뒷모양을 보고 섰던 상만은 으쓱 몸을 떨었다.

모자를 쓰지 않은 채 돌아서는 주인 영감의 머리가 일순 무서운 환상
으로 변하고 만 때문이다.

그 반 넘어 벗어진 대머리에 모자를 쓰지 않고 걸어가는 서정연 씨의
모양이 활동사진의 확대면처럼 그의 눈을 쏘고 있는 것이다.

상만은 으드득 이를 갈고 그리고 방문을 소리가 나도록 열어젖혔다.

이불 위에 털썩 평발을 치고 앉는 상만은 누구에게 설명이나 하는 듯

"나는 결단코 그 모자 임자가 서정연 씨인 줄은 몰랐어. 정말야 몰랐
어. 몰랐기 때문에 집어다 준 것이어 …… 그러나."

여기까지 부르짖던 상만은 입을 다물고는 혓바닥을 지그시 씹었다.

'나 때문에 오십만 원 돈을 잃었기로니 …… 나는 내 명예와 지위와
그리고 아내 자경을 잃지 않았느냐 아니 그보다도 이십억 원을 약속한
그 무진 금광을 잃은 나에 비하면 …….'

빙그레 웃는 상만의 입 가장자리에는 처참한 살기가 떠돌았다.

'아직도 서정연은 부호다. 한성물산 주식회사 사장이다. 그리고 서자
경의 부친이요 아아 …… 유동섭의 장인이 아니냐? 그러한 그가 내가 집
어다 주는 모자를 길바닥에 동댕이를 치고 …….'

담배 곽에서 담배를 찾아 무는 상만의 손이 부들부들 떨린다. 첫 번 그은 성냥불이 꺼졌다. 둘째 번 그은 성냥불도 꺼졌다. 셋째 번 불이 또 꺼지자 상만은 입에 물었던 담배를 확 동댕이를 쳤다.

'세상을 부러뜨릴 능력은 없다. 그러나 서정연 씨 한 가족쯤이야……'

독살, 교살, 방화 가지가지의 무서운 광경이 진실로 일 초 동안에 상만의 머릿속을 한꺼번에 지나갔다.

목줄때기를 잘리어 그 눈초리가 위로 치킨 눈알이 주먹같이 튀어나온 채 혀를 반자나 내밀고 죽어 자빠진 늙은 서정연 씨의 시체를 질겅질겅 밟아주는 환상이 통쾌한 필름같이 돌아간다. 시퍼런 칼끝이 하얀 젖가슴을 겨눌 때

'제발 목숨만은 살려줍시오.'

하고 애걸하는 자경의 얼굴을 손톱으로 좍 할퀴어버리는 쾌감이 그의 중추신경을 으르르 떨게 하였다.

'자경을 잃어버린 동섭의 몰골? 하하하하.'

커다랗게 소리를 내어 웃던 상만은 웃음을 뚝 끊고 입을 다물었다. 한참 동안 바람벽을 쏘아보고 앉았던 상만은 밤을 노리는 괴도와 같이 가만히 영창을 밀고 대청을 내다보았다.

시계가 두 시 십 분이다.

옷을 입고 외투 단추를 끼우고 목도리를 감고 그리고 상만은 입속으로 부르짖었다.

'나는 지금 이렇게 내 청춘을 독주와 같이 마셔버린다. 그러나 안주가 너무도 훌륭하단 말야 안주가.'

상만은 대문을 열고 골목으로 나왔다.

골목은 흑칠과 같이 어둡고 찬바람은 죽음의 사자와 같이 잔인스럽게 상만의 가슴을 냅다 치고 등을 떠밀고.

피부의 감각 되는 추위보다도 신경을 짓씹고 있는 분노에 그의 뼈마디 마디가 으득으득 떨고 있는 것이다.

큰길까지 나온 상만은 벌써 상점 문들이 다 닫혀진 것을 알자

'숙마줄도 단도도 다 일 없다. 내 주먹 한 개로도 넉넉해 ⋯⋯.'

외투 속에서 불끈 쥐고 있는 두 주먹을 생각하고 상만은 계동 쪽을 향하여 뚜벅뚜벅 걸음을 옮기었다. 가장 깊은 밤! 그것은 밤 두 시 반이다. 그중에도 십이월 하순의 추운 밤 두 시야말로 밤중의 밤중이다.

전차는 끊어진 지 물론 오래되었지만 심야의 교통 왕 자동차까지 그림자도 볼 수 없는 거리에는 빤들빤들한 아스팔트를 물어뜯고 달아나는 미친 사람 외에 분노의 찰 뿐이다.

상만은 아무 것이라도 물어뜯지 않고는 배길 수 없게 된 미친개와 같다 할까 아니 그보다도 치명적 상처를 받은 배가 조그마한 충돌에도 견디지 못하고 파선되어 버리듯 상만은 외계에서 오는 사소한 타격이라도 견디어 가기에는 그의 이성을 통솔하여 가는 신경이 너무도 피로하여진 것이다. 어지러워진 것이다.

그는 큰길을 피하여 좁은 골목으로 들어섰다.

첫째 지름길로 갈 작정이요 둘째 바람도 피하고 또 한 가지 사람의 눈을 피하고자 하는 맘의 본능이 활동한 까닭이다.

골목과 골목이 바뀌는 동안 상만은 컴컴한 처마 밑도 지나고 외등이 달린 솟을대문도 지났다.

나직한 철문이 달려 있는 양옥도 초라한 초가집도 다 같이 추운 밤하

늘 아래 졸고 있다.

□□□□□□□□□□□□□는 벽돌담을 끼고 돌아나가던 상만은 우뚝 섰다.

찰그락 뚜벅 찰그락 뚜벅 분명코 패검한 경관의 발자취 소리가 가까이 들려오지 않느냐. 상만은 반사적으로 담 밑에 몸을 착 붙이고 귀를 기울였다.

천병만마가 달려와도 눈썹 하나 까딱할 성싶지 않던 반시간 전의 상만은 지금 순행하는 한 경관의 발소리에 전신에 경련이 일어난 듯이 그는 그 자리에서 한 발도 더 옮겨 놓지 못하게 되어버린 것은 무슨 까닭일까.

상만의 착각일까?

그러나 저 잘거럭거리는 칼 소리는 점점 더 가까이 오지 않느냐. 그보다도 벽돌집 정문 외등 아래 방금 커다란 그림자가 꺼멓게 가로 눕는다.

상만은 일순간 그 그림자의 이고 있는 모자가 분명코 경관들의 쓰는 둥그런 모자인 것을 알아보자 그는 홱 돌아섰다.

홱 돌아선 상만의 걸음은 훨씬 빨랐다.

거의 반달음질로 급히 걸어가는 상만은 차츰 호흡이 곤란하여 지는 것과 그리고 혓바닥이 가죽처럼 바싹 말라 오는 것을 감각하는 외에 그의 눈에는 길바닥도 집도 외등도 대문도 보이지 않았다. 다만 훤한 불빛이 간간이 지나갈 뿐 꺼먼 길바닥은 요리 꼬불 조리 꼬불 미궁의 입구와 같이 한없이 연장 되어 있을 뿐이다.

상만은 뒤도 돌아볼 여유도 없이 그는 자꾸만 오던 길로 되돌아 걸어갔다.

그러나 상만은 또다시 길바닥 위에 우뚝 서지 않으면 안 되게 되었으니 그는 지금 분명코 자기와 맞은편에서 우르르 몰려오는 사람의 발소리를 들은 까닭이다. 어느 동리 어디까지 왔는지 물론 상만으로서는 알 수 없는 일이나 좌우간 경관은 하나만이 아니라 여러 사람이 되는 것을 짐작하게 되자 상만은 다만 얼떨떨하여졌다. 그가 또다시 뒤로 돌아서고 그리고 분명코 서너 걸음이나 갔을까. 상만은 자기의 귀를 의심하였다. 이 밤중에 이 추운 밤중에 어디서 음악 소리가 들려오다니.

'한 밤에 양을 치는 자 그 양을 지킬 때 주 모신 천사람 하고 큰 영광 비치네 큰 영광 비치네.'

흑칠의 밤을 뚫고 흘러나오는 음악 소리는 흑칠의 밤보다 더 어두운 상만의 맘까지 흘러 들어왔다.

'그 목자 더러 하는 말 놀라지 말아라 이 기쁜 소식 인간에 전하러 왔노라 전하러 왔노라.'

상만은 커다랗게 숨을 내쉬고 고개를 치켜들었다. 순간 찬물에 씻긴 흰 구슬을 뿌려 놓은 가없는 창공이 선뜻 눈에 들어왔다. 이때처럼 이 밤처럼 하늘이 별이 상만에게 고맙게 아름답게 느껴진 때는 진실로 첨이다.

검푸른 대공에 반짝이는 무수한 별들은 마치 지금 귓속에 남아 있는 그 음악 소리의 보표인 듯 그 하나하나에서 방금 미묘한 노래가 흘러나올 상도 싶다.

고개를 치켜 공중을 우러러 보는 상만은 두 손을 가슴에 얹었다. 마치 이 어둡고 춥고 무섭고 분한 세상에서 경중 뛰어 저 찬란한 성좌로 올라갈 듯이. 그것은 상만에게는 진실로 기적적 한 순간이었다.

그것은 쫓아오는 경관을 피하여 수녀원 담을 넘어간 장발장이 수녀들의 부르는 찬미가에 도취되던 일순에다 비할까? 그러나 그보다 좀 더 큰 기적이 상만 앞에 나타났다.

우르르 몰려오는 사람의 발소리가 상만의 등 뒤까지 왔다.

분명코 노래를 부른 그 일당이라는 것을 아는 상만은 빙그레 미소를 담고 그들을 돌아보았다.

"앗."

놀란 듯한 목소리가 여자와 남자 십여 명이 넘는 그 일당 중에서 들려왔다.

검정 두루마기에 하얀 머플러를 감은 처녀가 상만의 앞으로 한 걸음 가까이 오더니

"매리 크리스마스! 오 선생님 기쁜 성탄에 복 많이 받으십시오."

꿈속에도 잊을 수 없는 정애나의 샛별같이 □□□□□□□□ 방그레 웃는다.

이날 밤 우연히 들은 음악 소리와 함께 애나를 발견한 것은 상만에게 있어서 그것은 천사의 강림처럼 황홀하고 기이한 일순이었다.

그 유황불같이 지글지글 끓어오르던 분노라든가 경관의 패검 소리에 쫓겨 오던 비겁이라든가 그러한 모든 불쾌하고 의롭지 못한 감정은 마치 태양 앞에 안개가 스러지듯이 일 분 동안에 스러지고 말았다.

'크리스마스 찬양대였구나.'

하고 속으로 고개를 끄덕였을 뿐 상만은 애나에게 무어라고 대답할 말이 얼른 생각이 나지 않았다.

젊은이들의 발길이 저편 골목으로 멀어져 간다.

"감기 들지 않게 조심하십시오."

상만은 힘껏 외쳐 보고 그리고 뚜벅뚜벅 발길을 돌렸다.

성심여학교라는 커다란 간판이 눈에 띄자 비로소 자기는 인사정을 걷고 있는 것을 깨달았다.

상만이 다시 한강 여관으로 돌아와서 구두를 벗을 때는 대청 위 시계는 세 시 삼십칠 분이었다. 거의 한 시간 동안을 찬 공기 속에 돌아다닌 상만이건만 그리고 어제 저녁도 먹지 않은 상만이건만 그는 주림도 추위도 느껴지지 않았다.

아직도 그 성스러운 곡조가 귓속에 울리고 있다. 그보다도 애나의 미묘한 얼굴의 윤곽은 성화의 한 폭처럼 상만의 맘의 전당에 아로 새겨져 있는 것이다.

상만은 벌써 한 시간 전의 상만은 아니었다.

그는 일순 불과 유황이 지글지글 하고 있는 캄캄한 지옥에서 나왔다. 단테가 베아트리체에 이끌려 찬란한 천국의 문으로 들어가듯 상만은 애나로 말미암아 높고 거룩한 감격에 사로잡히고 말았다. 날이 새어 아침이 되었다.

"편지 왔습니다."

하고 영창을 여는 소리에 상만이 눈을 떴을 때는 창문에는 여윈 햇살이 가로 비껴 벌써 한낮이 가까웠다.

상만은 이불 속에서 한 손을 빼어 머리맡에 엎드려 있는 파르스름한 사각 봉투를 집었다.

달필은 달필이지만 아무리 보아도 여자의 필적임에 틀림이 없는 것을 알아보자 상만은 얼른 발신인의 이름을 살폈다.

그러나 발신인의 주소도 이름도 없이 하얗게 비쳐 있는 봉투의 후면을 훑어본 상만은 자리에서 벌떡 일어나 앉아 봉을 찢었다.

'날 사이 안녕하십니까! 다름 아니오라 지급한 사정으로 오 선생님을 만나 뵙자고 하는 이가 있습니다. 인사정 ××번지 장인택 씨를 찾아가 보시면 아실 것입니다. 대문에서는 장영택이라고 쓰여 있사오니 요량 하시옵고 될 수 있는 대로 속히 이 편지를 받으시는 대로 곧 가서 만나 보시기를 바랍니다. 기쁜 성탄에 복 많이 받으시기를 빌면서 이만 그치나이다.'

이 동글동글 하고 또렷또렷하게 박아 쓴 글씨의 주인이 누굴까? 대체 누굴까? 장인택이란 사람이 만나 보겠다.

상만은 고개를 기울이고 우두커니 편지를 들여다보고 앉았다.

'기쁜 성탄에 복 많이 받으십시오.'

마지막 한 줄을 다시 읽어보는 상만의 눈에서는 번쩍하고 즐거운 광채가 지나갔다.

지난 새벽 애나에게 들은 인사가 아니냐.

'그렇다. 애나에게서 온 글발이다 …….'

상만은 가만히 편지를 가슴에 안아 보고 안아 보고 …….

상만은 영창문을 열었다. 시계가 몇 시냐.

열한 시 십 분을 가리키고 있는 대청 시계를 바라보는 상만은 오늘 달리 시계가 아쉬웠다.

한 때의 의협심으로 신마찌 여자를 위하여 풀어 놓은 그 시계는 벌써 석 달이 접어드는 오늘까지 찾지 못하고 있다.

병원에서 퇴원하여 얼마 지난 뒤에 시계를 찾으러 갔더니 양유색은 벌써 몸값을 치르고 그리고 상만이가 내주었던 백금 시계까지 찾아가지고 어디로인지 갔다 하는 것이었다.

좌우간 상만은 빨리 세수를 마치고 그리고 조반상을 받았다. 밥을 먹으면서도 상만은

'장인택이란 사람이 누구야?'

하고 고개를 기울이고 하였다.

구두를 닦고 모자와 외투에 솔질을 하고 상만이가 장인택의 대문까지 왔을 때에는 꼭 오후 한 시였다.

점심시간이 된 것이 좀 거북스러웠으나 편지 사연대로 한다면

'편지를 보는 대로 곧 달려가라고 했으니 ……'

장영택이라는 문패를 한 번 다시 읽고 대문 안으로 들어설 때다. 상만의 등 뒤로 또박또박 구두 소리가 들리며 흑색 낙타외투에 몸을 싼 청년이 상만의 어깨를 스치고 안으로 들어간다.

대문간에서 서성거리는 남자가 이 집을 찾아오는 손님인 줄 알았는지 청년은 걸음을 멈추고 돌아서며

"누굴 찾으십니까?"

하고 억양스럽게 묻는다.

"네 장인택 씨를 좀 뵈려고 왔습니다만."

말을 마치기 전이다. 빠히 상만의 아래위를 둘러보던 청년은

"아니 당신은? 당신은?"

부르짖고 와락 달려들어 상만의 손목을 움켜쥔다.

눈이 둥그레져서 서 있는 상만의 얼굴을 들여다보며

"절 몰라보십니까? 왜 저 신마찌에서 …… 병원으로 가는 소개장까지

써 주셨죠?"

"오 참."

상만은 그제야 두 달 전에 신마찌에서 유색의 방에서 만나본 그 앓는 아이의 아버지인 것이 기억이 났다.

상만은 자기의 손목을 잡아 흔드는 이 청년이 석 달 전 ××관에서 뚱보 마누라에게 봉변하고 있던 그 사람이라는 것을 알아내기는 하였지만 그때 얼른 귓결에 들은 이 사람의 성명이 무엇인지는 도무지 기억에 떠오르지 않는 것이다. 그 대신 청년은 벙글벙글 웃으며

"오 상! 참 그렇습니다. 그때 성씨만 가르쳐 주셨죠 네? 자 들어가십시다. 오 상! 추우신데 ……."

하고 청년은 상만을 돌아보며 연해 벙글벙글 웃는다.

"당신도 이 댁에 볼일이 계셨군요."

상만은 그때 초라한 청년의 몰골을 생각하고 오늘 고급의 낙타외투를 걸친 청년을 속으로 비교해보는 것이다.

"네 볼일이야 얼마든지 있죠. 자 얘기는 들어가서 하시죠."

지금 ××교회당에서 크리스마스 축하 예배를 마치고 돌아오는 장인택은 그 성탄 찬양대 한복판에 서 있던 애나의 하얀 얼굴이 눈앞에 떠 있는 것이다. 그는 한없이 기쁘고 또한 즐거워 누구에게 술이라도 사주고 싶은 충동을 느끼던 판이다. 그러한 그가 한때만이라도 은혜를 입은 그 오영구(오상만)을 만난 것이 무척 유쾌하였다.

그보다도

"당신도 이 집에 볼일이 있느냐."

고 묻는 것을 보면 아직도 이 사람은 이 집 주인 장인택이가 누구인지

를 잘 모르고 있는 모양이다.

이것저것 좌우간 유쾌한 일이다. 그는 가볍게 휘파람을 날리며 구두 끝으로 탁 탁 조약돌을 두어 번 차고 앞을 서서 걸었다.

넓은 바깥뜰을 지나서 바깥사랑에 붙은 왼편 대문은 안사랑으로 통하는 길목이다.

"자 들어가십시오."

인택은 드르렁 요령 소리가 나는 문을 열어젖히고 그리고 동백나무가 겨울답지 않게 푸른 숲같이 우거진 안사랑 뜰로 들어선다.

상만은 위선 이 사나이가 끄는 대로 따라갈 수밖에 없었다.

두 사람이 들어간 곳은 여섯 간이 됨직한 커다란 온돌방이다.

돈 있는 사람의 안사랑으로 쓸 만한 설비가 갖추어진 이 방으로 들어설 때 상만은 무엇 때문인지 후르르 한숨이 새어나오는 것을 어찌할 수 없었다.

추수(秋水)체인 듯한 서화 액면이 걸린 그 아래 호기스럽게 펼쳐 있는 열두 폭 병풍! 누구의 글씨가 저렇게도 힘이 있고 기상이 활발한고.

병풍 앞에는 아름드리 화분 위에 석죽과 노송이 심어지고 그와 나란히 카네이션 프리지아 그 외에 상만이로서 이름 모를 꽃들이 서너 화분 나란히 놓여 있다.

그 맞은편 벽 위에는 부사산의 풍경화와 그리고 풍차를 그린 서양화의 액면들이 여기저기 적당한 자리에 걸려 있다.

상만은 일 분 동안에 방안에 풍속을 대강 살피고 인택이가 하는 대로 자기도 모자와 외투를 벗고 그리고 인택이가 집어다주는 방석을 받아 깔고 앉았다.

"오늘쯤은 오시리라고 생각하고 있었습니다."

인택은 빙그레 웃으며 방 한가운데 놓인 흑단의 상 위로 팔을 뻗더니 자개로 아로새긴 담배 케이스에서 담배를 한 개 집으며

"담배 피시죠."

하고 성냥을 긋는다.

"아니 그럼 당신이 장인택 씨 ……?"

"예 하하하 예 제가 장인택이올시다. 사실 저가 영락하여 있을 때 오 상에게서 받은 그 은혜는 한시도 잊어본 때는 없었습니다."

인택은 후 하고 파란 연기 뿜으며

"취직하려고 애를 쓰시는 양반이 오 상인 줄 알았다면 말입니다 저가 찾아가서 모셔 와도 좋을 뻔했습니다. 고상(高商)을 나왔으면서도 고스란히 놀고 있다는 사람이 오 상인 줄은 정말 몰랐세요."

상만도 담배를 한 개 집어 불을 붙이면서도 그저 얼떨떨해서 인택의 버짐 돋은 뺨따귀만 빤히 쳐다보고 있을 뿐이다.

"저게다 추천한 사람에게는 초급을 구십 원 드린다 했지만 저가 오 상인 줄을 안 이후에야 구십 원만 드릴 리가 있습니까, 하하하 ……."

인택은 재가 후르르 떨어지는 담배를 입에서 뽑더니

"얘!"

하고 바깥을 향하여 커다랗게 소리를 친다.

쿵쿵하는 발소리가 복도에서 나더니

"불러 계십시오?"

하고 빼꼼히 문을 여는 것은 이 집 상노 아이 복만이다.

"음 차 내와."

"네."

하고 돌아서는 것을

"애, 차는 그만 두고 약주 좀 내오렴."

하고

"점심 진지는 아직 식전이실 걸요?"

하고 상만을 쳐다보더니

"애, 복만아."

하고 저만치 발소리가 멀어진 상노 아이를 다시 부른다.

"아니 난 지금 막 아침을 먹고 나온 길요. 정말 제 걱정은 하실 것 없습니다."

하고 상만은 약간 눈썹을 찌푸려가며 굳이 사양을 하였다.

"불러 계시오?"

하고 다시 문을 빼꼼히 여는 복만이를 보고

"애 차도 약주도 다 관두어라. 우린 지금 밖으로 나갈 테다 ……."

하고 담배를 재떨이에 쿡 눌러 꺼버리고는

"자 우리 어디로 나가십시다. 모처럼 만난 오늘을 그냥 넘기다니요 자."

인택은 일어서서 손수 외투를 상만의 등에다 걸쳐 주고 상만의 모자까지 집다가

"가만 애 복만아."

하고 또다시 소리를 친다.

"네!"

하는 소리가 훨씬 먼 곳에서 들린다.

"애 택시 한 대 불러라."

"네!"

인택은 돌아서서 상만을 향하여

"××그릴이나 ××식당이나 아마 오늘은 크리스마스 정식이 나올 테죠?"

하고 빙그레 웃는다.

"글쎄요 ……."

상만은 조금도 침착하지 못하고 연방 화제를 바꾸는 이 젊은 사나이가 자기를 만나자고한 그 장인택이라는 사실이 약간 섭섭하여졌다.

택시가 와서 두 사람은 차 속으로 들어갔다.

"조선호텔로."

하고 인택은 운전수에게 명령을 하고

"사실 저로서는 첨에 오 상을 쓸 맘은 없었세요. 좌우간 오 상인지 누구인지 몰랐거든요. 그래서 첫째 고상 출신이라면 어디 은행이나 회사가 적당하지 않겠어요? 그래 이리저리 내 아는 범위에 알아보았지만 어디 그럴 데가 갑자기 있어야죠. 그래 추천하는 이가 아주 열심히 권하는 바람에 직업을 한 개 만들어 놨죠 …… 장인택 가(家)의 총지배인으로 하하하하 월급은 백 원으로 정하죠 백 원 ……."

인택은 자기 말을 잘 알아듣지 못한 듯 다만 빙그레 웃고만 앉아 있는 상만을 향하여

"오늘 애나 씨를 만나 보시거든 초봉은 백 원으로 고쳤다고 일러 주십시오 …… 아마 기뻐하리다."

"애나 씨라니요?"

상만은 번쩍 고개를 들어 인택을 쏘아보았다.

"왜 저 오 상을 소개한 정애나 씨 말씀입니다."

"정애나 씨요?"

"예."

인택은 고개를 까딱 까닥하며 무슨 곡조인지 휘파람을 날리기 시작한다.

인택은 휘파람을 뚝 끊고 상만의 쪽으로 돌아앉으며

"××보육학교 이학년인 만큼 □□□□□한 데가 있더군요. 사실로 말입니다 저도 취직할 양반이 누군지도 모르고 선뜻 일자리를 만들어 논 것도 말입니다 사실인즉 정애나 씨를 신임하기 때문이었거든요 …… 오 상은 정애나 씨와 언제부터 친하셨어요?"

이 마지막 한 마디는 장인택이로서는 천하에 가장 알고 싶은 한 마디였다.

"네?"

상만은 태연하지 하면서도 그는 화끈 달아지는 얼굴을 어떻게 주체할 수가 없어 다만

"네, 뭐, 그저 그렇죠."

하고 무릎 위로 눈을 떨어뜨렸다. 자동차는 벌써 조선호텔 정문으로 미끄러져 들어왔다.

오래간만에 드디어 보는 돌층계다. 참으로 오래간만에 들어가는 이 집 현관이다.

그때 서자경의 신랑으로 이 문턱을 밟은 때 뭇사람의 흠선의 목표가되어 칭찬과 축복이 상만의 한 몸 위에 쏟아지던 그날이 아아 벌써 꿈같이 아득한 칠 년 전이다.

한성물산 주식회사 지배인으로 사장으로 경향의 귀빈들을 상대로 이 집을 드나들 때 진실로 상만은 재주와 미모와 황금의 삼위일체였다.

상만은 찬란한 과거가 일순 공작의 나래같이 푸드득 자기 눈앞을 스쳐갈 때 그는 쓸쓸히 웃었다.

그러나 밑 없는 엉으로 굴러 떨어진 자기는 의외에도 애나라는 소녀로 말미암아 한 가닥 구원의 줄을 얻어 쥔 것은 과연 운명은 아직도 상만을 버리지 않았다는 증거가 아니냐.

장인택의 말을 믿는다면 초급이 구십 원, 아니 백 원이라 한다. 그때 서정연 씨의 비서로 들어갈 때는 칠십 원이었었다. 그러나 한 회사 사장의 비서가 일 년 반 후에는 참따랗게 그 회사의 주인이 되어 버렸으니 …… 상만의 눈에는 일순 강렬한 광채가 지나갔다.

"그럼 오늘부터 사무를 취급하도록 해 주시죠. 난 본래가 노는 것이 제일 고통이니까 ……."

하고 상만은 방금 냅킨을 무릎에 올려놓는 인택을 쏘아 보고 빙그레 웃어 보였다.

"네? 사무요? 네네 그렇게 하시죠. 사실 나만 하더라도 집안에 산더미같이 쌓인 그 문서를 일일이 뒤져보기는 정말 끔찍하니까요. 사실이지 난 또 그 방면에는 좀 지식이 모자라기도 하구요 …… 좌우간 그러한 일은 고상 출신이신 오 상 같은 이라야 ……."

인택은 고개를 끄덕이고 접시를 잡아 당겨 파란 콩이 들어 있는 스프를 한 숟가락 뜬다.

"실례지만 …… 이건 뭐 실례도 아닙니다. 사무 상 참고로 알아야만 하겠으니까요. 댁에 총 재산이 대략 얼마나 됩니까?"

하고 상만은 빵을 떼어다 버터를 발랐다.

"내 선친이 계실 때는 확실히 팔십만 원이었지만 나는 그 사이 오 년 동안 아버지께서 작고하시기 전부터 나돌아 당긴 때문에 더 붙었는지 줄었는지 자세히 몰라요. 하긴 장영택 씨가 여간 영악한 이가 아니었으니까요. 늘었으면 늘었지 줄진 잘 않았을 겁니다 …… 그새 내가 쓴 돈이 이만 원 이만 원은 무슨 이만 원 …… 지레 겁을 집어 먹고 나를 준금치산자를 만들어 버렸으니까요."

"그럼 장영택 씨는 ……."

"네 내 형님 되는 사람이었죠. 무척 영악하고 고집이 세고 그렇지만 그만 단명해서 ……."

인택은 초연한 빛을 띠고 후르르 한숨을 쉰다.

"참 오늘부터 사무를 시작은 하겠습니다만 이력서나 민적등본 같은 것은 천천히 내도 괜찮겠습니까?"

상만은 모처럼 애나가 쥐어주는 구원의 줄도 인택의 이번 한 마디 대답으로 그 최후가 결정되는 것을 생각하자 그는 전신의 근육이 강철과 같이 긴장하여졌다.

"이력서요? 이력서니 민적등본이니 …… 그 다 소용있습니까. 첫째는 말입니다. 내가 잘 알거든요 오 상의 인격이라든가 그 순정적 용기라든가 …… 그리고 말입니다. 둘째로는 정애나씰 …… 신임하거든요. 그렇게 똑똑하고 야무진 양반이 범연히 알고 오 상을 소개했겠습니까. 고상 출신이니깐 두루 고상 출신이라 했겠고 …… 안 그렇습니까, 하하하."

인택은 소리를 내어 웃고 칵테일 잔 속에 엎드려 있는 앵두를 앞 이빨로 똑 따먹는다.

'됐다.'

상만은 속으로 부르짖고 커다랗게 숨을 내쉬었다.

"그렇게까지 신임해 주시니 감사합니다."

상만은 진정 고마워 고개를 숙였다.

점심을 마친 두 사람은 나란히 조선호텔을 걸어 나왔다. 밖에는 훨씬 거친 바람이 거리를 휩쓸고 있다. 그러나 상만의 맘속에는 아늑하고 든든한 느낌이 밀물처럼 전신에 뻗쳐 왔다.

그것은 일자리가 생겼다는 기쁨이리라.

오랫동안 표랑하던 배가 항구로 들어설 때에 느끼는 그러한 느낌과도 같다 할까.

인택은 휘파람을 불고 상만은 미소를 띠고 두 사람은 가까운 전차 안 전지대까지 왔을 때다.

"근데 정애나 씨와는 어떻게 그렇게 친하셨던가요?"

상만은 태연스럽게 이 한 마디를 장인택에게 던졌으나 상만의 맘속은 백만 볼트 전류가 흘러가는 것처럼 전신의 혈관이 뜨거워졌다.

이것은 오늘 인택을 만나던 첫 순간부터 상만의 가장 절실한 질문이요 또한 공포에 가까운 기우이기도 하였던 것이다.

"애나 씨요? 애나 씨와는요 저 뭐라고 하면 좋을까 …… 저 거시기 집에 가서 천천히 얘기하죠. 전차 옵니다. 자."

두 사람은 전차 속으로 들어갔다.

승패

　인사정 장인택의 집으로 돌아온 인택과 상만은 조금 전에 들어왔던 그 안사랑방으로 들어갔다.

　저가는 햇살이 따스하게 비치어 방은 훨씬 명랑하다.

　인택은 외투와 모자를 벗어 벽에 걸고 북쪽으로 통한 분합문을 연다.

　"이 방이 사무실얘요."

하고 가리키는 방은 모두 서너 간이나 될까 방 한편에는 서양 삼나무로 만든 사무용 데스크가 놓여 있고 그 위에는 네댓 권이나 되는 장부들이 검은빛 가죽으로 무장한 등허리에 약간 퇴색한 금 글자를 짊어진 채 우람스럽게 버티고 서 있다.

　푸른 잉크 붉은 잉크가 들어있는 유리로 된 잉크스탠드 옆에는 까만 주산이 가로 놓여 있고 …… 이런 것들이 상만의 시야를 다녀 나올 동안 인택은 책상 서랍을 열더니 한 이십 장이나 됨직한 편지 뭉치를 끄집어내며

　"이건 최근에 온 건데 회답을 해 주어야 될 줄은 알면서도 말입니다. 저 숱한 장부를 다 들쳐보기 전에는 무어라고 회답을 써야 좋을지 …… 오 상이 잘 보시고 회답을 써 주시오."

　인택은 곁에 있는 교의로 털썩 기대앉더니

"물론 회답이 다 되거든 말야요, 내게다 한 번 읽어 주세요. 그리고 장부에 기입된 것도 가령 A씨에게 얼마 B씨에게 얼마 C씨에게 얼마 채권이 있는데 기한은 언제고 독촉 방법은 어떻게 할 것을 말입니다. 물론 나와 의논을."

"암, 그야 여부가 있을라고요."

상만은 고개를 끄덕이고

"이 댁 지배인인 이상 …… 물론 사무 취급은 가장(家長) 되시는 분의 허가를 맡아야 되고 말고요."

상만은 부드럽게 웃어 보이고 편지 뭉텅이를 펼쳐 가지고 히뜩히뜩 겉봉을 살핀다.

"정말입니다. 오늘은 첫날이니까 이대로 쉬시고 내일부터 일찌감치 들어오시는 게 어떨까요?"

하고 인택은 주머니에서 시계를 뽑아보더니

"난 또 나가 보아야 할 데가 있는데 …… 좌우간 지금이 한 시 반이라? 그럴 리가 없지. 어랍시오, 이 시계가 망령이 났군, 츳."

인택은 잠자는 시계를 두어 번 흔들어보고 혀를 차더니

"오 상 시계 좀 봅시다."

하고 상만을 쳐다본다.

"난 시계가 없어요."

하고 상만은 의미 있게 웃었다.

"아, 침 참 그래요. 나 좀 보아 그래 오 상 시계는 그때 요긴하게 빌려 쓰고 여태껏 돌려 드리질 않았으니 층층층층."

인택은 한참 동안 눈썹을 찌푸렸다가

"그 유색이라는 인간이 기어이 제 손으로 오 상에게 돌려 드린다고 고집을 세우더니 아 여태껏 …… 층층층."

혀를 차고 벌떡 일어서서 분합문을 열고 저 건너 맞은편 벽에 걸린 커다란 괘종시계를 바라보며

"벌써 세 시 십 분야."

하고 손에 들고 있는 회중시계를 딸 딸 소리를 내어 태엽을 감는다.

"참 그 유색이라는 이는 어디 있는가요, 지금."

하고 상만은 남은 편지 다섯 장의 봉투를 뒤적거린다.

"간동정에 가 있죠. 몸값도 다물고 인젠 아주 신수가 늘어졌죠 뭐."

하고 인택은 시계를 조끼 포켓에 집어넣는다.

"참 그때 앓던 애기는?"

"네네 네네, 덕택으로 아주 다 나았세요. 참 유색이로 말하면 오 상께는 이만저만한 은혜를 입은 건 아니죠 뭐."

"네 그렇습니까?"

하고 고개를 끄덕이는 상만의 대답 소리는 건성이었다. 지금 그의 속에 들리어 있는 편지 봉투 후면을 읽은 상만은 속으로

'같은 이름도 있나? 번지가 꼭 그 번진데?'

중얼거리고 고개를 외로 꼬는 판이다.

'권성열? 관철정 ××번지면?'

상만은 그 권성열이란 이름은 지금까지 자기가 묵고 있는 한강 여관 주인의 이름이요 또한 관철정 ××번지는 바로 그 한강 여관의 번지인 것에 틀림없는 때문이다. 방금 무어라고 열심히 인사말을 되풀이하고 있는 인택을 향하여

"이 편지 지금 속을 읽어 보아도 괜찮겠죠?"

하고 묻는 상만은 사무보다도 오히려 어떤 맹렬한 호기심이 활동하고 있는 것이다.

"네 그건 다 오 상이 보시고 회답을 쓰실 거라니까 ……."

"네."

상만은 가볍게 대답을 하고 그 권성열이라는 발신인의 이름이 쓰인 편지 속을 꺼냈다.

먹으로 쓴 두루마리 편지다.

한문과 본문으로 섞어 쓴 편지의 사연은 무슨 채무를 좀 연기해 달라는 뜻이다.

그러나 한 줄 두 줄 다섯 열 분명코 열다섯째 줄이다.

"아."

상만은 짤막하게 부르짖었다.

짧디짧게 입속으로 자기 혼자만 외친 한 마디였건만 그것은 상만에게는 진실로 천지가 개벽되는 한 순간이었다.

'이런 일도 있을까? 이런 기이하고 신기하고 이상한 일이 이 세상에 있다니 …….'

상만은 부들부들 떨리는 손으로 편지를 다시 단단히 움켜쥐었다. 그리고 또다시 사연을 천천히 내려 읽었다.

'암만해도 그 말이야 틀림없어.'

상민은 금시로 나래가 백 개나 돋아 둥실 공중으로 떠올라 가는 독수리처럼 전신에 야릇한 힘이 솟아나는 것을 어찌할 수 없는 것이다.

"자 그럼 나 잠깐 다녀오리다."

밀림(하)

인택은 무척 사무에 열중하고 있는 상만의 곁으로 가서 힘껏 편지를 들여다보며

"좌우간 남의 일이라고 생각지 말고 그저 오 상 자신의 일로 생각을 하시고 차근차근 하게 보아 주세요."

하고 분합문을 연다.

"네 염려 마십시오. 내 힘껏 해 보겠습니다."

상만은 고개를 들고 인택의 등 뒤를 향하여 소리를 쳤으나 그는 곧 다시 편지로 눈을 옮겼다.

'××은행에 저당 되어 있는 서정연 씨의 부동산답 오 천 두락은 귀하께서 제이번으로 저당해 주실 의사가 계신지요. 그리고 지금 계동에 있는 서정연 씨의 주택(시가 육만 원)을 오만 원만 융통하여 주신다면 이자는 웬만치 고리라도 관계없사오니 잘 생각하신 뒤에 곧 회답해 주심을 바랍니다.'

그 밖에 다른 사연도 가령 송년하는 뜻으로 인택이와 함께 술을 먹고 싶다는 둥 아이 편으로 보내는 녹용 열 근은 지극히 적은 것이나 정성으로 받으라는 둥 이런 시시한 사연들은 물론 상만은 배추에서 떡잎을 추려 버리듯 그의 눈에서 온전히 쫓아 버리고 그는 다만 서정연 씨의 부동산 논 오 천 두락을 이번 저당으로 잡아 달라는 말과 계동 서정연 씨의 저택을 오만 원에 저당해 달라는 이 두 가지 말만이 그의 대뇌 한복판에 정으로 쪼는 듯 또렷하게 남아 있는 것이다.

'서정연 씨가 망하다니 …… 아니 세상에 서정연 씨가 망하다니, 서정연 씨가.'

상만의 눈앞에는 바로 어제 이맘때 조선은행 앞에서 된 일이 환등과

같이 나타났다.

자기가 집어다주는 모자를 길바닥에 내버리고 쫓겨 가듯 달아나던 그 늙은 서정연 씨의 뒷모양이 다시 나타나자 이상하게도 상만은 간밤에 느끼던 그 불로 지지는 듯하던 미움과 분노 대신 무슨 우스운 활극을 보는 듯 그는 소리를 내어 웃고 싶은 충동을 어찌할 수 없다.

"하하하하 아하하하하."

벌써 저물어 어슴푸레 그늘이 엿보는 빈방에서 소리를 높여 웃는 상만의 얼굴에는 잔인스러운 왕자와 같이 일순 살벌과 교만이 흘러갔다.

'내가 올라간 것은 아니야 서정연 씨가 내려온 것이야 …… 그러나 좌우간 통쾌한 일이다.'

운명의 장난이라 해도 너무도 부자연스러울 만치 일은 교묘하게 벌어졌다.

개와 같이 그 집 현관에서 내쫓기던 오상만이가 그 제왕의 성곽 같이 만대불변할 줄 믿었던 서정연 씨의 집을 재판하다니! 상만은 유쾌하였다.

세상이란 한 주먹으로 때려 부셔버릴 것은 아니다. 단연코 아니다. 상만은 자본주의가 이렇게 위대한 요술쟁이라는 것을 느끼자 그는 그 요술쟁이 앞에 머리를 숙이고 무릎을 꿇고 싶었다. 상만은 담배를 한 개 꺼내 물었다.

파란 연기를 폐부까지 깊숙이 빨아들인 뒤에 후 하고 숨을 내쉬던 상만은 벌떡 일어나 분합문을 열었다. 맞은편 벽의 시계를 보려 함이다.

누르스름한 전등불에 비친 시계는 네 시 오십 분!

상만은 머리 위에 달린 전등의 스위치를 틀어 불을 켜본 뒤에 다시 꺼버리고 그리고 외투를 입고 모자를 들고 밖으로 나왔다.

상노 아이 복만이를 불러서 방문 단속을 시키고 밖으로 나왔다.

바깥은 온도가 훨씬 낮아 귀뿌리를 물어 찢을 듯 바람은 차고 맵다.

그가 바깥 대문에서 여남은 걸음이나 옮겼을 때이다.

"오 상!"

하고 높은 소리가 좀 멀찍한 거리에서 들려온다.

장인택의 목소리다.

상만은 주춤 걸음을 멈추고 돌아서자

"오 상 우리 오늘 저녁에 ××예배당으로 가봅시다. 크리스마스 축하회가 굉장하답니다. 가 보십시다, 네 오 상."

인택은 제법 숨이 턱에 닿아서 씨근거린다.

"크리스마스 축하회?"

상만은 인택의 말을 되놓아 보고 서 있는 동안

"자 들어가서 같이 저녁을 먹고 그리고 ××예배당으로 바로 갑시다. 일찍 가지 않으면 자리가 없다는군요, 자."

인택은 제법 당황스럽게 상만의 팔을 잡아끈다.

상만은 모처럼 얻어 만난 새 주인의 주문을 거역할 수가 없었다. 안사랑방에서 인택과 같이 저녁을 먹고 ××예배당으로 갔다.

그들이 ××예배당 정문으로 들어서자 박 집사가 기다리고 있던 모양으로 두 사람을 가장 좋은 자리 …… 정면 한복판으로 안내하였다.

초인종이 울렸건만 빈자리가 눈에 띄는 것을 보면 초만원이 될 성싶지는 않다.

언제부터 크리스천이 되었는지 인택은 교의로 가서 앉아 참따랗게 눈을 내리깔고 한참이나 고개를 수그리고 앉았다.

재종이 울고 그리고 어느 서양 부인의 풍금주악으로 식이 시작되었다.

일동의 찬송이 끝난 뒤 목사의 기도가 있고 성경 낭독 그리고 크리스마스 찬양대가 강당 앞으로 나왔다.

하얗게 입은 여자들 뒤에는 까맣게 차린 남 찬양대원들이 각각 손에는 악보도 들지 않은 채 엄숙하고 경건한 얼굴로 서 있다.

그 맨 복판에 서 있는 애나의 둥그스름한 얼굴을 발견한 상만은 화끈하고 두 뺨이 붉어졌다.

반갑고 고맙고 그리고 참으로 사랑스러운 저 소녀의 얼굴을 향하여 상만은 합장이라도 하고 싶은 충동을 느끼는 것이다.

노래가 끝이 나고 찬양대원이 들어간 뒤다. 목사의 설교가 시작되었다.

인택은 포켓에서 종이쪽을 꺼내 무엇인지 부지런히 쓰더니 슬쩍 상만의 손에 쥐어준다.

'정애나 씨 보셨죠? 나는 단연코 그와 결혼하기로 했습니다. 오 상도 물론 찬성할 줄 압니다. 부디 후원하여 주시오.'

상만은 가시와 같이 눈을 할퀴는 이 종이 조각을 박박 찢어버렸다.

상만의 어렴풋이 맘속으로 느끼던 기우는 드디어 적중되고 말았다.

애나와 결혼하겠다는 인택의 선언은 결코 지금 일시적 감격으로 하는 말로 생각하기에는 인택의 표정이 너무도 자신과 희망에 차 있는 것이다.

그러나 너무도 억울한 일이다. 선녀처럼 곱고 깨끗한 그 애나가 정인택이 같이 천박한 사나이와 결혼을 하다니 …… 단상에서 목사가 무어라고 소리 소리치건만 물론 그런 말은 상만의 귓속으로 들어올 이치는 없다.

무엇 때문이냐 무엇 때문에 인택이가 그 유색에게 아들까지 낳은 장 인택이가 애나와 결혼할 자격이 있느냐 말이다.

'돈! 돈! 돈 때문이다.'

상만은 입속으로 부르짖고 곁에 앉은 인택을 흘겨보았다.

가느다란 고개를 뒤고 약간 젖힌 채 가물가물 졸고 있는 인택의 뺨을 손바닥으로 후려 갈겨주고 싶은 충동이 일순 상만의 머릿속을 바람같이 지나갔다.

목사의 설교는 비교적 간단하게 끝이 났다.

실내는 잠깐 동안 소요하여졌다.

기침 소리, 숨 쉬는 소리, 옷 부석거리는 소리로 …….

그러나 그담 한 순간에 그 넓은 예배당 속은 그 많은 사람들이 금시로 화석이나 된 듯이 절대의 침묵 속에 잠기었으니 그것은 눈나라의 여신같이 설백의 조선 옷을 입은 처녀 정애나의 독창이 시작된 때문이다.

서양 부인의 반주에 따라 애나의 목소리가 조용히 흘러나온다.

그것은 연잎 위에 실린 이슬방울처럼 영롱하게 그리고 유리 쟁반에 구르는 수은 알처럼 둥근 소리였다.

"고요한 밤 거룩한 밤 어둠에 묻힌 밤 아기 잘도 잔다 아기 잘도 잔다."

상만은 지난밤 인사정 어느 골목에서 듣던 그 황홀하고 감격된 일순을 다시 경험하는 듯 그는 맘속으로 두 손을 모으고 머리를 숙였다.

그러나 상만은 일 분도 못 되어 머리를 휙 치켜들었다.

'흐흥! 입으로는 성가를 부르고 있다마는 …….'

상만의 입가에는 조롱보다 더 잔인스러운 미소가 서물거린다.

'이름도 얼굴도 알지 못하는 한 사나이를 위하여 인택은 직업을 만들었다 하지 않느냐. 그만큼 애나와 인택의 접촉은 밀접한 거리까지 왔단 말이지. 먹을 것을 보고 달려가는 것은 주린 강아지뿐만이 아니로군 …….'

반날 전에 자기에게 공중으로 훨훨 날아 올라가는 날개를 만들어준 그 애나가 그렇게도 고맙고 우러러 보이던 그 애나가 인택과 결혼이란 전제로 서로 교제하고 있다는 사실은 둥실 공중에 떠올라가는 상만의 맘의 나래에 커다란 상처를 만들어 버리고 말다니 …….

애나의 독창이 끝이 나고 순서는 서넛 더 진행되고 그리고 목사의 축복 기도가 있기까지 상만의 머릿속은 얼크러진 삼실이었다.

인택과 상만은 ××예배당을 나왔다. 우 쏟아져 나오는 군중 속에서 행여나 애나의 자취를 찾을 듯이 기웃기웃 돌아다보고 보고 하는 인택을 내버리고 상만은 혼자서 성큼성큼 큰길까지 나왔다.

찬바람은 이날 밤에 한하여 고마운 청량제와 같이 상만의 머리를 식혀준다.

"오 상! 여보 오 상!"

하고 인택은 뚜벅뚜벅 쫓아오더니

"어떠서요, 오 상 생각에는."

인택은 훨씬 목소리를 낮추어

"정애나 씨 말입니다. 그만하면 무던하죠? 요새 여학생으로 말입니다. 그게 그렇고 그게 그렇고 한데 말입니다. 애나 씨만은 제법 됐다 싶거든요 안 그래요?"

"……."

"내일쯤 우리 애나 씰 청해가지고 어디서 차라도 같이 합시다. 오 상

취직 축하 겸 하하하 사실 애나 씨가 그만큼 몸이 달아서 간청을 했으니까 그이가 내야 되죠, 하하하."

"혼인 예식은 언제 하십니까?"

상만의 목소리는 약간 퉁명스럽다.

"혼인 예식요? 일자야 물론 저쪽에서 정해야죠. 명춘[59]에 자기 졸업까지 기다려서 하면 더 좋고."

인택은 고개를 까닥까닥 하면서 휘파람을 시작한다.

"그때 그 유색이란 이도 있고 …… 여태껏 독신이라고는 생각지 못했죠." 하고 어둠 속에서 빙긋 웃는 상만의 음성은 확실히 비난에 가깝다.

"그 유색이 말입니까? 그까짓 한때의 노방초를 가지고 이러니저러니 문제가 됩니까 …… 그리고 이건 오 상을 신임하고 하는 말입니다만 사실 나는 아내가 말입니다 지긋지긋하게 싫었어요. 그래 그 싫던 아내와도 이번에 정식으로 이혼을 하고보니 난 참따란 독신이 아닙니까 …… 근데 오 상은 독신은 아니겠죠."

"나요? 난 아내가 있습니다."

"신식입니까 구식입니까?"

"뭐 그저 그렇죠. 신식이라면 신식이고 구식이라면 구식이 ……."

"지금 애기는 몇 분이나 됩니까?"

"한 두엇 됩니다."

상만은 오 년 전에 요시에가 학세 아래로 또 하나 임신하고 있었던 것이 생각난 때문이다.

---

59 明春. 내년 봄.

"아 둘이군요 …… 우리 이 길로 애기에게 줄 선물이나 사러 갑시다. 오늘이 크리스마스니까요."

"감사합니다 ……."

하고 상만은 간단히 대답하였으나 속은 약간 뻐근하여졌다.

그 귀여운 학세! 지금은 분명 열 살은 되었을 가여운 학세는 어디 있느냐.

"갑시다. 지금 우리 이 길로 화신으로 가 봅시다."

전차 안전지대까지 온 인택은 상만의 팔을 잡아끈다.

"뭐 그러실 건 없에요. 아이들은 먼 시골에 있으니까요. 그 소포가 도착된 대도 크리스마스는 지나갔고 …… 좌우간 감사합니다."

하고 상만은 그대로 여관으로 돌아갈 생각이다.

"그러시지 말고 자 날 따라와요."

독창하는 애나를 보고 온 인택의 맘은 지금 누구에게 무엇을 사주지 않고는 도저히 그대로 배길 성싶지 않게 그는 한창 맘이 기쁘고 즐거운 판이다.

그는 어린아이처럼 무작정하고 상만의 팔에 매달리는 것이다.

상만은 속으로 혀를 찼으나 이 이상 더 거절할 수도 없어 그는 인택과 함께 화신 백화점으로 들어갔다.

"이건 어때요 이거 말입니다."

하고 인택이가 가리키는 것은 커다란 모조 비행기와 군함이다.

"고맙습니다."

상만은 참따랗게 고개를 숙여 보이지 않을 수 없는 일이다.

점원이 싸가지고 오는 꾸러미를 바라보고

"이건 아주 애기들이 있는 시골로 부쳐버립시다. 자 주소를 알려 주시죠."

점원이 먹과 붓을 가져왔다.

"주소를 말씀해 주십시오."

상만의 대답을 기다리고 있는 점원을 향하여 상만은 대체 무어라고 주소를 대답해야 될 텐데 …… 상만은 잠깐 동안 어리둥절하여졌다.

"뭘 그렇게 생각을 하십니까? 오 상께서 그렇게 체면을 하신다는 건 너무 섭섭한 일이 아니에요?"

하고 인택은 멍하고 서 있는 상만을 바라보고 빙그레 웃는다.

"아니 그런 게 아니라 그저 ……."

"그저는 무슨 그저야요 …… 자 얼른 주소를 일러 주세요. 참 이왕이면 과자도 두어 상자 같이 부치기로 합시다."

인택은 붓을 들고 서 있는 점원을 향하여

"모리낭아 비스킷 두 상자만."

하고 턱을 까딱 치켜보였다.

"네."

점원은 아래층에다 전화를 하자 오 분도 못 되어 어여쁜 여자 점원이 과자 상자 두 개를 안고 올라온다.

그러나 상만은 도대체 아내와 자식이 살고 있다는 주소를 어떻게 대면 옳단 말이냐.

이럴 때에는 친척의 집이라도 있었으면 좋으련만 조실부모한 채 고향을 떠난 상만에게 친척이 있을 까닭이 없다.

그러나 이 이상 더 지체할 수는 도저히 없는 것을 깨달은 상만은

"헉! 기어이 소포로 부치신다니 …… 그럼 주소를 대 드리리다. 경북 대구 남산정 ××번지 오학세라고 써주시오."

하고 상만은 열적은 웃음을 띤 채

"오학세는 내 큰 아이 이름이외다. 녀석 무척 기뻐할걸."

하고 후르르 새어 나오려는 한숨을 꿀꺽 목구멍으로 집어삼켰다.

완구부를 물러 나오자

"자 그럼 난 이 길로 여관으로 돌아가겠습니다. 벌써 시계가 저렇게 됐으니까요."

하고 상만은 방금 전기 초침이 흘러가는 둥근 시계를 눈으로 가리켰다.

인택이가 또 무엇이라고 팔을 잡는 것을

"정말입니다. 돌아가서 좀 자야겠습니다."

하고 상만은 아래층으로 내려왔다.

'이렇게 추운 밤 학세는 어디서 이 밤을 보내는고.'

화신 정문으로 터벅터벅 나오는 상만은 새삼스럽게 뼈를 어이는 듯 아들이 그리웠다.

뒤를 따라 나오는 인택이와 갈리고 혼자서 여관으로 돌아오니 대청 시계는 열한 시를 가리키고 있다.

방으로 들어와 자리를 펴고 우선 외투와 모자를 벗어 벽에 걸었으나 그는 머릿속이 윙 하고 돌아가는 듯 현기증을 느끼었다.

오늘 하루의 지난 일들을 생각하면 할수록 꿈과 같다.

초급 백 원짜리 일사리가 공중에서 뚝 떨어지듯 자기 앞에 굴러온 것은 고사하고라도 인택의 앞에서 학세의 주소를 조작으로 꾸며대던 땀나던 장면은 또 그만두고라도 서정연 씨의 가운이 기울어졌다는 사실은?

그보다도 장인택이 정애나와 혼인한다고 호기를 부리는 일은? 좌우간 모두가 굉장한 일들이다. 소설보다도 기이하고 연극보다도 재미스러운 오늘 하루의 일들은 상만의 머릿속에다 시시각각으로 희로애락의 격정을 불 질러 놓고야 말았던 것이다.

좌우간 상만에게는 우선 직업을 얻은 것이 그나마 백만 원의 재산을 가진 장인택가의 지배인이 되었다는 것은 멀지 않은 장래에 찾아 올 행복을 엿보는 듯이 상만의 맘은 든든하여졌다.

'정애나 문제가?'

상만은 입을 삐쭉하고 고개를 흔들었다.

'단연코 정인택에게는 빼앗기지는 않으리라.'

혼자서 중얼거린 상만의 눈앞에는 그 옛날 칠 년 전에 동섭의 애인이던 자경을 참따랗게 자기 아내로 데려오던 기억이 주마등과 같이 지나갔다.

'그러나 …… 그 결과는?'

상만은 또다시 고개를 흔들었다.

'애나가 그 애나가 장인택을 참으로 사랑한다면 나는 곱게 그들의 사랑을 북돋아 주리라.'

상만은 무리로 진행된 일의 종극에는 반드시 비극이 온다는 사실을 배워 알았다.

아아 그것을 알기까지 상만은 진실로 무서운 값을 치르지 않았느냐.

'모든 것은 결국 될 대로밖에 되지 않는 것이여 …….'

상만은 이런 말로 자기 자신을 달래면서 조용히 이불 속으로 들어갔다.

어렴풋이 잠이 들려던 상만은 흠칫 놀라서 눈을 떴다. 분명코 안뜰에서 들리는 소리다.

"늙은 것이 그래 무슨 천작한다고 밤마다 나가는 거냐 말야. 하루 이틀도 아니고 밤마다 새로 두 시 세 시니 ……."

주인 마누라의 히스테리컬한 목청이 추운 밤이라 깨어진 질그릇 조각같이 날카롭게 들린다.

"이건 왜이래 괜히 알지도 못 하구 깝죽대는 거여."

"왜 내가 몰라 아니 그래 간동정 그년의 집에만 가면 배지가 불러 터지나? 숫제 그러지 말고 그년의 집으로 가서 아주 살라는밖에. 왜 새벽이면 다 죽어가는 시늉을 하고 들어오는 거냐 말야."

"에이! 고약한 계집 같으니라고 …… 춧춧."

바깥뜰을 지나가는 주인 영감의 탁 하고 가래를 뱉는 소리를 들으며 상만은 이불속에서 빙그레 웃었다.

"영감이 바람이 났군."

하고 중얼거렸으나 그는 낮에 장인택 집에서 본 저 영감의 친필이 눈앞에 떠오른다.

그는 웃던 입을 다물려고 혼자서 고개를 끄덕였다.

'서정연 씨의 재산이 저당되는데 저 영감님의 활약이 있단 말이지? 응.'

상만은 이런 생각을 하면서 좀처럼 깊은 잠을 들지 못하였다.

마누라의 무서운 바가지도 대문 밖에까지는 쫓아오지 못하는 모양으로 한강 여관 주인은 골목으로 나서자 그는 구레나룻 수염을 쓸고 아주 점잖은 늙은이가 되어 …… 찾아가는 곳은 간동정이었다.

자그마한 대문에 외등이 달렸으나 별로 문패 같은 것도 눈에 뜨이지 않는 초가집 속으로 쑥 들어간 권 영감은

"있나?"

하고 넌지시 부르자

"아이고 왜 인제야 오서요?"

하고 영창문을 열어젖히는 것은 두껍게 밤화장을 하고 있는 양유색이다.

"어여, 올라오세요 자아."

유색은 어린애처럼 고개를 배틀거리며 권 영감의 손목을 잡아끈다.

권 영감님은 그리 크지 않은 몸뚱이를 가장 주체스러운 듯이 유색의 어깨에 반만치 기대어 방으로 들어갔다.

확실히 네 칸 넓이는 될 만한 방에는 자개 박힌 의거리 한 개와 화류 삼층장이 놓여 있고 그 옆에 이불장과 이불장 옆에 경대가 놓여 말하자면 구식 세간으로 꾸며진 방이다.

"이쪽으로 가세요."

아랫목으로 유색은 권 씨의 검정 세루 두루마기를 받아 옷걸이에 걸며

"와서 있어요. 저 방에."

하고 눈을 깜찍하고 턱으로 장지문을 가리킨다.

"누구가 죽엽이가?"

하고 영감은 목소리를 낮추어 묻고 고개를 끄덕인다.

"벌써 왔세요. 여덟 시나 돼서 왔는데 기다리다 지쳐서 고대 잠이 들었나 봐요."

하고 유색은 아랫목으로 가서 앉은 권 영감 앞으로 담배와 재떨이를 밀어 놓고

"매우 춥지요? 바깥은 ……."

하고 궐련에다 불을 붙여 먼저 한 모금 빨고는 권 씨 앞에 내민다.

"음 제법 추워. 근데 영남이는 벌써 자나?"

하고 권은 방안을 휘휘 살펴보고는 조끼 주머니를 더듬더니

"이게 아이들에게는 선약이거든 한 개에 삼 원씩이지만 값이야 여하간 요사이 같이 추운 땐 몇 알 먹어두면 감기에 걸리지 않고 좋아."

하고 조선 종이에다 동글동글한 환약을 싼 자그마한 꾸러미를 내민다.

"아유 이게 모두 몇 알이야 하나, 둘, 셋, 다섯 웬걸 이렇게 많이 가져오세요. 아이 고마워라."

유색은 가는 눈썹에 담뿍 웃음을 싣고 대견한 듯이 그 환약을 서랍에 집어넣는다.

"응 그게 다 영남이를 위해서 사온 게지만 실상인즉 유색이를 생각하고 한 것이야. 그 어린 것이 이 추위에 감기라도 들려봐 어떻게 애간장을 태울 텐데 ……."

권은 담배를 빡 빡 빨다가

"그런데 어저께도 내가 한 말이지만 글쎄 어떻게 생각하느냐 말야 암만해도 내 의견이 옳거든 ……."

하고 구레나룻 수염을 쓸고는 아랫목 보료 위에 비스듬히 눕는다.

"그래도 말야요 그 장 씨에게선 돈을 삼천 원이나 받았는데 무슨 명목으로 이러니 저러니 ……."

"아니 그러니 내가 자네를 천치라는 거야 ……."

권은 누웠던 몸을 벌떡 자리에서 일으키며

"돈 삼천 원이 뭐야 백만 원이나 가진 장인택의 멀쩡한 외아들이 아 글쎄 단돈 삼천 원을 받고 남이 되다니 그게 말이냐 말이여."

"그래도 만일에 장인택이가 덜컥 아이를 데려가던지 하면 어떡해요

난 그게 겁이 나서 오늘까지 장 씨에게 모나게 한 마디도 못하고 있는 거야요."

하고 유색은 지금 건넌방에서 소록소록 잠이 들어 있을 영남의 노르스름한 얼굴을 생각하고 호르르 한숨을 내쉬는 것이다.

"달라면 더 좋지. 아 글쎄 아들이 난다더라도 장영남은 장인택의 서자요 만약 달리 아들이 없다면 영남이는 갈데없이 장인택의 백만 원을 상속할 장자가 될게 아니냐 말야…… 그러니까 내 말이 무어야…… 가서 그 장인택을 만나보고 정정당당하게 아들을 찾아가라고 얼러 보란 말야. 저쪽 대답이 어떻게 나오는가."

영감은 재떨이에다 담뱃재를 떨고 다시 털썩 보료 위에 눕는다.

"글쎄 만약에 말야요 그럼 아일 데려 오너라 하고 덜컥 아이를 데려가면 어떡해요?"

유색의 이맛전은 제법 흐려지고 그리고 그 검은 큰 눈에는 핑그르르 눈물이 고이기 시작한다.

"허! 참말 귀도 저렇게 못 알아듣는 천치도 있담. 글쎄 지금 장인택이는 말야 여학생에게로 장가를 들려고 몸이 달아서 야단인데…… 무엇 때문에 아이를 데려 가겠느냐 말야…… 안 그래요? 낌새를 놓치지 말고 유색이가 바짝 장인택이의 모가지를 눌러 보란 말야……."

권은 말소리를 낮추어

"이거야 이거."

하고 엄지손가락을 세워 보이며

"만 원 하나는 갈데없지…… 내 말 알아들어?"

빙그레 웃는 유색의 얼굴을 연방 쳐다보면서

"그렇게 좋은 밥 구멍을 내버리고 왜 귀찮은 안방술을 차리겠다는 거야 하하하 안 그래?"

권 노인은 벌겋게 벗어지기는 하였으되 흰털 하나 섞이지 않은 까만 머리를 유색의 무릎으로 올려놓고

"어때 내말이?"

하고 유색의 한 손을 꼭 쥐어 보는 것이다.

"네 알겠어요. 그럼 진작 그렇게 말씀을 하시지 않고."

유색은 제법 눈을 흘겨 보이고

"어떡하실 테야요 저인?"

하고 장지문 쪽으로 고개를 돌린다.

"놔 두어 한참 자게 …… 여북 곤할 테야? 설마 얘기 소릴 들으면 깨겠지 약주 좀 내와."

하고 권은 주머니에서 가오루[60]를 꺼내 서너 알 입에 틀어넣는다.

유색이가 일어서서 다락문을 열고 술병과 잔을 꺼내는 동안 보시시 장지문이 열리며 방그레 웃는 죽엽의 얼굴이 이방을 갸웃이 들여다본다.

"아 죽엽이."

권은 보료에서 벌떡 일어나며

"벌써 잠이 깼군. 자 이리로 내려오게 내려와요."

손으로 아랫목을 가리킨다.

"괜찮아요. 이 방도 불을 때서 아주 따끈따끈한 걸요 뭐."

어슴푸레 그들을 배경으로 환한 불빛을 담뿍 안고 앉아 있는 죽엽의

---

60 은단.

밀림(하)

얼굴을 바라보는 권은 눈이 부신 듯이 늙은 눈을 서먹거렸다.

'아침 이슬에 젖은 해당화? …… 아니 지변에 활짝 핀 연꽃? 아니 아니 그보다 더 고운 …… 더 곱고 말고. 서정연 씨가 그 육십이 넘은 서정연 씨가 체면도 지위도 다 잊어버린 듯 자나 깨나 죽엽이만 찾는 것도 결코 무리가 아니지 아니구말구.'

권은 이런 말을 맘속으로 중얼거리고 있는 동안 유색은 술상을 방바닥에 내려놓았다.

"이리로 내려오세요."

하는 유색의 말에

"여기도 좋아요."

하고 죽엽은 간단히 대답을 하면서도 속으로

'저이가 저 영감님이 그이의 아버지란 말이지!'

기생의 뚜쟁이요 부자의 차인이요 최근에는 유색의 정부라는 저 권노인이 하늘 아래 오직 하나 되는 그 고귀한 권형순의 아버지라는 사실이 생각하면 할수록 쓸쓸하여 지는 것이다.

그는 지금쯤 자기 집안 방에서 자기의 돌아올 것을 기다리고 있을 권형순의 거무스름한 얼굴이 눈앞을 스쳐가자

"영감님! 오늘 저녁은 얘기를 간단하게 끝을 막고 갈 테니까요."

하고 죽엽은 장지문을 활짝 열었다.

"거 좋지 좋아. 나도 말야 오늘밤엔 못 나올 사정이 있었는 데도 죽엽이 일 때문에 억지로 부비고 나온 게여. 자 이리로 내려와."

권은 양 뺨에 주름살을 잡으며 벙긋벙긋 웃고 아랫목을 가리킨다.

죽엽은 바시시 일어나 아랫방으로 내려와 앉았으나 그의 옥으로 깎

은 듯한 이맛전에는 실안개가 어린 듯 옅은 수심이 서리고 있다.

죽엽의 기분에 지배되어 방안은 잠깐 동안 고요하여졌다.

이윽고 권이 담배를 피워 물고 유색이가 사기잔에 노란 술을 남실남실 불 때다.

죽엽은 턱에 괴였던 한 손을 떼고 호르르 한숨을 가늘게 뿜고

"그래 저편에서는 뭐랍디까?"

하고 말끄러미 권의 얼굴을 바라본다.

화류계의 여자로 스물다섯이라면 벌써 젊음의 한 고비가 넘어가는 때건만 죽엽의 두 뺨이 선홍색 장미화 빛같이 손으로 만지면 이슬이 묻어날 것처럼 연연한 것은 무슨 까닭일까? 마치 열칠팔 세의 규중처녀처럼.

죽엽은 화변보다도 더 붉고 보드라운 아랫입술을 쪽 빨고

"난 이 위에 다시 더 이러고저러고 하진 않을 테니까요 …… 저쪽 대답이 어떠하다는 것만 알면 그만이야요."

하고 다시 그 흰 옥으로 뽑아 놓은 듯한 한 손을 턱 밑으로 가져간다.

옥지도 않고 흐르지도 않는 동그스름한 턱은 크림빛으로 뽀얀 목덜미 위에서 썩 선명한 타원을 긋고 있다.

권은 죽엽의 눈물이 어린 듯한 영롱한 두 눈의 시선이 마주치자

"헤헤헤."

하고 열없게 웃고는

"무슨 일이든지 너무 성급하게 굴면 매양 이쪽의 손해라고 내가 몇 번이나 타일렀는 데도 여태껏 내말을 못 알아듣는 모양이니 헤헤헤."

하고 유색이가 따라 놓은 술잔을 훌쩍 들이마시고는 스루메[61] 조각을 날름 입속에다 들이민다.

"성급하다고 하시지 마세요. 나도 말야요 그만한 돈이 한꺼번에 필요하니까 그쯤 청한 게지 …… 그렇지만 않다면야 ……."

"왜 ××권번에 있는 들식구들의 먹고 입고 쓰는 것쯤이야 못 대갈 것은 아니니까요."

하고 죽엽은 보기 좋게 쌍꺼풀진 두 눈을 아래로 착 내려 감는다.

"암 …… 그야 여부가 있을라고 …… ××권번은 물론 이 경성 천지에 두 엄지손가락으로 치는 일류 명기 오죽엽의 수입으로야 그렇고말고."

권은 갑자기 말소리를 낮추며

"그새 논도 많이 장만 했다지?"

하고 빙긋 웃고 잔에 가득한 술을 입으로 가져가며

"그것은 그게고 또 이것은 이게니까 죽엽이가 논이 암만 많이 있기로 지금 서정연 씨에게 받을 것은 받아야 하거든 이왕 권번을 내놓고 들어앉는 마당에는 말야 하하하 자 죽엽이도 한잔 들어보소."

하고 들었던 빈 잔을 죽엽 앞으로 쑥 내민다.

"아니 난 못 하겠세요, 속이 좋지 않아서."

하고 술잔은 거들떠보지도 않고

"참 정말 이러고만 있을 수는 없세요. 권 주사께서 자꾸만 눙치는 것을 보니 아마 트자에 ㄹ인 게죠. 그럼 난 갑니다."

하고 일어설 듯이 한편 무릎을 마져 세워 보이자

"아, 가만 있소 좀. 돈을 한꺼번에 만 원이나 처불러 놓고는 이쪽에서 좀 어물어물 한다고 그냥 내빼는 법도 있나 원?"

---

61 するめ. 말린 오징어.

권은 당황하여 죽엽의 검은 수비단 치맛자락을 붙들 듯이 두 손을 내미는 것이다.

"그래 만 원이 그렇게 무섭거든 그만두라는 게 아냐요? 누군 그 늙어빠진 서정연 씨가 알뜰해서 어쩌는 것은 아니니까요."

방싯 웃으려던 죽엽의 입은 한쪽으로 삐쭉하다가는 호르르 한숨을 토한다.

"그래도 말야 죽엽이 내 말 좀 들어보소. 돈 이만 원이면 …… 논이 근 백석거리는데 아 어느 누가 …… 참 한 번도 응? …… 그말 하자면 죽엽의 손목 한 번 못 쥐어 보고 덜컥 만 원부터 내놓겠느냐 말야. 그래 저쪽의 의견은 이렇거든."

권은 말하기가 장히 거북한 모양으로 스루메를 또 한쪽 입에 넣고 질경질경 씹다가 담배를 한 개 새로 꺼내 불을 붙이고야

"위선 천 원만 받으라는 게야. 그리고 남은 돈은 죽엽이와 참따랗게 살림을 차린 뒤에 계산 하자는 거야 ……."
하고 술잔을 훌 들어 마신다.

"호호호 호호호."

죽엽은 우스워 못 견디겠다는 듯이 소리를 내어 한바탕 웃더니 그냥 자리에서 발딱 일어선다.

"아이 웃어. 누굴 색주가로 사가든가 보증금부터 먼저 주겠다니 ……."

유색이 새초롬하여 눈을 매치는 것을 힐끔 돌아보는 죽엽은

"폐를 끼쳐 미안합니다."

한 마디 하고 무어라고 연방 지껄이는 권 영감에게는 인사도 없이 하얀 저고리 위로 연남빛 외투를 걸치더니

"공연히 오늘 저녁엔 권번에도 못 가고 호호호."

또 한 번 소리를 내어 웃고 새까만 여우 털목도리를 안고 마루로 나왔다.

어처구니가 없어 앉아 있는 권 노인을 바라보고

"어여 약주나 드세요. 죽엽인가 하는 저렇게 건방진 여자를 좋아하는 사내 심사는 참 알다가도 모를 일야."

유색은 자기보다 훨씬 아름답고 기품 있는 죽엽을 이렇게라도 비난을 하지 않고는 견딜 수 없는 것이다.

"술 잡수세요."

하고 유색이가 방그레 웃으며 권의 손목을 탁 쥐었으나 권은

"아냐 …… 내일 서정연 씨를 만나서 뭐라고 한담 춧."

권은 부리나케 두루마기를 끼어 입고 뜰로 나와 신을 신었다.

지금 막 돌아간 죽엽의 집으로 가는 것이다.

밤은 몇 시나 되었는지 세차게 불어오는 밤바람에 펄럭거리는 외투 자락을 여미는 오죽엽은 어깨 위에 실린 여우 털 속으로 턱을 파묻어 보았으나 두 뺨을 후려갈기는 매운바람을 피할 수는 없다. 거기서 얼마 되지 않는 안국정 자기 집까지 걸어 올 동안 그는 오르르 떨리는 두 다리를 길바닥에 멈추고 몇 번이나 눈을 서먹거렸다.

참으려 해도 흘러내리는 이 눈물을 어이하랴.

저녁도 먹지 않은 속이라 그는 허전허전 하고 쓰린 가슴을 안고 느껴 울며 자기집 대문 앞까지 왔다.

행랑어멈이 나와 대문 고리를 벗겨 주어 안으로 들어간 죽엽은

"권 선생님이 벌써부터 와서 기다리시는데요."

하는 어멈의 말을 듣자 그는 걸음을 멈추고 외등에서 스머드는 희미한

불빛 아래서 핸드백을 열었다가 가루분을 묻힌 분첩으로 눈물자국을 말짱하게 지워버린 죽엽은 기어이 루주로 입술까지 문지르고 그리고 안마당으로 들어섰다.

얌전스럽게 놓여 있는 권형순의 구두가 추위에 떠는 듯하여 죽엽이는 두 손으로 구두를 안아 마루 위에 올려놓고 살그머니 안방문을 열었다.

보료 아래로 발만 넣고 퇴침을 빈 채 잠이 들어있는 권형순의 얼굴을 말끄러미 들여다보는 죽엽은 방그레 그 진주와 같이 반짝이는 이 사이로 웃음을 내보내고는 돌아서서 이불장에서 자주 모본단 □□□□□□□□ 싸늘한 이불의 촉감에 눈을 번쩍 뜬 형순은 두 팔로 덥석 죽엽의 어깨를 안았다.

깨드득 웃으며 몸을 빼치려는 죽엽의 뺨에 입술을 대는 형순은

"어디서 이렇게 얼어 왔어."

하고 자리에서 몸을 일으켜 앉았다.

죽엽은 가장 행복스러운 듯이 그 꽃방울 같은 입술에 뱅글뱅글 웃음을 쏟으며 목도리와 외투를 벗고

"감기 드시면 어쩌려고 이불도 덮지 않으시고 그냥 주무세요?"

하고 까만 비단 장갑을 뽑던 손으로 형순의 턱밑을 간질어 댄다.

"아이 간지러워."

형순은 죽엽의 두 손을 꼭 모아 쥐고

"손도 이렇게 얼고."

하고 입에 대고 호 하고 불어준다.

"진진 어떡하셨세요?"

"저녁밥이 여태껏 있을라고? 먹고 왔지 아직 식전인가?"

"…… 아냐요."

죽엽은 고개를 살래살래 흔들어 보이고는 방금 솟구쳐 올라오는 한숨을 꼴딱 목구멍으로 삼켜버리고

"꼭 만 원이라야만 돼요?"

하고 고개를 갸웃하고 형순의 동그스름한 턱을 쳐다본다.

"왜 또 만 원 소리는 하는 거야. 만 원이 있으면 이왕 생각해낸 거니까 한 번 만들어 보겠다는 게지. 지금 당장 만 원이 필요하다는 건 아냐."

하고 빙그레 웃었으나 그의 맘에 깃들어 있는 커다란 야망이야 일분인들 쉴 까닭이 있으랴.

지난봄에 고등 공업을 나온 권형순은 모교에서 지금 조교수의 영직에 있을 만큼 그는 드물게 보는 수재다.

스물다섯이라는 젊은 나이로 그 학교 기숙사 사감의 직임을 겸임하는 것을 보아 그가 또한 어떻게 품행이 방정한 젊은이인 것도 짐작할 수 있는 것이다.

그러한 그가 화류계의 여인 오죽엽과 평생을 같이하기로 굳게 맹세한 것은 무슨 까닭일까?

형순의 졸업 때였다.

사은회로 졸업생들은 ××관에서 연회를 열었었다.

그때 불려온 기생 가운데 오죽엽이가 있었고 죽엽과 형순은 벌써 그때 운명적 연애가 시작된 것이다.

바로 그 이튿날 죽엽은 형순을 싣고 동래온천으로 가서 일주일을 묵어왔고 여름 방학 동안은 석왕사로 사랑의 도피 여행을 하였던 것이다.

일주일에 한 번씩 만나는 그들은 언제나 목마른 사랑에 애를 태웠다.

이번에도 동기 방학이 되어 형순은 기다리는 죽엽에게로 달려왔으나 두 사람은 사랑만 가지고 속삭이지 못할 커다란 걱정을 가지고 왔다.

"자동차가 신작로로 휙 지나갈 때 그 뒤에 무엇이 남을고?"

하고 형순이가 빙그레 웃어 보일 때

"뿌연 먼지지 뭐야요."

하고 죽엽이도 따라 웃었다.

"자동차가 암만 속력을 내어 달릴지라도 조금도 먼지가 일지 않게 한다면 어떨까?"

"그럼 오직 좋아요. 첫째 사람들의 의복이 더럽지 않고 먼지 먹지 않고 ……."

"옳아 옳아 내가 만약에 말야 먼지 나지 않게 하는 자동차를 발명하였다면 죽엽이 맘은 어떠할 테야?"

"…… 정말이요?"

하고 죽엽이가 달려들어 형순의 두 손을 안은 때는 지금부터 일주일 전이다.

형순의 발명한 기계를 이용하여 먼지 일지 않는 자동차를 만들어 내기까지 적어도 만 원의 자금이 필요하단 말을 들을 때 죽엽의 가슴은 답답하여진 것이다.

밥을 먹다가도 멍 하고 앉아 있는 형순의 얼굴을 바라볼 때나 열심히 죽엽이 지껄이는 얘기를 들으면서도 눈만 꺼먹꺼먹하고 생각에 잠기는 형순을 볼 때 죽엽은

'만 원!'

하고 속으로 부르짖었다.

어디서 어떻게 만 원을 구해 볼고?

먼지가 나지 않게 하는 자동차를 발명 하였던 것은 국민의 보건상으로 보아 지극히 보배로운 것은 물론이다.

그러나 죽엽에게는 그러한 좀 크고 먼 문제보다도 이 엄청나게 신기한 자동차가 세상에 나가는 날에는 어떻게 권형순이란 남자가 유명해질 것을 생각하자 그는 하로 바삐 이 자동차를 세상에 내놓고 싶었다.

기계가 성공되는 날에는 전매특허권이 생기고 그담에 오는 것은 십만 혹은 수백만의 황금이다. 죽엽은 생각할수록 그 눈이 부신 성공이 손만 내밀면 곧 잡힐 듯한 거리까지 온 것이 꿈같이 즐거운 것이다.

한 개 평범한 전문학교 조교수인 권형순이가 세기적 영웅으로 진출하는 날에는 오죽엽이란 기생은 참따랗게 귀부인으로 변해지는 시간이다.

아아 그 아득한 요술이 단돈 만 원에서 나오다니 …… 아 만 원! 어디 그 천도복숭 같은 만 원이 있을 성싶은데 …….

우르르 떨리는 가슴을 안고 죽엽은 위선 자기 자신을 둘러보았다.

반지, 가락지, 비녀, 시계, 은수저, 반상기 …….

모두를 뭉쳐 놓아도 천 원이 넘지 못한다. 그러면 자기의 살고 있는 집은? 시가 만 원짜리는 넘는다. 그러나 한 달에 사십 원씩의 사글세 집인 바에야.

죽엽의 인기로서 아직까지 집 한 칸 장만하지 못 하였다면 듣는 이들이 웃을는지도 모른다. 그러나 좀 더 죽엽의 성격을 아는 사람이면 죽엽의 집 경제 형편도 짐작하게 될 것이다.

죽엽은 노래와 춤을 팔아서 매월 이백여 원의 수입이 있을 뿐 그 밖에는 별다른 돈 구멍이 없는 것이다.

기생으로서 처녀가 아닐 것은 물론이지만 죽엽은 지금까지 접촉한 남자가 다섯 손가락을 다 꼽지 못하도록 그만큼 그는 몸을 팔기 싫어하는 성격이다.

그 때문에 동무 기생들에게 존경도 받고 또한 조롱도 받아 왔다.

"홍 중도 못 되고 속도 못 되고 봉도 아니고 학도 아니고 강산 두루미도 아니고 피."

좌우간 지금 죽엽은 난처하였다.

형순의 성공도 그만두고 자기의 출세쯤은 단념한다 치더라도 저 귀중한 권형순이가 저렇게도 간절히 소원하고 있는 그 일 한 가지를 이루어 주지 못한다면? …… 세상에 사는 보람이 없다.

첫날보다도 훨씬 더 초조하여가는 듯한 형순의 얼굴을 바라보는 죽엽의 맘은 절박하여왔다.

지금 저 뜰아래 방에서 코를 골며 깊은 잠에 빠졌을 오촌과 의논해 보았자 물론 아무런 신통한 대답도 없으리라.

정말 아버지가 계셨다면.

죽엽의 어렸을 때 일이다.

아버지 없이 살아오는 일곱 살 먹은 금순이가 엄마를 잃어버리자 그 때 보통학교에 다니던 오빠 상만이는 그 학교 선생이 데려가고 금순이는 장터에 있는 오촌의 집으로 갔었다. 거기서 얼마를 살았는지 오촌은 집식구들을 데리고 만주로 향해 떠났겠다.

가게에는 털을 뒤집어 쓴 복숭아들이 광주리에 담겨 있던 것을 보아 여름인 상도 싶다.

기차가 읍내를 돌아갈 때 커다란 보통학교 집이 보이고 잎사귀가 무성한 포플러 나무 밑에 학생들이 죽 늘어서서 체조를 하는 것이 눈에 띄었다.

금순은 그 속에 오빠 상만이가 있을 것만 같아서 "오빠!" 하고 커다랗게 외치다가는 오촌 댁에 머리통을 쥐어 박히었겠다. 만주에서 몇 해를 살고 다시 조선 땅인 청진으로 왔을 때는 금순의 나이 열두 살이었다.

거기서 또 두 해를 살고 오촌은 이번에는 식구들을 데리고 평양으로 갔다.

참따랗게 처녀꼴이 박힌 금순은 오촌이 데리고 간 기생 학교에서는 제일 어여쁜 동기가 되었다. 금순의 이름이 죽엽으로 변하는 날부터 한 집안 식구들의 생활비는 온전히 죽엽의 담당이 되고만 것이다.

죽엽은 구실이 고달플 때라든가 오촌의 내외가 야속하게 느껴질 때는 오빠 상만이가 미칠 듯이 그리웠으나 생사의 소식조차 모르는 그를 어디서 만나 보리오 더욱이 요사이 같이 죽엽이 혼자서 아니 권형순이와 둘이서만 해결하기에는 너무나 큰 문제가 생긴 뒤부터 그는 맘 놓고 통정할 사람이 그리웠다.

'아 오빠라도 가까이 있었다면 ······.'
하고 피를 토할 듯이 속으로 외쳐보기도 하였지만 ······.

밤과 낮 하루 동안을 생각한 죽엽의 머릿속에는 마침내 한 개의 상형이 나타났다.

'서정연 씨! 그렇다. 그 후덕하게 보이는 노인에게 만 원을 꾸어 달라 해본다면?'

죽엽은 저쪽에서 자기를 첩으로 얻어 갈 욕망이 움직이고 있는 것을 전연 알지 못했기 때문에 일부러 전화로 ××관에서 서정연 씨와 만났던 것이다.

"권 노인을 시켜 대답할 터이다."

하는 서정연의 말대로 죽엽은 이날 밤 간동정 유색의 집으로 권 노인을 만나러 갔던 것이다. 그러나 서정연의 대답은 자기의 생각했던 바와는 너무나 거리가 멀다.

더욱이 몸을 사가려는 저편의 태도에 죽엽은 온전히 실망하고 만 것이다.

죽엽은 서정연에게 돈 만 원을 청구할 때 권형순의 발명한 권리를 저당하기로 떠먹듯이 몇 번이나 말을 했건만 거기 관해서는 한 마디의 저촉도 없는 것을 보면 서정연은 오죽엽이란 여인을 한 개의 기생 밖에 한 사람의 사회인이란 것은 전연 생각지 않고 있는 것이 더욱 분하다.

'이왕 권번을 내놓고 들어앉은 마당에는 서정연 씨에게 받을 것은 받아야지.'

하고 지껄이는 권 가의 꼴을 보더라도 저편에서는 돈 만 원으로 죽엽의 몸뚱이를 사자는 심보가 아니고 무엇이냐.

죽엽은 입을 삐쭉하고 뽀얀 두 손으로 아래턱을 괴여 보았다.

"무엇 걱정되는 것 있나. 왜 오늘 저녁에는 심난해 하는 거야."

형순은 죽엽의 어깨 위에 두 손을 올려놓았으나 죽엽은 차돌같이 여물디 여물게 생긴 형순의 이맛전을 들여다보면서

"그래 당신 아버지께선 뭐라고 하십니까. 한 오천 원이라도?"

하고 방그레 웃었다.

"안 돼. 아버지가 어디서 오천 원을 만들어? 지금 그 여관집만 하더라도 예전 집값이 헐한 때에 삼천 원에 전세로 들었었는데 요사이 가주가

돈을 더 내놓던지 그렇지 않으면 집을 내놓으라고 법석이라는데 ……."

죽엽은 고개를 까닥까닥하고 일어서 이부자리를 폈다.

"이봐 죽엽이 날을 위해서 돈 걱정을 해주는 것은 고맙지만 그걸 가지고 지나치게 걱정을 할 필요는 없는 거야. 차차 어디서 이해해주는 사람도 있을 게고 하니 응?"

하고 형순이도 죽엽과 같이 일어섰다.

"주무시고 가세요, 네?"

"글쎄 ……."

바로 이때다.

"아씨 손님 오셨세요. 한강 여관 권 수사 나리께서 오셨는 뎁시오."

하고 어멈의 목소리가 영창문 밖에서 들린다.

한강 여관 주인 권성렬이가 찾아 왔다는 말을 듣는 순간

'웬일일까?'

하고 눈을 둥그렇게 뜬 사람은 권형순이었다.

이날 밤 달리 부친이 자기의 행방을 수색하고 기어이 여기까지 찾아 왔단 말인가? 그는 다만 당황하여 아랫목으로 한걸음 돌아섰다.

"어멈! 지금이 몇 시라구? 난 곤해서 아무가 와도 만날 수 없으니 그냥 돌아가십사고 여쭈어."

그대로 돌아선 어멈은 곧 다시 돌아와서

"잠깐만 만나 뵙구 가신다구 그러시는데유. 어떻게 할까유? 아이 추워."

자다 일어난 어멈이라 몹시 추울 것이다.

"지금은 세상없어도 못 만나겠으니 어멈 알아서 해."

죽엽은 귀찮은 듯이 약간 언성을 높여 부르짖고 영창에다 두꺼운 회

색모본단 방장을 가리어버렸다.

멀거니 대청마루를 쳐다보고 서 있는 권성렬의 눈에 비친 검은빛 구두! 희미한 불빛 아래 얌전스럽게 놓인 저 구두가 어디서 본 상도 싶건만 권성렬은

"손님이 와서 있군."

하고 중얼거리고 돌아 왔을 뿐 과연 그 구두 임자가 하늘같이 믿는 자기의 맏아들 형순이라는 사실을 알았더라면 그는 결단코 그대로 돌아서지는 않았을 것이다.

'아버지가 이 밤에 웬일이셔?'

하고 권형순은 약간 불안한 생각에 사로 잡혔을 뿐 그 아버지가 지금 자기의 알뜰한 애인 오죽엽을 서정연의 첩으로 들이 밀어주는 그런 무서운 심부름으로 왔다는 일은 도무지 알 수는 없었다.

그 때문에

'당분간 비밀을 지켜야 할 텐데 …….'

걱정 같지도 않게 한 마디 했을 뿐이요 죽엽이가 어린애처럼 어깨에 매달리자 그는 두 팔로 죽엽의 동그스름한 머리를 가슴에 안고 그 이마에 입을 맞추어 준 것이다.

그리고 반달이 흘러갔다.

오래 병석에 누워 앓던 자경 어머니는 그 사이 훨씬 회복되어 수심에 쌓였던 서정연 집의 안방에도 이따금 명랑한 웃음소리가 들리게 되었다.

자경은 어머님 곁에서 하얀 털실로 모자를 짜면서 바늘 든 손을 멈추고 혼자서 생각에 잠기는 것이다.

인제 해동만 하면 동섭과 결혼식을 거행하게 되는 것이다.

설이 지났으니 자경의 나이 꼭 삼십이다. 동섭은 서른셋이고 생각하면 늙은 신랑이요 늙은 신부다. 왜 이렇게 늦었는고!

'무엇 때문에? 아아 무엇 때문에.'

자경은 맘속으로 부르짖었다.

'젊음과 정조와 타는 듯한 뜨거운 정열의 시대를 헛되이 보내고 이제야 상한 그릇같이 값없는 몸뚱이를 그 앞에 드리게 되는고!'

입으로는 기고만장하여 동섭 앞에서 이말 저말 막히는 것 없이 쏟아놓건만 자경의 맘 깊은 속에서 솟아나는 이 적막을 어디다 호소하랴.

칠 년 전 아니 십 년 전 그때와 조금도 변함이 없이 자경을 대하고 있다는 동섭의 말을 그대로 믿기에는 자경의 이지가 이를 허락지 않는 것이다.

동섭의 말 속에 거짓이 있다는 것은 물론 아니다. 동섭은 참으로 자경을 그렇게 대해줄 수도 있을는지도 모른다.

그러나 자경의 날카로운 감정만은 언제나 고개를 외로만 돌리는 것이다.

어제 낮에 동섭과 같이 차를 마실 때다.

이말 저말 혼인에 대하여 두 사람 사이에 이야기의 꽃이 피게 되자

"나는 이제야 내 안전한 포구에 닻을 내렸나보."

"……."

자경은 아무런 감격도 없이 뜨거운 차만 훌훌 마셨다.

"자경! 나는 요사이 웬일인지 십 년 전 그때 자경이 전문학교 첨 입학하던 그 시절로 돌아간 것만 같구려."

하고 비스킷을 집는 동섭을 빤히 쳐다보고

“위선자!”

하고 자경은 입을 삐쭉하여 보였다.

그담 순간 자경은 자기의 한 말이 얼마나 악착스러운 것을 느끼고 그리고 그는 속으로 아차하고 혀를 찼다.

“십 년 전으로 돌아갈 수는 없지 않아요? 벌써 우리가 이렇게 늙었는데!”

하고 자경은 억지로 웃으며 손바닥으로 자기의 뺨을 만지기도 하였다.

동섭이 연방 무어라고 자경의 말을 부인하면 할수록 자경은 차디찬 모래와 같이 맘속 맨 밑바닥에 착 가라앉는 쓸쓸함을 어찌할 수 없는 것이다.

이것은 자경이 동섭에게나 또한 사회에 대하여 무슨 미안한 생각으로 그러한 것은 결단코 아니다.

자경은 다만 자기 자신이 배상 받을 수 없는 큰 손실을 당한 것만이 연기를 마신 때처럼 폐부가 얼얼하게 아픈 것뿐이다.

모자가 거의 다 되었는지

“어머니 어디 한 번 써 보세요. 이걸 쓰시고 계시면 한결 따스하실 걸요 호호호.”

자경은 어머님의 머리 위에다 하얀 털실 모자를 씌워 놓고 어린애처럼 손바닥을 치며 웃어 보았다.

“헴!”

기침을 하고 영창문을 여는 것은 아버지 서정연 씨다.

“아버지!”

하고 자경은 자리에서 일어나서 아버지를 위하여 자리를 비켰으나 올 겨울에 접어들면서 훨씬 그릇 되어가는 아버지의 얼굴을 바라보자 자경은 가슴이 뭉클하여졌다.

잠잠히 앉아 있는 서정연 씨는 무어라고 말을 할 듯 할 듯 하면서도 좀처럼 말을 꺼내지 않는 것이 이상스러워 자경은 또 한 번

"아버지!"

하고 불러보았다.

서정연의 귓가에 아버지 하고 부르는 자경의 목소리는 한없는 신뢰와 존경과 그리고 어버이를 사모하는 미묘한 정서가 흐르고 있는 것이다.

서정연은 딸의 목소리를 듣는 순간 그는 가슴 속이 찌르르 마치 매운 것을 먹은 때처럼 쓰려왔다.

'자경아 이 주책없는 애비를 실컷 욕이라도 해 보려무나.'

이런 소리를 속으로 지껄이고 앉아 있는 서정연 씨의 얼굴빛은 다만 처참할 따름이다.

한 때의 실수로 실수라기보다도 옛날 은혜를 입은 사람의 자식을 돌보아 주기 위하여 한 손을 내밀었던 것이 오늘의 비극을 만들어버린 장본이다.

모 주식 중매점 주인 박기호가 서정연을 찾아 와서 오천 원을 융통하려 할 때 그는 자기의 젊은 시절에 곧잘 그 박기호의 부친을 찾아가서 오백 원 천 원의 융통을 간청하던 때의 일을 기억하고 선뜻 오천 원의 현금을 박기호의 손바닥에 놓아준 것까지는 좋았으나

이틀 후에 참따랗게 그 오천 원을 가지고 온 박기호의 벙글벙글 웃는 얼굴을 보고 그리고 그 행복의 화신인 듯 자신과 활기에 넘쳐흐르는 박기호에게서 그날 자기가 중개하여 주고 얻은 구전 이외에 순전히 자기가 매매하여 생긴 돈이 자그마치 이만 원이었다는 사실을 들을 때

"그 통쾌하군."

하고 서정연은 자기 일 같이 기뻐하여 주었다.

그리고 일주일이 지나서

"이번에도 또 좀 융통해 주셨으면 좋겠는데요 한 만 원!"

빙그레 웃는 박기호의 얼굴에는 조금도 미안한 빛이 없는 것이다.

사실 서정연에게 돈을 꾸러 오는 사람으로 박기호처럼 자신 있는 얼굴을 가진 사람은 처음이었다. 아무런 저당도 없이 맨손으로 거액의 돈을 꾸려 면서도 일점의 비굴한 데가 보이지 않는 그 사나이다운 뱃심이 어느 정도로 서정연 씨의 호기심을 움직이게 한 것이다.

그날 꾸어간 돈 만 원을 닷새 만에 다시 가져올 때

"이번에는 뜻밖에 풍수해의 영향을 받았어요. 가부(株)계에 대변동이 일어났습니다. 정신을 바짝 차린 덕분인지 운수가 좋았던 탓인지 제가 팔아 버린 것은 모두 폭락이구요 제가 사두었던 것은 대폭등이야요. 그래서 ……."

하고 박기호가 주르르 날빛 보자기를 펴는 서슬에 큼직한 지전 뭉텅이가 나둥그레진다.

"모두 일만 이천 원야요. 이천 원은 이자구요 하하."

"아니 무슨 이자가 이렇게 만담?"

하고 눈이 둥그레지는 서정연의 앞에 박기호는 정색을 하고 무릎을 꿇더니

"서 사장께서 말씀입니다 …… 불본 다른 돈도 있었지만 …… 그때 융통해 주신 만 원이 이번에 생긴 팔만 원에 커다란 역할을 했으니까요. 받아 두십시오 이 돈 이천 원은 참 저의 정성의 표적 밖에 아무것도 아

닙니다."

이날 밤 육십이 넘은 서정연은 자기의 둘째 아들 연갑이나 될 만한 박기호와 함께 ××관으로 가서 먹고 마시고 그리고 취하여 돌아왔다.

그날이 지금부터 만 일 년 전이다. 그 뒤로 서정연은 가끔 모 주식 중개점을 들르게 되었다.

그것은 그 박기호 상점이 자기회사 한성물산 주식회사 가까이 태평통에 있는 관계도 있지만 그보다도 서정연은 맘속에서 움직이기 시작한 어떤 호기심에 끌려서 박기호를 찾아가는 것이었다.

주식 중매라든가 기미취인이라는 것은 지극히 위험한 폭약과 같이 건드리기는 고사하고 가까이 가서 구경하기도 꺼리던 서정연이가 마치 경쾌한 곡마사처럼 그 무서운 폭탄을 임의로 운전해 가는 박기호를 바라볼 때 그의 머릿속에는 한 개의 생기가 나기 시작하였다.

'잘만하면! 정신만 차린다면!'

이러한 귓속질이 서정연의 늙은 심장을 몇 번인가 두드린 뒤

'나도 몇 십 주 사 보아?'

하고 맘속으로 주의 단위를 셈하게 되었다.

그러나 그때 첫날 박기호의 리드로 오십 주를 샀을 때 그것이 값이 오르지만 말고 폭 떨어져 주었더라면 ……

아침 열 시에 사두었던 주 백 개가 그 이튿날 오후가 되자 참따랗게 오천 원의 이익을 안고 들어올 때 서정연은 그저 잠자코 눈을 감았다.

'꿈과 같은 일이다.'

아찔아찔하게 눈이 돌아가는 재주를 한바탕 치루고 나온 마술사같이 그는 후 하고 큰 숨을 내쉬었다.

"자칫하면 이천여 원 돈 날아가는가 했더니만 하하하."

웃고 박기호를 바라보던 때 일이 지금도 서정연의 기억에 뚜렷이 남아 있는 것이다.

그러나 그것이 곧바로 서정연의 이백만 원 재산은 그때부터 기울어지는 운명으로 들어섰다는 것은 물론 서정연으로는 알 길이 없었던 것이다.

"애! 방이 어째 선선하지 않니? 불을 더 지피게 하지!"

하고 빙그레 웃는 서정연 씨의 얼굴은 언제나 보는 그 자비스럽고 부드럽고 영원토록 변할 줄 모르는 아버지의 얼굴이었다.

그러나 무어라고 형상지을 수 없는 고민의 빛이 아버지의 얼굴을 스치고 지나가는 것을 총명한 자경으로써 발견하지 못할 리가 없는 것이다.

"아냐요 방은 이만하면 괜찮아요. 너무 더우면 되레 감기가 들던데요."

하고 자경은 방바닥에다 손을 대어 보면서도 이 늙고 쇠하여가는 아버지를 어떻게 좀 더 기쁘게 하여 드릴 화제가 없을까 하고 그의 맘은 잠깐 동안 바빠졌다.

"아버지."

자경은 편물을 한옆에 치워 놓고 한 걸음 아버지 앞으로 다가앉으며

"아버지 저도 개원하기로 결심 했어요."

자경은 벌써부터 서정연 씨가 권하고 있는 그 개원 문제로 위선 아버지의 맘을 위로하여 드리고 싶었다.

"기지는 암만해도 낙산 집터가 좋은 성싶어요. 그래도 집이 조잡해서 최소로 한 오십 평 되는 건물은 있어야 겠어요 …… 집 설계는 대강 동섭 씨와 의논해 놨습니다만."

하고 자경은 아버지의 웃는 얼굴을 기대하고 고개를 갸웃하였다.

"□□□□□□□ 그것을 물어둘 이유는 없지?……."

빙그레 웃으며 반백이 훨씬 넘은 수염을 쓸어내리는 서정연 씨의 얼굴에는 아까보다 분명코 조금 더 괴로운 빛이 흘러가는 것은 무슨 까닭일까?

"그런데요 아버지!"

자경은 약간 응성하는 목소리로

"결혼식도 말씀야요 저!"

하고 곁눈으로 아버지의 얼굴을 연방 살핀다.

"그래 결혼식은?"

태연스럽게 딸의 말을 되받는 서정연 씨는 마치 딸이 무거운 차돌을 하나씩 하나씩 집어서 자기의 앙상한 앞가슴을 냅다 치는 듯 그의 맘은 아파오는 것이다.

"병원 집을 다 지어 놓고 거기서 식도 하구 피로연도 했으면 어떨까 하고 동섭 씨도 말을 하는데요. 저도 그게 좋을 것 같애요. 예식은 ×× 박사, 왜 저 동섭 씨가 졸업한 구주 의학 교수 말입니다. 이번에 대학병원 원장으로 취임됐지요. 그이가 해주기로 승낙이 됐다나 봐요."

"음! 거 잘됐군."

하고 서정연 씨는 연방 고개를 끄덕이면서도 그의 머릿속은 빙빙 돌아가는 물레바퀴처럼 어지러웠다.

'자경은 아무것도 모르고 있다, 아아.'

서정연 씨는 저 귀여운 외딸 자경을 위하여 무엇을 아끼리요 모든 영광과 호사와 눈이 부시는 사치를 오직 자경 한 몸에 실어주고 싶거늘 아아 그런데도!

"아버지 그리구요 …… 또 한 가지 신혼여행으로 호호호 신혼여행이라기보다도 동섭 씨도 독일에 들러서 한 일 년 더 연구할게 있다는데 저도 꼭 견학해야 될 것도 있고 그래서 독일로 가서 꼭 일 년 반만 있다 오기로 작정을 했는데요 네? 아버지! 괜찮겠지요? 네?"

자경은 십 년 전 아니 이십 년 전 어린 자경이가 되어 아버지의 늙은 두 팔에 매달릴 듯이 한 걸음 더 아버지 곁으로 다가앉았다.

"그래라 일 년 반이면 되겠니?"

하고 여전히 웃어 보이려 하였으나 서정연 씨는 양 뺨이 두어 번 실룩거려졌을 뿐 그는 결국 웃지 못하였다.

여윈 뺨을 두어 번 만져보던 서정연 씨는 벌떡 자리에서 일어섰다.

"난 또 좀 나가 보아야겠다."

하고 영창문을 열고 복도로 나왔다.

겨울 햇빛이 엷게 서리고 있는 긴 복도를 걸어 나오면서

'아아 이 집도 이 집도 결국 ……'

입속으로 부르짖으며 자기의 침실로 쓰는 서남편으로 꺾인 온돌방으로 들어섰다.

그는 오늘도 늙은 마누라와 딸 자경에게 자기 집 경제 형편 얘기를 하려다가 차마 못하고 돌아 나온 자신을 생각하고 쓸쓸히 웃었다.

조금 전에 아무렇게나 벗어 놓은 외투와 모자를 집어 들었으나 그는 다시 돌아서서 벽장문을 열었다.

병 밑바닥에 깔린 양주 진을 두어 번 흔들어 보고 마개를 빼자 한꺼번에 울컥 울컥 들이켰다. 모두 두 모금 밖에는 안 되지만 서정연 씨는 타

는 듯한 목구멍의 자극을 느끼면서

"후."

하고 한숨을 토하고 마개가 없는 양주병을 아무렇게나 벽장 속에다 동댕이를 쳤다.

길에는 따스한 햇살이 이제 곧 찾아올 봄날의 길잡이인 듯 멀리 산기슭에는 실안개라도 보일 듯하다. 건강을 위해서 운동을 한다는 핑계로 자가용 자동차도 팔아버린 지가 벌써 석 달이 넘는다. 터벅터벅 아스팔트를 걸어가는 서정연 씨는

'흥, 만 원! 오죽엽이란 계집애도 제법 건방지거든 …… 만 원이 있으면 내 딸 자경을 줄 게지!'

입속으로 중얼거리는 서정연 씨의 눈앞에는 그 옥같이 희고 고운 오죽엽의 젊은 몸을 안고 영원한 잠속으로 들어가 버리는 환상이 스쳐가자

'그래 만 원으로 백만장자 서정연의 최후를 장식해 보아?'

하고 빙그레 웃어보았다. 백금으로 해 넣은 앞니 두 개가 번쩍하고 광채를 발한다. 차디찬 광선이다.

서정연 씨는 안전지대를 곁으로 흘겨보고는 그대로 터벅터벅 걸음을 계속하였다.

열이고 스물이고 넘는 저 많은 사람들과 어깨를 부비면서 그 좁은 차 속으로 들어가느니 이대로 걸어가는 것이 남의 눈에라도 건강을 위하여 운동하는 것으로 보일 수도 있을 게고.

서정연 씨는 태평동 자기 회사에는 들리지 않고 바로 박기호의 주식 중개점으로 들어섰다.

아래층에서 화로를 들여다보며 생각에 잠기고 앉아 있는 것은 권성

렬이다.

그는 사람이 들어오는 쪽으로 힐끗 고개를 돌리더니

"아, 사장 영감."

하고 벌떡 자리에서 일어선다.

"벌써부터 와 기다리고 있습니다. 회사로 두 번이나 전화를 걸어 봤지요. 아 여직 안 나오셨다는군요. 그게 지금 댁으로 전화를 걸까 하고 있는 참이었세요, 하하하."

권은 소리를 내어 너털웃음을 웃는 서정연 씨를 따라 층층대를 밟고 이 층으로 올라간다.

"이리로 앉으십시오."

권은 방석을 들고 커다란 옥색 사기 화로 가까이 놓고 서정연 씨의 뒤로 가서 외투를 벗기려 한다.

"관두고 게 앉으시오."

하고 방석에 펄썩 앉은 서 씨는 화젓갈[62]로 뽀얀 재가 덮인 화로 속을 쿡쿡 한참 쑤시고는

"저 그런데 장영택이 집에서는 아무 답장도 없습디까? 여태껏."

하고 서정연 씨는 눈살을 찌푸린다.

"저도 그 일로 해서 이렇게 사장 영감을 기다리고 있는 게랍니다 ……이런 편지가 왔세요 바로 오늘 아침에."

권성렬은 누르스름한 하도롱[63] 봉투를 꺼내더니

"읽어 드릴까요?"

---

62 부젓가락(화로에 꽂아 두고 불덩이를 집거나 불을 헤치는 데 쓰는 쇠로 만든 젓가락)의 방언.
63 포장지로 사용하는 질긴 지질의 편면광택지.

하고 서정연 씨의 얼굴을 살핀다. 서 씨는 대답 대신 손을 내밀어 권이 들고 있는 편지를 받았다.

'전략(前略) 귀하의 편지를 받고 즉시 △△은행과 ××은행에 조회하여 본 결과 본인이 이 반으로 저당하여 드려도 좋다고 생각합니다. 서정연 씨 소유 부동산 ××평은 이 반이니까 일만 오천 원밖에 더 드릴 수는 없사옵고 계동정 서정연 씨 주택은 일반 저당으로 이만 원을 융통하여 드리기로 생각하옵니다. 이자는 오 분으로 수형의 기리까에(切換)[64]는 이 개월로 …… 특히 한 말씀 드리는 것은 서정연 씨가 가장 신임하는 청년 사업가 유동섭 씨가 연대 보증인이 되어 주신다면 좀 더 액수를 올려 대부하여 드려도 좋습니다. 일월 일 장인택 권성렬 씨 귀하.'

서정연은 편지를 든 채 쓸쓸히 웃었다.

'청주 논 십만 평을 아무리 이 반이기로 일만 오천 원이라니 말이 되나. ××은행에서는 오만 원밖에 안 썼는데 …….'

서 씨는 돈의 액수에 대하여서만 지금 머릿속이 윙윙거릴 뿐 그 까만 묵지를 받쳐 쓴 달필의 편지가 오상만의 손으로 쓰였다는 사실은 천만 외로 알 길이 없는 것이다.

"유동섭 씨의 인장만 있으면 좀 더 많이 꿔준다고 안 그럽니까?"

권성렬은 약간 꺼진 눈자위로 자주 서정연 씨를 쳐다보며

"사장 영감 사위될 양반이 아닙니까? 어디 한 번 의논해 보시죠. 뭣하면 제가 인천으로 가도 좋고요 …… 설마 깍듯이 거절이야 하겠습니까?"

권은 연방 서정연 씨의 얼굴을 살피면서 담배를 꺼내 불을 붙인다.

---

64 미납 상태에서 돈을 더 빌려 기존 대출을 청산하는 것.

한참 만에 서정연 씨는 커다랗게 한숨을 쉬고

"안 돼!"

하고 고개를 가로 흔든다.

"유동섭까지 끌어넣고 싶지는 않아."

혼잣말 같이 하고 권이 불을 붙여 내미는 담배를 받아 문다.

"그래도 말씀야요, △△은행에서 또 ××은행에서 저렇게 성화같이 졸라대니 어떡합니까. 벌써 수형의 기리까에 기한이 두 번이나 넘어 갔으니 인제 또 낼 모레면 세 번째 기리까엔데 ……."

"장영택 …… 장인택인가 하는 집에서 적게 꾸어주면 적게 쓸 따름이지 동섭 군만은 안 돼 안 되구 말구!"

서정연 씨는 권이 무어라고 설명하려는 것을 가로 막고

"지금 이 길로 가 보시오 가 보시구 얼마를 주든지 받아 가지고 오시오 …… 그리고 만 원 하나는 ……."

서정연 씨는 다음 말을 목구멍으로 삼켜 버리고는

"얼른 가 보시오. 나 지금 여기서 기다리고 있을 테니."

권이 나간 뒤다.

시계가 새로 두 시를 쳤는데도 여태껏 얼굴을 보이지 않는 박기호를 기다리는 서정연의 맘은 마치 서로 비벼 불이 일어나려는 큰 송림처럼 화둑화둑 이제 곧 연기라도 터져 나올 듯이 화가 치밀어 오른다.

그는 벌떡 일어서서 이 층 유리 창문을 확 열어젖히고 그때까지 벗지 않은 외투 앞 단추를 끌렀다. 그리고 두루마기 고름까지 마저 풀었다.

쏴르르 찬바람이 늙은 용의 머리같이 서정연 씨의 가슴을 삼킬 듯이 달려든다. 금방 눈이라도 쏟아질 듯 하늘에는 검은 구름이 때 묻은 흩이

불처럼 펼쳐 있다.

한 시간 동안에 변하는 겨울 날씨가 야속도 하다. 이윽고 탁상전화가 찌르르 운다. 권성렬의 목소리다.

"유동섭 씨의 인장만 있으면 ××은행 것과 △△은행 부채를 모조리 안아가도 좋다고 합니다. 그리고 유동섭 씨가 연대 보증인이 되어 주신다면 계동 집은 오천 원 하나 더 융통해 드릴 수 있고 그리고 이번 저당 물들도 한 만 원 보아 더 드린다니 …… 어떡하시렵니까 네? 네?"

딸깍딸깍 수화기를 두어 번 치는 소리가 들린다.

"그렇게 교섭해 보겠다고 대강해도 좋습니까? 네?"

이쪽의 대답을 기다리는 듯 수화기 속은 대단히 조용하여졌다. 그러나 서정연 씨의 대답을 기다리고 있는 또 한 사람 오상만의 해수하게 핏기를 잃은 얼굴이 권성렬의 뒤통수를 지키고 있는 것을 서정연 씨가 어찌 알리요.

권성렬은 전화를 끊고 자리에 앉으며 혀를 찬다.

"왜 안 된다구 하십니까? 그럼 뭐 좋습니다. 구태여 그 유동섭 씨를 연대 보증인으로 서 달라는 것은 아닙니다. 그가 이미 사회에서 상당한 신임과 대우를 받고 있으니까 또 그리고 그이와 서정연 씨의 사이는 마치 부자간처럼 절친한 터수니까 그렇게 말씀한 것뿐이죠."

오상만은 서정연의 대답이 벌써 자기의 기대한 바와 틀리어 유동섭으로 연대 보증인을 쓰지 않겠다는 뜻을 짐작한 것이다.

"네 그 어른이 왜 그러시는지 모르겠습니다. 한 번 다시 가서 물어 보지요. 참 그런데 오 상께서 이 댁 일을 보시게 된 때는 언제부터 입니까요."

권은 아첨하듯이 빙그레 웃고 한 손으로 머리를 긁으며

"등하불명이라더니 참 오 상께서 여기 계신 줄을 참 정말 몰랐거든요."
하고 이번에는 두루마기 앞섶을 여미고는
"아 관두십시오 관두시라니까."
하고 두 손으로 찻잔을 잡는다. 상만이가 따라 놓은 반자는 벌써 식어서 김도 나지 않건만 권은 후루루 소리를 내어 한 잔을 다 마시고
"오 상께 말씀입니다마는 참 서정연 씨로 말하면 재산도 그만하면 만석이 훨씬 넘었고 참말로 좋은 어른이지요. 단지 아들 하나 없는 것이 훨 섭하지만 이 세상에는 돈만 있으면 그만이거든요 안 그렇습니까. 돈 하나만 쥐면 말요!"
"슬하에 아무도 없는가요?"
하고 상만은 힐끗 권의 얼굴을 쏘아 보았다.
"누구? 서정연 씨 말씀이죠? 왜 딸이 하나 있죠. 참 그 딸이야말로 아들 부럽지 않게 아주 똑똑하답니다. 난 아직 보던 못했습니다만…… 뭐 의학 공부를 했다나요 얼굴도 썩 잘났다는구먼요."
"네 그렇습니까? 유동섭 씨가 그 집 아들과 같이 밀접한 관계를 가지고 있다는 말은 들었어도 서 씨에게 딸이 있다는 말은 첨 듣는군요."
하고 상만은 펼쳐 놓은 장부로 눈을 옮겼으나 그의 전신의 신경은 귀 한 곳으로만 쏠리는 것이다.
"네 바로 그 유동섭 씨와 약혼을 했답니다. 결혼식이 아마 아마도 삼월쯤은 될 겝니다, 네 하하하."
권은 상만의 놀라는 얼굴을 기대하는 듯 그는 커다랗게 웃고 다시 찻잔을 잡았으나 이미 비어 있는 잔을 그는 그대로 쟁반 위에 내려놓고
"말하자면 그 사위될 유동섭의 인장을 빌리기가 서정연 씨로는 거북

하던 게지요. 그야 안 그렇겠습니까? 점잖은 터수에 사위될 사람에게 구구한 소리를 할 수야 없을 테니까."

권은 인제야 상만이가 알아듣도록 설명을 한 것 같아서 약간 적이 맘이 놓였다.

"서정연 씨가 …… 육십이 훨씬 넘은 이가 그렇게 결혼할 묘령의 따님이 있었던가요?"

하고 상만은 고개를 기울여 보이고는

"하기야 칠십에도 생남하는 예도 있으니까 만득에 난 딸이라면 …… 이십 전후의 고운 딸이야 있을 법도 하지만 ……."

"네 따님은 아마 이번 결혼이 ……."

권은 나오던 말을 도로 목구멍으로 넣어 버리는지 꿀꺽 침을 한 번 삼키고는

"네 동경 가서 대학 공부한다고 혼기를 놓쳤나 봐요. 그래도 유동섭 씨 같이 훌륭한 양반에게 참 시집을 가게 되니 그게 다 자기 복이 아닙니까?"

상만은 동의하듯 고개를 끄덕여 보이고

"그도 말하자면 서정연 씨라는 아버지를 가진 덕분이겠죠, 하하하."

"허허허 암 그다 이를 말씀입니까?"

하고 권은 무슨 말을 할 듯 할 듯 상만의 얼굴을 뻔히 바라다본다.

'좌우간 이 늙은이는 내라는 오상만이가 서정연 씨의 사위였더라는 사실을 아는가 모르는가?'

'어쩌면 저 음흉스럽게 보이는 권가가 혹시 알고도 슬쩍 덮는 것이 아닐까?'

'좌우간 확고한 대답이 나올 동안 ……'

상만은 담배를 꺼내 불을 붙이면서

"나도 어디 그럴 듯한 부자 영감이 사위로 데려가 주지 않나?"

혼잣말 같이 하고

"권 주사, 나 좀 어디 한 곳 중매해 주시지요. 여자로서 대학을 나온 그런 굉장한 여자에게 장가라도 한 번 들어 보았으면 하하하."

"괜한 농락을 하시네. 왜 오 상께서 독신이 싫다고요? 흥."

"독신은 아닙디다만 먼 고향에 떨어져 있으니 아쉬운 때도 없지 않아요 …… 어디 묘한 여자가 있으면 ……."

하고 빙긋빙긋 콧구멍을 벌룽거리며 웃어 보였다.

"괜한 농담 마시구요 …… 그럼 저 아까 말씀하신대로 현금을 주십시오 ……."

하고 권은 한 손을 내밀었다.

"네 수형으로 드리죠."

하고 상만은 소절수 책을 꺼냈다.

이만 원과 일만 오천 원의 액수를 기입한 뒤에

"잠깐 기다려 보십시오, 주인이 곧 돌아올 테니까요. 도장을 받아 가지고 가시죠."

하고 상만이 교의로 비스듬히 기대앉을 때다. 툭 하며 무슨 종이로 싼 뭉팅이가 떨어지는 소리가 분합문 너머서 들리자

"오 상!"

하는 가냘픈 남자의 음성이 들린다. 장인택이가 돌아온 것이다.

권은 교의에서 일어나서 두 손을 읍하고 서 있고 상만도 몸을 일으켜

웃는 얼굴로 젊은 주인을 맞이하였다.

"아예 선물할 것을 사 가지고 있으니까요 …… 어서 가 봅시다 …… 정애나 씨 집으로요 …… 인사를 해야 할 게 아뇨? 오 상도 오 상이지만 나도 그이에게 상당히 예를 해야만 되겠습니다."

상만은 그 말대답은 하지 않고 조금 전에 기입한 소절수를 장의 앞으로 내밀며

"여기 도장을 찍어 주시죠 …… 서정연 씨의 ……."

"네 네, 어제 우리가 결정한 그것이죠?"

인택은 포켓에서 사각으로 된 흰 뿔도장을 내어 꾹꾹 찍어 놓고는

"자 얼른 다녀옵시다."

인택은 모자를 집어 들며 상만을 돌아보고 앞서 두어 걸음 걸어 나가더니 돌아서서 허리를 굽혀 반짝 붉고 푸른 무늬가 박힌 ××백화점 용지로 싼 뭉텅이를 집어 든다.

상만은 젊은 주인의 태도가 도무지 맘에 들지 않았다.

월급 백 원으로 자기 집 일을 시키는 것은 당연한 일이로되 자기의 의사까지 강제로 통과시키려는 지나친 행동에 …… 더욱이 오늘과 같이 자기와는 한 마디의 의논도 없이 명령적으로 애나의 집으로 끌고 가려는 심사가 결단코 유쾌하게 생각되지 않는 것이다.

그래서 상만은 인택이가 무슨 말을 하던지 그저 잠자코 교의에 앉아 있는 것이다.

권성렬이가 늙은 허리를 굽혀 젊은 장인택과 오상만에게 두 번 세 번 인사를 하고 돌아간 뒤

"자 우리도 지금 이 길로 나갑시다. 날씨는 좀 안됐지만."

하는 장인택의 말에 따라 바깥을 내다보는 상만의 눈에는 가느다란 빗줄기가 처마 끝에 비뚜로 내르고 있다.

"택시를 타던지 …… 예서 얼마 되지 않는 거리에 있으니까요 …… 오늘 가거든 오 상 부디 응원해 주세요, 그리고 한 가지 ……."

장인택은 다시 분합문을 열고 상만이가 앉아 있는 사무실로 들어오더니

"저 오 상께 진작 말씀을 드리려고 했지만 …… 저어 다른 게 이니라요 혹시 정애나 씨가 저 신분을 물어볼는지도 모를 테니까요 ……."

하고 인택은 빙긋 웃고 고개를 숙이더니

"제가 전과자란 것을 알면 되겠습니까? 그래서."

고개를 들고 상만을 쳐다보는 인택의 가느스름한 눈에는 눈물이 번득인다.

도무지 인택이 답지 않게 초연한 얼굴이다.

상만은 찌르르 가슴속을 후벼 파는 아픔을 느끼었다.

'아 불쌍한 사나이!'

상만은 인택을 꽉 끌어안아 주고 싶은 충동을 느끼면서

"염려 마세요. 저쪽에서 무슨 말을 묻기로니 설마 내 입으로 그런 말이야 할 리가 있을라고요?"

"……."

인택은 고개를 끄덕이더니

"자 그럼."

하고 복도로 통한 문을 연다.

"그런데 난 오늘은 그만 둘까 하는데요."

하고 상만은 교의에 앉은 몸뚱이를 일으키려 하지 않는다.

"난 선물 준비도 못 되었고 …… 또 뭐 그 집으로 꼭 가야만 인사 뵐 것도 아니고 ……."

"어서 혼자라도 갔다 오시죠."

상만은 괴롭게 웃고 장부책을 앞으로 끌어당겼다.

'애나가 시집갈 사나이 앞에서 얼굴을 붉히는 것을 무슨 수로 지켜 앉았으란 말야! 흥.'

속으로 중얼거리고 펜을 잉크병에 담갔다.

"아 아니 그럼 오 상께서 안 가신다면 난 또 무슨 주제로 남의 집을 기웃기웃 간단 말요 …… 그러지 말고 어서 갑시다, 이것도 말입니다."

인택은 종이로 싼 꾸러미를 내밀어 보이며

"이 속에 들어 있는 게 흰 하부다에[65] 한 필인데 …… 이것도 오 상이 갖다 주는 게 격식이거든요 …… 취직을 시켜주어서 고맙다고 그래야만 어울리지 않겠세요?"

인택은 다시 분합문을 열고 상만의 곁으로 가까이 온다.

"……."

상만은 대답 대신 빙그레 웃어 보이고 곧 다시 장부로 눈을 떨어뜨리는 것이다.

인택은 자기 속을 다 들어 보인 것이 적이 무안하여졌는지

"그럼 뭐 그만둡시다. 내가 지금 이렇게 서두는 것은 오 상을 위해서 한 것이지 뭐 결코 다른 뜻은 없어요. 오 상이 싫다는 바에야 뭐 그만 두죠."

---

65 はぶたえ. 견직물의 일종, 얇고 부드러우며 윤이 나는 순백색 비단.

인택은 종이 뭉텅이를 분합문 너머로 홀쩍 던져 버리더니.

모자와 외투를 벗고 안사랑방 아랫목으로 가서 보료 위에 번듯이 드러눕는다.

유리창 너머로 바쁘게 펜을 놀리고 있는 저 오상만이가 마치 형님과도 같고 친구와도 같는가 하면 어느 사이 엄격한 스승같이 은연중에 기분으로 자기를 누르고 …… 인택은 오늘 일을 생각하면 할수록 섭섭하고 부끄럽고 그리고 또 일변 감사하였다.

'저쪽에 대하여 조금이라도 위신을 잃지 않게 해주었거든 …….'

이런 생각을 하고 있는 사이 상노 아이 복만이가

"편지 왔습니다."

하고 영창 안으로 고개를 들이민다.

"인내."

하고 인택이가 번듯이 누운 채 손을 벌리는 것을

"아냐요 오 주사 나리께 온 거야요."

하고 분합문을 열며

"속달이야요."

하고 상만의 앞으로 사각봉투를 내민다.

봉투를 받아 뒤를 홀쩍 뒤집어 본 상만은 일순 귀밑이 벌겋게 달아졌다.

'관훈정 ××번지 정애나 올림.'

하고 꼭꼭 박아 쓴 푸른 잉크 글씨를 본 때문이다.

상만은 저쪽 방 보료 위에 누워 있는 인택을 힐끗 돌아보고 봉을 떼었다. 손이 부들부들 떨리는 것은 무슨 까닭인고.

'날 사이 안녕하십니까. 오후 다섯 시쯤 해서 선생님 사관으로 가서

뵙겠습니다. 저 동무 한 사람과 같이 가겠사오니 칼라를 새것으로 바꾸어 매시기를 바랍니다. 애나 올림.'

'애나가 온다? 나를 만나러?'

상만은 일순 어리둥절하여 편지만 우두커니 들여다보고 앉았다. 보료 위에 누웠던 인택은 궁금한 듯이

"어디서 온 속달야요?"

하고 누운 채 소리를 치더니

"엇 투투."

하고 '기아이'[66] 소리와 함께 벌떡 자리에서 일어나 앉는다.

상만은 뜨끔해서 얼른 편지를 속 포켓에 집어넣고

"시골서 내 친구가 올라왔다나 봐요."

하고 태연스럽게 붓을 잡았으나 가슴 속은 훈훈하게 더워왔다.

지금 시계는 세 시 반이다.

겨우 네 시가 지나는 것을 보고 여관을 향하여 돌아오는 상만의 가슴은 투닥투닥 가슴에서 소리가 들리는 것은 반달음질로 속히 걸어 온 까닭만도 아니리라.

칼라는 어제 갈아 맨 것이건만 상만은 애나의 말대로 가방 속에 한 개 남아 있는 새 칼라를 꺼냈다.

'어떤 동무와 오려는고?'

상만은 빙그레 웃으며 거울을 들여다본다.

여관이라 해도 객실이 불과 다섯 개인데 그중에 두 개는 학생들이 들

---

66 きあい. 기합.

어 있고 세 개가 손님을 맞는 방이다.

상만이가 그중 한 개를 차지하고 보니 두 개만으로 뜨내기손님을 치루는 셈이다.

그 만큼 한강 여관은 여관이라기보다 달 밥을 파는 하숙집 같은 기분이 농후한 집이다.

오늘도 상만의 맞은편 방에 있는 학생들은 한강으로 소개팅을 나가고 뜰아래 서향한 방에는 시골 손님이 한 분 와서 묵는데 그도 어디 외출을 하고 없는지 벌써 누르스름한 전등불이 스며드는 뜰에는 싸락눈이 수은 알처럼 바쁘게 쌓이기 시작한다.

조금 전에 내리던 찬비가 눈으로 변한 모양이다.

상만은 하인을 불러 화로에 불을 담아 오라 이르고 손수 비를 가지고 방을 한 번 말짱하게 쓸고 아랫목에도 담요를 펴고

다시 하인을 불러 실과와 과자를 사러 보내려고 지갑에서 돈을 꺼낼 때다.

"오 선생님 계십니까?"

하는 소리가 들린다. 상만은 영창문을 확 열어젖혔을 뿐 그는 무슨 말이고 적당한 인사말이 얼른 입술을 뚫고 나가지 않는 것이 안타까웠다.

촤르르 광채가 흐르는 눈으로 까만 두루마기에 하얀 머플러를 감은 그 약간 고전적 취미로 몸을 단장한 애나를 쏘아보던 상만은

"눈 맞지 말고 얼른 들어오시지요."

하고 비로소 한 마니를 하였으나 그는 어쩐지 도무지 웃어지지가 않았다. 마치 안면 근육이 일순간에 마비되어 버린 것처럼.

"그럼 잠깐 들어가겠습니다."

애나는 방글방글 웃으며 옆에 선 또 한 사람을 돌아본다. 그도 까만 두루마기를 입었으나 어슴푸레 황혼을 배경으로 하고 선 그 여자의 목에 감긴 머플러 빛은 잘 보이지 않는다.

단지 목련같이 청초하면서도 화려한 그의 얼굴이 애나보다 좀 더 윤곽이 크고 양 뺨에 움푹 우물이 있는 것이라든지 턱 왼편에 제법 큰 팥알만 한 검정 사마귀가 있는 것이라든지 말하자면 그 애교와 매력이 오히려 애나보다 훨씬 더 사람의 눈을 끌게 하는 얼굴이다.

여자들은 두루마기 자락에 눈이나 묻었을까 조심스럽게 두어 번 떨어 보고 상만의 방 윗목으로 가서 살며시 앉는다.

눈이 부신 꽃떨기를 한 아름 안아다 방안에 쌓은 듯 실내는 갑자기 신선하고 고상하고 그리고 아주 미묘한 향기로 가득하여졌다.

"이리로 내려앉으시죠, 거긴 찹니다."

하고 상만은 두 여자를 담요가 깔린 아랫목으로 내려앉으라고 몇 번이나 몇 번이나 간절히 타일렀으나 깨끗하고 묘한 처녀들이 남자의 몸에 감겼던 지저분한 담요 자락 위에 가서 앉을 이치는 없는 것이다.

결코 교만한 것도 아니요 지나친 위생 사상에 사로잡힌 바도 아니다. 단지 처녀로서의 본능이 눈에 보이지 않는 성곽과 같이 그들을 지키고 있는 때문이다.

화로가 들어왔다. 상만은 처녀들 가까이 화로를 밀어 놓고

"그러지 않아도 오늘은 꼭 댁으로 가서 뵈려고 하던 참이었어요. 애나 씨께 너무 큰 선물을 받은 답례를 어떻게 하면 좋을는지 ……."

상만은 말을 마치는 대신 그 잘 골라선 이빨을 다 드러내놓고 빙그레 웃었다.

"오 선생님 그런 말씀 하시면 저가 뭐 꼭 무슨 인사를 들으러 온 것 같이 되지 않습니까. 남 추운데 오니까 괜한 말씀만 하시고."

애나의 얼굴은 빙글빙글 여전히 웃고 있으나 그의 음성 속에는 만만치 않은 반항이 숨어 있는 것이다.

"그렇습니까? 그랬으면 저가 사과하지요 얼마든지 …… 참 여기 계신 분은 초면이신데 ……."

하고 상만은 애나와 동행하여 온 처녀를 바라보고 옷깃을 여미고 존경하는 뜻을 표하였다.

"저와 한 반인 동무야요. 박애순이라구 오 선생님의 팬이야요 호호."

"아이 아이두."

애순이라는 처녀는 손가락으로 애나의 발등을 꼬집는 듯

"아야."

애나는 가볍게 소리를 치고 옆으로 꿇고 있던 한 발을 오므려 드린다.

"오늘 이렇게 오 선생님 사관엘 온 것도 애가 졸라서 꼭 오 선생님을 뵙도록 해 달라고 해서 …… 아얏."

이번에는 손등을 꼬집혔다.

"좌우간 잘 오셨습니다. 하지만 이렇게 누추한 곳으로 오셔서 …… 죄송합니다."

상만은 그 아름답게 쌍까풀 진 눈을 스르르 내리 감고

"두 분이 오셨는데 뭘 대접한담."

혼잣말 같이 하고 또 다시 빙그레 웃었다.

"그보다도 애순이가 선생님께 청할 게 있어 왔는데요. 오 선생님 무언지 물어 보세요 네?"

애나의 그 약간 짧은 듯한 윗입술 아래 숨어 있는 이빨이 전등 아래 진주처럼 반짝인다.

"무엄니까 박애순 씨! 저 힘으로 될 수 있는 일이면 얼마든지 해 드리지요. 여기 정애나 씨가 증인이 돼도 좋습니다."

상만은 한편 무릎을 세우고 화로 앞으로 다가 앉았다.

"저 오 선생님!"

애순의 음성은 그 얼굴보다 훨씬 가냘픈 고음이다.

"네 말씀 하십시오."

"저 오빠가 돼 주셨으면 ……."

"오빠요?"

"네!"

애순은 양귀비꽃 같이 붉어진 얼굴을 하얀 두 손바닥으로 가리어 버렸다.

애나와 상만의 눈이 마주쳤다. 애나는 상만을 향하여 눈을 꿈쩍해 보이자 상만은 빙긋 웃고

"네 감사합니다. 오빠 될 자격은 없으나 오빠가 할 심부름이 있으면 얼마든지 시켜 주십시오."

애순은 자기의 심장을 꿰뚫고 들여다보는 듯한 상만의 대답에 흠칫 놀라 고개를 쳐들었다.

오늘 처음으로 만나보는 오상만에게 대담히도 오빠가 되어 달라는 박애순은 어느 편으로 생각하면 무척 경박하고 부허(浮虛)[67]한 일면이 있

---

67 마음이 들떠 있어 미덥지 못하다.

는 여성과도 같다.

흔히 한 십여 년 전에 유행하던 그

'사랑하는 오빠!'

'사랑하는 동생!'

'사랑하는 형님!'

이러한 문자를 즐겨 사용한 사람은 대개가 교회에 출입하는 축들이었으나 교회에 다니지 않고도 걸핏하면

"내 딸 돼 주."

"내 어머니 돼 주세요."

하는 일종 부모형제로 정해 버려야만 그 친밀한 정의가 더 완전하고 또 영구적인 것으로 생각하는 이들이 요사이도 전연 없는 것은 아니다.

오늘 저 양 뺨에 귀여운 우물자국을 가진 박애순이가 얼굴을 붉히면서도 단도직입으로

"오빠가 돼 주세요."

하고 오상만에게 청한 것은 이십 전후의 소녀다운 일시적 감상에서 나온 말은 결단코 아니라는 것을 우리는 기억하여 둘 필요가 있는 것이다.

애나와 애순은 같은 학교 같은 반에서 나란히 앉아 공부하는 의좋은 친구다.

이름도 애나 애순이 얼굴도 하나는 활짝 핀 목련에 비하면 하나는 방울방울 웃으려는 매화꽃에다 비할 만큼 단연코 온 학교를 향기롭고 환하게 만들 수 있는 존재다.

반회나 문예회가 있을 때는 흔히 애나가 독창을 하면 애순이가 피아노 반주를 맡게 되고 애순이가 영문시를 낭독하게 될 때는 애나는 영어

연설을 하였던 것이다.

어떻게 두 처녀는 의논이나 한 듯이 옷이라도 꼭 같이 해 입고 학교에 오는 날에는 그들은 틀림없는 형제다.

그러한 그들인지라 자연 친한 정분도 남달리 두터워 두 사람 사이에는 별로 비밀이란 것이 없이 지내는 터이다.

단지 두 사람의 성격만은 하나는 봄 같고 하나는 가을 같이 아주 다른 것이다.

애나가 전차에서 봉변하던 밤의 이야기할 때 애순은 자기 일같이 분해서 주먹을 쥐고 떨었다. 알지 못한 사람이 나타나서 그 절벽같이 답답하게 굴던 차장을 해냈다는 말을 듣자 애순은 만세! 하고 소리를 치며 손뼉을 쳤다.

그리고 그이가 여러 차장에게 맞아서 입원을 했다고 할 때는 눈에서 눈물이 핑그르 돌던 애순이었다.

그만큼 애순은 열정적 소녀이다.

맨 마지막으로

"애 그인 꼭 마치 같이 생겼단다. 웃는 입모습은 텔러 같고 호호호."
하고 애나가 웃자

"어쩌면 계집애 너 그러면 그이에게 시집갈 맘 생겼구나, 응?"
하고 주먹으로 애나의 턱을 쥐어박으려 들기까지 하였다.

"아니다 애 불신자야."

흔들었으나 호 하고 나오는 한숨을 참을 길이 없었다.

그러나 정애나가 상만을 위하여 직업을 얻으려고 애를 쓸 때 애순이는 힘껏 자기 아버지를 졸라 보기도 하고 심지어 자기 아버지 상점에 서기로 있는 자기 외삼촌에게까지 물어보기까지 하였던 것이다.

그만큼 두 사람은 서로 서로 동정과 이해를 가지는 것이다.

바로 어제 오후였다.

하학이 되어 학교 문을 나란히 나오던 애나가

"얘 그인 좀 이상하지?"

하고 쓸쓸하게 웃었다.

"왜!"

"얘 벌써 선물을 보낸 지 두 주일이 넘어도 아직 이렇다 인사 한 마디가 없구나……그야 내가 그랬다고 꼭 집어서 말을 끊지는 않았지만 그것을 모르도록 그렇게 무신경한 사람은 아닌 것 같은데…….""

두 사람은 잠자코 한참 걸었다.

"얘! 우리 그 집에 한 번 가 보자꾸나."

하고 말한 사람은 애순이었다.

"가다니 그이 여관엘?"

하고 애나는 약간 눈이 둥그레졌다.

"왜 가면 못 쓸 일이 있나? 저때 번엔 너 전도부인과 그일 찾아 갔더라면서? 이력서 얻으러!"

"응 그땐 일이 있어 갔지만."

"지금도 일이 있어요……내가 일이 좀 있어…….""

"네가 무슨 일이냐?"

"아이도……그이 있는 여관집이 바로 K씨의 집이 아니야? 그래도 몰라?"

"아 참 그 집이 바로 권형순 씨 댁이지 참 인제야 깨달았다."

"얘 듣기 싫다. 넌 밤낮 깨달은 박사야?"

애순은 방글방글 웃으며

"우리 지금 가자꾸나, 응?"

하고 애나를 졸랐다.

"그래도 얘 혹시 외출이라도 하고 없으면 어떡하니 미리 편지라도 해 두고 가자꾸나."

이튿날 아침 애순은 애나에게 편지를 했느냐고 물을 때 아직 못 썼단 말을 듣고

"그럼 내가 쓰마."

하고 애순이가 애나 보는 데서 팬을 잡았다.

"동무도 같이 가오니 칼라를 새것으로 갈아매소서."

하고 애순이가 빙글빙글 웃으며 쓰는 것을

"얘 칼라를 매든지 말든지 내가 무슨 상관야, 얘 인내 그 편지 새로 써야겠다."

하고 애나가 뺏으려는 것을 애순은 그대로 뛰어 나와서 소사에게 속달로 부치라 한 것이다. 오늘 애순이가 상만이에게

"오빠가 돼 주세요."

하고 간청하는 심리를 누구보다도 애나만은 똑똑히 알고 있으니 만큼 그는 오영구(오상만) 씨가 진정 좋은 애순의 오빠가 되어 주기를 바라는 것이다.

이 집 한강 여관 주인의 아들 권형순과 박애순 사이에 혼담이 있게 된 것은 바로 작년 이른 봄! 지금부터 만 일 년 전이었다.

애순의 부친 박기호(주식 중개점 주인)는 전부터 자기 집에 드나드는 권성렬의 아들이 얼마나 두뇌가 명석하고 그 위에 건강하고 이지적 청년이라

는 것을 알게 되자 그는 자진하여 권성렬에게 사돈이 되기를 청하였고 그리하여 권형순과 박애순을 ××원 식당에서 저녁을 먹이며 두 사람을 서로 선을 보이기까지 두 집의 부모들은 대단한 열심들이였었다.

부모들의 열심에 결단코 못하지 않게 두 사람의 사이도 상당히 두터워졌다.

먼저 두 사람 사이에 오고 간 것은 중간 판으로 박힌 애순의 독사진과 명함판으로 박힌 권형순의 사진이었다.

애순의 진급 기념으로 권형순이가 손수 만든 질그릇 화병이 왔고 형순의 졸업 축하로 애순은 자기의 저금한 돈 일백십 원과 또 어머니에게 삼십 원을 얻고 아버지에게 오십 원을 졸라 사진 기계를 하나 사 보내었다.

그러나 그 졸업 그 축복 받은 형순의 졸업 날 하루 앞서 사은회가 열리고 그 사은회 석상에 오죽엽이가 나타나 형순의 몸과 맘을 사로잡아 갔다는 것은 너무나 피육적(皮肉的) 사실이다.

권형순이가 졸업한 이튿날 박애순의 집에서는 저녁 준비를 해놓고 형순을 청하였다.

그러나 저녁 시간이 훨씬 지나서 급한 일로 부산을 향하여 떠난다는 전보가 오고 그 뒤 일주일 동안 고스란히 소식이 없었다.

애순의 동생 준기가 권형순의 동생 창식이보다 한 반 위인 휘문 중학 이년급인 관계로 애순은 준기를 시켜 창식이에게 언니의 소식을 꼭 한 번 물어보았을 뿐 그 이상 더 어떻게 알아올 도리는 없었다.

박애순은 약혼한 남자의 행방을 모른다는 것이 아우에 더없는 수치로 생각한 까닭이었다.

졸업식이 있은 지 반달이나 되었을 때 애순은 권형순에게서 다음과 같은 글발을 받았다.

'박애순 씨! 우리는 부모님들의 주선으로서 대면하게 되고 또한 장래 결혼에 대하여 생각하도록 어느 정도까지 우리 심경에 발전이 있었던 것만은 사실입니다. 그러나 지금 내 앞에 한 여인이 나타날 때 우리 사이에 어렴풋이 움돋던 어떤 감정은 아주 무력하게 말소되고 말았습니다. 단지 우리가 결혼한 뒤에 이러한 일이 있었다면 애순 씨는 좀 더 불행하였을 것이요 나 역시 불의한 인간의 낙인을 면치 못하였을 것입니다. 그러나 다행히 우리는 지금 다 각각 자기의 운명을 얼마든 개척할 수 있는 자유를 가지고 있는 것이 다행이 아니라 할 수 없습니다. 삼월 ×일 권형순 재배.'

애순은 이 편지를 받고 몇 날 동안 아무에게도 말하지 아니하였다. 단지 수심이 가득하여진 애순의 얼굴을 들여다보고 애나가 어쩐 일이냐고 물을 때 애순은 애나의 어깨 위에 얼굴을 대고 흐느껴 울었다.

"웬일이냐 얘 말 좀 해주어."

하고 애걸하다시피 빌고 달래기를 거의 한 시간이나 뒤에 애순은 형순의 편지를 애나에 앞에 내밀었다.

"얘 내 생각에는 오히려 잘 된 것 같다. 이러한 사람은 언제나 변할 수 있어요. 칠면조같이 꽃으로 치면 자양화같이. 머리가 좋다고 반드시 인격자란 법은 없지 않느냐?"

하고 애나가 타이를 때 애순은

"난 그래도 …… 그일 사랑하는걸 뭐."

하고 애순은 또다시 흰 구슬같은 눈물을 좌르르 두 뺨 위에 흘렸던 것이다.

애순과 애나는 좌우간 이 사실을 당분간 비밀에 부치기로 하였다. 부모에게도 알리지 말기로. 그것이 고식적이나마 애순의 자존심을 깨뜨리지 않는 오직 한 가지의 길이었다.

그리고 될 수 있으면 하루라도 속히 그 권형순의 대상이 되는 '여인'이 누구인지를 찾아내 보기로 하였다.

"여인이라 하는 것을 보면 처녀가 아니란 말이겠지?"

하고 애순이가 고개를 기울이고

"뭐 꼭 처녀 아닌 사람만 여인이랄 것도 아니지. 여인 문학이니 여인 예술이니 하는 말은 결국 여성이란 말과 같은 뜻인 것처럼 …… 그이가 좀 더 멋들어지게 한다고 여인이라고 하는 말이 아닐까?"

하고 애나가 반박도 해보고

"그래도 난 제 육감이 어째 형순 씨에겐 어떤 처녀 아닌 그야말로 여인이 붙어 있는 것 같애 ……."

하고 애순이가 천장을 흘겨보면

"그럼 기생일까? 여급일까? 배우? 아니 왜 배우도 처녀가 수두룩한데 ……."

하고 애나가 고개를 흔들기도 하였다. 어떻든지 온실에서 곱게 자란 이십 안팎의 두 처녀의 머리로 해결하기에는 좀 벅차고 그리고 맹랑한 사건이 아닐 수 없는 것이었다.

그래저래 애순의 한숨 속에서 한 달 두 달 석 달 반년 열 달의 세월이 흘러갔다.

부모들노 이 혼인에 어떤 고장이 생긴 것을 짐작하였으나 차마 딸에게 대놓고 무어라고 말을 할 수는 없었다.

박기호가 몇 번인가 권성렬이에게 의견을 물어보면

"뭐 규수 졸업하고 예식을 치루기로 한 것이니까요. 아 아닙니다. 딴 생각이라니요 천만에."

하고 권성렬은 어디까지든지 혼인에 변동이 없음을 굳게 주창하는 것이었다.

그러나 지금부터 반달 전 애순의 동생 준기가 학교에서 돌아오던 길로

"누나!"

하고 애순의 방으로 뛰어왔다.

"누나! 한 턱 할 테요? 굉장한 뉴스를 가져 왔어, 행행행."

하고 웃더니 무엇을 생각하는지 준기는 금방 풀이 죽어 고개를 수굿하고는 앞 이빨로 아랫입술을 지그시 깨문다. 꽤 분한 일이나 있는 듯이 벌써 무슨 예감에 가슴이 울렁거려진 애순은 억지로 웃으며

"자 이걸 줄게 이걸."

하고 책상 위에 얹힌 뻘건 다루마[68]를 가리켰다.

"정말?"

하고 빙그레 웃는 준기는 만족한 모양이다.

"그래 정말 주마. 보자 이 속에 돈이 적어도 사 원은 들었으리라 …… 뭐냐 뉴스가 아이 갑갑해."

하고 애순은 동생 준기에게 바싹 다가앉았다.

"누나! 지금 내가 학교에서 오다가 그일 보지 않았겠수? …… 그이 권형순이 말요 …… 그래서 뒤를 슬슬 쫓아 보았더니 …… 아니나 다를까 기생집으로 들어 가두군."

---

68 오뚝이.

"……."

"그래 그 집 행랑아범인 듯한 사내가 문간에서 장작을 패고 있기에 지금 들어가는 저이가 이 집에 자주 오느냐고 물어봤지 그랬더니 노상 와서 먹고 자구 그리고 ……."

"……."

잠잠한 채 얼굴이 새파랗게 질린 누나를 돌아보고

"다루마 벙어린 아직 이대로 놔 두어요 요담에 가져갈 테니."

하고 준기는 초연히 일어난다.

"너 그 집 주소 알겠니?"

"응 안국정 ××번지야. 집이 제법 크고 좋아. 참 그런데 문패를 보지 않았겠수? …… 오죽엽이라구 쓰였더군."

준기는 보고를 마친 전령병처럼 휙 돌아서서 나가 버렸다. 오죽엽! 기생! 권형순! 실연! 안국정 ××번지! 이런 연락 없는 글자들이 요란한 매미소리같이 애순의 귀를 울릴 뿐 애순은 멍하니 인형처럼 한 자리에 앉아 있었다.

이튿날 이 사실을 애나에게 보고하고

두 처녀는 또 한참 공론이 분주하였던 것이다.

그러나 그 이튿날 바로 애나의 전차 사건이 있었고 전차에서 나타난 젊은 영웅 오상만의 이야기를 듣는 순간 애순의 머릿속에는 한 가지 생각이 번개같이 지나갔던 것이다.

"애 그일 좀 만나 봤으면."

하고 애순이가 괴롭게 웃을 때 애나는 벌써 애순의 맘속을 알아보았던 것이다. 애순이가 상만을 오빠로 삼으려는 생각은 실상인즉 반달 전 그

때부터이다. 오늘 오상만이가

"오빠가 할 수 있는 심부름이면 무엇이든지 하겠소이다."

하고 선언할 때 흠칫하고 놀란 것은 애순이 뿐만 아니라 실상인즉 애나도 뜨끔하여 무릎 위로 눈을 떨어뜨렸던 것이다.

"두 분께서 모처럼 오셨는데 …… 우리 어디 가서 저녁이나 같이 합시다."

하고 상만이가 일어서서 외투를 벽에서 떼어낼 때 처녀들은 별로 사양하는 빛도 없이 따라 일어섰다.

물론 그들은 상만이에게 할 이야기를 쏟아 놀 장소라면 어디든지 따라갈 성싶은 까닭이었다.

애순이가 먼저 문을 나오자

"애나 씨! 나 이렇게 새것으로 매었습니다."

하고 상만은 자기의 칼라를 가리켜 보였다.

마루 끝에서 애순은 픽하고 어둠을 향하여 웃었다.

'칼라는 내가 갈아매라고 써 논 거야요.'

입속으로 중얼거리는 애순은 혀를 쏙 내밀어보고 힐끔 방을 돌아보았다.

거리는 어느 사이 눈도 그치고 바람도 자고 아늑한 어둠만이 조수 물같이 범람하고 있다.

그 어두운 바다 속에 번득이는 불들이 생선 떼와 같이 지느러미를 치면서 사람들을 부르고 있다.

세 사람은 거기서 멀지 아니한 ××원으로 들어갔다.

조용하고 그리고 그들 앞에는 곧 찻물과 뜨거운 수건이 나왔다.

참따란 교자상이 세 사람의 저녁으로 들어 왔으나 그들은 음식을 먹는 것보다 좀 더 절실한 부채를 서로 서로 느끼고 있는 이상 한참 동안 긴장된 미소만을 실은 양 그들은 좀처럼 음식 그릇에 손이 가지 않았다.

이윽고 상만이 먼저

"자 그럼 우리 얘기나 하면서 천천히 먹기로 하십시다. 난 누나를 하나 얻은 기쁨에 시장한 생각도 달아났지만!"

상만은 접시를 들고 먼저 젓가락으로 반찬을 집어 왔다.

"자 잡수시지요. 그리고 애순 씬 맘속에 걱정이 있는 것 같은데 애나 씨도 있고 하니 우리 오늘 저녁에 맘 놓고 통접을 해버리는 게 어떨까요? 이래 봐도 이 오빠 되는 사람은 책임감은 느낄 줄 아는 사람이니까 하하하. 자 식기 전에 어서 수저들 드시지요."

두 처녀는 다만 빙그레 웃었으나 자기들이 계획하고 온 그 임무를 진전시키려는 결심으로 웃음을 거두고 곧 수저를 들었다.

애나가 담아 주는 밥공기를 받아 상 한 모퉁이에 내려놓고 애순은 핸드백에서 자그마한 사진을 꺼낸다.

"이 사람 혹시 아시겠어요?"

하고 상만의 앞으로 사진을 내미는 애순의 손끝은 바르르 가늘게 떨고 있다.

눈이 억실억실하고 이마가 탁 트인 아래로 진한 팔자 눈썹, 실팍지게 생긴 턱 위로 꼭 다문 입술, 얼굴은 전체로 보아 사각형에 가까운 듯하나 기품 있고 준수한 청년이다.

사진을 한참 들여다보던 상만은 고개를 외로 꼬았다.

"어디서 본 듯도 한데……."

"오 선생님 사관에서 혹 보시지 않으셨세요?"

하고 이번에는 애나가 주를 단다.

"아 인제 생각이 났군."

이렇게 시작한 이야기가 거의 한 시간이나 허비하여 그들의 식사와 같이 끝이 났다.

잠자코 이야기를 다 들은 상만은

"알았소이다. 내게 맡겨주시오. 설마 이만한 일이야 바로 잡지 못하진 않을 테니 ……."

처녀들과 갈린 상만은 터벅터벅 자기 여관으로 돌아왔으나 가슴 속에는 용솟음치는 의분에 한참 동안 주먹을 쥐어보기도 하고 생전 첨으로 자기에게 생명과 같이 중대한 처녀의 비밀을 들려준 그 두 처녀를 향하여 치밀어 오르는 감격에 눈물이 핑그르르 돌기도 하였다.

"그 오죽엽이라는 기생은 악마 같은 요녀인지도 모르지?"

하고 혼자 중얼거린 상만은 눈을 부릅뜨고 벽을 쳐다보는 것이었다.

"날만 새면 …… 날만 새면 ……."

상만은 진실로 자기와 피를 나눈 누이동생이 억울한 봉변을 당한 것처럼 그는 분하였다. 괘씸하였다.

"선선히 권하는 말을 듣지 아니하면? 흥 어림있나 기생 한 개쯤이야 못 주물러 낼 상만은 아니여!"

이렇게 자기만으로 혼자 선언도 하여 보는 것이다. 상만은 양복을 벗고 침의로 바꾸어 입었으나 오늘 저녁 흥분이 쉽게 그에게 잠을 하락할 성싶지 않다.

애나의 석고로 다진 듯한 다정한 얼굴이 눈앞을 스쳐 가면 애순의 그린 듯한 애처로운 표정이 가슴을 후비는 듯하여 그는 거푸거푸 담배만

갈아 피우는 것이다.

시계가 몇 시를 쳤는지 상만이가 일곱 개째의 담배에 불을 붙일 때다.

대문 여는 소리가 들리더니

"꿍!"

하고 주인 영감이 마루로 올라서는 기척이 들린다.

"오 상 주무십니까?"

전일과 훨씬 다른 낮고 부드럽고 그리고 약간 비겁하게 떨리기조차 하는 그 음성을 듣고 상만은 자리에 비스듬히 기대 누운 채로

"네 있습니다. 난 또 좀 고단해서 이렇게 누워 있습니다."

하고 상만은 겨우 반만큼 몸을 일으켜 보였다.

"아 아 그대로 누워 계십시오. 일어나지 마세요. 오 옳지 그대로 누우세요."

권성렬은 찬 기운이 풍기는 두루마기 자락을 여미며 윗목으로 가서 쪼그리고 앉더니

"불을 더 집히라 합시다. 몸이 괴로우신 땐 방이 더워야지 …… 애 수남아!"

하고 여관 하인을 부른다.

"아니 관두세요. 정말입니다. 속도 갑갑하고 방은 이만하면 꼭 알맞아요."

상만은 이 영감이 지금부터 이십일 전에

"식비를 밀어둘 수는 없으니까요 보아하니 손님께서는 …… 직업도 없으시고 …… 학생들 먹는 진지로 바꿔 잡숫는 게 어떨까요?"

하고 시끄럽게 덤비던 그 늙은이라고 생각하자 그때 자기 주머니 속에

꼭 십이 원밖에 남아 있지 않은 그 돈으로 조선을 떠날 궁리를 하던 그 때의 괴로운 심정이 아픈 곳을 다친 때처럼 생생하게 아파오는 것이다.

"영감님 이젠 식비를 떼일 염려는 없습니까? 하하하 …… 자 담배 피세요."

하고 담뱃갑을 권 영감 앞으로 내밀었다.

"천만에 원 천만에 말씀을. 아예 농담이라도 그런 말씀은 말아 주십시요 …… 참 그런데 오 상께 긴히 여쭐 말씀이 있어 왔습니다만."

하고 권은 담배를 집어 불을 붙이더니

"다른 게 아니라요 서정연 씨 말씀입니다. 당초에 안 된다고만 고개를 흔들던 그이가 바로 지금 그러는군요. 내일 유동섭의 도장을 얻어올 테니까 돈을 좀 더 만들어다 달라고? ……."

"……."

상만은 흥하고 코웃음이 나오려는 것을 겨우 참고

"그게 순서죠. 들으니 서 씨는 지금 가부에 손을 대셨다니 뭐 한 차례만 잘 치루면 당장에 일어서는 게니까요. 유동섭 씨의 인장으로 돈을 얻어 쓰고는 말입니다. 말짱하게 갚아 가면 그만이니까요."

상만은 콧구멍으로 풀썩풀썩 연기를 뿜으며 빙그레 웃고

"그러면 내일이라도 유 씨를 연대 채무자로 서명 날인한 증서만 가져오시죠. 돈은 생각해서 될 수 있는 대로 범위에서 많이 드리도록 주인과도 의논해 두겠습니다."

"예 감사합니다. 참 그런데 이것 좀 보아 주십시오."

하고 포켓에서 수형을 한 장 꺼내 상만의 앞에 펼쳐 놓는다.

"천 원 수형이군요. 서 씨의 도장이 찍혔군 …… 내일 현금으로 바꿔

드리죠 천 원쯤이야."

"네네 네 감사합니다. 참 오 상 같이 남의 사정을 아는 이가 누구야요."

권성렬은 조금 전에 박기호 상점 이 층에서 만난 서정연 씨의 얼굴을 생각하고 빙그레 거친 웃음이 늙은 입술을 비틀고 지나갔다.

"만 원을 오죽엽이에게로 갖다 주시우 그리고 일전에 내가 권 주사께 드린 그 천 원 수형에 도장을 눌러 드리죠. 그 대신 죽엽의 일은 꼭 여부 없이 만들어 놓아야 합니다."

하던 서 씨의 말이 생각난 때문이다.

"어디서 들은 말인데요. 저 서정연 씨의 따님 되는 분이 예전에 한 번 시집갔던 이라고 그러는데 정말입니까?"

하고 상만은 자리에 누운 양 심상치 않게 이렇게 묻고는 천장을 향하여 후 하고 담배 연기를 뿜는다.

"네 참 그런 말이 있더군요. 지금부터 몇 해 전이라든가 좌우간 흉악 한 알불량자를 만났던 모양이여요 ……."

권은 목소리를 낮추어 가지고 아주 큰 비밀이나 통정하듯이

"정말 이런 말이 누설되면 재미적습니다. 허기야 세상이 다 아는 일 이조만 내게서 들었다면 또 좀 재미가 적으니까 말씀입니다."

이렇게 다짐을 둔 담에

"오 무엇이라든가 고 무엇이라든가 하는 아주 똑똑하고 …… 좌우간 놈은 무척 잘났던 모양이지요. 아 서정연 씨를 어떻게 비행기에 올려놓 고 어찌 어찌 돌려 가지구 오십만 원이라나? 칠십만 원이라나 아 널름 꿀떡 삼켜 버렸대요. 바로 그 집 사위된 지 만 이태가 못 돼서 한 노릇이 라니 놈은 배짱이 두터운 놈이었던 모양이죠?"

"하하하하 아하하하하하."

상만은 배를 움켜쥐고 한참 동안 웃는다.

"그 참 통쾌하군요. 나도 어디 그럴 데가 있으면 참 좋겠는데. 권 주사나 어디 한 군데 중매 들어 주시구려. 허기야 난 그 서정연 씨의 옛날 사위 같이 배짱은 두텁지 못한지 모르지만 하하하."

"아니 가만 계서요. 그 녀석이 그 뒤 어떻게 됐는지 아세요? 아주 턱 오동시계에다 홍갑사 바지저고리를 입구 설라문 향내가 물씬 나는 똥통을 매는 팔자가 되어 버렸거든요."

"츳츳츳 서정연 씨도 아주 용렬한 늙은이로군. 만석꾼이 재산에서 한 절반 없앴다 한들 그래 자기 딸의 신세는 생각지 않고 사위를 덜컥 감옥으로 보낸단 말요?"

하고 상만은 이맛살을 찌푸려 보였다.

"아니 들어 보십시오. 돈만 또 결단을 냈다면 그도 혹시 모를 일이죠. 하지만 이건 자기 딸은 밤낮 공방사리를 시키고 설라문 오입입니다그려."

"남자가 오입 좀 하였기로니, 츳."

"아니 내 말 좀 들어 보세요. 그 오입이라는 것도 이건 아주 망나니거든요. 계집을 데리고 치가를 해 놓고 설라문 또 청국서 나왔다는 계집을 데리고 뭐 요릿집인가를 내구 설라문."

"아하하하하."

"아 무에가 그리 우스워요?"

하고 권은 약간 무색하여 빙그레 웃는다.

"아니 오늘 권 주사께서 전에 없이 '설라문'을 그렇게 찾으시느냐 말야요. 그래서 웃는 거야요 아하하하."

상만은 좀처럼 웃음을 그치지 않는다.

"하하하 네 그렇습니다. 난 본래 이야기에 신이 날라치면 설라문 소리가 자꾸 나오는 버릇이 있어요, 하하하하."

권도 정말 우스운 듯 그 푹 꺼진 눈시울을 반만치 감고 커다랗게 웃는 것이다.

"그래 그 배짱 두터운 작자는 그 뒤 어떻게 됐나요?"

상만은 웃음을 뚝 그치고 물끄러미 권을 바라본다.

"뭐 아직 콩밥이나 죽이고 있겠죠. 워낙 돈을 많이 작살을 냈거든요."

"네!"

상만은 고개를 끄덕여 보이고

"그럼 내가 들은 말이 허설은 아니구면 …… 근데 이번에 혼인하는 유동섭이라는 사람은 얌전하다죠?"

상만은 그 사이 다 타버린 담배 꽁지를 재떨이에 던지고는 또 한 개 새것으로 불을 붙인다. 도합 열 개째다.

"암 여부가 있습니까, 인천 바닥에서 유동섭이라면 아주 하나님 다음가는 착한 이로 우러러들 보는 판인데요."

"네."

상만은 쓸쓸하게 웃고

"자 그럼 내일 장인택 씨 댁에서 만나기로 하고 들어가서 주무십시오."

상만은 커다랗게 하품을 하였다.

"네 그럼 안녕히 주무십시오."

권성렬 노인이 일어나 막 영창문을 여는 때이다.

"참 한 가지 여쭈어 볼게 있세요 잠깐만 앉으시오."

상만은 벌떡 자리에서 일어나 단정이 앉더니

"추우신데 이리로 내려와 앉으시지요 …… 저 댁 자제 말씀입니다. 어디 정혼한 곳이 있다지요?"

하고 상만은 빙그레 부드러운 미소를 띠고 권을 바라보았다.

"네 있지요. 건 또 어떻게 아십니까? 참 오 상께서는 이 경성 바닥 일은 모르시는 게 없으시군요. 하하 이미 아시고 하시는 말씀이니 뭐 숨길 게 있습니까. 박기호 씨 따님과 작년 봄에 약혼을 해 두었습니다."

"네 그럼 결혼식은 언제쯤 하실 텝니까?"

"이번 봄에 규수가 졸업을 하면 곧 성례를 할 겁니다. 왜 그리십니까?"

권은 칠분의 반가움과 삼분의 불안을 가진 얼굴로 상만의 대답을 기다린다.

상만은 구태여 아무것도 모르고 있는 듯한 권성렬 노인을 놀라게 해 줄 까닭도 없어

"뭐 별일은 아닙니다. 누가 그러더군요. 박기호 씨 댁 따님과 혼담이 있다더니 어떻게 됐느냐고 만약 거기 확정이 안 됐으면 좋은 규수가 있다고 권 주사 의견을 한 번 알아다 달라고 해서 그래서 물은 것이어요."

이렇게 여상스럽게 꾸며다 대이면서도 오상만은 그 오죽엽이라는 기생에게 대한 미움과 또 이 늙은이의 아들 권형순에게 향한 괘씸한 생각은 모기나 빈대에게 물린 자리처럼 벌겋게 부르터 오르는 것이다.

"네 그럼 난 또 좀 들어가서 쉬어야 하겠습니다."

하고 권이 물러간 뒤에도 상만은 자리에 누워 한참 동안 천장의 도배한 종이의 무늬만 헤이고 있었다.

상만의 방을 나온 권성렬은 안으로 들어가지는 않고 그대로 어두운

거리로 나가는 것이다.

그가 간동정 유색의 집으로 와서 그 집 안방으로 들어설 때는 열한 시에서 꼭 십 분이 지났다.

"안 왔어?"

하고 묻는 권의 음성은 약간 기운이 풀렸다. 뜰 앞에 신발이 유색의 하얀 고무신 밖에 또 한 켤레 비단신이 있어야 할 텐데 오늘 꼭 만나자고 신신히 일러두었던 그 오죽엽이가 오지 않은 것을 알며 그는 약간 우울하여 지는 것이었다.

"듣기 싫어요. 밤낮 그 죽엽이라는 기생만 만나러 오시고 그래 그냥은 단 한 번이라도 오시면 못쓸 일이 있나요?"

하고 힐끔 권을 흘겨보아 놓고 콧속으로 쓸쓸히 웃었다.

'미친 년!'

하고 스스로를 욕하는 웃음이다. 신정 ××관에서 자유의 몸이 되어 나온 유색은 아들 영남이와 그리고 삼천 원의 돈을 가진 채 한동안 어리둥절하였던 것이다.

도대체 어떻게 생계를 세워서 어떻게 살아갈 것인지!

"병술집 간판을 붙여 놓고 그럴 듯한 계집애를 하나 데려다 두던지 …… 그야 재치만 있으면 영업이야 얼마든지 될 게 아냐?"

뚱뚱보 마나님의 의견대로 위선 간동정에다 집을 하나 사글세로 얻기는 얻었지만 그 뒤에 계집애를 사오는 게라든지 병술을 판다든지 하는 이 모든 일들이 유색에게는 아득하였다.

이런저런 눈치를 채었던지 한날 저녁에

이웃집 병술 파는 노파가

"손님 오십니다."

하고 데려다 준 것이 권성렬 노인이었다.

"뭐 내가 딴 사색이 있어서 그러는 건 아니니까 유색이로 하더라도 날 같은 사람을 아버지 같이 아저씨 같이 믿고 통정을 하란 말야. 위선 이 어린 것의 애비는 있을 테지?"

하고 권은 정말 친절하게 유색의 신변을 걱정하여 주는 것이었다.

약주 몇 잔과 스루메 두어 쪽을 받아먹고 그날 밤은 순순히 돌아간 권이었다.

그러나 사흘 건너 이틀 건너 하루건너 이렇게 찾아오는 권은 늙었어도 역시 사나이였다.

그는 노류장화로 임자 없는 유색을 힘들이지 않고 손에 넣을 수가 있었다.

더구나 어린 아이 아버지가 장인택이라는 말을 듣자 그는 진실로 뜻하지 아니한 광맥을 발견한 광업자 같이 그의 늙은 가슴이 울렁거리기조차 하였던 것이다.

그러나 유색은 자기 몸을 점령하는 사나이가 권이거나 장이거나 또는 박이거나 김이거나 그런 것은 상관이 없었다. 이미 오상만이란 그림자가 유색의 영혼을 잠깐 비치고 지나간 뒤부터 유색에게는 영원히 새이지 않는 밤만 계속되고 있는 때문이다.

그 때문에 이 저녁에 바로 권의 사랑을 독점하려고 초조하는 듯이 말과 행동을 하는 유색은 그의 지금까지 살아온 생활의 습관이 그렇게 만든 것뿐이요 결단코 그의 맘속에 권에게 향한 애정이 있는 까닭은 아닌 것이다.

그러나 세상에 모든 어리석은 사나이와 같이 권은 그 유색의 진정이 조금도 섞여 있지 아니한 그 웃음 그 애교가 맘에 흡족하여

"헤헤헤."

하고 웃으며 권은 아랫목 보료 위로 가서 털썩 기대앉았다.

"근데 말야 유색이 아주 썩 좋은 수가 났어. 그 장인택이 집 지배인 이 응? 응? 이봐."

권은 제법 뾰로통해서 돌아앉은 유색의 팔을 잡아 흔들며

"바로 누군고 하니 우리 집에 오래 묵고 있는 오 상이란 이야. 그래 내가 틈을 봐서 유색의 일을 얘길 해 놀 테니 유색이도 말야 한 번 찾아오란 말야 실과를 좀 사가지고 ……."

"……."

"그이가 장인택의 집일은 대강 다 맘대로 하는 것 같은데 …… 이건 내가 지레짐작인지 모르지만 ……."

권은 일어서 두루마기를 벗어 벽에 걸고 다시 쭈그리고 앉더니

"이봐 내일 저녁 밥 때쯤 우리 여관으로 오란 말야. 그럼 내 내일 그이를 만날 일도 있고 하니 그때 대강 얘긴 해 둘 테니 알아들었어?"

그새 성이 다 풀린 듯 유색은 뱅긋이 웃고 권의 앞으로 돌아앉는다.

"오 씨, 오 씨! 귀한 성이군요."

하고 호 한숨을 내쉬는 유색의 눈앞에는 넉 달 전에 만나본 오상만의 얼굴이 무지개와 같이 찬란하게 지나간다. 진실로 무지개처럼 덧없이 사라진 그 얼굴이 아닌가.

떠르르 문풍지가 떠는 것을 보면 밖에는 밤바람이 불기 시작한 모양이다.

벌겋게 취한 얼굴로 코를 골며 잠이 드는 권의 얼굴을 물끄러미 내려다보고 앉았던 유색은 술상을 한 옆으로 밀어놓고 건넌방으로 간다.

가늘고 여윈 목을 베개에서 떨어뜨린 채 색 색 잠이 들어있는 어린 영남을 두 손으로 안아보는 유색의 눈에서는 굵다란 눈물이 굴러 떨어졌다.

내일 장인택을 만나보고 만약 저쪽에서 아들을 달라면 아들의 행복을 위하여 선선히 데려다 주어야 할 것이다.

'엄마 보고 싶겠지?'

유색의 눈에서 절절 끓는 눈물이 서너 방울 아이의 이마에 떨어졌다.

그 고달픈 구실을 치러가면서라도 자기 젖으로 길러온 소중하고 알뜰한 이 아들을 누구의 손에 줄 것인가 아아 줄 것인가.

천만 원의 돈인들 아들 영남과 바꿀 수는 없는 것이다. 단연코.

"너와 나와 살자 응? 아가야!"

유색은 영남을 깨워 요강에 오줌을 누이고 자리 속에 뉘인 뒤 자기도 곁에 누웠다.

이튿날 아침이 되어 돌아가는 권을 향하여

"여관에는 관두겠어요. 장인택 지배인인가 하는 인 만나지 않을 테니까요."

하고 유색은 정색을 하고 딱 잘라 말을 맺었다.

"아니 그럼 여태껏 내 말을 못 알아들었군."

하고 권이 도로 방으로 들어오는 것을

"세상없어도 장인택이에게는 아일 주질 않을 테야요 …… 그까짓 부자면 뭐 한 끼에 두 그릇 먹나요?"

유색은 이번 말 속에는 절반이 상노염이 섞여 있다.

껄껄 웃으며 돌아나가는 권은

'흥 어림 있나. 네가 암만 싫다고 해도 내가 너를 가만히 두지는 않을 테니 …… 장인택의 돈을 먹자면 암만해도 네가 필요하거든 …….'

이런 말을 속으로 되놓고 그는 밀림 속에 사는 늙은 새와 같이 터벅터벅 큰길을 향하여 나가는 것이다.

계동정 서정연 씨는 전에 없이 아침부터 두루마리에다 먹으로 길게 쓰고 있던 것을 훑어보며 후 하고 한숨을 토한다.

'동섭아 내 아들 동섭아 내가 너를 낳지 아니하였노라 그러나 나는 네 애비다. 아들과 애비의 심경을 네가 알고 또 내가 알 것이요 여기는 구구히 쓰고 싶지는 않다. 그러나 나는 네게서 영원히 아비 된 권리를 스스로 포기하게 된 운명을 저주하노라. 나는 네가 근일 재단법인으로 만들려고 내게도 의논한 네 사업 …… 그 가운데서 공업부 제일 공장과 제이 공장을 저당하고 돈을 얻기로 한다. 물론 너의 승낙도 없이 …… 그러므로 나는 법률 앞에서는 사기횡령의 죄인이요 도덕 앞에서는 아들의 재산을 도적한 불의한 놈이 되고 마는 것이다. 영원히. 그러나 나는 이번 이 돈이 잘만 활약하여 준다면 내가 지금까지 잃어버린 금액의 수배 혹은 수십 배를 가져 올 것이다. 분명코. 그러나 만약 이 돈이 아주 날아가는 날에는 그때에는 나도 이 세상에서 없어지는 날이 될 터이므로!'

막 여기까지 읽었을 때

"아버지!"

하고 자경이가 약간 당황하여 소리를 지르며 들어온다.

분명코 전에 없이 약간 당황해서 들어서는 딸의 음성과 태도를 감각하면서도 서정연 씨는 마치 석불이나 된 듯이 잠자코 두루마리만 내려다보고 앉아 있는 것이다.

회색 마구자 위에 올라앉은 아버지의 목이 유난히 가늘어진 것을 발견한 자경은 훨씬 부드러운 목소리로

"어머니께서 뭐 여쭈어 볼 게 있다고 안방으로 잠깐 건너 오십사고 그러시는데요."

하고 돌아서면서도 그는 가슴이 뻐근해 오는 어떤 압박을 느끼는 것이다.

어제 분명코 배연숙이가 하고 간 한 말

"애 너의 아버지께서 기미인가 가부인가 하시는 것 너 알고 있니? 굉장히 손해를 봤다는데 ……."

이것은 참으로 놀라운 소식이다. 너무도 무서운 사실이다.

그러나 지금 그 마치 조각과 같이 침묵한 채 앉아 있는 아버지에게 흘러나오는 싸늘한 촉감은 배연숙이가 던지고 간 그 무서운 말과 어느 곳에 서로 부합되는 것이 아닐까.

이미 아침도 마치고 소제도 다 된 자경의 집은 전과 다름없이 조용하고 깨끗하고 그리고 지극히 한가롭다.

"손해를 보았다면 만 원! 십만 원!??"

하고 어머니와도 서로 얘기를 하고 걱정을 하였지만 송두리째 자기 집 재산이 그 많은 재산이 달아나 버렸다는 사실은 진실로 꿈속에서도 상상치 못하고 있는 것이다.

이윽고 서정연 씨가 안방으로 왔다.

"영감 가부㈜인가 뭔가 해서 무척 손해를 봤다! 밖에서 소문이 굉장하다는데 건 참말이요?"

요에서 몸을 일으켜 앉는 자경 어머니는 건강이 훨씬 회복되고 있는

듯싶다.

"……."

아버지가 잠잠한 채 물끄러미 바람벽만 지키고 앉아 있는 것을 보는 자경은 무엇을 짐작하였던지

"아버지 실통정[69]을 해 주세요. 처자 앞에야 가릴 것이 무엇이 있세요? 네? 아버지 어느 정도까지 진행되고 있습니까?"

"……."

무거운 침묵이 채일같이 방안을 덮어 누르고 있는 동안 세 사람의 얼굴은 다 각기 괴로운 생각과 싸우고 있는 것이다.

"아버지! 무슨 말씀이라도 들려주세요. 저는 아버지 말씀을 어떤 말씀이라도 들을 수 있게 벌써 맘 준비가 됐습니다. 네? 아버지!"

"……."

한참 만에 벌떡 일어선 서정연은

"어느 날 자세히 애길 할 테니 …… 오늘은 나가볼 일도 있고."

웃지도 않고 그렇다고 크게 찌푸리지도 않은 서정연 씨의 얼굴은 벌써 모든 것을 단념한 그러한 안심의 빛조차 흐르고 있는 것이다. 박기호 상점 이 층에는 벌써 한 시간 전에 와 있다는 권성렬이가 꿇어앉은 채 두 손으로 서정연 씨 옆에 방석을 바치고는 조끼 주머니에다 손을 집어넣더니

"이만하면 되겠습니까?"

하고 하얀 종이에 싼 것을 내민다. 유동섭이란 해자로 색인 뿔도장이다.

---

69 실제의 사정이나 심정을 솔직하게 말함.

서정연 씨도 잠자코 도장을 받아 잠깐 들여다보고는

"지금 곧 가보시오. 가서 유동섭 군이 저당물을 제공한다는 말을 자세히 하고 …… 이걸 보이면 대강 알겁니다."

착착 접은 종이쪽을 권의 손바닥에 놓아 주며

"이게 저당물 명세서라고 장인택이에게 보여 주시오."

권이 나간 다음 서정연 씨는 천장을 흘겨보고 혼자서 빙그레 웃어 본다.

"이렇게 해서 살아나면 살고 죽어버려도 그뿐이고 호호호."

층층대에서 사람이 올라오는 기척이 들린다. 박기호다.

"여보게 이 늙은 것이 인젠 갈데없는 죄인이 되고 말았네. 동섭이 인장을 위조해 가지고 하하하."

박기호는 태연한 듯 빙그레 미소를 띠고 서정연 씨 앞으로 다가앉더니

"안심하십시오 어제도 그저께도 몇 번이나 말씀을 드렸지만 이번 일은 성질이 다르니까요 …… 지금 큰 이익을 잡으려면 위체(爲替)[70] 밖에 손을 대일 것이 없습니다. 사변이 끝날 동안 위체의 소바(상장)는 한 길 뿐이니까요. 한 달 안에 이십오륙 불로 떨어지고야 말 것입니다. 내 생각에는 이대로 간다면 이십 불까지는 바라볼 수 있을 것 같에요 ……."

박기호도 가부 때문에 수만 원의 부채를 짊어지고 있어 그들은 인제 오직 한 가지 남은 길, '가와세소바'[71]를 엿보게 되었고 마침내는 위체 관리법에 저촉되는 줄을 알면서도 불(弗)을 사기로 한 것이다.

백 원을 주고 삼십 불을 사두면 그것이 한 달 혹은 반달 그보다 빠른 때는 일주일 안에 백십 원 내지 백이십 원을 찾을 수 있다는 이욕이 서

70 환(換).
71 かわせそうば. 환시세, 환율.

정연의 양심을 흐리게 만들어 버린 것이다.

"만약에 발각이 되는 날엔 어떻게 되는 게야 가령 ……."

"뭐 백 원어치를 샀으면 삼백 원의 벌금만 내면 그만이야요. 하지만 누가 들키게 한답니까 하하하 쉬."

박기호가 웃음을 끊고 손을 저을 때 급사 아이가 올라왔다.

"저 이런 손님이 좀 만나 뵙자구 그리는 뎁시오."

하고 명함을 내민다.

"고등계 형사가 왜 나를 보자는 거야?"

박기호는 태연히 한 마디 하고 층층대로 내려갔으나 서정연 씨는 앉은 자리가 금시로 밑 없는 구렁이 되어 버린 듯 그는 가물가물 현기증을 느끼며 지그시 눈을 감는다.

서정연 씨는 아래층에서 무슨 말이 들려오는가 하고 그는 손바닥을 귓바퀴에 대보기도 하고 고개를 쑥 빼어 층층대를 흘겨보기도 하였으나 물론 아무런 소리도 들려오지 않는다.

라디오가 갑자기 찌찌지 찌르르 하는 잡음과 함께 무엇인지 외치기 시작한다. 그의 혼란된 머릿속으로 흘러 들어오는 음향은 마치 쇠망치같이 서정연 씨의 후두부를 때려 부수는 것이다.

"조신(朝新)이 삼삼칠(三三七) 전일 오후 도메(山)와 불변이오, 동신(東新)이 일사오(一四五)○, 일 원 사십 전이 오르고 종방(鍾紡)이 이이오(二二五)○이 원 오십 전이 오르고 …… 이상은 금일 오전의 도메 ……."

서정연의 머릿속은 일 분 전에 형사가 찾아왔다는 무서움도 사라지고 다만 혼란하여졌다.

"또 무슨 일이라고 …… 호호."

혀를 차며 박기호가 올라온다.

"뭐 불량 학생들을 취체 한다나요? 그런데 말입니다 호호."

박기호는 제법 안색이 달라져서 서정연 씨 맞은편 방석 위에 털썩 앉으며

"아무리 그러기로니 우리 집 아이가 아, 인식이가 그래 불량학생 축에 걸려들겠습니까? 하, 참 별일도 많어."

박기호는 혼잣말 같이 하고는 멍하고 앉아 있는 서정연 씨를 바라보며

"아마도 잘못이 아닐까요? 네 그랬습니다. 그 형사 녀석에게 이름이 같은 수도 있으니 자세히 알아보라고 …… 그랬더니 결단코 박기호의 아들 박인식이라군요 …… 그러니 정말이라면 이거 큰일 아닙니까?"

박기호는 참말로 걱정이 되어 팔짱을 끼고 고개를 숙이는데

"아니 여보게 그러니 이걸 어떡하면 좋냐 말야 글쎄 팔아 버린 것이 또 올랐으니 …… 망조가 아니고 뭐냐 말야."

서정연 씨의 바싹 마른 입술이 두어 번 떨리는 것을 보면 무척 흥분한 모양이다.

"뭐 그렇게 걱정하실 게 있습니까. 건 조금 전에 벌써 다 청산해 버린 문제가 아닙니까? 가부는 완전히 인연을 끊고 지금부터 가와세로 진출하자는 게 아닙니까 …… 기껏 자본금까지 얻어 보시고는 …… 왜 그렇게 심약하십니까? 하하하하."

"……"

"그러시지 마시구요 용기를 내보십시다. 자 일어나세요. 일어나서 ××관으로 나가 보십시다."

박기호는 의미 있게 웃어 보인다.

조금 전에 아들 인식이가 불량 학생 가리에 걸려들었다는 형사의 경고는 완전히 잊어버린 듯 그는 연방 널따란 콧구멍을 벌렁거리며 싱긋 웃고

"일찌감치 가서 불러와야 되지 않겠습니까? 다른 손님께 뺏기기 전에 ……."

물론 오죽엽을 불러오자는 의미의 말이다.

"아니 권을 기다려야지? 하회가 어떻게 되었는지 알지도 못하고 가긴 어디로 가?"

하고 짜증 비슷이 말을 하면서도 서정연 씨의 얼굴빛은 확실히 칠 분 이상으로 웃음이 떠도는 것을 박기호가 못 알아볼 이치가 없는 것이다.

'늙은이 신세도 불쌍하다. 딸 같은 손주 딸 같은 기생을 보고 정신을 못 차리니 너도 오래는 못 살아 …….'

박기호는 이런 욕설을 속으로 지껄이면서도 서정연 씨의 외투 자락을 털어 주고 모자를 집어 두 손으로 서정연 씨 앞에 내밀고, 탁상전화가 찌르르 울려온다.

"받으시지요. 아마 권에게서 오는 전활 겁니다."

하고 박기호가 예언한 대로 과연 전화 속에서는 권성렬의 음성이 마치 천하를 얻은 장군의 목소리 같이 늠름하게 들려온다.

"헴, 모두 일곱 반입니다. 공장 두 개의 지대와 건물과 그 속에 설비된 기계일절을 다 넣기로 하고 일곱 반을 얻기로 했는데 …… 어떠십니까? 받아 갈까요?"

"잠깐 기다리시오."

서정연 씨는 전화를 끊고 방바닥에 털썩 주저앉았다.

'어떡허나 그만둘까? 그만 두어 망하면 내 혼자 망하지 …….'

이런 말이 두어 번 귓가에서 잉잉거렸다. 그러나

"일곱 반이면 됐습니다. 우리의 새 사업은 위선 그만한 자본이면 됐습니다. 이왕이면 여덟으로 채워 달라고 하시지요. 현금을 만 원만 손에 쥔다면 한 달 안에 그렇습니다 …… 가령 한 달러를 삼 원을 주고 사면 그것이 몇 날 후에 사 원 오십 전이 된다면 …… 백 원이면 십 원 내지 십오 원 만약에 원이 뚝 떨어져 백 원에 이십 달러까지 간다면 백 원에 이십 원이 생기게 되니 천 원에 이백 원 만 원에 이천 원 팔만 원에 일만 육천 원 ……."

박기호의 긴 설명을 듣는 동안 서정연의 욕심은 또다시 그의 이성의 눈을 가리어 버리고 말았다.

"단돈 일만 육천 원 먹자고 그 무서운 모험을 하다니?"

서 씨의 맘은 구십 도로 전향이 되었다.

"아니 그 일만 육천 원이라는 것은 제일회의 수입입니다. 제이회가 최저로 만 원이 들어오고 삼회에 또 만 원 사회에 또 만 원 한 달에도 삼사 회 내지 십여 회 아니 몇 십 회가 될지도 알 수 없는 일이거든요. 그리고도 그것이 절대로 안전성이 있다는데 우리는 용기가 나거든요 안 그렇습니까?"

서정연은 잠자코 다시 수화기를 집어 들더니 권성렬을 불러낸다.

"그럼 여덟까지 만들어 가지고 ××관으로 오시우."

저쪽에서 미처 무슨 대답을 할 여유도 없이 서정연 씨는 탈칵 수화기를 걸어 버리고

"자 ××관으로 가세."

하고 박기호를 돌아본다.

택시가 올 동안 서정연 씨는 손수건으로 코언저리와 이마를 문지르고 그리고 조끼에서 조그마한 거울을 꺼내 돌아 앉아 콧구멍과 잇속을 살펴보고는 혼자 빙그레 웃었다.

'오늘 저녁 만 원을 집어주면 좋아 하렸다 ……'

그는 일각이라도 빨리 죽엽이가 보고 싶었다.

이날 정월 이십일 인천 제일 공장 제이 공장이 유농섭의 서명 날인으로 팔만 원에 저당이 되었건만 정작 소유자 유동섭은 꿈에도 알지 못하고 있다는 사실은 커다란 비극이 아닐 수 없는 것이다.

상만은 권성렬을 안사랑방에 앉혀 놓고 인택의 침실로 들어갔다.

어제 낮부터 감기로 누워 있는 장인택은 상만이 강경히 주장하는 팔만 원의 큰돈을 대부하는 것이 옳은지 어떤지 아직까지도 확고한 신념이 생기지 않아 그는 또 한 번 그 저당물의 명세서를 노려보고 있는 것이다.

"제일 공장 건물이 단층 벽돌로 오십 평이고 제이 공장의 오십 평은 목제 단층인데 도단으로 이우고 기계가 전기 용광로가 한 개 외에 대소 백일 점이며 부속 지대가 일천이백 평 매 평당 시가 육십 원 ……"

인택의 곁으로 바싹 다가앉은 상만은 정색을 한 채 그러나 목소리는 어디까지든지 부드럽게

"주인께서 말입니다. 저당물을 보고 돈을 주지는 않겠다고 몇 번이나 말씀을 하시지 않았습니까. 유동섭이라는 이가 실비치료원 원장이라는 것만 생각하신다면 이 명세서가 그렇게 중요하지는 않다고 말씀하셨지요 …… 사실 열 번이고 스무 번이고 실지를 가서 답사를 해보고 검찰을

해보고도 멀쩡하게 속는 수가 세상에는 허다하니까요 ……."

상만은 잠깐 말을 끊고서 장인택의 얼굴빛을 힐끔 살핀 다음

"문제는 오직 하나입니다. 주인께서 이 명세서를 보시고 돈을 꾸어주시든지 또는 유동섭이라는 한 남자를 신용하시고 돈을 꾸어 주시든지 결국 주인의 흉금과 아량에 달렸습니다. 이 이상 더 나로서는 말은 못하겠습니다."

자리에 누워 있는 장인택은 그 점잖고 준수하고 그리고 지극히 관대한 유동섭의 얼굴을 맘속으로 그리면서

"대체 그 양반이 무엇 때문에 이렇게 큰돈을 꾸는데 저당물을 내놓는지 그게 첫째로 궁금해서 원 ……."

"그야 자기 장인될 서정연 씨가 곤란을 당하게 되니까 …… 자기의 사랑하는 사람을 생각한다면 그 사랑하는 이의 아버지가 고통을 당하는 것을 그냥 보고는 있지 못할 것이 아닙니까? …… 주인께서 만약 정애나 씨가 무슨 곤경에 빠졌다 가정한다면 아니 그 애나 씨 부모된 이가 ……."

"알았소이다. 오 상 내 잘 알았세요."

장인택은 이불을 활짝 발로 차 버리고는 자리에 후다닥 일어앉더니

"오 상! 그럼 이러기로 합시다. 내가 참 오 상의 인격을 신임하고 우리 집 살림을 다 맡기지 않았습니까? 근데 말입니다. 나는 오 상을 내 형님같이 믿고 의지하는 생각으로 지내가거든요. 조금도 거짓이 아닙니다. 근데 말입니다. 저 이번 이 돈은 오 상의 의견을 존중해서 참 순전히 오 상이 추천하는 그 유동섭 씨의 인격을 존중해서 그래 팔만 원 돈을 꾸이기로 합니다. 나로서는 큰 용단이 아닐 수 없세요. 뭐 어디 우리 집이 은

행도 아니고 …… 이 팔만 원은 참말 오 상도 알다시피 집이라든지 전답을 제외하고 우리 수중에서 출입하는 돈의 대부분이니까요 근데 말입니다."

인택은 벗어버렸던 이불을 도로 끌어다 덮고 홀쩍 자리에 눕더니 이번엔 이불을 이마까지 덮어 버린다.

상만은 인택의 다음 말을 기다려 잠잠히 앉아 있는 것이다.

"한 가지 교환 조건을 약속해 주시렵니까."

이불 속에서 얼굴을 빼꼼히 내놓는 인택은 제법 밝아진 두 뺨에 웃음을 싣고

"정애나와 속히 약혼이 성립되도록 오 상이 좀 진력해 주셔야 되겠습니다. 좌우간 저쪽에서 무슨 대답이 나오는지 위선 그것부터 알아놓아야 이렇게 아픈 머리가 좀 낫겠세요."

하고 인택은 여윈 손가락으로 노르스름한 이맛전을 가리킨다.

'애나와 약혼이 되도록?'

상만은 이야말로 꿈에도 생각지 못 하였던 문제이다.

서정연이가 파산을 하는데 유동섭이를 끌어넣기 위하여 그는 되도록 많은 금액을 대부하여 주자고 주창한 것뿐이요 무슨 동섭을 도와주려는 호의가 아닌 이상 정애나와 약혼이 되도록 진력해 달라는 교환 조건은 참으로 얼토당토 않는 맹랑한 일이다.

"……."

잠사코 앉아 있는 상만을 쳐다보고 인택은 가깝한 듯이

"왜 저 말에 불쾌를 느끼셨나요? 오 상!"

인택은 여인의 손같이 자그마한 손을 내밀어 상만의 한 손을 꽉 잡더니

"오 상 저를 구원해 주서요. 알다시피 저의 과거는 암흑에 물들은 부끄러운 그것이야요. 전 전과자입니다. 전 도박과 주색에 젊은 날을 허비했습니다. 전 부형의 돈을 훔쳐다 쓰고 요릿집에서 무전취식을 하고 ……."

인택은 말끝을 맺지 못한 채 그는 귀밑으로 줄줄 흘러내리는 눈물을 씻을 생각도 없이 한참 동안 울고 누웠는 것이다.

이윽고 인택은 떨리는 음성으로

"내가 지금 이렇게 의젓이 이 집 가장이 되어 있으니 아주 개과천선한 새 사람으로 남들은 보아줄 것입니다 …… 그러나 오 상!"

인택은 두 손으로 상만의 손목을 힘껏 붙잡고

"나는 지금 정말로 괴롭습니다. 전에 놀던 악우들의 유혹보다도 내 자신의 물들은 악습이 자꾸만 그 암흑의 세계로 다시 나오라고 손짓을 합니다. 그러나 나는 지금 이를 악물고 버티고 있습니다. 무엇 때문이지 아세요? 이 집 재산 팔십만 원에 탐이 나서? ……."

인택은 고개를 살래살래 좌우로 흔들고는

"정애나 때문이여요. 정애나가 내 아내가 되어 주지 않는다면 이 집도 이 집 호주의 명예도 아니 이 집 전 재산도 내게는 아무런 소용이 없세요 …… 알아듣겠습니까."

상만은 묵묵히 앉은 채 고개만 끄덕였다.

"나를 다시 불량자의 무리 속으로 쫓아버리시든지 선량한 호주로 이 집을 지키게 하시든지 그것은 오직 오 상의 임의에 걸렸습니다."

"아니요 정애나 씨 임의에 걸렸지요."

하고 상만이가 고개를 흔들었으나

"오 상이면 넉넉히 그 애나 씨 맘을 설복시킬 수가 있거든요. 그만한 힘이 있어요, 인격의 매력이 ……."

상만은 다만 얼떨떨하여 무어라고 대답할 말이 나오지가 않은 채 그의 머릿속에는 한 가지 생각이 번개같이 지나간다.

'오늘 오죽엽을 만나 보기로 그 애순이와 애나에게 약속을 하였겠다 …….'

오죽엽을 만나야 할 책임을 생각함에 상만온 어제 오늘 자기에게 하소하는 이 젊은 사람들에게 어떻게 좀 더 행복스럽고 명랑한 해결을 지어줄 수가 없을까 생각하면서 눈물에 함초롬 젖은 인택의 두 눈을 들여다보는 것이다.

"너무 맘을 초조하게 가지실 필요는 없세요. 천하에 처녀가 애나 한 사람만은 아니니까."

하고 자리에서 일어섰다. 시계가 벌써 다섯 시가 되어 기생들이 요릿집으로 불리어 갈 시간이 가까워진 것을 짐작한 때문이다.

"나도 첨에는 그렇게 생각했죠. 되면 좋고 안 되면 그뿐이라구. 그러나 날이 갈수록 애나에 대한 생각은 ……."

인택은 상만의 외출하려는 눈치를 알고

"그럼 그 권 씨를 이방으로 보내 주세요. 소절수에 도장을 찍어 줄 테니 ……."

상만은 잠자코 한참 서서 물끄러미 인택을 내려다보고 그리고 천천히 돌아섰다. 애나를 뺏으려는 미운 장인택이라는 것보다도 한 개의 약한 사나이 장인택에 대하여 침 끝으로 찌르는 듯한 따가운 동정이 모세관의 혈관까지 저리게 하는 것을 느끼면서.

상만은 안사랑으로 나왔다.

우두커니 하회를 기다리고 앉아 있는 권성렬을 장인택의 침실까지 안내하여 주고 그리고 자기는 오죽엽을 만나러 밖으로 나왔다.

주머니 속이 비어 있는 것을 생각하자 상만은 한강 여관으로 들어갔다. 안주인에게 월말에 계산하겠다고 하고 어렵지 않게 삼십 원을 꾸어 가지고 명치정 수련장을 향하였다.

음식이 깨끗하고 접대가 친절하다는 조건보다도 다른 손님의 지껄이는 소리를 듣지 않고 또한 이쪽의 말소리를 하인이 엿들을 우려가 가장 적다는 조건이 상만으로 하여금 수련장을 택하게 한 가장 중요한 원인일 것이다.

상만은 아늑하게 남산의 발꿈치를 안고 돌아앉은 요정으로 들어서자 그 옛날 요시에와 함께 자경의 눈을 피하여 곧잘 이 집으로 드나들던 일이 생각나고 그리고 지금은 어디로 갔는지 알 수 없는 학세의 생각이 가슴을 뻐근하게 만드는 것을 어찌할 수 없었다.

깨끗하게 화장을 한 여염집 주부 같은 하녀가 현관에서 납신 허리를 굽혀 상만을 맞는다.

그 회색 두꺼운 비단 오비를 두룬 젊은 여인의 안내로 들어간 팔조 방에는 흑단의 응접대가 놓여 있는 아래로 갈색 방석이 엷은 전등 빛 아래 조는 듯 둔한 광채를 내고 엎드려 있다.

"대단히 일기가 춥습니다."

하고 방싯방싯 웃는 하녀는 자그마한 청동화로에 빨간 숯불을 담아 들고 들어와서 저녁 여부를 묻는다.

하녀에게 이인분의 저녁을 명하고 친히 ××권번으로 전화를 걸어 오죽엽을 불렀다.

기생이 올 동안 하녀가 차 쟁반을 들고 들어와서 이런저런 직업적 애교를 퍼붓는 것이 귀찮았으나 상만은 또 이런 곳에 놀러온 손님의 예의를 잃지 않을 정도로 대답을 하지 않을 수가 없는 것이다.

그러나 하녀가 내던지는 농담에 맞장구를 치면서도 그의 맘은 지금 곧 나타날 그 오죽엽의 얼굴과 모양을 그려보기에 골몰한 것이다.

그와 삼각을 짓고 있는 박애순! 애순을 데리고 온 애나, 아아 애나! 그보다도 조금 전에 자기를 향하여 구원을 부르짖는 장인택!

이 모든 얼굴들이 하나씩 하나씩 환송처럼 지나가자 그는 후 하고 한숨을 통하였다.

"무엇이 그리 걱정이 되세요? 당신의 S가 무슨 탈이라도 났나요? 호호호."

연지 바른 입술을 흩트리고 웃는 하녀의 웃음이 사라지기 전에

"부르신 기생이 왔습니다."

하는 하녀의 아내로

"안녕하세요?"

하고 문밖에서 살며시 절을 하며 흰 저고리 도무지 기생답지 않은 차림이다.

"들어오!"

상만은 점잖게 한 마디 하고 빙그레 웃었으나

'과연 잘생겼다. 이만하면 박애순을 버리고 이 여자를 취할 맘도 하다.'

상만은 자기도 모르게 이런 말이 입 밖으로 나올 뻔하였다.

상만은 일찍이 자기의 신변을 지나간 여러 여인 중에 과연 이 처자는 첨이었다.

썩 능란한 조각사의 손으로 빚어진 백옥의 조각과 같이 높은 기품이 흐르면서도 어디서인지 무르녹은 꽃떨기의 향기 같은 매력이 여인의 동작과 음성과 표정에서 풍겨 나오는 것이다.

"오죽엽이라는 기생이 잘났다는 말은 들었지만 과연 백문이 불여일견이로군."

하고 상만은 약간 상기되어 붉어지려는 얼굴에 억지로 점잖은 웃음을 지었다.

"천만에 말씀을 하십니다. 호호호."

죽엽은 아무런 반지도 끼지 않은 그 희고 매끄러운 손등을 이에 대고 잠깐 웃더니

"저녁진지 상 가져 오우."

하고 하녀에게 명령을 하고

"화로 가까이 앉으시지요."

하고 화로를 밀어 상만의 가까이 가져다 놓는다.

"그 어째 죽엽이 성이 오 씨가 됐을고. 같은 성 씨만 아니었던들 연애를 했으면 좋을 텐데."

하고 상만은 빙긋빙긋 웃고는 방금 죽엽이가 따라 놓은 찻잔을 들었다.

"아이 선생님도 오 씨야요? 참 반갑습니다. 정말 여러 손님을 모셔 봐도 오 씨 성 가진 이 드물어요."

하고 성냥을 집어 호르르 불을 켠다. 상만이가 담배를 꺼내 입에 문 때문이다.

눈이 부시게 아름다운 이 여인 재치 있고 민첩한 오죽엽! 상만은 스르르 눈을 감았다.

그 옛날 오십만 원의 현금을 빼앗기 위하여 자기를 감옥으로 보낸 오꾸마와 방불한 것을 느낀 까닭이다.

'아름다운 가화(假花)여! 너의 이름은 요유녀(妖遊女)[72]다.'

저녁상이 들어오고 술도 들어왔다.

상만은 죽엽이가 따라 놓은 노랑 술잔을 입으로 가져가면서도 그는 입속으로

'너는 거짓으로 무장한 백색노예. 그린고로 나는 너를 한 개의 저주받은 인형으로밖에 더 보지 않는다.'

죽엽은 어째 손님의 기분이 침울하여 지는 것을 느끼면서

"술잔 드십시오."

나지막이 한 마디하고 안주를 그릇에 옮긴다.

첫 번 만나되 어디인지 까다로운 …… 결단코 만만히 볼 수 없는 이 손님이 자기와 피를 나눈 오빠 상만이라는 사실도 모르고 이번엔 공기에 밥을 담는다.

죽엽은 서정연 씨의 부르는 연회에 가지 않고 여기로 왔지만 오늘이 토요일이라 집에는 권형순이가 와서 기다리고 있는 것이 그의 맘을 제법 초조하게 만드는 것이었다.

파르스름한 다다미 위에 방석을 끼고 옆으로 누운 사나이! 크도 적도 않은 몸집에 어디까지나 균형과 조화를 지키고 있는 …… 남자로서는 지나치게 아름다운 이 사나이에게서 웬일인지 죽엽은 결딘코 다른 데서 보지 못한 어떤 압박을 느끼는 것이었다.

---

72 노는계집(술과 함께 몸을 파는 일을 직업으로 하는 기생, 색주가 따위의 여자들을 통틀어 이르는 말).

꼭 다문 입술 기품 있게 선명한 선을 그리고 닫혀 있는 저 입술에 손가락이라도 대어 본다면 반드시 얼음과 같이 차디찬 촉감이 전신에 비쳐올 상도 싶다.

윤택한 속눈썹 아래로 고요히 구르고 있는 두 개의 눈동자는 적은 탐조등과 같이 죽엽의 폐부라도 꿰뚫을 듯 강렬한 광선이 흘러나오고 일직선으로 내리 그은 저 코가 조금만 더 치켜들었거나 구부려졌거나 삐뚤어졌더라면 저렇게 교만스럽게 아름답지는 않았으리라.

이상하게도 죽엽은 상만의 얼굴 전체에서 형언할 수 없는 아름다움을 느끼면서도 결단코 가까이 가지 못 할 커다란 장벽을 가지고 있는 것을 똑똑히 발견하는 것이다.

지금쯤 안국정 자기 집 안방에서 무슨 술 두꺼운 책을 들여다보고 앉았을 그 거무스름하고 길쭉한 권형순의 얼굴이 불로 지지는 듯이 그리워졌다.

상만은 죽엽이가 권하는 술도 밥도 먹지 않고 무엇을 생각하는지 대체 무엇을 생각하는지 그 숱한 속눈썹이 바들바들 떨고만 있다.

"가야금이라도 한 곡조 해 볼까요?"

하고 죽엽은 속삭이듯 한 마디 하였으나

"아니."

사나이의 대답은 간단하였다.

'보통 손님은 아니다.'

죽엽은 자신에게 경고나 하는 듯 스스로 타이르고 조금 더 마음의 태엽을 감아쥐었다.

"진지가 다 식는데요."

"……."

"술을 좀 더 따끈히 데워오라 합시다."

"……."

'이런 싱거운 남자도 있나. 누굴 저이 집 안방 여편네로 아나?'

죽엽의 맘 한 구석에 엷은 불평이 반딧불같이 지나갔다. 그러나 자리가 휘둥그레 찬 기운이 일도록 언제까지나 이렇게 하고만 있을 수는 없는 것이다.

오죽엽이가 언제부터 이렇게 푸대접을 받는 기생인가 하고 생각할 때 죽엽의 맘속에는 어떠한 굴욕적 불쾌가 머리를 치켜들었다.

그와 동시에 죽엽의 남에게 지기 싫은 성격이 그로 하여금 그의 직업적 기술을 맹렬히 발휘하도록 만들어 버렸다.

다른 때 같으면 초면에 대하는 손님 앞인지라 간간히 한 손을 턱 아래 고이고 뱅긋이 웃기나 하고 앉았을 죽엽이건만 그는 단연코 전법을 달리하여야 될 것을 깨닫자

"어디가 편치 않으세요?"

하고 죽엽은 세웠던 한편 무릎을 살며시 내리면서 상만의 고개를 그 부드러운 무릎으로 살짝 떠받혔다.

그러나 상만은 죽엽에게 잠시 머리를 꾸어준 듯이 그는 아무런 표정도 없이 그저 잠잠한 채 그 길고 숱한 속눈썹만 여전히 떨고 있는 것을 보면 머릿속에 빙빙 돌고 있는 어떤 한 가지 생각을 붙들고 있는 모양이다.

죽엽은 가만히 상만의 한 손을 끌어왔다. 거뭇거뭇 손등에 털이 돋아 있는 상만의 손은 별로 뜨겁지도 않고 그렇다고 싸늘하게 차지도 않다.

죽엽은 두 손으로 살며시 상만의 손을 움켜쥐자

"내 안마해 드릴게요."

하고 상만의 새끼손가락을 골라 끝에서부터 주물러 올리고 위에서부터 훑어 내리고 그리고 뼈마디를 폈다 오므렸다 마지막에는 지그시 힘을 주어 손가락을 뽑아보고 무명지 가운데 손가락 식지 엄지 열 손가락을 그렇게 다 주물렀건만 상만은 여전히 눈만 감고 누웠을 뿐이다.

죽엽은 상만을 내려다보고 빙그레 웃으면서

"몹시 고단하신 모양인데요, 잠깐 그렇게 계세요."

이번에는 팔, 어깨, 목덜미, 이마, 뒤통수, 귀퉁배기 죽엽은 능란하게 팔에다 힘을 주어가며 한참 동안 안마를 계속하였다.

"죽엽이."

지극히 낮고 부드러운 한 마디가 비로소 상만의 입술을 뚫고 흘러나왔다.

"네?"

한없이 달고 촉촉하게 젖은 고운 음성이다.

"나를 위하여 서비스를 하는 모양인데 …… 고맙소. 그러나 서비스보다도 내게는 좀 더 절실한 문제가 있기 때문에 ……."

상만은 지그시 감았던 눈을 뜨고 죽엽을 쳐다보는 것이다.

"절실한 문제요? 무어야요?"

흠칫 놀라는 표정을 지어보이면서도 죽엽은 속으로 빨간 혀를 날름하였다.

'또 그 수작이 그 수작이겠지 …… 너를 사랑한다니, 결혼하자느니, 집을 가지자느니 …… 흥.'

죽엽은 보통 풍류객과 달리 보았던 이 손님마저 하잘 것 없는 허수아

비 무리의 하나라는 것을 깨닫자 그는 일순 모멸에 가까운 안심이 공기처럼 그의 폐장에 그득하여 지고 그담 순간 상만의 상반신을 주무르고 있는 두 팔의 힘이 너무도 만만하게 풀려 버렸다.

"자 일어나세요. 진지 좀 잡수셔야죠."

죽엽은 제법 두 손바닥으로 상만의 양편 뺨을 찰싹찰싹 욱여보고 그리고 머리를 안아 일으켜 보았다.

"음 저녁을 먹지."

상만은 소독저의 피봉을 찢으며

"집에서는 가끔 권 군에게 안마를 해주겠지? …… 머리를 쓰는 사람에게는 무엇보다 좋은 선물이니까 ……."

"아이 권 군이라니요 대체 누구 말씀인데요?"

죽엽은 약간 당황하여 빙그레 웃고 공기에다 새 밥을 담는 것이다.

"권 군은 그래 죽엽이 맘에 꽉 들은 '쯔바메'[73]인 것에는 틀림이 없겠지만 …… 죽엽이가 일시적 외입으로 택한 사내야? 그나마 장기 계약인가?" 하고 상만은 죽엽의 손에서 공기를 받아 한 입 덥석 밥을 끌어넣는다.

"아이 선생님도 무슨 설풍을 들으시고 그러시는지 모르지만 …… 그런 농담보다도 선생님이 아까 말씀하신 그 긴급한 이야기라는 게 듣고 싶어요, 호호호."

"지금 내가 말하고 있지 않아? ××공업학교 선생 권형순 군에 관한 이야기야 …… 기생으로써 그런 것이야 관계없다 하겠지만 권형순에게는 약혼한 처녀가 있어."

---

73 つばめ. 연상의 여자에게서 사랑을 받고 있는 남자, 젊은 정부(情夫).

"네?"

짤막하게 대답하는 죽엽은 소름 비슷한 전율이 일찰나로 등골을 스쳐가는 것을 느끼는 것이다.

죽엽은 권형순이에게서 언젠가 한 번 자기와 약혼할 뻔한 처녀가 있었다는 말을 들은 기억이 있기는 하다.

그러나 그 지금의 형순은 물론 죽엽이까지도 그러한 문제는 잊어버린 지 오래되는 오늘에 불쑥 이런 문제가 튀어나오는 것은 대체 무슨 일일까.

상만의 긴급한 문제라는 것을 죽엽은 자기에게 죽네 사네하고 덤벼드는 풍류랑의 잠꼬대로 지레짐작을 하여버린 것이 이만저만 무색한 일이 아니다.

'그 처녀의 일로써 자기를 찾아 왔기 때문에 …….'

죽엽은 저 교만스럽고 냉정하고 그리고 마주앉은 기생 같은 것은 사람 같게도 보지 않는 사나이가 자기를 부른 것은 결국 권형순과 약혼설이 있던 한 계집애를 위하여 아니 그 계집애에게 권형순을 돌려주려는 심보라는 것을 일순간에 깨달아버리자 죽엽의 가슴에는 부글부글 송진같이 분노가 끓어 올랐다.

"약혼한 처녀가 있었더란 말은 저도 들어 알았세요."

죽엽은 그러니 어쩌란 말이냐 하는 듯이 해뜩 상만을 쳐다보는 그 두 눈에는 심상치 않은 살기가 흘러갔다.

"죽엽이도 잘 아는 일이구먼."

상만은 고개를 끄덕이고 빈 공기를 다시 죽엽의 앞으로 내밀며

"그럼 그 혼인이 실행되는 날엔 …… 결혼식을 거행하게 되면 말야 죽

엽은 형순 군과 나누이게 되나? 그보다도 제이호로 따로 살림을 할 겐가? ……."

죽엽이가 미운 듯이 듬뿍 담아주는 밥공기를 한 손으로 받으며

"아마 그냥 뜨내기로 지금같이 불려 다닐 테지 ……."

상만은 힐끗 죽엽의 얼굴을 쳐다보고

"그럴 것 없이 기생은 기생답게 돈을 벌어야 하는 거야."

어디까지나 모멸적으로 나오는 상만의 말을 더 참을 수 없는 듯이

"왜 기생은 사람이 아닌가요? 뭐."

죽엽은 이게 항용으로 쓰는 자기네 계급의 값 헐한 …… 그야말로 모기만치도 상대자에게 통양을 느끼게 하지 못하는 이 한 마디가 선뜻 굴러 나온 것이 자기 입술을 물어 찢어 버리고 싶도록 자신이 괘씸하여졌다.

"왜 기생은 연애도 못 하나요? 결혼도 못 하나요?"

벌써 자기 음성이 거의 울음소리와 같이 떨리고 있고 게다가 자기의 한 마디 한 마디는 보통 회화에서 벌써 어떤 폭백으로 변하고 있는 것을 느낄 때 죽엽은 하던 말을 뚝 그치고 바들바들 떨리는 아랫입술을 지그시 깨무는 것이다.

"못 하지 …… 못 하고 말고. 기생이 연애를 하다니 건 아주 새빨간 거짓말이야. 기생 자신은 그것이 연애라고 믿고 아주 감격해서 죽네 할 동안에 사내는 벌써 속으로 딴 궁리를 하고 있는 게야 하하하. 권형순이 역시 지금 어떤 계획을 세우고 있기에, 하하하."

소리를 내어 껄껄 거리고 웃는 상만을 말끄러미 마주 쳐다보고 앉았던 죽엽은

"호호호 미안하지만 권형순 씨는 아직 아무런 계획이 없습니다. 약간

섭섭하시죠?"

죽엽은 조롱하듯이 고개를 갸우뚱하고 상만을 바라보고 방싯 웃어 보였다.

"그야…… 지금 죽엽이로서는 권형순의 그러한 계획을 알 수야 없지 …… 머리끝까지 죽엽이가 빠져 있는 판세니까…… 하지만 반년이고 일 년이고 지나보면 그때는 권형순이란 사내가 양가집 처녀에게 턱 장가를 들거나 그렇지 않으면 죽엽이 보다 좀 더 얼굴이 곱지 못하고 재주도 부족한 기생에게 외입을 시작하는 것을 보면…… 보면 말야 지금 권형순이가 어떤 계획을 하고 있었더라는 사실을 잘 알 테니까. 자 오까와리."[74]
하고 상만은 또다시 빈 공기를 죽엽의 앞으로 내미는 것이다.

"네! 죄송합니다. 벌써 일 년이 넘었세요. 그이와 동거한 지가. 그리고요 그이는 보통 남자들과는 다르니까요. 섭섭한 일이지만 오 선생님 같이 멋들어진 외입장이는 아니야요 호호호."

죽엽은 산더미같이 밥을 담아서 상만의 앞으로 내밀었다.

"이건 무슨 밥을 이렇게 많이 담아?"

"미우니까…… 오 선생님이 미워서 많이 잡수시라고 많이 담았세요. 왜 미운 애기 밥 많이 준다는 말씀 아시죠? 호호호."

상만은 밥을 받아 놓고

"이봐 죽엽이 그러지 말고 내말을 좀 똑똑히 들어보란 말야. 저 권형순과 앞으로 일 년을 더 살지 이태를 더 살지 알 수는 없지만…… 괜히 돈도 못 벌고 청춘만 허비하고 돌아서지 말고…… 이왕 남 약혼한 사람

---

[74] おかわり. 같은 음식을 다시 더 먹음.

을 오래 데리고 살 수도 없지 않아?"

"왜 못 살아요?"

죽엽의 음성은 상만이가 깜작 놀랄 만큼 세되게 나왔다.

"아내 있는 사람의 첩 노릇도 하는 세상에 왜 못 살아요. 약혼이 어쨌단 말야요 …… 여학생은 처녀니까 깨끗하니까 형순의 아내 될 자격이 있다는 거죠? 죽엽은 기생이니까 돈에 팔리는 몸뚱이니까 더럽다는 거죠? 돈에 팔리는 건 기생만이 아닌가 봐요. 여학생일수록 돈 있는 신랑을 고르는 모양이던데요?"

죽엽은 자기 음성이 너무 높아진 것을 깨달았는지 그는 훨씬 목소리를 낮추어

"돈에 팔리는 건 기생만도 아니고 여학생만두 아니구 사내들도 곧 잘 팔리던데요? 오 선생님! 당신도 보아하니 매월 백 원 내외 월급에 팔린 듯싶은데 …… 내 말이 틀렸세요?"

죽엽은 입을 삐죽하고 후르르 한숨을 뿜더니 술병을 기울여 공기에다 주르르 따라 꿀꺽꿀꺽 들이킨다.

상만은 잠깐 대답에 궁하여 죽엽의 내려놓는 술병을 들어 자기 술잔에 부으며

"그렇지 나도 팔린 몸이지 한 달에 백 원씩에 …… 그러나 나 때문에 원망하는 사람은 없거든 내가 받는 백 원 돈과 기생이 벌어들이는 돈 거기에는 같은 돈이면서도 하나는 순전한 노동의 품삯이요 하나는 무어랄까 노농 대신에 웃음을 웃어주고 노래를 들려주고 그리고 때로는 몸뚱이까지 내어 맡기니까 …… 그게 다른 돈과는 다르다는 거야."

너무 노골적으로 말을 했다고 생각한 상만은 차마 죽엽을 바로 보지

못하고 술잔을 집어 입으로 털어 넣고 안주를 찾느라고 젓가락을 든 채 두리번 두리번 하는 것이었다.

"그래 웃음을 웃고 노래를 하고 때로는 몸뚱이를 바치는 것은 노동이 아니란 말씀야요? 호호호 오 선생님 당신이 말입니다 한 사람의 남자 …… 세상물정을 좀 더 아시는 완전한 남자라고 할 것 같으면 세상에 가장 고된 노동이 뭐냐 하면 기생의 노동이라는 것쯤은 아셔야 합니다. 면도 자국이 저렇게 아주 푸르시기에 난 또 대강한 일은 아시나 했더니 내 감정이 틀렸군, 호호호."

죽엽의 웃음소리는 높아졌다.

히스테리컬하게 그 동그란 어깨를 추석거려가며 웃는 죽엽의 음성 속에는 확실히 조롱과 증오가 절반씩 섞여 있다.

안주를 집어 입으로 가져가던 손을 멈추고 상만은 죽엽을 쳐다보고 마주 벙긋 웃었다.

"그럼 뭐 그 밤이슬을 맞고 당기는 친구들 말야 때로는 높은 담장도 뛰어 넘어야 하고 또 어떤 때는 숫제 총칼로 무기를 삼아 가지고 가장 어두운 거리를 택해서 다니는 그네들도 훌륭한 노동자가 되겠구먼 죽엽이 말대로 하면."

"아이 건 도적놈이 아냐요? 왜 기생이 도적놈과 같에요? 아이 참."

그러나 죽엽은 입으로는 상만에게 반항을 계속하고 있으면서도 맘속은 마치 작살을 받은 큰 생선처럼 기어이 꺾이고 말았다.

도적은 어둠을 이용하여 기생은 등불 아래서 도적은 무기를 가지고 기생은 웃음으로써 남의 돈과 건강과 행복을 노리고 있다는 사실은 죽엽 자신이 너무도 똑똑히 알고 있는 사실이기 때문이다.

"대관절 길게 말할 것 없고 죽엽이가 권형순을 대하는 심리가 어떠한 것만 안다면 난 이말 저말 더 하지는 않을 테니 죽엽이가 권형순의 몸을 가지고 노는 거야? 그보다도 권형순을 사랑하는 거야 …… 죽엽이 내 말 알아듣겠지?"

"……."

죽엽은 아니꼽다는 듯이 입을 삐쭉하고 술병을 들고 다시 공기에 따른다. 술이 공기에 절반도 못 찬 채 술병은 비있다.

죽엽은 새로 술병을 집어 가지고 이번에는 상만의 잔에 쪼르르 한 잔 가득이 따라 놓고

"오 선생님! 권 씨 말은 우리 이 자리에서 빼기로 합시다. 왜 무엇 때문에 죄 없이 그 일 가지고 이런 주석에서 이말 저말 지껄이겠어요, 그나마 내입으로 호 ……."

죽엽은 가만히 한숨을 뿜더니

"그이 그이의 행복을 위해서는 언제든지 이 몸 하나는 희생이 될 각오는 가지고 있으니까요 …… 그이를 사랑하고 아니 하고 그런 미지근한 설문에는 대답할 흥미가 없어요 ……."

죽엽은 술을 마시려던 손을 흠칫 멈추고는

"얘기는 어지간히 끝이 났죠? 그럼 저도 가보아야겠습니다. 알뜰한 그이가 기다리고 있어요."

웃지도 않고 치맛자락을 톡톡 털고 일어선 죽엽은

"가서 그러세요. 그 약혼인가 쥐불인가 했더란 처녀에게 …… 죽엽은 고깃덩이를 파는 기생은 아니라고 기생의 탈을 쓰고 있는 열녀라고."

말을 마치자마자 싹 돌아서는 죽엽의 등 뒤에는 문자 그대로 찬바람

이 지나간다.

"이봐 죽엽이 가긴 어디로 가는 거야. 아직 얘기가 남았어. 이리와요."

"저는 소리나 팔고 웃음이나 팔지 얘기는 팔줄 몰라요."

벌써 죽엽의 말소리는 방문 밖에서 들려오는 것이다.

쫓아나가서 죽엽의 허리라도 안아 들이고 싶었으나 마침 새로 데운 술병을 가지고 들어오는 하녀도 있고 상만은 다만 쓰디쓰게 웃고 담배에다 성냥을 그어 붙였다.

자동차도 타지 않고 어두운 비탈길을 더듬어 내려오는 죽엽은

"세상없이도 아니 하늘이 두 쪽이 나도 …… 어림없지 어림없어. 권형순 씨를 뺏기다니 흥."

중얼거리고 입술이 터지라고 힘껏 깨무는 것이다.

"오상만이 오빠! 당신은 지금 살아 있수? 죽었수?"

그는 지금 그 오빠가 남의 집 상노 노릇이라도 하고 살아 있다면 그의 앞에 가서 이처럼 안타깝고 서러운 사정을 하소연하고 그리고 그 교만 스럽고 냉정한 수련장의 손님을 주먹으로 실컷 두들겨 주라고 애걸이라도 할 것 같다.

안국정 자기 집으로 들어선 죽엽은 방안으로 들어서자마자 두 팔로 형순의 목을 안았다. 그리고 어린애처럼 제법 소리를 내어 느껴 울었다.

형순의 넌지시 안아주는 그 힘센 팔의 탄력을 느끼면서 죽엽은 울었다. 그러나 죽엽은 그 짭짤한 눈물 속에 다른 사람이 적어도 다른 기생이 맛보지 못하는 행복을 감각하자 빙그레 웃으면서 얼굴을 들었다.

눈물에 젖은 두 뺨에 웃음이 피어오르는 죽엽의 얼굴은 잠자코 형순의 얼굴을 뚫어지라고 쳐다보는 것이다. 날만 새면 밖에는 무엇이 기다

리고 있을지도 모르고 죽엽은 그저 행복하였다.

내일이라는 시간이 두 사람 앞에 어떠한 운명적 전개를 가져올지 그것은 죽엽이나 형순이나 물론 알 길이 없는 것이다.

그러나 단 한 시간의 미래를 알 수 없는 것이 인생으로서의 비애라면 또한 한 시간 앞서 닥쳐올 불행을 모르고 있다는 것은 오히려 인생의 행복인지도 모르는 것이다.

전에 없이 염치체면을 불구하고 마치 어린애기 이미니 가슴을 파고들 듯이 형순의 가슴에 얼굴을 대고 흐느껴 우는 죽엽을 형순은 두 팔로 덥석 안았으나 금시로 눈물이 쏟아질 듯이 눈시울이 뜨거워졌다.

"왜? ……."

형순은 나지막이 죽엽의 귀에 속삭이고 두 손으로 죽엽의 얼굴을 살며시 치켜들었다.

"왜 우는 거요?"

형순은 조용한 웃음을 띠고 죽엽의 젖은 뺨에 입술을 대었다. 좀 더 히스테리컬하게 흑흑 느끼는 죽엽은 한참 만에

"나 지금 어디서 돌아오는지 아세요?"

얼굴을 형순의 가슴에 처박은 채 죽엽의 음성은 울음 때문인지 제법 떨린다.

"울긴 왜 어린애도 아니고."

형순은 손바닥으로 죽엽의 뺨을 씻어주며

"말해 봐요 왜 우는 겐지. 이거 정말 갑갑해 죽겠는걸."

형순은 절망 갑갑하여 짜증을 내는 것이다.

"그럼 뭐 울지 않고 당신 약혼한 처녀에게서 사람이 왔세요. 지금 수

런장에서 만나보고 왔는데 …… 당신과 갈라서라고 …… 그리고.”

죽엽은 말을 맺지 못한 채 또다시 느끼기를 시작하는 것이다.

눈물과 입김의 촉촉한 온도가 형순의 목덜미로 스며든다.

“자 일어나요. 외투라도 벗고 이 목도리도 끌러요. 그 말 같지 않은 소리 그만두고 난 또 왜 그런다고 …… 나이 어린 사람도 아니면서.”

형순은 으스러지라고 죽엽의 어깨를 안았다.

“내가 숨기고 있었던 일이라면 또 몰라 …… 지금은 과거의 지나간 한 개 얘기로서의 가치도 없는 사실을 가지고 …….”

형순의 음성 속에는 호리만한 거짓도 꾸밈도 섞여 있지 않은 것이다.

방 속은 똑딱똑딱 시계의 진자가 흔들리는 소리밖에 지극히 고요하여졌다. 형순의 가슴 속에 묻혀 있는 죽엽의 얼굴에는 차츰 웃음이 꽃봉오리같이 열리기 시작하였다.

좀 더 울어보고 싶은 죽엽의 본심과는 반대로 환하게 밝은 웃음이 죽엽의 얼굴에서 완전히 눈물을 거두어 버렸다.

“당신은 영원히 제 곁에서 떠나지 않으시겠죠? 네?”

“내 걱정은 하지 말래도 …… 죽엽이나 정신을 차려요, 걸핏하면 어린 애처럼 울고 …….”

형순은 손등으로 죽엽의 뺨을 씻어주고 또다시 그 촉촉한 얼굴에 입술을 대었다.

“그래도 말야요. 난 정말 당신이 그 처녀에게로 가서서 더 행복되시게 된다면 저는 혀를 깨물고라도 물러날 수도 있세요.”

“빠가!”[75]

철썩하고 형순의 손바닥이 죽엽의 왼편 뺨을 후려 갈겼다.

"아야."

죽엽은 반사적으로 짤막하게 소리를 지르고 두 팔로 형순의 목에 매달려 눈, 코, 입에 키스의 소나기를 퍼붓는 것이다.

이튿날 아침 날이 밝았으나 일요일이라는 안심이 그들로 좀 더 오래 자리에 누워 있도록 만들어버렸다.

뜻하지 아니한 수련장 사건이 폭풍이 지난 것처럼 그들에게는 포근한 평화와 맘속으로 스며드는 행복을 다시 한 번 새롭게 하여주는 것이다.

시간이 얼마나 되었는지 자리에 누운 채 방장의 한 끝을 쳐다보았다. 순간 눈이 부신 햇살이 영창 유리로 쏟아져 들어온다.

"어멈! 세숫물 떠 놓아."

죽엽은 얇은 속옷 속으로 커다랗게 기지개를 한 번 키고는 담배를 찾았다.

"세숫물 들이가렵시우?"

하는 어멈의 말에 죽엽은

"이리로 가져와요."

하고 드르릉 영창문을 열었다. 마루에도 햇살이 하나 가득 마치 봄날 같이 따뜻한 기분이 위선 죽엽의 시선을 끌어갔다. 그러나 그 마루 끝에 회색 외투 자락에 햇살을 소복이 안은 채 한가롭게 담배를 피우고 있는 사나이와 눈이 마주치자

"아이 웬일이세요, 추우실 텐데 아침부터."

죽엽은 빙그레 웃고 저고리를 찾아 속옷에 걸치면서도 가슴 속에서

---

75 ばか. 바보.

방망이질이나 하는 듯이 심장이 두근거리기 시작하였다.

"아침? 지금이 몇 시기에 하하하 열한 시야 열한 시."

하고 입에 물었던 담배 꽁지를 마당으로 휙 내던지는 사나이의 눈에서는 심상치 않은 살기가 지나간다.

"죽엽이 방안에 있는 권 군을 뒷문으로 내보내도 틀렸어. 거기는 벌써부터 누가 와서 기다리고 있는 거야."

키가 훌쩍 크고 목이 가느다란 한 오십이나 되었을 반백의 수염을 싹둑 자른…… ××공업학교 교장이 죽엽의 집 뒤뜰에서 방금 봉오리가 뿜겨 나오려는 매화 넝쿨을 들여다보고 서 있는 것을 방안에 형순은 비로소 알아보고 흠칫 눈을 감았으나 벌써 때는 늦었다.

회색 외투를 입고 마루 끝에 앉아 담배를 피우던 중년 남자는 포켓 속에서 자그마한 노트를 꺼내더니

'안국정 ××번지 오죽엽 ××권번.'

이라 연필로 기입을 하고

"죽엽이가 밀매음 취체에 걸리는 걸 보면 기생이란 할 수 없는 것인가봐."

코 아래 채플린 식으로 깎은 수염이 햇빛에 반사되어 유난히도 노랗다.

얇은 입술이 빙긋 웃는 순간 안으로 옥은 듯한 잘디잔 이빨들이 마치 톱니와 같이 고르다.

꼬리가 치켜 들린 채 두 눈알이 바쁘게 굴리는 것을 보면 그의 직업이 무엇인지 짐작되는 것이다.

'밀매음?'

이 고약스럽고 추악한 말 한 마디가 방안에 있는 형순의 귀를 따갑게 울리자 형순은 자리에서 벌떡 일어났다.

파자마 위에 양복을 아무렇게나 꿰어 입으면서도 그의 머릿속에는 어떤 각오가 벌써 자리를 찾아 착 가라앉는 것을 느끼는 것이다.

형순은 열창을 열고 마루로 나왔다.

양말도 신지 않은 채 마루에 평발을 치고 앉은 형순은

"제가 이 집 주인입니다. 무슨 일로 오신 손님인지요?"

하고 담배에다 불을 붙이는 것이다.

"홍 주인이 무슨 주인이람 기생 오입하는 사람들 지고 이 집 주인 주인하고 어물거리지 않는 사람은 없는가 봐 홍."

아니꼬운 듯이 한 마디 하고

"당신이 ××공업학교 선생으로 근무하는 권형순 씨요?"

하고 제법 눈알을 부라리는 것이다.

"그렇소이다."

형순은 담배 연기를 혹 뿜고 빙그레 웃었다.

"나는 종로서에 근무하는 이런 사람인데요."

하고 명함을 내놓는다.

종로서 사법계 형사 조영태라는 글자를 형순이가 내려다보고 고개를 끄덕일 동안

"××권번에 출근하고 있는 죽엽이로 말하면 예기니까 예기가 창기처럼 몸을 판다는"

"아 잠깐."

형순은 소 형사의 말을 가로 챈다.

"결단코 매음이 아닙니다. 정당한 부부 관계를 계속하고 있는 것이니까 …… 예기니 창기니 그런 말씀은 오죽엽에게 만은 원려(遠慮)해 주

십시오."

준절하게 딱 잘라 말하는 형순을 어이없다는 듯이 물끄러미 바라보는 조 형사는

"여보 당신도 학교 선생쯤 되면 그만한 상식은 있을 법도 싶은데 …… 그래 부부라면 정당한 부부로서의 법적 수속까지 마쳤단 말씀이요?"

하고 아주 불쾌하여 그 약간 나온 굵은 눈을 부라리는 것이다.

"소속은 일간 곧 할 겁니다."

하고 형순은 태연히 조 형사를 바라볼 때다.

뒤뜰에서 건넌방 앞으로 뒷짐을 쥔 채 어슬렁어슬렁 걸어 나오던 ○○교장이 권형순과 눈이 마주치자 얼른 고개를 돌려 외면을 하면서

"수속 전이면 내연 관계로군."

하고 마루로 와서 털썩 기대앉더니

"기생을 내연의 아내로 가지는 선생이 있으니까 카페 여급에게 키스를 하다가 붙들린 학생이 있는 게지 하."

교장은 그 기품 있는 흰 수염 아래로 서글픈 웃음을 뿜더니 후 하고 커다랗게 한숨을 토한다.

"여보 권 군 대체 이게 무슨 꼴이요. 부부니 뭐니 해서 변명을 하지만 ××공업학교 기숙사 사감의 현직에 있는 사나이가 밀매음 취체에 걸리고 참 좋소 …… 평일에 권 군에게 이러한 굉장한 이면이 있다는 것을 여태껏 모르고 지낸 내 불찰이니까 ……."

"미안하게 됐습니다."

권형순이가 한 손으로 머리를 만지며

"사실인즉 일간 교장 선생님을 한 번 찾아가 보려고 하던 차."

교장은 듣기 싫다는 듯이

"자 그럼 조 형사 난 먼저 돌아갑니다. 오늘은 여러 가지로 폐를 끼쳤습니다."

하고 성큼 그 여윈 다리를 대문을 향하여 옮기는 것이다.

"자 죽엽이 나와 같이 잠깐만 서(署)로 가."

하고 조 형사가 죽엽의 손목을 쥐려 한다.

"안 돼."

곁에 있던 형순이가 버럭 소리를 지르는 바람에 돌아가던 ○○교장이 힐끗 뒤를 돌아본다.

조 형사는 형순의 고함 소리에 흠칫해서 죽엽의 손에 대려던 손을 떼었으나 그담 순간 그는 직업적 자존심에서 오는 커다란 분노가 치밀어 오른 모양이다.

"업무방해를 할 생각이오그려 댁이."

노랑 수염 아래로 꼭 다문 입술이 일순 바르르 떨린다.

"아무리 경관의 현직에 있기로니 그래 당신은 남의 아내를 임의로 끌고 갈 작정이란 말이오?"

형순의 두 눈에서는 방금 불이라도 쏟아져 나올 듯이 이상한 광채가 번쩍 지나간다.

"오죽엽이가 권형순의 아내인지 ××권번 기생인지 그것은 한 시간 후이면 다 잘 알게 될 테니 …… 자 그럼 같이 갑시다."

조 형사는 입을 삐쭉하고

"아내라니 아내를 보호할 책임도 있겠구려. 자 일어나요 우리 서로 가서 좌우간 따져 봅시다."

조 형사는 일 분도 지체할 수 없다는 듯이 이번에는 권형순의 덜미라도 잡아 낚아챌 기세다.

언제 돌아서서 마루까지 왔던지 ○○교장이 조 형사의 앞을 가로 막으며

"학교 체면을 위해서 …… 방금 교편을 잡고 있는 교사가 이런 더러운 죄명에 공범자로 붙들려 간다면 …… 간다면 학교 체면이 무엇이 된단 말이오."

○○교장은 흥분하여 가쁜 숨을 쉴 때마다 그 여윈 어깨가 바쁘게 오르내린다.

조 형사의 얼굴에는 차츰 성난 기운이 사라졌다. 그러나 분노보다 훨씬 더 잔인한 조롱의 미소가 그의 얇은 입술가로 서물거리기 시작하는 것을 권형순은 똑똑히 보고 있는 것이다.

"아닙니다. 권 군은 ○○공업학교 교원이라는 것보다 오죽엽의 정부로서 좀 더 절실한 의무를 느끼고 있는 모양이야요."

조롱의 미소까지 사라지고 완전히 미워하는 얼굴로 형순을 쏘아보는 조 형사는

"자 일어서요 오늘은 기생 오죽엽의 호위병으로 종로서까지 기어이 데리고 갈 테니 자."

하고 그 짤막한 턱을 끄덕 치켜드는 것이다.

"조 형사 이 이래서는 안 됩니다. ○○학교 체면을 좀 생각해 주시우. 그보다도 이 사람의 사정을 좀 생각해 주시구려 응 여보시우 조 형사."

"……"

○○교장의 울 듯한 간청에는 아무런 대답도 없이 한참 동안 잠자코

앉았던 조 형사는 수첩을 다시 꺼내더니

'관철정 ××번지(한강 여관) 권형순.'

이라고 기입을 하더니

"불량 학생 취체가 진행되고 있는 일방 불량 교사의 취체를 등한이 할 수는 없습니다. 권형순을 불량 교사로 고발할 테니 …… 풍기문란의 죄를 빚어내는 프락치들부터 먼저 파헤쳐야 ……."

조 형사는 아랫입술을 꽉 깨물어 결심의 뜻을 드러낸다.

"고발하시오."

형순도 입술을 꽉 깨물고 형사를 마주 바라보는 것이다.

"요시, 자 가자 적어도 나는 현장을 붙들었으니까 흥."

"검사의 구인장을 가져 오기 전에는 동행할 맘은 없으니."

"음 그래라. 검사의 구인장이든지 또 다른 무엇이든지 오늘 해 동안에는 오고야 말 테니."

조 형사는 말을 다했다는 듯이 벌떡 자리에서 일어나면서 방안을 향하여

"죽엽이 얼른 나와."

하고 커다랗게 소리를 친다.

"네."

하는 가느다란 소리가 들리며 천천히 영창문이 열린다. 하얗게 소복을 입은 죽엽이가 마루로 나오자 사뿐 주저앉으며 좌중을 향하여 납신 허리를 굽힌다.

"아니 미쳤나 이건 미쳤나?"

하고 소리를 치는 형순은 정말 미친 듯이

"아니 이거 무슨 짓이야 짓이."

하고 또 한 번 아우성을 친다. 앞이마에서부터 정수리로 올라가며 가위로 싹둑싹둑 아무렇게나 머리를 베어버린 자국이 마치 소가 뜯어 먹은 풀밭처럼 여기저기 허옇게 바닥이 들어나 뵌다.

"저는 사실로 권형순의 아내여요. 권번에 아직까지 다닌 것은 생활비를 얻고자 한 때문이었어요. 오늘부터 이렇게 기생 폐업을 합니다."

"……."

○○교장은 창연하여 눈을 지그시 감은 채 묵묵히 앉아 있고 조 형사도 팔짱을 끼고 말끄러미 죽엽의 처참한 정수리를 바라볼 뿐 아무 말이 없다.

"제가 이렇게 폐업을 하였으니 조 주사 나리께서 좀 더 관대하게 처분을 해 주시길 바랍니다. 참으로 여기 앉은 권형순은 저와 일생을 약속한 남편이요 결코 일시적 오입 같은 그런 장난은 아니여요."

말이 여기까지 죽엽의 말이 계속 되었을 때다. 대문 소리가 찌걱하며

"죽엽이 집에 있나?"

하고 들어오는 사람이 있다.

마루에 앉은 사람들의 시선이 일제히 마당으로 옮겨졌다. 형순은 기계의 바늘처럼 벌떡 자리에서 일어서더니 성큼 안방으로 들어가 버린다.

낙타 목도리로 귀를 싼 권성렬 노인이 두루마기에 양손을 넣은 채 어슬렁 어슬렁 들어오는 까닭이다.

마당 복판까지 들어서 권성렬은 마루에 먼저 온 손님인 듯한 남자가 두셋 앉아 있는 것을 알아보자 그는 간단히 자기 용건만 마치고 돌아설 작정으로 뜰 앞까지 가까이 갔다.

하얗게 아래위로 소복단장을 한 죽엽이가 무엇인지 열심히 이야기를 하는 한편 시무룩 웃지도 않고 앉은 사나이들은 필연 무슨 빚이라도 받으러 온 성싶다.

권성렬은 주머니 속에 들어있는 현금 만 원을 두루마기 안으로 넌지시 눌러보고

"헴."

하고 나지막이 한 번 기침을 하고 마루 한 끝에 앉을 자리를 찾는 것이다.

백 원짜리 백 장을 이런 판에 척 내놓는다면 죽엽의 면목도 세워주는 게고 권성렬 자기도 술값 담뱃값 이런 것 저런 것 또 한 차례 톡톡히 생기는 판이다.

건넌방 쪽으로 마루 끝에 걸터앉은 ○○교장 뒤로 가서 자리를 잡고 걸터앉은 권성렬은 따뜻한 햇살에 눈이 부신 듯 두어 번 손바닥으로 이맛전을 문지르고 그리고 주머니에서 마코를 꺼냈다.

성냥을 찾으려고 더듬던 손끝에 성냥이 얼른 붙들리지 않는 것을 보면 지금 당겨 나온 간동정 유색이 집에다 놓고 온 것이 분명하다.

"헴."

권성렬은 자기가 들어설 때와 아주 딴판으로 물을 뿌린 듯이 좌중이 조용하여진 것이 이상하여 그는 고개를 돌려 휘휘 또 한 번 마루를 살폈다.

그러나 그 순간 권성렬의 눈에 비친 것은 한 개 이상야릇한 여인의 머리통이었고 그담 순간 그 기괴하고 처참한 머리박의 주인이 오죽엽이라는 것을 발견하자 그는 자기의 눈을 믿어야 옳을지 어떨지 좌우간 이 억울하고 기이한 사실에 그는 다만 어리둥절하여졌다.

"그럼 기생 폐업을 하였다니 말야 그럼 이 길로 ××권번으로 죽엽의

이름을 삭제해 버리도록 해도 좋지?"

조 형사는 마루에서 몸을 일으키며 죽엽을 돌아보는 것이다.

"네 그렇게 해 주십시오. 수고스러우시지만."

하고 죽엽은 진정 고맙다는 듯이 사뿐 고개를 숙여 보인다. ○○교장도
일어섰다.

"권 군 그럼 나는 가겠네. 권 군의 일은 권 군이 자결해서 처치하시오.
자 조 형사 우린 돌아갑시다."

하고 말하는 ○○교장은 행여나 권형순이나 옭아 갈까 겁을 집어 먹은
눈치가 완연하다.

"권형순 씨!"

하고 조 형사는 마루 끝에선 채 제법 준절한 목소리로 형순을 불렀다.

놀란 것은 형순이보다 오히려 그의 부친 권성렬이다.

'권형순이라니, 같은 이름도 있담. 내 아들 권형순과 …….'

이렇게 자기 맘속으로 외쳐 보았으나 무슨 둔한 물건으로 뒤통수를
얻어맞은 것처럼 좀 더 정신이 얼떨떨해졌다.

"오늘 꼭 오죽엽을 데리고 갈 작정이었는데 죽엽이가 저렇게 머리까
지 베고서 폐업을 하였다니 나도 이 이상 더 말을 하지 않겠소. 그런데
권형순 씨로 말하면 현재 ○○공업학교 교원의 요직에 있는 이로써 말
입니다. 좀 더 자중해야 됩니다. 어! 사법이란 결코 무자비하게 증거만
으로 일삼는 것이 아니니까 …… 말하자면 오늘은 ○○교장의 말씀에
생각하는 것이 있어 나도 그냥 돌아가기로 하는 게니까."

조 형사는 ○○교장을 쳐다보고 생각을 내었다는 듯이 빙긋 웃어 보
이고 그리고 천천히 돌아서서 대문으로 나가는 것이다.

"안녕히들 갑시오."

죽엽이가 앉은 채 인사를 하고 그들의 등덜미가 완전히 대문 밖으로 사라지자

권성렬은 후다닥 일어서 안방문을 홱 열어젖혔다.

아랫목 이불 위에 반만치 몸을 던지고 누워 있는 젊은 사내는 문을 여는 소리에 펀뜩 눈을 떠보고 그리고 부스스 자리에 일어나 앉는 것을 바라보자 권성렬은 영창문을 잡은 채 그 자리에 펵 꼬꾸라졌다. 이윽고

"아유 아유 아유."

당나귀 울음소리와 비슷한 비명이 늙은 권성렬의 입에서 터져 나오자

"꽝."

하고 마루장이 울렸다. 권성렬이가 주먹으로 마룻바닥을 냅다 친 까닭이다.

"아이고 하나님 아이고 이 놈을 이 늙은 놈을 이 즉석에서 잡아 가세요 아이고 아이고."

앞가슴을 주먹으로 탕탕 치는 권성렬의 두 손을 꽉 그러쥔 사람은 죽엽이다.

"이러지 마세요 네? 몸 상하십니다. 진정하세요 네."

"듣기 싫다. 이 여우 같은 년아 이 생판으로 사람을 울리는 년 같으니라고. 이년아 글쎄 어쩌자고 내 자식의 전정을 망쳐 놓느냐 말이다. 아아이고, 분해 분해서 죽지 원."

권성렬은 힘껏 죽엽의 두 손을 뿌리쳐 버리고 후다닥 방으로 뛰어 들어갔다.

"아니 형순아 아이고 형순아 나는 너를 믿었더니라 하늘같이 태산같

이 믿었더니라."

권성렬은 숨이 차서 하던 말을 뚝 그치고 후유 하고 숨을 내돌린다.

죽엽은 식모를 시켜 냉수를 떠오라 하여 권성렬의 앞으로 내밀며

"진정 좀 하십시오. 이왕 이렇게 된 것을 어떡합니까. 이것도 다 전생의 연분이 있기에 이렇게 된 게 아닙니까?"

하고 물그릇을 권성렬의 입까지 갖다 대었다.

"듣기 싫다. 내 그런 수작에 넘어갈 사람은 아니야. 형순이 같이 어린 애들이나 후릴 때 쓰는 말법이여."

권성렬은 당장 으드득 깨물어 먹고 싶은 듯이 무서운 눈초리로 오죽엽을 흘겨보고는

"형순아 글쎄 어쩌자고 이런 짓을 했니? 응 글쎄 지금 나가는 것이 ○○학교 교장이로구나. 아이고 이를 어떡하니 ……."

권성렬은 앉은걸음으로 방으로 들어가더니 와락 형순의 팔을 잡아 낚아챘다.

"가자 당장 집으로 가자. 누가 또 올지도 모르고 하니 자."

"……."

형순은 아버지에게 쥐인 손목을 빼칠 생각도 아니하고 고개를 떨어뜨린 채 아무런 대답이 없다.

"애 형순아 네가 어쩌면 이렇게 환장을 하니 응? 하늘이 두 쪽이 나도 너만은 진정 너만은 이런 허방에 빠질 줄은 몰랐다. 정말이다. 글쎄 여기가 어디냐 응?"

"……."

잠자코 앉아 있는 형순의 고개가 몇 번인가 건득거렸다. 아버지가 그

어깨를 힘껏 잡아 흔든 때문이다.

"자 옷 입어라. 양복은 어디 있니?"

하고 사방을 휘휘 살펴보던 권성렬 노인은 북편 창 앞에 기대 서 있는 커다란 양복장 앞으로 가서 왈칵 손잡이를 잡아당겼다. 쉽게 아들의 양복을 찾아낸 성렬은

"자 얼른 입어라. 입지 않으면 당장에 너 죽고 내 죽는다."

권성렬 노인의 덤비는 양을 말없이 건너다보고 앉아 있는 죽엽의 입에서 차디찬 조롱의 미소가 떠오르기 시작한다.

"홍."

어깨를 추석거려 한 번 웃고 죽엽은 담배를 집어 성냥을 그어 호 하고 연기를 한 모금 내뿜고는

"이러지 마시고 좀 진정하세요. 글쎄 아드님이야 보내드리지 누가 어쩌지는 않을 테니까요. 너무 걱정마세요. 오늘부터 기생은 아니야요."

하고 한 손으로 아직 뒤통수에 대롱대롱 달려 있는 노란 금비녀를 쑥 뽑아 앞으로 놓고 무엇을 생각하는지 혼자서 고개를 살래살래 하고는 호르르 한숨을 내쉰다.

"아버지 돌아가 주세요. 먼저 가시면 저도 곧 가겠습니다. 아버지께는 정말 죄송합니다만 저는 일간 이 죽엽이와 함께 정식으로 결혼식을 발표할 생각을 가지고 있습니다. 아버지 저걸 좀 보십시오. 죽엽의 머리를."

형순은 뚝뚝 떨어지는 눈물을 주먹으로 씻으며

"죽엽이가 기생인 때문에 아버지가 이처럼 화를 내시지요 네? 그럼 아버지는 왜 젊은 색주가를 첩으로 앉히고 어머니 맘을 상해 드리십니까."

"아니 그건 오입도 아무것도 아니다. 내 장사다 장사야 하하. 네가 내 속을 알 턱이 있나? 흥."

권성렬은 한풀이 꺾인 듯이 방바닥에 쪼그리고 앉더니

"색주가 작첩뿐이냐 기생 중매도 하구 부자 사람의 빚도 얻어다 바치고 …… 그게 다 무엇 때문인지 아느냐? 흐흥."

권성렬의 음성은 약간 떨리기 시작하더니 갑자기 울음 섞인 소리로

"이놈아 너 때문이다 너 때문이여. 네가 전문학교를 나올 동안……."

권성렬은 목소리를 낮추어

"병든 네 어머니와 네 어린 동생 셋을 데리고 그 잘난 여관을 해서 살아온 줄 아느냐. 네 책값, 월사금, 학용품을 얻느라고 나는 정말이다 돌아서서 침을 뱉어가며 기생의 심부름을 하였구나 색주가의 남편이 아니라 색주가의 머슴살이를 하는 것도 이 늙은 놈이 오늘날 죽어지더라도 쓰고 있는 집 하나가 없으니 난 남의 집에서 죽는 셈 치고라도 너에게만은 단 열 칸짜리 집 한 채라도 장만해 주려던 심보였어, 아유."

권성렬은 길게 탄식을 하고

"내 몸은 비록 이렇게 천하게 굴러 다녀도 너 하나를 생각할 때는 나는 진정 자랑스러웠어. 정말 총리대신 부러워 아니 했어 정말야. 너 하나만 잘 된다면 나는 남의 종놈의 종놈이 되면 어떠냐 아이고 형순아."

하고 권성렬이가 달려들어 아들의 팔에 매달릴 때다.

"잠깐 진정하세요. 저기 손님이 오나 봐요 네?"

하고 죽엽이가 안방을 향하여 소리를 치는 동안

"죽엽이 있나?"

하는 굵은 목소리가 마당에서 들려온다.

주식 중개점 박기호가 앞을 서고 뒤에는 빙글빙글 부끄러운 듯이 웃으며 서정연 씨가 들어온다.

지금쯤 권성렬의 손에서 현금 만 원을 받고 만족해하는 죽엽의 얼굴을 보려는 뜻이었다.

어젯밤 ××관에서 헛되이 밤늦도록 죽엽을 기다리던 쾌씸한 생각도 이제 일 분 안에 다 사라질 것을 생각하매 서정연의 웃음은 진정 즐거운 웃음이었다.

권성렬은 지금 찾아온 손님의 목소리를 알아들었다.

박애순의 아버지요 자기 아들의 장인될 박기호가 어째서 하필 이날 이 집으로 오는가 하고 생각할 때 정말로 눈앞이 캄캄하여 지는 것이다.

"애 어떡하면 좋냐? 박기호 씨가 왔구나. 규수의 아버지가 왔으니 혼인은 정말 깨지는 게 아니냐."

권성렬은 참말로 낙심을 하였는지 그는 우두커니 자리에 앉은 채 아들의 얼굴을 바라다보는 것이다.

"아버지!"

형순은 침착하게 한 마디 하고

"공연히 상심마시고 모든 것을 제게 맡겨 주십시오."

하고 결심한 듯이 눈을 똑바로 뜨고 바람벽을 쏘아보더니

"이봐!"

하고 방문에서 서성거리는 죽엽을 불러 눈으로 아랫목을 가리키고 그 넓적한 턱을 꺼떡 치켜들었다.

죽엽은 형순의 곁으로 와서 앉았다.

"아버지 나가 보십시오. 손님들은 제가 응접해도 좋습니다만 아버지

친구들이니까 나가 보시죠."

하고 목소리를 약간 높여서

　"기생업을 폐지하였다고 똑똑히 일러 주십시오."

　권성렬이가 아들의 말에 무어라고 대답을 하려는 때다.

　"죽엽이 있나? 왜 사람이 들어오는 것을 보고 숨는 거야 응? 하하하."

하고 웃는 소리가 들린다. 서정연의 웃음이다.

　권성렬은 단념한 듯이 자리에서 부스스 일어나 마루로 나오며

　"아니 오늘은 어째 이리로 행차를 하셨습니까? 하하."

하고 억지로 웃으려 하였으나 두 뺨은 얼어붙은 듯이 보기 싫게 두어 번 실룩거려 졌을 뿐 조금도 웃어지지가 않는 것이다.

　"왜요 지금 이 행차가 무슨 행차인데요. 바로 장가 걸음이 아니신가 요? 하하하."

　박기호가 또 한 번 커다랗게 웃고

　"자 신부 출!"

하고 목소리를 길게 뽑는다.

　"신부가 신랑이 들어오는 것을 보고 숨는 것은 예전 법이었는데 하하 하 괜찮군."

　박기호는 마루로 올라서려고 대뜰에다 구두를 벗는다.

　"아 아니 자 잠깐만 기다리십시오."

하고 권성렬이가 당황해서 박기호의 앞을 가로 막는다.

　"왜 그러시오."

하고 박기호 뒤에 약간 떨어져 있는 서정연이가 빙그레 웃으며 묻는 말 이다.

"저 거시기 저 그 신부가 말야요 저 뭐라면 좋을까."

권성렬은 한 손으로 머리를 벅 벅 긁는 시늉을 하며 딱한 듯이 한숨을 후 뿜는다.

"아니 지금 바로 이 마루에 있던 죽엽이 손님이 오셨는데 왜 얼씬도 않는 거요 하 야속한 주인이군."

박기호는 여전히 빙글빙글 웃었으나 벌써 방속에 어떤 만만치 않은 손님이 들어 앉아 있는 것을 짐작할 수기 있었다.

'그러나 현금이 만 원인데 어림 있나.'

박기호는 맘속으로 중얼거린다.

"올라가세요."

하고 뒤를 돌아보며 서정연을 재촉하여 보는 것이다.

"아니 그래도 주인이 나와서 들어 오래야만 들어갈 것이 아니오."

하고 서정연은 늙은 뺨에 싱거운 웃음을 실어보는 것이나 맘속은 적지 않게 불쾌하여 지는 것이다.

"저 두 분께서 예까지 오셨지만!"

권은 대뜰로 내려서며 신발을 찾아 신고 눈을 껌벅껌벅 하면서 손을 휘휘 내젓는다.

"가십시다. 나가서 자세히 말씀 여쭐 테니. 자 저와 같이 갑시다."

하고 권은 마당으로 내려서며 품에 들었던 불룩한 봉투를 꺼내 보인다.

"아직 못 주었습니다. 까닭이 있세요."

하고 저벅저벅 마당으로 걸어 나간다.

하는 수 없이 어슬렁 어슬렁 뒤를 따르면서도 서정연은 어제 저녁부터 당해오는 이 봉변을 도대체 어떻게 처분할까 싶어 그는 머릿속이 얼떨떨하지 않을 수 없는 것이다.

대문 밖으로 나오자

"권 주사 그 돈 이리 주시우."

하고 서정연이가 권에게서 돈이 들어있는 봉투를 받아 쥐더니

"난 또 좀 볼일이 있어서 집으로 가 보아야겠소."

하고 마침 지나가는 자동차를 향하여 손을 든다. 석 달 동안이나 운동을 위하여 자동차를 타지 않는다는 결심도 잊어버린 듯 그는 당황히 차속으로 들어가며

"저 박 군 가와세 문제는 당분간 그대로 보류해 둡시다."

하고 털썩 쿠션으로 기대앉는다.

'츳 …… 빌어먹을 가와세 시바이도 틀렸나? 흥.'

박기호는 멀거니 달아나는 자동차 뒤를 바라보고 코웃음을 웃고

"여보시우 권 주사 그 죽엽이 년의 방에 들어앉은 사내는 도대체 누구입디까?"

하고 권의 얼굴을 돌아본다.

"뭐 웬 젊은 애두군요."

"젊은 애? …… 대관절 돈이나 보여 봤습니까?"

"……"

권은 침을 한 번 꿀꺽 삼키고

"글쎄요 돈도 다 일없다는 걸요 뭐 …… 낸들 어떡합니까, 하하."

"그야 뭐 그렇죠."

박기호는 무엇을 결심한 지 잠자코 전찻길로 나간다.

큰길에서 박기호와 갈린 뒤 권성렬은 다시 안국정 죽엽의 집을 향하

였다.

호젓한 좁은 골목을 들어서자 권은 고개를 절래 절래 두어 번 흔들고 멀거니 하늘을 우러러 보았다.

까마귀인지 수리인지 한 마리 먼 공중에 나래를 치며 어디론지 사라지는 것이 눈에 띄자 권은 두 손을 가슴 위에 대고 지그시 눈을 감았다.

갑자기 살아갈 목표가 확 풀려버린 것처럼 그는 허전허전하고 후들후들 떨리는 다리를 겨우 버티고 죽엽의 집 대문까지 왔다.

그러나 무엇을 생각하였는지 대문 안으로 들어 가려던 권은 고개를 끄덕이며 도로 큰길을 향하여 걸어 나간다.

'어림없다. 네년에게 내 귀중한 아들을 뺏기고 말성싶으냐?'

권은 입속으로 중얼거려 보자 어디서 솟아났는지 혹 전신을 휘돌아 가는 큰 힘을 느끼면서

'낙심하지 말아라. 내가 내 아들을 어떻게 건져 내는가를 보고만 있으란 말야 흐흥.'

누구에게 이르는 말인지 권은 이렇게 한 마디를 속으로 외치자 아까보다는 훨씬 빠른 걸음으로 간동정을 향하는 것이다.

머리를 곱게 쪽지고 연옥색 숙수차렵 두루마기를 입은 유색이가 바로 여염집 부녀처럼 걸음걸이조차 사뿐 사뿐 얌전스럽게 대문을 향하여 나오는 것과 마주치자

"지금 가나?"

하고 권은 빙긋 웃어보였다.

"네 가서 장인택을 찾아보고 없다면 …… 어디 외출이라도 하구 말구요 …… 그 오 상인가 하는 서사일 보는 사람이라도 만나고 오죠, 네?"

하고 유색은 약간 풀이 죽어 고개를 떨어뜨린다.

"그래 그러라니까."

권은 한 마디 부르짖고 그는 지금 가슴 속에서 서물거리고 있는 오늘 하루의 플랜을 진행시킬 작정으로 바쁘게 다시 돌아서는 것이다.

유색은 기운차게 걸어 나가는 권의 뒷모양을 물끄러미 바라보았다.

'네 배짱 속 나도 다 안단다 하지만 …….'

유색은 뒤를 돌아보고

"가자 영남아!"

하고 아들 영남의 손목을 이끌었다. 권이 가르쳐준 대로 유색은 인사정 ××번지를 어렵지 않게 찾을 수가 있었다.

그러나 고래등 같은 기와집이라든가 잘 소제 되어 있는 넓은 마당을 보는 유색의 가슴은 무엇에 눌리는 듯이 그는 잡고 있던 영남의 손목을 더욱 힘 있게 쥐고

"너 아빠 알겠니?"

하고 어린아이를 내려 보자

"응? 나 몰라 …… 엄마! 저거 봐."

하고 영남이가 까드득 웃고 손으로 가리키는 곳에는 하얀 비둘기 두 마리가 사이좋게 내려 앉아 모이를 뜯고 있다. 유색은 영남의 손을 다시 한 번 더 단단히 쥐고 사랑채를 향하여 들어갔다.

사람이 들어오는 발소리를 들었음인지 방문이 벙싯 열리며

"어서 오시는 손님이세야요?"

하고 묻는 것은 이집 상노 아이리라.

"주인 나리 계시냐?"

"왜 그리세요?"

상노 만복이는 안으로 들어가야 할 안손님이 바깥주인부터 찾는 것이 결코 심상치 않아보였으나 그 손에 매달린 어린아이를 보자 만복은 어느 정도로 신용이 되었던지

"계시긴 계세요."

하고 우선 대답을 하여 놓았다.

"그럼 좀 뵙고 가도록 해주."

하고 유색은 지갑에서 일 원짜리 한 장을 꺼냈다.

"그런 건 일 없에요. 잠깐 계서요."

하고 상노는 안으로 들어가더니

"저 주인 나리님은 안 계신데요. 무슨 일로 오셨서요?"

하고 멀뚱멀뚱 바라보는 만복에게 유색은

"그럼 이 댁에서 서사일 보시는 오 상이라도 좀 만나게 해주."

하고 이번에는 기어이 손에 쥐고 있던 일 원을 만복의 손에 쥐어 주었다. 이윽고

"들어오시랍니다."

하는 상노 아이의 안내로 유색은 안사랑 응접실로 들어갔다. 분합문 너머로 책상에서 무엇을 쓰고 있는 사나이의 얼굴을 흘깃 바라보는 유색은 흠칫 한 자리에 서 버렸다.

오 상 오 상 하고 걸핏하면 이야기하던 권성렬의 말을 들 올 때마다 유색은 얼마나 같은 성을 가진 오상만을 생각하였던고. 상만과 같은 성이라도 가진 그 남자가 누구인가 하고 생각하는 유색의 눈앞에 정작 그 꿈에도 잊을 수 없는 오상만이 나타날 때 유색은 다만 꿈을 보는 듯이 어

리둥절하여졌다.

　유색은 상노 아이가 가리키는 곳으로 가서 앉을 것을 생각하면서도 또한 손에 쥐고 있는 영남의 조그마한 손목이 요리조리 비틀고 있는 것까지 인식하면서도 그는 여전히 한 자리에 우두커니 서 있는 것이다.

　"손님 오셨세요 오 선생님."

하고 상노 아이가 분합 유리창 빼꼼히 열 때까지 그리고 상만이가 보고 앉았던 장부에서 눈을 떼고 고개를 이편으로 돌리는 순간까지 유색은 여전히 꿈꾸는 듯한 맘의 착각에서 헤매고 있을 뿐이다.

　비로소 깜짝 놀란 듯이 눈을 둥그렇게 떠보고 벌떡 일어서는 상만의 얼굴에 반가운 웃음보다는 먼저 살짝 찌푸리는 그의 아름다운 미간에는 분명코 귀찮다는 표정이 실린 것 같이 흘러가는 것을 유색은 똑똑히 알아보자 그는 그 자리에서 뺑 돌아서서 나와 버리고 싶으리 만큼 상만이가 노엽고 야속스러워졌다.

　"유색이가 웬일이요?"

하고 상만이가 이쪽으로 나오면서

　"너도 왔구나."

하고 영남의 뺨을 만져볼 때 유색은

　"오늘은 애 아버지를 만나러 왔으니까요 안심하세요."

하고 입을 삐쭉하여 보이고는 곧 맘으로 후회하였다.

　'꿈에라도 한 번 만나자구 사모하던 그이 앞에 이게 무슨 버릇이람 츳.'

　유색은 눈을 떨어뜨린 채 방 한편 구석으로 가서 쪼그리고 앉았다.

　"어린애 부친 되는 양반은 어디 잠깐 나가셨는데 할 말이 있으면 내게 다 해보시구려."

상만은 응접대 한편에 자리를 잡고 앉았으나 바로 지금 자기 침실로 들어가 있는 장인택이가 부탁한 대로

'돈은 물론 다시는 이 집에 찾아오지 말라는 말을 어떻게 모가 나지 않게 전갈을 해야 할 텐데.'

하고 생각해 보자 상만은 가슴이 거북하여졌다.

"무슨 일로? 좌우간."

하고 상만은 응접대 케이스에서 담배를 하나 집으며

"담배나 붙이죠."

하고 점잖스럽게 한 마디 하고 유색의 얼굴빛을 슬쩍 바라보았다.

"……."

유색은 두루마기 고름만 만지작거릴 뿐 고개를 다소곳이 숙인 채 잠자코 앉았다.

"난 바쁜 사람이니까 그럼 천천히 더 앉았다가 이따가 장인택 씨를 직접 만나 보시든지 ……."

하고 상만이가 자리에서 일어서려는 눈치를 보이자

"아냐요 오 상께 말씀을 해야만 좋아요."

하고 그제야 유색은 고개를 들고 상만을 바로 쳐다보며

"다른 게 아니구요. 저 제가 이번에 마땅한 곳이 있어서 들어 앉아 살림을 시작하게 됐는데요 ……."

유색은 되도록 권성렬의 시키는 말을 하나도 빼놓지 않고 말을 해보기로 하였으나 어째 조금도 자신이 없어서 그는 말을 하다말고 상만을 빤히 쳐다보고 있다.

"살림을 시작하게 되어서 그래서?"

상만은 유색의 다음 말을 독촉하는 것이다.

"그래서 이 아이는 자기 아버지 되는 이에게 아주 맡겨버리려고 찾아온 게야요."

"왜 전에 유색이가 아이 양육비로 이천 원을 받고 다시 더 말하지 않기로 약속을 하였더라며?"

하고 영남을 흘깃 바라보는 상만은 지금쯤 어디서 요시에의 귀찮은 짐덩어리가 되어 끌려 다닐 신세를 생각하자 그는 후 하고 한숨이 목구멍으로 치밀어 오르는 것이다.

"그까짓 이천 원이 어디 돈야요. 그걸 가지고 아이가 몇 해나 살아가겠어요, 호호호."

비로소 유색은 소리를 내어 웃고

"그러시지 말구 장 씨 좀 만나게 해주서요. 온 김에 아일 아주 맡겨버리고 가겠세요. 왜 멀쩡한 장 씨 아들이 나 같은 부평어미에게서 길러질 까닭이 있어요? 첫째로 내가 괴로워서두 정말 더 어떡할 수가 없세요."

유색은 케이스에서 담배를 집으며 상만의 수굿이 숙이고 있는 얼굴을 힐끔 건너다보고

"아무 데도 가지 말고 아이를 기르라면 말야요 참 오 상 앞이니까 이런 말도 심있게 합니다만 나도 사람인데 어찌 자식을 떠나서 살겠어요. 그러니 말이야요 …… 만 원 하나만 집어주신다면 말입니다 정말야요 하늘이 내려다보십니다. 난 다른 남편 얻지 않고 우리 영남이만 기르고 살겠어요."

"만 원이."

상만은 별로 놀라지도 않았으나 장인택의 태도를 보아 결단코 실현

될 사실이 아닌 것만은 넉넉히 짐작하는 까닭에

"유색이 말은 잘 알아들었으니 그럼 그대로 내 주인께 말은 해 보지 …… 들을지 안 들을지 건 나도 자세히 모르지만."

상만이가 일어서려는 것을 보고 유색은 발딱 자리에서 일어서며

"어림없게요. 안 들어준다면 날마다 올 테니까요 호호호. 아이 아버지께 꼭 좀 그렇게 일러 주세요."

하고 영남의 손을 잡고 복도로 나간다.

자박자박 자갈을 밟고 돌아나가는 유색의 발소리를 듣고 앉아 있는 장인택은 빼꼼 침실 영창문을 열고 내다보았으나 도대체 저 유색의 손목을 잡고 돌아나가는 영남을 무엇으로 자기 아들이라고 내세우는지 도무지 알 길이 없어 장인택은 두 손으로 머리통을 한 번 싸보고

"이거 정말 귀찮은 문제가 붙었군."

중얼거리며 인사정으로 건너가는 것이다. 밖으로 나온 유색은

'오 상 오 상, 나는 정말 당신을 찾았세요 당신을.'

그는 아들 영남의 양육비 문제는 완전히 잊어버린 듯

'내 생명이 붙어 있는 한 나는 당신을 떠나지 않을 테야요.'

혼자서 맘속으로 맹세를 거듭하며 간동정 자기 집으로 돌아가는 것이다.

서정연이가 권성렬에게서 죽엽에게로 가는 돈 만 원을 도로 찾아 가지고 기어이 죽엽을 자기 것으로 만들어 보겠다고 결심을 하자 박기호는 서정언을 어떻든지 가와세 연극에 출마를 시키고야 말 것을 자기 혼자 맹세하였고 권성렬은 세상없어도 자기 아들 권형순을 오죽엽에게서 뺏어내려고 벼르는 것과 같이 양유색은 오상만을 자기 품에 사로잡지

않고는 살 수 없으리 만큼 그의 맘은 간절하여졌다.

마치 장인택이가 열병 환자처럼 정애나를 사모하고 그 애나를 상만이가 같은 정열로 사모하듯이

그러나 박애순이가 자기와 약혼하였던 형순을 잊지 못하는 것 같이 애나 역시 자기를 위하여 뼈가 상하도록 매를 맞고 병원에 입원까지 하였던 그 상만을 잊을 수 없다는 사실이 독자 여러분이나 또한 필자까지 한 가지로 주목할 수 있는 사실이 아닐 수 없는 것이다.

앞으로 졸업날도 이제 한 달 반밖에 남지 아니한 ××보육학교 졸업생 일동은 졸업한 뒤 그들이 걸어 나갈 인생행로를 정하기에 머리를 앓고 있는 판세다. 애나와 애순도 학교 뒤뜰 도톰한 잔디밭에서 무엇인지 한참 소곤거리다가는 후 하고 한숨을 짓고

취직이냐 결혼이냐 상급학교이냐 여기 애나와 애순이 뿐만 아니라 저쪽 운동장 모퉁이 저 이 층 창 기슭에 아니 바로 음악실에서 피아노를 치던 학생까지 혹은 둘씩 혹은 셋씩 근심과 희망으로 수놓은 젊은 얼굴들을 볼 수가 있는 것이다.

"얘 불신자면 어떠냐 네가 정말로 존경하고 사랑할 수 있다면 왜 네 맘을 고백하지 못하느냐 말이다."

애순은 웃지도 않고 약간 딱하다는 듯이 애나를 노려보고 있다.

"그래도 얘 그보다도 그인 얘 저 아이 참 속상해."

애나는 차마 신마찌 여자가 병원으로 상만을 찾아와서 여차여차 하였단 말을 지금까지 입 밖으로 내지 못하고 있는 것이다.

"아이두 그이가 어떻단 말이냐 글쎄 그때 우리가 속달을 보낼 때 칼라를 새것으로 갈아매라고 했더니 아주 척 그대로 갈아매지 않았어? 얘

그만 두어요. 난 다 알고 있는걸 뭐."

"그래도 애 그인 …… 그이가 앞으로 신자만 되어 준다면 정말야 난 그이와 결혼해도 좋아요."

웃음을 가득이 담은 애나의 두 눈은 타는 듯 빤짝거린다.

"그럼 됐다. 전도는 내가 하마. 근데 애 난 정말 걱정이 된단다."

하고 애순이가 고개를 떨어뜨릴 때

"인식이 때문이지? 여태껏 안 나왔니?"

"그럼 일주일 구류 처분이래. 글쎄 아이 녀석도 잡아가지고 가는 형사를 막 욕을 했대. 너들도 곧잘 와이로[76]를 먹는다는 둥 대신들도 뭐 어쩌고 어쩌라구 마구 연설을 하고 덤볐다니 어떡하니?"

애순은 고개를 떨어뜨리고 한참 동안 말이 없더니

"너 놀라지 마라."

하고 애나를 향하여 한 번 다짐을 주더니 나지막 목소리로

"저! 인식이 녀석이 부장 앞에서 학교사들도 기생 오입하는 요사이 그래 우리들이 활동사진 구경다닌 게 어째 나쁘단 말요 하고 들이대니까 어느 학교 어느 교사느냐고 부장이 우리 인식에게 성명을 대보라고 그랬대 ……."

"그래서?"

"그래서 ××공업학교 교수 권형순이라는 이는 안국정 ××번지 오죽엽이 집에 다니는데 당신의 감상은 어떻소 하고 놀려 먹었다누."

"저런! 설 어째."

---

76 わいろ. 뇌물.

애나는 깜짝 놀라 소리를 질렀다.

"가엾지? 학교선 면직 처분이 내린다나?"

"넌 어떻게 아니?"

"종로서 형사 중에 아버지와 잘 아는 이가 있어요. 그이 말이 그러는데 바로 어제 일요일 아침에 ××공업학교 교장과 어느 형사가 글쎄 죽엽인가 하는 기생의 집을 습격을 해서 현장을 붙들었다는군 글쎄."

"교장답지도 않게 왜 자신이 그런 곳은 간 것."

애나는 입을 삐쭉하고

"내정 돌입죄에 걸릴까봐 형사를 대동하고 갔군 …… 내 어쩐지 ×× 교장은 내 맘에 안 들더라 점잖지 못하게 뵈요."

못마땅한 듯이 빈정대는 애나를

"얘 그런 것도 아니여. 다른 교원을 보낼 수도 없고 그런 일에 젊은 교원을 보낼 수가 없지 않아? 그러니 자기 자신이 쥐도 새도 모르게 하노라고 갔나봐 안 그래?"

"……."

애나는 잠자코 고개를 끄덕거렸으나 풀이 죽어 앉아 있는 애순을 똑바로 쳐다볼 수도 없어

"어차피 잘 됐지 뭐. 그런 사람은 가끔 그런 변을 당해야만 정신을 차릴 것이야?"

"애나! 건 너무 잔인하지 않어? 난 그이가 가엾어서 못 견디겠어. 정말이다. 어떻게 그일 좀 구해주었으면 좋겠구나 응 애나야."

"글쎄 어떡허니?"

"얘 그이에게 가면 어떨까 오빠 ……."

"글쎄!"

"아니 그러지 말구 가자꾸나 응 애나야 제발."

하학종이 울리자 그들은 책보를 낀 채 관철정 한강 여관으로 상만을 찾아갔다.

그러나 그들이 대문을 들어서고 그리고 대뜰 위에 하얀 여자 고무신이 눈에 뜨일 때 두 처녀는 서로 돌아보고 주춤하고 마당 한복판에 서버렸다.

여자의 흰 고무신이 대뜰 위에 놓였기로니 애나와 애순이가 주춤하고 들어가지 못할 이유가 어디 있을까.

그러나 대청 위에 방이 셋이라면 한 개는 ××중학 학생 두 사람이 들어있는 곳이고 다른 한 개는 지금의 비어있고 그 맞은편이 오상만의 방이라는 것을 일전 두 처녀가 상만을 찾아 왔을 때 자세히 알고 간 사실인지라.

지금 저 동그라니 벗어 논 하얀 고무신의 주인은 분명코 상만에게 온 여자 손님일 것임에 틀림없다는 것을 짐작한 때문이다.

"웬 손님일까?"

두 처녀가 서로 돌아보고 눈과 눈으로 문답을 할 동안

"호호호 호호호."

하는 여자의 웃음소리가 상만의 방안에서 굴러 나왔다. 두 처녀는 똑같이 눈살을 찌푸리고

"담에 오자꾸나."

소곤거리면서 돌아서려는 때다. 대문이 찌꺽 소리가 나면서

"이 댁입시오?"

하고 껀센 목소리와 함께 행주치마를 두른 까까중이 청요리가 들어있는 궤짝을 들고 들어온다.

영창문이 차르르 열리며

"그래 여기야 옳게 찾아왔군."

하고 갸웃이 고개를 내미는 여인의 하얗게 분 바른 얼굴이 마당에 서 있는 두 처녀의 시선과 마주치자 일순 눈이 부신 듯 슬쩍 외면을 하고는

"이봐 이리로 가져와 이방으로."

하고 청인에게 손짓을 한다.

방안에서 이쪽 마당에 서 있는 처녀들을 비로소 발견한 상만은

"아."

확실히 비명에 가까우리 만큼 소리를 치며 영창문을 열어젖히고 대청으로 나온다.

"아니 왜 들어오시지 않고."

하고 상만은 빙그레 웃었으나 그의 웃음은 결단코 자연스럽지 못한 어색한 웃음으로밖에 보이지 않는다.

"손님이 계신 듯하니 담에 오겠습니다."

하고 애나가 뺑 돌아서자 애순은

"꼭 여쭐 말씀이 있어서 왔기는 왔는데요. 저 그럼 뭐 내일이라도 오지요."

하고 뱅긋 웃고 천천히 돌아 나왔다.

"애 웬 손님일까? …… 넌 아니? 누군지."

하고 애순이가 앞서 나오는 애나에게로 다가서며 애나의 끼고 있는 책보를 쿡 쥐어박았으나 웬일인지 애나는 잠자코 말이 없다.

"얘 그이 부인일까? 부인이 시골서 왔을까?"

"……."

"너 그때 그랬지 그이 신분 조사할 때 분명히 독신이더라고. 그러면 부인은 아닐 테고 누굴까 ……."

애순은 여간 궁금하지가 않았다.

"기생 같지? 기생이라면 이쁘진 않더라만 그렇지?"

"얘가 왜 이리 수선이야 길바닥에서."

애나의 음성은 송곳 끝보다 더 날카롭게 들리는 것이 아주 썩 불쾌한 모양이다.

애순은 뜨끔하여 고개를 움츠렸으나 설마 그 기품 있게 잘 생긴 오상만이가 조금 전에 영창 밖으로 내다보던 그 확실히 육십 점 미만의 얼굴과 어떤 깊은 관계를 가질 것이라고는 아무래도 믿어지지가 않는 것이다.

"얘 너 우울해졌구나."

"……."

"내 단언한다. 그이가 결단코 그 여자 손님과 어떤!"

"얘가 미쳤나?"

애순이가 깜짝 놀라리 만큼 꽉 소리를 지르자 애나는 반달음질로 전찻길로 뛰어가는 것이 지금 이글이글 타오르는 석탄덩이를 가슴에 품은 듯한 애나는 아무도 싫었다. 동무도 집도 집에서 기다리는 어머니까지도 이 순간에는 보기 싫은 허수아비 같지만 생각이 되는 것이다.

그는 날아났다. 마치 누가 자기를 붙잡기나 하는 듯이 애나는 자기 앞에서 스르르 속력을 낮추는 전차 속으로 뛰어올라 빈자리로 가서 쓰러질 듯이 털썩 기대앉자

"웬 걸음이 그렇게 빠르십니까?"

하고 손잡이를 잡고 내려다보는 남자 그는 확실히 한강 여관에 있던 오상만이가 아니냐.

"애순 씨는 못 쫓아오고 말았죠 아마."

애나는 쌔근쌔근 가쁜 숨을 쉬는 채 잠자코 발끝만 내려다보고 앉았으나 애순이에게 미안하다는 그런 생각을 하기에는 바로 지금 한강 여관 상만의 방에서 내다보던 그 한 개의 미운 얼굴에 대한 분노가 자기를 쫓아 전차에 올라탄 상만에게 대한 원망과 경멸과 그리고 또 한편 그윽한 감사의 정을 어떻게 처리하여 갈지 애나는 전차가 움직이는 대로 흔들리는 구두 끝을 말끄러미 내려다보고 앉아 있는 것이다.

그러나 애순이 어떻게 달음질로 전차 안전지대까지 왔을 때 상만이가 사람들 틈으로 초조하게 한발을 들이미는 것을 보고 살며시 돌아섰다는 사실은 애나는 물론 상만까지도 알 수가 없는 것이다.

"애나와 그이 …… 좋은 콤비야."

애순은 혼자 고개를 끄덕여 보았으나 스르르 먼지를 남기고 전차가 지나간 뒤 애순의 가슴은 짙어오는 황혼과 함께 싸늘한 적막이 기어드는 것이다.

그는 갑자기 팔에 낀 책보가 천근이나 되는 듯이 무거워지는 것을 느끼며 타박타박 발길을 옮기었다.

'××공업학교 교장의 주택이 어디더라?'

맘속으로 중얼거리며 지나가는 택시를 향하여 손을 들었다.

'난 혼자라도 만나 보지 만나보고 탄원을 해보고 그래도 안 들으면? ……'

애순은 질주하는 자동차 속에서 지그시 입술을 깨물었다.

택시의 운전수는 참따랗게 애순을 ××공업학교 교장의 사택 정문 앞에 내려놓았다.

동숭정 ××번지라는 문패를 똑똑히 읽어 보고 애순은 그 반양식으로 된 나지막한 쇠살문을 안으로 밀어 보았다.

쩌르릉 하는 방울 소리와 함께 컹컹 짖으며 달려 나오는 개 위협에 애순은 놀라서 길바닥으로 뛰어 나왔다.

그 뾰족한 두 귀가 달린 셰퍼드의 목에 굵다란 쇠줄이 없었던들 애순을 어디라도 물었으리라 혼자서 단정을 해보니 다시는 더 어떻게 들어가 볼 용기가 나지 않는다. 개는 수상한 사람이 서 있는 것을 보고 자꾸만 짖어댄다.

한참 동안 우두커니 길바닥에 서 있던 애순은 문득 쓸쓸하게 웃었다.

'무슨 꼴야 꼴이.'

왜 자기가 어두운 낯선 거리에 무서운 개에게 짖음을 받으며 서 있는고.

이미 자기 이외에 한 여자에게 몸과 맘을 바쳐버린 권형순의 운명에 대하여 이렇게 초조하게 덤빌 까닭이 대체 어디 있단 말이냐.

애순은 어제 저녁부터 들떠서 날뛰는 자기 꼴을 바라보고 혼자서 혀를 차고 그리고 천천히 돌아섰다.

"어디서 오신 손님이시야요?"

방금 개가 짖고 있는 뜰에서 나는 소리다. 애순은 휙 뒤를 돌아보았다. 그냥 갈래야 갈 수도 없고.

"저 교장 선생님 좀 만나 뵈려고 왔습니다."

애순의 대답을 듣자 그 쓰메에리를 입은 젊은 사나이는

"아직 학교에서 돌아오지 않았세요."

하고 안으로 쑥 들어가 버린다. 애순은 역시나 잘 되었다 맘으로 외치며 큰길로 비적비적 걸어 나왔다.

'미쳤어. 내가 미치지 않고 이게 무슨 꼴이람.'

애순은 전차에 올라 자기 집까지 오면서 이런 말을 몇 번이나 곱씹었다.

"언니 책보 어쨌수?"

하는 동생 애경의 말을 듣자 비로소 그 택시 속에 책보를 놓고 온 것이 생각났으나 그는 잠자코 자기 방으로 들어가서 두루마기를 벗었다.

안국정 오죽엽의 집 안방에서는 지금 막 권형순과 죽엽이 저녁상을 받고 있다.

하얀 무명으로 평양 수건을 접어 쓴 죽엽은

"왜 진지를 그만 잡수세요? 물에 말아서 좀 더 잡수셔 보세요."

하고 빙그레 웃었으나 그의 얼굴 전체에 서리고 있는 설움을 어떻게 감출 수 있으랴.

형순은

"그만 먹겠어."

하고 숭늉 그릇을 들어 한 모금 마시고 내려놓을 때다.

"웬 놈이야 웬 놈이."

하는 소리가 영창문 밖에서 들려온다. 음성의 주인은 진흙같이 술이 취한 죽엽의 아버지다. (실상은 오촌이다.) 어제 저녁부터 권성렬의 권하는 요리와 술과 그리고 젊은 계집의 향기에 취할 대로 취하여 돌아오는 것이다.

"흥 너 이년 꼴 좋다. 이게 뭐야 응?"

죽엽의 오촌은 문을 와락 열고 들어오자마자 죽엽의 머리에 쓰고 있는 평양 수건을 화락 벗겨 버리자 여기저기 소 뜯어 먹은 풀밭 같은 정수리가 나온다.

"흥 이 녀석아 이 멀쩡한 녀석아 건방지게 네가 무슨 주제로 내 딸을 이렇게 망쳐 놓느냐 말이다. 응? 망쳐 놓아."

죽엽의 오촌은 형순의 멱살을 잡고 늘어지면서

"이놈아 너 죽고 내 죽어보자. 죽엽이가 저 지경이 되고 보면 어차피 우리 식구는 다 굶어 죽는 판이다. 이놈아 날 죽여라."

죽엽의 오촌은 이번에는 형순의 팔뚝을 덥석 물고 늘어진다.

"아버지 미쳤수 이게 무슨 짓이요 짓이."

죽엽은 달려들어 오촌의 머리통을 두 팔로 잡아 젖혔다.

"이놈아 너 때문에 현금 만 원도 날아가 버렸다. 응 이놈. 만석꾼 집에서 들어 앉히겠다데 너 같은 월급쟁이가 기생 오입이 무슨 주제냐 이 건방진 놈아."

"아니 아버지 정말 이러시기요? 오늘로 날 마지막으로 대하려거든 어서 맘대로 해보슈. 맘대로 실컷 흥껏 해봐요 흥. 삼시로 밥이 뱃속으로 들어가니 어느 하늘 밑에서 사는 것도 모르고 숫제 왜 이러슈 아이 망측도 해라."

"뭐시 어째? 네 이년."

하고 죽엽의 오촌은 호령을 하면서도 방금 두 눈에서 새파란 불이 초롱초롱 흘러내리는 죽엽의 옆얼굴을 바로 쳐다 볼 용기는 없는 것이다.

"이놈아 냉큼 나가거라 돈도 없는 놈이 기생이 뭐야 이놈아."

영창문에서 똑똑 소리가 나더니

"손님 오셨세요."

하는 식모의 말소리가 들린다.

"대문 안 걸었댔나?"

하고 죽엽이 식모에게 눈을 흘길 동안

"××공업학교에서 왔세요. 권형순 선생께 드려 주세요."

하고 학교 소사인 듯한 아이가 뺑 돌아서서 나가버리자 마룻바닥에는 길쭉한 하도롱 봉투가 거꾸로 엎드려졌다.

죽엽이가 나와서 손수 들어다 형순의 앞에 내밀 동안 죽엽의 오촌은 씨근씨근 어깨로 숨을 쉬며 앉아 있다.

봉을 죽 찢고 들여다보던 형순은

"흥."

하고 코웃음을 치면서 종이쪽을 죽엽의 앞으로 내미는 것이다.

'금일 이사회에서 결정한 결과 면직 처분이 되었으니 자에 통지함 ××공업학교장.'

"그래 너 이 연놈이 어쩌자구."

또 죽엽의 오촌의 발악이 시작되는 것이다.

"정 이러신다면 난 오늘 밤이라도 이 집을 나가겠세요. 그리 아세요."

"뭣이 어째? 이년이 배은망덕하는 년."

하고 소리를 지르고는

'오늘은 이만치하고 두지.'

혼자서 속으로 간조를 하고 마루로 나가는 것이다.

권성렬에게서 가지가지의 충동과 교훈을 받은 대로 권형순을 내어쫓는 시위 운동의 제일막을 마친 죽엽의 오촌은 아주 만족하여 대문 밖으로 나갔다.

권성렬이가 오라고 지시한 간동정 유색의 집으로 향하는 것이다.

그리고 한 달이 흘러갔다. 완전히 봄기운에 휩싸인 세상은 산이나 들판이나 이러한 안개 속에 조는 듯 평화스러운 날씨가 며칠인가 계속하고 있다.

아침 일찍 일어나는 습관을 가진 유동섭이가 인천 실비치료원 자기 침실에서 칫솔을 들고 세면소로 간 때는 아침 여섯 시가 조금 넘었을 때 이때이다.

앞으로 열흘만 있으면 자경을 신부로 맞이하는 즐거운 날이 닥쳐올 것을 생각하는 동섭은 세면기 위에 철철 흘러넘치는 물을 두 손으로 담아 보고 담아 보고 자경이가 낙산 옛집을 증축하여 개업을 하겠다는 것을 온전히 자기의 어린 아내가 되어 인천 실비치료원으로 오도록 몇 번인가 설복을 하여 드디어 자기의 의사를 통하게 된 것만도 동섭에게는 여간한 기쁜 일이 아니다.

그날이 오면 아내가 만든 찬으로 아침상도 받을 수 있으련다.

아아 그날이 오면 아내가 입혀주는 양복 아내가 찾아주는 손수건 아니 모자, 구두를 집어주는 자경의 모양은 얼마나 고맙고 사랑스러운 존재일까.

"아."

동섭은 세수를 마치자 뜰로 내려섰다. 가슴에 버차오르는 이 삼격을 어디다 쏟을고?

벌써 푸릇푸릇 물이 오른 정원수들을 향하여 큰 숨을 뿜어 보고 이제 얼마 되지 않아 금빛으로 누렇게 타오른 동편 하늘을 쳐다보고 빙그레 웃는 동섭은 행복의 절정에 서 있는 그 사람이었다.

전과 같이 아침을 마치고 전과 같이 사무를 시작하면서도 동섭의 맘은 명절을 맞이하는 아이처럼 즐겁게 설레는 요사이었다.

아침 진찰 시간이 끝나자 그는 늘 하는 습관으로 먼저 제일 공장으로 갔다.

함마 소리, 기계 소리, 백열된 풀무에서 화염을 뿜는 장한 기세, 기름에 젖은 옷을 입은 젊은 남자들의 이마에서는 굵은 땀방울이 맺혀 있는 것을 보아 그들의 하는 일이 얼마나 힘이 드는 것을 알 수 있다.

"뚜."

하고 긴 고동 소리가 들리자 모든 소음은 일제히 그치고 사람들은 점심을 먹으로 가지고 온 벤또 그릇을 찾는다.

공장 한 옆에 조그마한 나무 판장으로 둘러 논 방에 수북이 쌓인 벤또들은 각기 임자들을 찾아 나가고 맨 한 개가 끄무레한 수건에 싸인 채 주인을 기다리고 엎드려있다.

동섭은 벤또 그릇을 들고 무게를 손으로 달아보고 고개를 기울일 때다. 이쪽으로 뚜벅 뚜벅 바쁜 걸음으로 오는 젊은 사나이가

"선생님 내려 오셨습니다그려."

하고 빙긋 웃고 고개를 숙이더니 동섭의 앞에서 벤또를 풀기 시작한다.

보리쌀이 쌀보다 좀 더 많이 섞인 데다가 좁쌀이 가끔 눈에 띄는 밥 한 옆에 김치쪽이 두엇 가지런히 놓여 있다.

동섭은 약간 눈살을 찡그리고

"그 요샌 보리쌀이 많이 섞이는 모양인데 그래 가지고 시장하지 않을까요?"

하고 방금 볼이 미어지게 찬밥덩이를 입으로 우겨넣는 젊은이를 바라본다.

"시장하긴 무어가 시장해요 생으로 굶을 때 일을 생각하면 이것도 감지덕지 하지요 뭐."

목이 짤막하고 두 눈알이 코끼리같이 조그마하게 생긴 이 사나이는 젓가락으로 밥을 쉴 새 없이 우겨넣더니

"보리쌀을 좀 더 넣었더니 이딜엔 쌀이 한 가마니나 늘었습니다. 그리고 이 김치가 어때서 그러서요 가끔 가다 이런 것도 먹어야만 되거든요 선생님."

젊은 사람은 김치쪽을 덥석 비어 물더니

"우리가 말입니다. 이보다 더한 숭한 반찬이면 어떻고 밥이면 어떻습니까. 모두들 다 그럽니다. 어디 물어보세요. 누구 하나 불평을 가진 사람이 있나 돈 없으면 글쎄 그게 우리네 자손의 교육비가 되고 우리 처자의 의복과 찬값이 되는 게지요 흥."

청년은 콧구멍을 벌룽거리며 남은 밥덩이를 마저 목구멍으로 쓸어넣고는

"정말입니다 선생님. 이달 간 아주 썩 좀 절약을 해 보았습니다. 훗날부터 다른 사람이 또 다르게 하면 그만 아니야요. 저 달에는 춘보가 했을 때 말입니다. 허연 쌀밥에 고기니 생선이니 좀 잘 먹었세요? 먹긴 먹었어도 말입니다. 구석구석에서 욕설이 있었세요. 이건 뭐 하루 먹고 지워버리는 것도 아니겠고 결국 우리 살림을 우리가 허비하는 거니까요. 안 그래요? 선생님."

청년은 마지막 김치쪽을 입에다 집어넣고 벌떡 자리에서 일어서더니

"그럼 이거 잠깐 좀 봐 주십시오."

하고 공장 안으로 들어가더니 강철로 된 원통을 가져 나온다.

미처 동섭이가 무어라고 묻기 전에

"이게 바로 그것입니다. 장작 모터의 일부분이야요. 이게 바로 기통인데 이 구멍으로 피스톤이 드나들게 됐나봐요. 내일 발명자의 감정을 받고 아주 손을 뗄 작정입니다."

하고 젊은이는 기통을 안으로 갖다 놓자 동섭은 일어서서 성큼 성큼 청년의 뒤를 따라 들어갔다.

벌써 점심을 다 마친 직공들은 우 일어나 각기 맡은 부문으로 가서 일을 잡는다.

동섭은 또다시 눈을 찌푸리고

"식후 삼십 분 간은 쉬라고 했는데도 웬일들이요."

하고 동섭이 곁에 있는 한 사람을 향하여 소리를 쳤으나 기계의 음향 속에 동섭의 목소리는 똑똑히 들리질 않는다.

동섭의 바로 가까이 있는 젊은이들을 서로 돌아보고 빙그레 웃는 것이 그들은 동섭의 불쾌하여 하는 뜻을 잘 아는 까닭이다.

"일 없어요 선생님."

하고 한 중년 남자가 고개를 흔들며 빙그레 웃고

"쉬는 것보다 일하는 게 외려 우리에겐 더 나아요."

하고 다른 한 사람이 도리를 친다. 저쪽 입구에서 양복 입은 젊은 신사가 기웃기웃 문안을 들여다보는 것이 누구를 만나러 온 듯싶다. 이윽고

"바로 저 어른이 유동섭 씨야요."

하고 손으로 가리키는 곳으로 젊은 신사는 조심조심 걸어온다.

허리를 굽히고 예를 마친 뒤에 내미는 명함에는

'권형순.'

이런 석 자가 새겨져 있다.

입술이 바싹 마르고 광대뼈가 두드러진 약간 검은 얼굴의 청년 신사는 명함을 내민 뒤에 동섭의 얼굴을 들여다보며

"선생님의 성화를 사모하고 왔습니다. 잘 지도하여 주십시오. 그런데 이런 것을 가지고 왔는데요."

하면서 양복 포켓 속에서 착착 접은 종이를 꺼낸다.

"여긴 분주하니까 그럼 절 따라 오세요."

동섭이가 앞을 서서 공장 사무실로 들어갔다.

역시 요란한 기계에 음향이 들려오기는 하지만 교의도 있고 테이블도 있고 그리고 차관에서는 김이 무럭무럭 더운 물이 끓고 있다.

"불쑥 이런 종이쪽부터 내놓고 혹시 선생님께 꾸중을 들을지도 모르겠습니다마는 사실 여러 가지로 선생님을 뵙기 전부터 꽉 믿고 의지하는 맛으로 왔기 때문입니다."

하고 권형순은 빙그레 웃고 덥수룩한 머리에 한 손을 대이며 종이를 내려다본다.

"불쾌할 리가 있습니까."

하고 동섭은 형순의 손에서 종이를 받았다.

"먼지 일지 않는 자동차의 해부도 인데요 선생님 공장에서 이걸 맡아서 제작해 보셨으면 싶어서 왔는데요."

"실험은 마쳤습니까?"

"네 저 소규모로 해보았습니다. 가솔린을 담은 기통 바로 옆에 밖으

로 빠져나가는 폭음과 동시에 바퀴가 굴러나갈 때 일어나는 먼지를 받아들이는 기통이 또 하나 달리게 됐습니다. 이 기통의 내부는 거의 진공에 가깝도록 공기가 희박하게 되어 있고 진공 외부에 마개가 있어 엔진이 진동할 때마다 이 마개가 자동적으로 열렸다 닫혔다 할 동안 바퀴 아래 일어나는 먼지가 다이 속으로 들어가 모이게 되는 것입니다. 극히 간단하게 드린 말씀이여요."

하고 형순은 동섭을 쳐다본다.

"그럼 아직 자동차에 비치하여 운전해 본 일은 없습니다."

"네 소형의 모터에 붙여서 몇 번 실험은 해 보았는데 결단코 성공될 줄 믿습니다."

동섭은 잠자코 고개를 끄덕여 보다가

"그럼 보통 자동차에다 이것을 바로 비치할 수는 없을까요?"

하고 형순을 바라보다가

"그렇지 노상 구조가 다르니까 ……."

"네! 그 때문에 새로 자동차를 한 개 만들어야 돼요. 그러니까 문제가 크지요 하하."

웃고 형순은 타는 듯한 눈으로 동섭의 얼굴을 바라보는 것이 대답을 듣고자 초조한 모양이다.

"네 그럼 좌우간 만들어 봅시다. 성공, 불성공은 실험을 지나본 뒤에 일이니까."

동섭은 혼잣말 같이 하고

"그럼 이러기로 합시다. 지금 우리 공장에서 시작하고 있는 일이 대강 끝이 나는 대로 착수하기로 해보지. 장작 모터가 한 개, 자동식 소화기가 한 개, 그 밖에 몇 가지 되는데 아마 이럭저럭 한 달가량이나 지나 손을 떼게 될 것입니다. 그러니까 이것은 훗달 중순이나 되어야 착수하게 될 것입니다."

"네."

형순은 가슴이 울렁울렁 해져서 무어라고 대답할 말이 없다. 눈앞에 뽀얀 안개가 가린 듯이 그는 다만 황홀하여졌다. 그렇게 힘들고 그렇게 초조하게 애쓰는 문제가 이렇게 쉽사리 풀리다니.

형순은 이 순간 유동섭이란 인간은 마땅히 초인간적 어떤 전등의 신과 같이 위대하게 생각이 되는 것이다.

그는 다만 감격하였다. 자동차의 성공 불성공은 제쳐놓고라도 그는 유동섭의 사나이가 맘에 들었다. 선뜻 한 마디에 자기의 말을 알아주는 동섭은 진실로 천 년 전부터 믿어 오던 지기를 만난 듯 그는 터질 듯한 감격에 금시로 눈시울이 뜨끈하여 지고 콧속이 따가워졌다.

"그럼 말씀하시는 대로 믿고 돌아가겠습니다."

형순은 눈을 끔벅끔벅 하면서 자리에서 일어섰다.

"네 그 사이라도 바쁘시지 않거든 공장으로 자루 놀러와 주십시오." 하고 동섭은 형순의 앞으로 손을 내밀었다.

동섭은 형순을 보내고 다시 병원으로 올라왔다.

책상 위에 놓인 우편물들을 훑어보는 동섭은 문득 흰 봉투로 손이 갔다.

노르스름한 사각봉을 찢는 동섭은 속에서 나오는 문구를 쭉 내려보고 고개를 끄덕였다.

'그믐을 넘었으니.'

고개를 끄덕이고는 곧 소절수 책을 꺼내어

'일금참백원야(一金參百圓也).'

기립을 마치자 곧 봉투 속에 집어넣고 겉봉을 쓴다.

'경성부 명치정 ××번지 광명원 주인애 씨.'라 쓰고 급사를 불러 서류 우편으로 부치라고 명하고 비로소 점심을 먹으러 일어섰다. 광명원은 명치정 가톨릭 교회의 후원으로 설립된 고아원인데 매월 동섭이가 삼백 원씩 정액으로 기부를 하고 있는 것이다.

인애가 동섭의 병원에서 자취를 감춘 지 만 일 년이 지난 뒤에 일이었다. 인애의 있는 곳을 알자 몇 번이나 동섭이가 타이르고 설명을 하고 나중에는 우기기까지 하여 편지를 보내고 가서 면회도 하여 보았으나 인애의 맘은 돌이킬 여유가 조금도 보이지 않았다.

"그럼 뜻대로 수녀가 되어 보시죠."

하고 더 말리지도 않았던 것이다. 그랬던 것이 바로 삼 년 전 뜻밖에 그야말로 뜻밖에 동섭에게 한 장의 글이 왔다.

'누구든지 수녀원으로 뛰어 들어오기만 하면 곧 거룩한 처녀가 되어 일생을 수녀원에서 보내게 되는 줄 알지만 그것은 이곳 내부의 사정을 잘 알지 못하는 피상적 관찰이옵고 실상인즉 저는 무엇보다도 먼저 가톨릭 교회의 신자로서의 자격을 받기까지 어떠한 양식을 밟아야 하겠고 그리함에는 반드시 짧지 않은 시일이 필요하게 되는 것이 온데 저는 비로소 지난 일요일 새벽에 세례를 받았습니다. 아그네스 그것은 제 세례 이름이옵고 저의 교모는 P신부의 자당 되시는 어른이올시다. 저는 한 착실한 신자가 되어 수녀의 후보자로서의 자격을 얻기 위하여 주야로 맘을 닦고 있습니다. 이곳 기숙사에는 저와 같이 심신을 닦을 목적으로 올라온 처녀 두 사람이 있습니다. 다 좋은 사람들이요 저와 같이 불

행한 사람은 아니옵니다 …….'

이런 짧지 아니한 편지가 한 달에 한 번 혹은 두 달에 한 번씩 오더니 어느 날은

'참으로 딱한 일이 하나 생겼습니다. 지난 새벽에 수녀원 담 밑에 새빨간 갓난애가 하나 들어왔습니다. 그러나 수녀원에는 벌써 고아들의 정원이 넘었으므로 부득이 경찰서로 동지하려 하옵는데 이 아이의 운명은 어찌 될는지요. 한 달에 십 원씩만 도와주는 이가 있다면 이 아이는 수녀원에서 그대로 길러갈 수가 있다 하오니 만약 동정하시거든 매월 십 원씩만 보내 주시기를 바랍니다.'

사내아인지 계집아인지 그런 말은 쓰이지 않고 다만 어린아이라고 쓴 그 말이 동섭을 기쁘게 하였다.

동섭은 그날부터 시작하여 오늘까지 그 아이를 위하여 매월 십 원씩을 보내고 있는 것이다.

그 뒤에 삼 년이 지나간 어느 날

'나는 수녀가 되어 일생을 바치는 결심으로 보통 한 사람의 보모가 되어 어머니 없는 고아들을 받아 기르기에 내 일생을 드리기로 맹세하였습니다. 정원이 넘어 경찰서로 보내려는 아이들은 전부 제가 맡기로 하고 P신부와 R신부의 양해 아래에서 조그마한 고아원이 하나 생겼습니다. 광명원이라고 P신부가 명명하여 주셨는데 부모도 형제도 없는 저 자신이 의지할 수 있는 광명의 집인지도 모릅니다.

여기는 지금 모두 열일곱 아이가 있는데 그중에 배꼽이 떨어지지 않은 갓난 애기가 둘이옵고 한 살 미만이 셋이옵고 차례로 두 살 이상 일곱 살까지 되는데 모두 사랑스럽고 귀엽고 그리고 항상 배고픈 얼굴들

을 가지고 있는 작은 천사들이올시다.'

동섭은 그때부터 매월 백 원씩 인애의 사업을 위하여 기부를 하여왔다.

그러나 아이의 수효가 삼십 명이 되고 또 사십 명이 되고 마침내 오십 명을 돌파하게 되자 동섭의 기부금액도 더 늘지 않을 수 없어 백 원이 이백 원이 되고 이백 원이 삼백이 된 것이다.

동섭은 오늘도 인애에게 삼백 원의 돈을 보내고서 언제나 느끼는 맘의 가뿐함을 또 한 번 느끼면서도 외로우나 그러나 깨끗하게 수고하는 인애를 생각하여 보는 것이다.

겸손하기 물과 같고 깨끗하기 찬 눈과 같고 그리고 철사와 같이 가늘고 강한 인애의 성격에는 이러한 사업이 적당할 수도 있을 것이라고 동섭은 언제나 생각하는 것이다.

그보다도 동섭은 인애가 자기에게 바치던 그 정성과 애성을 아는 만큼 그는 자경에게 양보하고 자기의 앞에서 사라진 인애를 이만치라도 돕지 않고는 견딜 수 없는 것이다.

웬일인지 동섭은 인애에게 갚을 수 없는 맘의 빚을 가득이 짊어지고 있는 듯하여 때때로 고개가 수그려지는 자신을 발견하는 것이다.

그럴 때마다 그는 다소의 금전을 광명원으로 보내어 인애의 사업을 도와주는 것으로 정신의 채무를 얼마씩이라도 갚아오는 것이다.

우편국으로 가서 서류 편지를 부치러 급사 아이가 막 나간 뒤 이번에는 동섭에게로 서류 편지가 들어왔다.

도장을 찍어 주고 봉함을 열어 보는 동섭의 눈은 휘둥그레 되었다.

'차압하기로 되었으니 ……'

재판소 도장이 시퍼렇게 박혀 있는 이 차압 통지서를 읽는 동섭은 어리둥절해졌다.

귀하가 서정연 씨를 위하여 담보물로 제공한 제일 공장 제이 공장
…….

동섭은 읽고 또 읽었으나 도대체 이 기이하고 맹랑한 사건의 근본을
알 길이 없었다.

좌우간 서정연 씨를 만나서 직접 물어보는 것이 가장 첩경이라고 생
각한 동섭은 그날 진찰 시간을 끝내고 저녁차로 경성을 향하였다.

언제나 기차를 타면 느끼는 버릇으로 이 저녁에도 동섭은 가슴에서
오고 가는 천만 사려[77]에 사로잡혀 그는 지그시 눈을 감은 채 팔짱을 끼
고 앉아 있는 것이다.

'웬일일까?'

동섭은 진실로 알 수 없는 수수께끼를 그러나 불길한 수수께끼 문제
를 받아 쥔 자신의 운명이 기구함을 또 한 번 느끼면서 창밖으로 지나가
는 정거장의 이름들을 머릿속으로 헤어보기도 하는 것이다.

계동정 서정연 씨 집에서는 전과 같이 동섭을 반갑게 맞이하고 그중
에도 자경은 나이 어린 색시처럼 약간 두 뺨을 붉히며 동섭의 손을 잡는
것을 보면 아직까지 이 집 식구들은 아무것도 모르고 있는 양도 싶다.

전과 같이 자경이 손수 차를 만들고 어머니는 아랫목에 누운 채 동섭
에게 차를 권하고

시계가 열한 시를 치자 복도에서 무거운 발소리가 들리는 것은 서정
연 씨가 돌아온 모양이다.

---

77 思慮. 여러 가지 일에 대하여 깊게 생각함. 또는 그런 생각.

"헴!"

가벼운 기침 소리와 함께 영창이 드르렁 열리면서 서정연 씨의 초췌한 얼굴이 나타난다.

"자네 언제 왔는가."

서정연 씨는 별로 희로애락의 표정도 없는 듯 그는 썰늘한 찬바람을 외투자락에 담은 채 방 한편 구석으로 가서 쪼그리고 앉는다.

"아버지 차 잡수세요."

하고 자경이 따끈한 홍차를 따라 놓았으나 서정연 씨는 찻잔은 돌아보지도 않고

"오늘 밤은 마침 동섭 군도 오고 잘 됐군 …… 후."

서정연 씨는 길게 한숨을 뿜고 포켓을 더듬어 담배를 꺼내더니 비존의 빈 곽을 방바닥으로 동댕이를 치고

"흥 이젠 담배도 떨어졌어 허허허."

서정연 씨의 목구멍에서 웃는 소리가 들렸으나 그의 얼굴은 여전히 돌과 같이 움직이지를 않는 것이다.

동섭은 등골에서 버썩하고 찬 땀이 지나갔다.

"아버지! 담배 사 올까요?"

하고 자경이가 아버지의 얼굴을 쳐다볼 때 서정연 씨는 손을 흔들어 사오지 말란 뜻을 보이고서

"동섭 군 자넬 보기가 참말로 미안허이. 늙은 사람이 망령이라 하기에는 너무도 큰일을 저질렀으니 흥."

"아버지 그럼 바깥소문이 거짓말은 아닙니다. 그렇죠 아버지."

자경의 음성은 울음에 가깝도록 떨러 나왔다.

"아니 영감 어찌된 셈속이요? 셈속이. 똑똑히 말이나 일러 주시우 영감!"
하고 자경 어머니도 자리에서 몸을 일으키려 한다.

"셈속이라니 아무것도 없이 죄다 날아가 버리고 말았지. 뭐 길게 설명할게 있나? 흥."

"아버지 그게 정말이야요?"
하고 자경은 비로소 울음 섞인 소리로 부르짖고 두 손으로 얼굴을 싼다.

"우리 집 살림뿐이면 또 모를 일이지만 여기 앉은 동섭 군의 소유까지 침범을 해왔으니 난 그게 딱해서 그래. 우리 내외야 인제 살면 몇 날 더 살겠소. 마누라도 병골이라 저 모양이지? 나 역시 이 꼬락서니에 오래 부지하고 살 것 같지가 않아. 하지만 아무런 죄도 없는 동섭이와 자경까지 못 살게 만들어 놨으니 그게 그게 용서받지 못할 큰 죄를 저지른 것이란 말야 …… 흥."

서정연 씨는 잠깐 말끝을 끊었다가 다시 땅바닥을 노려보며

"나두 첨엔 가부에 제법 이익도 보았어. 그러나 운수 소치야 …… 내 집 재산이 거의 다 은행으로 넘어가게 되자 나는 가와세에다 손을 대보려고 자본을 좀 얻는다는 게 동섭의 제일 공장과 제이 공장을 저당으로 밀어 넣단 말야. 동섭이 자세히 듣게."
하고

"가와세 소바를 하기로 어느 친구와 약속을 하여 놓았다가 중간에 화나는 일이 있어서 말야. 그만 그 돈으로 다시 한 번 가부를 죄다 사버리지 않았겠나 ……."

서정연 씨는 비로소 빙그레 웃으며

"그것마저 날아가 버렸어."

하고 다시 방바닥에 엎드려 있는 비존의 빈각을 한 번 집어 속을 들여다보고는

"동섭이 나를 고발하게나 나를 고발하면 자네 것은 찾을 수가 있으니까 말야. 자네 몰래 인장을 위조하여 사용한 것이니 나만 기소되면 자네 소유는 훌륭히 자네 것이 될 것이니."

"……."

방안에는 자경 어머니의 괴롭게 신음하는 소리와 자경의 가늘게 느껴우는 소리만이 들릴 뿐 서정연 씨나 유동섭은 약속이나 한 듯이 입을 닫고 앉아 있다.

이윽고 동섭이

"오늘 제일 제이 공장의 차압 통지서가 왔습니다만 다른 것을 밀어 넣고서 얼마쯤 연기 하기로 해 보십시다."

하고 서정연 씨를 돌아보았다.

"다른 것이란 무어?"

"병원이나 학교나 …… 그 밖에."

"후유! 다 틀렸다. 병원 학교 할 것 없이 다 집어넣은 것이 바로 한 달 전에 일이었다. 그래서 오늘 저녁 마지막으로 그것마저 다 날아갔다는 보고를 듣고 돌아오는 길이다."

"……."

잠자코 앉아 있는 동섭은 완연히 벙어리가 되어 버린 듯하다.

봉한 듯이 입을 닫고 앉아 있는 동섭은 스르르 눈을 감았다.

공장에서 쫓겨나는 근 백여 명의 장정은 장차 어디로 갈 것이냐 날마다 치료를 받고 있는 어려운 사람의 사정도 딱하지만 아하 그 학교 문에서

쫓김을 받을 근 이백 명 아동들의 운명이 더욱 난처하지 않느냐.

'이럴 줄 알았다면.'

동섭은 서정연 씨가 자기가 낸 돈을 이러한 불길한 수법으로 찾아갈 줄 알았다면 당초에 아무런 사업도 시작하지 말았을 것이라고 지금 후회도 하여보는 것이나 소용없는 일이다.

오꾸마가 인애에게 맡기고 간 돈 오십만 원을 서정연 씨가 그중에서 삼십만 원을 동섭에게로 주게 하고 동섭은 그 논으로 인천 빈민굴을 위하여 공장을 만들고 학교를 세우고 그리고 병원을 확장하였던 것이다.

서정연 씨의 매축 사업이 끝나면서 실직된 백여 인부가 공장의 화부로 목공으로 철공으로 전직을 하여 직업을 얻기까지 진실로 동섭은 자지 않고 먹지 않고 머리를 쓰고 심장을 태웠던 것이다.

지금은 일백 일흔 아홉의 아동이 참따랗게 초등 교육을 받고 있는 해서학원이 탄생되기는 바로 사 년 전 이른 봄이었다.

동섭이가 가르치던 야학교 아동들이 대부분 취학을 하기 위하여 동섭은 그들의 부형에게 적당한 직업을 주지 않으면 안 되었으니 그중에서 공장에 취업한 사람도 있고 더러는 동섭의 인쇄소에서 일을 보게 되고 있으며 그중에 부인네들을 위하여 동섭은 직조공장을 설치하였으니 이 공장에서는 주로 모시와 삼베를 짜는 것이었다.

그중에도 제일 공장 제이 공장은 조선 청년으로 발명한 것을 자본이 없어서 만들지 못하고 있는 것을 동섭이 이 공장을 개방히여 빌명 조선의 실험대로 만들어 놓은 것이다.

동섭의 사업을 재단법인으로 만들 수도 있었지만 그 하나 그 하나 씩이 다 다른 특점을 가진 한 개의 독립된 사업인 만큼 삼십만 원 재산을 가지고 여기 저기 쪼개어 쓰게 되니 자연 어느 한 가지도 재단법인으로 이름 지을 정도의 재산을 가지지 못하게 된 것이다. 그러나 좌우간 동섭은 모든 것이 꿈속같이 아득하여졌다.

'단 하루 동안에 없어지다니 …….'

모래사장에 쌓아 놓은 성터가 한 번 밀치는 센 물결에 자취도 없이 사라지듯이 동섭의 오 년 동안 아니 육 년 동안의 힘들고 공들은 일터가 이렇게도 허무하게 무너지고 마는 법도 있을까?

"여보게 동섭 군! 난 말야 어차피 다 된 사람이다. 그러니 말야 너들이나 살아나야 되지 않겠니? 고소를 해라 고소를 하면 말야 나는 내 지은 죗값으로 어떻게 되면 대수냐? 그러나 동섭아 자경을 굶길 수야 있나 응? 동섭아."

서정연 씨는 바싹 마른 입술을 소매 끝으로 쓱 문지르고는

"인제 한 달만 더 있으면 또 차압 통지가 갈게니 우리 집도 내일 모레면 경매가 붙을 게다. 동산은 차압이 안 되어 있지만 흥."

"영감 그러면 이 추위에 우리가 거리로 나간단 말요? 영감."
하고 자경 어머니가 숫제 소리를 지르고 울음통을 터뜨렸다.

"어머니 진정 하십시오. 설마 거리로 나가시게야 되겠습니까?"

"자경 씨! 왜 이러십니까. 자경 씨가 정신을 차려야지 이거 이러면 됩니까?"

동섭은 자경의 모녀를 달래 놓고

"아버지."
하고 서정연 씨 앞으로 돌아앉더니

"일이 이왕 이렇게 됐으니까요 너무 실망하실 건 없습니다. 아버지

손으로 모으신 재물 아버지 손으로 흩트리셨는데 누가 무어라 할 사람이 있겠습니까 …… 내일 채권자를 만나보고 좌우간 담판을 해 본 후에 그중에 어느 것이라도 빼놓도록 해 보겠습니다."

동섭은 침착하게 이 한 마디를 하고 차관을 기울여 손수 차를 따라 가지고

"아버지 목마르실 텐데 서늘한 차나 한 잔 드시지요."

하고 서정연 씨 앞으로 찻잔을 두 손을 내밀었다. 바로 그때다. 갑자기 서정연 씨가 무릎을 꿇고 동그라니 앉더니

"과연 우러러 볼만한 인격자군 인격자야."

하고 두 손을 이마에 대고 코가 땅에 닿도록 동섭의 앞에 절을 하더니

"자 이번엔 이처럼 과인한 인격을 가진 동섭 군을 남편으로 뫼실 자경에게 절을 할밖에."

서정연 씨는 또다시 두 손을 모으고 딸 자경 앞에 절을 한다.

'미치는 게 아닌가?'

하고 동섭은 가슴이 서늘해져서

"아버지 이거 무슨 일이십니까."

하고 비로소 짜증이 섞인 목소리로

"어린애도 아니고 왜 그리서요?"

하고 서정연 씨를 쳐다보았다.

"왜? 나 안 미쳤어. 너무나 큰일 앞에서 말아 너무나 큰 아량을 가진 자네 앞에 자연히 말야 절을 하고 싶도록 내 머리가 숙여진 것뿐이네 히히히."

빙긋 웃으려던 서정연 씨의 입은 그대로 실룩실룩 울음이 터져 나오

고 말았다.

동섭은 언제나 가지고 다니는 가방 속에서 곧 진정제의 주사를 꺼내 서정연 씨의 팔에다 한 대 꽂고

"밤도 늦고 했으니 내일 더 이야기 하시고 오늘밤은 이대로 주무십시오."

하고 동섭은 서정연 씨를 안동하여 침실까지 갔다가 다시 안방으로 건너왔다.

"내일 채권자와 만나실 테야요?"

하고 자경이 묻는 것을

"만나 보죠. 만나서 우선 어떻게 타협을 해 보아야죠."

동섭은 차압 서류에 쓰인 장인택이란 이름을 맘속으로 뇌여 보면서

'어떤 사람일까?'

하고 고개를 기울이는 것이다.

상만은 아침 밥상에 냉잇국을 먹으며 벌써 봄이 찾아온 것을 알아내었다.

"시골서 일갓집에서 올려 보낸 것인데 좀 잡서 보아요."

하고 전에 없이 권성렬 노인이 상만의 방까지 나와서 외교를 시작하는 품이 수상치 않은 숙제가 있는 듯도 싶다.

"냉잇국을 먹으면 달래젓이 생각나는데 이건 말을 하면 경마 잡히는 격이죠?"

상만도 맞장구를 쳐보고 훌 훌 소리를 내어가며 국을 마시면서도 그는 책상 위에 시계를 흘깃 쳐다보고 빙그레 웃었다.

'지금쯤 동섭은 아마 입맛이 쓸걸?'

상만은 이런 말을 속으로 되풀이하여 볼 때 뜨끈뜨끈 목구멍을 넘어

가는 냉이 국물이 마치 감로수처럼 달고 맛이 있는 것이다.

"저, 오 상 다름이 아니라요 저! 내 자식 아이 말입니다. 언젠가 내가 얘기하지 않았세요? 그 죽엽이 년과 함께 인천으로 가서 살구 있다고. 왜 저 ××권번 기생말입니다."

하고 권성렬은 빙그레 웃으며 상만을 바라보고

"참 기막힌 일도 많죠. 아 글쎄 저쪽에서는 박기호 씨 댁에서 말입니다. 지금이라도 뭐 그 기생과 청산만 해준다면 곧 결혼식을 하겠다는군요. 그러나 오 상께서 말입니다. 아마 최근에 인천을 가실 일도 계시죠?"

권성렬은 의미 있게 한 마디 하고

"그때 한 번 저이 아들놈을 만나 주셨으면 싶은데요. 그렇게 짬을 내실 수만 있다면 참 좋겠는데 ……."

권은 연방 상만의 눈치를 슬슬 살피는 것이다.

"하필 내가 가서 꼭 될 일이라면 짬이야 언제라도 있을 수 있죠만 …… 어린 아이들도 아니고 어디 내 말을 듣겠어요?"

하고 상만은 냉잇국에다 밥을 퍼 넣고 말기를 시작한다.

"글쎄요 그게 딱하단 말씀야. 저러다가 혹시 자식이라도 생긴다면 그 귀찮은 문제가 되지 않겠세요?"

하고 제법 이맛살을 찌푸리고 입맛을 다시더니

"참 장인택 씨도 아마 요새 꽤 분주할 걸요. 그런 곳에서 아들이 나서 아주 커다랗게 자랐다더군요. 올해 네 살이라더가? 그렇죠? 오 상."

하고 권은 속으로 어깨를 흠칫하고 상만을 흘겨보는 것이다.

"글쎄요 그런 문제도 있나 봅디다만 장 씨는 별로 통양을 느끼지 않더군요. 뭐 자기 자식인지 아닌지 당초에 자신이 나서지 않는다니까요."

"그도 그럴 수 있습죠."

권은 고개를 끄덕이고 듣고 싶은 말을 얻어들었다는 듯이

"진지 많이 잡수세요."

하고 밖으로 나간다.

상만도 밥상을 물리고 외투를 찾아 입고 장인택의 집으로 향하여 거리로 나왔으나 물론 그의 머릿속에는 죽엽의 일이나 권성렬의 아들 형순의 일이나 더욱이 유색이가 낳은 장인택의 아들 문제 같은 것은 그림자도 머물러 있지 않는 것이다.

'지금쯤 유동섭은? 흥 서정연의 몰골은? 그보다도 서자경의 히스테리는 아마 절정을 넘었을 게다. 흐흥.'

장인택의 집으로 들어와 전과 같이 사무용 책상과 마주앉은 상만은 전에 없이 휘파람이라도 불어보고 싶은 맘의 가벼움을 느끼면서 장부책을 끌어당기는 것이다.

시계가 열 시를 치고 그리고 긴 바늘이 삼십 분을 가리키고 있을 때다.

장인택은 애나와의 약혼을 진섭시키기 위하여 박 집사 내외를 찾아보러 나간 지가 막 십 분이나 되었을까? 상노 아이가

"오 선생님 이런 손님이 오셔서 서방님을 찾으시는데 오 선생님이라도 만나보실 테야요?"

하고 명함을 들이민다.

'유동섭.'

이라는 석 자가 박힌 이 종이 한 장을 받아쥔 상만은 커다랗게 숨을 내뿜고 천천히 고개를 흔들었다.

"내가 만날 손님은 아니야."

상노가 나간 뒤 상만은 손바닥에 놓인 유동섭의 명함을 다시 한 번 들여다보며

'운명이다 운명이 나로 하여금 다시 한 번 더 동섭과 정면으로 승패를 겨루게 하는 것이다. 아아 운명이.'

이상한 일은 조금 전에 여관에서 느끼던 그 쾌감, 소리를 내어 웃고 싶던 유쾌감은 자취도 없이 사라지고 유동섭이라는 큰 생선이 자기의 던진 낚시에 물려 무참히도 육지까지 끌려나온 것을 생각할 때 상만은 자기의 잔인한 맘이 약간 쓸쓸하여 지는 것이었다. 나갔던 상노가 다시 들어오며

"사무인이라도 좋으니 꼭 좀 만나 뵙고 가겠다구 하는데 어떡할까요?"

"안 돼. 난 만나도 소용없는 손님이야 …… 이따 새로 한 시쯤 돼서 오시면 주인과 만날 수 있다고 똑똑히 전갈을 하고 돌려보내라."
하고 상만은 다시 장부로 눈을 돌리려 할 때다. 그의 손에 쥐인 유동섭의 명함이 보기 싫게 구겨진 것을 내려다보고 상만은 쓸쓸히 웃고 쓰레기통에 던져 버렸다.

슬픈 승리

하로 한 시가 되어갈 무렵에 주인 장인택이가 풀이 후줄근히 죽어서 들어오는 것을 보고 위선 상만은 안심하였다.

'혼담이 뜻대로 진행이 되지 않은 게로구나.'

생각한 상만은 혼자서 빙긋 웃고

"어떻게 됐세요?"

하고 유리문 너머로 상만이 썩 상쾌한 음성으로 물었다.

"결혼보다 □□□한다구요."

하고 상만의 곁으로 오더니 빈 교의로 가서 털썩 기대앉으며

"오 상 어떻게 무슨 변통이 없을까요? 애나 씨가 시골로 유치원을 가르치려 내려가지 못하도록 무슨 묘안이 없을까요? 네 오 상!"

하고 인택은 얇은 입술을 쪽 빨고 천장을 쳐다본다.

"글쎄요 생각해 보면 무슨 안이 나오기도 하겠소. 그보다도 애나 씨가 결혼이 싫어서 취직을 하는 것 같으니 혼인은 단념을 하시는 게 좋을 것 같은데요."

하고 상만은 인택의 얼굴을 들여다보는 것이다.

"……."

인택은 잠자코 안사랑방 보료 위로 가서 벌떡 누워버린다.

"서방님 손님 오셨세요. 저 이런 분이 오셨세요."

하고 명함을 내밀며

"아침나절에도 왔다 갔세요."

하는 말을 들으면 유동섭이가 다시 찾아온 모양이다.

"지금은 아무가 와도 만날 수 없으니 내가 말야 두통이 나서 못 견디겠어 그러니 말야 내일 오시면 좋겠다고 그렇게 말하고 돌려보내."

하고 얼굴을 찌푸리는 장인택의 모양을 유리창 너머로 바라보는 상만은

'대답 잘 됐다.'

하고 픽 웃는 것이다.

복도로 나갔던 상노 아이가 다시 들어오며

"암만해도 꼭 좀 만나 뵙고 간다고 저기 섰세요."

하고 딱한 듯이 영창문을 붙들고 섰다.

"이 녀석아 아 그래 사람이 골치가 아프다는데 왜 지랄야 지랄이."

장인택은 극도로 신경질이 발작이 된 모양으로

"나가서 그래라 죽었던 부모가 살아온대도 만날 수가 없다고 …… 이 자식 왜 가만히 서 있는 거야."

하고 인택이가 눈을 부라리는 바람에 상노는 움찔해서 복도로 나가 버렸다.

조금 있다가 다시 들어온 상노 복만은

"사무인이라도 좋으니 잠깐만 만나보고 가겠다고 그러니 어떡히면 좋아요?"

하고 이번에는 상만의 대답을 기다리는 모양으로 유리문 너머로 상만의 뒤통수를 바라보고 섰다.

"오 상 나 대신 좀 만나 보시구려. 만나 보시구 알아서 처리하시구려."

하고 장인택의 짜증 섞인 목소리가 들려온다.

상만은

'이거 정말 백병전이 시작되는 모양인데 …….'

속으로 중얼거려 보고

"그럼 얘 그 손님 이리로 들어오시게 해라."

하고 상만은 대답하지 않을 수 없는 것이다. 이윽고

"실례합니다."

하는 간단한 인사와 함께 커다란 체격의 소유자 유동섭이가 약간 허리를 굽혀 인사를 표하고 안방으로 들어오는 기척이 들린다.

상만은 전신의 피가 일시로 거꾸로 흐르는 듯한 맘의 흥분에 쫓기어 그의 철필을 쥔 손이 와들와들 불규칙스럽게 떨리기 시작하였다.

장인택은 사람이 들어오는 것을 보자 벌떡 일어나서 드르렁 영창문 소리를 내면서 밖으로 나간 뒤 손님은 상노 복만이가 당겨놓는 방석 위로 가서 쪼그리고 앉는다.

'아아 유동섭 의로운 원수.'

상만은 자기도 알지 못할 말을 입속으로 중얼거리며 여전히 부들부들 떨리는 손으로 무엇인지 장부를 기립을 하고 있는 것이다.

온밤을 자지도 않고 반날이 넘도록 먹지 아니한 동섭이 노랗게 혈색을 잃은 얼굴에 애써 미소를 띠우며

"사무 보시는 양반이라도 잠시 뵙고 가야겠는데 ……."

하고 아직까지 엉거주춤하고 서 있는 복만을 돌아보는 것까지 짐작을 하면서도 상만은 짐짓 돌아보지 않고 고개를 치켜들지도 않고 전보다

좀 더 바쁘게 철필을 놀리는 것이다.

"네 잠깐만 계십시오."

하고 복만은 유리문을 와서

"오 선생님 손님 오셨습니다."

하고 나지막이 이른다.

"음."

한 마디 하고 일어서는 상만은 유리문 손잡이를 잡았다. 순간 이쪽을 바라보는 동섭의 시선과 마주쳤다. 그것은 칼날과 칼날이 맞부딪히는 찰나와 같이 시퍼런 불이 번쩍하고 똑같이 두 사나이의 눈에서 흘러갔다.

상만이가 책상에서 일어서는 것을 보고 비로소 안심한 듯이 상노 복만이도 밖으로 나가고 방안에는 온전히 상만과 동섭 두 사람이 남았다.

서로가 서로를 바라볼 수 있는 지척에서 대한다는 사실은 두 사람에게 다 같이 어떤 커다란 경이가 아닐 수 없는 일이다.

그러나 여기에 한 가지 다르다면 다른 일은 상만을 출옥 이래 근 반년을 두고 동섭과 다시 대할 날을 맘속에 그리고 뼈에 사무치게 기다렸던 것이다.

전과자란 자신에 비하여 너무도 찬란한 동섭의 존재에 대하여 불로 지지는 듯한 부러움과 질투와 그리고 자경에 대한 미련과 침착은 상만으로 하여금 이를 갈면서라도 기어이 다시 한 번 동섭을 만날 날을 만들지 않고는 견디지 못하게 만들었던 것이다.

꿈에나 마도 잊지 못하던 그 눈이 부시게 화려한 동섭의 지위와 명예가 이제 완전히 바람 앞에 촛불과 같이 상만의 한 마디로 말미암아 좌우될 수 있는 오늘 동섭과 다시 만났다는 사실은 상만에게 커다란 기쁨이 아닐 수 없는 것이다.

　그러나 동섭은 저 약간 혈색을 잃은 상만의 얼굴이 마치 심야에 나타난 백마와 같이 보여 그는 등골에서 선뜩 찬 땀이 지나가는 것을 느꼈으나 어찌할 수 없는 일이라 다만 단념한 듯이 그는 수굿이 고개를 숙여 버렸다.

　지난 가을 자경의 집 응접실에서 전등 스위치를 틀어 불을 꺼버리고 어둠 속에서 낄낄 거리고 웃던 괴물은 분명코 상만이라는 직감을 지금도 그대로 간수하고 있는 동섭은 한 오라기도 감지 않은 알몸으로 맹수 앞에 감나온 때처럼 그는 다만 일체를 운명의 손에 밀어 맡길 수밖에 없는 일이었다.

　"유 형께서 웬일이십니까?"

하고 상만이가 애써 미소를 띠우며 동섭과 약간 떨어진 거리로 가서 앉은 때

　"참 오래간만이오그려."

하고 동섭이도 천천히 고개를 들었다. 그러나 동섭은 시선을 방바닥으로 떨어뜨리지 않을 수 없었으니 그는 저 하얀 마귀와 같이 짓궂게 웃고 있는 상만의 눈과 마주친 까닭이다.

　상만은 응접대 위에 놓인 케이스에서 '트리케슬'을 집어 불을 붙이면서

　"담배 피시죠."

하고 아무에게나 하는 인사말을 틀에 박은 듯이 동섭에게도 한 마디 하고 푸 하고 파란 연기를 천천히 뿜으면서도 그의 여인의 입술같이 아름다운 입술에서는 쉬지 않고 조롱의 미소가 흐르고 있는 것이다. 동섭은 잠자코 손을 내밀어 담배를 한 개 집었다. 평소에 피우지 않는 담배건만

이 경우에 담배라도 한 개 피워 물어보고 싶도록 그는 어색하고 막막하여 지는 자기 맘을 달래볼 도리가 없는 것이다.

"난 또 좀 바쁘고 한데 …… 유 형 무슨 소관으로 저를 찾으셨습니까?"

연방 생긋생긋 웃으며 상만이 얘기를 시작하건만 동섭은 쓰디쓴 담배 연기를 두어 번 뱉을 뿐 그는 무어라고 대답할 말이 얼른 목구멍에서 나오지 않는 것이다.

"사무인이라도 만나시겠다고 하시기에 제가 나왔는데요 …… 제가 이 집 사무원으로 있으니까요 하실 말씀이 계시면 저에게라도 ……."

이번에는 상만은 웃음을 거두고 동섭의 대답을 기다린다.

"주인을 좀 만나게 해주시면 좋겠는데 ……."

하고 동섭은 절반도 타지 아니한 담배를 재떨이에다 쓱쓱 문질러 놓고

"사무원으로 계신 오상만 씨를 괴롭게 하는 것보다 주인과 직접으로 담판을 해야 좌우간 한 마디 대답을 듣고 갈 생각인데 …… 미안하지만 주인 좀 만나게 해 주시지요."

동섭은 침착하게 말을 마치고 지그시 눈을 감았다.

주인과 만나지 못하면 곱게 입을 닫고 돌아갈지언정 오상만에게는 구구스러운 말을 할 필요가 없다는 것을 벌써 결심한 까닭이다.

"주인을 만나시게 해 드릴 수도 있습니다만 아마 오늘은 잘 안될 겁니다. 뭐 불쾌한 일이 있는 모양인데 그런 때에는 아무와도 잘 안 만나니까요."

상반은 여전히 웃지 않고 정중하게 음성을 낮추어

"조금 전에 유 형이 오셨을 때 그러더군요. 절더러 만나 뵙고 말씀을 잘 들어보라고 ……."

상만은

'어떠냐?'

하는 듯이 동섭을 똑바로 쏘아보고

"뭐 그러실 것 있습니까? 서정연 씨 댁 현관에서 거지와 같이 내쫓김을 받은 상만이기로 설마 주인의 대리를 못하도록 그렇게 무능하지는 않으니까요 하하하."

"……."

"지불 명령에 대하여 이의를 말씀하시러 오셨죠? 아마? 그렇죠?"

"……."

"서정연 씨의 부동산 일절은 물론 유동섭 씨의 소유 전부가 이 집 장인택 씨 집에 저당이 되어 버린데 대해서 무슨 의견을 진술하실 작정이시죠?"

이미 자기의 심중을 다 알고 앞질러 말하는 상만의 말에 대하여 동섭은 구태여 아니라 할 까닭은 없지 않은가?

상만의 추궁하고 묻는 말에 동섭은 마침내 고개를 끄덕여 긍정하는 태도를 보이고 말았다.

"그러면 어떻게 하면 좋겠습니까. 유 형께서는 어떤 의견을 가지고 오셨습니까? …… 가령 연기를 하시고 싶다든지 그 밖에 혹시 ……."

상만은 이제 곧 대답이 튀어 나오고야말 동섭의 입을 빤히 노려보는 것이다.

"이미 저당된 것을 연기니 뭐니 해야 별 수가 없겠죠. 그러나 한 가지 이것은 장인택 씨의 의무는 결단코 아니고 자발적으로 어떤 호의를 보여 주셨으면 하고 그것을 의논하러 왔던 것인데요."

하고 동섭은 까슬까슬 마른 입술을 닫고 침을 삼킨 뒤에

"어제 지불 명령을 받은 제일 공장과 제이 공장 이런 것이 단순한 영리적 공장이 아니고 일종 발명 조선을 위하여 제공 되어 있는."

"네 네 잘 알고 있습니다. 유 형께서 하시는 사업이 얼마나 위대하고 이 사회에 절실한 이익을 끼치고 있다는 것쯤은 벌써부터 자세히 기억하고 있으니까요. 공장뿐 아니라 학교도 그렇죠 병원도 그렇죠 인쇄소는 어떤 것이며 방직 공장은 무엇입니까? 그것이 디 유 형께서 우리 빈약한 조선 사회를 위하여 헌신적으로 경영해 나가는 굉장한 사업이 아니에요? 하하하."

상만은 아주 상쾌하게 소리를 내어 웃고

"그래서요? 말씀하시지요."

상만은 주춤하고 앉아 있는 동섭을 바라보고 다시 말의 계속을 독촉하는 것이다.

"임의 저당을 하시고 돈을 주실 때는 말입니다."

동섭은 잠깐 동안 말을 끊는다.

"그래서요? 말씀하세요."

"임의 저당을 하실 때는 물론 꾸어주는 돈보다 그 저당물 자체가 훨씬 더 많은 가치를 가졌다고 보신 게 아닙니까."

"네 그렇죠. 암 그야 물론 그렇죠."

"그러니 말입니다. 서정연 씨의 소유 일절과 저의 경영하는 사업 전부를 서낭잡고 내 놓으신 돈이 모두 삼십팔만 칠천육백여 원이라죠? 꾸어 쓴 돈에 비하면 저당된 물건이 훨씬 더 가치를 가지고 있으니까요. 그중에서 몇 부분 빼주셨으면 싶어서 그러는데요 …… 물론 이것은 아

까도 말한 바와 같이 어디까지든지 장인택 씨의 호의로 하실 일이요 뭐 이쪽에서 강청할 성질은 못 되는 줄은 잘 압니다만."

동섭은 포켓에서 손수건을 꺼내어 이마에 가늘게 내돋은 땀방울을 씻고

"지금 당장 말입니다. 서정연 씨가 그 집을 내놓고 어디로 가겠습니까? 늙은이들이 너무도 가여우니까요. 될 수 있으면 서정연 씨가 쓰고 있는 그 집만은 어떻게 그 속에 빼주실 수가 없을까요?"

"……."

어이가 없다는 듯이 잠자코 동섭을 바라보는 상만의 눈에서 미소까지 사라졌다.

"서정연 씨가 꾸어 쓴 돈 사십 여만 원은 그이의 소유 논 삼천여 두락의 시가 밖에는 안 되지 않습니까? 그만한 돈을 쓰고 거기에다 몇 배나 되는 저당물을 그대로 내어 맡긴다는 것은 너무도 가석하지 않습니까?"

"아니 잠깐만."

하고 상만은 동섭의 말을 가로 채더니

"채권자 측에서는 원금과 이자만을 가져올 뿐이죠. 저당물을 전부 다 가져올 생각은 꿈에도 없으니까요 …… 경매를 해서 이쪽에서 찾을 것만 찾고 나면 남는 것은 물론 다 서정연 씨와 유동섭 씨에게로 돌려 드리게 되지 않습니까? 하하하 유 형께서는 의학이 전문이신 때문에 아마 주판 속은 약간 등한 하신 편인 게죠? 하하하."

동섭은 상만의 웃음 속에서 어떤 조롱과 멸시가 숨어 있는 것을 역력히 느끼었으나 그는 지그시 어금니를 깨문 채 이 자리에 그냥 앉아 있지

않을 수 없는 것이다.

"집만은 서정연 씨의 집만은 그 경매 속에서 빼기로 하잔 말인데요. 내 말은…… 장인택 씨가 그런 호의를 보여 주셨으면 싶어서 그걸 의논하러 왔던 길이여요."

"네 알아듣겠습니다. 알아들었어요."

상만은 커다랗게 고개만 끄덕여 보이고는

"내 그렇게 주인과 의논해 보죠. 의논해서 되도록 힘써 보겠습니다."

"감사합니다."

오는 말이나 가는 말이 다 한 가지로 허공을 치는 듯이 허전거리는 것을 동섭은 속으로 웃어 보았으나 어쩔 수 없는 일이다.

상노 복만이가 영창을 빼곰히 열더니

"저 저때 번에 오셨던 부인 손님이 오셨는 뎁시오 뭐라고 할까요?"

간동정서 유색이가 온 것이다. 상만은 귀찮은 손님이 찾아온 것을 어떻게 할지 잠깐 망설이는 동안 따르르 바로 등 뒤에서 전화가 운다.

수화기를 집어 든 상만의 얼굴은 화끈 불을 뿜은 듯이 붉어졌다.

"지금 기다리고 있습니다. 곧 좀 나와 주서요. 잠깐만 네? 여긴 ××그릴이야요."

무엇 때문인지 애나의 음성은 확실히 당황하게 들려오자 상만은 곧 외출할 채비를 하면서 동섭에게는 그러한 인사를 남기고 일어섰다.

"난 또 급한 전화가 왔습니다그려 하하."

아주 익숙한 친구에게나 하는 듯이 빙그레 웃으며 한 마디 던져 놓고 나가는 상만의 뒤통수를 물끄러미 앉아서 바라보는 동섭은 그 이상 더 지체하고 있을 수도 없어 자리에서 벌떡 몸을 일으켰다.

동섭은 상만보다 한 걸음 늦게 마루로 나왔고 그리고 마루 끝에 걸터 앉은 채 아미앙에 구두끈을 매기 시작하였다.

손에 익숙한 구두끈을 일 분 동안에 선뜻 매고 바깥마당으로 나오는 동섭의 눈에 이상한 광경이 비치었다.

"오 상! 날 좀 보세요."

하고 소리를 치며 대문을 향하여 달려 나가는 한 여인의 뒷모양이 저렇게도 당황할 수가 있을까.

어깨에서 굴러서 팔에 걸치었던 여우 목도리의 굵다란 꽁지가 바로 발길에 밟힐 듯이 겨우 그 사납게 부릅뜨고 있는 여우의 유리 눈이 그 빼빼 마른 앞발과 함께 여인의 손목에 걸려 있을 뿐이다.

마치 도망꾼이 모양으로 대문을 향하여 달아나는 상만의 검은 외투 자락이 힐끗 대문 오른편에서 펄럭거렸을 뿐 벌써 상만은 거기에 있지 않는 것이다. 그러나 여인은 좀 더 큰 목소리로

"오 상! 잠깐만 기다리세요."

하고 텅 빈 넓은 마당에서 소리를 치면서 허둥거리고 쫓아나가는 것이다.

동섭은 뚜벅뚜벅 발소리를 내면서 지금 상만과 또한 상만을 부르면서 쫓아 나간 여인이 나간 그 대문을 향하여 걸어 나갔다.

길 한복판에서 우두커니 넋을 잃고 서 있는 여인을 동섭은 힐끗 돌아보았다.

성큼 걸음을 계속하는 동섭의 동공에 남아 있는 그 허옇게 분 바른 얼굴.

"오 옳지."

동섭은 비로소 바로 작년 가을에 방금 죽어가는 어린 아들을 데리고 자기 병원으로 찾아왔던 그 여인인 것을 생각해 낼 수가 있었다.

'여인은 오상만의 편지를 가지고 왔겠다.'

동섭은 이런 말을 맘속으로 뇌여 보자

'미친 개의 아가리 속에는 사람을 죽이는 독즙이 들어 있으니 전과자 오상만의 말을 범연히 듣지 말라.'

고 협박문보다 더 험상궂은 상만의 글발이 생각나서 동섭은 픽 하고 웃었다.

동섭은 계동정 서정연 씨의 집으로 돌아와서 자경괴 만났으나 그는 장인택의 집에서 오상만을 만났단 말을 입 밖에도 내지 않았다.

그러한 말을 하는 것이 자경을 어떻게 괴롭게 할 것인지를 너무도 잘 알고 있기 때문이다. 그러나 앞으로 장인택의 채무에서 다만 얼마라도 저당물을 빼내서 서정연 씨에게로 돌려주려고 결심한 자신의 체면으로라도 차마 상만의 말은 할 수가 없는 것이다.

애나는 과연 ××그릴에 있었다. 상만은 두근거리는 가슴으로 애나와 마주 앉았으나 그는 오늘이란 오늘은 애나에게 자기의 심중을 설파해 버리려는 결심이 심장 한 구석에 도사리는 것을 똑똑히 인식하는 것이다.

"다름이 아니었세요, 오 선생님."

애나는 요 몇 날 보지 못한 사이 얼굴이 눈에 띄게 수척해진 것이 상만의 맘에 몹시 애처로워

"네 말씀하세요. 무슨 얘기든지 정성껏 듣겠습니다."

하고 상만은 부드럽게 미소를 보내면서 애나를 바라보는 것이다.

"집에서 말입니다 자꾸만 …… 저 결혼을 하라고 그러는데요. 전 도무지 결혼할 생각은 없세요. 그러나 단지 ……."

"오 선생님의 의견을 한 번 들어보고 오 선생님께서 좋다고 결혼하라고 하시면 해 버릴까도 싶어요."

하고 애나는 나지막이 소곤거렸으나 그는 몇 날 동안 벼르고 벼르던 말을 상만 앞에 쏟아 놓은 것만이 위선 상쾌스러워 호 하고 가늘게 한숨을 뿜었다.

"상대자가 누구입니까?"

상만은 애써 태연스럽게 이 한 마디를 하고 애나의 얼굴을 들여다보았다.

레코드에서는 베토벤의 제구 교향악이 시작되었다.

주문한 차가 두 사람 앞에 모락모락 뽀얀 김을 내면서 식어가고 있다.

"상대자에 따라서 결혼을 하시라든지 그만 두시는 게 좋은지 말씀을 드리고 싶은데요."

상만은 또 한 번 이런 말을 되풀이하고 물끄러미 찻잔을 내려다보았다.

"오 선생님이 잘 아시는 이야요. 날마다 한 집에서 얼굴을 대하고 계시면서."

애나는 살짝 붉어지는 두 뺨 위에 미소를 실어 보았으나 웃고 싶지 않은 웃음이었기 때문에 애나의 어여쁜 얼굴은 좀 더 우울하게 보이는 것이다.

"날마다 대하는 것이라면 …… 장인택 씨랑 말씀입니까?"

상만도 조용히 대답한 끝에 빙긋 웃으려 하였으나 웃음이란 결단코 자유스러운 기분에서만 웃어질 것이요 어떤 계획 아래에서 억지로 되는 것은 아닌 모양이다.

애나는 잠자코 고개만 까딱해 보이고 상만의 얼굴을 바라보고는

"돈이 있다고 반드시 좋은 사람이라고는 생각하고 싶지 않아요. 무슨 장인택 씨를 악인이라고 하는 것은 아니지만 ……."

하고 애나는 생각난 듯이 찻잔을 잡는다.

"돈이 있고 또 좋은 사람 말하자면 훌륭한 인격자라면 혼인할 수야 있겠죠. 그러나 또 다른 한 가지가 부족이 되면 그 혼인은 이루지 못할 걸요 아마 ……."

"또 한 가지 그것은 건강 말씀이죠?"

하고 애나는 찻잔을 내려놓고

"장인택 씬 무슨 병이 있는 것도 같습니다. 몇 번 보았는데 볼 때마다 그이 얼굴빛이 어딘지 지병 있는 사람같이 보이더군요."

"만약 그의 몸이 강철과 같이 단단하고 그이 심장이 토치카[78]와 같다 할지라도 다른 한 가지가 없으면 결혼은 안 되니까요."

하고 상만은 비로소 빙그레 웃고 미지근한 차에 사탕을 넣고 숟갈로 휘휘 저어 놓고도 먹을 생각은 없는지 또다시 전과 같이 그대로 두는 것이다.

"다 식었죠? 다른 차로 바꾸어 오게 하십시다."

하고 애나가 새 차를 주문하려는 것을 상만은 별로 말리려고도 아니 하고

"또 한 가지 부족한 것이 있으면 결혼할 수 없다는 것은 아시겠죠?"

하고 의미 있게 웃어 보였다.

"한 가지? 네 알겠세요."

애나도 빙긋 웃고

"그러면 그 한 가지가 근본 문제가 아니여요, 호호."

---

[78] tochka. 콘크리트, 흙주머니 따위로 단단하게 쌓은 사격 진지.

"또 한 가지 부족한 것이 있으면 결혼할 수 없다는 뜻은 아시겠죠?"

하고 상만은 빙긋 웃고

"사랑이 없으면 말입니다 백만장자 아니 천만장자면 뭘 합니까? 황금에서 행복이 오는 것은 결단코 아니니까요."

이 말 한 마디는 상만의 진실한 체험에서 나오는 귀중한 진리인지도 모른다. 상만은 보이가 갖다 놓는 새 차에다 사탕을 넣고

"애나 씨 황금은 장인택 씨가 가졌습니다. 그러나 그 다른 한 가지를 가진 사람이 여기 있는 이 사람이라고 가정하신다면 애나 씨는 싫어서 도망이라도 하시겠지요?"

상만은 웃지도 않고 고개를 수굿이 하고 차를 훌훌 마시고 마시면서도 그는 애나의 대답 소리에 전신의 신경을 모으고 있는 것이다.

"아니요. 도망질은 하지 않아요. 그렇지만 결혼은 하지 않겠세요."

딱 잘라서 말하는 애나의 음성은 아주 똑똑하다.

"도망도 아니 하시고 결혼도 아니 하시고 건 좀 해석하기 곤란하군요, 하하하."

상만은 제법 소리를 내어 웃었으나 가슴은 후추를 씹은 때같이 얼얼하여졌다.

"오 선생님이 만약에 크리스천이시다면 그리고 확실히 미혼자시라면 그리고 저를 사랑해 주신다면 그리고 최후로 말입니다 오 선생님께서 제게 다 청혼을 하신다면 저는 퍽 행복스럽겠어요."

애나는 찻잔 위에 눈을 떨어뜨린 채 빙긋이 웃는다.

"거기에서 한 가지 조건만 첨부하면 되겠군요. 크리스천이 되는 것! 그렇지요?"

상만의 눈은 즐거움에 번득이면서 남은 차를 훌훌 소리를 내어 마신다.

"참 그런데 오 선생님 이건 비밀인데요 …… 저."

애나는 목소리를 낮추어

"저 누구 말이 그러는데 장인택 씨가 뭐 전과자라고 그러는데 선생님 좀 알아 봐 주세요 사실이라면 그냥 있을 수는 없세요."

금시로 쌜쭉해진 애나의 얼굴빛을 살피는 상만은

"전과자라면 어떡하실 테야요?"

하고 태연스럽게 물었으나 가슴속은 찬 눈이 함박으로 퍼붓는 듯한 전율을 느끼는 것이다.

"만약 그렇다면 그 녀석을 그냥 두어요? 뺨이라도 처야죠. 돈푼 있다고 …… 괜히 건방지게 ……."

애나는 정말로 새침해져서 숨소리까지 쌔근쌔근하여졌다.

"뭐 그럼 저게 더 물으실 것도 없지 않습니까? 애나 씨 자신이 벌써 다 결정하신 일을 가지고 …… 안 그렇습니까?"

상만은 애써 빙그레 웃고 찻잔을 내려놓았으나 맘속은 결단코 편치 못한 것이다.

"아냐요 결정을 못했다고 조금 전에 말씀드리지 않았습니까? …… 전과자이든 말든 저는 그런 것을 추궁하고 싶지도 않아요 실상."

애나는 고개를 들어 주위를 한 번 살피더니 자기 가까운 부스가 두 개나 비어 있고 그리고 유량한 음악 소리가 실내에 굽이쳐 흐르는 것을 느끼자 안심한 듯이 호 하고 가볍게 숨을 내뿜고

"선생님 전 청주읍내 ××유치원으로 취직이 결정됐어요. 이제 닷새만 있으면 졸업식인데요 정말 전 오 선생님께서 진정한 크리스천만 되

어 계신다면 전 안심하고 청주로 내려가겠세요."

"애나 씨!"

상만이 감격에 넘쳐 소리를 지를 때 음악은 뚝 그쳤다.

"애나 씨 저는 이 시간부터 절대로 크리스천이 됩니다. 진실로……."

상만의 얼굴에는 미소도 사라지고 그의 잘 조화되어 있는 얼굴은 파르스름하게 혈색을 잃은 것이 그가 얼마나 지나치게 흥분하고 있다는 사실을 증명하는 것이다.

한참 동안 두 사람 사이에는 행복스러운 침묵이 지나갔다.

"그런데요 오 선생님."

하고 애나는 발갛게 충혈된 얼굴을 상만의 앞으로 갸웃이 내밀고

"제발 그 장인택 씨께 좀 그래 주세요. 다시 더 혼인 말은 그만 두라고 …… 정말 괴로워 못 견디겠세요."

"네 알아들었습니다."

상만은 자신 있게 대답하고

"애나 씨가 먼저 정중히 거절하는 글발을 한 장 보내두는 것이 좋을 것입니다."

이런 이야기를 주고받는 두 사람은 벌써 한 쌍의 약혼한 남녀와 같이 완전히 즐거울 수밖에 없는 것이다.

큰길로 나와 애나와 갈린 상만은 천하를 얻은 사나이와 같이 그의 맘은 다만 행복 행복으로 가득하여졌다.

장인택의 집 사무실에는 물론 유동섭이도 돌아가고 유색이도 가버리고 비인 책상만이 그를 맞이하여 주었으나 상만은 천만 인의 환영을 받는 개선장군보다 오히려 더한 감격을 안고 장부를 펼쳤다.

막 철필에다 잉크를 찍어 무슨 서류를 작성하려는 때 상노 만복이가 영창을 드르렁 열고 들어오면서

"서방님께서 잠깐 오시래요."

하는 말을 한 마디 하더니 뒤를 한 번 힐끗 돌아보면서

"막 울고 주먹으로 영창을 부시고 …… 아주 혼이 났세요, 히히."

하고 상노 아이는 어깨를 추석거려 웃고

"애냐야! 하고 부르고 법석을 하는 통에 정말 미치는 게 아닌가 하고 무척 겁이 났세요 히히히."

"이 녀석 가만있어."

상만은 눈을 부릅떠 보이고 그 길로 젊은 주인 장인택의 방으로 향하였다.

상만의 들어오는 기척을 알았던지 장인택은 힐끗 상만을 돌아보고 벽을 향하여 돌아눕는 것이 심술패기 아이 녀석 같이 보여 상만은 픽! 하고 웃음이 나오려는 것을 억지로 참고

"어디가 편치 않으세요?"

하고 상만은 인택의 머리에 한 손을 대어 보았으나 인택은 잠자코 대답이 없다.

관자노리가 벌떡벌떡 뛰고 이맛전이 제법 뜨거운 것을 보면 열이 있는 듯도 싶다.

"오 상."

인택은 갑자기 이쪽으로 휙 돌아누우며

"이거 어떡하면 좋습니까? 애나는 당초에 결혼을 아니 하겠다니 그럼 나는 어떻게 되는거냐 말입니다. 후유."

"어찌 되기는 어찌 돼요. 그 혼인은 단념하시죠. 지금 저가 어디서 돌아오는지 아시겠습니까? 애나 씨와 만나고 오는 길야요."

"네?"

인택을 발갛게 충혈된 눈을 부릅뜨고 자리에서 벌떡 일어나 앉으며

"뭐라고 그럽디까 네? 들은 대로 바른 말을 해 주세요."

인택은 상만의 손을 두 손으로 꽉 붙들고

"못 하겠다고 그러지요 네? 네?"

상만은 잠자코 고개만 끄덕였다.

"후유! 오 상 난 정말요 난 정말 세상에 살 재미가 없어졌세요. 애나 없이는 살아서 뭘 합니까 하."

상만은 이 철없는 큰 아이를 어떻게 달래볼 도리도 없어

"애나 씨 말이 그러는데요 저 이쪽 신분을 조사해 보았다고 그러니 뭐 거기에 미련을 가질 필요는 조금도 없지 않어요?"

"……."

잠자코 앉아 있는 인택의 얼굴을 차마 바라볼 수 없어 상만은 방바닥으로 눈을 떨어뜨렸다.

"요ー시칙쇼."

인택은 후다닥 자리에서 일어서면서

"죽여 버릴 테야. 고놈의 계집애들."

빠드득 이를 가는 소리에 상만도 흠칫 놀라 일어섰다.

"고년 하나 죽이고 나 죽으면 그만이지 어차피 난 전과자야 흥."

인택은 외투를 걸치자 마당으로 뛰어 내려간다.

신분 조사를 하였단 말을 하면 장인택의 날뛰는 정열도 얼마쯤은 가

라앉을 진정제가 될 줄로만 생각한 것은 상만의 큰 오산이었다.

"흥 나는 어차피 전과자니까."

하고 뛰어나가는 장인택은 정말로 정애나 한 사람쯤 당장에 죽여 버릴 듯이 그 가느스름한 두 눈이 벌써 무섭게도 충혈이 되어 그 옛날 틀에 꽉 박힌 불량자로서 완전히 환원되고 말았다.

"좌우간 왜 이러시는 겝니까? 흥분하실 아무런 까닭도 없지 않습니까?"

상만은 방금 구두를 찾아 발에 꿰는 장인택의 한편 어깨를 넌지시 잡았다.

"가시려거든 같이 가십시다. 제가 만나고 와서 곧 주인께서 애나 씨 집으로 뛰어가신다는 것은 절대로 제 체면에 관계가 되는 것이니까요."

"좌우간 나갑시다. 숨이 막혀 줄을 지경이요."

인택은 허옇게 잔거품이 끼인 입술을 아래위로 한 번 쭉 빨고는

"무어라고 그럽디까? 신분을 조사하였다니 좌우간 어디서 어떻게 조사를 했답니까?"

인택은 다시 구두를 벗고 마루로 올라선다. 방금 나가자고 한 자기의 말을 일 분 동안에 잊어버리는 인택은 또다시 건망증에 사로잡힌 모양이다.

"진정하시고 방으로 들어가십시다. 내 천천히 얘기할 테니."

상만은 이 맹랑한 작은 이리를 어떻게 묘하게 우리 속으로 몰아넣을 도리를 하면서 그는 인택을 앞세우고 인택의 침실로 들어갔다.

"내가 처녀의 경우가 됐다 하더라도 한 번 거절은 톡톡히 해볼 것입니다. 왜 그런고 하니 요새 새삼스럽게 문제가 된 그 유색의 아들 말입니다. 그게 아마 항간에서 떠도는 소문이 되어 애나 씨 귀에 들어간 성싶

어요."

상만은 슬쩍 인택의 얼굴빛을 살펴보고

"내 그러지 않습디까, 유색이를 어떻게 무마를 해서 이 댁 문전으로 다시 못 오게 하시라구 ……."

인택의 얼굴에서는 적이 안심하는 빛이 지나갔다.

"그 밖에 다른 말은 없습디까? …… 가령 제가 전과자라는 점을 어떻게 말하지는 않습디까?"

"……."

상만은 잠깐 동안 말문이 막혔다. 어떻게 애나가 흥분해서 인택을 뺨을 치겠다던 말을 하랴 그렇다면 정말 인택은 미치고 말는지 모르는 일이다.

"전과자니까 난 결혼 못 하겠소 그렇게는 말하지 않습디까? 네? 네?"

애가 자자지는 듯이 추궁하는 인택의 말에 네라든지 아니라든지 둘 중에 한 말은 뱉어 놓고야 말 것을 깨닫는 상만은 마른 침을 한 번 삼키고 그러고

"어디서 했는지 신분 조사는 단단히 한 것 같습디다."

막 여기까지 말이 진행되었을 때 뜰 앞에서 이상한 소리가 났다.

"호호호."

무엇이 우스운지 간드러지게 웃어대는 여자의 웃음소리가 들려오자 상만은 반사적으로 열창을 휙 열어젖혔다.

여우 목도리를 한편 팔에 걸친 채 콧등에 땀이 송송 솟아 있는 유색은 뒤를 돌아보며

"이리와 아가 영남아 자 아빠 저기 있어 저거 아냐? 저거."

하고 손가락으로 방안을 가리키고 있다.

"아이 오 상도 계시구먼 아까는 왜 그렇게 사람이 목이 터지도록 불렀는데도 그냥 달아나 버리실까? 아이 참."

유색은 방긋방긋 아주 즐겁게 웃고 영남의 적은 구두를 벗기려고 아이를 마루 끝에 달싹 올려 앉힌다. 무엇을 생각하였던지 상만은

"그럼 난 또 보던 일을 마저 끝을 내야 되겠습니다."

하고 벌떡 일어서서 안사랑 사무실로 들어가 버렸다.

가장 요긴한 대목에서 상만의 말을 듣지 못하게 된 것을 생각하는 인택의 가는 눈초리가 바르르 경련을 일으켰다.

"돌아가 오늘은 얘기할 시간도 없고 …… 가서 내가 부를 때까지 기다리고 있어 응 유색이."

인택은 속이 막힐 듯 막힐 듯한 분노를 느끼면서

"왜 걸핏하면 오는 거야 왜 밤이나 낮이나 이 집 문턱을 맘대로 드나드냐 말야."

"……"

인택의 기세에 얼마쯤 겁을 집어먹은 듯 유색은 잠자코 마루 끝에 걸터앉더니

"아니 영남이가 아빠를 찾아오는데 왜 그러세요 내참."

유색은 어색하게 한 번 웃어보고

"여학생과 연애하는 사람은 다 그렇게 도저하신가요? 여학생도 밥 먹으면 뒷간으로 가지요 호호호."

유색은 손바닥을 입에다 대고 소리를 내어 웃는다. 그러나 그럴 순간 유색의 입을 가리었던 손바닥은 곧 왼편 뺨으로 왔고 방안에서 공과 같

이 굴러 인택이가 철썩하고 유색의 뺨을 후려갈긴 때문이다.

"왜 때리는 거요 아니 왜 남의 뺨을 치는 거요."

유색은 발악하듯이 소리를 쳤다.

그러나 그럴 때마다 인택의 손바닥은 유색의 두 뺨을 번개같이 철썩 철썩 지나간다.

손으로 부족하였던지 인택은 발길로 유색의 허리통을 냅다 차고 그 담에는 무릎과 정강이를 함부로 찼다.

마침내 상만이가 나와서 겨우 뜯어 말리기는 하였지만 유색은 비녀가 빠져 달아나고 머리칼이 말갈기같이 앞이마를 가리고 그리고 엉 엉 목을 놓고 몇 번 울어보고는

"개구리가 올챙이 때 일을 생각 못한다더니 흥 ××안으로 걸핏하면 담뱃값이니 이발값이니 하고 얻으러 오던 때 일도 좀 생각해봐 흥 건방 지게."

유색은 이런 말을 해서 위선 가슴 터져나가는 울분의 한 토막을 쏟아 보는 것이다.

그리고 사흘 후 인택은 여전히 앙앙불락한 채로 자기 침실에 반듯이 누워 있을 때다.

"헴!"

하고 기침소리와 함께

"계시오니까."

하고 영창문을 스르르 여는 사람은 권성렬 노인이다.

"다름이 아니구요."

권은 주인이 들어 오라기도 전에 선뜩 방안으로 들어서며

"다름이 아니라요."

하고 윗목에 도사리고 앉는 권성렬의 얼굴에서는 심상치 않은 긴장한 빛이 흐르고 있다.

"어째서 사람을 그처럼 몹시 치셨습니까? 지금 ××병원에 입원을 하고 있는데요. 좌우간 이유 없이 사람을 치시던 그 이치를 좀 알아보았으면 싶어세요."

권은 포켓에서 마코를 꺼내 성냥을 더듬어 불을 붙이더니

"이거 보십시오 이게 진단서인데요 전치 삼주일 이상의 치료를 받도록…… 이보세요 정강이에 타박상이 두 군데 허리에도 굉장한 내상이 된지도 모르죠."

권은 되도록 말을 부풀게 하여 위선 이 빼빼마른 장인택의 간담을 서늘케 하여 주려는 심산이다. 물론 ××병원에 입원한 것도 아무 것도 아니요 지금 유색은 간동정 자기 집 아랫목에서 정강이와 허리에 안마 고약을 갈아 붙이고 있는 것을.

"때리고 싶어서 때렸소. 그러니 어쩌란 말요."

인택의 대답소리도 결코 만만하지는 않다.

"때리고 싶어요? 유색이가 무슨 맞을 짓이라도 저질렀던가요?"

권은 절반쯤 탄 마코를 재떨이로 쓱 문질러 불을 끄더니

"자 이걸 보시고."

하고 조끼 주머니에서 누르스름한 하도롱 봉투를 끄집어내더니

"아무런 이유도 없이 그저 때리고 싶어서 사람을 마구 두들겨 주어도 좋은지 어쩐지는 법이라는 판단이 해줄 테니."

인택은 눈앞에 나둥그러지는 고소장을 보자 어깨를 움칫 하고는

"하하하 일은 재미있게 되어 가는군."

인택은 얼른 손을 내밀어 봉투에서 빼꼼히 아가리를 내밀고 있는 고소장을 쭉 찢어 버렸다.

터무니가 없는지 멍하고 인택의 얼굴을 건너다보던 권성렬은 잠자코 모자를 들고 밖으로 나가버렸다.

인택은 두 손으로 뒤통수를 안은 채 멀거니 천장을 바라보고 누워 있는데 상만이가 건너왔다.

"그 권 가 녀석과 유색이가 무슨 관계를 가지고 있는 게죠? 자식 늙은 것이 노는계집의 심부름이나 해주고 흥."

인택은 바싹 마른 입술을 두어 번 삐쭉거리며

"고소를 해 보라지 얼마든지 받아 줄 테니 흥."

"그보다도 혹시 신문에라도 발표가 된다면 창피하지 않겠세요? 한 이천 원 쥐어 주고 일을 무사히 해결하는 게 좋겠는데요."

"……."

잠자코 누워 있는 인택은 신문이라는 것을 생각하여 볼 때 정애나의 둥그스름한 얼굴이 떠오르고 그리고 신문을 들여다보고 깔깔 거리고 웃는 환상이 지나갔다.

"그럼 오 상 이 길로 가보시죠. 위선 한 오백 원만 현금으로 가지고 가서 잘 좀 달래 보세요."

상만이가 장인택의 써 주는 소절수를 가지고 ××은행으로 가서 지전과 바꾸어 가지고 간동정 유색의 집을 향한 때는 그로부터 약 두 시간이 지났었다.

먼저 번에 한강 여관으로 찾아왔던 유색에게서 간동정 ×번지라는 말을 들은지라 상만은 어렵지 않게 유색의 집 대문을 들어섰다.

다짜고짜로 사람을 두들겨주고는 고소를 받는다고 호기를 부리는 사람이 일 분 동안에 또 현금을 가지고 위문하러 가라고 명령을 내린 장인 택을 어떻게 해석하여야 좋을지 상만은 그만 미치광이같은 젊은 주인의 비위를 이렇게라도 해서 맞추어 주지 않으면 안 된다는 자신의 신세가 슬프기도 하였다.

사람이 와서 찾는 기색을 살폈던지 안방문이 벙싯 열린다.

"아이고 오 상 이게 웬일이세요? 오 상."

유색은 상만의 가슴에 고개를 파묻고 흐느껴 울기 시작하였다.

"아니 울긴 왜 우는 거야 응? 반가운 손님이 오셨으면 기쁘게 맞이를 해 드려야지."

방안에서 들리는 다른 한 개의 음성은 분명코 권성렬이다.

"자 들어오세요. 오 상 어여."

유색은 상만의 팔에 몸을 기대인 채 안방으로 들어가자

"아니 오 상은 언제부터 그렇게 친하셨던가요. 하하하 젊은 사람들이란 무섭군."

권의 악의 섞인 농담을 듣는 유색은

"무슨 참견야?"

하고 톡 쏘아놓고 곧 자기의 경망을 후회하였던지

"아주 오랜 나지미⁷⁹야요 호호호 그렇죠 오 상?"

권은 확실히 새초롬해서

---

79 なじみ. 잘 아는 사람.

"그럼 후루이 나지미들끼리 잘들 노슈."
하고 자리에서 일어선다.

"권 주사도 계셔야 됩니다. 장인택 씨가 돈을 보내서 가지고 왔는데
…… 좌우간 앉으십시오."

권의 늙은 눈초리는 일 분 동안에 봄바람이 불어온 듯 참지 못할 미소
가 흘러진다.

뜰에는 여기 저기 개나리가 황금빛 봉오리를 뿜고 진달래 등걸에는
연분홍 화변이 수줍은 듯이 고개를 들고 자경은 뜰에서 보이는 먼 곳 가
까운 곳 할 것 없이 벌써 봄이란 어여쁜 손이 대지를 찬란하게 장식하고
있는 것을 똑똑히 인식하자 그는 쫓기듯 자기 방을 향하여 들어갔다. 들
어가서도 문을 닫았다.

벌써 흘러간 시간이 앞으로 닷새만 있으면 결혼일이다. 동섭과 결혼
하는 날 동섭의 신부가 되는 날 아하 생각만하여도 아슬아슬한 일이다.

행복이 진실로 꿈속에서만 동경하던 그 즐거움이 닷새만 지나면 엄
숙한 사실로 나타나는 것이다.

그러나 참으로 그러나 그 아름답고 황홀한 꿈이 영원히 꿈으로 마치
게 될 것이 아니냐. 혼인이 닷새가 남았는데 혼인날보다 이틀 앞서 이
집이 경매를 당하다니

'서정연 저택 ×만 원에 경락.'
이라는 신문의 제목이 커다랗게 자경의 눈앞을 스쳐가자 그는 몸서리
를 치고 눈을 감았다.

'못 해 못 하구 말구 무슨 주제로.'
자경은 요 며칠 늘 맘에 생각하여 오던 결혼 연기를 또 한 번 맘속으

로 뇌여 보고 아무리 동섭이가 반대를 하더라도 자기네 혼인만은 앞으로 며칠 연기를 하리라고 맘속으로 단단히 결심을 하는 것이다.

결혼만 하려면 언제나 지장만 생기던 것을 생각할 때 자경은 자기 자신보다도 앞서 가는 운명의 길이 또다시 무섭고 괴로워지는 것이다.

'연기를 하지 말고 그냥 눌러 결혼식을 해?'

자경은 무서운 폭풍과 같이 자기 집을 엄습하여 온 운명의 거친 손길과 악수라도 해 보고두 싶다.

'그러나!'

부끄럽고 슬프고 그리고 괴로운 맘을 안고 어떻게 결혼을 할 수가 있을까. 좀 더 맘이 안정되기를 기다려서 아니 그보다도 파산하여 버린 양친을 위로하기 위하여 아니 아니 그보다도 축복받을 자기의 신혼생활을 위하여 몇 날 몇 달을 좀 더 기다리는 것이 옳을 것이다.

아침을 마친 서름질이 부엌에서 절반이나 갔을 때다.

자경은 방문이 닫힌 자기 방 속에서 무슨 잡지인지 읽고 있노라니 동섭이가 왔다.

동섭은 자경의 근심 있는 얼굴을 들여다보고 별로 아무런 말도 없이 그는 바로 서정연 씨의 침실로 들어가 버렸다.

이윽고 두루마기 입은 아버지가 동섭과 나란히 현관으로 나가는 기척이 들려오는 것을 짐작하고

'불쌍한 사람들!'

자경은 속으로 부르짖고 주르르 뜨거운 눈물이 흘러내리는 것을 옷고름으로 닦고 드르릉 영창문을 열어젖혔다.

따뜻한 햇살 속에서 모이를 쫓던 카나리아가 놀란 듯이 화다닥 채롱

속에서 두어 번 날아본다. 노래는 왜 아니 하는고.

'노래를 잊어버린 카나리아는.'

자경은 옛날 어린 시절에 불러보던 그 노래를 입속으로 한 번 부르고 있으나 맘은 조금도 기쁘지가 않다.

"여보게 장인택이라는 사람이 왜 나를 보자는 게야."

서정연은 안전지대 위에 마침 아무도 없는 것을 기회로 기어이 이 말 한 마디를 하여 동섭의 대답을 기다리는 것이다.

"네 꼭 뫼시고 오시랬어요. 가셔서 아무쪼록 저쪽의 맘이 상치 않도록 아무쪼록 간곡하게 말씀은 해보십시오. 닷새 후에 경매를 하지 않고 무기로 연기를 해주든지 모든 저당물 속에서 집만 완전히 빼내 달라고 하시든지."

"응."

대답하고 고개를 끄덕이는 서정연의 얼굴은 요 몇 날 사이 훨씬 더 노쇠하여 보이는 것이다. 동섭은 자경보다도 누구보다도 서정연 그 사람이 가여워서 후후후 한숨을 뿜고 지금 막 와서 대는 전차에 올라탔다.

전차에 탄 후에도 서정연은 탄력을 잃어버린 두 눈을 뻔히 뜨고 굴러가는 바깥 경치를 내다보고 앉았다.

그러나 그가 지금 오상만이가 근무하고 있는 장인택의 집을 찾아간다는 일을 생각하면 할수록 허무하고 어이가 없어 동섭의 눈은 뜨거워지고 코허리에 가만히 손수건을 대는 것이다.

장인택이라는 사람의 돈만 섰을 뿐 꿈엔들 한 번 본 일 없는 젊은 사람과 마주 앉은 서정연 씨는 어떻게 인사를 해야 좋을지 그는 외투 깃고대를 두어 번 만져보고

"젊은 양반께서 기어이 만나자고 한다기에 왔소이다. 호의만 믿고 온 셈이죠 ……."

하고 옆에 앉은 유동섭을 흘깃 돌아본다.

"네! 오시라 한 것은 다름이 아니옵구요 여기 계신 이 유 선생님이 꼭 절더러 하실 말씀이 계시다구 그래서 …… 참 영감께서 제게 무슨 긴급한 요구가 계시다구 그러셨다고요."

인택은 언제나 나오는 건밍증에 사로잡히지 않으려고 속으로 애를 쓰면서

"참 여기 계신 유 선생님으로 말씀하면 제게는 퍽 은혜스러운 양반이야요 …… 될 수만 있으면 유 선생님의 말씀하신 것을 죄다 그대로 들어드리고도 싶어요. 그러나 문제가 문제이니 만큼 여간 거북스럽지가 않다 말씀입니다."

인택은 말을 끊고 한참 앉았다가

"그래서 직접으로 만나 가지고 서로 토의를 해보는 게 어떠할까 하고 그래서 유 선생님께다 영감을 모시고 오시라구 여쭌겝니다."

장인택은 비로소 말의 첫머리를 찾아서 끝을 막은 것이 몹시 유쾌하여 속으로 요사이 연복하는 한 제에 일백이십 원짜리 그 한방약의 효력을 감사하게 생각하는 것이다.

"그런데 …… 애 만복아!"

하고 복도를 향하여 소리를 치는 바람에 서정연 씨는 눈이 눙그래서 젊은이의 고동소리 같은 음성을 음미하고 있을 동안 상노 만복이가 영창문 밖에서

"불러 겝시오."

하고 대령을 한다.

"만복아 홍차 좀 내오너라."

하고 인택이가 가느스름한 손가락 셋을 펴 보이는 동안 마루 끝에서 사람의 들어오는 소리가 들린다.

영창 유리창 곁으로 고개를 빼어 내다보던 인택은

"오 상이시군 마침 잘 오시는군."

혼자소리 같이

"애 홍차 하나 더 내와 애 만복아!"

하고 벌써 저쪽으로 돌아나가는 상노의 뒤통수를 향하여 고래고래 소리를 치는 것이다.

문이 스르르 열리며 모자와 외투를 벗어든 채 방으로 들어온 오상만은 좌중을 향하여 공손스럽게 예를 하고 자기 사무 책상이 있는 방으로 들어간다.

"오 상 이리 좀 오세요. 마침 유 선생님도 오셨고 또 채무자 되는 어른도 오시고 …… 우리 한 자리에서 이야기하기로 정한 게니까 이리로 오세요."

하고 장인택은 빙긋 웃고 이글이글 다동이 타고 있는 커다란 사기 화로 전에 두 손바닥을 올려 놓아본다.

"네!"

상만은 검은 비단같이 반지르르 윤이 흐르는 머리를 한 손으로 쓸어보고 성큼성큼 서정연 씨 옆으로 와서 앉았다.

"영감 이이가 우리 집 사무원이올시다. 오영구 씨, 인사드리시죠. 계동정 서정연 씨올시다."

인택은 서정연 씨를 보랴 상만을 보랴 아주 바쁜 한 찰나가 지나갔다.

"안녕하십니까."

깍듯이 꿇어 앉아 서정연 씨 앞에 고개를 숙여 절을 하는 상만의 입가에는 미소가 흘러간다.

"……."

다만 반사적으로 약간 고개를 끄덕인 서정연 씨는 어색하고 무안하고 그리고 어디까지나 놀라운 기색을 처분할 도리가 없어 그는 조끼 주머니를 더듬어 손수건을 꺼냈다.

아무것도 묻어 있지 않은 코 아래 수염을 두어 번 씻어보고 그리고 담뱃갑을 꺼냈다.

"일전에는 급한 전화 때문에 실례했습니다."

상만은 동섭에게 부드럽게 인사를 필한 다음

"주인 되시는 분이 여기 계시지만 전 될 수 있는 대로 유 형의 입장을 유리하도록 그리고 사장 어른께 이익이 되도록 많이 말씀을 드렸습니다마는…… 제 독단으로 할 수도 없고……."

상만은 삼십 고개를 넘은 건강한 남자만이 소유하는 윤택하고 혈색 좋은 얼굴에 억양스러운 미소를 띠고

"일전에는 길에서 우연히 모자를 집어 드려서 참 죄송스러웠습니다. 이왕 버리실 것인 줄 알았다면 애초에 주워오지 않았을 것인데 하하하."

"……."

인택이가 무슨 말인지 알아보려고 하는 참에 차가 들어왔다. 네 사람은 다 같이 차를 앞에 놓았으나 무슨 약속이나 한 듯이 아무도 찻잔을 드는 이가 없다.

무거운 침묵이 한참 동안 네 사람의 입을 봉해 버렸다. 이윽고

"오 상 난 첨부터 …… 이 돈을 꾸어줄 때부터 말입니다. 오 상의 의견을 존중해서 한 것이니까요 ……."

"원 천만에 말씀을."

상만은 이때만은 웃지도 않고 인택의 말을 가로챘다.

"농담이라도 그렇게 하시면 큰일 납니다. 아 뭣 때문에 몇만 원이나 되는 돈을 아 그래 내가 꾸어 주라고 해서 꾸어주고 말라고 말 수가 있단 말입니까."

상만은 낯빛을 변한 채

"저는 이 자리에서 명언합니다. 주인 되시는 정인택 씨와 또 유동섭 씨 사이에 어떠한 타협이 전개되든지 저는 절대로 거기 간섭하지 않겠습니다. 물론 그러한 권리도 없지만."

상만은 차를 들어 훌훌 마시고는 자기 자리로 와 버렸다.

그리고 한 십 분이나 지났을까 금심 있는 얼굴을 수굿이 숙인 채 일어서는 유동섭의 뒤에 벌겋게 상기가 된 서정연의 늙은 두 볼이 유리창 너머로 보일 때 상만은 책상에서 쓰디쓰게 웃고 부스스 일어섰다.

서정연 씨가 뜰에 내려 신을 신은 뒤 상만은 일부러 서정연 씨의 모자를 두 손으로 받쳐 들고

"이번엔 버리시지 말고 쓰고 가십시오, 하하하."

서정연 씨는 잠자코 모자를 들고 돌아섰다. 사랑 뜰에 춘나무에는 핏빛 같은 봉오리가 반쯤 열려 있다.

"자네 그 집에 오상만이가 있는 줄 몰랐던가?"

대문까지 나오자 서정연 씨는 뒤에 따라 나오는 유동섭을 돌아보고

묻는 말이다.

"저때 번에 제가 갔을 때 만나 보았습죠."

서정연 씨는 고개를 끄덕이고 그대로 뚜벅뚜벅 걸음을 계속하고 있으나 땅을 딛는 두 다리가 허전허전하여 길바닥에 팔싹 주저앉을 것만 같다.

동섭도 잠잠한 채 무거운 맘을 안고 계동정 자경의 집까지 왔다.

안방으로 들어가려던 서정연 씨는

"장인택 집에서 상만이를 만났다는 말은 자경에게 할 필요가 없지?"

하고 동섭을 쳐다본다.

"물론 그렇습지요."

동섭은 괴롭게 웃고 응접실로 들어갔다.

"어떻게 됐세요?"

하고 들어오는 자경을 보자 동섭은

"걱정할 것 없어요. 채권자가 우리를 매우 동정하는데 아마 이 집만은 면할 것도 같은데 …… 좌우간 걱정은 할 것 없지 않소?"

자경은 손마디를 딱딱 자르면서 쿠션에 들썩 기대앉더니

"결혼이 닷새가 남았는데 집이 경매당할 날이 언젠지 아세요? 내일모레 글피야요. 초대장은 박지 않았다 치더라도 벌써 내 아는 친구에게 편지로 띄운 것만 십여 장인데요 결혼 통지라고 할까 호."

자경은 기다랗게 한숨을 뿜고

"아버지가 파산을 하고 이틀을 지나서 딸이 결혼을 하고 …… 넌센스라고 너무 지나치지 않아요? ……."

"그래 연기를 하잔 말이군요? 결혼식을 …… 당신이 어제 보낸 편지를 몇 번이나 되풀이해서 읽어 보았지요만 결혼식을 연기할 까닭은 없다고 생각하는데 ……."

동섭의 찌푸려지는 얼굴을 빤히 노려보던 자경은

"그래 당신은 아버지를 그렇게 망신을 시켜드려야만 속이 시원할 게 뭐란 말야요. 아버지보다 내 자신이 더 창피해서 …… 정말야요 결혼은 가을로 미루어서 하십시다 네?"

자경은 애원하는 듯이 동섭 어깨에다 얼굴을 싣고

"아버지께서 어떻게 안돈하신 뒤에야 우리도 맘 놓고 결혼식 할 게 아냐요? …… 만약에 당신이 끝까지 결혼식 연기에 반대를 하시면 난 당신을 평생 두고 욕을 할 테야 …… 성욕적이라고 ……."

"……."

동섭은 어릴 때부터 한 번 우기려들면 기어이 제 고집대로 하고야 마는 자경의 성질을 짐작하는 때문에 그는 잠자코 그 이상 더 이러니저러니 다투기가 싫었다.

서정연 씨가 다녀간 뒤 오상만은 웬일인지 일이 손에 붙지가 않았다. 상쾌하다고 할지 기쁘다고 할지 이상스러운 흥분이 가슴에서 펄떡이는가 하면 눈물이 쏟아질 듯한 슬픔과 커다랗게 소리를 내어 웃어버리고 싶은 야릇한 충동이 마치 한류와 난류가 흘러가는 바닷속 같이 맘은 다만 혼란할 뿐이다.

"어떡하시렵니까?"

상만은 방금 외출할 채비를 하면서 사무실을 잠깐 들여다보는 인택을 향하여 서정연 씨 채무를 어떻게 처리할 것을 다시 한 번 따지고 물어보았다.

"헉 오 상도 딱하십니다. 버젓한 저당물이 있는 것 아니요? 오 상의 임의대로 하시란 밖에 며칠 더 연기를 하든지 …… 그리고 그 계동정 집을 송두리째로 빼어 줄 수는 없으니까 …… 뭐라고 할까 나미다 깅[80]이라고 해서 몇 천 원 한 오천 원만 집어주시구려 그리고 생색은 유동섭 씨로 내게 하고 …… 기껏 얘기해 놓은 일을 가지고 …… 어쩌시렵니까. 애나 씨 졸업식에 가시지 않으세요? 난 지금 가볼까 하는데 ……."

"지금이 몇 시기에 여태껏 졸업식이 있을라고요."

"열한 시 반인데 …… 폐회됐으면 자기 집으로 가서 축하 인사나 하고 오면 그만 아뇨."

하고 왼편 손을 번쩍 들어 보이는데 조그마한 상자 악어 껍질로 만든 타원형의 어여쁜 상자다.

"이건 브로치나 팔뚝고리인데 이것까지도 안 받을 이치는 없겠죠? 그렇죠?"

"……."

상만은 무엇이라 대답할 말이 없어 한참 있다가

"글쎄요 난 서류도 정리할 게 있고 …… 그만 두겠세요."

하고 실상 오늘 두 시 애나와 ××원에서 차를 마시며 두 사람에 대하여 의논하기로 약속이 되어 있는 것을 생각해 보는 것이다.

"그래요? 그럼 나 혼자 간다? …… 이봐요 오 상, 그러지 말고 우리 같이 갑시다. 내 오늘 점심 한 턱 톡톡히 내리다."

"…… 난 또 오늘 누가 찾아올 사람이 있는데 ……."

---

80 なみだきん. 동정으로 주는 돈. 위자료. 특히 관계를 끊을 때에 주는 약간의 돈.

"흥."

인택은 약간 토라진 듯이 영창문을 소리가 나게 밀어붙이고 복도로 나간다.

상만은 자기가 몇 번 부려본 일이 있는 집달리 최성달에게 엽서를 썼다. 지방법원이란 관청보다 채권자 장인택의 대리인 오상만은 내일 모레 인천 제일 제이 공장과 그 외 동섭의 소유 부동산의 차압 수속을 또한 번 당부하는 뜻은 무엇인지?

'복수도 뜻대로 되고 연애도 성공한 오상만은 운명의 총아야.'

상만은 입속으로 부르짖고 펜을 집어 던지고 자리에서 일어섰다.

애나와 만나기 위하여 그는 위선 이발소로 가는 것이다.

장미떨기보다 향기로운 꿈을 안은 채 이발소 교의에 지그시 머리를 싣고 있는 상만은 이발사의 손이 쉬는 틈을 타서 살며시 시계를 돌아보았다.

"한 시 십 분!"

상만은 언제나 이발할 때마다 느끼는 자랑스러움을 또 한 번 맘속으로 느끼며

'이만하면!'

하고 또 한 번 입속으로 부르짖을 때

"다 됐습니다."

하는 이발사의 소리와 함께 조용히 교의에서 일어섰다.

일 원짜리 한 장을 꺼내주고 오늘 한해서 거스름돈을 단연히 사양을 한 채 상만은 호기스럽게 이발소를 나왔다.

두 시까지 있으려면 아직도 오십 분은 남았다. 애나와 두 시에 만나자

약속한 ××원으로 가서 점심을 먹으며 애나를 기다리자 생각하고 상만은 위선 동대문행 전차에 올라탔다. 황금정 사정목으로 바꾸어 탈 요량이다.

××보육학교 졸업식은 정각 열한 시에 끝이 났는지라 장인택이가 택시를 몰아갔을 때에는 졸업생들의 오찬회가 시작되려고 학교 강당에는 하얀 양지를 둘러쓴 책상들이 십여 개 죽 일렬로 늘어놓아지고 검은 치마 흰 저고리 마지막으로 교복을 입은 처녀들이 무엇인지 한 아름씩 안고 바쁘게 드나들고 있는 것이 눈에 띄었다.

여기저기 남아 있어 미소를 띠우고 서 있는 학부형들 어깨 너머로 교실 안을 빙 돌아보며 애나를 찾는 장인택은 좀 더 초조하고 그리고 약간 면구스러워 팔뚝시계를 들여다보며

"이렇게 늦었군 츳."

혼자서 중얼거려가며 행여나 정애나와 눈이 마주치기를 바라는 것이다.

이윽고 하나 둘씩 복도에 남아 있던 학부형들도 마저 돌아가자 인택도 더 버티고 우두커니 교실문 곁에서 기다리고 섰을 맛도 없어 그는 빙긋 어색스럽게 한 번 웃어보고 학교 정문으로 나와 버렸다.

두 해 동안이라는 결단코 짧지 아니한 세월을 한 지붕 아래서 가르치고 배웠단 사실은 친부모나 형제에게 지지 않는 깊은 애정을 그들 선생과 학생들 사이에 얽어 넣은지라 이제 마지막 오찬 아니 만찬상을 둘러앉은 스승과 제자들은 감개무량하여 한숨을 뿜고 눈물을 삼키고 희망과 축복과 감사의 말과 말이 애틋한 작별의 인사말과 어울려 방안은 십이 분의 감상 속에 잠겼다.

애나도 촉촉이 젖은 속눈썹을 손수건으로 씻으며 마침내 오찬이 끝이

나자 세면소로 가서 얼굴을 씻고 애순이와 나란히 밖으로 나왔다.

"얘 우리 지금 가서 사진 박자꾸나."

하고 애순이가 제의하는 것을

"나 좀 가볼 데가 있어서."

하고 애나는 약간 긴장하여 걸음을 빨리 하는 것을 보고

"그이와 만나러 가지?"

하고 애순이가 쓸쓸이 웃는 것을

"응 그래 너도 가자꾸나."

하고 애나도 미안한 듯 웃어 보였다.

"아니 내가 왜 난 또 좀 집에 가볼 일이 있어."

하고 애순이가 먼저 싹 돌아서는 것을 보고 애나는 가슴이 뭉클하여져 한참이나 애순의 등 뒤를 바라보고 섰다가 천천히 발길을 옮겨 놓았다.

그러나 큰길이 보이자 애나는 놀란 듯이 걸음을 빨리 하였다.

'두 시에서 고스란히 이십 분이 지났어!'

하는 맘속으로 혀를 차고 방금 경성 역행 전차가 와서 대자 그는 성큼 전차 속으로 들어가 앉았다.

××보육학교 정면에서 약간 비켜있는 그리 크지 아니한 과잣집에서 애나가 나오기를 기다리고 있던 장인택은 애나가 나타나자 그는 슬그머니 애나의 뒤를 따랐다.

'불러 보아? 그보다도 바싹 다가서서 걸어가 보아?'

이리저리 망설이면서 멀찌감치 거리를 두고 걸음을 계속할 동안 애나는 벌써 전차길 안전지대 위로 올라서는 것이 눈에 띄었다.

지금이라도 한달음으로 뛰어갈 수 있다. 가서 애나와 인사를 바꾸고

그리고 애나가 가는 곳까지 가볼 수도 있는 것이다.

'그러나.'

그 얼음과 같이 쌀쌀하고 돌과 같이 굳은 애나의 표정이 오늘 갑자기 변하여 자기를 반겨 맞으리라고 어떻게 단언을 할 수가 있으랴. 더구나 만인이 왕래하는 큰길 바닥에서

그러나 장인택은 오늘이란 오늘은 애나와 마지막으로 만나 보지 않으면 안 된다. 비록 뺨을 맞고 아니 그 어여쁜 발길에 채일망정 휴대하고 온 백금 팔목걸이를 두 손으로 애나 앞에 바치지 않고는 견디지 못할 것이다. 비록 그것이 귀금속 집에서 새로 산 것이 아니요 그 옛날 자기 집에 잡혀둔 채 그냥 유질(流質)[81]을 시켜버린 어떤 기생의 소유라 할지라도…… 인택은 결단코 양심에 가책이 없는 것이다.

귀금속이 십 금 이상으로 만들지 못 한다는 법규는 애나도 물론 짐작은 할 것이다.

이러한 세상에서 순백금으로 만든 팔뚝 고리를 구한 것만이라도 인택의 크나큰 정성이요 또한 애나의 커다란 만족이 되지 않을 수 없는 것이다.

좌우간 인택이가 이런저런 단순하지 못한 여러 가지 생각을 하면서 안전지대를 향하여 걸어갈 동안 방정맞게도 전차가 와서 대었다. 인택의 두 눈이 박혀 있는 애나의 까만 머리통이 전차 속으로 사라지자 전차는 놀란 짐승같이 속력을 내어 달려가기 시작한다.

잠깐 동안 멍하니 섰던 인택은 무엇을 생각하였던지 전차 안전지대

---

[81] 돈을 빌린 사람이 빚을 갚지 아니하는 경우에, 빌려 준 사람이 담보로 맡긴 물건의 소유권을 취득하거나 물건을 팔아서 그 돈을 가지는 일.

건너편에 보이는 자동차로 뛰어갔다.

"지금 저기 가는 저 전차를 쫓아가야겠는데 속히 좀."

쿠션에 기대앉은 인택은 약간 떨리는 목소리로 운전수에게 명령을 하고 유리창 밖으로 눈을 돌렸다.

전차는 벌써 까맣게 달아나고 있다. 인택은 웬일인지 가슴에서 만만치 않은 약이 바싹 치받쳐 올라오는 것을 느끼자

"속력을 내어 주시오 속히."

호령에 가깝도록 소리를 버럭 질렀다. 자동차는 시내에서 한정된 십오 마일 속력을 다 내어 전차의 달려간 방향으로 질주하기 시작하였다.

전차는 종로 이정목에서 꺾여 남대문동을 향하여 가는 대로 인택의 자동차도 같은 방향으로 커브를 돌았다.

황금정 네거리에서 전차가 서고 거기 안전지대 위에 애나의 상큼한 몸뚱이가 나타나자 인택은

"스톱!"

하고 명령을 하였다. 웬일인지 자기도 모르게 마치 귓속질이나 하는 듯이 목소리가 가늘어지는 것이 몹시도 어색하여

"헴!"

하고 헛기침을 한 번 하고 몸을 뒤척거리면서도 그의 가느다란 두 눈은 안전지대 위에 서 있는 애나의 몸을 일초도 떠나지 않는 것이다.

마침 전진하라는 신호가 보이자 운전수는 핸들을 잡고 차체를 굴렸다.

"아 아니 자 잠깐만."

인택은 당황스럽게 제지를 하고 애나가 안전지대 위에서 전차를 타기까지 자기도 그 자리에서 기다리기로 결심을 하는 것이다.

백미러 속으로 비치는 손님의 얼굴을 바라보는 운전수의 얼굴에서는 야릇한 미소가 흘러갔다.

이윽고 황금정 종점을 가는 전차가 와서 대이자 애나는 선뜻 전차로 타는 것이 보인다.

"오라잇."

인택은 버스걸이나 된 듯이 운전대를 향하여 소리를 쳤다.

"어디로 …… 경성 역입니까 황금정입니까?"

일부러 천천히 쓸데없는 질문을 한 마디 던져보고 운전수는 또 한 번 빙긋 웃고 지금 막 전차가 굴러간 레일 위로 자동차를 몰기 시작하였다.

전차와 거의 나란히 달리는 자동차 속에서 인택은 고개를 흔들었다.

"내가 미쳤나? 이건 바로 활극을 노는 셈이니 ……."

이렇게 중얼거려 보자 새삼스럽게 애나의 존재가 원망스럽기도 하고 그 쌀쌀스러운 태도가 야속하기도 하여 그는 코허리가 시큰하여 지는 것을 느끼는 것이다.

'어디서든지 만나기만 하면 이번엔 세상없어도 대답을 받고야 말걸 …….'

이렇게 맘속으로 맹세를 하여 보았으나 어디인지 잡으면 물거품 같이 스르르 꺼져버리는 듯한 맘의 적막을 어찌할 수 없는 것이다.

전차가 황금정 사정목에 대었을 때다. 우루루 내리는 군중 틈에 섞여 애나도 약간 당황스럽게 내리는 것이 눈에 띄었다.

이번엔 운전수가 먼저 속력을 늦추는 것을 보면 벌써 눈치를 채인 셈인가.

황금정 사정목에서 남으로 뚫린 커다란 골목이 환히 보이는 곳으로 애나는 하얀 머플러를 날리며 총총히 걸어간다.

인택은 운전수에게 후하게 삯을 지불하고 멀찌감치 애나의 뒤를 밟기 시작하였다.

그 옛날 여학생의 뒤꽁무니를 따라다니던 중학시절로 돌아간 듯 인택의 입가에는 서글픈 웃음이 떠돌았다.

큰 골목을 한참 걸어가던 애나는 왼편 골목을 꺾어 돈다. 인택도 걸음을 빨리 하여 왼편 골목을 들어설 때 애나는 ××원이란 금 간판이 붙어 있는 중국 요릿집으로 들어가는 것이 보였다. 인택은 고개를 끄덕이고 자기도 같은 집으로 들어갔다.

'혼자 와서 혼자 들어가는 것을 보면 분명코 누가 와서 기다리고 있는 것이다. 누굴까? 남자? 여자?'

인택은

"어서 오십시오."

하고 내닫는 보이들의 영접도 귀찮았다.

그는 슬그머니 지갑에서 오 전짜리 한 장을 뽑아 그중에서 눈치 빨라 보이는 작자의 손바닥에 놓아주면서

"변소가 어디야?"

하고 물었다. 허리를 굽실거리며 따라온 그 젊은 아이에게

"지금 막 들어온 여자 손님 있지?"

하고 빙긋 웃어 보이자

"네 네! 있어요 있어요."

"어느 방으로 들어갔어?"

"벌써부터 기다리고 있는 손님 방으로 갔어요 이 층 삼 호실이야요."

하고는

"왜 그리세요? 심부름 시키세요 얼마든지 해 드리죠."

하고 젊은 중국 보이는 의미 있게 웃는다.

인택은 그 벙글벙글 웃고 서 있는 길쭉한 중국인의 얼굴을 주먹으로 냅다 치고 싶은 야릇한 충동을 지그시 어금니로 깨물고

"먼저 온 손님은 사내 손님이지?"

하고 아주 성난 목소리로 꾸짖듯 호령을 하였다.

"네 그래요."

보이는 이상하다는 듯이 그러나 다분의 불안의 품은 눈으로 흘금흘금 인택을 돌아보며 저편으로 가버렸다.

"사 호실 비어 있나?"

하고 인택은 조마로 와서 되도록 태연스럽게 물었다.

"아뇨 손님이 들어 있세요."

"그럼 이 호실은?"

"거기도 손님이 있는데요."

저쪽으로 갔던 보이가 인택의 앞으로 가까이 오며

"삼호실과 맞은편 방이 비어 있습니다. 십이 호실이요."

하고 목소리를 낮추어 소곤거린다.

"음 그럼 그 방으로."

인택은 보이의 안내로 삼호실과 마주 보이는 십이 호실로 들어갔으나 그의 전신의 신경은 지금 애나와 마주 앉았을 그 미운 사나이가 누구인가 하고 생각하기에 초조할 뿐이다.

인택은 우두커니 턱을 고이고 보이가 스토브에다 석탄을 퍼 넣는 양

을 물끄러미 앉아서 보고 있다가

"삼 호실 남자 손님은 여기 가끔 오는 손님야?"

하고 넌지시 물어 보았다.

보이는 고개를 좌우로 흔들고

"전에 자주 오신 손님은 아닌 것 같애요 전 오늘 첨 뵙는 듯한데요."

하고 아주 유창한 조선말로 대답을 하고

"주문하실 건 …… 술을 가져 올까요?"

하고 틀에 박힌 직업적 질문이다.

"응."

인택은 아무렇게나 코대답을 하고도 어떻게 해서 맞은 방에 있는 손님의 정체를 알아볼 도리가 없을까 하고 머릿속을 짜는 것이다.

"젊은 남자지?"

하고 방금 돌아나가는 보이의 덜미를 향하여 외쳤다.

"네!"

보이는 싱긋 웃고 문밖으로 사라졌다.

지금쯤 애나는 어떤 젊은 남자와 함께 먹고 마시고 그리고 즐겁게 웃고 이야기하고 있는 것을 생각해보니 인택의 가슴에는 뽀얀 안개가 치밀어 올라오고 그리고 그 안개는 무서운 무저항의 연기처럼 인택의 심신을 태우기 시작하였다.

"홍."

인택은 한 손으로 이맛전을 짚고 나란한 한 손으로 주먹을 만들어 수없이 아래턱을 쿡쿡 쥐어박고 있노라니 아까 왔던 보이가 황주와 오리알을 들고 들어온다.

무슨 말을 기다리는 듯 빙 빙 인택의 옆을 왔다 갔다 하며 공연히 스토브를 들여다보고 잘 붙는 불을 쑤셔보던 보이는 인택이 잠자코 손수 술을 따라 울컥울컥 마시는 것을 보고 천천히 나간다.

나가던 보이가 다시 돌아서 오더니

"저, 삼 호실 손님 만나보시고 싶소?"

하고 빙그레 웃는다.

"응 그러나 난 모르는 사람이니 말야."

"알았어요, 그러면 이렇게 하십시오. 요번에 제가 요리를 들고 들어가면서 일부러 문을 활짝 열어 놓을 테니까요 …… 멀리서 보시면 그만 아냐요?"

하고 인택의 간을 들여다보는 듯이 싱긋 웃는다.

인택은 잠자코 포켓에서 오 원짜리 한 장을 꺼내서 보이의 손에 쥐어 주고 잔에 따라 놓은 황주를 꼴딱꼴딱 삼키는 것이다.

파란 오리 알을 두 쪽째 집을 때 방문이 부스스 열리며 복도에서 보이의 웃는 얼굴이 얼씬 지나간다.

인택은 벌떡 자리에서 일어섰다. 그리고 두어 걸음 복도로 나올 때다. 삼호실의 문이 확 열리었다.

그 순간 이쪽으로 얼굴을 향하고 앉아 있는 애나의 두 눈이 놀란 듯이 둥그레졌다. 검은빛 양복에 하얀 칼라가 빼꼼히 내다보이는 사나이의 목덜미 아래로 보기 좋게 퍼져나간 두 어깨가 인택의 질투에다 좀 더 불을 질러 놓는다.

애나의 동그래진 두 눈을 바라보는 사나이가 등 뒤로 흘깃 돌아보자

"앗."

인택은 가늘게 부르짖고 한 걸음 방 가까이 다가섰다.

"아니 오 상 아니세요."

하고 약간 떨리는 목소리로 부르짖는 인택은 다분의 놀라움과 반가움과 그리고 맹렬한 질투가 한데 어울려 돌아가는 가슴을 안고

"아니 오 상이 웬일이세요."

하고 또 한 번 외치고는 아무도 들어오란 말도 하기 전에 불쑥 방안으로 들어와 버리고 말았다.

"애나 씨도 오셨구먼요. 참 그러지 않아도 오늘 졸업식에 갔다 오는 길입니다 …… 오 상 이걸 애나 씨께 좀 드려주세요."

인택은 조끼 주머니에서 백금 팔목걸이가 들어 있는 갸름한 상자를 꺼내서 상만 앞에 밀어놓고

"그럼 두 분 천천히 이야기 하시죠."

하고 문밖으로 나와 버렸다. 문고리를 잡고 문을 닫아주고 그리고 층층대로 내려오는 인택의 눈에서는 하얀 눈물이 이슬처럼 맺혔다.

어떻게 걸어서 무엇을 타고 집으로 왔던지 인택은 자기 집까지 참따랗게 돌아왔다. 돌아와서 자기 침실로 가서 착한 아이처럼 누워 버렸다.

한 시 두 시 세 시 세 시간을 고스란히 벽을 향하여 누워 있는 인택은 다만 쓸쓸하고 외롭고 슬펐다.

그러나 전등이 와서 켜지고 상노 아이가 저녁상을 내올 때 인택은 벌떡 자리에서 일어났다. 적은 마귀와 같이 야릇한 웃음이 인택의 얇은 입술을 스쳐갈 동안 인택은 두 번이나 고개를 끄덕였다.

'길은 오직 한 개뿐이다.'

우뚝 일어서서 안사랑으로 들어선 인택의 눈에 장부에다 무엇인지

부지런히 기입을 하고 앉아 있는 상만의 등 뒤가 보이자 그는 반사적으로 힐긋 눈을 돌이켜 버렸다.

장부를 들여다보고 앉아 있는 상만은 자기 뒤에 살기를 띤 인택의 눈이 지키고 있는 것도 모르고 그는 자기 공상에 도취되어 있는 것이다.

'내일이면!'

그렇다 내일이면 사실상 실업계의 왕좌를 차지하였던 서정연 일가의 최후로 몰락하는 날이다.

그 교만하고 아름다운 자경이 영화스러운 공주처럼 가진 교태를 부리던 날도 내일만 오면 한 개 덧없는 꿈으로 과거에 기억만 남기고 영구히 가버릴 것이다.

'내일이면!'

당대의 인기남 유동섭도 일개의 속물로 완전히 돌아가 버리는 것이다.

새에게서 날개를 잘라 버리고 호랑이에게서 발톱을 빼어 버리는 것처럼 유동섭에게서 사업의 일절 기관을 봉쇄하여 버린다면 남는 것은 까닭 없는 울분과 또한 호소할 곳 없는 수치와 안타까움이리라.

상만은 담배를 꺼내어 불을 붙여 한 모금 쭉 빨아 연기를 확 뿜고

"흥!"

하고 소리를 내어 웃고 다시 펜을 잡아들었다.

"많이 바쁘시군요, 오 상."

유리창 너머로 인택의 헬쑥한 얼굴이 송곳처럼 뾰족한 채 말을 건네는 것을 발견하자 상만은

"뭐 별로 바쁘지도 않습니다. 들어오시죠."

하고 옆에 놓인 교의를 당겨놓았다.

"점심에는[82] 애나 씨와 일부러 만나셨지요?"

하고 단도직입으로 애나 말부터 먼저 꺼내는 인택의 태도를 벌써 맘속으로 짐작한 상만은 별로 놀라지도 않고

"참 어제는 왜 들어오셨다가 그냥 돌아나가셨세요? 쫓아 나가서 암만 찾아도 벌써 돌아 나가셨다는군요."

"오 상은 어떻게 애나 씨와 만나셨습디까? 미리 약속이라도 하셨던 게죠?"

"네 약속이라면 약속이죠. 주인께서 졸업식에 가신다구 나가신 담 전화가 왔더군요. ××원으로 와 달라고 …… 그래서 내 볼일을 잠깐 끝맺고 갔댔지요."

상만은 태연하게 말을 마쳤다. 사실상 상만은 인택에게 잘못한 것이 아닌지라 그는 구태여 맘을 괴롭힐 까닭도 없다 생각하였다.

"왜 만나자 그럽디까?"

인택은 그제야 상만이 당겨 놓은 의자에 상반신을 실어놓고

"나와 약혼하는 일에 대해서 무슨 말이라도 있습디까?"

밤낮 되풀이하는 질문을 또다시 듣는 상만은 맘속으로 괴롭게 웃고

"네 역시 그 말이이었어요 …… 자기는 장인택 씨와 결혼할 맘은 없다고 딱 잘라서 말을 합디다. 날더러 그 말을 똑똑히 일러 달라는 거야요."

"흥."

인택은 기운 없이 고개를 끄덕이고는

"그럼 그 팔뚝고리는 어떻게 됐세요?"

---

82 원문에는 '어제'로 되어 있으나 원래(소설내용)는 점심때이기 때문에 점심때로 고친다.

하고 상만을 쳐다본다. 벌겋게 충혈이 된 두 눈이 결단코 아름답게 보이지 않는다.

"네 그건 여기 있습니다. 제가 보관해 가지고 왔습니다. 당초에 열어 보지도 않겠다는 거야요."

상만은 책상 서랍을 열고 그 악어 껍질로 만든 타원형 케이스를 꺼냈다.

인택은 손을 내밀어 아무렇게나 포켓 속에 집어넣고 우두커니 앉았다.

벌써 밖에는 어슴푸레 황혼이 찾아든다.

"오 상 오 상 댁에서는 다들 별고 없으시죠? 부인께서나 애기 들이나 ……."

갑자기 이런 말을 던진 인택은 뚫어지라고 상만의 얼굴을 쏘아 보다가

"애나 씨와 별다른 관계는 없으시죠?"

하고 재차 묻는다.

"하하하하."

상만은 덮어놓고 소리를 내어 웃었다.

"그런 긴치 않은 말씀은 그만 두시구요 자 이걸 좀 보서요 …… 내일이 서정연 씨 집 경매일이구요 또 인천 유동섭 공장의 차압은 ……."

"아니 가만 계서요 …… 오 상 ……."

인택은 상만의 말이 아직도 채 끝을 마치기 전에

"경매는 연기를 합시다. 그리고 차압도 연기를 합시다 …… 그들이 그처럼 애원을 하는데 …… 사람이 사람의 애원을 들어주지 않는 것은 죄악이야요 …… 단연코 죄악이야요 오 상 나는 애나 씨에게 받은 교훈이 큽니다."

"……."

"지금 편지를 쓰서요. 기한을 정할 것도 없이 …… 연기한다고만 통지해 주시오 ……."

인택은 여전히 해쓱해서 빛을 잃은 얼굴로 교의에서 천천히 일어나면서

"저녁 진지 잡수러 나가시죠."

하고 인택은 아랫입술을 두어 번 씹어 보고 돌아선다.

"아니 연기를 하시다니 무슨 뜻인지 자세히 모르겠는데요."

상만은 진실로 의외의 선고에 놀라지 않을 수 없어

"그럼 십만 원에 가까운 채권을 어떻게 하실 작정이십니까."

"……."

잠자코 인택은 좌르르 유리창을 열고 복도로 나가버렸다.

상만은 인택의 돌아나가는 뒷모양을 물끄러미 바라보다가

"츳."

하고 혀를 차고는 장부책을 탁 덮어버리고 밖으로 나왔다.

'까닭 없는 감상에 사로 잡혀 가지고는 흥 아직도 너는 어린애야.'

상만은 위선 이런 말로 젊은 주인 장인택을 욕을 하여 보았으나 모처럼 계획하고 있는 복수가 하루라는 짧은 시간을 앞두고 수포로 돌아가다니!

'어떡하면 좋아?'

공교롭게도 오늘 애나와 만나고 있는 장면을 들켜 버렸으니 상만은 인택이가 상만의 심중을 들여다보고 일부러 방해를 노는 것 같이도 생각이 되어 그는 어두침침한 황혼의 골목길을 돌아 나오며 탁 하고 길바닥에 침을 뱉었다.

자기 방으로 돌아온 장인택은 아랫목 쪽으로 놓여 있는 밥상은 거들떠보지도 않고 그는 외투를 한 팔에 걸치자 뚜벅뚜벅 대문 밖으로 걸어나왔다.

"후."

하고 길게 한숨을 뿜는 인택은 촉촉이 얼굴에 스치는 봄바람을 감각하며 대문 곁에 우뚝 섰다.

'길은 오직 한 개 밖에 없는데 ……'

나이 스물일곱이 되도록 걸어온 반생이 인택의 눈앞에 주마등과 같이 지나갔다.

아버지와 형님의 눈을 피하여 가며 어머니를 졸라 돈을 얻어다가는 동무들과 함께 찻집, 술집, 나중에는 계집의 집들을 찾아다니던 일, 아버지의 금고에서 돈을 훔치고 화투, 마작, 술, 술, 술.

'걸레같이 더러운 과거!'

인택의 얼굴에는 살기도 사라지고 원망이나 분노의 얼크러진 감정도 스러졌다.

'다시 또 그 길로 들어가다니 흥.'

여윈 어깨를 추석거려 웃는 인택은 돌아서서 환한 불빛을 뿜고 있는 커다란 자기 집을 흘겨보았다.

자고 깨어나고 밥 먹고 찻집에나 요릿집에 가서 점잖게 음식을 사서 먹고 사무원(오상만)을 시켜 돈을 꾸어주고 받아들이고 때로는 남의 집 어려운 사정노 늘어주지 않고 탕! 탕! 파산을 시켜버리고 …….

'하나도 맘에 드는 일은 아니여.'

인택은 입을 삐쭉하고 허둥허둥 나왔다.

술도 계집도 도박도 없는 곳은 인택에게는 아무런 자극이 없는 것이다.

커다란 창고와 같은 이 집은 벌써 인택에게는 참을 수 없는 권태의 대상이 되어 버리고 만 것이다.

오죽하면 애나를 아내로 맞아온다는 희망이 그에게 일체의 용기와 즐거움과 그리고 행복을 약속하였던 것이다.

큰길까지 수굿이 걸음을 계속하던 인택은 길 좌우 상점으로부터 쏟아져 나오는 불빛 속에서 갑자기 어리둥절하여졌다.

'어디로 갈까?'

오늘 저녁부터 인택은 옛날의 인택으로 돌아가리라 결심하고 나왔건만 그 사이 벌써 반년이나 넘어 점잖은 생활 속에서 자신을 속박하여온 인택인지라 그의 옛날의 악우(惡友)들이 지금은 어디 있는지 더욱이 이 저녁에 그를 이끌고 한껏 양껏 술을 마시고 같이 취하여 쓰러져 줄 동무를 찾을 길이 없는 것이다.

인택은 뾰족한 턱 위에 짓궂은 웃음이 지나가자

'가 보아? 차고 때리고 한 유색의 집으로?'

입속으로 중얼거리고 지나가는 택시를 향하여 손을 높이 들었다.

유색의 집에는 마침 손님들이 있는 모양으로 웃고 떠드는 소리가 마당까지 들린다.

"주인 계시우?"

인택은 들어오라는 말도 나오기 전에 구두를 벗고 마루로 올라섰다.

"아니 웬일이시야요."

하고 소리를 치는 것은 권성렬 노인이요.

"아니 참 별일이야."

하고 해쭉 웃는 것은 유색이다.

"별일은 뭐가 별일야."

하고 인택은 턱을 끄덕 치켜들어 보이고 낯선 중년 사나이 곁으로 가서 앉았다.

몹시 뚱뚱한 그 사나이 몸뚱이에 홀짝 여윈 인택의 맵시가 너무도 뛰어나게 대조가 되는 바람에 방안 사람들은 누구나 다 싱글벙글 웃었으나 지금 들어온 사람이 만만치 않은 대상 자기 자신에 비하여 엄청나게 돈이 많은 것을 아는 때문인지 아무도 소리를 내어 웃으려 하는 사람은 없다.

단지 뚱보 남자 옆에 권성렬 노인의 연갑이나 되어 보이는 늙은 첨지가 손에 들었던 술잔에 반만치 남은 술을 마저 홀짝 입으로 들이키고는

"첨 뵙는 손님이시군요 …… 우리 통성명하십시다."

하고 잔을 내려놓고 인택의 앞으로 돌아앉는다.

"네, 난 장인택요."

"네, 본인은 오성운이라 합니다."

하고 다시 술잔을 유색의 앞으로 내밀 때

"오성운 씨라면 됩니다? 오죽엽의 아버지래야 더 알아듣지 하하하."

권성렬은 발갛게 취한 얼굴을 손바닥으로 쓸면서 소리를 내어 웃는다.

"오죽엽이?"

장인택은 어디서 들은 이름 같아서 그는 고개를 기울었다.

"단연코 미인이죠, 하하하."

권은 또 한 번 오성운이가 내미는 술잔을 켠다. (끝)

—『동아일보』, 1938.7.1~12.25

부록

김말봉 초기소설 연구
『찔레꽃』을 중심으로

진선영

1. 들어가며

1930년대 후반기는 가히 대중소설의 시대, 그 중에서도 대중연애서사의 시대라 해도 과언이 아니다. '현대 신문장편의 챔피언들만이 고생창연한 만년 연애형의 끊일 줄 모르는 반복'이라는 김남천의 비아냥거림이나[1] '사랑은 본능이며 만인이 홍미를 가지는 문제이기에 신문소설의 귀중한 주제가 된다'는 통속생의 말[2]을 비추어 볼 때 감상적 운명물어(運命物語)로서 대중연애서사는 당시 최고의 신문 연재소설 장르였다.

1930년대 후반기에 대중연애서사가 창궐(猖獗)할 수 있었던 가장 큰 이유는 상업주의적 속성이 짙어진 신문과 잡지 등이 대중독자의 홍미를 끌 수 있는 테마를 핵심적으로 수용하면서 연애를 다룬 소설들이 신

---

1 정호웅·손정수 편,『김남천 전집』2, 박이정, 2000.
2 통속생,「신문소설 강좌」,『조선일보』, 1933.9.9.

문 연재 장편으로 대거 포섭되었기 때문이다. 조동일의 말을 빌리자면 '신문에 연재된 장편소설은 어느 것이든지 통속소설이고 연애소설이었다. 통속소설이 아니고서는 업주는 들인 밑천을, 작가는 쏟은 노력을 보상받을 수 없었다. 연애소설이 아니고서는 통속소설에 필요한 흥미를 갖출 수 없었다. 역사소설이든 사회소설이든 장편이라면 그런 성향을 얼마쯤 지녀 본의가 아니더라도 타협을 해야 했다.'[3]

1930년대 후반기 작가 나름대로 특수한 기교와 방식으로 연애 사건을 구성하고 독자들에게 큰 인기를 얻은 몇몇 작가를 확인할 수 있다. 짧은 문단 이력에 비해 식민지 후반기에 발표한 두 작품이 5천 부 이상 팔릴 정도로 큰 인기를 누렸던 함대훈의 『순정해협』(1936) 『무풍지대』(1937), 스스로 대중소설 작가임을 천명하고 대담함과 '스마트'한 맛[4]으로 인기를 끈 김말봉의 『밀림』(1935~1938)과 『찔레꽃』(1937), 대중소설의 통속성을 당대 사회의 성격을 드러내는 '사회성'으로 인식하고 스타일리시한 문장의 유려함으로 '황금과 이상의 갈등을 리얼하게 묘사'[5]한 이태준은 『화관』(1937), 『딸 삼형제』(1939), 『청춘무성』(1940)을 통해 명실상부한 베스트셀러 작가가 된다. 방인근은 "조선서는 소설 원고료로는 최고인 일일 삼원의 고료를 받"[6]았으며 '새끼꼬는 기계처럼 술술 써내려가' 1930년대 가장 많은 대중연애서사를 집필한다. 1930년대 전반기

3 조동일, 「통속 연애소설의 기본형」, 『한국문학통사』 5, 지식산업사, 1994, 347~348쪽.
4 임화는 김말봉을 현대소설이 곤란에 빠졌을 때 그 현상을 일체 고민하지 않은 대담함에 '스마트'한 맛이 있다고 평가한다. '씨는 자기의 독특한 방법을 가지고 현대소설의 깊은 모순인 성격과 환경의 불일치를 통일하였다. 이 점이 통속적인 의미에서 일망정 김씨를 좌우간 유니크한 존재로 만들게 한 것이다.' 임화, 『문학의 논리』, 학예사, 1940.
5 홍효민, 「북·레뷰─『화관』 독후감」, 『동아일보』, 1938.9.11.
6 방인근, 「'유랑의 가인'을 쓰면서」, 『삼천리』 9, 1933.

『마도의 향불』(1932)과 『방랑의 가인』(1933)의 인기에 힘입어 후반기 『쌍홍무』(1937), 『새벽길』(1938), 『젊은 안해』(1939)를 연이어 발표한다. '문장이 유려창달하여 그 수법의 묘한 맛이 춘원을 어루만져 흡사 소춘원의 개(概)가 있다'[7]는 평가를 받은 박계주의 『순애보』(1939), 사회적 정열로 일관된 보수정신의 대변자였던 이광수는 '낙양의 지가를 올린 근래의 센세이셔날한 작품'[8]인 『사랑』(1939)을 통해 1930년대 대중연애서사를 주도한다.

1930년대 후반기 대중연애서사가 일정한 수준의 문학성을 성취하고 대중독자들의 인기를 얻은 것은 대중연애서사가 담지한 '사랑의 속성'이 독자들의 독서 욕망에 부합되어 특정한 사랑 이데올로기를 산출하였기 때문이다. 이전에도 대중연애서사는 존재하였으나 '대중연애소설군'이라는 양적인 집단을 형성한 경험이 없으며, 개별적 속성을 도출하기에도 부족한 면이 있었다. 중요한 것은 특정한 시기에 소설 속에서 사랑의 이데올로기가 두드러지게 나타나기 시작했다는 사실이며 이러한 특성이 어떠한 사회적 징후를 드러낸다는 점이다.

본고는 이러한 사전 이해를 바탕으로 1930년대 대표적 대중연애서사로 김말봉의 『찔레꽃』(1937)을 살펴보고자 한다. 김말봉의 『찔레꽃』은 1937년 3월 31일부터 10월 3일까지 『조선일보』에 연재되었다가 1939년 인문사에서 단행본으로 출간하였는데 1930년대의 열악한 출판 상황 속에서도 6판을 찍어냈을 정도로 많은 대중독자를 확보했던 작품이다. 대중연애서사의 효시라는 측면에서 『찔레꽃』의 폭발적 인기는 그 의의를

---

7   박종화, 「현대소설의 백미」, 『매일신보』, 1939.12.17.
8   「문예 '대진흥시대' 전망」, 『삼천리』, 1939.4.

둘 만 하나, 작가가 의식적으로 대중소설을 표방하고 작가적 정체성을 '대중소설가'에 두고 있었음을 볼 때 김말봉의 역사적 등장은 엄밀한 의미에서 대중소설사의 시작이라 해도 과언이 아니다. 당시 조선의 '기쿠치 간(菊池寬)'이라고도 불리던 김말봉은 발표한 대중연애소설의 연이은 성공으로 조선서 전례가 없는 순통속소설의 길을 열었다.

2. '성모'의 재현과 멸사(滅私)의 희생정신

『찔레꽃』[9] 은 재자가인(才子佳人)의 사랑하는 남녀 주인공을 둘러싼 오해와 갈등을 극기와 인내로써 이겨내는 여성 주인공을 통해 이타적 사랑의 절대성과 이상화를 보여준다. 이 작품에서 여성주인공 안정순은 고난으로 서사화 되는 현실적 한계를 희생으로 넘어서며 이것은 완벽한 성모(聖母)의 이미지로 구현된다.

재능, 덕성, 미모 면에서 한 점의 결함도 없는 완벽한 '여성미의 절정' 안정순은 가난이라는 물질적 한계를 지니고 있다. 가난이 결국 그녀의 사랑을 좌절시키지만 그녀는 개인적 애정에 머무르지 않고 가난한 가족에 대한 책임, 주변 사람들에 대한 봉사와 배려, 자기 자신에 대한 의지로 확대 변형하면서 사랑의 영역을 확장시킨다. 정순이 자신을 버리되 모든 것을 품는 성모의 이미지로 재현되는 것은 크게 세 가지 측면에서 살펴볼 수 있다. 대리가장, 가정보육교사, 타인의 행복을 위해 자신의 불행을 감내하는 사랑의 양보가 그것이다.

---

9   김말봉,『찔레꽃』, 문학출판사, 1984. 이하 인용 시 '『찔레꽃』, 쪽수'로 표기.

『찔레꽃』의 서두는 '해가 이글이글 대지를 내리쬐는 한여름' 아침부터 일자리를 구하러 다니는 정순의 초라한 행색으로 시작된다. 보육학교 출신의 정순은 다니던 유치원이 하루아침에 문을 닫게 되면서 직업을 잃게 된다. 정순이 일자리를 찾아 서울의 큰 거리를 헤매고 다니는 것은 갑자기 미쳐버린 아버지의 석 달 치 밀린 병원비 때문이다. 어린 동생은 이모님 댁에 의탁해 있고, 썩을 대로 썩어 내려앉은 초가집, 생계를 이을 가장의 부재는 깨끗하고 젊은 여성을 불순한 세계로 던져 넣는다. 어렵사리 보육교사 자리를 얻어 생계를 유지할 수는 있게 되었으나 정순을 핍박하고 모멸하는 외부 세계의 폭력에 정순은 시장에 팔려 나온 송아지처럼 하루하루를 견디어 내지 않으면 안 되었다. 닥쳐올 가족의 고난을 대신 짐 지며 모든 이기적 오해와 폭력적 현실에 맞서는 정순은 더 큰 사랑의 실천을 위해 자신을 희생의 제물로 바친다.

가족을 위해 돈을 벌어야만 하는 교육받은 신여성의 설정은 1930년대 초반 과도한 섹슈얼리티로 가족제도를 위협하던 '모던걸'로서의 신여성과는 확실히 대별(大別)된다.[10] 대부분의 신여성들이 경제적 어려움으로 직업세계에 발을 들였다 하더라도 신세한탄이나 허영에 들뜬 욕망으로 가족들의 애물단지가 되거나 몸을 망치기 십상인데 반해 가난한 집안을 건사하기 위해 젊음을 희생하는 정순은 '어디까지나 자기 자신 이외에는 생각지 못하는 동물적 존재들'과는 변별된다.

정순이의 직업은 보육교사이다. 정순의 구체적인 직업 활동이 사회에서 이루어졌다면 정순의 교사적 입지가 확인되었겠지만, 정순은 가

10　김종수, 「멜로드라마적 인물과 자본주의 가치의 내면화」, 『대중서사장르의 모든 것』, 이론과실천, 2007, 151쪽.

정보육교사로 활동하면서 '어머니'의 이미지가 부각된다. 오래 전부터 심장병으로 누운 경애의 어머니를 대신해 어린자녀들의 엄마 역할을 담당하게 된 것이다. 정순은 경애 어머니의 질투와 모함 속에서도 꿋꿋하게 아이들을 자기 자식처럼 돌보고, 경애 어머니가 죽은 후에도 조만호의 집을 나가려고 했으나 "어린 아들 용길이가 엄마를 부르며 선생님을 찾는다"(『찔레꽃』, 233쪽)는 행랑어멈의 말을 듣고 발길을 돌린다. 시기와 질투로 매일 정순을 들볶던 경애 어머니도 죽기 선에 정순을 어린 아이들을 마음 놓고 맡길 수 있는 유일한 '새어머니감'이라고 말한다.

정순이 구체적으로 성모의 이미지를 획득하게 되는 것은 한 번도 만난 적도 본 적도 없는 경구가 세계 일주에서 막 돌아와 아이들의 가정교사인 정순에게 성모의 그림이 들어 있는 사진을 선물하면서부터 이다. 이로써 정순은 성모의 이미지로 강렬히 환기되는데 경구는 용길을 안고 있는 정순이가 귀국 기념으로 정순에게 준 마돈나聖母의 그림과 같이 생각되어 일순 정순에게 합장하고 싶은 충동을 느끼곤 한다.

병든 아버지와 가족을 위해 헌신하는 대리가장의 모습에, 자신을 핍박하고 모멸하던 이의 자식들을 사랑으로 끌어안음으로써 획득되는 모성적 이미지는 자신을 죽여 더 큰 사랑을 실천하는 성모적 이미지로 승화된다. '하늘에서 내려온 듯이 티 없이 아름다운 정순의 육체', '짙은 그늘을 쫓아내주는 오직 하나의 태양', '경건하고 깨끗한 정순의 미소' 등은 정순의 이미지를 모성애, 자매애, 인류애를 지닌 성스러운 어머니나 구원의 여성으로 기능하게 한다.[11]

---

11 김미현, 「여성 연애 소설의 (무)의식 – 김말봉의 『찔레꽃』을 중심으로」, 『여성문학을 넘어서』, 민음사, 2002, 233쪽.

부성(대리가장)과 모성(성모)을 동시에 가져 탈성화(脫性化)된 정순은 마지막으로 사랑하는 남자의 행복을 위해 자신의 사랑을 포기한다. 정순은 경구에게 경애가 민수를 사랑하고 있으며 민수와의 결혼을 희망하고 있다는 이야기를 듣는다. 정순은 마음 같아서는 당장 모든 오해를 풀고 민수가 자신의 약혼자임을 밝히고 싶지만 졸업 후 유학을 시키는 것은 물론 민수의 생활비쯤이야 간단히 해결해 줄 수 있다는 이야기를 듣고 과연 자신이 민수의 행복을 깨뜨릴 권리가 있는지를 반문한다. 자신과 결혼하는 것보다 경애와 결혼하는 것이 더 나으리라는 정순의 생각은 민수의 입장에서 모든 것을 생각해 보려는 정순의 지극한 사랑에서 출발한다.

정순은 모든 오해가 풀린 후에도 자신의 사랑을 재출발시키기 보다는 그 남자를 사랑한 다른 여성(경애)의 불행을 막기 위해 새로운 사랑의 시작을 거부한다. 정순이 경구의 열렬한 구애를 거부하는 것도 똑같은 이유에서이다. 정순은 경구에게 그의 신부가 될 날만을 손꼽아 기다린 윤희에게 잔인한 남성이 되지 말라고 충고한다.

모든 것은 될대로 되지 않았어요?······ 민수씨! 이미 한 여자를 울렸으니 또다시 한 여자를 울리는 것은 너무 잔인하지 않아요?······ 두 분은 이미 약혼을 하셨으니 ······ 행복 되시기만 빕니다.(『찔레꽃』, 402쪽)

타락한 세상에 도덕적 주체로서 자존심을 지켜나가는 정순이 자신의 개인적 사랑을 희생하여 더 큰 사랑을 실천하는 '성모'의 이미지로 고양되는데 반해 남성미의 절정인 이민수는 도덕적 영웅의 모습을 보여주는데 그친다. 일주일 전에 자신의 집을 경매에 부친 조만호의 딸 조경애를 죽음의 경각에서 구해낸 민수는 '운명의 물레바퀴'처럼 교만한 조만호에게 도덕적으로 패배감[12]을 안기고 결국 자신이 승리하였다는 사실에 쾌감을 느낀다.

민수가 날렵한 승마 솜씨로 경애를 구하고 경애 또한 혼절한 상태에서 영환을 무시하고 민수를 찾으며, 경애의 사고 소식을 듣고 온 가족이 달려와 민수에게 경의를 표하는 대목에서 '진실로 선(善)으로써 악(惡)을 이긴' 민수의 행동은 악인들 스스로에게 반성의 기회를 제공하였기에 더욱 정의롭고 대범하게 부각된다.

높고 거룩한 인류애를 실천한 민수의 영웅적 행동은 여기에서 그치지 않는다. 경애의 퇴원과 경구의 귀국을 축하하는 가족 파티에서 영환이 제시한 현상금 오천 원을 거절한 민수의 '젊은 사자와 같이 늠름한' 노기는 참석자들로 하여금 저절로 고개가 숙여지게 만든다. 더불어 이것을 기회로 가난한 민수를 비웃어 주자했던 윤영환의 그릇된 짐작과 현상금으로 경애의 생명을 건지려 했던 영환의 존재를 부각시키고자 했던 조만호의 술책은 민수의 옥 같은 행동과 대비되어 더욱 비열하고 추잡하게 그려진다.

그러나 '남성미의 절정'인 민수의 영웅적 행동이 정순의 성모와도 같은 '숭고미'로 상승되지 못하는 것은 민수의 모든 행동이 '도덕성'으로

---

12 자기는 일주인 전에 자기집 응접실에서 어떻게 무정하게 이 청년의 부자를 보냈던고? "에이, 여보요. 딩시도 사식 키우지요? 두고 봅시데이! 흥, 세상은 물레바퀴라" 하고 분노에 떨던 이 도사의 말소리가 지금 북소리처럼 조만호 씨의 귀를 울리는 것이다. 그노인의 아들이 목숨을 내걸고 경애를 건졌다는 사실은 뜨거운 숯불로 그의 이마를 지지기라도 하는 듯 진땀이 내솟는 것을 어찌할 수 없었다. 생각하면 할수록 부끄러워졌다. 차마 민수를 쳐다볼 용기가 없다. 하물며 무어라고 이러니저러니 말이 나올 수는 없는 것이다. (『찔레꽃』, 169쪽)

위장된 '복수심'으로부터 비롯되었기 때문이다.

> 내 아버지를 울린 녀석! 그리고 그 경애라는 교만하고 맹랑한 계집애 앞에
> 서서 오천 원을 받아 버린다면? 모처럼 참마로 천재일우의 기적적으로 얻은
> 내 복수(復讐)가 그들 오천 원과 상쇄(相殺)되어 버리겠지? 흥, 오천 원에다
> 내 감정을 팔아 버릴 수는 없거든. 그보다도 오천 원을 내게 던져 주고 난 뒤
> 에 마치 삯군에게 삯을 지불한 것처럼 득의양양해질 그 꼬락서니를 차마 볼
> 수 없었을 것이 아니야.(『찔레꽃』, 202쪽)

자신의 행복을 깨뜨린 조만호에 대한 복수는 경애와의 약혼으로 이
어진다. 복수는 사랑의 절대성이 실패한 대상을 향하는 것이 아니라 사
랑에 실패한 자기 자신에 대한 보상으로 나르시시즘의 절대성을 드러
낸다. 민수가 정순이 조두취와 결혼할 것으로 오해하고 경애와 약혼하
려 드는 것은 이러한 복수로서의 사랑을 보여준다.

이민수의 사랑이 안정순의 사랑처럼 숭고성을 담지할 수 없는 것은 '오
해'라는 똑같은 상황 속에서 민수와 정순의 반응태가 극적으로 상반되기
때문이다. 정순은 자신보다 먼저 민수의 입장에서 생각하고 과연 그에게
이익이 되는 것이 무엇일까를 고민하는 반면 민수는 자신을 물질적으로
패배시킨 조만호와 정순에 대한 복수심으로 들끓었던 것이다.

가난하지만 순결함을 잃지 않고 타락한 세계에서 고고하게 자신을
지켜나가는 정순은 값 높은 영혼의 값 높은 승리를 보여주며 성모적 이
미지로 재현된다. 허위와 가면의 진흙탕 싸움에서 공리적(功利的) 현금주
의자가 되지 않기 위해 늘 경계하며 도덕적 자존심으로 자신을 지켜나

가는 정순은 그야말로 '보아주는 이가 없어도 홀로 피어 알아주는 이가 없어도 향기를 보내주는 찔레꽃'과 같이 숭고한 면모를 지닌다. 정순의 '거절'이라는 당혹스러운 결말은 찔레꽃이라는 상징적 장치를 통해 긴장을 완화시키고 복선적 역할을 수행한다. 경애에 의해 포착되는 찔레꽃의 이미지가 정순의 성격과 행동을 시종일관 지배함으로써 안정순의 존재를, 그와 동시에 안정순의 삶으로 표상되는 자기희생과 헌신이라는 모랄을 신비화한다.

3. 돈과 사랑의 이분법과 '악(惡)'을 통한 '악(惡)'의 징벌

『찔레꽃』이 1930년대 대중연애서사의 대표성을 지닐 수 있는 것은 '사랑'과 '자본주의적 가치 질서'간의 대립이라는 '돈과 사랑'의 문제가 핵심적 갈등으로 포진하고 있기 때문이다. 돈이 단순한 물질적 허영이나 외부의 폭력적인 강압, 성적 유혹 등의 형식으로 상징되던 이전 시대의 대중소설과 달리 생활의 논리, 일상으로 자리매김 되는 것이 『찔레꽃』만의 특수성이자 시대적 안목인 것이다.

1930년대 소비자본주의 사회에서 돈은 '인간의 가장 기본적인 본성' 또는 '인간 최대의 행복인 사랑'에 값하는 지위를 갖게 된다. 이제 돈은 신이 사라진 시대에 '물신(物神)'이 된다. 돈이라는 물질적 가치와 사랑이라는 정신적 가치의 내결은 1930년대 대중독자들의 감정과 욕망의 흐름을 반영함으로써 시대적 '트랜드'를 형성하지만, 이 둘의 대결을 가장 고전적인 방식으로 일시에 해소해 버림으로써 재래적 윤리는 신봉(信奉)된다.

『찔레꽃』은 다양한 성격의 인물들이 등장하여 사건이 복잡하고 규모 있게 꾸며져 있는 듯 보이지만 사실 중첩된 여러 개의 삼각관계는 주인물을 중심으로 정확하게 이분된다. 멜로드라마의 공식성에 따라 선과 악이 사랑과 돈의 대립으로 정확히 구분된다. 조만호-안정순-이민수, 조경애-이민수-안정순, 조경구-안정순-이민수, 조만호-옥란-최근호 등 크게 네 가지로 구분되는 갈등의 서사는 중심인물을 분기로 좌(左)는 부자 = 돈 = 악을, 우(右)는 빈자 사랑 = 선을 표상한다.

악의 축이자 돈 많은 부자의 전형을 보여주는 조만호는 은행 두취로서 부와 권력을 지닌 인물이다. 스물다섯에 와세다 대학을 마치고 경상도 부호 정창식의 맏딸에게 장가를 든 이래 민활한 사업 수완과 정씨의 후원으로 오늘날에 이른 그는 사십이 넘어서면서 요리집, 호텔, 온천엘 수시로 드나들며 색(色)을 탐(探)한다. 그러던 중 보육교사로 취직한 정순을 보고 "잘 익은 과일을 보는 때처럼 그의 눈에서는 어떤 애욕의 횃불이 여름밤의 인광과 같이 흩어졌다"(『찔레꽃』, 18쪽).

조만호는 도덕적으로 타락한 인물의 토포스를 보여준다. 은행의 두취라는 지위를 이용하여 재물을 축적하고 병든 아내를 두고 성적 욕망을 탐한다. 사회적으로 높은 지위를 이용하여 자신의 성적 욕망을 충족시키는 조만호의 이미지는 대중 로망스(popular romance)에서 가부장제의 이득을 누리는 전형적인 남근적 영웅(phallic hero)과 일치한다. 남근적 영웅은 여성인물을 도덕적으로 성적으로 억압하는 면에서 비도덕적 인물의 전형이다.[13]

13 이정옥, 『1930년대 한국 대중소설의 이해』, 국학자료원, 2000, 155~156쪽.

그러나 조만호의 안정순에 대한 성적 탐욕은 아내의 신경증적 경계와 침모 박씨의 음모로 표면화되지 않는다. 악의 근원태인 조만호는 오히려 익살맞고 희극적인 인상을 준다. 이러한 이유로 조만호는 공포나 혐오의 감정을 유발하지 않고 악당으로서의 모습은 희석된다. 반면 악의 실행태로서 침모 마누라 박씨는 그로테스크한 묘사를 통해 구체적인 악인의 모습을 보여준다.

침모 박씨는 거동이 불편한 경애 어머니의 사설탐정이자 그림자 역할을 수행하면서 정순을 핍박과 모멸감 속에 빠뜨리는 인물이다. 경애 어머니가 죽자 조만호의 매파 역할을 하면서 정순을 오해 속에 고립시키고 자신의 물질적 욕망을 채워나간다. 결국 정순이 자신의 마음대로 되지 않자 기묘한 사기를 계획하고 딸 영자를 정순으로 둔갑시켜 조두취의 침실로 들여보낸다. 인륜을 저버리고 물질적 욕망에 따라 처신하는 박씨의 행동은 당위적 서사의 공식적 결말에 따라 처리된다.

『찔레꽃』의 선행연구가 조만호-안정순-이민수의 삼각관계에 집중하여 논의된데 반해 조만호-백옥란-최근호의 삼각관계는 부차플롯 정도로 인식되었다. 하지만 백옥란의 서사는 '돈이냐 사랑이냐'의 선택에 있어 안정순과 정반대의 선택을 하게 함으로써 정순이 가지 않은 길에 대한 독자들의 호기심을 충족시킨다. 그러므로 안정순의 서사와 백옥란의 서사는 조만호를 기준점으로 상극의 데칼코마니처럼 겹쳐진다. 옥란의 선택이 부정되면 부정 될수록 정순의 선택은 더욱더 이상화된다.

조만호-백옥란-최근호의 서사는 '황금을 가지고 사랑을 사려는 사나이'(조만호)와 '순정한 사랑을 돈이라는 우상과 맞바꾸려는 기생'(백옥란), '세상물정 모르는 귀여운 도련님'(최근호)의 삼각관계를 은유한다. 최근호는 요정에서 우연히 만난 '학대 받는 백색 노예' 옥란을 불행에서 건져내 일평생 사랑할 것을 약속한다. 하지만 자신의 전부를 내어 걸었던 옥란이 다시 기생 권번으로 나온 것을 보고 환멸을 느낀다.

옥란이 근호와의 다짐을 깨고 생활전선에 뛰어들 수밖에 없는 상황은 정순의 그것과 동일하다. 옥란에게는 근호가 벌어오는 육십오 원으로는 생계가 불가능한 칠팔 명의 식구가 달려 있다. 더욱이 숨겨 논 아들이 내년이면 학교에 들어갈 나이가 된다. 옥란은 궁핍으로 인해 사랑하는 근호와의 약속을 어기고 권번에 나갈 수밖에 없게 되었다. 하지만 정순이 타락하고 비도덕적인 돈의 전횡 속에서도 도덕적 자존심으로 자신을 지탱하는 반면 옥란은 자신의 물질적 이익을 계산하고 미래의 안정을 위해 현실과 타협한다. 옥란은 조두취에게 반강제로 아내가 죽으면 혼인하여 아들 수남을 정식 아들로 호적에 넣어줄 것을 다짐받고 최근호와 헤어질 것을 결심한다. 자본의 논리가 지배하는 가부장적인 사회 속에서 사랑을 포기하고 적극적으로 자신의 욕망, 금전적인 욕망과 사회적 지위를 얻기 위해 수단방법을 가리지 않는 옥란은 비정한 여성인물로 악녀 모티프의 전형을 보여준다.

그러나 옥란이 그토록 소원했던 정실부인의 자리는 처음부터 옥란의 자리가 아니었다. 조두취는 가정교사와 결혼하기로 하였다고 전하고 옥란은 영원한 제 2의 애인이 되어 자신 곁에 머물러 달라고 말한다. 이에 옥란은 아들 수남의 이름으로 전셋집을 줄 것과 가족의 위로금으로 일시 삼만 원, 매달 생활비로 삼백 원을 줄 것을 청한다. 하지만 조두취는 옥란이 근호와 좋아지낸 것을 이미 알고 있으니 돈 이백 원으로 더 이상 귀찮게 하지 말라고 으름장을 놓는다.

결국 자신에게 지극한 사랑을 약속했던 최근호를 버리고 선택한 황금장이 조만호에게 조롱당하듯 버림받은 옥란은 최근호 역시 다른 여자와 결혼해 버리자 자신을 진심으로 사랑한 최근호를 배신한 데 대한 죄의식과 조만호에 대한 복수심으로 충동적으로 조만호를 죽이겠다고 결심한다. 근호의 결혼식 날이자 두취에게 버림받은 날 밤, 옥란은 칼을 품고 조만호의 침실에 숨어든다. 벽장 속에 숨어있던 옥란은 두취와 가정교사의 침대를 덮친다. 옥란은 조두취는 해(害)하지 않고 침모의 딸 영자의 갑상선에 한일자로 칼날을 박아 살해한다.

스스로 돈의 논리에 끌려간 옥란의 자학적 행동은 충동적 살인이라는 자기 파괴적 행위로 마무리 된다. 하지만 여기서 특기할 사항은 '돈'을 선택함으로써 '악'의 측에 서게 된 옥란이 복수심으로 의도치 않게 또 다른 '악'을 제거하였다는 점이다. 이 또 다른 '악'은 침모의 기묘한 계략으로 자신의 딸을 정순으로 둔갑시켜 조두취와 혼인시키려는 술책이다. 더욱이 딸의 임신으로 비록 혼인이 성사되지 않더라도 물질적으로 큰 보상을 받을 수 있는 '악'의 완성을 목전에 두고 있었다.

옥란의 영자 살해는 '악'의 '악'을 통한 징치(懲治)뿐만 아니라 '악'의 행동성으로 모든 오해의 연속이 해결됨으로써 '선'은 가장 추악한 현장에서 빛나게 된다. '선'은 아무런 노력을 하지 않아도 결과적으로 보상받고 치유된다는 자족적 논리는 '선'으로써 '악'을 이기고 '선'이 결국 보상받는다는 '권선징악'의 논리를 한 차원 높인 것이다. 바로 이 부분에서 도덕성이 종교적 설대성으로 상승된다. 그리고 파탄에 이르러 개심(改心)하게 되는 '악'의 모습은 동정심이나 연민을 자아내기 보다는 인과응보(因果應報)라는 '당위(當爲)'가 도덕적 지위를 회복함으로써 정당성을 획득한다.

"아이구, 영자야! 어밀 죽여다구. 어미가 너를 이렇게 만들었구나." "아이구, 명천 하나님! 이 늙은 년에게 벼락을 내려 주셔요. 이 년이 돈에 눈깔이 어두워서 …… 아이구" 경관 앞에 두 손을 모은 채, "나리님. 이 년을 이년을 죽여 주셔요" 하고 침모 박씨는 모든 것을 고백하였다. (…중략…)

피가 묻은 단도를 한 손에 들고 나오는 젊은 여인은 무엇이 우스운지 생글생글 웃으며, "저는 기생 백옥란예요. 데리고 가시면 자세한 말씀을 여쭐테니깐요" 하고 옥란은 경관 앞으로 나섰다.(『찔레꽃』, 396쪽)

『찔레꽃』은 '돈'의 서사를 통해 파행적인 소비 자본주의화 과정에서 왜곡되고 뒤틀린 인간관계와 욕망을 되비친다. 물질적인 '돈'의 논리가 가치론적으로 '악'의 논리에 상응하는 것은 반자유주의와 반서구주의를 핵심으로 하는 식민지 후기 지배정책에 동조한다.[14]

식민지배 초기 개인의 자유, 권리, 행복을 강조하고 국가간섭을 배제하고자 하는 자유주의 사상은 조선인의 애국심을 약화 시킬 수 있는 일제의 핵심 지배 이데올로기였다. 더불어 조선왕조를 비판하면서 자신들만이 조선인의 생명과 재산을 지켜줄 수 있다는 '동화'의 논리를 식민화에 활용하였다. 자유주의는 본질적으로 국가 그 자체에 대해 비판적인 이데올로기이므로 탈조선화를 위한 훌륭한 도구가 될 수 있었다. 그러나 식민화가 진전되면서 일본은 초기 지배 정책과 달리 자유주의를 강하게 비판한다. 이는 일본이 계속되는 전쟁 수행을 위해 조선인을 진짜 일본인을 만들기 위해 강한 애국심으로 무장한 국가주의(파시즘)를

---

14 이나미, 「일제의 조선지배 이데올로기 – 자유주의와 국가주의」, 『정치사상연구』 9, 2003 가을.

채택하였기 때문이다. 일제가 파시즘으로 나아가면서 자유주의는 제
욕심을 채우는 이기주의로, 구체제의 이념으로 묘사된다.

자유주의는 물질만능, 영리만능, 상업주의적인 것으로 조만호의 '황
금으로 취하지 못할 것은 없다'는 물질만능적 태도는 이러한 이유로 악
의 기능을 하게 된다. 더불어 지금까지 영미(英美)가 지배하던 질서는 돈
과 권력이 지배하는 질서, 침략적인 질서이므로 이제는 일본이 중심이
되어 공존공영(共存共榮)하는 정신의 질서, 생존권의 질서로 맞서야 하는
것이다. '신질서'로서의 '국가주의'가 자유주의를 압도하고 '영미'로 대
표되는 서구에 대한 반감을 고조시킨다.

경구가 대학을 졸업하고 세계 일주를 하는 동안 미국에서 겪은 인종
차별은 반서구에 대한 감정을 극대화시킨다. 경구는 세계 일주 도중 뉴
욕에 도착하자마자 아메리카의 사치와 허영을 확인하고자 제일 훌륭한
호텔로 들어선다. 경구가 궁전과도 같은 호텔 안으로 들어서려 하자 '파
수병 같은' 보이가 앞길을 막아선다. "'손님은 백색인(白色人)에 한하여 받
습니다" 하여 쓰여 있는 작은 진유판을 쳐다보는 경구의 눈은 일순 팽이
같이 뱅글뱅글 돌아갔다. 어디다 호소할 곳 없는 분노를 안은 채 유색인
(有色人)을 들이는 제 이류 여관을 물색하던 어느 황혼이 지금도 눈 앞에
선하다'(『찔레꽃』, 157쪽).

인종차별. 지구 위에 분한 것, 슬픈 것, 그리고 억울한 것이 모든 것을 한데
뭉쳐 놓은 것이 인종차별이란 저주받은 문자로 화해 나왔다고 경구는 생각
하였다. "이것이 청교도의 아메리카냐? 자유와 평화를 부르짖고 메이 플라워
호를 타고 대서양을 건너온 너의 조상들은 지금 무덤 앞에서 울고 있으렷다."

민족끼리 인종끼리 싸우고 죽이고 그리고 자기네의 조그마한 사회를 배경으로 거기서 우월감을 느끼며 나보다 나은 자를 씹고 깎고 ……'(『찔레꽃』, 162~164쪽)

조선인을 개만도 못한 '개의 하인'으로 부리며 귀족적인 부와 사치를 일삼는 미국인의 행태를 통해 피 끓는 울분을 느끼는 경구의 정서는 반서구의 감정을 극단적으로 표출하며 국가주의 이데올로기에 복무하게 된다.

4. 낙관적 센티멘털리즘과 도덕적 우화의 상찬(賞讚) 효과

다각적으로 얽혀있는 애정의 삼각관계는 애정의 중심축에 서 있는 인물이 돈이냐, 사랑이냐의 취사(取捨)의 갈등에 놓여 있다는 점에서 선택의 플롯을 추구한다. 이러한 선택의 플롯은 멜로드라마적 공식성에 의해 문학적 관습으로 고정되어 있다. 수용주체들은 연애소설의 장르적 공식을 따라 편안하게 독서에 참여할 수 있지만, 독자들의 상식적 예측은 서사 내부의 다양한 변수와 우연적 상황의 얽힘으로 호기심과 긴장감을 유발한다. 심미주체는 최종적으로 낙관적 전망에 심정적 안정감을 기대하면서도 선택의 과정이 구체적으로 어떻게 펼쳐질 것이며, 최종적으로 어떻게 해결될 것인지를 흥미롭게 추적(追跡)한다.

『찔레꽃』의 폭발적 인기를 견인하며 심미주체의 동일시적 감정이입을 이끌어 내는 여주인공 안정순은 민수의 사랑이냐, 조만호의 돈이냐의 갈림길에서 어느 하나를 선택해야 한다. 동일시(identification)는 자기 이외의 대상이 자신이 좋아하거나 존경하거나 혹은 부러워하는 대상일 때 그 사람의 행동 특성을 모방함으로써 자신이 마치 그 사람이나 된 듯한 만족감을 가지게 되는 것[15]으로 명확한 의식의 지각 작용이라기보다는 잠재의식적인 반응의 결과이다. 독자는 작중인물과의 동일시를 통해 독서 체험을 현실의 삶 속에서 의미화하고 확대하는 과정을 거치고 가치를 내면화 하게 된다. 안정순의 인간됨을 볼 때 독자들은 쉽게 정순의 선택이 '사랑'을 향할 것임은 예측할 수 있지만 정순의 근본적인 고난의 원인인 '가난'이 서사에 계속해서 노출됨으로써 안정순의 선택은 긴장감 있게 진행 된다.

정순이 조만호 집의 가정교사 생활을 시작했을 때 '전설에 나오는 공주' 마냥 신기해하는 것은 호화로운 생활에 대한 동경과 환상의 표현이라 할 수 있다. 이 같은 심리는 안정순의 집과 조만호의 집의 선명한 공간대비를 통해 극단화 된다.[16] 독자들은 정순의 시선을 따라 부르주아 가정의 부와 사치를 구경하면서 엿보기의 욕망을 충족시킨다. 하지만 부와 사치가 '행복의 전당'이 아니라 '황금으로 만든 지옥'임을 정순이

---

15 김종서 외, 『교육학 개론』, 교육과학사, 1984, 219쪽.
16 동남편으로 향한 이 방은 앞에 유리문이 있고 서쪽에 둥그런 창이 났는데 그 창에는 뻥 뚫어진 우물정 자로 간살을 막아 놓은 말하자면 썩 신식 풍속으로 꾸며진 방이다. 두 간 방은 훨씬 더 될 듯한 이 방 한편에는 체경이 달린 양복장이 놓여 있고, 전나무로 만든 테이블 옆에 등의자 한 개, 벽에는 팔월 삼일이란 글자를 안은 달력이 걸려 있다. 방 맞은 편 넓은 뜰에는 솔, 살구, 복숭아, 뽕나무 들이 주욱 들어서서 은은한 그늘을 지우고 있는 것이 무엇보다도 정순의 맘에 들었다.(『찔레꽃』, 15~16쪽)
"참 서설 어떻게? 비가 막 새는군!" 천정 한 모퉁이가 뻘겋게 빗물이 내린 사이로 뚜뚝뚜뚝 굵은 물방울이 떨어지는 것이다. 재작년에 지붕을 이은 뒤로 아직 그대로 있는 정순네 초가집은 썩을 대로 썩은 모양이다. 어머니는 세수대야를 갖다 물 떨어지는 곳에 놓고 후— 한숨을 내쉬며 부엌으로 난 창을 확 열어 재쳤다. "저런 제길! 부엌에도 물이 하나로군" 부엌에서 픽—픽— 물을 퍼내는 소리가 들려오자 정순은 꿈에서 깨인듯이 책을 내려놓고 벌떡 일어섰다.(『찔레꽃』, 11쪽)

격은 에피소드[17]를 통해 바라봄으로써 자신들의 현실적 처지를 위안 받게 된다.

정순이 수용주체의 공감과 감정이입의 대상이 될 수 있는 것은 현금적 공리주의를 경계하고 도덕적 자존심을 지키는 인물임에도 불구하고 물질의 유혹에 흔들리는 약한 인간적 모습을 서사에 종종 노출하기 때문이다. 정순의 회의하고 갈등하는 양상의 진폭이 커지면 커질수록 수용주체는 서사주체에게서 쉽게 동화된다.

'동화(assimilation)'는 체험의 동질성을 바탕으로 한다는 점에서 동일시의 한 양상이다. 동화는 독자가 소설 속에서 자신이 선택한 모델의 양식을 본 떠 자아를 형성하려는 거의 의식적인 노력[18]이라는 점에서 선망의 기제를 포함한다. '스르르 구름같이 손에 감기 울 저 아름다운 옷감'에 대한 유혹은 너무도 강렬하며 자존심만 아니었다면 '열 번 절하고 진열장 앞으로 달려갔을' 정순의 태도를 통해 독자는 인간의 양면성에 대한 이해와 정순의 도덕적 선택에 대한 선망을 동시에 체험하게 된다.

정순의 선택 플롯은 취사(取捨)의 문제에 있어 '직선의 서사'에 가깝다. 물질에 대한 인간적 욕망이 발견되지만 언제나 그 결론은 '도덕적 자존심'을 더욱더 무장하는 계기가 된다. 더불어 자신의 욕망을 발견할 때마다 본성을 깨우치고 그러한 물적 가치를 지닌 인물들을 비판[19]함으로

---

17 주인 조만호는 음탕한 시선으로 정순을 바라보고, 부잣집 마나님 같던 경애 어머니는 침모 마누라의 보고를 받고 정순을 핍박한다. 정순은 어이없는 오해와 굴욕을 겪고 쫓겨날 지경에 이른다.
18 J. 그리블, 나병철 역, 『문학교육론』, 문예출판사, 1983, 198쪽.
19 조만호의 심뽀를 생각할 때 정순은 어디까지나 자기 자신 이외에는 생각지 못하는 그 동물적 존재가 가증스러웠다. 좀 더 서로 사랑하고 도와주고 용서하면서 실수도 있을 텐데. 정순은 혼자만 잘되고 혼자만 배 부르고 그리고 혼자만 즐기려 하는 사람들 틈에 끼어 사는 자기 자신이 갑자기 쓸쓸하여졌다. 능청스럽게도 거짓말을 뱉아놓고도 아무런 부끄럼을 느끼지 않는 조만호는 덮어 놓고도, 경애 어머니의 뼈만 남은 파아란 얼굴을 생각해 보거나, 요사이 돌변한 경애의

써 상대적으로 자신의 자존심을 굳건히 수성(守成)하기 때문이다. 이러한 '직선의 서사'가 독자들에게 단조롭거나 지루하지 않게 읽히는 것은 직선 속에 '오해의 플롯'이 겹쳐지면서 공식성이 가변되기 때문이다. 이 오해도 두 개의 서사가 중첩되면서 서사의 진행은 더욱 복잡해진다. 오해로 비롯되는 곡선의 서사는 독자들의 흥미와 긴장감을 배가 시키는 기능을 수행한다.

경애-민수, 경구-정순의 표면적 사랑의 서사는 경애와 경구의 오해에서 비롯되었지만 악의성이 없다는 점에서 지탄받지 못하고, 진실을 알고 있는 두 연인의 망설임으로 독자들은 더욱더 안타까움을 느끼게 된다. 연인을 위하는 마음으로, 자존심으로 진실을 행동으로 옮기지 못함으로써 진실은 은폐되고 정보는 지연된다. 오해가 거듭될수록 정순과 민수의 결합 가능성은 낮아지고 독자들의 긴장감으로 고조된다. 침모의 계략에 의해 발생하는 오해는 자신의 욕심을 채우기 위해 정순을 이용한다는 측면에서 악의성을 갖고, 독자들은 훈계(訓戒)의 눈초리로 서사를 따라간다. 이들의 오해 과정을 읽는 독자들은 안타까운 심정으로 마음을 졸이고 어서 오해가 풀려 재결합하기를 기대한다.

결국 위험에 빠진 정순과 민수의 사랑은 '흉악한 오해'가 일시에 해소됨으로써 행복한 결말을 향해 나아가는 듯 하지만 여기에 또 하나의 반전이 도사린다. 모든 오해가 밝혀진 뒤에 민수는 자신의 잘못을 깨닫고 정순에게 용서를 구한다. 순결한 정순을 오해한 것은 자신의 천박함 탓이요, 정순의 결백이 증명된 이상 모든 처리를 정순의 뜻에 따르겠다고

차고 쌀쌀한 시선을 눈앞에 그려보거나 정순은 이대로 조만호 씨 집으로 들어가기가 정말 싫어졌다.(『찔레꽃』, 160쪽)

말한다. 일반적인 멜로드라마의 공식성을 따른다면 정순은 민수를 용서하고 고난의 댓가를 보상받는 결혼이나 그에 걸맞은 화합의 해피엔딩으로 진행되어야 할 것이다.

그러나 정순은 모든 독자들의 예상을 깨고 순리(順理)의 뜻을 따라 민수의 청을 거절한다. 독자들은 사랑의 패배를 감내하고 또 다른 사랑의 아픔을 만들기 않기 위해 돌아서는 정순의 고결한 덕행에 감동한다. 수용주체들은 그동안 그녀가 무릅썼던 고통과 그런 고통이 보람없이 끝난 것에 대해 동정과 연민을 느끼게 된다.

여기서 『찔레꽃』의 감상성은 최고조에 이른다. '오해-갈등-중첩된 오해-오해의 해결-갈등의 해소'의 에피소드적 반복, 운명적으로 엇갈리는 사랑의 서사는 심미주체로 하여금 감정이입의 강렬도를 높이고 센티멘털리즘을 미감케 하는 것이다.

센티멘털리즘(Sentimentalism)은 비애, 눈물, 우울, 탄식, 애상 등을 기본 정조로 한다.[20] 하지만 센티멘털리즘이 눈물의 비애와 탄식에 주조 된다고 해서 체념적 비관주의에 기대는 것은 아니다. 감상성(感傷性)으로 번역되는 이 용어는 인간성의 사실적 표현으로 인간의 미덕에 대한 찬양을 통해 소박한 낙관주의와 이상주의를 전망한다. 김기진은 '일상생활의 외위(外圍)에서 불가항력의 초인간력을 부단히 느껴 오고 따라서 숙명적 배신적 사상에 감염을 오랫동안 당하여 온 특정한 사회의 보통인의 보통 감정은 일양(一樣)으로 센티멘털리즘 아닌 것이 없다'고 말한 바 있으며 이러한 이유로 센티멘털리즘은 '현재 조선 사람의 보통감정

---

20 이상섭, 『문학비평용어사전』, 민음사, 1976, 12~13쪽.

이요 최대의 풍속을 가지고 항행을 하여왔다'고 지적하였다.

안정순의 행위에 대해 독자들의 감정이입은 하나의 미감으로 집결되지 않을 것이다. 이는 결말의 의외성 때문일 터인데 이민수와의 결별로 당혹스러운 가운데 아쉬움과 탄식을 느낄 수도, 경구와의 새로운 사랑을 전망하면서 기대와 예찬의 복잡한 감정을 느끼게 된다. 하지만 이러한 일련의 감정들이 소박한 낙관주의에 기대고 있음으로 의외적이기는 하나 충격적이지는 않다. 정순의 태도를 통해 독자들이 미감하는 센티멘털리즘은 '혼합된 감정의 모순'이라는 측면에서 일종의 숭고미이다.

프리드리히 쉴러(J. C. F. Schiller)가 논문 「숭고한 것에 관하여」에서 논한 것처럼 숭고의 감정은 '어떤 발작처럼 그것의 최고도에서 표현되는 슬픔과 황홀함에 까지 이르게 할 수 있는 기쁨의 결합이다.' 하나의 감정에서 두 개의 모순되는 느낌의 결합은 모순되지 않는 방식으로 우리의 도덕적 자립을 증명한다는 점에서 감상적이다.[21]

센티멘털리즘은 탄식하고 감사하고 슬퍼하고 원망하고 기뻐하고의 연쇄적 반응을 이끌어 냄으로써 수용자로 하여금 하나의 감정에 오래 머무르지 못하도록 유도한다. 빠르게 변하는 감정의 기복은 텍스트 내부의 서사 속도에 따라 긴장감을 유발하고 수용자의 외부적 현실을 잊고 내적으로 몰입하게 만드는 최선의 미감이다. 독자들이 정순의 행위를 통해 느끼는 이러한 감상성은 더 높은 차원의 열망, 기대, 환희를 주조하는 숭고의 감정이다.

일반적으로 대중연애서사는 선악의 이분법적 대립구도 속에서 결국

---

21 김수용, 『아름다움의 미학과 숭고함의 예술론―쉴러의 고전주의 문학 연구』, 아카넷, 2009.

선이 승리하는 해피엔딩의 형식으로 '교정할 수 없는 낙관주의(incorrigible optimism)'를 선보인다. 결론만 놓고 보자면 『찔레꽃』은 대중연애서사의 기본공식에 위배된다. 서로 사랑하지만 결과적으로 이들의 애정실현은 좌절되기 때문이다. 하지만 선이 보상받는 해피엔딩의 구조가 아님에도 '악'을 통해 '악'이 제거되고 인물들의 도덕성과 윤리성이 강조되면서 심미주체들은 안정감을 갖고 위안을 얻게 된다.

더불어 이민수에 의해 할퀴어진 마음을 안고 서 있는 정순에게 경구가 다가옴으로써 장차 그 두 사람의 새로운 결합이 예비 되어 있다. 목숨을 걸 만큼 사랑했던 민수가 자신을 오해하고 오히려 고난의 수렁 속에 밀어 넣음으로써 정순이 받은 타격과 배신감은 나름의 교양과 윤리감각을 갖춘 경구에 의해 치유됨으로써 수용주체에게 또 다른 기대감을 갖게 한다.

독자들은 정순의 용서하고 자기를 희생하여 더 큰 사랑을 실천하는 감상적 숭고미를 심미적 향수로 전이시킨다. 이것은 심미주체가 서사주체의 행동에 공감을 갖고 바라보며 그것을 하나의 미(美)적 감정으로 받아들여 자신들의 행위에 준거 척도로 삼는다는 것이다. 자본주의적 돈을 권력삼아 전횡을 일삼는 부르주아의 타락성, 또는 그것을 쫓는 인물들의 탐욕스러운 욕망과 대비하여 비록 가진 것은 적지만 삶에 최선을 다하고 타인을 위해 스스로를 희생하는 서사주체의 교양과 도덕을 확인하면서 심미주체는 '어떻게 살 것인가'의 물음에 대답하게 된다. 도덕적 주체가 전하는 삶의 가치는 주어진 삶에 만족하지 않고 적극적으로 가치 있는 삶을 추구하는 것이다.

독자들은 그들의 도덕성과 희생을 선망하면서 자신들도 물질적 부정적 돈의 논리에 저항하고 도덕적 보편성이 현실에서 승리할 수 있음을 보여주고 싶을 것이다. 심미주체는 서사주체의 행동을 '현실적 경험의 한 양상으로 모방'[22]함으로써 도덕적 저항을 실천한다. 수용주체들은 정순을 통해 이분법적 삶을 대리체험하게 됨으로써 자신의 삶의 객관성을 부여할 수 있게 된다. 이러한 독서체험은 삶의 무질서한 경험에 질서를 부여하고 새로운 의미를 생산한다는 점에서 창조적 체험이다. 이러한 삶의 발견과 생산적 체험이 없다면 인간은 존재적 진실을 묻어두고 도착과 왜곡의 실존에 함몰되고 말 것이다.[23]

결국 『찔레꽃』은 선과 악의 대립을 돈과 사랑의 이분법으로 알레고리화함으로써 현실을 모델화한다. 이렇게 의미론적으로 대립되는 선악의 인물구도는 '긍정과 부정의 속성을 각각의 인물들에게 귀속시킴으로써 그들을 가치 평가하고 또 그것을 통해 가치에 부합되게 정돈된 인간상과 세계상을 만들어냄으로써 사회화 작용'을 한다.[24]

---

22 수잔 랭거, 이승훈 역, 『예술이란 무엇인가』, 고려원, 1982, 302쪽.
23 구인환 외, 『문학교육론』, 삼지원, 1990, 80쪽.
24 허창운, 『현대문예학의 이해』, 창작과비평사, 1989, 243쪽.

작가 연보

1901.4.3 경남 밀양에서 부 김해 김씨 윤중(允仲)과 모 배복수(裵福守) 사이의 3자매 중 막내
로 출생, 함양군 안의면에서 성장.
본적은 부산시 영주동 517번지.
본명은 말봉(末峰), 필명은 보옥(步玉), 말봉(末鳳), 아호는 끝뫼, 노초(路草, 露草).
미국인 어을빈의 부인이 경영하는 기독교계 소학교에서 초등학교를 마침.

1914 일신(日新)여학교(현 동래여고) 입학.

1917 일신여학교 3년 수료, 상경하여 정신여학교 4년 편입.

1919.3 서울 정신여학교 4년 졸업.

1919 황해도 재령 명신여학교 교원.

1922.11 도쿄에 있는 송영고등여학교(松榮高等女學校) 4학년에 편입, 고근여숙에 기숙.

1923 송영고등여학교 5학년 졸업.

1924.4.11 교토 동지사 여자전문학부 영문과 입학.

1924 목포의 이의현 씨와 동거.

1925 『동아일보』 신춘문예 가정소설 부문에 단편 「시집살이」가 3등으로 입상, 아호
인 노초로 연재.

1927.3.21 교토 동지사 여자전문학부 영문과 졸업.

1928 첫 딸 매매(재금) 출생, 이 무렵 첫 결혼을 정리한 듯함.

1929 『중외일보』 기자.

1930.11.26 1930년 후반기까지 『중외일보』 기자로 있다가 미국 하와이로 유학을 간다고 부
산으로 내려갔다고 함. 하지만 유학 소식은 들려오지 않고 결혼 소식이 최신식
청첩(1930.11.26, 상오 11시 부산 영주동 525번지 자택에서 전상범과 결혼식을 거행)으로
친지들에게 발표되었다고 함.

1932 『중앙일보』 신춘문예에 단편 「망명녀」가 김보옥(金步玉)이라는 필명으로 당선되
어 문단에 데뷔.

1933	부산 동구 좌천동 794번지에 거주.
	전상범 씨와의 사이에 영, 보옥 쌍둥이와 제옥을 낳음.
1935.9.26	『동아일보』에 『밀림』을 연재하기 시작.
1936.1.26	부군 전상범 씨 사망.
1936.8.29	『동아일보』 강제 정간으로 『밀림』 연재 중단.
1937.3.31	『조선일보』에 『찔레꽃』 연재 시작.
1937	이종하(李鍾河) 씨와 세 번째 결혼, 본적 경남 밀양군 하남읍 수산리 445번지.
	혼인 신고는 1943년 4월 29일에 함.
1937.6.10	딸 정옥(貞沃) 출생.
1937.10.3	『조선일보』의 『찔레꽃』 연재 완결.
1937.11.4	『동아일보』에 『밀림』을 다시 연재하기 시작.
1938.12.25	『밀림』 후편 연재 중단.
1941.4.4	아들 무(茂) 출생(김말봉 씨 소생의 자녀는 모두 6명).
1945	해방까지 일어로 글쓰기를 거부, 가난과 싸움.
	서울 중구 동자동 18-20으로 이주.
1946.3.21	『동아일보』에 오랫동안의 침묵을 깨고 장편소설 『밤과 낮』을 집필하기로 되었
	다는 소식이 발표되지만 실제 연재되지 않음.
1947	신문사의 연재 예고나 문인 소식을 통해 볼 때 소설 쓰기를 재계하였으나 연재
	지면을 얻지 못하는 듯하다가 『부인신보』에 「카인의 시장」을 연재하기 시작함.
	이 소설은 후에 『화려한 지옥』으로 제목이 바뀌어 문연사에서 단행본이 출간.
	오랜 절필의 시간을 뒤로 하고 본격적인 소설 쓰기가 시작됨.
1949	하와이 시찰(보배 언니가 하와이에 거주).
1950	귀국, 부산으로 피난하여 수정동에 거주.
1952.9	베니스에서 열린 세계 예술가 대회에 한국대표로 참가.
1954	「새를 보라」, 「바람의 향연」, 「옥합을 열고」, 「푸른 날개」 등 4편의 소설을 동시
	에 연재. 부군 이종하 씨 사망.
1955	미 국무성 초청으로 도미 시찰, 펄벅 여사 만남.
1956	미국에서 귀국.
1957	「생명」, 「푸른 장미」, 「방초탑」 등 3편의 소설을 동시에 연재.

1957.12.2	성남교회 창립일에 기독교 장로교회에서 여성 장로로 피선(최초의 여성 장로), 대한민국 예술원 회원에 당선.
1958	「화관의 계절」, 「행로난」, 「사슴」, 「아담의 후예」, 「광명한 아침」, 「장미의 고향」, 「제비야 오렴」, 「환희」, 「해바라기」 등의 작품을 1959년에 걸쳐 발표, 왕성한 작품 활동을 함.
1960.4	폐암으로 세브란스 병원에 입원.
1961.2.9	종로 오세헌 내과에 재입원하였으나 상오 6시 사망.
1962.2.9	1주기를 맞아 망우리 묘지에 묘비를 세움.

작품 연보

1. 단편소설

작품명	연재 정보
시집살이	『동아일보』, 1925.4.18~25(신춘문예 가정소설 3등, 노초로 연재).
망명녀	『중앙일보』, 1932.1.1·10(신춘문예 낭선, 김보옥으로 연재).
고행	『신가정』, 1935.7.
편지	『조선 여류문학 선집』, 조선일보사, 1937.
성좌는 부른다	『연합신문』, 1949.1.23~29(6회 연재).
낙엽과 함께	『신여원』, 1949.3.
선물	『현대문학』, 1951.
합장	『신조』, 1951.6.
어머니	『신경향』, 1952.1.
망령	『문예』, 1952.1.
바퀴소리	『문예』, 1953.2.
처녀애장	『전선문학』, 1953.2.
전락의 기록	『신천지』, 1953.7,8.
이슬에 젖어	『현대공론』, 1954.12.
여적	『한국일보』, 1954.12.10~1955.2.13(10회).
식칼 한 자루	『신태양』, 1955.2.
여심	『현대문학』, 1955.2.
여신상	『여성계』, 1956.1~6,9,11.
사랑의 비중	『여원』, 1956.4.

2. 장편소설

작품명	연재 정보
밀림	『동아일보』, 1935.9.26~1936.8.27(『동아일보』 4차 정간으로 233회로 연재 중단). 1937.11.4~1938.2.7(총 293회로 전편 완재). 1938.7.1~12.25(후편 96회 연재 후 후편 중단, 미완).
요람	『신가정』, 1935.10~1936.2(4회로 연재 중단).
찔레꽃	『조선일보』, 1937.3.31~10.3.
카인의 시장	『부인신보』, 1947.7.1~1948.5.8(이후 『화려한 지옥』으로 문연사에서 1951년 8월 초판 발행).
꽃과 뱀	1949(연재 여부 불확실).
별들의 고향	1950(연재 여부 불확실).
설계도	『매일신문』, 1951(연재 일자 불확실).
출발	『국제신문』, 1951(연재 일자 불확실).
파도에 부치는 노래	『희망』, 1951.10~1952.10 · 1953.1~6.
태양의 권속	『서울신문』, 1952.2.1~7.9(139회).
계승자	『사랑의 세계』, 1952.
새를 보라	『대구매일신보』, 1954.2.1~6.17(120회).
바람의 향연	『여성계』, 1954.1~1955.1.
옥합을 열고	『새가정』, 1954.2~1955.3.
푸른 날개	『조선일보』, 1954.3.26~9.13(161회).
탕아기	『여성계』, 1955.2.
찬란한 독배(毒盃)	『국제신문』, 1955.2.15~7.9(138회).
길	『희망』, 1956.
생명	『조선일보』, 1956.11.28~1957.9.16(265회).
푸른 장미	『국제신문』, 1957.6.15~12.25(186회).
방초탑	『여원』, 1957.2~1958.2.
화관의 계절	『한국일보』, 1957.9.18~1958.5.6(228회).
행로난	『주부생활』, 1958.
사슴	『연합신문』, 1958.6~12.
아담의 후예	『보건세계』, 1958.6~1959.2.
광명한 아침	『학원』, 1958.8~1959.1.
장미의 고향	『대구매일신보』, 1958.11.20~1959.4.22(142회).
제비야 오렴	『부산일보』, 1958.12.1~1959.7.19(227회).

작품명	연재 정보
환희	『조선일보』, 1958.12.15~1959.6.12(217회).
해바라기	『연합신문』, 1959.7~1960.2.
이브의 후예	『현대문학』, 1960.4~5 연재중단, 장편(미완).

3. 시

작품명	연재 정보
암흑을 깨트리고	『신생활』, 1922.6.
비오는 빈촌	『신생활』, 1922.6.
광야에 누워	『신생활』, 1922.6.
머리 둘 곳은 어데?	『신생활』, 1922.7.
오월의 노래	『신가정』, 1935.5.
해바라기	『신가정』, 1935.9.

4. 수필

작품명	연재 정보
이상향의 남녀생활	『신생활』, 1922.8.
일기 중에서	『신생활』, 1922.9.
신사의 멱살 잡고	『별건곤』, 1927.8.
여기자 생활의 감상	『조선지광』, 1930.1.
매매가 아픈 밤	『중외일보』, 1930.3.29.
비치는 대로의 최의순씨	『철필』, 1930.8.
만리장공 속에 달만 홀로 달려	『신가정』, 1935.8.
애독자에 보내는 작가 편지	『삼천리』, 1935.8.
5월은 내 사랑의 상징	『조광』, 1936.5.
나의 분격	『삼천리』, 1936.12.
잠꼬대	『소년』, 1937.10.
여행을 하고 싶다	『동아일보』, 1938.1.8.

작품명	연재 정보
공창 폐지와 그 후 일 년	『연합신문』, 1949.1.23.
공창 폐지와 그 후의 대책	『민성』, 1949.10.
낙엽과 주검	『연합신문』, 1949.11.9~11.
여권의 확립	『부인경향』, 1950.1.
양여사와 나의 아라비안 인사	『부인』, 1950.2.
하와이 야화	『신천지』, 1952.3.
멀리 떠나 있는 남편	『신천지』, 1952.5.
베니스 기행	『신천지』 속간호, 1953.5.
딱한 문제	『신천지』, 1953.5.
내 아들 영이	『문예』, 1953.9.
농촌부녀에게 부치는 편지	『노향』, 1954.3.
나의 청춘기	『중앙일보』, 1954.8.1.
나는 어머니를 닮았다고	『새벽』, 1954.12.
대망의 노트	『사상계』, 1955.3.
아메리카 3개월 견문기	『한국일보』, 1955.12.8~13.
미국에서 만난 사람들	『한국일보』, 1956.11.18~23.
미국기행	『연합신문』, 1956.11.26~12.6.
시장께 올리는 인사	『경향신문』, 1957.1.4.
화장과 독서와	『연합신문』, 1957.1.6.
인간·여인·전화	『경향신문』, 1957.3.10.
아내라는 이름의 가정부	『여성계』, 1957.5.
바느질 품에 늙고	『평화신문』, 1957.5.9.
주부들에게 보내는 새해의 편지	『한국일보』, 1958.1.12.
십대의 성년 기록	『연합신문』, 1958.1.22~23.
제1회 내성상 심사 소감	『경향신문』, 1958.2.22.
함께 하고 싶은 이야기	『한국일보』, 1958.5.6.
가을과 싱거운 병	『경향신문』, 1958.9.9.
한국남성은 정말 매력 없다	『자유공론』, 1958.12.
남의 나라에서 부러웠던 몇 가지 사실들	『예술원보』, 1958.12.
전화라는 것	『경향신문』, 1959.1.7.
매화	『서울신문』, 1959.2.6.
봄이라는 계절	『연합신문』, 1959.2.11.

작품명	연재 정보
학생과 신문과 병과	『경향신문』, 1959.3.3.
대중문학	『경향신문』, 1959.3.5.
크리스마스이브	『서울신문』, 1959.12.4.

5. 평론

작품명	연재 정보
감상과 비평	『중외일보』, 1930.2.19.
여성과 문예	『서울신문』, 1949.8.6~9.

6. 동화

작품명	연재 정보
어머니의 책	『새벗』, 1952.1.
호배추와 달걀	『대벗』, 1952.
씨름	『소년세계』, 1952.12.
신랑과 신부와 화살과	『학원』, 1953.2.
은순이와 메리	『새벗』, 1953.10.
인순이의 일요일	『학원』, 1953.12.
파초의 꿈	『학원』, 1954.
파랑지갑	『학생계』, 1954.4.

7. 기타

작품명	연재 정보
(앙케이트) 명류부인의 산아 제한—기회 오면 단행	『삼천리』, 1930, 초추.
(콩트) 산타클로스	『조광』, 1935.12.

작품명	연재 정보
(콩트) S와 주기도문	발표 연대 미상.

8. 단행본

책명	발행 정보
찔레꽃	인문사, 1939, 장편.
밀림	영창서관, 1942, 장편.
찔레꽃	합동사서점, 1948, 장편.
꽃과 뱀	문연사, 1949.
화려한 지옥	문연사, 1951, 소설집.
태양의 권속	삼신출판사, 1953, 장편.
별들의 고향	정음사, 1953, 장편.
푸른 날개	형설출판사, 1954, 소설집.
밀림	영창서관, 1955, 장편.
생명	동인문화사, 1957, 장편.
푸른 날개	남향문화사, 1957, 장편.
생명, 푸른 날개	민중서관, 1960, 장편.
바람의 향연	신화출판사, 1962, 장편.
찔레꽃	진문출판사, 1972, 장편.
벌레 많은 꽃	대일출판사, 1977, 소설집.

참고 문헌

강옥희, 「1930년대 후반 대중소설 연구」, 상명대 박사논문, 1999.

고인덕, 「신문소설에 나타난 가치연구」, 서강대 석사논문, 1980.

고준영, 「1930년대 신문장편소설에 나타난 민족관」, 고려대 석사논문, 1980.

권미라, 「김말봉 통속소설 연구-『밀림』, 『찔레꽃』을 중심으로」, 영남대 석사논문, 2006.

권선아, 「1930년대 대중소설의 양상 연구-『찔레꽃』의 구조와 의미를 중심으로」, 고려대 석
         사논문, 1994.

김강호, 「1930년대 한국 통속소설 연구」, 부산대 박사논문, 1994.

김동윤, 「1950년대 신문소설 연구」, 제주대 박사논문, 1999.

김미영, 「김말봉의 『밀림』과 『찔레꽃』의 독자수용과정에 대한 인지심리학적 고찰」, 『어문
         학』 107, 2010.

김영찬, 「1930년대 후반 통속소설 연구-『찔레꽃』과 『순애보』를 중심으로」, 성균관대 석사
         논문, 1995.

김한식, 「김말봉의 『찔레꽃』과 '본격통속'의 구조」, 『한국학연구』 12, 2000.

대중서사학회, 『연애소설이란 무엇인가』, 국학자료원, 1998.

민병덕, 「한국 근대 신문연재소설 연구-작품의 공감구조와 출판의 기능을 중심으로」, 성균
         관대 박사논문, 1988.

박산향, 「김말봉 소설 『꽃과 뱀』에 나타난 양면성 고찰」, 『인문사회과학연구』 14, 2013.

_____, 「김말봉 장편소설의 남녀 이미지 연구」, 부경대 석사논문, 2014.

박선희, 「『찔레꽃』에 나타난 스포츠와 연애」, 『우리말 글』 59, 2013.

_____, 「김말봉의 『佳人의 市場』 개작과 여성운동」, 『우리말 글』 54, 2012.

박종홍, 「『밀림』의 담론 고찰」, 『현대소설연구』, 2002.

박철우, 「1970년대 신문 연재소설 연구」, 중앙대 석사논문, 1996.

반건우, 「1930년대 대중 연애소설의 서사구조 연구-김말봉의 『찔레꽃』과 박계주의 『순애
         보』를 중심으로」, 한양대 석사논문, 2009.

배기정, 「『찔레꽃』의 전개양상과 그 의미」, 『국어교육학연구』 28, 1990.

백운주, 「1930년대 대중소설의 독자 공감요소에 관한 연구―『흙』『상록수』『찔레꽃』『순애보』를 중심으로」, 제주대 석사논문, 1996.

백 철, 「김말봉씨 저 『찔레꽃』」, 『동아일보』, 1938.

서동훈, 「한국 대중소설 연구―연애소설을 중심으로」, 계명대 박사논문, 2003.

서영채, 「1930년대 통속성의 존재방식과 그 의미」, 『민족문학사연구』 4, 민족문학사연구소, 1993.

서정자, 「삶의 비극적 인식과 행동형 인물의 창조―김말봉의 『밀림』과 『찔레꽃』 연구」, 『여성문학연구』, 2002.

_____, 「아나키즘과 페미니즘―김말봉의 경우」, 『한국문학평론』 19·20, 2002 가을·겨울.

_____, 「김말봉의 현실인식과 그 소설화」, 『문학예술』, 2004 봄.

손종업, 「『찔레꽃』에 나타난 식민도시 경성의 공간 표상체」, 『한국근대문학연구』, 2007.

송경섭, 「일제하 한국 신문연재소설의 특성에 관한 연구」, 서울대 석사논문, 1974.

안미영, 「김말봉의 전후 소설에서 선·악의 구현 양상과 구원 모티프―『새를 보라』·『푸른 날개』·『생명』·『장미의 고향』에 등장하는 '고학생'을 중심으로」, 『현대소설연구』, 2004.

안창수, 「『찔레꽃』에 나타난 삶의 양상과 그 한계」, 『영남어문학』 12, 1985.

양찬수, 「1930년대 한국 신문연재소설의 성격에 관한 연구」, 동아대 석사논문, 1977.

오미남, 「1930년대 후반기 통속소설 연구」, 중앙대 석사논문, 1995.

오인문, 「한국신문연재소설의 사회적 기능에 대한 고찰」, 중앙대 석사논문, 1977.

오태영, 「가정소설의 정치학」, 『나혜석연구』 2, 2013.

유문선, 「애정갈등과 통속소설의 창작방법―김말봉의 『찔레꽃』에 관하여」, 『문학정신』, 1990.

유진아, 「1930년대 후기 장편소설에 나타난 통속성의 양상―『찔레꽃』과 『탁류』를 중심으로」, 한국외국어대 석사논문, 2004.

이경춘, 「1930년대 대중소설 연구―김말봉의 『찔레꽃』을 중심으로」, 경성대 석사논문, 1997.

이미향, 「일제 강점기 애정갈등형 대중소설 연구」, 숙명여대 박사논문, 1999.

이병순, 「김말봉의 장편소설 연구―1945~1953년까지 발표된 소설을 중심으로」, 『한국사상과 문화』 61, 2012.

이상진, 「대중소설의 반페미니즘적 경향―김말봉론」, 『문학과의식』, 1995.

이선희, 「김말봉씨 대저『찔레꽃』평」, 『조선일보』, 1938.

이원조, 「김말봉론」, 『여성』, 1937.

이정숙, 「김말봉의 통속소설과 휴머니즘」, 『한양어문연구』, 1995.

이정옥, 「대중소설의 시학적 연구-1930년대를 중심으로」, 서강대 박사논문, 1999.

이종호, 「1930년대 통속소설 연구」, 경북대 석사논문, 1996.

장두식, 「근대 대중소설 연구-1930년대 후반기 '연애소설'을 중심으로」, 단국대 박사논문, 2002.

_____, 「김말봉의『찔레꽃』연구」, 『국문학논집』 18, 2002.

장두영, 「김말봉『밀림』의 통속성」, 『한국현대문학연구』 39, 2013.

상서연, 「1970년대 대중소설 연구」, 동덕여대 석사논문, 1999.

전영태, 「대중문학논고」, 서울대 석사논문, 1980.

정하은, 『김말봉의 문학과 사회』, 종로서적, 1986.

정한숙, 『현대한국소설론』, 고려대 출판부, 1977.

정희진, 「김말봉의『찔레꽃』연구」, 공주대 석사논문, 2000.

조동일, 『한국문학통사』 제5권, 지식산업사, 1988.

진선영, 『한국 대중연애서사의 이데올로기와 미학』, 소명출판, 2013.

최미진, 「광복 후 공창폐지운동과 김말봉 소설의 대중성」, 『현대소설연구』, 2006.

최미진·김정자, 「한국전쟁기 김말봉의『별들의 고향』연구」, 『한국문학논총』, 2005.

최지현, 「해방기 공창폐지운동과 여성 연대(solidarity) 연구-김말봉의『화려한 지옥』을 중심으로」, 『여성문학연구』 19, 2008.

최해군, 「소설가 김말봉과 그 곁사람들」, 『부산일보』, 2003.

추은주, 「1970년대 대중소설 연구」, 부산대 석사논문, 1997.

한명환, 『한국현대소설의 대중미학 연구』, 국학자료원, 1997.

홍은희, 「김말봉 소설 연구」, 대구가톨릭대 석사논문, 2002.

황영숙, 「김말봉 장편소설 연구-『푸른 날개』와『생명』을 중심으로」, 『한국문예비평연구』, 2004.

『밀림』 장편소설 예고[1]

김말봉 여사 작

이청전 화백 화

소개의 말

백남(白南) 윤교중(尹教重) 씨의 역작『미수(眉愁)』는 독자 여러분의 열광적 애독을 받고서 아깝게 끝났습니다. 다음에는 여류문인 김말봉 여사의 장편 창작『밀림(密林)』을 오는 이십육일부터 역시 조간 삼면에 연재하겠습니다. 여사는 일찍이 경도 동지사 여자전문학교 영문학과를 마치고 돌아와『중외일보』의 기자로 활동하다가 창작에 뜻을 두고 숨은 지오년 만에 이제 이 작품을 가지고 문단에 '데뷔'하려 하는 것입니다. 여사의 단편「망명녀」,「고행」등을 읽은 이는 누구나 그 솜씨의 뛰어남을 인정하려니와 이번 장편은 여사의 재분으로 사년동안이나 구상한 것이라 하느니만치 단연 우리 문단의 레벨을 높일만한 혜성적 작품입니다.

---

1 『동아일보』, 1935.9.25.『밀림』의 연재 예고는 9월 22일과 25일, 양일간 예고됨.

독자 여러분은 기대를 크게 가지십시오. 그리고 삽화는 새로이 소개할 필요가 없는 청전(靑田) 이상범(李象範) 화백이 그리기로 되었습니다.

작자의 말

밀림(密林) 속에는 닷는 짐승, 나는 새, 기는 벌레 그리고 꽃, 풀, 나무 가지가지의 생명이 약동하고 있습니다. 살고 죽고 싸우고 사랑하고 …… 저는 인간 사회를 한 큰 '밀림'이라고 생각해 보았습니다. 그리하여 저의 좁은 시야에 비쳐진 조선의 얼굴을 한 조각 한 조각씩 모아 여러분 앞에 내어놓습니다. 소설 『밀림(密林)』을 읽어 주시는 분이 계시다면 그리고 이것을 단지 신문소설이란 흥미 본위에만 그치지 말고 한걸음 더 나가서 좀 더 냉정히 생각하시고 비판하시어 작자의 붓을 잡은 의도가 어디 있는가를 오직 한 분이라도 짐작하여 주시는 분이 계시다면 한없는 만족으로 생각하겠습니다. 불행히 독자 가운데서 한 분의 공명자(共鳴者)가 없다 하더라도 행여 이 글이 십 년 혹은 이십 년 후까지 남아 있게 되어 그때 누가 읽어 보고 그리고 작자를 향하여 충심으로 대답하여 주시는 분이 있다면 저는 이것으로 소설 『밀림』을 써낸 사명을 다하였다고 생각하겠습니다.

금월(今月) 입육일(卅六日) 조간(朝刊)부터 게재

『밀림』96회[2]

소설『밀림』은 작자의 사정으로 부득이 한동안 중단되었다가 오늘부터 다시 실리게 되었습니다. 작자 김말봉 여사는 이미 보도한 바와 같이 갑자기 부군의 상사를 당하고 붕천(崩天)의 애통에 겸하여 뒷일의 정리 때문에 월여나 붓을 들지 못한 것입니다마는 이제 다시 비통을 넘어서의 정진을 시작하게 되었으니 이후의 붓 끝에 더욱 기대되는 바 큽니다.

다음에 전회까지의 경개를 간단히 소개하야 이미 계속하여 읽어오던 독자들의 기억을 돕고 또 그동안 새로 많이 늘은 독자들이 오늘부터 대어 읽는 대로 편하게 하려 합니다. ―편집자―

전회까지의 개요

유동섭은 구주의과대학을 나와서 박사 논문을 쓰는 중 더운 여름철을 보내기 위하여 인천 월미도에 있는 자경의 집 별방으로 갔다.

거기에는 모든 젊은 사람들이 서늘한 물과 즐거운 운동과 그리고 애

---

2 『동아일보』, 1936. 2. 26.

달픈 사랑을 꿈꾸고 있었다. 유동섭은 어느 날 우연히 자경의 부친 서정연 씨가 경영하고 있는 매립 공사장에를 들렀다. 지글지글 타는 염천 아래에서 무서운 폭음과 함께 돌이 날고 흙이 쏟아지는 속에서 악전고투하는 인부들을 보았다. 그리고 그 옆에서 돌을 깨치고 있는 어린아이들과 여인들과 늙은이들의 영양 부족한 얼굴들을 보았다.

그들의 입은 누더기 그들이 먹는 험한 음식 그리고 그들의 하는 무서운 노동을 볼 때 유동섭은 비로소 여기에 인간 사회의 일대 모순을 발견하고 번민하기 시작한다.

그때부터 유동섭은 해수욕장보다 오히려 공사장에를 자주 가보았다.

그를 생명같이 사랑하는 자경은 동섭의 심경의 변화를 근심하여 그의 친우 주인애에게 호소하였다.

일방 주인애의 약혼한 남자 오상만이가 동경서 고등상업을 마치고 돌아온다. 취직을 시키기 위하여 주인애는 자경의 집에 오상만을 소개한다.

오상만은 지금까지 고학을 하여 학교를 나오니만치 돈 있는 사람들의 생활이 미웁고 또한 부러웠다.

유동섭은 일주일에 세 번씩 인천으로 가서 야학을 가르치고 병원에 갈 수 없는 어려운 환자들을 치료하였다.

어느 날 위중한 환자가 있다는 곳으로 가보니 의외에도 그는 자기와 중등학교에서 같이 공부하던 조창수로 그는 학교에서 반년치 월사금을 받치지 못하여 출학을 받은 사람이었다.

조창수는 그 뒤 늘 사상운동에 관련하여 오다가 투옥되어 사 년 만에 맹장염으로 거의 죽게 되어 가출옥이 된 것이다.

동섭은 그를 입원시키고 매일 병원 위문을 갔다. 그러는 동안 동섭의 심경은 차츰 조창수와 접근하여 갔다. 자경은 점점 변하여 가는 동섭의 맘과 태도에 불안을 느끼었다.

오상만은 기회가 있을 때마다 자경 앞에서 유동섭을 비난하였다. 그것은 상만이 돈 있는 사람에게 대한 불평과 또 한 가지 자경의 배경에 있는 부와 지위를 탐하는 생각도 있어 은근히 동섭이 미워지는 까닭도 있었다.

오상만과 주인애와 서자경 유동섭 네 사람이 시외로 피크닉을 가려던 날 조창수가 위중하다는 전화가 왔다.

동섭은 병원으로 달려가 보니 조창수는 비교적 몸이 나은 편이나 일간 다시 감옥으로 들어간다는 말을 하고 될 수 있으면 국경을 넘어가고 싶은데 여비를 판출하여 달라는 부탁이다.

동섭은 백방으로 주선하여 여비 오백 원[3]을 장만해서 그날 밤 조창수는 병원을 탈출하였다.

그 전날 인천 매립 공사장에서는 동맹파업이 일어나서 대표자들이서 사장의 집으로 달려왔다. 마침 동섭은 없고 상만이 와서 설왕설래하다가 상만은 인부들과 충돌을 하여 서로 차고 때리고 하였다.

그 이튿날 오상만은 서 사장의 비서가 되어 사장과 함께 동경으로 갔다.

동경 가는 도중에 상만과 사장은 조선인이라는 까닭에 절도의 혐의를 받았으나 무사히 동경에 내렸다. 사장의 요구대로 상만은 제일 화려한 카페로 사장을 안내하였다. 그러나 거기에는 상만이 산구에 있을 때

---

3   원문에는 칠백 원으로 되어 있으나 원래(소설 내용)는 오백 원이기 때문에 오백 원으로 고친다.

사랑을 속삭이던 하숙집 딸 요시에가 있었다. 상만은 요시에가 임신을 하게 되자 슬그머니 동경으로 피하여 전학을 한 것이었다. 상만은 뜻밖에도 그 카페에서 요시에를 만났고 또 요시에가 자기의 아들을 낳았다는 말을 듣고 사장의 눈을 피하여 어린아이를 보러 갔다.

장편소설 예고[4]

밀림 속편(續篇)

김말봉 여사 작(作)

한무숙 양 화(畵)

소개의 말

이규희 씨의 당선 소설 「피안의 태양」은 속간 본지의 빛나는 재출발의 첫날부터 실리어 이래 약 오 개월 동안 문단의 주목과 독자의 환영을 받고 작 이십이일 석간으로써 끝났습니다. 다음에는 오는 십일월 일일 석간부터 인기의 여류작가 김말봉 여사의 장편소설 『밀림』의 속편을 실리겠습니다. 이 『밀림』으로 말하면 본보가 정간되던 날까지 만천하 독자의 열광적 애독을 받아온 것으로서 속간과 함께 마땅히 계속되어야 할 것이었으며 또 독자로부터도 이를 여간 열망한 것이 아니었으나 그

---

4 『동아일보』, 1937.10.25. 『동아일보』 강제 정간으로 1936년 8월 27일 『밀림』 233회까지 연재되고 중단되었던 것이 신문의 속간으로 234부터 재연재됨. 연재 예고는 1937년 10월 25일부터 29일까지 5일간 예고되었으며 234회는 1937년 11월 4일부터 연재되었다.

때는 여러 가지 사정에 의하여 그리하지 못하였고 이제 적당한 기회를 얻어 그 속편을 실리게 된 것입니다. 그런데 전편과 속편과의 연락 관계 상 우선 전편의 계속을 실리어 전편은 전편대로 완결시킨 뒤에 곧이어 속편으로 들어가게 되겠습니다. 삽화는 여류신인 한무숙 양으로서 한 양은 부산고녀를 마치고 서양화를 전공하는 당년 이십 세의 규수화가 인데 이번에『밀림』전편의 계속이 끝나기까지의 삽화를 맡게 된 것입니다. (속편의 삽화가는 추후 발표하겠습니다) 김 여사는 작품마다 더욱 능란한 솜씨를 보여주는 인기의 작가요 이 여류작가의 작품에 여류화가의 삽화를 얻게 된 것은 조선서는 처음 있는 일이니 만천하 독자의 주목과 기대가 클 줄 압니다.

작자의 말

계속하여 읽어주시던 여러분께는 미안할 줄 알면서도 부득이 중단하지 않으면 안 되게 되었던 졸작『밀림』은 이제 일 년이 훨씬 지난 지금 여러분 앞에 나오게 되오니 미안한 맘과 함께 또한 깊은 감회가 없지 아니하옵니다. 지금부터 주인공 유동섭, 서자경, 주인애, 오상만 그 외에 오꾸마, 요시에의 운명은 그 갈 곳까지 가게 될 것입니다.

전편이 끝난 뒤에는 이어 속편을 계속하고자 합니다. 전편에서 오년 혹은 십 년이 지난 뒤에 그들은 과연 어떠한 무대 위에서 어떻게 인생의 길을 더듬어 가고 있을 것인지 작자는 오로지 독자 여러분의 끊임없는 편달과 지도가 있어야만 이 짧지 아니한 이야기가 무사히 끝을 맺을 수 있을 것을 미리 알리어 드리는 바입니다.

십일월 일일부 석간부터 연재

장편소설『밀림』[5]

김말봉 작
한무숙 화

전회까지의 개요(상)

유동섭은 구주의과대학을 나와서 박사논문을 쓰는 중 더운 여름철을
보내기 위하여 인천 월미도에 있는 자경의 집 별장으로 갔다.

거기에는 모든 젊은 사람들이 서늘한 물과 즐거운 운동과 그리고 애
달픈 사랑을 꿈꾸고 있었다. 유동섭은 어느 날 우연히 자경의 부친 서정
연 씨가 경영하고 있는 매립 공사장에 들렀다. 지글지글 타는 염천 아래
에서 무서운 폭음과 함께 돌이 날고 흙이 쏟아지는 속에서 악전고투하
는 인부들을 보았다. 그리고 그 옆에서 돌을 깨치고 있는 어린아이들과
여인들과 늙은이들의 영양 보족한 얼굴들을 보았다.

그들의 입은 누더기 그들이 믹는 험한 음식 그리고 그들의 무서운 노

<hr />

[5]　『동아일보』, 1937. 11. 1～3.

동을 볼 때 유동섭은 비로소 여기에 인간사회의 일대 모순을 발견하고 번민하기 시작한다.

그때부터 유동섭은 해수욕장보다 오히려 공사장에를 자주 가보았다.

그를 생명같이 사랑하는 자경은 동섭의 심경의 변화를 근심하여 그의 친우 주인애에게 호소하였다.

일방 주인애의 약혼한 남자 오상만이가 동경서 고등상업을 마치고 돌아온다. 취직을 시키기 위하여 주인애는 자경의 집에 오상만을 소개한다.

오상만은 지금까지 고학을 하여 학교를 나오니 만치 돈 있는 사람들의 생활이 밉고 또한 부러웠다.

유동섭은 일주일에 세 번씩 인천으로 가서 야학을 가르치고 병원에 갈 수 없는 어려운 환자들을 치료하였다.

어느 날 위중한 환자가 있다는 곳으로 가보니 의외에도 그는 자기와 중등학교에서 같이 공부하던 조창수로 그는 학교에서 반 년 치 월사금을 받치지 못하여 출학을 받은 사람이었다.

조창수는 그 뒤 늘 사상운동에 관련하여 오다가 투옥되어 사 년 만에 맹장염으로 거의 죽게 되어 가출옥이 된 것이다.

동섭은 그를 입원시키고 매일 병원 위문을 갔다. 그러는 동안 동섭의 심경은 차츰 조창수와 접근하여 갔다. 자경은 점점 변하여 가는 동섭의 맘과 태도에 불안을 느끼었다.

오상만은 기회가 있을 때마다 자경 앞에서 유동섭을 비난하였다. 그것은 상만이 돈 있는 사람에게 대한 불평과 또 한 가지 자경의 배경에 있는 부와 지위를 탐하는 생각도 있어 은근히 동섭이 미워지는 까닭도 있었다.

오상만과 주인애와 서자경, 유동섭 네 사람이 시외로 피크닉을 가려 하던 날 조창수가 위중하다는 전화가 왔다.

동섭은 병원으로 달려가 보니 조창수는 비교적 몸이 나은 편이나 일 간 다시 감옥으로 들어간다는 말을 하고 될 수 있으면 국경을 넘어가고 싶은데 여비를 판출하여 달라는 부탁이다.

동섭은 백방으로 주선하여 여비 칠백 원을 장만해서 그날 밤 조창수 는 병원을 탈출하였나.

그 전날 인천 매립 공사장에서는 동맹파업이 일어나서 대표자들이 서 사장의 집으로 달려왔다. 마침 동섭은 없고 상만이 와서 설왕설래하 다가 상만은 인부들과 충돌을 하여 서로 차고 때리고 하였다.

그 이튿날 오상만은 서 사장의 비서가 되어 사장과 함께 동경으로 갔다.

동경 가는 도중에 상만과 사장은 조선인이라는 까닭에 절도의 혐의 를 받았으나 무사히 동경에 내렸다. 사장의 요구대로 상만은 제일 화려 한 카페로 사장을 안내하였다. 그러나 거기에는 상만이 산구(山口)에 있 을 때 사랑을 속삭이던 하숙집 딸 요시에가 있었다. 상만은 요시에가 임 신을 하게 되자 슬그머니 동경으로 피하여 전학을 한 것이다. 상만은 뜻 밖에도 그 카페에서 요시에를 만났고 또 요시에가 자기의 아들을 낳았 다는 말을 듣고 사장의 눈을 피하여 요시에와 함께 어린애를 보러갔다.

상만은 자기의 조그마한 조각과 같은 어린 아들 학세를 만나볼 때 비 로소 어버이로서의 자정(慈情)이 솟아났다. 그는 아이를 위하여 요시에 와 동거하고 싶었으나 인애와의 약혼을 해소할 수도 없고 또 자기는 지 금 모처럼 사장의 비서로 취직이 되어 그의 딸 자경과 접촉할 기회를 붙잡은 것을 생각하자 그는 요시에에게 장차 조선으로 데려 갈 터이라 하고 그동안은 자기가 아이의 양육비로 매 삭 이십 원씩 보내주기를 약속하였다.

같은 날 서 사장에게는 경성 자경에게서 동섭 위중이라는 전보가 와서 서 사장과 상만은 곧 경성으로 돌아왔으나 동섭은 몸이 아픈 것은 아니었고 실상은 조창수의 일당으로 의심을 받아 경찰에 구류되고 있었다.

서 사장은 동섭을 위하여 동경찰부 총독부 보안과로 돌아다니며 간청을 하였으나 한 번 들어간 동섭은 좀처럼 나올 성싶지는 않았다. 일방 인애 집에서는 상만과의 혼인예식을 거행하기로 독촉하였으나 상만은 이럭저럭 이유를 붙여 혼례식을 연기하면서 자경과 점점 접근하여 갔다.

동섭이 없는 자경에게 미모의 청년 오상만은 겨울에 스케이팅 여름에 해수욕 그 밖에도 영화와 음악회, 찻집, 가루타[6] 할 것 없이 어떤 때는 오빠와 같이 어떤 때는 친구와 같이 자경의 일거수일투족에 환심을 사려고 노력하였다. 일방 자경을 사모하던 야구선수 배창환의 누이동생 배연숙은 안엽이라는 화가와 함께 동경으로 떠나는 것을 보고 자경은 벌써 임신한 듯한 연숙을 비웃고 나무랐다.

감옥에 갇히어 있던 조창수는 법정에 나와서 사상적 전환을 선언하였으나 한 달이 넘어 가는 어느 날 그는 감옥 들창에다 목을 매고 자살하여 버린다.

동섭이 감옥으로 들어간 지 거의 일 년이 되어 오는 여름 인천 월미도에 있는 자경의 집 별장에는 자경과 인애가 묵고 있었다. 상만은 일요일

---

6   일본의 카드 게임으로 주로 정월에 실내에서 함.

은 물론 보통날에도 틈을 얻어서 자주 인천으로 와서 두 처녀와 함께 해수욕을 하였다.

어느 날 인애의 어머니가 위독하다는 전보가 와서 인애와 상만은 바쁘게 서울로 올라갔다. 그날 밤 무서운 폭풍우가 온 세상을 뒤흔드는 듯이 사나웠다. 혼자 별장에 남아 있는 자경은 외롭고 슬프고 무서웠다. 뇌성이 울고 비가 쏟아지는 광경을 바라보는 자경은 자기 자신이 마치 무서운 지옥으로 끌려온 것 같은 절망과 공포를 느끼고 있을 때 밤 열시나 뇌었을까 상만이 폭풍우를 무릅쓰고 자경의 별장으로 찾아왔다.

자경은 반갑고 그리고 감사하였다. 그는 상만을 다시 없이 고마운 손님으로 생각하고 그날 밤 동섭의 침실에다 상만을 자게하고 자기 침실에 쇠를 채우고 자리로 들어갔다. 그러나 얼마 아니하여 무서운 낙뢰는 드디어 자경의 침실 창 앞에 서 있는 삼나무 위에 떨어져 나무는 한 허리가 부러지면서 그 상반체가 자경의 방 유리창을 부수고 방으로 들어와 버렸다.

거의 까무러치도록 놀란 자경은 하녀와 상만의 권고로 상만의 침실로 갔다. 거기서 앉아서 밤을 새우려던 자경은 드디어 오소소 추워지는 바람에 상만이 권하는 대로 상만의 침대로 들어갔다.

교의에 앉아서 자경에게 이야기를 들려주던 상만은 포근히 잠이 드는 자경의 얼굴을 들여다보면서 가만히 불을 꺼버리고 자경에게로 가까이 갔다.

전회까지의 개요(중)

상만에게 처녀성을 잃어버린 자경은 슬펐다. 그리고 상만이가 몹시 도 미웠다.

상만은 인애에게 구월 초순에 결혼식을 거행하려고 모든 준비를 시키고 있으면서도 자경에게 결혼하자고 간청을 한다.

여름도 지나고 별장에서 돌아온 자경은 보석이 되어서 불원 출옥한다는 동섭의 편지를 보고 정신이 아득하여졌다. 자경은 그때부터 단연코 상만과 절교하기로 생각하고 어느 날 찾아온 상만과 함께 뜰 앞 회나무 아래서 마지막 인사를 교환하고 있을 때 예정보다 닷새 앞서 출옥한 동섭이가 가만 가만히 자경의 집 뜰로 들어왔으나 물론 자경과 상만은 알지 못한 채 상만은 자경에게 그 사이 어머니가 되지 않았느냐고 묻는데 자경은 그렇지 않다 하고 두 사람은 마지막으로 차를 마시자고 하면서 안으로 들어갔다.

이 모든 것을 보고 듣는 동섭은 그 자리에서 머리를 쥐어뜯고 고민하였다. 그는 가만히 자기 서재로 들어갔다. 하인들이 법석을 하고 자경 어머니도 놀라서 뛰어 나오고 마침내 자경도 동섭의 앞에 와서 흐느껴 울었으나 동섭은 냉정히 자경을 바라볼 뿐이다. 자경은 울면서 자기 방으로 가버린 후 동섭은 상만을 죽여 버리려고 면도칼을 찾아 손에 쥐었으나 그는 동지들의 배반과 사랑하는 자경까지 자기를 버린 사실을 생각하니 갑자기 세상이 귀찮아졌다. 그래서 그는 그 칼로 자기 목에 대이고 경동맥을 끊어버리려 하였다. 그러나 그 순간 그는 죽는 일은 얼마나 쉽고 그리고 사는 일이 참으로 어려운 것을 깨달았다.

'한 계집아이의 사랑은 잃었다. 그러나 대중은 나를 기다리고 있다.'

외친 그는 아직도 밝지 아니한 첫 새벽에 서 사장의 집을 가만히 나와 버렸다.

동섭은 그 길로 인천 매축 공사장에 있는 차돌이 집으로 갔다. 날이 밝자 자경은 동섭에게 모든 것을 자백하려고 동섭의 방에 찾아 왔으나 방은 텅 비어 있었다. 자경은 그 길로 인천 매축 공사장으로 가 보았다. 과연 동섭은 차돌이와 일남이 집에 있다. 그는 동섭과 조용히 이야기가 하고 싶었으나 동섭은 먼저 온 남자 손님들과 한담을 하고 있을 뿐 자기에게는 아무런 관심을 가지지 않는 것을 보자 그는 거기서 뛰어 나오고 말았다. 자경은 집으로 돌아왔으나 그는 병신처럼 자리에 누워 버렸으니 그는 요사이 부쩍 입맛이 줄고 가끔 오한을 느끼며 앓는 것이다. 어머니가 청하여 자경을 진찰한 ○ 박사는 자경의 몸에 이상이 있는 듯한 눈치를 보이려다가 입을 다물어 버리고 돌아갔으나 자경은 벌써 있어야만 할 것이 두 달이나 없는 것을 생각하고 그는 임신한 것을 깨닫고 자살하여 버리려고 결심한다.

마지막으로 동섭을 만나 모든 것을 고백한 뒤 죽으려고 자경은 또다시 인천으로 갔다. 그러나 그는 동섭의 방에서 어떤 미모의 여인이 동섭에게 술을 권하고 입을 맞추는 광경을 발견하고 자살하려던 자기 생각을 스스로 비웃고 서울로 올라와 그 길로 바로 상만의 하숙으로 갔다.

상만은 인애와 결혼하는 초대장 겉봉에다 이름을 쓰고 있다가 자경에게 끌려 한강 ××정까지 놀리가게 된다. 사경은 상만에게 자기는 임신을 하였으니 결혼을 하자고 강권을 한다.

이미 자경과의 연애 유희는 단념하고 있던 상만은 순진한 인애를 차마 버리기 어려워 그는 자경의 소청을 물리쳤다. 그러나 그는 자경의 위협과 또 자경의 배후에 찬란한 황금과 지위에 굴복되어 마침내 자경과 결혼하기로 약속을 한다.

동섭에게 술을 먹이던 여자는 차돌이와 일남이의 누님 오꾸마란 여자이니 그는 어려서 일본 내지인 부부에게 양녀로 가서 있다가 예기(藝妓)가 되어 어떤 돈 있는 사람과 함께 상해로 가서 올해 스물아홉이 되도록 그는 사나이와 술과 그리고 돈을 가지고 살아왔으나 최근에 어떤 사상단체의 권유를 받아 미인계(美人計)를 자청하고 조선으로 들어온 것이다.

그는 동생들에게 동섭이 얼마나 가난한 사람들을 위하여 고마운 존재이며 더구나 차돌이가 산에 치어 죽게 되던 밤 밤을 새워 간호하던 말을 듣자 그는 손수 양주를 사가지고 와서 동섭에게 권하고 자기도 마시고 취하여 동섭을 자기 무릎에 누이고 그 이마에다 입을 맞출 때 자경이가 찾아왔던 것이다.

상만은 자경에게 결혼할 것을 허락하였지마는 그는 거의 하루건너 보내는 요시에의 편지가 걱정이 되었다. 아들을 데리고 조선으로 나와서 살림을 하자는 것이다. 그보다도 착하고 얌전한 인애에게 삼 년이나 학비를 얻어 쓴 인애에게 무어라고 차마 결혼 해소를 말할 수가 없어 그는 낮이면 자경이 집에 밤이면 여관에 묵고 있었다.

마침내 자경과 상만의 결혼이 신문지상에 보도되자 인애는 유치원에서 졸도를 하여 겨우 회생하였다. 그는 그 길로 자경의 집으로 달려가서 상만과 자경을 모욕하고 자경과 절교를 선언하였다. 자경은 준비하여 가지고 있던 삼천 원 소절수를 인애에게 내밀어 주었으나 인애는 그것을 발기발기 찢어버리고 돌아왔다.

몇 날이 지난 뒤다. 오랫동안 병석에 있던 인애 어머니는 드디어 운명하게 되자 그 늙은 마누라는 자기의 사위가 될 줄만 믿고 있는 상만을 자꾸 불렀다. 인애는 점점 위독하여 지는 어머니를 구하려고 의사를 부르려고 큰길로 나갔다. 그가 저편 길로 건너가려고 할 때 교통 순사가 인애의 앞을 막았다.

순간 수십 대의 자동차가 행렬을 지어 인애의 앞을 지나간다. 신랑인 상만의 옆에 너울을 쓰고 앉은 것은 자경이었다. 인애는 눈앞이 캄캄하여졌으나 그는 이를 악물고 병원을 향하여 걸어가는 길에 뜻밖에 유동섭과 마주치자 그는 마침 지나가는 양순자에게 의사를 데리러 가게 하고 자기는 동섭과 함께 어머니에게로 갔다. 어머니는 동섭을 상만으로 알았는지 동섭의 손을 잡고

"인애를 인애를."

하면서 숨이 끊어진다.

상만과 자경이 결혼 피로연은 조선호텔에서 성대히 열렸다.

결혼식이 지난 뒤에도 축전은 백여 장이 나왔다. 그것을 여기 피로연 식장에서 낭독한 사람은 전일 상만을 홀대하던 민병수였다.

그가 낭독하는 전문 속에

'축 만수무강 백자천손 유동섭'

하는 말귀가 들려올 때 자경은 얼굴빛을 잃고 코에서 선혈이 흘렀다. 피로연을 마친 뒤에 두 사람은 신혼여행을 떠날 차로 경성 역으로 나왔다. 여러 귀빈 틈에 섞이어 화려한 복장을 한 내지인 여자가 너덧 살 되어 보이는 어린아이에게 꽃다발을 들리어 가지고 상만의 앞으로 가까이 오더니

"오늘 결혼하셨다니 축하합니다."

하고 절을 납신하고 상만을 빤히 바라보는 여자! 그는 뜻밖에도 요시에였다.

요시에는 허둥거리는 상만을 재미있게 바라보면서 자경에게도 깍듯이 인사를 하였다.

상만은 도망하듯이 귀빈들에게 싸여 기차 속으로 들어갔다. 기차가 경성 역을 떠나자 그는 인애와 요시에가 있는 무서운 경성을 떠나는 것이 무척 시원스러웠다.

이윽고 자경이 요시에란 여자가 누구인가 미주알고주알 캐묻는 것을 대답하기가 거북하여 그는 자경을 데리고 차를 마시러 식당차로 들어갔다. 그러나 식당차에는 요시에가 그 아들을 데리고 와서 있지 않으냐. 자경은 요시에와 반갑게 인사를 교환하는 사이에 상만은 이마에서 찬 땀이 솟았다.

평양에 내린 상만은 요시에와 같은 여인은 보이지 않음으로 그는 겨우 안심을 하고 도망하듯이 자동차에 올라 여관으로 갔다.

자경과 함께 목욕을 마치고 올라오는 층층대에 호호호 웃으며 내려오는 여인 그는 요시에였다.

그날 밤 상만은 요시에를 만나보고 경성으로 가 있으라 하고 애원을 하려고 가만히 자리에서 일어날 때 "어디를 가서요" 하고 자경도 따라 일어났다.

상만은 할 수 없이 자경의 눈을 피하여 편지를 쓰고 돈 백 원을 넣어서 아들 학세의 호주머니 속에 넣어 주었더니 얼마 지난 뒤에

"이것이 이 방에서 떨어뜨린 게죠?"

하고 요시에는 그 편지를 자경에게로 내어주는 것을 상만이가 얼른 빼앗아 처분하여 버렸다.

이튿날 요시에 방에는 갑자기 아이가 병이 났나고 의사가 오고 얼음주머니로 대어 주는 것을 보는 상만은 그 아이를 한 번 만져보지도 못하고 그는 자경이 조르는 대로 평양 명승지 유람을 떠났다. 갔다 오니 요시에는 아이를 입원시키러 가고 그 방은 비어 있었다.

상만은 아들을 생각하고 울면서 자경과 또다시 기차를 탔다.

일변 인애는 어머니도 세상을 떠나고 또 상만도 영영 잃어버린 슬픔 속에 잠겨 거의 병자와 같이 누워 있을 때 동섭이가 찾아와서 여러 가지로 위로와 격려의 말을 남기고 돌아갔다. 몇 날 후 인애는 의복을 가지고 인천으로 갔으니 거기서는 동섭이가 실비치료원을 내고 빈민을 상대로 매일 환자를 치료하고 그리고 밤이면 무산 아동을 위하여 의학을 가르치고 있었다. 인애는 새로운 인생관을 가지고 동섭을 찾아 가서 병원 일을 도아주고 일변 자기의 빵을 얻기 위하여 유치원 일도 보았다. 신혼여행에서 돌아온 상만은 한성물산 주식회사 지배인으로 매일 서 사장의 회사에 출근하고 자경은 낙산 비탈에 새로 지은 문화주택에 오상만의 신부인으로 참따란 살림꾼으로 들어앉았다.

자경은 되도록 동섭을 생각하는 자기 맘을 누르고 오상만의 착한 부

인이 되려고 노력하였으나 상만은 서울까지 찾아온 요시에와 비밀히 만나고 있는 때문에 자경은 혼자서 밤을 새우는 일이 종종 있게 되었다. 상만은 어린 아들 학세를 위하여 요시에에게 집과 살림을 장만하여 주었다.

그러는 동안에 오꾸마는 경성 본정통에 삼 층이나 되는 큰 양옥을 손에 넣어가지고 대규모의 식당을 내는 일변 댄스홀까지 경영하면서 그 댄스홀 이름을 '오로라'라고 하였다.

요시에는 심심해하는 상만을 데리고 새로 난 오로라로 갔다. 마담 오꾸마는 부하들에게서 오상만이라는 사람은 부호 서정연 씨의 무남독녀 사위라는 보고를 듣고 있는지라 그는 주저치 않고 상만을 올가미 속으로 집어넣으려고 그와 접근하기 시작하였다.

오꾸마는 적어도 몇 십만 원을 상만에게서 빼앗지 않으면 안 되리라 결심하고 그는 먼저 상만을 데리고 경마장 구경을 갔다.

하루 종일 오꾸마의 가르치는 대로 해서 상만이 경마에서 번 돈이 일만 원이나 되었으니 그것은 경마하는 기수들은 모두 오꾸마의 부하인 까닭이었다. 그러나 오상만은 오꾸마를 비상히 총명한 여자인 줄 알고 그에게 그날 번 돈에서 오천 원을 주어 버렸다. 오꾸마는 오상만 앞에서 그 돈을 거절을 하고 그 앞에서 손가락을 끊어 선혈로 오상만을 사랑한다는 맹세를 썼다.

상만은 온전히 감격하여 오꾸마의 사랑에 사로잡히고 말았다. 그날 밤 오꾸마는 상만에게 만주국 국경 방면에 있는 무진 금광을 사자고 권면하고 이십억 원의 금이 포함되어 있는 것을 단돈 삼십만 원으로 사자고 설복을 시켰다.

하룻밤 동안 일확 억만금을 꿈꾸게 된 상만은 짧은 시일 안에 삼십만 원의 큰돈을 만들어 내려고 초조하여졌다.

허다한 남자와 교제를 하여 보았으나 동섭이 같이 오꾸마의 마음을 사로잡는 사나이는 없었다.

오꾸마는 발이 아프다고 인천 동섭의 병원으로 찾아가서 입원을 하고 있는 동안 어느 밤 동섭이 가만히 자기 방으로 들어왔다가 그대로 나가는 것을 보고 오꾸마는 실망하여 그대로 경성으로 올라와 버렸다.

봄이 왔다. 자경은 꽃봉오리 같은 딸을 낳았건만 상만의 발길은 여전히 밖으로만 나다니는 것이다. 자경은 쓸쓸하고 적막할 때마다 가만히 동섭의 이름을 불러보곤 하였다.

요시에는 상만이가 오꾸마와 친하게 되면서부터 자기 집에서 점점 발길이 멀어지는 것을 깨닫자 그는 학세라는 어린 아들을 이용하여 상만을 데리고 인천 월미도에 꽃놀이를 갔다.

그날 낮에 점심 먹는 것이 체하였던지 어린 학세가 갑자기 관격이 되었다.

상만은 자동차 운전수에게 되도록 가까운 병원으로 가자고 하여 들어간 곳이 유동섭이가 경영하고 있는 실비치료원이었다.

상만은 거기서 또한 하얀 간호부 복장을 하고 있는 인애를 보자 그는 그 자리에서 도망이라도 하고 싶은 충동을 느끼면서 아이의 치료를 마치고 현관을 나오려 할 때 모든 것을 짐작한 동섭이가 상만이에게 자경을 불행하게 만들면 용서하지 않겠다는 말을 하지만 상만은 속으로 코웃음을 치며 돌아갔다.

상만을 기다리면서 고스란히 날을 밝힌 자경이가 어린애 목욕을 시키고 있노라니 뜻밖에 동경 갔던 배연숙이가 찾아온다. 그들은 오래간 만에 둘이서 거리로 산보를 나간 뒤 상만이가 집으로 들어와서 자경이 가 없는 것을 보고 성을 낸다. 그는 손에 들고 있는 인천 매축 공사장이 총동맹선언서를 내려다보면서 그는 자기 아내 자경과 유동섭과 무슨 묵계가 있지 않는가 하고 의심을 하면서 그 길로 오로라 오꾸마에게로 가서 인천서 총동맹 폐업이 일어났다는 것을 이야기하고 두 사람은 기 분을 전환할 겸 또는 무진 금광을 볼 겸 북으로 여행을 떠나 버린다.

상만이 점점 냉정하여지는 것을 깨달은 요시에는 익명으로 자경에게 편지를 써서 오상만은 오로라 댄스홀의 마담 오꾸마와 밀접한 관계를 가지고 그와 여행을 갔다는 말 그리고 자경은 결국 오꾸마에게 남편을 빼앗기고 말 것이라는 것을 일러주었다. 불행한 자경은 그 편지를 받던 날 어린 딸 혜순이가 갑자기 열이 오르고 앓기 시작하였다. 의사가 성홍 열이라는 진단을 내리고 곧 대학병원에 입원을 시켰으나 나흘 만에 죽 어 버린다. 아이가 죽은 지 몇 날 뒤 상만은 여행에서 돌아왔으나 자경 과의 사이는 얼음같은 장벽이 가로막게 된다.

인천 총동맹파업단을 후원하고 지도하는 동섭은 자기의 사재(社財)로 인부들에게 양식을 지출하여 가며 일사불란한 규모로 인부들의 단결을 굳게 하고 있었으나 파업은 이주일이나 계속하고 보니 동섭은 경제적 으로 그 이상 더 버티어 갈 힘이 없어졌다. 초조하고 근심하는 동섭에게 뜻밖에 삼백 원의 소절수가 오꾸마에게로서 왔다.

동맹파업은 언제 끝이 날지 모르고 더욱 무진 금광을 위하여 삼십만 원 돈이 필요한 상만은 드디어 사장에게 회사의 주를 삼분으로 하여 하 나는 사장이 하나는 사원들이 또 하나는 상만 자신이 가지자고 제안을

하자 상만을 신임하는 사장은 허락하였다. 그 달에 열리는 총회에서 상만
은 사원들의 투표를 받아 당당히 신임 사장이 되어 버렸다.

　서 사장은 아연실색하였으나 때는 이미 늦었다.

장편소설 『밀림』 후편(後篇)[7]

김말봉 여사 작(作)

노수현 씨 화(畵)

근래의 신문소설로서 김말봉 여사의 『밀림』처럼 많은 독자의 열광적
애독을 받은 작품은 드물 것입니다. 김 여사가 신문소설계에 혜성과 같
이 나타나서 이 소설로써 천하에 솜씨를 물을 때 읽는 이 다 경탄하였고
본보의 사정으로 부득이 중단하였다가 구 개월 후에 다시 계속한 때에
도 전일의 흥분이 사라지지 아니하여 절대한 지지 속에 전편을 끝낸 것
이 저간의 소식을 웅변하는 것입니다. 소설 『밀림』은 당초부터 전후편
으로 구상된 것이어서 전편이 끝난 뒤에 후편이 실릴 것은 기정사실이
었습니다. 작자는 약 삼 개월을 휴양하면서 더욱 상을 닦고 붓을 다듬어
가지고 이제 낯익은 독자에 다시금 나오게 된 것입니다. 그동안 여러분
의 애독을 받아오던 이근영 씨의 중편소설 「제삼노예」가 끝나는 뒤를
이어 칠월 일일부터 심선 노수현 씨의 삽화와 아울러 실리겠습니다. 다
음의 작자의 말씀과 같이 전편의 인물들이 오 년 후에 어떠한 모양으로

---

7 『동아일보』, 1938.6.28. 『밀림』 후편 연재 예고.

여러분 앞에 나타날는지 이것만으로도 흥미와 기대는 큽니다. 더구나 갈수록 익어가는 작자의 붓 끝은 그 위에 또 무엇을 더 수놓을 것입니다.

작자의 말

속편을 계속해서 읽어주시는 분이 계시다면 전편의 인물들을 기억해주시기를 바랍니다. 인친 실비치료원에서 가난한 사람들을 상대로 매일 봉사적 생활을 하고 있는 유동섭. 오꾸마에게 속아서 무진 금광을 산다고 회사의 공금 삼십만 원을 횡령한 오상만은 거어이 법망에 걸리고 말았으며 고야 형사부장 앞에서 귀신같이 사라진 오꾸마는 한강에 투신한 채 소식이 묘연하고.

괴로운 사랑에서 울던 주인애는 일체의 현실을 떠나 명치정 수녀원을 향해 떠났고. 총에 맞았던 상처가 다 나은 서자경은 인애와 동섭의 사랑을 방해하지 않으려고 어디로인지 멀리 여행을 떠나고 말았으나 아들 학세를 데리고 도망한 요시에는 그 뒤로 어떻게 되었는가, 더욱이 오꾸마를 밀고한 ××당원 박영수[8]와 오꾸마의 외딸 송이의 운명은?

이상의 인물들이 오 년의 세월이 흘러간 뒤 어디서 어떻게 다시 독자 여러분과 만나게 될지 오로지 독자 제씨의 끊임없는 성원과 지지 하에서 작자의 붓은 힘을 얻어 나갈 줄 믿습니다.

---

8   원문에는 '김영수'라고 되어 있으나 본문과의 일치를 위해 '박영수'로 고침.

오는 칠월 일일 부터

석간 지방면에 연재

연재 정보

〈전편〉

소제목	연재 횟수	전체 횟수	연재 일자
전장(戰場)	1~7	밀림 1~7	1935.9.26~1935.10.3
해수욕장	1~12	밀림 8~19	1935.10.4~1935.10.17
이십 년 전	1~4	밀림 20~23	1935.10.20~1935.10.24
월식(月蝕)	1~5	밀림 24~28	1935.10.25~1935.10.30
치자꽃	1~5	밀림 29~33	1935.10.31~1935.11.6
고민	1~7	밀림 34~40	1935.11.7~1935.11.14
금의환향	1~4	밀림 41~44	1935.11.15~1935.11.19
좁은 길	1~5	밀림 45~49	1935.11.20~1935.11.26
사라지는 꿈	1~6	밀림 50~55	1935.11.27~1935.12.3
재출발	1~4	밀림 56~59	1935.12.4~1935.12.7
잊어진 대답소리	1~4	밀림 60~63	1935.12.8~1935.12.12
선물	1~6	밀림 64~69	1935.12.13~1935.12.19
틈	1~6	밀림 70~75	1935.12.20~1935.12.27
선풍	1~6	밀림 76~81	1935.12.28~1936.1.12
동경행	1~8	밀림 82~89	1936.1.14~1936.1.20
카추샤	1~5	밀림 90~95	1936.1.21~1936.1.25
전회까지의 개요		밀림 96	1936.2.26
빈사의 백조	1~7	밀림 97~103	1936.2.28~1936.3.6
삼색화	1~4	밀림 104~107	1936.3.7~1936.3.11
황금의 기사	1~5	밀림 108~112	1936.3.12~1936.3.17
가시관	1~10	밀림 113~122	1936.3.19~1936.4.3
봄	1~16	밀림 123~137	1936.4.5~1936.4.20
전환	1~7	밀림 138~144	1936.4.21~1936.5.1
폭풍우의 밤	1~9	밀림 145~152	1936.5.2~1936.5.11
죽음보다 강한 것	1~9	밀림 153~160	1936.5.12~1936.5.20

소제목	연재 횟수	전체 횟수	연재 일자
뿌린 씨	1~14	밀림 161~174	1936.5.21~1936.6.5
착란(錯亂)	1~14	밀림 175~188	1936.6.7~1936.6.30
소금도 짜다	1~8	밀림 189~196	1936.7.1~1936.7.8
운명의 바퀴	1~15	밀림 197~212	1936.7.9~1936.7.25
깨어지는 조각	1~12	밀림 213~223	1936.7.26~1936.8.13
힘과 힘	1~11(1)	밀림 224~233	1936.8.14~1936.8.27
	12~22(2)	밀림 234~244	1937.11.4~1937.11.19
모래로 쌓은 성	1~25	밀림 245~269	1937.11.22~1937.12.31
경적	1~13	밀림 270~282	1938.1.5~1938.1.21
아침은 오건만	1~11	밀림 283~293	1938.1.22~1938.2.7

〈후편〉

소제목	연재 횟수	전체 횟수	연재 일자
시간의 힘	1~13	밀림 후편 1~13	1938.7.1~1938.7.22
항구	3~26(항구 1이 아니라 3부터 시작)	밀림 후편 14~37	1938.7.23~1938.8.25
승패	1~51	밀림 후편 38~81	1938.8.27~1938.11.20
슬픈 승리	1~15	밀림 후편 82~96	1938.11.22~1938.12.25